落日の門

連城三紀彦

作家・連城三紀彦が紡いだ数多の短編群から選り抜き、名匠の功績を一望する充実の傑作集。『恋文』の直木賞受賞以降、著者の小説的技巧と人間への眼差しにはより深みが加わり、ミステリと恋愛小説に新生面を切り開く。第二巻は著者の到達点と呼ぶべき比類なき連作『落日の門』全編を中心に、掉尾を飾る傑作「小さな異邦人」や文庫初収録作品を含む、円熟を極めた名品十六編を収める。また未刊行の連載〈試写室のメロディー〉からの採録を含むエッセイ五編と、前巻に続き詳細な編者解題を付す。名匠の全貌を把握、新たな視座を提示する全二巻。

落日の門

連城三紀彦傑作集2

連城三紀彦
松浦正人編

創元推理文庫

THE ESSENTIAL MIKIHIKO RENJO

Vol.2

edited by

Masato Matsuura

2018

目次

ゴースト・トレイン　九
化鳥　五三
水色の鳥　七一
輪島心中　一一一
落日の門　一四七
落日の門　一四九
残菊　二一一
夕かげろう　二六五
家路　三一一
火の密通　三五一
それぞれの女が……　三九三
他人たち　四三一
夢の余白　四七三

騒がしいラヴソング　五一三
火　恋　五五一
無人駅　五九七
小さな異邦人　六五一
＊
トリュフォーへのオマージュ　六九六
原作・衣笠貞之助　六九九
「ラストシーンは永遠に」　七〇四
「MUGO・ん　色やねん」　七〇九
地上より永遠に　七一四
連城三紀彦の模索と達成　松浦正人　七一九

落日の門

連城三紀彦傑作集2

ゴースト・トレイン

鉄路は月の光に濡れながらどこまでも延びていた。夜。まだ天頂へと上りきれず、いい加減な位置に漂っていた満月。木々の影。黒い風のざわめき。そしてある秋の終わり。私はその線路を、二本の鉄の線に挟まれた道を歩きだしていた。

私がその線路を歩きだした正確な時刻はわからない。ただそれは夜の八時以降のことだろう。私は生まれ育った岩湯谷の駅のホームで、八時発の列車に乗り遅れて最終列車を待っているうちに、いつの間にかホームから誰にも気づかれることなく線路に下り歩きだしたのだった。何故——何に向かって——

東京に向かって？　死に向かって？　わかるのはただその時、私が晩秋の寒いホームで最終列車を待ちながら、ふと月の光に美しく燦《きらめ》いていた鉄の道に惹かれ、その道を歩きたくなったことだけだ。そんな光にふちどられた一本の道を——岩湯谷は下りの終着駅であり、その駅のあたりでは単線になっていて、到着する下りの列車が、そのまま折り返して上りの列車になる。私は最終の下りであり、また最終の上りになるその列車を待っていたのだった。山峡の誰からも見捨てられたように侘しい温泉町を私も棄てようとしていた。

今も手もとに残っているあの頃の時刻表を見ると、午後九時五分到着のその列車は二十分後に上りの列車となって岩湯谷駅を出発することになっていた。いかにもローカル線らしい侘しいその列車に乗り、この地方では一番大きな×町まで出れば、そこからやはり午後十時三十分発の最終の東京行きに乗りこむことができる。そうして予定通りその列車に乗りこんでいれば、数時間後には東京と夜明けとが私を待っていただろう。そう、そして、この山に阻まれた、泥ばかりのため池のような貧しい温泉町とは較べものにならないきらびやかな大都会で別の人生を送ることができたはずだった。だが、私は五十二歳の今日まで、一度も予定通りに事を運んだことがなく、その時もそうだった。

私の予定を狂わせたのは、鉄路にたわむれていた優しい月の光だった。その光の何が私を誘ったのかはわからない。気がつくと、私はホームの端の石段をおり、足はその光にふちどられた道を踏んで歩きだしていたのだった。私は一度も駅をふり返ることなく、ただ歩き続けていた。

枕木の間は小石が敷きつめられていて、ひどく歩きづらい道であり、足の裏はすぐに痛み始めた。それなのに私は何かに憑《つ》かれたかのように歩き続けた。一度も立ちどまらなかった。鉄路の先は闇に飲みこまれていたが、その遠い果てから何かががっしりと私を摑み、たぐりよせているかのように。いや遠い闇に巨大な手が隠れていて、私を手招きでもしているかのように。

実際にはそれはまっすぐな道ではなかった。山襞や崖に巻きつくように曲がりくねった線路だった。私の目の前に伸びている鉄路もゆるやかなカーヴを描いていたはずだったが、不思議にその時の私には、それがまっすぐに感じられたのだった。その果てに何があるのかわからなかったが、その何かに向けて私は最短距離の道を歩いているのだ、そう思いたかったのかもしれない。

夜空は秋の静寂を広げ、永遠にも似たその広がりの遙か下方で、私は一人の人間に過ぎず、いかにも小さかった。月は夜空の冷たい目となって、白い傾《かし》いだ視線で、私を、そんな風にその町から列車ではなく自分の足で逃げだそうとしていた私を見おろしていた。満天の星と変わりない無数の人間がその時刻、地上のあらゆる場所でそれぞれの人生を生きていただろう。そのうちの一人にすぎない人間が、突然、自分でも何に向かってかわからないまま列車のための道を歩きだしただけのことだった。夜空の果てしない広がりの下では塵とも呼べないほどの人間が——実際その時吹いていた風にさらわれて飛び散ってしまわないのが不思議なほど、私は小さすぎる塵だった。

夜空はシンと冷えているのに、風は強かった。樹々が黒い唸り声をあげ、梟《ふくろう》なのか夜の鳥たちが、その風音を引き裂いて泣き続けていた。生まれ育ったその温泉町で、私は三つのものが嫌いだった。深夜になると町は闇土砂に圧《お》しつぶされ、遠い昔に埋めつくされた廃村のようになる。その、耳の底の方で得体の知れない、不気味な音となって荒れ狂う、完全すぎる静寂と、時々さまようようにすすり泣く風の音と、その風が運んでくる鳥たちの鳴き声——いや、まだ二つある。その町のさらに片隅で私と一緒に暮らしていた女、そしてもう一つ、その町自体、家々は山峡にまばらに点々としているのに、何か大きな共通の敵をもっているように不思議な連帯感でしっかりと結ばれ、小さなまとまりをもっている町、たった一本の線路で、この国の端っこに必死にしがみついている町――いや、もう一つある。私がその町で一番嫌い憎んでいたものが――

歩き続ける私の耳に、体に、風の音と鳥の声は絶え間なく襲いかかってくる。それなのに不思議にその晩の私は怖くなかった。鉄路は荒れ狂う風を寄せつけようとはせず、ただ静かな月の光だけを受けいれ、私を護っていた。白く淡く、月明かりにぼおっと遠い幻のように浮かびあがった道、私はその道を深い眠りの中で幻を追うようにひどく安らいで歩き続けた。この二すじの光に身を任せ、たぐり寄せられていくだけでいいのだ、そう感じていた。結局、私はその町から逃れたかったのだろう。その町の夜と同じぐらい虚しい夕暮れ時から。夕暮れ時になると不意に白さを増してその町の死にかけた魂のように空へとのぼり消えていく湯煙やものうげな湯音から。東京から届く雑誌の中に写し出されている大都会の活気や生命感に溢れた人々の表情、女たちの美しさ、それらに較べると、土人形か、化石のように、生きていることを忘れてしまった町の人たちの顔から。私と一緒に暮らしていた女の土色にくすんだ顔から、そう、私はただ逃れようとしていたのに違いない。

東京に向かって？　死に向かって？

一本の線路はそのどちらにもつながっていたのだが、私には自分の足がどっちを選択したのか知らずにいた。東京に向かえば、きらびやかな、生命に息づいた人生に出会っただろうし、死に向かえば永遠の闇に包みこまれただろう、一本の線路は正反対の二つのものにつながっていたはずだが、どちらも私の足が選んでいたにしろ、大差はなかった気がする。私は、ただその町から逃れればよかったのだし、東京も死も逃れ場所としての同じ意味しかなかっただろうから。

もっともその時の私には逃れるという意識もなかった。月明かりは私の体に染みこみ、それまでの体の中の暗い闇を、その町の空気に浸《つか》り続け体の中にこびりついてしまった黒い黴《かび》を洗い流し、私はただ深い安らぎと快い静けさだけを覚えながら歩き続け、何も考えようとはしなかった。感情まで失ってしまったような体の空洞を白い月光だけが満たし、私は夢の中と同じように疲れを覚えることもなく歩き続けた。そうして、そんな風にどこまで歩いたのか——風の音でも鳥の鳴き声でもない、地鳴りのような暗い音が地の底の方から湧きあがってきて、突然、その道はとぎれた。

現実には線路がとぎれたわけではなかった。ただそこまで歩いてきた時、山の切りたった崖に似た稜線が線路のすぐそばまで迫ってきて、月を隠し、鉄路が闇に飲みこまれただけだった。夜は不意に闇の壁になり、私のゆく手に立ちふさがった。一寸先が分からない闇だった。私はやっと立ちどまった。どこまで歩いてきたのかわからなかったが、そこが私のたどりついた場所だった。それまで忘れていた寒さが突然のように襲いかかってきて、私は震えながら、そこに立ちつくしていた。それなのに私の体は依然、静かに安らいでいた。足が痛んだが、その痛みさえ心地よいものに覚えた。

ただ呪わしかっただけの夜と闇を、その時初めて優しいもののように感じていた。夜が柔らかい黒い羽毛の肌ざわりをもっていることを――少なくともそれは、その町で私が一緒に暮らしていた一人の女の手より優しい手で私を包みこんでいた。あの女の手は、私をその町に、自分のそばに縛りつけておくためだけの鉄の鎖だった。あの女は何も知らず、ただ自分勝手に私がその鎖を喜んでいると信じていたに違いないが、私はもう長い間その鎖を断ちきることだけを考えていたのだ。そして、ともかくそこまでは逃げてきたのだった。そこまでしか辿り着けなかったが、生まれて初めて、その女とその町から遠く離れていた。夜は、その時、自由という言葉に似ていた。山々を包みこみ、木々を、鳥たちを、私を包みこんでいた。夜のおかげで、大地に空に溶けこみながら、私は初めて、その鎖から、何もかもから解き放たれていた。一寸先が見えず、それ以上は歩くことができず、その意味では夜は揺るぎない壁に似ていたが、その壁に何か意味のない落書きをして戯れたいほど、幸福だった。

闇の中で人は平衡感覚を失う。だがその時の私の体は、寒さにかすかに震えていたとはいえ、何の不安定さもなくただ静止していた。私の胸の中に、まだ静かに月が浮かんでいて、それがそっと私の体を支えていた。

その月がきれいに二つに分かれた。最初そう思っていた。私の胸の中ではなく、それがはるが前方の闇に浮かんで、少しずつ近づいてくるのだと気づいたのは、二つの月がそれぞれの光の糸を私へと投げてきた時だった。二すじの光の糸は白銀色にきらめきながら、みるみる私の方へと伸びてきて、あっという間に私を挟みこんだ。私は、さっきの月よりももっとまぶしい、明るい月の光の中に浮かびあがった。

二つの月と私との間にはまだ距離があったが、光はもうしっかりと私を把《つか》んでいた。少しも恐ろしくなかった。それが何の光かわからず、まだ二つの月だと思っていた。それが、その線路を歩いていたら当然出会うはずだった下りの最終列車の光だと意識できたとしても、私はやはり何の恐怖も覚えなかっただろう。そう、少なくとも、その時私を把んだ光は、それまで私を縛り続けてきた錆びついた鉄の鎖よりは優しく美しかったのだ。死を意識することもできなかった。その前に美しい光を受けいれ、その光に、体を、私の全部を委《ゆだ》ねた。逃げることも考えなかった。二つの月と私とはそんなにも美しい光の糸でつながっていたのだ。

二つの月は彼方から闇の激流に押し流されるように迫り続ける。轟音を放ちながら。その音がひと際高くなり、それまで地の底から湧きあがっていた不快な音や風の音や鳥の鳴き声をかき消した時、私はその線路に横たわった。間違いなく線路と直角に、まっすぐ体を伸ばして。

何故、立ったままでなく、横たわってその光を受けいれようとしたのか、その時にはわからなかった。ただひとりでに、運命にあやつられた人形のようにそうしただけだったが、後になって考えると、立ったままだと列車の機関士に見つかり、急停車されてしまうかもしれない、それを本能的に怖れたのだろう。それに、その線路が私の人生のように思え、私は自分の体でそれを断ちきりたかったのかもしれない。それにまた私はただ眠りたかったのだ。空を仰いで横たわり、目を閉じた。目を閉じた闇でも、もう光は真っ白に塗りかえていたが、すぐにも眠りに落ちることができそうだった。大地は夜露に濡れ、激しく揺れていた。その震動が心地よく私を眠りに誘っている。

私が線路に横たわり目を閉じてから、その列車が最終的に私に襲いかかるまでには実際はほんの数秒だったのだろうが、今思い出すと、それは永遠のように長い時間だった気がする。気持ちは静かなままだった。今考えてもそれは自殺とか事故とかの異常な死ではなく、私は寿命を全《まつと》うし、何一つ後悔することもなくふり返るものもなくただ安らかに死を受けいれる老人のように本当に静かにその光を受けいれようとしていた。既に私の体には白い光が溢れ、轟音が耳を体を砕いている。三秒、二秒、一秒——激しすぎる車輪の音は限界に達し、突然ぷつんと何かが小さく破れるような音と共に、私は無音の世界に投げだされた。それが私が人生で聞いた最後の音だった。私はその最後の時、死を忘れていた。同じように生きていることも。ただ最後の一瞬、私は大地の香りを嗅いだ。その一瞬、目も耳ももう何も知覚できず、鼻だけが生きていた。線路わきの夜露に濡れた枯草のしめった匂いに混ざって土の匂いがした。それは私がそれまでその町では一度も嗅いだことのない、美しい匂いをしていた——

私はその一瞬の正確な時刻と位置とを知っている。線路に横たわった時枕木にでも強く打ちつけたのか列車の衝撃だったのか、私のはめていた腕時計の針は九時五十三分をさして停まっていたし、意識をとり戻した時私は、夜明けの薄明の中で、大湯谷駅と岩湯谷駅の中間にかかった鉄橋の手前に横たわっていたのだった。

月が山襞に隠れた時、地の底から湧きあがるように聞こえたあの不快な音は川の音だった。いや実際には、それは川というより人工の水路なのだが——

後になってまた、私は、あの時やはり死のうとしていたのだと考えた。間違いなく私は自殺しようとしたのだった。何故なら、その町で私が一番嫌い憎んでいたのは、町の人たちでもあの女でもなく、何よりこの私自身だったのだから。そしてまた後になって——

そう、何故、私は〝後〟などという言葉を使っているのだろう。あの一瞬が私の最後であり、その〝後〟などというものは私にはなかったはずなのだから。あの一瞬、私の人生とその列車とは直角に交わったはずなのだから。それなのに何故私はまだ生きているのだろう——何故私は死ななかったのだろう。

私はその自殺未遂について、今日まで町の誰にも語らなかった。どのみちあの晩、私が線路を歩いていたことを誰も知らずにいたのだし、たとえ知ってもただの偶然として、何一つ怪我を負わずに済んだ幸運な事故として片づけただろう。

私がその話を語ったのは、十年前の十月のある日、ふらりとこの町に立ち寄ったあの娘にだけだった。

十月末のその日の夕方も、私は岩湯谷駅前の安手の、間に合わせに建てたような食堂の、一番奥の席に座っていた。間に合わせのような印象のまま、そこにもう三十年は建っている食堂だった。今でも日に二度は錆びついたスチール製の硬い椅子に座り、ひび割れかけた窓ガラス越しに駅をぼんやりと眺めているのだが、当時もそうだった。

夕方の四時を過ぎていた。私が一日のうちで一番いら立つ時刻だった。今はもう変わってしまったが、十年前の当時はその時刻に到着する下りの列車があって、私はその列車が上りの列車に変わって駅を出ていくまでの十分近い間、目をつぶり、指でこつこつとテーブルの端を叩き続ける。一秒でも早くその時間が過ぎ、列車が出ていってしまうことを祈るように。もう何年も毎日同じことをくり返していながら、私はそのいら立ちにわずかでも慣れることができなかった。

特に秋が深まる十月末のその頃は嫌いだった。その時刻には山峡の町はもう夕靄に包まれ、夜と静寂が近づいたことを告げるし、あの晩死に損なった自分をどうしても思いだしてしまう。駅に列車が近づくのが窓から見えると、私はいつものように目を閉じた。だから、その娘が改札口から出てきてまっすぐにこの食堂へと来たことをしばらく気づかずにいた。

何の気配でだったか、私がふと目を開けると、二つ目の離れたテーブルについて、ぼんやりと窓から外の暮色を眺めているその娘の横顔があった。今の列車でやってきたのはすぐにわかった。顔にも、後ろで軽く束ねて流している髪にも、服装にも、東京の匂いがした。

とりたてて洗練された服装をしていたわけではない。男物のような上着を軽そうに着て、最近この温泉町の若者たちもはくようになったGパンをはいていただけだった。それなのにそのすりきれたようなGパンからさえ、この町の若者たちのような偽物ではない、本物の東京の匂いが漂っていた。

食堂は燈が点っておらず、夕靄が窓ガラスごしに、娘の横顔の線をかすかに溶かしている。色が白かった。

私が立ちあがり、その娘のまん前の椅子に座っても、しばらく娘はそれに気づかず横顔のままだった。そして私が声をかけようとした時、ふと思い出したようにふり向き、笑った。いや親しげに笑っていいのか、迷っているような半端な微笑だった。

「少し話してもいいかね」

私はそう声をかけた。娘は不思議そうな目をしながら肯きかけ、

「いつの話?」

唐突にそう尋ねてきた。

「いつって?」

「あなたぐらいの年齢の人って昔話しかしないもの。私が生まれる前の話って、歴史の読み物以外は退屈だわ」

年寄りを侮辱するはずの言葉を、娘は、何の冷たさも嫌みも感じさせずに、さらりと言ってのけた。快さだけが耳に、正確に言うなら私の左耳に残った。私はあの時からずっと右耳の聴覚を失っていた。あの列車の轟音で鼓膜を破ってから。ただ、娘は私の年齢を誤解したのだった。私はまだ四十二歳だった。もっともそれは彼女の責任ではなかった。私は眉間《みけん》の深い皺《しわ》とこけた頬と細く尖った顎のためにひどく老《ふ》けて見え、この温泉町の人たちの大抵は、私がいつ生まれたかも忘れ、私のことを六十《とう》は早に過ぎていると思っているのに違いないのだから。唯一つの私の誇れるものは背の高さだけだったが、長身は逆に猫背を目立たせ、いっそう老けた印象を人に与えるだけだった。私はこの、山に阻まれた温泉町に滞り澱みながらも流れている時間と、他の住人たちのようには巧くつき合えなかったのだった。

「いや、私はただ東京の話を聞かせてもらいたかっただけだよ」

「それより、まず、〝ゆけむり荘〟という宿がどこにあるか、教えてくれない。それから女性客一人でも予約なしで泊めてくれるかどうか。この町の人でしょ？」

「どうして、わかるんだね」

「じゃあ、おじさんの方はどうして私が東京から来たとわかったの？」

私は、毎月東京から届く何冊かの雑誌の表紙を飾っている女たちと同じ匂いをもっているからだと言おうとしたのだが、その前に、

「想像って願望や欲望を反映するものだから、おじさんは、私が東京から来たんだと思いたかったんでしょ」

そんな言葉を呟《つぶや》くように言った。

「東京かね」

娘は頬づえをつき、微笑した顔を横に振った。

「じゃあ、君は――いや、娘さんは私をこの土地の者だと思いたかったんだ」

「そう、私は逆にこの町のことを知りたかったから、まっ先にこの食堂へ来てみたの。この温泉町の人たちがたむろしてそうに見えたんだけど」

この食堂のドラ息子が薄暗い中でニキビ面を漫画雑誌に埋めているだけの殺風景な店内を見回した。

「この町のことといってもね、確かにこの町で生まれ育ったし、今まで他の町に行ったことは

ないから、隅々までよく知ってるんだが、何も話すことはないんだよ」

「それなら東京も同じだわ。何も話すことのない町が東京なの……人とビルだけ、つまり何もないってこと」

「いや、一つだけ聞かせてもらえばいいんだ。いいかね？」

「どうぞ――」

「そのう……東京ではまだ乾電池で動く掛け時計を売っているだろうか……」

「もちろんよ。東京だけじゃなく、この町でも売ってるわよ。ほら、あれだって乾電池で動いてるはずだわ」

食堂にかかった平凡な掛け時計を目で示した。

「ああいうのじゃなく、振り子がついてて昔と同じ形をしていて、乾電池で動くのがあると、もう大分前に東京から届いた雑誌で読んだことがあってね。写真もついてた、それが欲しくてね」

「時計屋さんでとり寄せてもらったら？」

「いや、東京へ行って、自分の手で買いたいんだ」

「だったら、行けばいいわ」

私は黙って首を振った。

「どうして？」

不思議そうな娘の目を、私はしばらく見つめていたが、やがて目を伏せ、「うちにはもう幾らネジを巻いても動かない掛け時計しかなくてね」それが答になるとは思っていなかったが、そう言った。

「ゆけむり荘のことだけど、泊めてくれるかしら」

話題が変えられたので、娘が私のことを気味悪くなったのか、それとも面倒になったのかと心配したが、頰づえをついた顔は相変わらず微笑している。そんな風に微笑むと顔の白さが増して、あどけなく幼く見え、私は自分が実際、八十の老人になってしまった気がした。その娘の年齢と自分との間に永遠の距離があるように思えた。東京とこの町との間にある距離と同じ――それなのに私は、その時ふと、今まで誰にも話したことのないあの話をこの娘に語ってみたいという衝動に駆られたのだった。何故かはわからないが、この娘ならあの話を真面目に聞いてくれそうな気がした。

「ゆけむり荘は、ほらあの鉄筋の――この町じゃ一番大きい旅館だが、客を選ぶような贅沢《ぜいたく》はいえないから。この間うちは珍しくたて混んでいたけれど、今日あたりは部屋も空《あ》いてるだろうし。万一断られるようなことがあれば、私の名を出してくれたらいい、吉田兼吉というんだが」

「旅館に何か関係ある人?」

「いや、一日中ぶらぶらしてるから人手不足の時は雑用を手伝いに行くことがあるが……最近は隣の大湯谷に客をとられてしまって、めったにそういうこともなくなったがね……娘さん、あんた、この町のこと知りたいって言ったが、この町のことでは何も話すことがないんだよ、実際……ただ……ただ、私のことでよければ一つ聞いてもらいたい話があるんだが……」

娘の目にわずかだが警戒の色が浮かんだように見えた。老人の昔話につきあわされるのだと心配したのだろう、私は慌《あわ》てて、

「いや、四年前の話だから」

そうつけ加えた。

娘は仕方なさそうに肯き、もううんざりしたというように不味《まず》そうにジュースを飲んでいた。それを見て私は考えを変えた。娘は二、三日はこの町に滞在するらしい、だとするとまだ機会はあるのだし、もう少し親しくなってから話した方がいい、今、不躾に切り出したら、ただのボケ老人の譫言《うわごと》と思われかねないだろう。それで私は、「いや、またこの次にしよう」とそう言ったのだが、意外にも、娘の方が、

「ね、幽霊列車の話、聞かせてくれない？」

と尋ねてきたのだ。確かに娘の方からそう言ったのだが、私は自分の耳を疑った。いや、片方の聴覚に自信がなかったせいではない。誰にも話したことのないあの話を娘が何故知っているのか――

「どうして知っているんだね、その話を……」

私の驚いた目に娘の驚いた目が答えた。

「だって、あの話はこの町だけじゃなく、日本中で、今、大騒ぎしてるのよ」

「日本中で――どうして日本中が知っているんだね。しかも今頃になって……」

「しばらくはテレビも新聞も週刊誌も、つまり全部のマスコミが騒いでたのよ。私、それで事件に興味……」

そこまで言って思い当たったらしい。

「いま、〝今頃になって〟って言わなかった？　まだ、それ半月前の話でしょ？」

「じゃあ、また幽霊列車が出たのかね」

「またって、じゃあ、前にも出たことあるの」

「そう、さっき話そうとした……そのう……四年前の話がやっぱり幽霊列車の話でね……」

娘の目に、さっきとは逆に好奇心が光った。

「詳しく聞かせてその話……」

「それより、半月前の方を聞きたいね、今日本中で騒いでいるというそっちの方を……」

「この町に住んでて、本当に何も知らないの」

驚いたというより呆れたという声になった。

「本当に？　ゆけむり荘に泊まってた八人の客が、朝一番の列車で隣りの大湯谷駅へ向かう途中で忽然と消え失せて、まだ行方不明だって事件……マスコミが押しかけてきてしばらくはこの町も大変だったって――」

私の耳にその話は入っていなかった。これも、だが、右耳が不自由なせいではない、私はもう長いことこの町の人たちから無視されてきた。庭掃除や下足番や、頼まれた仕事は安い賃金でも文句も言わず黙々とこなすので、時々あちこちの旅館から手伝いを頼まれるのだが、宿の者たちはほとんど私に何も語りかけてこない。私と世間との接触は、唯一つ、毎月購読している東京の雑誌だけだったが、先週届いた今月分の雑誌にはその事件はまだ載っていなかった。

「そうか、それでこの間うち、旅館もあんなに混んでたし、知らない人間がぞろぞろ町を歩いていたのか……」

「不思議ね、東京にいる私がよく知ってるのに、この町に住んでて知らない人がいるなんて……」

「いや、私は町の一番はずれの小さい家に住んでるだけだから……」

弁解のようにそう言い、

「それで、どうやって客が消えたのかね」

「まだ何もわかってないのよ。ともかくこの駅から間違いなく乗ったはずの八人が、次の駅に着いたら消えてしまってたの、途中で列車は一度も停まらなかったというのに」

「走っている最中に窓から飛びおりたんじゃないかね、自殺するつもりで？」

「集団自殺？　でもそれなら死体は見つかるはずでしょ、何の痕跡も残さないで消えたのよ、八人の乗客が幽霊みたいに――ね、四年前にも同じ事件が起こったって言ったでしょ、だったらどうして騒がなかったのかしら。新聞にも何にもそんな話は出てなかったわ」

「いや、その話は私しか知らない話だし、同じ事件といっても人が消えたんじゃなくて、列車が突然消えた話だから……場所は同じ、この駅と次の大湯谷駅との間なんだが……」

「面白そうな話ね、もっと詳しく聞かせて。今度の事件の何かヒントになるかも知れないし……ただ……」

娘は大きくため息をついた。

「列車の硬い椅子に座り続けてたら疲れちゃった。お腹もペコペコだし。一日中ぶらぶらしてるって言ったでしょ、今日の残りもまだぶらぶらしてるなら、後で宿の方に来て」

そう言うと、私の返事も待たずに立ちあがった。私は肯き、「娘さんはどうしてこの町に来たのかね」とだけ尋ねた。

「さっき、この間うち珍しく宿が客でごった返してたって言ったわね、私もその一人——野次馬」

娘は肩をすくめて笑うと、「あれね」窓から見える痩せた家並の中からぽつんと一つ突き出すように建ったコンクリートの建物を指さし、くるりと背を向けた。

痩せた家並は小旅館の列だが、もうそのほとんどに燈《あか》りが点っている。燈りは濃くなった暮色と湯けむりに滲んで、山峡の温泉町は弱い火に焙《あぶ》りだされたおぼろげな絵に似ていた。私はいつまでたってもその時刻に慣れることはなく、見慣れたはずのその夕景色が、通りすぎるはずの途上でつかの間立ち寄っただけの見知らぬ町のように思えるのだった。

娘が疲れているとは思えない軽やかな足取りで滲んだ夕闇の中を去っていくのを見送ってから、駅へと視線を移した。ちょうど列車がホームを滑りだしていく所だった。二つの燈を点し、列車は出発したのだった。今日も私をこの町に残して。私は日に二度正午と夕方に列車に乗るためにこの駅へ来るのを習慣にしていた。今度こそ列車に乗り、この町を離れよう、そう決心して。そして結局はその決心を果たせないのでその窓から列車を見送るのもまた習慣になっていた。

その日も私は失敗したのだった。ただその夕方だけは私はいつもと違う顔で、列車を見送っていた。今日もまた夜が始まろうとしていた。その夜に向かって出発していく列車を、見送りながら、私の顔にはまだ先刻、娘との別れ際に咄嗟に見せた微笑が残っていた。そんな風に笑っている自分が信じられなかった。私は四十二年の生涯で、初めて笑ったのだし、生まれて初めて自分から他人に声をかけたのだった。そしてまた、ここ何年かで初めてその夕刻の十分間を幸福に過ごしたのだった。そんな突然すぎた幸福に、驚き、とまどっていた。ジュースの残りのオレンジ色と共に、安物のスチール製のテーブルには娘のため息の余韻が美しく残っていた。東京が、今の娘の愛らしい唇を通して吐き出した息だった。私は、生まれて初めて直接《じか》に感じとった東京の息遣いに、とまどっていたのだった。

それなのに、その晩、私は「ゆけむり荘」を訪れなかった。

いつものように、温泉町のいちばん隅っこの、長屋の一軒だけを切りとったような朽ちかけた狭い家で、ひとり、停まってしまった柱時計に遠い昔の音を思いだしながら過ごした。その家で、四年前まで、私は母と一緒に暮らしていた。私には父親がない。戦前、この町の温泉宿の一軒で仲居をしていた母親は、東京から気まぐれに遊びにくる男と関係をもち、私を産んだのだった。子供ができたことを知って男はもう二度とこの町を訪ねてこなくなったが、そのかわりに母子二人が一生細々と暮らしていけるだけの金を送ってきた。その金で、私たち親子は、山陰に隠れた小さな温泉町から、さらに隠れるようにして、町はずれのこの家で二人こっそりと暮らして、きた。私は父親の名も、東京で何をしている男かも、今もまだ生きているのかも知らない。四年前、病床に臥《ふ》して死ぬ、その最期の時まで結局母はそれを私に教えてくれなかったのだった。母が死んで間もなく、私は母の遠縁にあたる嫁ぎ遅れの女と結婚したが、その女は何も喋《しゃべ》らない私を憎んで、たった半年で、この家を出ていった。私もその女が好きではなかったので貯金の半分を慰謝料として渡し、出ていく女を黙りこんだ背中で見送った。

それ以来、私は、たったひとり、夜の長い静寂を、風の音を、柱時計の停まった針と振子の中に流れる遠い昔の時間の音で埋め合わせながら、暮らしている。私は四十二年間に、誰にも愛されなかったし、誰も愛さなかった。そして、一生このままでいいのだろうと他人事のように思っていた。そのはずだった。それなのにその晩の私は出会ったばかりの、たった十分しか会わなかった娘を、夢中で求めていた。今すぐにでも家をとび出し、「ゆけむり荘」まで走っていってあの娘に逢いたかった。だが、それがまた同時に私には怖かったのだった。何故かはわからない。たぶん四十二年間のあいだ一度も何かに向かって走ったことのなかった私は、走り方を知らなかったのだろう。

私がそれまでに愛したのは、東京から届く雑誌の表紙を飾る女たちだけだった。その女たちと同じ匂いをもった娘を私は、最初の一瞬の視線だけで愛してしまったのだろう。だからもう二度とその娘には逢わない方がいいのだ。私がたった一度誰かを愛した十分間を、その短い時の流れを、停まってしまった振り子の中に懐かしく思い出して生きていけばいいのだ、そう自分に言い聞かせながら、柱時計を眺めていた。

いつの時代からこの家にあったものなのか、古い六角時計は、いつものように文字盤が茶褐色に色褪《いろあ》せ、いつものように、九時五十三分を指していた。いつ停まったのかもう思い出せなかったが、それも偶然、あの列車が私とぶつかった瞬間に消えてしまった時刻だった。

それなのにまた、翌朝、夜が白み始めて間もなく私は家を出ると、「ゆけむり荘」に足を向けていた。

「ゆけむり荘」の表玄関にまだ燈が点っている。私はその前を通り過ぎ、そのまま駅の方へ進み、途中の小さな石の橋まで来て立ちどまった。

ふり返ると「ゆけむり荘」の窓はどれも暗い。山並みはまだ黒く、空には、まだ夜が白い闇で残っていた。橋の下の細い掘割りには湯が流れていて、ぼおっと湧きあがる湯気に、橋の隅の街燈が消し忘れた灯を投げかけていた。湯気は足にまとわりついてくる。ぼんやりとたたずみ、私は、あの娘を東京と同じようにしか愛せないのだろうと思っていた。東京と同じように私はあの娘に近づこうとして失敗するだろうと。

「おじさん……」

その声にふり向くと、娘が昨日と変わりない服装で立っていた。唐突にそこに立っていた娘が現実だとはすぐに思えなかった。あんまりその娘のことばかり考えていたので、幻が目の前に形を結んでしまったのだとぼんやり思っていた。

娘の方でもしばらく私を見ていた。

「今、私、どんな目でおじさんを見てる？」

そんなことを尋ね、自分でその言葉を否定するように首を振ると、「昨日、来てくれなかったわね、待ってたのに」と言った。

「いや、急な用ができてね……どうだね、『ゆけむり荘』は」

「思ったより雰囲気があったけど、いやらしそうな中年男に風呂場を覗《のぞ》かれたわ」

そう言って笑った。笑顔は昨日と変わりなく無邪気で屈託がなかった。

「朝一番の列車を見てみたいから。八人の乗客が消えたのと、同じ列車。何かわかるかもしれないから」

娘は腕時計を見ると、

「でもまだ時間があるわね。おじさん、四年前の幽霊列車の話二十分でできる？　だったら聞かせて」

「いや、十分もかからないよ」

私はそう答え、その場で、あの晩、東京へ旅立とうとしていたホームから自分でも理由が説明できないまま線路へと下り歩きだした話をした。何度も頭の中で反芻した話だから言葉は口から澱みなく流れだし、娘は橋の欄干に腰をおろしわずかに首を傾げながら、興味深そうに聞いていた。線路に横たわり、列車が私に襲いかかってきた所で、話をやめた。

「そのまま眠りに落ちたのか、気を失ったのか、気がついたら、うっすらと、白み始めた空が見えて、その線路の上にあお向けになって横たわっていた……列車が襲いかかってきた時と同じ姿勢でね」

「線路と直角に、しかもまっすぐ体を伸ばして横たわっていたのね。それは間違いないの？」

私が肯くと、娘は私の頭から爪先へと素早く目を流した。私の背丈が線路の幅の倍以上はあることを確かめたのだろう。

「無傷のまま？」

「そう――それで線路伝いにまた町まで戻ってきても誰にも気づかれずに済んだ」

「確かに誰も知らなかったみたい。昨日宿の人に尋《き》いてみたけど、列車が消えたなんて話は聞いたことがないっていってた。確かにその姿勢で横たわっていて無傷のままだったなら、その瞬間に列車が消えてしまったとしか思えないわね、――でも」

娘は少し不満そうな顔を見せた。

「何一つ傷を負わなかったってことは、おじさんがそれを実際に体験したっていう証拠がないってことにもなるわね」

「夢とか作り話とか、そういうことかね」

娘は困ったのだろう、返答のかわりにちょっとだけ笑った。

「体は掠《かす》り傷一つ負わなかったけれど」

私は着ていた上着の内ポケットから腕時計をとり出した。

「さっき話した腕時計だよ、ちょうど列車が鉄橋を渡り終える時刻で停まった——父親から譲り受けたものだから壊れたまま持ってるんだが」

その黒革のバンドがついた腕時計を手にとって娘はしばらく調べていた。

「ガラスが半分だけひどく曇ってるわね」

円いガラスは真二つに割れ、その半分だけが確かに黄茶けている。娘の丁寧な視線はそれを見落とさなかったのだった。もっとも大してそれには気をとめなかったらしい。

「九時五十三分か……」

そう呟きながら、私にそれを返してきた。

「もう一つ壊れてしまったものがあるんだ、あの時の凄まじい車輪の音で——」

私は右耳を指で示し、「こっちの耳に何か私の悪口を言ってごらん。怒らないから」と言った。娘には意味がすぐわかったらしい。ほつれた髪を白い指でいじりながら、やはり困ったように笑っていた。

「鼓膜が破れてね、あの時——」

「ごめんなさい、何も知らなくて……疑ったようなことを言って」

「いや、どうせ、列車に轢《ひ》かれかかった瞬間その列車が消えてしまったなんて話は、誰も異常者の作り話だとしか考えてくれないだろうから——それがわかっていたから今日まで誰にも話さなかったんだが」

「異常者とは思わないけど、ただ……」

娘は横顔で川の湯気を見おろしながら、「そうね、だとすると辻褄が合うわ」独り言を呟き、「面白いわよね、四年前には列車が消えて、今度は列車から人が消えたんだから――でも四年前も列車じゃなく、人が消えたとしたら？」

「どういうことだね」

「ぶつかる瞬間、列車じゃなく、おじさんの方が線路から消えたのだとしたら？」

「――」

「おじさんが幽霊だとしたら？」

そう言うと、娘は次の瞬間、クスッと笑って自分の腕時計を見ると、背を向け、駅に向けて駆けだしていた。腕時計ではなく、私の足もとを見たのかも知れない。湯気にぼおっと消えかかった足もとを。そしてそんな風に夜の明けきっていないほの白い闇の中に、足もとを霞ませて立っている八十にも見える猫背の男が、さっき娘の眼にはどう映ったかがわかったのだった。だから娘は、不思議そうに、「私、今どんな目でおじさんを見てる」そう尋いたのだ。そう私は確かにあの時死んだのだった。間違いなくあの列車に轢き殺されて――それが唯一の答えなのだ。そうしてその後もずっと死んでいたのだった。この、時間が停止した温泉町で、私は死んでいたのだ。少なくとも昨日までは――

昨日、今去り際にあんなにも可愛く笑った娘と出逢うまでは。

正午過ぎの列車が出発するのを見送り、私は食堂を出た。

「ゆけむり荘」にあの娘を訪ねようか、家に戻ろうか迷いながら歩きだした足はすぐに止まった。駅前にもう一軒、土産物屋を兼ねた喫茶店がある。その窓ガラス越しに娘の微笑が見えたのだった。娘は手を小さくふって見せた。

その喫茶店に入っていくと、娘は一人ではなかった。外からは窓際の植木鉢に隠れて見えなかったが、娘と対《むか》い合って男が座っていた。私はすぐにその店を出ようと思ったが、娘がふり返り、入口に近い席に座るように指で示してきたので、仕方なくその席に座った。

娘はしばらくその男と笑いながら何か喋っていた。私の席からは男の顔しか見えなかった。もう四十に近いのだろう、顔も体軀も平凡でどこにもいそうな男だった。

娘はやがて笑いながら立ちあがり、私の席へやってきた。私の前の椅子ではなく、隣りの椅子に座った。そして、

「悪口言っていい?」

そう小声で言い、私が驚く暇もなく、私の右耳に唇を寄せると何かを囁いた。もちろん私には何も聞こえなかった。

「何て言ったんだね」

娘が、唇を私の耳から離し、跳ねるように対いの椅子に座り直してから、私は尋ねた。

娘は笑顔を返しただけで何も答えなかった。

「誰なんだね、あの男は」

「私と今度の事件を一緒に調べてる人——私臨時に秘書として傭われたの。さっき一緒に鉄橋

の近くまで行ってきたわ。今度の事件の方の調査だけど」

「何かわかったかね」

「八人の乗客がどうやって消えたかはほぼ見当がついたわ、だからおじさんの方の幽霊列車のことも早く解決してあげ」

そこで不意に言葉を切り、「今、私どんな目で見てる？」またそう尋ねてきた。

「おじさんと対い合っていると、ふっと何も見ていないような気がして怖くなるの」

「幽霊だからね」

私の苦笑はきっと悲しげだったのだろう、娘は慰めるように首を振り、手を伸ばし私の手首を握った。「ちゃんと脈があるわ、ちゃんと生きてるわ」そう言い、

「だから、線路に横たわりながら何故列車に轢き殺されなかったか、必ず説明がつくはずよ。ね、その列車は、おじさんに襲いかかる瞬間消えた後、定刻通りに、この終点の岩湯谷駅に着いたのかしら」

「どうしてかね」

「つまらないことを考えたのよ。列車の機関士が線路におじさんが横たわってるの見つけて急停車して、意識を失っているおじさんを線路から除《の》けて、また列車を少し進ませて、もう一度停まって、おじさんを元通り線路に戻しておいたんじゃないかって」

「どうしてそんなことを機関士が」

「そう、馬鹿げてるわね。でも列車がぶつかった瞬間消えてしまったと考えるよりは現実的だ

わ。この仮説が正しいとしたら、列車は何分かは遅れてここの駅に着いたと思うけど」

「この駅では代々、駅長が日誌をつけていると聞いたが、――列車の遅れとか乗客の数とか詳しく書きこんだ」

「じゃあ、今から駅へ行ってみない？　ついでに今度の事件のことでも調べたいことがあるから」

「いや、さっきからあの人が恐い目でちらちらこちらを見ているから、行ってやった方がいい。私がちょいと駅へ行ってその日誌を借りてくるから」

「恐い目するの仕事なのよ、あの人」

娘はそんなことを言いながら、窓辺の男の所へ戻っていった。

私が駅でそれを借りてきてまた店に戻ると、娘はすぐに跳んできた。日誌といっても正規のものではなく、日記とでも言えばいいのか、分厚い帳面の一頁分が一日になっていて、その日の列車の発着が細かく記してある。

「この日だよ、私の誕生日だったからよく憶えてるんだが……」

私が開いてさし出した頁に、「じゃあ明後日なのね」そう言いながら、娘はざっと目を走らせた。問題は最終列車の記述だけである。

九時五十九分。事故のため定刻より一時間九分遅れて到着。降車客なし。

十時三分。定刻より一時間三分遅れて発車。乗車客なし。

「やっぱりその列車、一時間以上も遅れていたんだわ。時間がかかりすぎる気がして、機関士がそんなことした理由はわからないけど」

そう言い、何気なく、「でも、これでもう一件落着にしましょ」そう続け、日誌を押し戻してきた。そして私を見て笑った。頰づえをついた笑顔の、だが、目だけは笑っていない。目の奥から遠い光が二つ私を見ている。私は、あの時線路の遙か彼方に浮かびあがった二つの目を思い出した。初めて娘が向けてきた視線に、私はあの時と同じようにとまどい混乱した。

それを救ってくれたのは、窓辺の男の声だった。

「おい、もう宿へ行くからな」

男は相変わらず恐い目で私たちを睨みつけるようにしてそう声をかけてきたのだった。

娘は「今行く」そう声を返し、視線を私に戻した。

「ごめんなさい。おじさんの方にもつきあってあげたいけど——これでお別れしましょ」

「東京へ戻ってしまうのかね」

「まだよ。今度の事件はまだまだ何か起こりそうなの……だから……ごめんね」

娘はそう言い、もう一度笑い、立ちあがった。その拍子にテーブルの角に体をぶつけ、私の前のコップが倒れかかった。水は少しこぼれただけだったが、娘は手を濡らしたらしい、勘定書きをもって突っ立っている男の所へ戻ると、「ハンカチ貸してくれる?」そう言った。

「さっき貸したじゃないか。一体今日は何度ハンカチを借りるんだ」

「——そうだったわ」

娘はそうしてごく自然にGパンのポケットからハンカチをとり出すと、それで手を拭い、私を見ようともせず、男と連れだって店を出ていった。コップの中の水がまだ揺れている。私はその揺れがおさまるのを待って立ちあがった。店を出ようとした時、土産物売り場で売っているハンカチが目に入った。毒々しい色で花びらや湯煙りが刷りこまれた安っぽいハンカチばかりだったが、私はその一つを買った。まだ渡す機会があるかも知れない――

娘は一方的に別れを告げてきたのだし、私の方では別れの言葉を言っていなかった。

釣り銭を渡してきた老婆が、

「今の娘さん、親類の人かね」

と聞いてきた。

「いや――」

「そうかねえ。スエさんに似てたから、そうじゃないかと思ったんだけど……」

老婆は私の母のことをよく知っていたのだった。私はその言葉から逃げだすように店を跳びだしていた。似ているはずがない、この町の湯煙りと土とが体の芯までシミついてしまった女と東京から来た娘とが似ているはずがない、必死に自分の胸に言い聞かせた。何より私はその娘を愛しているのだし、母親のことは憎んでいたのだ。母親の方でも私を憎んでいた。それなのにもっと始末のおえないことに母は私を、東京からの遊び客が金と一緒に落としていった子供を愛していると誤解していた。私をこの町に自分のそばに縛りつけておくことだけを愛だと誤解していた。四年前に死ぬまで。そのために私は嫁を迎えることさえできなかったのだ。だから母親が死んですぐに私は妻をめとった。だがあの女も同じだった。私をあの狭苦しい、朽ちかけた家に、自分の手もとに鉄の鎖で繋いでおくことばかりに夢中だった。それで四年前の十月のあの日、あの女が自分から出ていく一カ月前私はその鎖を断って東京へ逃げだすために、駅へと向かったのだった。そうしてホームで列車の到着を待つうちに何かが狂い、私は東京ではなく死に向けて、あの線路を歩きだした――

遙か彼方に、娘と男との背があった。娘は仔犬か何かのように男の体にじゃれついている。

私の中でコップの水がまだ揺れていた。私は買ったハンカチをしっかりと握りしめていた。

娘は自分のGパンから男のハンカチをとりだし、さりげなく指を拭った。あの一瞬私はハンカチと同じ白さで娘が自分の裸身を男の前にさらけだすのを見た気がしたのだった。

女が、男のハンカチを借りて手を拭う。

そんなことは東京では日常茶飯事の無意味なことなのだ、やはりそう必死に自分に言い聞かせながら、だが、この温泉町の古い因習と錆ついた道徳の中で育った、人の噂《うわさ》にしか生き甲斐を見出せない女たちが、「あの二人、出来てるのよ、きっと」そう囁き合う声の方がはっきりと聞こえてくるのだった。

私は生まれて初めて誰かを愛し、それと同時に生まれて初めて嫉妬の苦しみを嘗《な》めさせられ、また同時に生まれて初めてその愛を諦めなければならなかったのだ。まだ出逢って一日が終わっていないうちに、一生一度の恋物語は終わっていた。この町の頼りない湯煙りのように――私はその娘のことが本当に好きだった。その娘とならこの町を棄てて東京へ行けそうな気がしていた。それなのにやはり東京も娘も果てしない鉄路の彼方にしかないのだった。

娘は男にじゃれついたまま「ゆけむり荘」ではなく古い採石場の跡の方へと去っていった。もう一度、私の体の中で、娘が白い裸身を男へとさらけだす。私はゆっくりと家に向かって歩き出した。娘の最後の微笑を思い出す。それはあの男に向けたような楽しげなものではなく、年寄りを、馬鹿げた妄想話しかできなくなった異常者を憐れみ、慰める微笑だった。私の話を娘はやはりただの妄想だと考え、私につき合いきれなくなったのだろう――

その日、家に戻ると私は小さな仏壇の母の写真を破り棄て、それよりもっと激しい胸の手でしっかりと焼きついていたあの男の顔を引き破った。

それから二日間、小さな温泉町はその幽霊列車事件で、大地震にでも見舞われたように揺れに揺れた。もっともそれを私が知ったのは後になってからだった。町中が何かを騒いでいるのはわかっていたが、通りや食堂での人々のひそひそ話は、いつものように私を無視し、私の方でも無視していた。たとえ知っていても、私はその事件がこの町を舞台にしているというだけで興味をもてなかっただろう。むしろ後になって事件の詳細を知った際、私は何故その事件と共にこの町が滅んでしまわなかったのか、そのことを恨みさえしたのだった。そう、後になって――

後になって東京から送られてくる雑誌の一つの小説の中で、その事件を知ったのだった。そしてまた、事件だけでなく、私の、一日も経たずに終わった恋物語の恋仇が、宇野喬一という警視庁の警部補だったことも、その男が事件を解決したことも、その雑誌の新人賞を受賞し絶賛を博した小説の中で知ったのだった。

その警部補に協力した若い娘の名だけは、だが、その娘がこの町を去る日に私にもわかっていた。

別れた翌々日、私は「ゆけむり荘」に娘を訪ね、まだ滞在しているようならあのハンカチを渡そうと思ったのだった。

「ああ、永井夕子って娘《こ》でしょ。あの娘なら今朝宿を出たわ」

顔だけは馴染みの仲居がそう言った。仲居の冷たい顔は、「ゆけむり荘」の奇妙な静寂に浸されていた。後になってそれが嵐のあとの一瞬の静けさだったのだとわかったのだが、その時の私はただポケットにひそめたハンカチだけを気にしていた。その仲居に手渡してもらうよう頼もうか迷ったが、結局あきらめて宿を出ようとした時、

「あっ、忘れてたけど、あの娘《こ》が、もしあんたが訪ねてきたら、今夜八時に駅へ来てほしいと伝えてって」

仲居はそれだけを吐き棄てるように言い、慌ただしく奥へ去っていった。

「掛け時計も腕時計も停まっているのに案外時間に正確ね」

駅の時計がきっかり八時をさしているのを見て娘はそう言った。娘の方が先に来て改札口手前の小さな待合室で待っていた。一人きりだった。

「何か用だったのかね」

「見送ってもらいたかっただけ――」

「連れの男の人は？」

「今朝、私が『先に東京に帰る』という手紙を枕元に置いておいたから、もう帰ったと思う。本当は私、宿を出て、この町のあちこちをぶらついていたんだけど……朝、あの人と顔を合わせるの嫌だったから……」

そう言って笑ったが、肌の白さが目立って少し寂しそうに見えた。

私はこの時もポケットの中のハンカチを握りしめ、それを渡そうか渡すまいか、そのことばかりを気にしていたのだが、

「渡そうかな……」

その言葉を口にしたのは娘の方だった。

「今日おじさんの誕生日でしょ、だからプレゼント――それもあって今日もう一日残ったの」

「プレゼントって！」

「四年前の幽霊列車の解決。ダイヤが変わってるから四年前通りにとはいかないけど、でも今からなら下りの最終列車が鉄橋を渡ってくる前に現場に着けるはずだわ。それに今夜もほぼ満月よ」

娘は言うと、私に入場券を買わせ、二人は肌寒い夜のホームに出た。ホームには誰もいない。その端っこの石段から線路へと下りながら、「一つだけ確かめたいけど、四年前の今夜おじさんは間違いなくこの線路を鉄橋の手前まで歩いたのね」そう尋ねた。私は肯いた。それは嘘で

はない——

あの晩と同じように円い月が空の中途半端な位置にかかって、白く淡い目で線路を歩いていく二人を見おろしている。月明かりに濡れ、鉄路はやはり二筋の光となって前方へと伸びている。ただ今夜、私を導いているのはその光ではなく、私と肩を並べて歩いている私の子供のような年齢の娘だった。娘は月夜の散策でも楽しむように、レールの上をふざけて歩いたり、鼻歌を歌ったりしている。私はやはりその道がまっすぐ東京へと繋がっている気がしたが、私たちの影が長くなったり短くなったり、前に流れたり後ろに廻ったりするので蛇行していることがわかった。美しい走馬灯の中を歩いている気がした。その遠い影となって時間が流れていく走馬灯の中を、二人して東京へ逃げていくのだ、何度もそんな錯覚におちいった。夜の静寂を鳥たちの声と月光があの晩よりも安らかに私を包みこんでいた。そうしてどれだけ歩いたか、

「この辺りね」

娘に言われて我に返ると、川の音がまるで地の底の唸り声のように響き、私たちは鉄橋の手前に立ちどまっていた。あの晩と違い少し欠けた満月は山の稜線から半分顔を覗かせており、鉄橋を、その手前に立った二人を淡い光の中に浮かびあがらせている。あの晩闇に包まれ陰画だった風景を、やっと薄暗いながら陽画に焼きつけた気がした。鉄橋がむこうの崖からこちらの崖へと光の橋となって延びてきている。

「横たわってみて……あの時と同じように」

私が言われた通りレールの一本を枕にして長身で線路をまっすぐ直角に切って横たわると、

娘もまねるように頭を並べて横たわった。

「本当、枯れ草の優しい匂いがする……」

私の話を思い出したらしく、そう言い、レールに耳をつけると、「もう大分近づいてるわ」そう呟いた。まだライトは見えなかったが、確かにレールから私の左耳へと震動の音が響いてくる。娘は微笑し、私もつりこまれるように笑いながら、少しずつ高まっていく車輪の音を見知らぬ世界の美しい言葉のように聞いていた。そしてその時も唐突すぎるほど唐突に、娘は「一緒に死んであげましょうか」そう言ったのだった。形のいい耳に月の光が屑となって燦いていた。

「死に損なって、まだ死にたいんでしょ。わかってるの。私が今度の幽霊列車の話をした時、集団自殺じゃないかって言ったから。想像って本当に願望をふくんでるのよ。喫茶店でも私、おじさんの聞こえない方の耳にそう囁いたの、『一緒に死んであげましょうか』って」

「娘さんには死ぬ理由がないじゃないか」

「そうでもないわ。自分だけで勝手に恋をして、自分だけで勝手に失恋したのだから……」

「あの男かね、喫茶店で一緒だった」

娘はそれには答えず、ただ、「でももう遠い話だという気がする、子供の頃のような遠い話……」呟くように、歌うように言い、微笑のまま目を閉じた。激しくなった震動の音を子守唄として聞いているかのように静かに。激しくなった？　私は思わず首をねじり娘の顔から反対の鉄橋へと視線を向けた。

二つの月がもう鉄橋へとさしかかっている。月ではない、列車の燈だ。私を轢き殺す鉄の凶器の燈――私は安らいでなどいなかった。心臓の音が高まり、もう橋を渡り始めた列車の轟音とぶつかりあい、既にもう一方の耳の鼓膜を破ろうとしている。喘ぎ声、全身に噴きだした汗、体を粉々に砕く慄《ふる》え。娘は相変わらず静かな微笑で目を閉じている。私は方向を失った愚者のように何度もその微笑と闇を裂いて迫ってくる二つの燈との間に視線を揺らした。

列車の光はもう鉄橋の半分まで押し寄せてきている。あと何秒、三秒、二秒、いやもう一秒しかない――どうやって起きあがったかは憶えていない。どんな風に列車がその地点を通過したかも。気がついた時、私は線路の脇に両耳を押さえて蹲《うずくま》っていた。通り過ぎた列車が起こした風がまだ、線路の枯れ草を揺らし、車輪の音の残響が私の体をまだ小刻みに震わせていた。そして私は、線路の反対側に月の光を薄くまとって静かに立っている娘を見たのだった。娘が列車とぶつかる寸前どうやって線路の反対側へと逃げたのかもわからなかった。私たちはただ線路を挟んでしばらく見つめ合っていた。私は恐ろしいものでも見るように、娘の方はあの喫茶店で最後に見せたのと同じ私を憐れみ労《いた》わる目で――

近寄ってきて、私を抱きあげようとした手にも、かけてきた声にも同じ労りがあった。

「死にたいだけで、おじさんは死ねないんだわ。でもそれだけを自分で認めれば、おじさんは異常者ではなくなるのよ――四年前の今日もおじさんは今みたいに最後の瞬間に逃げだしたんでしょ」

私は夢中で首を振り、「違う」胸の中で叫び続けた。違う、四年前とは違う――。

実際に声に出して叫んだのかもしれない。何故なら、その時娘はこう言ったのだから。

「そう、四年前だけじゃないわ。おじさんは他にも一度この線路を歩いてるのね、死に向かって――その前に謝っておかなければならないことがあるわ。私、宿の人からおじさんのことをいろいろ聞きだしたの、お母さんのことや別れた奥さんのことや――ごめんなさい、おじさんはまだ四十二だったのね。私もっと年をとっていると思って、最初に会った瞬間『昔話はいやよ』なんて言って。だからおじさん、四年前の話だって嘘を言ったのね。でもおじさんが私にしてくれた話、あれは四年前ではなく四十年前の話だったのね」

そしてこうも言ったのだから。

「今はおじさんは背が高いけど、その頃はきっと普通より小さいぐらいだったんでしょ？　この線路と直角にまっすぐに横たわってもレールの間にすっぽりおさまってしまうほど――」

そしてまたこうも言ったのだから。

「おじさんの体の中の時計も、二歳の九時五十三分で停まってしまっていたのね」

そう、それは四十年前、戦前の、私が二歳になった誕生日の晩だった。私は母に幼い手をひかれ、その駅から東京へ旅立とうとしていた。母は私生児を産んだ女に向けられる冷たい視線に耐えきれず、この町を棄て、東京にいる私の父親のもとへ行こうとしたのだった。だが結局それを果たすことができなかった。母もまた生まれ育ったこの山峡の小さな温泉町を棄てることはできなかったのだし、何よりその晩、ホームで列車が到着するのを待っている間に、母がぼんやりと考えごとをしている間に、私がどこへともなく姿を消してしまったのだから。母は当時の駅長と二人一晩中町や付近を探しまわった。そして疲れ果てて駅へ戻って途方に暮れている所へ、線路を小さな体が歩いて戻ってくるのを見たのだった。明け始めた薄明かりの中を、私はひどく楽しそうに笑いながらよちよちと歩いてきたと言う。母は私がどこへ行っていたか知らずにいた。私が幼い腕にはめていた父親の腕時計のガラスが割れ針が九時五十三分をさしてとまっていただけでは、私の右耳の鼓膜が破れていただけでは何も想像できなかったのだ。もちろん、私にもわからなかった。私は何を聞かれてもただ、「きしゃきしゃ」とはしゃいだ声を出しただけだったと言う。

「そう言えばこんなことがあった」

私の十八歳の誕生日の晩、母が思い出したように語って聞かせた時、もちろん二歳になったばかりの晩の記憶など私にあるはずがなかった。「いったいどこへ行ってたのかねえ」母はそう言った。東京の男に騙され子供を産み落とすほど愚かだった母親には想像もできなかったのだろうが、私にはその話と壊れた時計と破れた鼓膜と、それから線路を歩いて戻ってきたことと、「きしゃ」という言葉とから一つの想像図を描くことができた。線路をどこまでも歩いていき、近づいてくる汽車とぶつかり、レールと車輪の内側に横たわり、列車が、死がすぐ頭上を通り過ぎていくのを待っている小さな自分の姿を——そう、確かに想像は願望を反映している。十八歳のその頃、既に私はもうその町を憎んで町を逃げだしたいと願い、何よりその町から逃げられない自分を憎んで何度も死にたいと願ったことがあったのだから。

私は母からさらに詳しい話を聞きだし、間もなくに、私の想像が当たっている証拠を見つけた。幼かった私は鉄橋を渡るわけにはいかなかっただろうから、それは鉄橋にたどり着くまでに起こったのではないかと考えていたのだが、何度も線路を歩いてみて、その鉄橋の少し手前の枕木の間から円いガラスの半分を見つけたのだった。私の手もとに残った壊れた時計のガラスが真二つに割れ、半分だけしか残っていなかった。雨ざらしになって茶褐色に変色したガラスの破片は腕時計にはめこんでみるとぴったりとおさまった。私は当時の列車のダイヤや駅の日誌を調べ、あの列車が何かの事故で一時間以上も遅れていたことを知っていたのだが、それだけの長い時間があれば幼すぎる足でも鉄橋近くまで何とかたどり着けないことはない。間違いないと思った。二歳の時、どうやってかわからないが私はその幼い足で奇跡的にそこまで線路上を歩いてきて、その列車に出逢ったのだった――

　私は何故そんな遠くまで歩いていったのだろう。いくら思い出そうとしても二歳の記憶が蘇るはずがなかった。そうして絶対に思い出せないことだと悟った時、私はそれならばその「何故」に対する答えを、二歳の時の記憶を自分で作り出せばいいのだと考えたのだった。私は役場の資料を調べてその夜が晴天の満月で風が強かったことを知り、月の光と風の音とで二歳の晩のその道を色づけした。この町の一番隅っこで母親の手が固く握りしめた鎖につながれ、友人も楽しみもなくただ一人だった私は、そんな風に二歳の時に歩いた道の記憶を作り出す遊びに熱中した。二歳の私は何も考えることはできなかったかもしれないが、周りのものを見たり、聞いたり感じとったりはしたはずだった。それらを再生すればよかったのだ。そんな風にして私は、少しずつ、その道の夜の気配を濃密に作りだし、楽しみ、信じこんでいった。そうして最後に、「何故二歳の私が母の手を離れ、その道を歩きだしたのか」その理由を作りだしたのだった。「お前は生まれた時から風の音や鳥の鳴き声に怯えていたよ」「お前は赤ん坊の頃は妙に私になつかなくてね」「赤ん坊の頃から、お前は東京の雑誌に載っている写真を見るのが好きだったよ」母の言葉を裏づけにして、私は二歳の時も今と同じようにこの町の夜を嫌い、今と同じように母を憎み、東京を愛していたのだと考えた。そしてまた今と同じようにその町を逃れて東京へ行くか、逃れきれずに死ぬか、二歳の私もそのどちらかを選んだのだと——

少しずつ、少しずつ……そうして二十年が過ぎ、三十八歳の誕生日の晩、私はその夜の道を実際に死に向かって歩いてみることで、その、記憶を作りだす作業の最後の仕上げをしたのだった。その晩私は妻だった女と喧嘩し、東京へ逃げようと駅へ行き、だが結局、線路を死へと歩く方を選んだのだった。偶然その夜は満月だったが、私はあの二歳の時に死に損ねた地点へと死へと刻々と近づきながら、どうしてもこの夜の道を歩くのは間違いなく二度目だという気がしてならなかった。それほど私の歩いていた鉄路は二十年のうちに作りだした記憶とそっくりだったし、それほどもう私は作りだした記憶を信じこんでいたのだった。二歳の時の母に代わって、私は同じように憎んでいる妻と一緒に暮らしていたし、状況も死へと向かっていく心理も、作りだした二歳の時の記憶通りだった。夜の静寂、中途半端な位置にかかった月、その淡く白い明かり、そして秋の終わり——ただ一つ違っていたのはその地点にたどり着き横たわった体は線路の幅をはみだし、そのままでいれば間違いなく列車に轢き殺されてしまうことだった。だから私は最後の瞬間恐ろしくなって逃げだしたのだった。その一瞬前まで自分はその死を安らいだ静かさの中で受けいれられるのだと思っていながら——そうして私は死に損なったかわりに、生きていても無価値なだけの生命と、列車が私に襲いかかるぎりぎりの瞬間までの完璧な二歳の晩の記憶とを手に入れたのだった。

「本当は宿の人から、『あの人は歩けるようになって間もない頃から片方の耳が不自由だったのよ』と聞いた時からわかってたのよ。何故かはわからないけど私は子供の時の話を聞かされたのだって。それに三つの裏づけがあったわ。おじさんが見せてくれた腕時計のバンドの穴を見ると、ずいぶん細い手首の人がはめていたものだとわかったから、それで喫茶店で私、おじさんの脈を調べるふりで手首を摑んでみたの。おじさんの手首結構太かったわ。だからおじさんが、それをはめていたのなら、ずっと小さい時だったのじゃないかって——それから喫茶店で私があの人からハンカチを借りようとしたの憶えている？　あれは日誌についていた埃のせいよ。とてもあの埃は四年間のものじゃなかったわ。それに一時間以上も遅れた列車のことを考えると、大人の足では鉄橋まで歩くのに時間がかかりすぎているのよ。だから翌日、私は駅に行って調べてしまったの、おじさんが四十年前の日誌を借りていったことを——そう、何故おじさんが二歳の時の話を憶えているのか、はっきりとはわからないけど、でも話さなくてもいいわ。聞きたくないの。私やっぱり昔話って嫌いだから」

月の光に濡れた線路を駅へと戻りながら、娘はそう言い笑った。線路に横たわって「子供の頃みたいに遠い話」そう呟いた時と似て笑顔は少し淋しげに見えた。駅の手前で、上りに変わった最終列車をやり過ごし、ホームに上がり、ほんの数秒線路をふり返った。その数秒、私は娘の背が私の肩までしかなかったにもかかわらず、二歳の記憶の晩に戻って母親と一緒にホームに立ち、東京行きの列車を待っている気がした。最終列車が出てしまったので、娘はもう一晩駅前の小さな旅館に泊まることになり、私たちはその前で別れた。娘は「大したプレゼントにはならなかったけど」と言って笑い、私は何も口にしなかった。結局ハンカチも渡さなかった。翌朝も一番の汽車で帰ることはわかっていたが、家の壊れた時計で見送っただけだった。

事実それは大したプレゼントではなかったのだろう。あの娘のあの線路の上での命がけの言葉にもかかわらず、あれから十年経った今も私の家の柱時計は壊れたままだし、私は日に二回駅へと通っているのだから。そして私はもしかしたらと考えることがある。もしかしたら十年前のあの娘とのことも私がまた記憶を作りだしただけではないのかと——私は食堂で娘を見かけただけであり、その後のことは全部後になって届いた雑誌のあの小説を読んで私の願望が作り出した想像ではないのかと——

何故ならあの雑誌の宇野警部補の手記の形をとった小説の中で再会した娘は、私の記憶の中の娘と少し違っていたのだから。そして何よりその小説の中で私の存在と私の幽霊列車事件は完全に無視されていたのだから。その小説を下敷きにして私はまたあの娘との記憶を作りだし、信じこんでいるのかもしれないと——二歳の時の記憶を作り信じこむまでに私は二十年がかかったが、十年というのも一つの記憶を作り信じこむには充分長い歳月ではないのかと——。

化^け
鳥^{ちょう}

石上智恵《いしがみちえ》が死体となって発見されたのは、捜索が開始されておよそ二時間後だった。その日の午後三時二十分頃、買い物帰りの主婦が、町の一隅をかすめるように流れる川の、橋の上から智恵が落下するのを見て、ただちに近くの交番に通報したのである。

「自転車で橋を渡りはじめた時、橋の反対側で女の子が踊るような恰好をしていて……両手をこう高くあげてくねらせて。低い欄干《らんかん》から身を乗りだしたから、思わず、危ない！　って叫んだんですが、その時にはもう……」

幅が二、三メートルの大した川ではないのだが、前夜から朝まで続いた豪雨で、泥土色の濁流となっていた。濁流の中から小さな手が突きだされ、それはまた楽しい踊りでも踊っているように揺れていたが、すぐに泥の色に飲みこまれ消えた。

二時間後、晩秋の早い夜がおりて間もなく、三キロほど下流の杭《くい》にひっかかって、赤いセーターを着た少女は発見された。まだ五歳だった。小学校入学を来春にひかえ両親がランドセルを買い与えて三日後のことだった。母親の石上隆子《たかこ》は変わり果てたひとり娘の遺骸にすがりついて悲鳴のような泣き声をあげ続けた。

その東海地方の片隅《かたすみ》にある小都市では、秋から智恵と同じ年恰好の子供たちが相次いで変質者に殺害されるという事件が起こっていた。女児が二人、男児が一人、新聞記事が詳細に書くのを控えたほどの残忍な方法で殺害された。町はずれの工場に勤める二十一歳の若者が犯人として逮捕されたのが、まだ一週間前だった。これでやっと子供を安心して外で遊ばせてやれる、母親のそんな安心感が結局、別の悲劇につながってしまったのだった。

石上隆子は二日間泣き続け、葬儀も終わって涙もかれ果てた頃、一通の分厚い手紙を受けとった。宛名《あてな》は隆子の名になっていたが、差出し人の名はなかった。智恵が死んだのはあくまで事故である。確かな目撃者がいる。

それなのに、その手紙は、

「智恵ちゃんは殺されたのです」

という言葉で始まっていた。力ない幼児の書いたようなたどたどしい文字は、さらに「ただ、殺したのは人間ではなく、私の飼っている一羽の鳥です」そう続いていた。鳥という言葉で、隆子は智恵の遺体が握りしめていた灰色の鳥の羽を思いだした。相当に大きな鳥を想像させる大きな羽は、もともとは白色だったのだろうが、汚れた水に遺体以上にぐっしょりと濡れて黒ずんでさえ見えた。隆子はまた、智恵の最後を目撃した主婦の言っていた言葉を思いだした。

「そういえば、踊っているように見えたのは、空から舞い落ちてくる何かを必死につかもうとしていたからかもしれません。そう、確かに鳥の羽が風にのってゆらゆらと舞い落ちてくるのをつかもうとするように……でもあの時、そんな大きな鳥は空のどこにも飛んでなかったし、橋の上には雨あがりの透きとおった風が流れていただけで、私には鳥の羽も見えませんでした……」

――この手紙があなた様の手もとに届くころ、私はこの町の福祉施設の何の飾りもない貧しいベッドの上で息をひきとっているでしょう。大正元年に生まれ、何年か前この施設で厄介になる頃から年齢を数えることもなくなって正確には何歳になったのかわかりませんが、白くなった髪も枯れ草のように淋《さび》しくなって、ベッドの上に起きあがりこんな書き物をするのもやっとという年寄りでございます。新聞を読むこともままならず、私が世間のいろいろな出来事を知るのは、同室のまだ私より若い方々と看護婦さんとのお喋《しゃべ》りを耳にするからですが、昨日だったか、一昨日だったか、そんなお喋りからあなたのお嬢様を襲った不幸のことを聞き、いろいろ考えたあげく、私のこの最後の手紙をあなた様に送らせてもらおうと決心したのです。看護婦さんたちは女の子が鳥の羽を握っていたのを不思議がっておりました。そうしてたぶん、溺《おぼ》れかけた子供がどこかから流されてきたその羽を、藁《わら》をもつかむ気持ちでつかんだのだろうと話しておりましたが、それは大きな間違いであって、一羽の鳥があの時お嬢様を川で溺れさせるために、自分の羽の一枚をその頭上に向けて落としたのです――そう、きっとそうに違いありません。その鳥のことを私だけはよく知っておりますから。それはまた逆に言えば私以外の誰もその鳥のことは知らないことになりますから、あなた様も周りの方々もみんな、私をただの異常者だと思い、これから私の書くこともすべてが妄想の生み出した言葉にすぎないと思われるかもしれません。そう思われるのならこれ以上は読まずに破り棄てて下さいませ。たとえ破られ、誰の目に触れずに終わることになるとしても、私は、死を前にして語り続けなければなりません。——その鳥というのは私が幼い頃から飼い続け、可愛がり続けた鳥でございます。私は関東の奥深く、山峡《やまかい》の貧しい村の農家に次女として生まれました。働き手にならない女の子など一家には邪魔なだけで、生まれたのが女児だとわかると父親は私をその場で葬ろうと薪《まき》をつかんでふりおろしたのだそうです。今でもその時の傷が額《ひたい》にかすかに残っておりますが、母と姉とが何とか父親をとめて私はこの世に生き続けることになったのでした。私はその話をものごころついた頃から父親に聞かされていました。あれは数えで五つになる頃だったか、竹藪《たけやぶ》でまだ雛《ひな》の鳥が羽に血を滲《にじ》ませて横たわっているのを見つけたとき、憐《あわ》れみをおぼえて介抱してやろうと思ったのは、子供心にその雛鳥に私と同じ運命を見たからだったのでしょうか。私は四つ年上の姉と二人、家族の誰にも見つからないようにその鳥を介抱し続けました。三人の兄たちも、いいえ母親までもが何かにつけ私につらく当たり、家族の中ではただひとりその姉だけが私に優しくしてくれたのです。私たちが仲よく幼い手をつなぎあい介抱した甲斐《かい》があって、死にかけていた鳥は命をとりとめました。とても私たちになつきました。特に私の方になついて、空を自由に飛べるようになっても、裏山にいって私がその鳥の鳴き声を真似《まね》しさえすれば、すぐに姿を見せ、一瞬のうちに羽で風を切って私の指へととまるのです。母の呼び声が聞こえて私が家に戻らなければならなくなっても私の手にまとわりついて離れようとしないのです。今もって私はその鳥がどんな種類の鳥なのか知りません。形は鶫《つぐみ》に似ていましたが、当時でさえ既に鶫より大きく、掌《てのひら》の上にのると雪がこぼれ落ちるように純白の羽が私の小さな掌からはみ出してしまうのです。普通の鳥と違うことはその頃からもうわかっていました。私が成長するにつれてその鳥もどんどん大きくなっていったのですが、人と同じ長い生命を得て、時代がどう移りかわろうと、私がどこに移り住もうと、ずうっと私についてきて、私のそばから離れようとしなかったのです。

　長い間私は自分ほど不幸な境遇の女もいないと思っておりました。姉以外の家族から一度として可愛がられた記憶はないのですが、それでも私にはかけがえのない肉親だったのに、鳥を可愛がるようになって間もなくに、私はそのことごとくを相次いで失くしてしまいました。まず父が隣り村の親類の婚礼に出かけた帰り、酒を飲みすぎたふらついた足で暗い夜道を歩いていて誤って谷底に落ちて死にました。父だけではなく、その頃もう東京に出て燐寸《マッチ》工場に勤めていた一番上の兄が父の葬儀から十日もせずに工場で起こった火事で焼死したのです。焼死の報《し》らせが届いてから私は、その兄が父の葬儀に戻ってきた際、燐《りん》のしみた指をこするとぼおっと青白い火が浮かぶのを得意げに皆に見せびらかしていたのを思いだし、しばらくは兄の体が青い火に焼け崩れていく夢を見て怯《おび》え続けたのですが、その恐怖が消えないうちに、母が残った兄二人を連れて家を出ていってしまったのです。父と一番上の兄との頼りになる働き手を相次いで失くしもうこの村が嫌になって東京にでも出たんだろう、残された姉と私とは叔父夫婦からそう聞かされましたが、姉は夜明け頃、母が荷物ももたず兄二人の手をひいて、山の上の方へ歩いていくのを見たから、東京などに行ったのではなく死んだのに違いないと言いました。

当時、その山には一度はまりこんだら二度とぬけ出せない沼があったのです。姉は、母が兄二人を道連れにしてその沼に身を投げたに違いないと言って泣きました。

私の方はまだ幼かったこともあって家族の死を姉ほどに悲しむことはなかったのですが、それでもその後今日まで何十年と続いた流浪にも似た暮らしを考えると、父や母が生きていれば、私にももっと別の生き方があったでしょう。叔父夫婦にひきとられて下働き同然に働かされた七年、その後、東京に出され工員として働かされた五年、胸をわずらい使い物にならなくなって追い出された私を拾ってくれた香具師《やし》と各地を転々とまわった結婚生活とも呼べないような四年の放浪生活、その男と死別し、子供一人を抱え大阪の片隅で労働者同然の仕事をしながら細々と食い繫《つな》いだ三年、小さな居酒屋の主人の目にとまって後妻として暮らした三年――

私はものごころついてから今日まで綻《ほころ》びのない衣類を着たことはないのですが、まるで不幸の端《は》ぎれを切れかけた細い糸で縫《ぬ》いあわせては縫い直し、一枚の暗い衣を仕立てあげたような一生でした。

何度も死を考えながら、それでも私が何とか生きてこられたのは、あの一羽の鳥が私がどこにいようと鳴き声を真似しさえすればすぐにも私のもとへ飛んできてくれて、私を慰《なぐさ》めてくれたことと、もう一つ、優しかった姉との思い出があったからです。

叔父夫婦には子供が四人いて、自分たち家族の食い扶持《ぶち》も満足ではなかったので、そこへ転がりこんでいった私たちは、当然邪魔者扱いされ、特にまだ年端《としは》もいかずどんな仕事もこなしきれない私には絶えず辛《つら》く当たりました。それでも一生をふり返ってみて、私がその後の歳月にくらべて叔父夫婦のもとで暮らした歳月のほうを幸福だったと思うのは、姉がいつもそばにいて、陰になり日なたになり、私を庇《かば》い、絶えず私に優しい言葉をかけ続けてくれたからです。

その姉とも、しかし六年が過ぎ私がやっと畑仕事にも慣れ、姉の助けがなくともいろいろな仕事がこなせるようになった頃、別れる日が来たのです。姉はある日叔父に連れられて東京へ出ていきました。工場で働くのだと聞かされていましたが、私などよりずっと器量のよかった姉は自分が、工場などよりもっと金になる場所へ売られていくことを知っていて、前の晩、布団の中で私の体をしっかりと抱きしめ、「お金をいっぱいかせいできっとあんたを呼んであげるから」気丈にそんなことを言いながらも涙を流し続けました。姉の体がいつもよりあたたかく思え、私はそのあたたかさを少しでも余分に吸いとって自分の体に残そうと、必死に姉にすがりついていきました。

翌朝早くに姉は叔父に連れられてその家を出ていきました。叔父は大金を懐に戻ってこられるのがよほど嬉《うれ》しかったとみえ、その朝は私にまで愛想よくし、畔道《あぜみち》を遠ざかっていきながら、姉の方が私にむけて一度手をふっただけであとは頑《かたく》なに背を向け通していたのに、何度もふり返っては土焼けた顔を皺《しわ》だらけの笑顔に作り変えて大袈裟《おおげさ》に手をふり続けました。でもそれが私の見た叔父の最後の顔でした。叔父はそれきり村に帰ってこなかったのです。

忘れもしません。それは大正十二年の九月一日のことで、その日のうちにも東京が震災に見舞われたという報らせが村に届き、三日が過ぎても叔父が帰らないので、叔母は心配して東京へ探しに出かけたのですが、結局行方がわからず、疲れ果てた顔で戻ってくるとそのまま土間にしゃがみこんで、あの惨状では二人ともきっと死んでしまったに違いない、暗い声でそう呟《つぶや》いたのです。叔父が死んだことなど私にはどうでもいいことで、ただあの姉を失ってしまったのだと思うと叔母がどんな叱《しか》り声をあげても仕事が手につかず、しばらくは朝晩泣き暮らしていたのですが、翌年東京の工場に働きに出され、その工場で大人顔負けの仕事をしながら四年が過ぎようとするころ、浅草《あさくさ》の縁日で思いがけなく姉と出逢ったのでした。確かに五年前のあの日東京に着いて駅を出るか出ないかの時刻に震災が起こって、逃げようとした叔父は倒れてきた家の下敷になって死に、生き延びた姉の方は壊滅した町を行くあてもなくさまよっているところを質屋の主人に助けられ、その後二十も歳の離れたその男の後妻の座について今は何とか幸せに暮らしているというのです。姉の方でも私がもう死んでしまったものだとばかり思っていたので、突然の再会には私以上に驚きました。というのも前の年に私のことを心配して郷里の村に問い合わせてみると、叔母の家は夏の豪雨で土砂崩れに飲まれ一家全員が死んだというので、私が東京に出ていたことを知らずにいた姉は私も当然一緒に死んだのだと考えて胸を痛めていたのです。東京に出てからは叔母の一家とは絶縁状態でしたので、私もその時初めて叔母たちが見舞われた悲劇を知ったのですが、それに驚くよりも私にはただただ死んだとばかり思っていた姉と生きて再会できたことが嬉しかったのでした。

幸せといっても先妻の残した子供が三人もいる肩身のせまい後妻の座でしたから私と会うためにも姉は嘘をついて家を出てこなければならず、私の方でも工場から休みがもらえるのが月にせいぜい一度でしたから、その後半年の間に姉と会ったのはほんの四、五回でしたが、それでもその四、五日が私には生涯でたった一度の幸福な日々なのでした。吝嗇《りんしょく》な夫が財布をしっかりと握っていて、姉は自分の食べ物を減らしてためた金銭で私に御馳走《ごちそう》してくれたりしたのですが、そんなことよりも私は姉が昔どおりの優しい言葉をかけてくれるだけで充分幸せだったのです。でもその幸せも束の間のことでした。私と再会した頃、既に胸を悪くしていながら、それを隠していた姉は、その年の末、ひどい喀血《かっけつ》をしてわずか二日病床に臥《ふ》しただけで死んだのです。私は死んで一週間がすぎてやっとその連絡をもらったので、私が駆けつけた時には姉は既に仏壇の隅の粗末な位牌《いはい》となっていました。夫だった男は姉から聞かされていた以上に吝嗇そうな顔で、私が形見でももらいに来たと思ったらしく仏壇の線香が消えないうちに追いたてられるようにしてその家を出なければなりませんでした。

姉の唐突な死が信じられないまま、私は生きる望みもとだえて、姉の病がいつの間にか染《うつ》っていたらしく血を吐いた時には、むしろ姉のあとを追えることを嬉しく思いさえしたのですが、工場を追い出され、深夜死に場所を探すようにうろついているところへ、縁日での店じまいをして宿に戻る途中だった三十半ばの香具師が声をかけてきたのです。最初の頃はまだ優しかったその男が薬や食べ物の面倒をみてくれたおかげで間もなくに私はもと通りの体に戻ったのですが、その優しさも一緒になるまでの短い間で、結婚し各地を転々とするようになると、その土地その土地で女をつくり、稼ぎの全部を酒と女に注《つ》ぎこみ、私が思いあまって逃げようとすると殴《なぐ》る蹴《け》るの乱暴を働くようにもなって……

いいえ、この手紙に遠い昔の繰り言を書いても仕方のないことです。私が書かなければならないのは、その香具師も四年後には酒で体を壊して死んでしまったこと、その男との間に生まれた男児も大阪で私が居酒屋の主人と再婚して一年目に、四歳になったばかりの幼さで流行病《はやり》に罹《かか》って死んだこと、再婚相手のその男もそれから二年半が過ぎ、日本があの長い戦争に突入する少し前に不景気を苦にして神経を病み、鉄道に身を投げて自殺したこと――つまり私に関わり合ったことごとくの人が不幸な死を遂げていることです。その頃の私は、ただそれが私の背負わされた薄幸な運命のせいであり、私の不幸な星まわりが多くの人を巻き添えにしてしまうのだと思っていました。そう、本当にただそんなふうに思っていたのです。まさか、あの一羽の鳥が、その後も辛いことがあるたびに私が自分のもとに呼んで気持ちを慰めていたあの鳥が私のためにその人たちを殺してくれたのだとはまだ想像もできなかったのです。再婚相手が鉄道自殺を図った頃には、私があの村で鳥の命を救った時からもう二十年近くが過ぎていて、私にもその全体の姿が見られないほど大きく育ってしまい、千年以上も経た大木が生い繁らせた葉のように、まっ白な羽が翼をぎっしりと覆いつくしていて、私が鳴き声を真似るとどこからどんなふうに飛んできたのか、いつの間にか雪崩《なだれ》に襲われたように私はその羽影の白い闇にすっぽりと包みこまれていて、でも目には見えないその羽の感触は柔らかく私を撫《な》で、私は自分の悲しみをその羽が吸いとってくれたような安らぎを覚えるのです。実際、そうだったのでしょう。あの鳥は私から悲しみを吸いとり、そのぶん重くなった羽をざわつかせながら、いつの間にかまたどこかへ飛び立っていったのです。どこかへ……おそらくは私に悲しみを与えた人たちのもとへ……その悲しみを返すために……

私がそれに気づいたのは太平洋戦争の最後の年の三月のことです。自殺した居酒屋の男の遠い血縁を頼って、戦中、私は伊豆《いず》の、もう当時から寂《さ》びれ果てていたような小さな温泉町の小さな宿で仲居として働いていました。戦争が激しくなると宿は休業同然でしたが、それでも時時客が思い出したように訪ねてくることがあって、その男も東京から三日の予定で湯治に来たのですが、私の何が気に障ったのか、統制で充分な料理が用意できないことまで私のせいにし、乱暴な言葉を浴びせ、あげくは茶碗を投げつけ、翌朝早くに東京へ戻っていったのでした。その晩、東京に大空襲があってたくさんの犠牲者が出たことを知らされた時、私はあの男は間違いなく死んだと感じとったのです。東京を襲ったのはB29ではなくあの鳥なのだと——前の日男が帰った後、私の悲しみを吸ってその鳥はまたどこかへ飛んでいったのです。間違いなく男を追って東京へと飛んでいったのだと、東京の町に降ったのは焼夷弾《しょういだん》ではなく、その鳥のふり落とした羽だったのだと、その鳥が私の悲しみを雪のように白く東京の町に降らせたのだと、東京は炎で燃え落ちたのではなく、その白い羽に埋めつくされたのだと、そうしてその男一人に死を与えるためにたくさんの人が道連れになったのだと、私ははっきりと感じとったのでした。その時になって私はやっと、二十年以上前に起こったあの震災も、鳥が、私や姉を苦しめた叔父を殺すために、東京まで追いかけていって起こしたのだと思い当たったのです。叔父だけでなく、父親を崖《がけ》から落としたのも、一番上の兄を青い火に包みこんだのも母や兄たちを死の沼に導いたのも——それから叔母の一家を土砂崩れに飲みこませたのも、私の受けた悲しみを返すためにすべて一羽の鳥がやったことだったのです。私は、姉の夫だった質屋が、私が訪ねていって数日後に車とぶつかって死んだことも思い出しました。香具師と結ばれ、東京を離れる際、私はもう一度だけ姉の位牌を拝みたいと思って質屋を訪れ、それを知らされたのでした。その香具師を病に倒れさせたのも、二度目の夫を鉄道に飛びこませたのも。

私は自分の子供が突然高熱を出して苦しみ始めた前日のことを今でもはっきりと思い出せます。不運な境遇に生まれ、日頃は無口だった子が、その日新しい父親につまらないことで叱られると、その腹いせに私に八ツ当たりし、まだ幼い子供だとは思えない恐ろしい言葉で私を罵《ののし》ったのです。二度と思いだしたくないような酷《むご》たらしい言葉で。私が悲しんでいるとその時もいつの間にか私は白い闇にとざされ、その羽が優しく私を慰めてくれていたのです。私はどんな非道なことを言われようと私と唯一人血で繋がったその子が愛しくて、死を望む気持ちなど微塵《みじん》もなく、死んだ時にはとりすがって泣きました。すべてはあの鳥が勝手に私の悲しみを吸ってしたことなのです。幼い頃から自分を可愛がってくれた私が悲しんだり苦しんだりするのが、その鳥にはたえられなくて、私にかわって悲しみや苦しみを羽に吸いとって、その羽を棄ててくれたのです。

私はそれが真実であることを、その後今日までの人生でも何度も確かめました。私は終戦後も長い間その温泉宿で仲居の仕事を続けました。宿の女将《おかみ》はもともと私の母や叔母と変わりない意地の悪い女でしたが、戦後の混乱もおさまりだし、宿が戦前からは想像もできなかった繁盛を見せ始め、若い仲居たちを雇う余裕ができるようになると、露骨に私を邪魔にするようになり、結局私は追い出されたも同然にその宿を離れるとこの町に来て家政婦の仕事を始めるようになったのですが、宿を出てわずか数日後、私がまだ家政婦の仕事も見つからずにさすらっている頃、あの台風が伊豆を襲い、氾濫《はんらん》した川にその宿は飲みこまれ流されたのです。新聞に出た死亡者の中に女将の名を見つけた時、私はまたあの鳥のせいだと、伊豆の川に溢《あふ》れたのは、雨水ではなくあの鳥がまき散らした羽毛だったのだと、それにもう間違いはないと思いました。私のせいではありません。私はそのことに気づいてから、どんなに他人から酷《ひど》い仕打ちをうけようと、もう絶対に悲しんだり恨んだりしてはいけないのだと自分に言い聞かせたのですが、悲しみはひとりでに押し寄せてきますし、鳥は勝手にそれを吸いとっていくのです。

この町に来て家政婦の仕事を見つけ、私がまず回されたのは寝たきり老人のいる家でした。その老人はひどく頑固で私の落ち度を見つけることだけを生き甲斐にしはじめ……いいえやはり繰り言はよしましょう。私はただ老人がある時突然枕《まくら》もとの薬の瓶をつかんで投げつけてから数時間後、不意に心臓の発作で死んでしまったことだけを知ってもらえばいいのです。本当に突然でした。その頃はもうすっかり大きくなってしまった鳥の嘴《くちばし》を見ることはできなかったのですが、私には見えないその嘴で老人の心臓をつついたかのように……その後も私が世話をした病人で私に冷たくした人はことごとく死んでいきました。私のせいではないのです。私はどんなに冷たくされてもその人の死を望んだことなど一度もないのですから。

私は今日まで誰にもその鳥の話をしたことはありません。話しても、誰もそんな鳥が実在することは信じようとせず、私の恨みが不思議な力を得て人を呪い殺していくのだとぐらいにしか考えてくれないはずです。私がその話をしたのは、遠い昔、再会した姉にだけです。そうして今から考えると、あの鳥はあんなにも優しかった姉までをも死に追いつめたに違いないのです。再会した姉のことでは一度だけ私は淋しい思いをしたことがあります。

「姉さん、あの鳥をおぼえている？　あの鳥は今でも私になついていて、私が悲しい思いをすると慰めてくれるの。だから一人でも淋しくなかったわ」

私がそう言うと、姉は顔を曇《くも》らせ、

「何を言っているの。あの鳥はすぐに死んでしまって、裏山に私たちで埋めたでしょう」

そんなことを言いだしたのです。嘘です。姉は嘘を言ったのです。その頃、鳥はまだ人間ぐらいの大きさだったから、私にははっきりとその姿が見えたのです。現にその時も両方の翼で私を抱いて姉の嘘に私が感じとっている悲しみを吸いとってくれていたのです。姉にはそれがはっきりと見えたはずです。それなのに姉は……でも私たちは二度とその鳥の話をすることができませんでした。首をかしげながら私を不思議そうに見守っていた顔が、私の見た姉の最後の顔でしたから。

この施設に世話になってもう何年にもなりますが、この半年ほど私はとても安らいだ気持ちで過ごしています。最初のうち私に冷たかった看護婦さんも交通事故で死にましたし、隣のベッドでいつも私に意地悪な口をきいていた女性も、まだ私より若かったのに死んでしまいましたから。今の同室の人たちは皆親切な人たちばかりで、幸福とはほど遠い惨《みじ》めな暮らしとはいえ、淡々としたこの安らぎの日々が、辛すぎた生涯の最後になってやっと与えられた休息だと思っています。ただ――この安らぎを、この夏の終わる頃から、破るものが一つだけありました。子供たちの笑い声です。私のベッドは部屋の一番隅の窓辺で、窓のむこうに路地があるのですが、そこへまだ幼稚園児らしい小さな子供たちが寄ってきて、窓から顔を覗《のぞ》かせて外の陽《ひ》の光を眺《なが》めている私の、まっ白に枯れた髪や皺だらけの唇《くちびる》を面白がって「鳥のお化けだ」とかそれはもうひどい言葉を、笑い声とともに浴びせてくるのです。そのうちの女の子一人は、「こわい、こわい」と言いながら、可愛い小さな顔を嘲笑で歪《ゆが》め、小石を投げつけてさえきました。私は子供のことだからと相手にせずにいたのですが、そのうちにこの町に変質者が現われ、その子供たちが一人、また一人と死を与えられていったのです。でもその変質者が捕まっても、私に石を投げつけた女の子だけはまだ生き残っていました。私はその子を恨んではいませんし、変質者が捕まって本当によかったと思っていました。私はただその子の投げた小石が、もう七十何年かも昔、生まれたその時に父親から負わされた額の傷のあとに当たって血を滲ませ、その血がいつまでもとまらないのを嘆いていただけです。生まれた時に私の体から流れだした血が七十何年かぶりにまた流れている……そんなことを思っているうちいつの間にか私はまた白い羽影の闇に閉ざされていました。

あの鳥が今度も私の悲しみを吸ってどこへ飛んでいったのかわかりませんでした。今ではもう空を覆いつくすほどの巨鳥になってしまって、誰にも、私にさえも飛んでいる姿を見ることはできないのです。ただ私から離れて翔《と》びたったとき、その翼の影が空をかすめ、一瞬、暗い雲でも流れたように空が翳《かげ》り、その翳りの中からあの雨が降りだしたのです。この町では十何年かぶりの豪雨が、川を濁流に変えた激しい雨が――私はあくる日にはその濁流が一人のあどけない女の子を飲みこむことになるとは想像することもできず、窓に降り始めた雨の美しさに……鳥が空いっぱいにまき散らした白い羽毛のふりしく美しさに、見惚《みと》れていたのでした……

水色の鳥

あの日、母さんは南の海の色に似た眩《まぶ》しいほどあざやかな水色のブラウスを着て、いつもよりきれいだった。

あんまり鮮やかすぎ美しすぎるので、見ている者に何か自分が間違った色を見ているような、後ろめたい、ちょっとさびしい気分を起こさせてしまう色だった。事実ぼくは「ただいま」という、たったそれだけの言葉を口にできず、何か自分が愚かな間違いでもおかしているような不思議な罪悪感をおぼえながら居間の入り口に突っ立っていた。母さんは窓辺に立ち、ヴェランダから流れこんでくる五月の風に、横顔や長い髪や細いすっきりとした体や、そうしてもしかしたら気もちまでも全部ゆだねて、どこでも風の流れていく所へ運ばれていこうとしているように見えた。今思いだすと初夏の、夕暮れどきのその風がブラウスと同じ水色になってぼくの目によみがえってくる。ブラウスというより水色の風をあの時母さんがまとっていたかのように……

一つの物語はその色とともに始まった。

本当は父さんと母さんにとってはその時がすでに物語の終わりだったのだけれど、それまで何も知らされず子供のぼくの前で見せる幸福そうな顔を二人の本当の顔だと信じきっていたぼくには、ともかくその五月の夕方が物語の最初の一行になったのだった。

母さんはふとふり向き、やっとぼくが学校から帰ってきていることに気づき、驚いたりとまどったりした時の癖で、髪をかきあげて襟首《えりくび》を意味もなく指で撫《な》でながら、微笑だけで「お帰りなさい」と告げてきた。

水色のブラウス以外、いつもと少しも変わりなかった。

いつもの声で、「どうしたの、何をぼんやり突っ立ってるの」と、僕にというより自分に向けてひとり言で問いかけているように言い、

「お腹空《なかす》いてるでしょう。あなたの好きなパイを焼いておいてあげたけれど食べる?」

と訊《き》き、それからぼくがテーブルについて出されたパイに口をつけるのを待って、やっぱりいつもの声のまま、

「それ、私が作る最後のパイよ」

と言った。

「母さんね、今日であなたのお母さん、やめることになったの」

そう続けた言葉をぼくはすぐには理解できなかったのに、フォークをもった手が宙でとまってしまった。

「食べ続けて」

母さんは笑顔でそう促し、それでもぼくが身動きできずにいると、テーブル越しに手を伸ば

してきてぼくの手首をとり、フォークを口へと運ばせた。

「母さん、何か食べてる時の航《こう》ちゃんがいちばん好きなの。航ちゃんも……あなたももう中学二年でしょ、背も私より高くなって、もうすぐ父さんをも越しそうで、そういうあなた見てるともう私の子供じゃないって気がするんだけど、でも私が作ったものを食べてる時のあなたは、昔、私の腕の中だけにいた私の子供だって思えるから」

ぼくの口はひとりでに動いて苺《いちご》のパイの甘酸《あまず》っぱい味を嚙《か》みしめていた。そんなぼくの顔を嬉《うれ》しそうに懐《なつか》しそうに見守りながら、

「だからそんな風に朝から晩まで母さんが作る物を食べてくれてるなら、母さん、ずっとあなたの母さんでいられる気がするけれど……でも、無理でしょ、そんなこと」

そう言い、思いだしたように紅茶を淹《い》れ始めた。

「母さんね、最近はあなたが私の子供だってこと忘れてる時間のほうがずっと長いのよ。それから、父さんが私の夫だってこともよく忘れるわ……」

苺の味と紅茶の匂《にお》いと、それから相変わらず窓から流れこんでくる水色の風の中に母さんはいた。実際、この時の母さんは嘘のようにきれいだったし、だからぼくの耳はその言葉も嘘か冗談のようにしか聞いていなかった。ぼくの知ってる母さんは冗談を言ったり笑ったりするのが好きだったから。

それなのに、ぼくはやっぱり、

「そういえば、父さん、もう一か月近く家《うち》で御飯食べていないね」

真面目な声でそんなことを答えていた。パイの皮を噛み続けている口だけが、ぼくの意識とは無関係に母さんが冗談なんかではなく本気で喋《しゃべ》っているのを見ぬいているかのようだった。

「そうね、それも一つの原因かもしれないわ……でも一番の理由ではないのよ。一番の理由は、母さんに、父さんより好きな人ができたからだわ」

母さんはそう言い、

「本当は、私が出てった後で父さんから話してもらうつもりだったけれど、やっぱり私の口から話しておくわ。とても綺麗《きれい》な話だから聞いてくれる?」

またちょっと笑って言い、ぼくがパイを食べ終えるまで——そのきれいな話だという話を喋り終えるまで微笑を顔から一瞬も消さなかった。

それより半年前にぼくの知らない母さんのドラマは始まっていたのだった。半年前、つまり前の年の秋の終わりだ、母さんは一人の青年と出逢った。青年といっても母さんより二つ年下だけだからもう三十六だったのだけれど、髪が長く、背がひょろんと高く、いつも大学生みたいなジーンズをはいていて漫画の少年のような大きな目をしてるからまだ二十代後半のように見える、その三十六歳の青年がある日ふらりと母さんの勤め先の旅行代理店に客としてやって来て、「来週新婚旅行に出かけるんだけれど、今まだ紅葉の残ってる所、紹介してくれませんか」と訊いてきた。「金がなくて結婚式は挙げられないから新婚旅行だけをするんです」とも言って安あがりに済む所を紹介してほしいと頼んできた。母さんの第一印象は変なことを言う変な人だったのだけれど、笑った顔が子供みたいに純粋に見えたから、他の客より親切に応対して伊豆《いず》に格安の旅館を見つけてやった。三日ほどしてその青年がまたふらりとやってきて、「せっかく二人分の旅行券を作ってもらったけれど一人分をキャンセルしてほしい」と言った。「どうして?」「新婚旅行じゃなくなったから——やっぱり俺とは結婚できないって言いだしたから。むこうが」「じゃあ二人分ともキャンセルしましょうか」「いや、一人分でいいです。俺ひとりでどっかへ旅行したい気分だから」そう言って青年は、前の時と同じ顔で笑った、たぶんその笑い顔のせいだったのだと母さんは言った——

「何が?」

「母さんがその人を好きになった理由——」

母さんは自分の中に溢《あふ》れた幸福の、ほんの一かけらを唇《くちびる》からこぼし出したようにあっさりとそう言い、話を続けた。

青年が一人で伊豆に旅行している日に、母さんは紹介した宿へ電話を入れた。

「紅葉まだ残ってます? それが心配だったから」

そんな口実を使うと、青年はちょっと黙りこんでから、「ずいぶんサービスのいい旅行代理店なんですね。でもサービス過剰ですよ。あいつからの電話だと思って喜んだのに」落胆した声になった。

母さんが慌《あわ》てて謝ると不機嫌そうな沈黙のまま電話を切ったが、それから二、三日してまたふらりと会社へ母さんを訪ねてきて、「今旅行から戻ってきたところです」と言い、「昼の休憩時間でしょう。御飯一緒に食べませんか」と誘ってきた。

近くのレストランのテーブルについて母さんが、「紅葉残ってました?」と尋ねると、青年は黙ってポケットから赤く色づいた葉を何枚もとりだした。

「いいえ何十枚も……体中のポケットから手品みたいに次々に真っ赤な葉っぱとりだして。後でレストラン出てから、その葉っぱ全部その人街角にばらまいたのよ。歩いてる人がみんなびっくりして立ちどまったけれど、母さんがいちばんびっくりしたわ」

その次の日から毎日のように昼の休憩時間に一緒に御飯を食べるようになった――

ぼくはその話のどこがきれいなのか、もう一つよくわからなかったけれど、その時母さんの髪を揺らしていた水色の風の中にまだ赤い葉っぱが点々と舞っているのが見えるような気がした。

「私ね、その人のこと父さんより好きになってしまったの……だから」

そう言って母さんは首をふった。

「いいえ、正確に言うなら今の父さんよりね。昔の結婚したばかりの頃の父さんより好きかどうかは自信がないから。あの頃の父さんは今のあの人ぐらい素敵だったもの」

ぼくはパイの最後の一口を食べ終えた後も意味もなく口を動かし続けながら、ふっともっと幼ない頃に見た夢を思いだしていた。小学校の運動会で僕と母さんが足首をリボンで結んで二人三脚の競技をやっている夢だった。

走りだしてすぐにリボンがほどけてしまったのに母さんはそれには気づかず、ぼくをトラックに一人残してどんどん先へと走っていってしまう、空を飾る万国旗にも色がない、ただ黒白に広がった夢の中で母さんの足首に巻きつき風になびいているリボンだけがどぎついほど鮮やかなオレンジ色をしていた……たったそれだけの夢だったけれど、夢の中での一人とり残された気もちはオレンジ色とともにその後何年も実体験のようにはっきりと記憶に残って、その時もぼくの返事も待たず一人どんどん先へと話を進めていってしまう母さんをテーブル越しに見守りながらそのリボンの色を頭の隅《すみ》っこにパタパタとはためかせていた。

それと同じように頭の隅で、ぼくは母さんが答えのわかりきっているクイズをぼくに仕掛けていることに気づき始めていた。答えがわかりきっているのに、母さんはその答えをぼくに何とか悟らせまいとして、いたずらにクイズを長びかせているのだった。

「母さん、あなたのことは心配しているし依然可愛いのよ、でもあなたよりもっと心配で可愛いものができてしまったの……そうね、やっぱり父さんから話してもらうべきだったのかもしれないわね、でも母さん、父さんにはいくらでも嘘つけるけれど、あなたにだけは嘘つきたくないし……いいえ、嘘つけないのよ、あなたには。父さんには私を批判する権利はないけれど、あなたには私を非難する権利も罰する権利もあるんですもの……」

母さんが与えてくる遠まわしのヒントにぼくはイライラし始め、やっとお皿が空っぽになってるのに気づいて動かし続けていた口をとめた。その口をもう一度動かし、

「要するにリコンしてこの家を出てくってことでしょう」

ぼくは言った。

母さんの顔から微笑が消え、数秒不思議そうな目でぼくを見ていた。ぼくの声がトゲトゲし

かったからだろうかと考えたが、そうではなかった。

「離婚……そうね、あなたの問題を除けば、たったそれだけの言葉だったのかもしれないわ……」

母さんは今初めて離婚という言葉に気づいたような言い方をした。ぼくを相手にクイズをしていたこともそのクイズの答えも母さんは知らなかったのだった。

「わかってね。あなたは賢い子だし、きっとわかってくれるだろうって安心してたけれど」

母さんはそう言い、「でも」とすぐに首をふった。

「全部をわかってしまわないでね。母さんにだって全部はわかってないのよ」

他人事《ひとごと》のように言って、「パイがまだ残ってるけど食べる?」と訊いてきた。この時にはもう顔に微笑が戻っていた。今までの言葉が全部冗談だったと言いだしそうな、いつもと少しも変わりのない、ぼくが物心ついてから母さんの顔の中で一番見慣れた笑顔だった。

これが土曜日の夕方のことで、次の日曜の朝、ぼくに朝御飯を食べさせた後、母さんは「駅まで一緒についてきてくれない」と言った。前の晩、父さんは珍らしく早く帰って来たし、三人で晩御飯のテーブルを囲んだし、父さんと母さんは普段の声で喋り合っていたし、ぼくは母さんが言ったことはやっぱりただの冗談だったのだと思い始めていたのだけれど、「駅まで」という言葉を聞いた時、すぐにわかった。父さんはまだ寝ていて、テーブルの上には父さんのための朝御飯が載っていた。

マンションを出てすぐのゆるやかな下り坂をぼくと母さんは黙って歩いた。並木になった鈴《すず》懸《かけ》の葉の緑を淡く流し落として朝の陽《ひ》ざしに照り映えた坂道は初夏の色をしていた。

その中に二人の影が長く伸びていた。ぼくの影のほうが母さんの影より少しだけ長かった。母さんは灰色の小さなスーツケースを一つさげていた。軽そうに揺れるそのスーツケースの影だけが母さんの言葉だった。ぼくはまだ十三歳だったけれど、立場が逆転し小さな母さんが遠足にでも出かけるのを見送りに行くような気がしていた。

駅の改札口で母さんは、「ここでもういい」と言ったけれど、ぼくはホームまでついていった。日曜の朝のホームはまだ半分眠っているみたいで、目覚し時計のように騒がしく電車の音が近づいてくるまでの短い間にぼくたちはベンチに座り短い会話を交わした。

「あなたをどうするかって問題が残ってるけれど、それは父さんに頼んであるの。父さんと相談して決めて」

ぼくはぎごちなく、「どうしてぼくのことをきちんと決めてから出ていかないの」と訊き、母さんは、

「私ね、あの人に逢った時、それまでもってたルールが全部壊れちゃったのよ」

そう答えた。それだけを言い、やって来た電車に乗った。この時も母さんは水色のブラウスを着ていた。朝の光とその水色とが混ざりあい、閉まったドアのガラスのむこうで母さんはやっぱりきれいすぎて知らない人のように見えた。電車が動きだす瞬間、ぼくは追いかけて走りだすか何かを大声で叫ぶかしそうな気がしたのに、結局そのどちらもせずただじっとしていた。

母さんはちょっと手をあげただけですぐに電車は走り去った。その電車があのオレンジ色のリボンをなびかせているように見え、ぼくは短い間、自分が十三歳になったことも体が大きくなったことも信じられず、まだあの夢の中に一人小さく突っ立っている気がしていた。

駅から遠まわりして家に帰った。私鉄沿線のそのベッドタウンにぼくは生まれた時からずっと住んでいたはずなのに、遠まわりをしてみると知らない道や知らない家や知らない木ばかりだった。初めての道を通ってたどり着くと、一時間前に出たばかりのマンションの部屋が初めての部屋のようにも見えた。

ぼくが部屋に入るとすぐに父さんが起きてきた。パジャマ姿のまま大きく伸びをしてテーブルについた。母さんが出ていったことはもう気づいていたはずなのに、それについては何も言わず、朝食を食べ始めフォークの音の合間に思いだしたように、

「今日はゆっくりできるから昼から遊園地にでも行くか」

と言った。

「もうそんな年齢《とし》じゃないよ」

ぼくがぶっきら棒にそう答えると、父さんはしばらく不思議そうにぼくを見あげ、「そうか……」と呟《つぶや》いた。初めてぼくがもう十三歳になったことに気づいたような声だった。そう感じたのは、ぼくの方でもまだ半分寝呆《ねぼ》けているような目をしたその顔を眺《なが》めながら、「これがぼくの父さんなのか」と初めてそのことに気づいたような気がしたせいかもしれない。

父さんは少し鷲鼻《わしばな》気味にカーヴを描いた鼻の下に口髭《くちひげ》を生やしていた。いつからその髭が生

やされていたのか、いくら思いだそうとしてもぼくは思いだせなかった。

それからの一週間でぼくは父さんのいろいろな癖や習慣を知った。部屋の中のいろいろなドアをいつも二、三センチ開いたままにしておくことや欠伸《あくび》をする時、必ずいっしょに耳の裏を掻《か》くことや、新聞はまず株式市況から読むことや、電話をとるとき二回に一回は面倒そうに「ウム」と唸《うな》ることや煙草《たばこ》を吸いながらよく親指の爪を噛むこと……

それまでぼくは母さんを通してしか父さんを見ていなかったのだった。その母さんがいなくなって突然父さんがジカに丸ごとぼくの目に見えてきた。ぼくは父さんから視線を逸《そ》らそうとしながら、生まれて初めてのいろいろな発見に小さなショックのようなものを覚えて、思わずその顔を見てしまった。そしてそのたびにぼんやりして「これがぼくの父さんだったのか」と胸の中で呟いた。

母さんがいなくなると、父さんは父さんというより一人の男の人に見えた。それまでぼくは父さんをそんな風に見たことは一度もなかったから初めての人のように感じ、とまどっていたのかもしれない。それまでぼくが知っていた父さんは四十二歳で丸の内《うち》に大きなビルをもつ貿易会社の課長で、いつも仕事で帰りが遅く、日曜日にはゴルフに出かけるかパジャマ姿のまま部屋でごろごろしているかのどちらかで、時々ぼくがいることを思いだし父親の義務を無理に果たしているようなおざなりな言い方で「学校はどうだ」と訊いてくるだけの人だったけれど、改めて一人の男として見ると体は少しだぶつきかけてはいるけれど、浅黒い顔もピンと張った眉《まゆ》もまだまだ若々しく精悍《せいかん》そうで、それと似合わないはずの目尻の深い皺《しわ》が変に魅力的に思える人だった。日本人が生やすと黒い毛虫をのっけているように見える口髭も父さんの顔の上ではなかなかスマートだった。

ぼくはその一週間やはりさびしかったけれど、それは母さんがいなくなったからというよりそんな風に一人の男と一人の女に戻った途端、二人がきれいになりすぎ魅力的になりすぎぼくとは違う世界の人たちになってしまったような気がしたからだった。

母さんがいなくなってもさしあたり困ることは何も起こらなかった。というのは母さんが出ていった翌日の月曜から奇妙なことがその部屋に起こるようになったからだ。

学校から帰るとぼくの部屋以外の部屋が全部きれいに掃除され整頓されていたし、冷蔵庫の中には晩御飯の支度が入っていて、その日から陽が落ちるまでには帰宅するようになった父さんは冷蔵庫からそれをとり出して電子レンジで温めなおしテーブルに並べるだけでよかったのだ。風呂もガス栓《せん》をひねるだけで入れるようになっていたし、ぼくの部屋もベッドのシーツだけは毎日とり換えてあった。最初母さんが来ているのかもしれないとも考えたけれど、冷蔵庫の中の料理の味はぼくが食べ慣れた母さんの味とはどこか違っていた。

誰か見知らぬ女の人の匂いと味だった。その誰かが留守中に部屋に入ってきて母さんの代わりを務めているのだとはわかったけれど、それが誰なのか、ぼくは父さんには尋ねなかった。

ぼくは父さんを避けていたし、それ以上に父さんはぼくを避けていた。ただ避けながらも同時に父さんは今までとは違う機嫌をとる声でぼくに話しかけるようになってもいたのだけれど、肝心の母さんのことは何も言わなかったし、ぼくが黙りこむとあれから一度も電話もかけてこない母さんのことをぼくが何か尋ねてくるのではないかと心配するように、慌てて関係のない話を喋りだした。

ぼくたちは一週間、天気の話やテレビの人気番組の話や意味のない話ばかりをしていた。

ただそれも一週間が過ぎ、次の日曜が来るまでだった。

次の日曜の夕方、父さんは「今夜は外で食事をしよう」と言いだし、ぼくを新宿《しんじゅく》のホテルのスカイレストランへ連れていった。家で食事する時よりもぎごちなく黙りこみがちに食事をしているところへ不意に若い女性が一人近づいてきた。

「先月まで会社の父さんの下で働いていた森島《もりしま》ゆう子《こ》さん」

そう紹介された女性は父さんの隣りに座り、それから一時間近く一緒に食事をした。フォークとナイフを操る白いきれいな指は、その一週間冷蔵庫の中から手品のように出てきた料理の上品な盛りつけにぴったりで、ぼくは留守中に母さんの代役を務めているのがその女性にちがいないとにらんだのだけれど、食事の間にそれらしい話題は出なかった。森島さんはぼくに話しかけることもなくただ時々そのマシュマロみたいにふっくらとした顔をさらに柔らかくしてぼくに微笑《ほほえ》みかけた。

食事の間、さしさわりのない話を漁《あさ》りながらぼくにも森島さんにもこちらが恥かしくなるほど愛敬をふりまいていた父さんは、食事が終わり森島さんが帰っていくと、ホッとしたようにふうっと大きくため息を吐きだして、

「お前、何年か前学校の作文で環状線に乗って一度東京中をぐるっと一まわりしたいと書いてただろう。あれ、今からやってみるか」

と言いだした。

「アルファロメオで首都高速を一まわりしたいって書いたんだよ」

ぼくの返答に父さんは一瞬躓《つまず》いたような顔になったけれど、すぐに立ち直って、「高速は渋滞ばかりだからな、電車にしろ」と言って立ちあがった。急に父親らしい威張《いば》った声に変わっていた。

ぼくと父さんは新宿駅から内まわりの山手線に乗った。日曜の夜の山手線は大した混雑もなく、渋谷《しぶや》で席が空いたけれど父さんは座ろうとせず、そのまままたしばらく吊り皮につかまって電車に揺られ続け、五反田《ごたんだ》が過ぎたところで、

「父さん、さっきの森島さんと近々結婚することにしたよ」

横顔のまま何気ない声で言った。

「母さんも父さんと別れて他の男と結婚することになったけど、そっちのことはもう母さんから聞いたそうだな」

その一週間母さんからは何も連絡がなかったけれど、父さんと母さんとは電話ででも喋り合ったらしかった。車窓を東京の夜と灯《ひ》が流れ続ける中に、他の客と混ざって二人の顔が浮かんでいる。鏡になったその窓ガラスの中で視線が合うと父さんの方が先にそれを逸らした。

「本当はお前にも意見を聞いてからにするべきだったのかもしれないけれど、父さんと母さん

のことは二人だけの問題だからな、二人だけで勝手に決めさせてもらった」

次の駅が近づき電車が大きく揺れ、ぼくと父さんの肩がぶつかった。父さんの肩はぼくの肩よりまだ少しだけ高い位置にあった。父さんは一瞬ぎょっとしたような顔でぼくをふり向くと、すぐにその一瞬の表情をカバーするように、「いや、お前にわざわざこんなことを断る必要はないんだ」急にまた威張った声になった。

「俺たちは他の親より子供の自由な意思を尊重してきた。お前の学校での成績が下がった時にも父さんも母さんも叱《しか》ったことはないはずだ。それはお前にも父さんや母さんの自由な意思を尊重してもらいたかったからだよ。——わかるな」

母さんと違って、父さんは全部をわかってくれないと困るという強引な言い方をした。ただ威張った声になったのはその時だけで、電車が停まるたびに口を噤《つぐ》み、走り出すとまた口を開き、何気ない声で父さんは話し続けた。その何気なさに、母さんのあの時の声とは違う無理に装ったものを感じながら、ぼくは母さんの時と同じようにただ黙っていた。

森島さんがまだ二十八だということも、母さんの恋愛事件の方が父さんのより先だったことも、父さんが一人で喋った。

「いや、どっちが先かは関係ないんだ。父さんが彼女と結婚しようという気もちは母さんのほうのこととは無関係なんだから。それは本当だ……ただ親の方はそんな風にうまい具合に再出発のチャンスをつかんだけれど、問題はお前にも再出発させなければならなくなったことだ。お前は今までどおりの方がいいと思うかもしれないが、それだけは諦《あきら》めてもらわなければならない。……いやもちろんその点を除いてはお前の自由を尊重する。つまりお前が俺と新しい母さんを選ぶか、母さんと新しい父さんを選ぶか——どちらかを自由な意思で選べばいいということだが……」

東京駅から人がたくさん乗ってきたが、皆それぞれ自分たちの話に夢中で、すぐそばで父子《おやこ》づれが家庭崩壊の話をしていることに気づく様子もなかった。ぼくらの前に座った若い恋人どうしが手を握りあいふざけ合っていた。ぼくは父さんの言葉よりその二つの手に腹を立て、父さんはそのもつれ合う手を他に見るものがないようにぼんやり見守っていた。ぼくは、

「けど、母さんはもう母さんではなくなるって……」

ただ、そうとだけ言った。その電車の中でぼくが口にした言葉はそれだけだった。

「母さんらしい言い方だな」

父さんはちょっと笑った。

「それは、しかししばらくの間って意味だ。母さんが今暮らしているのは狭いアパートですぐにはお前を引きとれないからな。……お前が母さんの方を選ぶと言うなら、父さんも援助していつだってお前と一緒に暮らせるように準備を始める——いや、もちろんどちらを選ぶかはゆっくり考えればいい。森島さんのことだってもっとよく知らなければならないだろうし」

電車がまた傾き、またぶつかりそうになった肩をぼくは全身の力で体を退《ひ》き、避けた。それがぼくの精いっぱいの父さんへの言葉だった。車窓を街の灯が流れ続けた。母さんだけでなく、すぐそばにいる父さんまでが小さな灯の一つとなって流れ去っていくような気がしていた。ぼ

くは言いたい言葉がいっぱいあったはずなのに、その後電車が新宿駅に戻るまでただ黙って電車に揺られ続けた。父さんの方は家に着くまで何度も機嫌をとるように話しかけてきたけれど、ぼくは横顔でそれを無視し続けた。

その晩だけではなく、翌日の月曜の夜までぼくはその無言のストライキを続けた。

月曜の晩、会社から戻ってきた父さんが当然のことのように冷蔵庫を開け、その日も中に用意してあったカレーを温め直し、ぼくの前にさし出してきた時、閉ざし続けた口の裏から腹にかけてたまっていた言葉がふくれあがりきった。

カレーを一口食べると、皿が割れるほど大きな音でスプーンをおき、椅子《いす》を蹴《け》るように立ちあがり、自分の部屋に駆けこんだ。ベッドに倒れこんだ拍子に端で額《ひたい》を打ったが、その痛みまでが父さんや母さんの責任だと思えた。ぼくはあの女の人が作ったモノなんか今夜から二度と食べないと固く胸に誓った……のだが、……そう確かに誓ったのだが……そのハンガーストライキは一時間しか保《も》たなかった。

立った腹が空いた腹に負けて……一時間後ぼくは階下におり、またテーブルの前に座っていた。父さんはぼくがそんな風にまた下りてくることを見ぬいて待っていたかのように自分のカレーにまだ口をつけずにいた。二人分の皿を電子レンジで温め直し、父さんは黙って自分の分を食べ始めた。

うつむいてカレーをかきこみ始めたぼくの口から、

「子供の頃……」

そんな言葉がこぼれだした。

「ぼくがパパとママと呼びたいって言ったら、ウチは昔風にいくって許してくれなかったろう。子供の自由な意思なんて尊重しなかったじゃないか。そう呼ばせてくれりゃよかったんだよ。パパとママならこういうことしても似合いそうだけど、父さんと母さんだとどっちかが死ぬまで一生ずっと夫婦でいるみたいに思えるじゃないか」

一時間で空腹に負けた自分にまで腹が立ち、ふくれきった体の中の言葉は、たったそれだけしか声にならなかった。カレー色に染まった声がふるえ泣きだしそうになったのをぼくはカレーを喉《のど》へとかきこんで我慢し、父さんは「そうだったかな」少し反省したような声になってそれ以上は何も言わず意味もなく口髭を撫で続けた。食べるというより夢中でカレーを口の中へ押しこみながら、ぼくはその時もう自分が何に腹を立てていたかわかっていたと思う。

腹を立てていたというより、ぼくは戸惑っていたのだと思う。そのカレーは母さんの作るカレーよりずっとウマかった——

一口食べてそれがわかったけれど、ぼくはそれを認めるわけにはいかず、ただ戸惑い、……そう、困っていたのだった。

翌日からさらにもっと困ったことが起こりだした。

その火曜日、学校の帰りにぼくは母さんの勤め先である渋谷駅近くの旅行代理店を訪ねた。

ぼくとしてはかなりの決心で会いにいったのだけれど、母さんは相変わらずぼくの気もちをはぐらかすような自然な微笑で、ぼくを店の外に連れだし、「やっと会いに来てくれたのね」と言った。

「私の方から電話してもよかったのだけれど、きっと会いに来てくれると思ったから」

「母さんに会いに来たんじゃないよ――新しい父さんになるかもしれない人のほう。父さんが、新しい父さんと新しい母さんのどっちかを選べって言うから新しい父さんのほう見に来た」

ぼくの不機嫌そうな顔をむしろ嬉しがるようにかすかな微笑のまま、「そうなの」と答え、母さんは坂をのぼりつめたあたりを指さした。

「すぐ近くで仕事してるわ。見えるでしょ、デパートの隣りの白いビル。あそこの受付へ行って小川《おがわ》ユタカって名前を言えば会えるわ」

それだけ言ったきりで、あとは「ひとりで行ける?」とだけ訊き、ぼくが肯《うなず》くと「じゃあ行ってらっしゃい」と言うようにぼくの背中を押した。森島さんとぼくを引き合わせるのにああも気をつかった父さんと違い、母さんは別に何も心配していないような顔だった。

教えられた白いビルには渋谷スポーツクラブと書かれ、入り口を入ってすぐ左のガラス張りのむこうにプールが広がっていた。受付で教えられた名前を告げ、ぼんやりプールでママさんたちが泳いでいるのを眺めて待っていると、突然プールの水面を突き破るように男が一人顔と上半身を現し、ぼくに向けて両手をあげた。開いた両手は、ぼくへの挨拶《あいさつ》ではなく十という数字の意味らしかった。

「十分だけ隣りの『レオ』という喫茶店で待っててくれないか」

ガラス越しに水音といっしょにそんな声が聞こえ、それから思いだしたようにひょいと頭をさげ、そのまま水の中にもぐりこんだ。どうやらそこの水泳教室の先生をしているらしい。水面から浮かびあがった数秒の顔が何かに似ていると感じたが、その場では思いだせず、ああと思い当たったのは正確に十分後、その男が黄緑色のポロシャツを着て喫茶店に現れ、ぼくの前に座った時だった。

確かに男というより青年だったけれど、母さんが言っていたほどカッコよくも可愛くもなく、ぼくが小学校一年生のころ大事にしていた貯金箱のカエルに似ていた。山奥の村から今日上野《うえの》駅に着きました、というようなもっさりした感じがした。

ぼくは青年の方から喋りだすのを待っていたけれど、青年はその丸い目でただ黙ってぼくを見ていた。

「何か言うことないんですか、ぼくに」

ぼくが口を尖《とが》らせて言うと、

「言うことがあるのは君の方だろう。俺は何を言われても黙って聞いてる他ないから」

そう言った。土の中で喋ってるような低い素朴《そぼく》な声だった。ぼくが「どうして?」と訊くと、長い沈黙のあとで、

「そうだなあ、子供のころ駄菓子屋で飴《あめ》一つ万引きしたことがある、店の人に見つかって言いたい放題のこと言われたけど、黙って聞いてる他なかった、なんかその時と同じ気もちだな」

まだ濡れている髪を撫でつけながら言った。

そのあとコーヒーを飲み終えるまで五分近くも黙りこんだ。それからひょいと思いだしたように顔をあげ、「これ、やりますか」三十六歳の青年はそう言った。喫茶店のテーブルがテレビゲームになっていた。

青年はぼくの返事も待たず硬貨を入れ、すぐにピピピピ……とインヴェーダーが動きだしたので反射的にぼくはボタンに手をかけていた。最初のうちはマジにゲームなんかやる気はなかったけれど、青年が次々に攻めてくるのとインヴェーダーがだんだんその青年の顔に似て見えてきたのとで知らず知らずに夢中になっていて……ゲームが互角になりかけたところで、またひょいと、

「俺の方が勝ったら……今度の万引きは見逃がしてもらえませんか」

青年は言った。ぼくが思わず顔をあげると、今のはただの冗談だよと言うように笑った青年の顔があった。ぼくは次の瞬間立ちあがり、自分のぶんのコーヒー代をテーブルにおいて、青年が慌てた様子で「いいよ、コーヒー代は」とか「また会いに来てくれよ」とか言ったのを無視して喫茶店をとびだした。駅まで走り、駅から母さんの会社に電話を入れた。

「どうだった?」

母さんののんびりした声に、「カエルに似てた」とだけ答え、母さんが続いて、

「そりゃそうよ、一日の半分は泳いでるもの」

そう言ってあげた笑い声の途中で電話を叩きつけるように切った。

電車に乗ってもぼくはまだ荒い息を吐き続けた。ただ……この時も……ぼくは腹が立つというより……ただ……戸惑い、困っていたのだ。そして強《し》いていうならそんな風に本気でその青年に腹を立てていない自分に腹を立てていたのだ。ぼくはその三十六の青年が少し気に入ってしまったことを認めなければならなかった。あのカエルの貯金箱をぼくは子供の頃ただ大事にしていただけではなかった。大きな可愛い目でぼくの小遣いを飲みこんでいくカエルに、どこかズルい感じも受けていたのだ。硬貨をその口にさしこむたびに、どこかで騙《だま》されてるような気もしていた。ただ結局はそのズルさのおかげでぼくは最後には自分が欲しい物を買うだけのお金を貯めることができたのだ。

あの貯金箱のカエルと似たズルさを、ぼくは今会ってきたばかりの青年の方のカエルの素朴な喋り方にも感じてはいたのだけれど、同時にまたそのズルさに従っていれば最後にはまたぼくが得をするのだという気もしていたのだった。少なくとも、長い間一緒に暮らしていながら不意に見知らぬ人に変わってしまった父さんより、初めてのその青年の方が変に身近で懐しい感じさえしたことをぼくは認めなければならなかった。同じように黙って向かい合っているだけでもその青年との間には、父さんとの間のようなぎごちなさがないこと——そういった認めたくないことを全部認めなければならなかったのだ。

ぼくが喫茶店をとび出したのは青年の口にした言葉より何より、青年の見せた笑顔に頭が混乱してしまったからだった。若さを除けば、父さんの方がずっと二枚目だしカッコよさも上だった。それなのに笑顔だけは……父さんの唇の端をねじるだけの本当に笑ってはいない顔より、顔中の筋肉を皺に変えて笑うためだけに笑っているようなその青年の顔の方が笑顔としては質がいいことを認めなければならなかった。その笑顔が母さんをぼくから奪ったのだと思うともちろん反発はあって、だからこそ半分はその反発から喫茶店をとび出したのだけれど、残りの半分では……こういう笑い方をする人がぼくの父さんであるのも悪くないなと思っていて、そんな風に思っている自分がふっと怕《こわ》くなったのだった。

うまく言えないけれど、カレーにたとえるなら父さんの笑顔は香辛料ばかりに凝ったぼくよりずっと大人向きの味であり、その青年のほうのはジャガイモばかりの子供向きのカレーで、変に懐しく……本当にうまく言えないけれど……大きくなった体とはチグハグにまだぼくに残っている子供の部分を妙にくすぐる味をしていた……

次の日から学校でぼくは仲のいい友達連中に相談を始めたのだけれど、そのたびに誰もが羨《うらや》ましそうなため息を返してくるだけなので、いよいよぼくは困った立場に追いこまれていくような気になった。

「いいなあ、オレん所もああも喧嘩《けんか》ばかりしてるなら早いとこ別れてくれた方がいいよ」

「なんかテレビドラマみたいでカッコいいじゃん。俺ならこっちの父さんに飽きたら新しい父さんとこ行ったりして楽しむけどなあ」

恥かしいけれどぼくは……成績も大抵クラスで一番でマジメで、つまり優等生だから、

「優等生っていうのはゼイタクなことで悩むんだな。俺なんかこんな親じゃなくある日全然別

の親が家にいて『お帰りなさい』って言ってくれないかなあって——けどそんなこと起こるは

ずないから悩んでるんだぜ」

そんなことを言う友達もいたし、すでに両親が離婚して母さんにくっついているK君なんかも、「離婚してから母さんも父さんも気もち悪いくらい優しくなってさあ、俺本当に離婚してくれてよかったって思ってるよ」そう真顔で言ったたし、ぼくのただひとりガールフレンドと呼べるリツ子までが、

「最高じゃない。わたしどっちか片方でいいから新しいのに代わってくれたらって夢見てるのに二人ともでしょ、憧《あこが》れちゃう、そういうの」

舌なめずりしそうな声を出すし、大人たちはさすがに同情の色を見せはしたけれど、母さんと会って事情を聞いたという担任の教師も「まあお前はクラス一のしっかりした生徒だから先生は何も心配していない。いや御両親だってお前がしっかりしてるから安心して自分たちの幸福を追求なさったんだと思う。わかってあげないとな」全面的に親のやり方を認める口ぶりだったし、まあ、今の学校は生徒以上に父兄に気をつかわなければならないからそれは仕方ないかもしれないとも思ったけれど……その週の金曜だったかに遊びに来た父さんのほうのお祖母《ばあ》ちゃんまでが、「親が幸福になるのが子供の幸福につながるんだよ。賢い子だからお前にもわかってると思うけれど」って——そう大正生まれのお祖母ちゃんまでが当り前のことのように今度のことを受けとめてる様子で、時代はいつの間にかアメリカ映画みたいに、それからよくわからないけれど新しい家族のあり方なんか追求してるらしい女性雑誌のシャレたグラビア

頁《ページ》みたいに変わってしまっていて、ぼく一人だけが旧人類のままとり残されてるような、そんな変テコな気もちになっていた——

考えてみれば父さんも母さんもぼくを優等生だと信じきっていて、だから自分たちが多少ルール違反しても大丈夫と考えていたに違いないけれど、そんなの期待過剰だよ、母さんがある日突然家を出ていって、父さんが知らない女の人と結婚するなんて言いだしたら、ぐらぐらっと震度三ぐらいには揺れるよって——いっそのことぼくが非行に走ったりしたら、親もいくらか反省するかもしれない、先に行きすぎた時代をぼくの立ってる場所まで引き戻せるかもしれない、真剣にそう考えてリツ子に相談すると、「優等生ってやっぱり変なこと考えるのね」と言いながらも、「従兄《いとこ》が非行グループ作ってるから紹介してあげる」って——

それでその週の土曜日、学校の帰りにリツ子に連れられてその従兄が待ってる喫茶店に行ったんだけれど、店に入ると同時にぼくは逃げだしてしまった。髪の毛の先、紫色なんかに染めて黒いピカピカの革ジャンはおってるのを見ただけで、ぼくには優等生のカラ破るより優等生のまま大人たちの勝手さを認めていることの方がずっと楽だとわかったからなのだけれど……そうこうしているうちにまた一週間が過ぎて次の土曜の午後、もっと困ったことが起こった。

その日学校から帰ると森島さんが台所でエプロンをつけて料理を作っていた。森島さんはぼくに気づくと、口ずさんでいた歌をやめ、慌ててエプロンをとり、「ごめんなさい。今日、土曜だったんだわ、すっかり忘れてて」体を小さくした。

バッグをとりすぐにも部屋から逃げだしそうな気配を見せて、

「いやでしょう、こんな風に他人がもうお母さん気どりで台所に立ってるの見るの」

申しわけなさそうに無理に微笑を作った森島さんに、気がつくとぼくは、

「留守中にコソコソと台所に立たれるほうが嫌だよ。今度からぼくのいる時に来てほしいけど」

そう答えていたのだった。何より困ったことに、いろいろとモヤモヤやグラグラは感じながらもどうやらぼくは自分が優等生のカラを破れないのなら、大人たちの期待する優等生を本当にやってみようかとそう考え始めていたらしいのだった。

森島さんはよほど嬉しかったようで早速にもぼくの言葉を父さんに伝えたらしい、夕方社用ゴルフから帰ってきた父さんは口では何も言わなかったけれど機嫌のよさが露骨に顔に出ていたし、次の週の月曜から森島さんはぼくが帰宅した後で玄関のチャイムを鳴らすようになった。

森島さんはまだ若いだけに母さんなんかよりぼくとの共通の話題をたくさんもっていて、おまけにぼくに気をつかってあれこれ優しくしてくれるから、ある意味でぼくは森島さんと過ごす時間を楽しみにするようになった。帰ってきた父さんと三人で食卓を囲んでいる時などぼくと森島さんがあんまり楽しそうに喋っているので父さんはちらちらと嫉妬《しっと》のまなざしを向けてくるようになったし、森島さんから用ができて今日は行けないという電話がかかってくるとぼくはがっかりするようにもなった。

ただ森島さんと楽しい時間を過ごしていると、なぜかぼくには母さんに対してというより小川青年に対して後ろめたさが起こってくるので、ぼくは週に一度は小川青年の方にも会いに行

くことにした。

　小川青年のほうは何度会っても最初の時と変わりなく産地直送の野菜みたいに素朴で、ほとんど会話らしい会話は交わさないのだけれど、学校でも街でも、テレビの中でも人がたえまなく喋り続けている今の時代では小川青年のその少しボウヨウとした無表情と無言とに包みこまれている三十分ほどの時間が、ぼくには安心して息のつける休止符のように思えた。

　気がつくと母さんとは時々電話で短い会話を交わしただけで顔も合わさないまま一か月が過ぎ、あれは六月の下旬だったと思う。

　学校の帰りに渋谷のスポーツクラブを訪ねると、

「悪いけど、母さん風邪ひいて寝てるんだよ。アパートへ行ってやってくれないかな」

　小川青年はそう言って地図を書いた紙きれをぼくに渡してきた。その地図でぼくは初めて小川青年が代々木上原《よよぎうえはら》に住んでいるのを知ったのだけれど、駅の裏手の路地を地図を見ながらうろついてやっと見つけたアパートは、想像していた以上に小さくて、部屋も四畳半二間に狭い台所がついているだけだった。

「もう熱もさがったのだけれどね」

　そう言ってパジャマ姿のまま起きあがった母さんは、その狭苦しい部屋でやっぱりぼくの知らない人のように見えた。壁にはあの日の水色のブラウスが吊してあり、それと同じ色のカーテンが窓にかかっていて、母さんはもう何年もそこに住みついている人のようにも見えた。その部屋に座っていると、ぼくはもう母さんの子供ではなく、ただの一人の客のように思えて、

「何を遠慮してるの」母さんがおかしそうに笑って何度も勧めてくれたケーキに口をつけないまま、結局三十分もして部屋を出た。

その三十分間、ぼくは一度も母さんのことを「母さん」とは呼ばなかった。アパートを出て駅に向かう間に夕暮れといっしょに雨が街を暗い色で濡らしだした。東京はもう梅雨《つゆ》に入っていて、ぼくは淋《さび》しいというより悲しいというよりただその雨と同じに母さんのことも自分のことも鬱陶《うっとう》しい気がして、帰路にまた渋谷に寄り小川青年に会いに行った。

ちょうど水泳のクラスを終えて更衣室に向かおうとしていた青年は、雨に濡れたぼくを見つけるとちょっと不思議そうな顔をしたけれどまた会いに来た理由は訊かずに、ただ「泳がないか」と誘ってきた。そして、ぼくの返事も待たずに自分のロッカーから別の水泳パンツをとり出して投げてきた。小川青年はぼくよりも痩《や》せて見えるのに、はいてみるとその水着はぼくの体には大きすぎた。ぶかぶかのはき心地の悪さにぼくは何か不潔なものを感じとって、気がつくと、

「二十五メートルなら自信あるんだ。競泳してぼくが勝ったら——万引きしたもの返してくれる?」

いら立ちをムキ出しにしてそう言っていた。青年は返事のかわりに例の顔で笑って誰もいないプールのスタートラインに立った。ぼくが勝てるはずはなかったのだけれど、負ければ負けたで久しぶりに母さんに会ってから感じ続けていた鬱陶しさに少しはケリがつきそうな気がしたのだった。プールの水をあんなに重く感じたことはなかった。水と格闘するように夢中で二

十五メートルを泳ぎ終えて水面から顔を出すと、意外にも青年は五メートルほど後方を泳いでいる。ゆっくりとその五メートルを泳いでプールサイドに上がった青年は、

「脚がつっちゃったんだよ」

そう言い、痛そうに片方の脚をさすった。汗のように水をしたたらせているそのぼくより五センチは長い脚が、ぼくにはやはり不潔なものに見えて、「嘘だろう」また不機嫌な声を出すと、

「いや、本当につったんだ」

青年はそう言いながらも痛そうな顔のまま笑って、「いいじゃないか、これで。君に母さんを全部返すつもりはないけど、こんなことで万引きを簡単に見逃がしてもらったら、却《かえ》って俺、困るからさあ」ぼくの気もちを見抜いたようなからかう目でぼくを見あげた。

嘘だとバレていながらもまだ痛そうに脚をさすり続けているのを見るとぼくには、その青年がやっぱりいい人に思えたし、同じようにその日駅まで傘《かさ》をもって迎えに来てくれていた森島さんのこともぼくにとって大切な人に思えた。母さんのことを「母さん」と呼ぶのがその頃には体中が痒《かゆ》くなるように恥かしくなっていたけれど、あの日曜の朝母さんと並んで下りた坂道を森島さんと傘を並べて上りながら、むしろ森島さんのことなら素直に「母さん」と呼べそうな気がしたし、事実マンションに戻りすぐにまた台所に立った森島さんの背に、ぼんやりしていたぼくは間違えて、「母さん」と呼んでしまった。いや、本当にただ間違えただけだったのか。ぼくのために必死に料理をしている森島さんのピンクの夏物のセーターに包まれた背中が、ぼ

んやりした目にはあの狭いアパートにいた母さんよりも母さんらしく見えた気がしたのだけれど……くるりとふり返った森島さんは、ぼく以上に驚いた顔をしてその頬《ほお》をセーターと同じ色に染めると嬉しそうに恥かしそうに微笑し、その微笑を隠すようにすぐにまたくるりと背を向けた。

正しかったのは友達連中の無責任な言い方のほうだったと、ぼくはそう考え始めていた。家族が二つに裂かれて半分ずつになってしまったのではなく、二つに増えてぼくはそのどちらも楽しめばいいのだと思い始めていた。それはヤジロベエのように片手に父さん、片手に母さんを握って平均台を歩いているような危なっかしさはあったけれど、ぼくが頑張りさえすれば大人たちはみんな幸福になるのだし、なんとか倒れずに歩き続けられそうな気がし始めていた。

それなのに、その週の終わりから不意に森島さんが来なくなり三日間ぼくが何を訊いても父さんは何も答えず、六月の最後の日になって、森島さんと結婚すると言いだした時よりももっと唐突に、

「森島さんと結婚するのをやめた」

父さんはそう言いだしたのだった。理由を訊いても「説明したってお前にはわからんだろう」と髭を撫でるだけで……翌日ぼくは森島さんの家に電話を入れたのだけれど、森島さんも、

「ごめんなさいね、勝手なことばかりして」と謝るばかりでなかなか理由を話してくれず、それでも最後に「この前私のこと間違えてお母さんって呼んだでしょう。あの時私、急に自信な

くなって……航一《こういち》クンのことはいい子だったと思うし今もそう思ってるけど……」と言ってぼくが何も答えられずにいるうちに、また「ごめんなさい。いくら説明しても航一クンにはまだわかってもらえないだろうし」と謝って電話を切ってしまった。あの時森島さんが顔を赤くしたのは単純に喜んだからではなく全く違う意味からだったのだと何とかそれだけはわかったけれど、せっかくぼくが頑張って平均台の上を歩いているのに、裏ぎられたような気もちの方が先になったし……結婚を決めた時には「お前は賢いからわかってくれるな」と言いながら都合が悪くなると今度は急に「お前にはわからんだろう」だもの、勝手すぎると腹も立ってたのだけれど、その怒りをぶつける相手もなく、結局ぼくにできたことといえば次の日学校の帰りにまた渋谷に出て小川青年に会うことだけだった。

「それは困ったな」

事情を話すと青年は笑う時と同じに顔中を皺にして心底から困ったという表情でしばらく腕を組んでいたが、やがて、「その森島さんの家知ってる?」と訊いてきた。

「市ヶ谷《いちがや》の駅の近くだってことしか知らない。電話番号は知ってるけど」

「だったら市ヶ谷の喫茶店から電話して呼び出せばいい。俺ももう帰れるから今から一緒に会いにいこう」

「どうして?」

「いやあ……むこうが結婚やめたら俺たちの方だっていろいろ差し障りあるからなあ」

本気とも冗談ともつかぬ顔で言い、市ヶ谷に出て駅の近くの喫茶店からぼくが電話を入れて森島さんが来るのを待っている間もそんな半端な頼りない顔のままもう灯《とも》りかけたネオンと雨に濡れた舗道をぼんやり眺め何も口にしなかった。いや、十分もして森島さんがやってきても、「俺、この子の母さんと結婚することになっている――」半端な自己紹介をしただけで黙りこみ、森島さんも困ったようにちらちらとぼくを盗み見ながら黙っているだけだし、ぼくはぼくでもちろん何を喋ったらいいかわからないから黙っている他なかったし……結局最初にその沈黙ごっこが我慢できなくなったのはぼくで、「何か言ってよ」小声で隣りに座っている青年の膝をつつくと、

「いや、今日は何故急に結婚やめることにしたか、その理由を説明してもらいに来たんだけど……」

やっと声らしいものを口に出した。

「なぜ私があなたにそれを説明しなければならないの」

森島さんは顔をあげると静かだが、初めて聞く怒った声でそう言い、「いや、もちろん俺に説明する必要なんかないけど、この子には――航一君には謝るだけじゃなく言わなければならないことあるんじゃないスか」相変わらずぼんやりした土の中、いや水の中で眠っているような声で言い……いや……声はそうだったけど目にはいつの間にか眠りから覚めたようなはっきりした光があって、森島さんが何か反論しようと口を開いたのを遮《さえぎ》ってその目でぼくをふり向くと、

「そうじゃなく君の方かな、この人に言わなければならないことあるの――」

と言ってきた。ぼくが慌てて首をふると、

「あるんだろ、言いたいこと」

今度は声まではっきりと目を覚まして言い、それはぼくにも確かに言いたいことはいっぱいあったけれど、初めて聞く青年の凄味のある声が怕くなって何を言いたいかも思いだせずにいるうちに、

「言いたいことあるんだろ。勝手に父さん奪《と》ってったのに勝手に返してくるなよとか、ぼくが一度母さんと間違えて呼んだくらいで別れるなんて言いだすなら最初から父さんとくっつくなよとか、母さんの方がずっと長く一緒に暮らしたんだから間違えても当然だろとか、本当に父さんのこと好きなら子供のことなんかでうろたえるなよとか……まだあるだろ、最初は勝手にやり始めたのだとしても、大人ならやり始めたことにせめてきちんと責任とれよとか、都合のいい時だけ大人だって顔に返って威張るなよとか、大人だって威張るなら、十三歳のぼくがやってることやってよとか、ぼくだって突然知らない人が新しい母さんだってやって来たらうろたえるけど、それでもそういうの我慢して……父さんや母さん奪られたら淋しいけど、それも我慢して、本当は敵みたいなあんたと手なんかつなぎたくないけど、それ口にしたら父さんも母さんも困るだろうからって我慢してるのに——我慢するだけじゃなくイヤイヤでもこっちから手をさし出してるのに、それふり払うような真似《まね》はやめろよなとか、ぼくの倍生きてるなら倍だけちゃんとした責任のとり方しろよとか——あるんだろ、いっぱい。それを言えよ」

ぼくが言いたかったことを全部言ってしまった。森島さんは謝るみたいに途中から頭をさげ

続けていて、ぼくの方も自分が叱られたみたいにうなだれていて……それでも「言えよ」と青年がしつこく肩ぶつけてくるから、「もう言うこと何もないじゃないか。それにただ我慢してただけじゃなくてぼくは森島さんのこと母さんとは別に好きだったから」ぼくがやっと顔をあげて言うと、

「そうか、だったら帰るか、もう」

二人分のコーヒー代をテーブルにおいて、まだうなだれたままの森島さんをその場に残し、さっさと喫茶店を出てしまった。

新宿行きの電車に乗ってから、ぼくは「お酒少しだけでいいから飲みたいけどそういう店連れてってくれないかな」そう言った。言いたかったことを全部小川青年に言われてしまい、何か一つ自分の手で優等生のカラを破れることが残っていないかと探したら、酒という言葉しか浮かんでこなかった。

小川青年は返事のかわりに自分の着ていたヨットパーカーを脱いで「制服じゃまずいからな」と言い、ぼくはそれを羽織り鞄《かばん》を新宿駅で買った紙袋に隠し、青年の行きつけだという西口のビルの一室にある小さなカウンターだけの店についていった。青年は自分の手で薄く薄く水割りをつくると、「今ピザ頼んだからそれを食べてからにしろよ。空腹だと効くからな」と言ったけれど、ぼくはすぐに一気にそれを口から喉へと流しこんだ。

味もわからないままじんわりと胃のあたりが熱くなり、ぼくはその初めての熱さが怕くなってそれから逃れるように、「あんなにはっきりした声出せる人だと思わなかったけど」早口で

そう言っていた。驚いた顔をしていた青年はその言葉に気をとられ、「あれはひとり言だったからな」苦笑いで答えた。

「ひとり言なら俺でもはっきり言えるんだ」

「ひとり言って？」

「——一昨日《おととい》君の母さんと初めて喧嘩して母さん泣かせちゃったからなあ。こんな馬鹿なことで喧嘩してるなら俺もう別れるよって言って……だからさっきのはあの娘《こ》に言ったたっていうより……いや、あの娘には悪いことしちゃったけど……」

はっきり憶えてるのは、けれどそこまででその後大地震でも起こったみたいに不意に店も体もぐらっとして、「おい大丈夫か」青年が慌てふためいて叫んだのももう別の世界からの遠い声のようにしか聞こえなかった。青年に背負われるようにしてタクシーに乗りこんだような、マンションの玄関で青年の腕から父さんの腕に渡されたような気がしたし、その後部屋に入ってから父さんに何かを喚《わめ》いたり殴りかかろうとしたような気もしたけれど、それが夢か現実かの区別もつかないまま——翌朝父さんに揺り起こされてベッドの中で目を覚ました。会社に出かける支度を済ませた父さんは、何も訊かずただ「今日は休むと学校に連絡した」とだけ言い、またただ、「さっき森島さんから電話もらった。後で様子見にくるって言ってた」とだけ言い、そしてまた部屋を出る前に思いだしたようにただ、「最初に酒飲ませる役は父さんにやらせてもらいたかったたな」とだけ言った。昨日の晩小川青年がぼくを車で送り届けたことだけは間違いないはずだから父さんと青年は初めて顔を合わせたはずである。その時二人がどんな挨拶を交わしたか想像しようとしたけれど釘が何本も突き刺さったような頭では何も想像できず、大人も酒を飲んでいい気に酔っぱらうだけじゃなくこういう痛みも味わってるんだと……母さんだってあの幸福そうな笑顔の裏に、青年だってあのボーッとした顔の裏に、父さんだって、森島さんだって、あの口髭やマシュマロみたいな頰の裏に、こういう痛さを隠してるだけなんだと遠い意識でそう思いながらまた眠りに落ち、次にドアのノックの音で起こされ、接着剤で貼りついてしまったような目を無理矢理こじあけるとドアを背に森島さんが立っていた。

「ごめんなさい。また勝手に戻ってきて」

森島さんはそう言うと顔をしかめて笑い、

「でも今度は間違いじゃなく母さんと呼んでもらえるように頑張るから」

何度も家で練習してきたようなぎごちない声で言った。

三か月後父さんと母さんはそれぞれの相手と結婚した。正式に言えば結婚式を挙げ入籍も済ませたのは父さんたちだけで、母さんたちは新婚旅行に出かけただけだったけれど、ぼくにとっても母さんたちにとってもそれは結婚だった。

九月のその最後の日、父さんたちが式を挙げ皆に見送られ飛行機で九州へと旅だって一時間後、同じ羽田《はねだ》からぼく一人の見送りで母さんたちは北海道へと旅だっていった。父さんは知らなかったけれど、同じ日に同じ空港から北と南の全然別方向へと旅だってほしいと母さんに頼んだのは実はこのぼくだった。

といってもぼくは何故二人にそうしてもらいたかったのか自分でもよくはわからなかった。母さんにはただ、「それだと二度も羽田まで行く必要がないだろ」と言い、自分にはただ、「どっちの飛行機が空へきれいに飛んでいくかでどっちの両親を選ぶか決めよう」と言い聞かせていた。ぼくは一応戸籍上では父さんのもとに残ったのだけれど、依然どちらの両親と一緒に暮らすかの選択はぼくの自由な意思にまかされていたのだった。

一時間前父さんたちの乗った飛行機を吸いこんだ空が今度は母さんたちの飛行機を吸いこんでいった。東京の空はやっと秋になったことを思いだしてくれたようなきれいな色で、どこまでも澄みきったその色に染まって二機の白いはずの飛行機はどちらもあの日母さんが着ていたブラウスと同じ色の羽をもった鳥に見えた。一つの小さな物語の最後の頁に立ってぼくは今度こそ本当に水色の風に乗って飛び立っていった母さんを見送り、同時にまた空と同じに果てしなく広がった今までとは別の大きな物語の最初の頁に立っていた。

あの晩の一杯の酒だけでは優等生のカラの何も破れなかった気がして数日後にはまたこっそり煙草を買って一本吸い、そんなことをしているうちに一学期の期末試験で成績はかなり落ちたけれど、酒一杯ぶんと煙草一本ぶんだけ成長したような気がしていた。そしてひと夏が過ぎ、相変わらずヤジロベエのまま二組の父さんと母さんの間で揺れながらその危なっかしさに少しは慣れまた少し成長したのだと。

その日の空は本当に澄みわたってきれいだったのだけれど、ぼくにはなぜかそれが青い絵具を水で薄めすぎたような淋しい色にも見え、たぶんそんな色に見えることこそが、ぼくがこのひと夏に本当に少しは成長した証拠なのだと思っていた。

二機の飛行機が飛び立った方向のどちらを選ぶか考えなければいけないことも忘れ、ぼくは長い間ただその空を見あげていた。

輪島心中

薄く開いた目で、最初に見たのは女の手だった。

針金のように細く骨ばった指は、薄墨《うすずみ》にでもひたしてあったようなくすんだ色をしている。爪だけが鮮やかな真紅だった。除光液でもしみこませてあるのか、もう一方の手に握ったハンカチが動くたびに、五本の指から一つずつ赤が消えていく。

能登《のと》へ向かう列車の中でいつの間にか眠ってしまったらしい。意識を半《なか》ばとり戻しながらも有子《ゆうこ》はその赤がまだ夢の続きの中に浮かんでいるような気がした。

赤が剝《は》がれて現れた爪は、いかにも血色が悪そうだった。有子はゆっくりと顔をあげた。

女は横顔をガラスに貼りつけるようにして、車窓を流れ去っていく風景を眺《なが》めている。手でマニキュアを落としていることなど忘れたような静かな横顔だった。爪は赤い厚化粧だったのに、顔には化粧っ気がない。手と同じ細い骨を今にも壊れそうに何とか繫《つな》いだ、瘦《や》せた顔である。外を流れる、もう春になったことが信じられないような寒そうな風景と似合った薄い皮膚をしている。

有子と同じ三十五、六だろうが、荒《すさ》んだ生活がその顔色に出ていて、有子より少し年上に見える。ジーパンに白い太糸の、手編みらしいセーターを着ている。その白も着古したものらしく、黄ばんでいる。

服装からすれば長旅には見えないのだが、かなり遠い旅に出てきたように思えた。通過していく風景を、遠い視線で追っていた。

どこから乗りこんできたのか。

腕時計を見るともう一時近い。あと十分ほどで七尾《ななお》に到着する。金沢《かなざわ》を出てすぐに眠りに落ち、一時間近く眠っていた計算になる。その間に停まった駅のどこから乗りこんできたのか。

女と肩を並べてまだ真冬のような分厚い外套《がいとう》を着こんだ六十近い男が座っている。この男の方も頰《ほお》のこけた骨だけの顔をしている。外套の生地の厚さに負けそうな痩せた体でもあった。男は女とは反対側の窓を眺め、何一つ言葉を交わさないのだが、有子には二人が連れだとわかった。触れ合った肩に、他人同士ではない馴れ馴れしさがある。

男は病気のような暗い咳《せき》をしながらも、執拗《しつよう》に煙草《たばこ》を吸い続けている。何本目かに火を点《つ》けると、

「やめなさいよ、もう。咳ひどいじゃない」

女はそう言って煙草を奪いとり自分の口にくわえた。

「同じことじゃないか、もう」

男は、声にあった自嘲の響きを唇《くちびる》の端ににじませるように少し笑ったが、女はその言葉を無視して窓へと視線を戻し、煙草を吸い続けた。やがて不意に男が立ちあがると、女はくるり

とふり向き、口には何も出さなかったが、「どこへ行くのよ」そんな咎《とが》める目で男を見あげた。男は何も答えず、酔ったようなふらついた足で車両の端まで進みトイレに姿を消した。女はホッとしたようにため息をつき、また視線を窓へと戻そうとし、その時になってやっと有子が真むかいの席にいることを思い出したようである。目を鉤針《かぎばり》にして引っ掛けるように有子を見ると、「どこから来たの」そう声を掛けてきた。

嗄《かす》れた声である。水商売の女だと思った。酒と煙草に疲れた声をしている。

「東京からです」

「どこまで行くの」

「——輪島ですけど」

「何かの用で？　それともただのひとり旅？」

女はたたみかけるように訊《き》いてきた。声に焦《あせ》りが感じとれた。ただのひとり旅だと答えると、

「輪島の旅館は決めてある？」さらに質問を重ねた。有子がとまどって返事が遅れるのをもどかしがった早口である。

「ええ……」

「だったら、私たちと一緒に泊ってくれない。隣り同士の部屋で。助けてもらいたいのよ。なんならあんたの部屋代もつから」

「どうしてですか」

その質問を逃げるように目を逸《そ》らし、窓ガラスへと煙草の煙を吐きかけながら、「死のうっ

て言われてるのよ。今の男に」そう呟《つぶや》いた。

「誘われた時は肯《うなず》いたんだけどね、なんだか面倒になってきたから……」

煙草をはさんだ指の、色彩を拭《ぬぐ》ったばかりの爪を見つめて言った。トイレは車両の、有子たちが座っている席とは反対の端なのだが、車内は閑散としていてドアが開く音を伝えてくる。

女はまた早口になって有子から名前と旅館の名を聞きだすと、「輪島に着いたら旅館に電話してあんたの隣りの部屋とってもらう。悪いけどお願いね」有子の膝を煙草をもった手で揺すった。有無を言わせない口調で、有子は、「でも部屋が空いてなかったら」と訊き返すのがやっとだった。

「その時はその時よ。まだ半分は死んだ方が面倒じゃないかなって気持ちもあるし……」

そう言い、同時に大袈裟《おおげさ》に視線を引いて面白がるように有子の顔を見た。

「あんた、男と上手くいってなくてひとり旅に出てきたんでしょ。あんたの齢《とし》なら亭主だと思うけど」

図星である。顔色だけで当たったとわかったらしい。女は初めて笑顔になり、

「さっき寝てる顔見てそう思ったのよ。私と同じ寝顔してるからさ」

と言い笑い声をあげた。自分がどんな顔をして眠っていたかより、

「自分の寝顔知ってるんですか」

有子にはそのことの方が気になった。女は目に謎めいた笑みを浮かべ、

「知ってるわよ。私がはっきりと知ってる自分の顔って寝顔だけよ」

そう答え、またあげた笑い声を、男が近づいた気配に気づいて慌《あわ》てて断ち切り、素知らぬ顔で目を窓へと投げた。有子と会話を交わしたことを隠すつもりらしい。隣りにまた座った男からわざと冷たく顔をそむけた風でもあった。

その時になって有子は女が窓辺においた左手の小指だけがまだマニキュアを落としていないのに気づいた。列車は能登半島を走っている。四月だというのに能登の空はまだ春に出遅れているのか、雪でも降ってきそうな鉛色の雲を低く這わせている。痩せた田畑が続いた。車内の女にも色がなく、そんな何もかもが灰色にくすんだ中で、ただ一点小さく赤色を残したその爪が、有子の目には何故かさびしく映った。

七尾と穴水《あなみず》とで列車を乗り換え、金沢から三時間もかけてたどり着いた町は、想像した以上に小さかった。桜はもう三分ほど開いているのだが、町は低い家並や細い路地にまだ長かった冬の疲れを残していた。

半島の中ほどに、日本海の荒波に洗い流されないよう、小さくしがみついている。木造の建物はどれも古く、この町が潮風にも江戸時代からの歴史の古さにも疲れているのがわかった。曇《くも》り空が桜の枝にからまるほど低い。その低さに冬の厳しさが覗《のぞ》いた。

東京と違って、人がまだ大自然の力に遠慮して生きている、駅から道を尋ね尋ね、旅館まで十分ほど歩いただけなのだが、有子はそんな感慨をもった。

その素朴《そぼく》さが、しかし東京から来た者には旅情だった。

海へと流れこんでいるらしい細い川のほとりにやっと見つけた二階建ての宿も木が朽ちかけている。通された二階の部屋は壁も障子も傷んでいたが、その部屋に落ち着いて有子にやっと東京を遠く離れたという実感がわいた。夫とも公団住宅で過ごした十三年の結婚生活からもやっと小さく逃げだしてきたという思いである。

一人息子は中学にあがってから変によそよそしくなったし、去年の末から夫は会社の女子事務員と浮気している。確かな証拠を握ったのだが何も知らないふりを続け、まだ一昨日《おととい》の晩である、深夜に帰宅した夫に、「私、ずっと知ってたのよ」そんな一言を出した。次の瞬間、夫はくるりと背を向け、寝室に入っていった。有子のどんな言葉も拒む冷たい背中だったし、有子もそれ以上の言葉を掛ける気にはなれなかった。浮気に気づいてから一度も本当の怒りがわいてこない、そのことが悲しいというよりもただうっすらと淋しかった。昨日の朝、夫にも息子にも何も告げず家を出、昨日一晩は金沢に泊まった。

家出と呼べるほどのものではない。ただ二、三日、夫とあの部屋を離れただけだったし、明日になればまたそこへ戻っていくのはわかっている。旅先として輪島を選んだのは、夫が小学校にあがるまでこの町に住んでいたからだった。結婚当初はよく日本海の冬の怖さや美しさについて聞かされた。幼年期を過ごしたというこの町に来れば、去年の末から有子の目に何もかも見えなくなった夫の何かが見えてくるかもしれないという気がしていた。

雪がしみついたように白く朽ちた窓辺の手すりに寄りかかりぼんやり川の流れを眺めていると、だが夫のこともどうでもいい気がしてきた。自分はただ十三年の結婚生活に疲れていただけなのだ。こんな風に日本海の風に浸って小さく息ぬきすれば、明日からまた十三年の続きの道をそれなりに歩いていけそうに思えた。

気がかりは、むしろ別にあった。

旅館に着くとすぐ、「今、駅から電話があって、連れのお二人の部屋、隣りに用意しました」そう言われている。あの二人とは結局、輪島駅まで一緒だったのだが、乗り換えた列車の中では離れた席に座ったし、あれきり女とは言葉を交わしていない。輪島駅でも有子の方を見向きもせずさっさと男とどこかへ消えてしまっている。

列車の中の言葉は冗談だったと思いたかったのだが、本当に隣りの部屋に入るというからには冗談とも言えないらしい。いや、列車の中で煙草をとりあげられた男が「もうどのみち同じじゃないか」と呟いた言葉を思い出すと、心中という言葉に現実味が増してくる。胸でも病んでいるらしい、それもかなりひどく――死を宣告された男が女を心中に誘ったのではないか。二人の、細く脆《もろ》い骨で何とか支えられている痩せた体やその体にしみついた暗い影に、死とつながって不思議ではないものを有子は感じとっていた。

だが、その二人はなかなか旅館に現れようとしない。

一時間も過ぎると、有子はタクシーを呼んでもらった。ガイドブックを見ると近くに袖ケ浜《そでがはま》という名所があるらしい。せっかく能登へ来たのだから海岸を見てみたいという気もあったのだが、半分は死に場所を捜すように浜辺をさまよっている二人の影がやたら頭に浮かんでくるからだった。

この想像は当たった。

町を離れ十分も海岸線に沿って走ると、白砂の浜が長く続いた、いかにも景勝と呼ぶにふさわしい場所に出た。大小の尖《とが》った岩が襲いかかってくる波を突き破った。空も海ももう暮色をしみつかせた中で、その波しぶきと砂浜だけが白く暮れ残っている。

車を待たせ歩きだした砂浜にはどこにも人影がないように見えたのだが、しばらく歩いて不意に有子は足をとめた。

有子から十メートルほど離れた波打ち際に、すっと二つの影が浮かびあがったのだった。暮色に溶けかかって何もないように見えたのを、何かの拍子に有子の目がはっきりととらえただけなのだが、それが間違いなくあの二人の背中だとわかった後でも、浜辺へと白く崩れる波がそこにふと気まぐれに幻の影を結んで見せているのだという気がした。

潮風が波音とともにかすかに鈴の音を伝えてくる。列車の中で有子は、女がジーパンにベルトではなく細い麻の紐を巻いているのに気づいている。結び目から垂れさがった紐の端に一つずつ小さな鈴が縫《ぬ》いつけてあった。

その鈴が風に揺れている音だった。

彼方の水平線のどこかから響いてくるような遠い音だった。

二つの影は肩を並べていながら、ひとりひとり別に立って別々の海を眺めているように見えた。

やがて二人は有子に気づかないまま道路へ戻り待たせてあったらしいタクシーに乗りこんだ。

その後も車で他《よそ》を回っていたらしい、有子がしばらく浜辺を散歩して宿に戻り、三十分もすると、やっと廊下に人の近づく気配が聞こえた。襖《ふすま》ごしに響いてきた鈴の音が隣りの部屋へと消えた。

しばらく壁は静かだった。

浜辺で聞いた鈴の音がまだ耳に残っている。

気になって廊下を覗くと同時に、隣りの部屋の襖が開き、浴衣《ゆかた》に着替えた女が出てきた。

「一緒にお風呂いこ。お風呂で偶然逢ったたってことにして」

小声でそう囁《ささや》いてから、悪いわねというように顔をしかめて笑って見せた。一階には一応大浴場があるのだが、男女の区別がなく二人揃って浴衣の帯をほどいたところへ男が一人入ってきた。男といっても七十を越した枯れた感じの老人である。有子は恥かしいとは思わなかったのだが、「あんたの部屋にも風呂ついてたよね、私、そっちに入る」女は急に不機嫌な顔になって言い、帯を結び直した。

「私、ただで男に体見られるの嫌だから」

脱衣場を飛びだす前にそう呟いた。よく意味がわからなかったのだが、有子が風呂からあがり部屋に戻ると、すでに自分の方も風呂を出て冷蔵庫からとり出したビールを飲んでいた女は、

「私こう見えても昔、ストリッパーだったのよ」

と唐突に言った。痩せぎすの女の口から出るとは想像もつかなかった言葉である。女は有子の驚いた顔を面白がるように見て、「信じないだろうけど、昔は肉づきよかったのよ。肌なん

かピカピカ光ってて、――東京を中心に踊ってたんだけどね、十年前に大阪へ流れ着いて今はジャンジャン横丁の近くにコヤもって踊り子たちの世話してる。エリー岸本《きしもと》っていえば東京でもちょっとした人気だったのよ」そう言い、自分の名はエリーをひっくり返したリエだと名乗った。

信州の生まれだと言う。確かに言葉に訛《なまり》があるのだが、有子の耳には信州ではなく東北のものに聞こえる。

「それは、東京に出て最初に一緒に暮らした男が青森出の男だったから。死んじゃったしもう顔も思い出せないけどね……変な話。その訛だけがずっと私の体に残っちゃって」

女は斜めの視線で有子を引っ掛けるように見てため息ともつかない声で笑った。

「青森出身の次が新潟で、次が鳥取、下関《しものせき》、岡崎《おかざき》、仙台、夕張《ゆうばり》――みんな東京か大阪で出逢った男だけどね、考えてみると仕事でも日本国中回ったけど、男も全国各地、巡業したわね。今のが岡山……」

有子が隣室との境の壁へ流した視線を目ざとく見つけると、「岡山は今大阪で一緒に暮らしてる男。隣りの男は九州の佐賀。やっぱり大阪に住んでるんだけどね」と言った。

それから思い出したように、

「猫にちゃんと餌やってくれてるかしらね」

そう呟き、寝転んで電話へと手を伸ばした。

相手は今一緒に暮らしている男らしい。

「そう、ちゃんとやってくれてるのね。何言ってんのよ、あんたがマメなの女に対してだけじゃない。その猫と私は一心同体だからね、私と同じ名前つけてあるし……私が万が一死んでも私だと思って可愛がってくれるって約束でしょ。――今？　能登、輪島の旅館。念のために電話番号教えとく」

テーブルから旅館のマッチをとって、旅館の名と電話番号を読みあげ、「ひとり旅って言ったけど、小川《おがわ》有子って女友達誘ってきた。そっちの名で泊ってる――嘘じゃないわよ。そんな友達聞いてないって……当たり前でしょう。あんたとはまだ去年知り合ったばかりじゃないの。なんなら代わろうか、有子と」少しも澱《よど》むことなくさらさらと嘘をついた。

女がけたたましい笑い声を受話器にぶつけて電話を切ると同時に、隣りの部屋の襖が開いた気配がして廊下に男の咳が聞こえた。

女は起きあがり、襖を開くと、「お風呂？」タオルをさげた男にそう声をかけた。男は女が隣りの部屋から突然姿を見せたので驚いたらしい、当惑した目を部屋の中の有子に投げてきた。その男にも、

「今ね、お風呂でばったり逢っちゃったのよ。憶えていない？　列車で一緒だった人。部屋も隣り同士だなんてすごい偶然。亭主と上手くいってないっていうから相談にのってるとこ。夕飯になったらそっちへ戻る」

巧みに嘘をついた。男が無表情に有子へと頭をさげて廊下を遠ざかると、女は襖を閉めた。

巧みな嘘に裏街道を歩いている女のしたたかさが覗いたが、同時に子供が特別な邪心もなく嘘

をついているだけのような憎めないものも感じられた。

荒れた生活をしみつかせた顔色の中で目だけがきらきらしている。そういえば猫の目に似ている、狡猾《こうかつ》さとあどけなさが混ざりあった目だった。

「猫にもリエって名前つけてるんですか」

「そう、今は何代目のリエかな。私がベルトの紐に鈴つけてるの気づかなかった？　あれ最初のリエがつけてた鈴——もう二十年前だけどね。二十年間に私、もう何匹も死んでるのよ」

そんな冗談めいた言葉を聞いて、有子はいい機会だと思った。

「さっきの列車の中での話、本当？」

そう尋ねてみた。

「本当よ。昨日は深谷《ふかたに》温泉という所に泊ったんだけど宿があんまりひどくて、——もっといい死に場所探すためにあの列車に乗ったのよ」

ケロリとした顔で言った。

「どうして死ぬなんて……」

それには直接に答えず、「東京で最初の男と暮らしていた頃からだから、もう十何年になるわね、神谷とも」羽織の袂《たもと》から煙草をとり出して火を点けながら言った。

神谷というのが連れの男で、ずっとヌード劇場の演出をしている。才能のある男で、神谷の演出だと踊りが光った。自分の人気が出たのも神谷のお蔭のようなものだ、それで神谷が大阪に移ることになった時、自分もついていった。今でも自分の経営するコヤの演出は神谷にやらせている――

「私、今でも神谷が日本一の演出家だって思ってる。それがあの男とずっと離れずに来た一番の理由ね。もちろん男と女だから二十も年齢離れててもそれだけっていうわけにはいかないけど、私もその程度にはダンサーとしてもコヤの経営者としてもプロだったから」

女はため息のように煙草の煙を吐き出して、

「でも駄目だね。女としてはプロじゃない」

大袈裟に顔をしかめて笑った。

「女のプロって?」

「男なんかのために絶対自分を犠牲にしない女か、逆に全部犠牲にできる女――まあ私もずいぶんたくさんの踊り子見てきたけどね、そういう女は二人しかいなかった。惚れてる亭主に自分の方からきっちり三下り半つきつけたミワ子って娘《こ》と、岡村《おかむら》ってヤクザ刺し殺したジョゼフィーヌって娘……私はダメ。女としては十何年間ずっと半端な所にいた」

その十何年間のうちに男は三度結婚し、他にも女を巡業し、自分もいろんな男を巡業し、たがいの巡業中にどこかでひょっこり出逢うような一晩が何回かあって――

「気がついたらおたがいが一番長く続いてる相手になってたというだけの話だけどね」

「結婚したいとは思わなかったんですか」

女は有子を見て、目にちょっと意地悪な微笑をにじませた。

「妻の立場ってそんなに魅力ある?」

「――」

「でしょう? あんたもきっと主婦としてはプロだろうけど、女としては半端なんだろうね」

これも図星のような気がしたが、女は有子には大した関心もないらしく、「だから死ぬ死なないなんて関係じゃないけどね」自分の話に戻り、

「ただ、十何年か前初めて出逢った晩、『お前、いい女だな』って言ってくれたことあるのよ。むこうは酔ってたから忘れてると思うけど……もうわかってるだろうけど、私、嘘つきだし、気が強いし、図々しいし、本当に嫌な女だからね、他の男からはいい女だなんて一度も言われたことない。たとえ冗談でも昔そう言ってくれた男が、十何年か経って一緒に死んでくれって頼んできたら肯くよりしょうがないじゃない」

隣室の壁を列車の中と同じ遠い目で見ると、

「でも肯いただけ。もう気が変わっちゃった。女としては、やっぱり半端だわね」

思い出したように笑い、その笑い声で注いだビールの泡を吹きとばした。


夕飯に隣りの部屋へ戻ったまま、もう三時間が過ぎるのに、女は姿を見せない。

一度仲居さんが夕飯を片づけにいった気配があったきりで、テレビをつけているらしい音が聞こえてくるだけで、壁は奇妙に静かだった。

気が変わったとは聞いているが、女が小指に残したマニキュアの色と浜辺での鈴の音を思い出すと心配になってくる。やはり様子を見にいってみようと腰を浮かせかけた時、電話が鳴っ

た。

「……小川さん？」

とまどった男の声である。

「ええ、そうです」

「そうか……女友達と一緒だっていうの本当だったのか……リエ、います？」

女が今大阪で同棲している相手らしい。有子が「今ちょっと散歩に出てます」と嘘をつくと、

「そうか……」まだとまどいを残した声で、

「今神谷さんの奥さんから電話があって……あの人昨日の朝病院ぬけだしたまま戻ってこないって……俺知らなかったんだけどあの人肺ガンで今年いっぱいも危ないらしくて……変な気起こすんじゃないかって奥さんが心配してるって……いや、俺もそれ聞いてアレが女友達なんかじゃなく神谷さんと一緒にいるんじゃないかと心配になって」

一気にそう喋《しゃべ》ってから、「リエが帰ったらサイキからそういう電話があったと伝えて下さい」と言い、電話を切った。

意外に真面目そうな男の声だった。

その電話のことを報《し》らせようと、有子が再び腰をあげた時である。突然隣室から廊下へと飛びだした人の気配がし、同時に有子の部屋へ女が飛びこんできた。有子には何も言わず、すぐに電話に駆けよって「桐《きり》の間だけど、突然電気切れちゃって真っ暗なのよ、誰か見に来て」帳場へとそんな電話を入れてから、

「それ持って、一緒に来て」

壁の隅《すみ》に吊された懐中電灯を指さした。

実際、隣りの部屋は闇に塗りつぶされていた。有子が手にした懐中電灯の円《まる》い光の輪は最初テーブルを浮かびあがらせた。

水の入ったコップが二つと薬らしい袋がおいてある。男の枯れ草のような手だけが不意に伸びるとその袋を素早く摑《つか》んで浴衣の袖へと隠した。

有子が懐中電灯を上に向けると、浮かびあがった男の顔は反射的にうつむいた。光が眩《まぶ》しかったというより顔を隠したように見えた。はだけた浴衣の胸の薄い皮膚に骨が透けて見える。

確かに何かに蝕《むしば》まれている淋しい胸だった。

有子が慌てて他へと懐中電灯を向けようとした時、宿の男がやってきた。まだ三十前後の、若者らしさを高い背に残した男である。自分がもってきた懐中電灯で部屋のスイッチを点検すると、何も言わず階下へ戻っていった。

一分もすると突然、部屋いっぱいに灯が戻った。また宿の男がやってきて、部屋に灯がついていることを確かめ、

「ヒューズが切れただけだよ」

たったそれだけの言葉さえ無理矢理口に出すようなぶっきら棒な声で言った。無愛想というより生来無口そうな男だった。

浴衣姿で部屋に座りこんだ男は突然戻った灯にとまどったような目で、部屋の敷居際に有子

と一緒に立っている女を見あげ、すぐにその目を逸らし気まずそうに咳をした。

「あんた先に寝てて。私まだこの人の人生相談残ってるから」

冷たい声と目を投げつけ、部屋を出た。

有子の部屋に入り、有子が掛ってきた電話の話をすると、それには、「そう」と答えただけで、

「おもしろいのよ。死のうとしたその瞬間に偶然電気切れちゃうんだから」

と言い、有子の顔を見てすぐに首を振った。

「そうか、あんたには嘘つく必要なかったんだ。あれ、私がヘアピンをコンセントに突っこんでショートさせただけ」

しばらく口を両手で包みこんで本当に可笑《おか》しそうに忍び笑いをしてから、「そろそろ薬飲もうかって言いだすからね、私はいざとなったらこっちへ逃げてくるつもりだったけど、どんな薬もってきたんだろうって興味があったから——それが何の薬だと思う」もう一度首をすくめて笑った。

さっきのテーブルの上の袋のことらしい。

「猫いらず——あんな昔風の猫いらず、まだどっかに売ってるのかしらね。私、可笑しくって……それで『私、猫は好きだけど猫いらずは嫌いよっ』って言ってやったの。でも一緒に死んでくれるって言ったじゃないかって愚図愚図言うからね、コップに水ついでるスキにこっそりヘアピンで……私、最近はステージの照明なんかも自分でやってるから電気詳しいのよ」

そう言うと、もう敷いてある有子の布団の枕《まくら》もとのスタンドを引き寄せ、くるくるっと電球をはずした。何をしているのか有子が尋ねる余裕もなく、女はすぐにまた帳場に電話を入れ、「杉の間のスタンドもつかないから、さっきの人にもう一ぺん来てって」そう言った。

「私の好みなのよ、ああいう無口そうな男」

有子の怪訝《けげん》そうな顔にそう答えたのだが、やがて新しいスタンドをもって現れたのは部屋の係のおばさんだった。

「なんだ、さっきアカリ直しに来てくれた人が来るって思ってたけど……」

「ムトウですか。ムトウなら今帰りましたけど。もう仕事もないからって……」

「家へ？　結婚してるの？」

「いえ、この前奥さんに逃げられて。帰りにそこのスナックに寄ってるんじゃないですか」

「あんないい男から逃げだす女がいるの？」

「ええ、まあいろいろあったみたいで……」

東京でも大阪でもこの輪島でも男と女はいろいろやっているんだと考えているうちに、女は仲居からスナックの場所を聞きだし、

「一緒につき合ってよ、スナック」

仲居が姿を消すと同時にそう言った。すぐに隣りの部屋からセーターとジーパンをもってきて着替え始め、

「でも、大丈夫？　一人にしておいて」

有子が隣室の壁へと流した目に、「大丈夫よ、一人で死ぬ勇気ないから私を誘ったのよ」またケロリとした顔でそう答えた。

「私が男の引っ掛け方いかに巧いか見せてあげる。あんたも亭主と別れた時のために、覚えておいた方がいいわ」

そう言って強引に有子を連れ出したのだが、川沿いにしばらく歩き、海へと出る橋の手前に『スナック和田《わだ》』と書かれた小さな灯を見つけて店の中に入ると、奥のボックス席で一人ビールを飲んでいた宿の男を無視し、背を向けてカウンターに座った。旅館の男を無視した理由は有子にもすぐにわかった。カウンターの中にいるマスターが、中年太りをしてはいるものの鼻すじの通った二枚目である。

女の目の奥に一瞬だがぎらっと光ったものがある。背後で一人暗くビールを飲んでいる旅館の男を忘れ、その視線はもうマスターの方を狙っている。実際猫の目だった。

水割りを飲みながらさかんにマスターに話しかけ、マスターも適当に言葉を返している。能登の男らしく素朴で真面目そうにも見えるのだが、目つきとくぐもった声に女ズレしたものが覗いた。

黒いカウンターは剝げかけ、後はボックス席が二つだけの殺風景な店である。他に客はなく、マスターだけでも充分やっていけそうな店だが、若い娘が一人手伝っている。切れ長の目のきれいな顔だちの娘は、胸に十字架のペンダントを揺らしていた。

女はその娘にも話しかけた。

「あんた大阪に出て来ない？　あんたの顔と肌だったらすぐに売れるわよ」

自分がヌード劇場を経営していることをむしろ得意げに切り出し、そう誘った。ただの冗談ではないらしい。酔いかけた目を一瞬厳しくして値ぶみするように娘の全身をその目で嘗《な》めた。

「その程度には経営者としてプロよ」女の言葉を有子は思い出した。

困ったように顔を赤らめている娘を、横からマスターが助けて「ダメですよ、この娘《こ》は、クリスチャンだし、やくざみたいなのがついてるから」親指を立てた。

「いやだ、ユキオさんとは何でもない、私」

娘は顔を両手で覆った。

二人が奥へ引っこんだスキに、女は隣りでビールの泡を嘗めていた有子を思い出したようにふり向き、「あの娘、マスターとも出来てるわよ」そう耳うちしてきた。

「えっ？」

「ああいう娘が実は一番したたかだし、ああいうマスターみたいなのが実は一番しつこいタイプ。わかるのよ、男と女のことは全部。一目見れば」

そう言い、「他人のことはね」と笑った。

「自分のことは何もわからない。私の体のどこに女がいて神谷の体のどのあたりに男がいて、『死のう』なんて言葉になったのか……」

女はつきかけたため息を酒で喉《のど》へと押し戻した。

「ずうっと一つ気になってたことあるけど」

「なあに？」

「列車の中で自分の寝顔だけしか知らないって、あれどういう意味なのか」

「それだけの意味よ」

女はそう答え、財布から一枚の写真をとり出し有子の前に投げてきた。黒白で、大きく女の寝顔が撮《うつ》されている。薄い眉《まゆ》の間にかすかに皺《しわ》を寄せ、何か悲しい夢でも見ているような寝顔だった。ただ今の女よりかなり若いし、太っている。

ふっくらとした頬に閉じた目を沈めた、幼ないともいえる寝顔だった。

「それ、寝顔っていうより死んでる時の顔」

冗談のような声で言った。

「前にも一度心中し損ねてんのよ、私と神谷」

有子の顔に出した驚きを吸いとるように微笑し、「それが非道い話なの」笑い声をあげた。

「睡眠薬飲んでガス栓《せん》ひねって……でもむこうが薬戻しちゃってね、ふっと見たら私がいい顔して寝てるからって、医者呼ぶ前にカメラとり出して撮したんだって……その後呼んだ医者があと一分遅かったら私の方は間違いなく死んでたっていうところまで行ってたのにね。でももう十年も前の話よ。大阪に移ってきた頃——むこうが二度目の、結婚したばかりの奥さんとあれこれあって」

「その時もむこうから誘ったんですか」

「そう。奥さんとあれこれあったって言うのはヒナ子ってダンサーと出来てたからだけどね。

変な話。一緒に死ぬ相手は奥さんでも愛人でもなくて私になるんだから……あの時もわけもわからないまま肯いて――でもあの時は素直に死のうと思ったのよ。まだ若かったから」

手にした写真に煙草の煙を吹きかけて、

「私の知ってるただ一つの私の顔よ」

そう言った。

結局、旅館の男には声一つ掛けず一時間後にはその店を出た。

「引っ掛けなかったじゃないですか、あの人を」

川沿いに旅館へと足を向けながら、有子が尋ねると、

「馬鹿ね――」

だから素人《しろうと》は困ると言いたげに笑って、

「私、誘ってたわよ、必死に」

「でもずっと背中向けっぱなしで……」

「だから背中で誘ってたのよ。私がただ無視してるだけだって思ってたの」

「ええ、だって一度も見なかったし」

「見てたわよ、背中で必死になって。もっとも途中でああこの男は駄目だって諦《あきら》めたけどね。

逃げだした奥さんの気持ち、少しわかった」

有子は足をとめた。不意に一昨日の晩夫が向けた冷たい背中を思い出した。

あの背で、夫は夫なりに十三年間の妻を必死に見ようとしていたのではないか。

夜の川は昼間より潮の香が濃かった。岸辺の灯がまばらに川の底に落ちている。川にはまだ冬の冷たさが澱んでいることのわかる寒そうな灯だった。半島に引っ掛った小さな町の何もない夜だったが、有子は今までの他のどの旅先よりもこの町が好きになりそうだった。

行きずりの女二人は弱い灯の中に消えそうな薄い影を並べて歩いた。

「そういえばあんたも奥さんだったわね」

今度は女の方が足をとめた。

「——あんた、亭主が他の女と一緒に死んだりしたら悲しい？」

有子も足をとめた。

「悲しいっていうより辛《つら》いと思うでしょうけど」

「どうでもよくなった亭主でも？　亭主がその女より奥さんのことを愛してるってわかってても？——一緒に死ぬ女は愛してる女じゃなくてもいいって男が考えてても？」

酔っているとは思えない確かな目だった。

「そりゃあ、やっぱり妻の立場なら……」

女は風で顔へとふりかかってくる髪を面倒そうに払いながら、また微笑に変わった。

「だったらそれ理由にさせてもらう。宿に帰ったら神谷に、あんたから奥さんの立場も考えないって説教されたって言うわ——ずっと困ってたのよ。死んでくれって言われて、肯いた理由も大してなかったけれど、断る理由も大してなかったからね。そうね、奥さんっていうの理由にする。奥さんが心配してたってさっきの斉木からの電話のこと、話す」

笑いながらの言葉はどこまで本気かわからなかったが、宿に戻ると女はすぐに隣りの部屋に姿を消した。

今夜はあんたの部屋で寝させてと言われていたので、有子がもう一組布団を敷いて待っていると二十分もして女がやってきた。一度だけ壁の静寂を破って、「どうして私が奥さんに嫉妬《しっと》しなくちゃいけないのよ。あんたや奥さんを、今食べさせてるの、私じゃないの。病院代だって」啖呵《たんか》を切るような怒声が聞こえてきたのだが、何事もなかったような顔をしている。

「案外簡単に納得してくれてもう寝たわ。これで輪島心中も一巻の終わり」

浴衣に着替え直し、脱いだ服をハンガーに掛けて壁に吊しながらあっけらかんと言った。それからごろんと布団に転がり、「そうだ、マネージャーに電話しないと」寝そべったまま電話をとった。

「あ、ムナカタ。一昨日の娘どうなった……そう、じゃ使えるね。脚きれいだし……えっ、芸名? 本名なんて言うの。セイ? ああ聖《ひじり》って字。だったら決まりじゃない、松田《まつだ》聖——それでいこ。えっ、聖子とは似てないって? 馬鹿ね、本物でも偽物でも女の体は同じよ。人のいいことばかり言って、いつになったらこの商売覚えてくれるのよ」

受話器を叩きつけて電話を切った。声の、今までと別の迫力に、一人の女が歩いてきた裏街道がはっきりと見えた。

「私が嘘つきなのは、この商売のプロだって証拠だわね」

照れ隠しのように笑って、今度は仰向けに布団に横たわった。「疲れたからもう寝る。悪かったわね、今日一日」そう言ったが、しばらく開けたままの目で天井の灯を見ていた。白く冷めた灯だった。

窓の外を風の音が流れ続けている。有子が布団の中に入ると、

「どうしてるかしらね、あの男、今ごろ」

ひとり言を呟くような声で女は言った。

「隣りの——神谷さん？」

「違うわよ、大阪の男」ムキになったように言い、「あっそうか、あんたには嘘つかなくてもよかったんだ」また小さく笑った。

「私ね、まだ一つあんたに嘘言ってることあるんだけど、それは明日別れる時に教える」

目を閉じ、そのまま眠ったように見えたが、

「不思議でしょう。あんな鶏ガラみたいな男と十何年も続いたなんて……」

「そうでもない。ああいうタイプとは縁が切りにくい気持ちわかるような気がする」

「だったら女ってやっぱり同じなんだ、体の構造だけじゃなく、本物も偽物も……」

「どっちが本物で、どっちが偽物？」

「そりゃ私から見ればあんたが偽物よ。あんたから見れば私が偽物だろうけどね」

有子の目には筋金入りで生きているこの女の方が本物だと映っていたのだが、ただ、

「そうね」

とだけ答えた。

「あんた、男って亭主一人だけ？」

「……団地の中で暮してるとそうなるから。ある意味じゃあなたみたいなの羨《うらや》ましいと思うけど」

「そうでもない。私だっていろいろ替えても一人の男と一緒に暮してたようなもんよ。男も、どれも同じだから」

「一つ訊いていい？」

「なあに」

「神谷さんのこと……奥さんに悪いなって気持ちある？　ちょっとでも」

「ないね」

きっぱりとそう答えた。

「人の亭主に惚れる女なんて奥さんから奪いとることしか考えてないよ。だからさあ、あんたも甘いこと言ってないでどんな手使っても旦那を奪い返さなくちゃ駄目だよ」

女は、有子の夫の浮気まで見抜いているらしい。

「──ええ」

「おかしいね。一晩だけだからこうやって枕並べてるけど、もし私があんたの亭主の女なら、凄《すさま》じい喧嘩《けんか》してただろうね」

「そうね」

女はいつの間にか目を開けて、またしばらく天井の灯を眺めながら黙っていたが、やがて「月の砂漠をはるばると……」唇からそんな唄声がこぼれだした。

「旅の駱駝《らくだ》がゆきました……」

喋る時の煙草に疲れた嗄《かす》れ声とは違い、唄声は澄んでいる。童謡にしか似合わない少女の声だった。小声だが、壁にしみこむようなその唄声を、女がまだ隣りで起きているかもしれない男の耳に聞かせようとしているような気がした。

「さきの鞍《くら》には王子さま、あとの鞍には」

そこまで歌って、「お姫さまは駱駝に乗り損ねたんだ」と笑った。

「昔よく踊ったわ、この唄で。青いライトでね、あのライト浴びると私の体いつもより綺麗《きれい》に見えた……」

昔を懐《なつか》しむ声になり、しばらくまた歌い続けたが、やがて唄声は寝息に変わっていた。

有子は灯を消した。昨夜金沢でよく眠れなかったのですぐに眠りに落ちたが、寝る前に聞いた唄とまだ耳に残っていた袖ケ浜での鈴の音のせいだろう、二つの鈴が海に沈んでいく夢を見た。

暗い海はかすかに青味を帯びている。水ではなく砂の海なのかもしれない。薄い月明りが漂うような青い闇の中を、金と銀との二つの鈴が澄んだ響きをからませながら、ゆっくりと、どこまでも落ちていく……どこまでも……いや、夢ではない、どこかで本当に鈴の音がしている。静かすぎるこの輪島の夜のどこかで、りんりんと……騒がしく鈴の音が響いている……

昨日の暗さが嘘のような眩しい陽《ひ》ざしで目をさました。隣りの布団はシーツを乱したまま、空っぽである。壁に吊してあった服もない。

反射的に起きあがり壁に聞き耳をたてた。夢の中で聞いた鈴の音が頭の芯にからみついていて嫌な予感がしたのだが、かすかに人の話し声が聞こえてくる。

ちょうどやってきた仲居に尋ねると、隣りの二人はもう朝御飯を食べているという。

ホッとして廊下に出ると、襖ごしに、

「お前、本当に死ぬ気があったのか」

男の声が聞こえてきた。

「隣りの客とのことだって偶然じゃなかったんだろ」

咳まじりの弱々しい声なのだが、咎める響きがはっきりと聞きとれた。女はそれには何も答えず、突然乱暴に襖を開けて部屋を飛びだしてきた。

廊下に立っている有子を見て一瞬ギョッとした様子だったが、「私、朝市に行ってる。後から来て」そう声を掛け、有子の返事も待たずに廊下を走り去った。この時有子は、女の体のどこかが昨日と違うような印象をもったのだが、それが何か思いつかないまま、

「昨日は大変だったでしょう。我儘《わがまま》な女だから」

部屋の中から声を掛けてきた男が詫びるように小さく頭をさげたのに「いいえ」と答えて部屋に戻った。朝の光の中で、男の顔にはいくらか生気が戻っていた。

食事を簡単に済ませ、着替えて有子は旅館を出た。旅館の人に市をやっている本通りへの道を尋ねたのだが、外に出ると市に向かうらしい主婦の群れがあり、その後についていくとすぐに騒がしい人声が聞こえてきた。細い通りの両端を埋めつくして露店が並んでいる。

この町のどこにこれだけの活気が隠れていたのかと驚くほど、人が溢《あふ》れ威勢のいい掛け声がとびかっている。その賑《にぎ》わいと空から流れ落ちる朝の光の中に、出遅れたぶんを一気にとり戻すように、能登の春があった。

大半は魚や野菜の露店である。値札を見る目つきがいつの間にか主婦の目になっているのが有子には自分ながらおかしかった。

ある露店で、鰤《ぶり》らしい大きな魚を一匹買っている女の姿が目に入った。土地の者に負けないほどの大声で値段を掛けあい、「大阪へもって帰るんだからもっと丁寧に包んでよ」露店商の逞《たく》ましそうな男を叱《しか》っている。

有子を見ると目だけで笑い、二人でそのまま人に体をぶつけながら露店を見続け、やがて露店市のとぎれるあたりに、もう戸を開けている「荒田屋」と古い木の看板がかかった店の中に入った。輪島塗りの店である。漆《うるし》塗りの盆や椀をざっと見て回り、女はケースの中の、二つで一組になった盃に目をとめた。薄紅色の桜吹雪が対の帯になって流れている。

「これ一つだけ売ってくれない?」

女は少年のような小柄な店員にそう声を掛けたが、若い店員は返事もせず首を振った。生意気そうだが可愛い顔をしている。「輪島って二枚目が多いわね」有子にそう耳うちし、

「ねえ駄目。もう一つは余分になったのよ」

急に甘えるような声になった。それでも店員が無言で首を振り続けるので、「いいわ、じゃあ二つもらう。包まなくていいから」そう言い、「悪いけどこの代金たてかえてくれない？それで旅館に帰ったらあの男から貰って」有子にそう頼んできた。

「私、旅館には戻らずにこのまま大阪へ帰るから。私もお金もってるけどね――考えてみると一度もあの男から何か買ってもらったことないから――」

言われた通りに有子が一万円札で支払いを済ませ、外に出ると、「今度心中する時はああいう若いのとする」冗談ともつかぬ声で言った。

露店市を引き返すように歩き、いつの間にか旅館につながる川の、海へと広がるところに掛った最後の橋に出ていた。橋の途中で足をとめ、女はしばらく横顔で海を見ていた。空の色に応えて海面は春らしい柔らかみをもっている。ただ風は強く、時々水しぶきが降り掛ってくる。その潮風の音で、有子はやっと、女の体のどこが昨日と違うのかに気づいた。

鈴の音がしない。

女は、自分の腰へと落ちた有子の視線に気づき、「あの紐、昨日の晩切れちゃったのよ」自分の方からそう答えてきた。

「昨日の晩っていつ？」

寝る前には確かに、服と一緒にハンガーに掛けてあったはずだった。

女はそれには答えず、手にしていた二つの盃の一つを思いきり力をこめて海に向かって放り

投げた。潮風に阻《はば》まれ、それは橋のすぐ下に落ち、短く波間を漂い、すぐにどこかへと運び去られた。女は煙草に火を点け、

「こんなに海が広いのに男と女って小ちゃなことやってるもんね」

そう呟き、その言葉と煙草の煙に紛《まぎ》らすような小声で「眠ってるあの人の首に巻きつけて力いれた時」そう続けた。

「あの人が目をさました瞬間にね、ぷつんと……ずいぶん古い紐だから芯が腐ってたのね」

とも言い、

「あんな細い首でもあの紐に負けないぐらいの生命力は残ってたんだ」

とも言った。サバサバした声だった。

有子の声の方が緊張していた。

「でも、どうして……」

「夜中に目をさました時、一瞬だけど無理心中でもいいから死のうって思っちゃったのよ。むこう殺して、私も薬飲もうって……猫いらず持ってきたの、私の方」

有子は首を振ったが、同時に胸の中ではあれはやはり夢の中の音ではなかったのだと思い当たった。夜中に女がハンガーから紐をとって隣りの部屋へ運んだ音だったのだ。それから壁ごしにも響いてきた、かすかだが激しそうな鈴の音……

「寝る前に言ったもう一つの嘘ってそのこと……死のうって誘ったの私の方。前の時も今度も。肯かなかったのはむこうの方——いいえ、肯いたけど本気になれなかったのあの男の方。今年

いっぱいの生命とわかっててもやっぱり生きられるだけは生きていたいみたいね……大阪出る時から、もう渋ってるのわかった」

「でも――逃げてるのはあなたの方としか見えなかったけど」

「だから、言ったでしょ。背中で誘う方法もあるって……昨日の晩、私あんな風にしながら必死に待ってたのよ。むこうが私を呼びに来て自分の口から『死のう』って言ってくれるの……でも猫いらず出せば怯《おび》えたような顔しただけだし、首絞められるとわかったら私を突きとばすし。紐が切れなくても殺さなかったと思う。笑いたいほど馬鹿馬鹿しかったのは本当だから……ただそれでも」

女は残っている盃にかかった小指のまだ赤い爪を見ながら、「それでも夜が明けるまで待って……」と言った。

「どうして……」

有子はそれだけしか声にできなかった。

「何故あんたに嘘をついたかってこと？　それなら、どうせ心中するんだもの、自分が誘ったっていうより男の方から誘われたってそう言いたいじゃない。本当に死んでたら、あんたが証人になって警察にそう言ってくれてたでしょ。奥さんにそう思いこませたかったのよ。夫の方から誘ったんだって、奥さんにそう思わせたいっていう気持ち少し――それから何故あの男に死のうって言ったかってことなら、私ね、あの人の奥さんになりたいとか特別な愛人になりたいとかそんなこと考えたこと一度もない。本当にそんなこと一度も考えなかった。一緒に暮らしたいとか愛されたいとか。それだけは奥さんや他の女の前でも堂々と言える。……でも、あの男が死にたくなったら絶対一緒に死ぬ相手には私を選んでくれるって自信だけはあった……だから十年前死にたい死にたいって口走ってた時も……今度は、『とうとう死宣告されちゃったよ』って泣き笑いみたいな顔した時も……」

煙草と一緒に「でもどっちも私の早合点だったみたい」そんな言葉を海に向けて棄てた。

「駱駝に乗り損ねたの王子さまの方」

また嘘をついているとしか思えない軽い声で言い、くるりと海に向けた背で橋の手すりにもたれかかった。橋のたもとでも魚市が開かれている。賑やかな人の声に交じって、魚の匂《にお》いに引き寄せられたらしい鷗《かもめ》の鳴き声が聞こえた。鷗は何羽も、水面すれすれに低く飛んでいる。女がさげたビニール袋の中で魚が弾《は》ねていた。

「輪島に住めばよかったのね、この町なら朝市に出かければ死ぬ気なんて吹っとぶもの」

そんなことを言い、「じゃあもう帰る。いろいろ悪かったわね」と有子に背を向けかけたのだが、すぐにまたふり返った。

「宿にいるあの男に、私はもう病院には行かないからって伝えて。だから一人で死んでいってって、あんたが死ぬ時には久しぶりにステージに立って踊って見送ってあげるって——もう売り物にはならない体だけど踊りだけで全部の客うならせてやるって」

また背を向けようとし、「それからね」何かを思い出したようにもう一度ふり返った。

「あの男の最後の質問にまだ答えてなかったから、その答えも伝えて——さっき廊下で聞いたでしょ、本当に死ぬ気があったのかって。あれ、本当に死ぬ気で俺を誘ったのかっていう意味だけどね。紐が切れた時だって私笑いだしちゃったから……」

「——何て伝えるの」

「こう言って。あんたの方が死のうって誘ってくれてたら、もちろん本気で一緒に死んであげてたわよって。たとえ冗談でもね、一言自分の方からそう言ってくれてたら私の方は本気で死んであげたわよって」

言うと同時に笑おうとしたが、その一瞬不意に顔が崩れた。有子から顔を隠すようにそむけ、もう一度海を見た。

「プロとはいえないけど、その程度には私も女よ」

また笑おうとして今度も笑顔を作れず唇を嚙んだ。潮風にも春の匂いがしたが、その風にかすかに残っている冬の冷たさだけを感じとっているような薄い唇だった。数秒そんな風に海を見つめ続け、それから吹きつけてくる潮風に小さなため息を返して、やっと笑った。

「あんたも、亭主とは死ぬよりはマシなことやって」

今度は本当に背を向け、駅の方へと歩きだした。背負うようにもった魚の大きな袋が痩せた背には重すぎるように見えたが、長い脚で大股に、しっかりと土を踏んで歩いていく。有子はその姿が川辺の道へと角を曲がって消えるまで長い間橋の上に立って見送り続けた。

その後ろ姿からも、まだ鈴の音が響いてくるような気がしていた。

落日の門

落日の門

今夜、時代は変わる……

一つの時代が終わり、新しい一つの時代が始まる……少なくとも今から訪れようとしている夜が真冬の深い闇で町を閉ざし、その闇が暁《あかつき》を告げる茜《あかね》色の空に破られる時刻までには……暁。だが、明日の夜明けの空は本当に茜色に染まるのだろうか。

今、夕暮れのこの時、空は鉛色の鎧《よろい》でもまとったように重く冷えている。今夜は雪になるのかもしれない……それも動乱の夜にふさわしい白い嵐にも似た豪雪がこの東京に荒れ狂うとしたら、明日の空は暁の色に美しく燃えあがることもなく、天の怒りと慟哭《どうこく》が地上へと溢《あふ》れ落ちたかのような激しさで、雪はこの東京を切り刻み続けるだろう……この東京に夜明けは訪れないだろう……

俺は何を考えているのだ。あいつらが失敗し、東京ばかりでなくこの国に永遠に夜明けが訪れないことを望んでいるのか……四日前まではあいつらと固く手を握り、この国の空に暁の鐘が響きわたり、美しい日の出の色とともに新時代が訪れるのを夢見続けていたこの俺が……今、夕暮れのこの時、今夜にでも事が決行されようとしているその間際になって、あいつらが失敗し、この国の夜が永久に門を開くこともなく、多くの民が飢えに泣き貧しさに苦しみ、重圧に喘《あえ》ぎ続けるのを望んでしまっているというのか。

あいつらが計画を決行しなければ、今、政治と時代とを牛耳《ぎゅうじ》っている閣僚たちの腐敗した手にこの国を託し続けなければならないというのに。大臣の椅子にあぐらをかき、下界を見おろすようにしか民を見ようとしない連中の汚れきった手がこの国の未来を握りつぶすのをただ黙って待っているしかないというのに……あいつらが今夜それを決行しなければ……

あいつら？　四日前までは「我々」と呼んでいた者たちを今の俺は「あいつら」と呼んでいる……憎しみと蔑《さげす》みをこめて。

だが、それも仕方がなかったのだ。

非が俺にあったわけではない。時機が熟し決行の日も迫った四日前、突如、あいつらの方から俺を見棄てたのだから……去年の末から談合のたびに固くなっていった同志としての絆《きずな》をあいつらの方から、軍刀でも振りおろすようにきっぱりと断ち切ったのだから……裏切り者でも追放するかのように突如、この俺を計画の外へと弾《はじ》きだしたのだから……

事実、安田《やすだ》は俺を「裏切り者」と呼んだ。

四日前、決起の日を何日後にするか決めるために、我々は安田の家に集合した。

安田は、約束の時刻より十分遅れて到着した俺を玄関先で笑って迎えいれたのだが、家人の耳の届かない奥座敷に俺が座ると同時に、不意に顔も声も暗くして、「今夜の話し合いは中止した方がよさそうだ。この中に裏切り者が一人いる」そう言いだしたのだった。集まっていたのは安田と俺をふくめて六人だったが、安田以外の五人がいっせいに顔色を変えた……もちろん俺も。

安田はその一人一人の顔をゆっくりと見まわし、俺の顔まで来ると視線をとめた。家人を欺《あざむ》くためだったのだろう、安田は父親の形見だという渋色の結城《ゆうき》を着て、ひどくくつろいだ様子だったのだが、俺を見つめたその目はいつもの軍服姿の目だった。

あいつは軍服を脱いでいる時は七、八歳の子供みたいな幼い純朴な目をしているが、軍服姿になるとその目が軍帽の廂《ひさし》に隠れて、別人のような冷厳さを帯びる。

死んだ父親の軍人としての血を受け継いだ目だった。

その目で俺を見ていた。

だが俺はその目よりもついさっき玄関で見せた笑顔の方をまだ信じていたから、

「この中に桂木《かつらぎ》と通じている男が一人いるんだ」

と言われてもそれが俺のことだとはわからなかった。桂木というのが今度の襲撃目標の一人である大臣の桂木謙太郎《けんたろう》だということは即座にわかったのだが……俺は安田が俺のことを言っているのではないと考え、裏切り者は誰だろうと思いながら他の連中の顔を見た。

皆が俺を見ていた。安田が言った。

「村橋《むらはし》……何故、桂木の娘と逢っていることを俺たちに隠していた」

俺は目を伏せた。すぐには返答の言葉が思いつかなかったし、安田の告発の声は俺にその機会も与えなかった。

「少なくとも三度逢っていることはわかっているんだ。一月半ばに帝国ホテルの食堂で一緒に食事をしているし、その場には桂木綾子《あやこ》の母親、つまり今の桂木謙太郎夫人も同席している……一月末には綾子は女友達を連れてお前の下宿を訪ねているし、今月に入ってからも一度、一人でお前の部屋にあがっている……」

初めて聞く安田の怒《いか》りの声だった。安田と俺とは士官学校時代からの親友で、今度の計画でも同志というより友人として手を繋《つな》ぎあってきたのだ。俺はうなだれてその声を聞いていた……畳に伸びた安田の影が俺の膝もとまで迫っていた。沈黙はその座敷の夜気を冷えた石のように固めていた……火鉢の中で炭が小さな音で爆《は》ぜた。誰かが意味もなく火箸《ひばし》で炭をつついた。

俺はうなだれたまま、「三度ではない、七度だ」と言った。

俺は体を細かく震わせていたのに、口から流れだしたその声は自分でも信じられないほど落ち着いていた。

安田の肩の影が俺の膝を飲みこんだ。俺はゆっくりと顔をあげ、俺に殴《なぐ》りかかろうとするかのように身を乗りだした安田を見た。俺は静かな声のままでさらに、「桂木綾子と縁談の話が進んでいる」と言った。

「何故、それを俺たちに隠していた」

怒鳴りかけ、家人の耳があることを思いだしたのだろう、安田は慌てて声を低く潰した。

「それより俺の方からも訊きたいことがある……いつ、お前はそれを知ったんだ」

「お前が桂木綾子と帝国ホテルで逢っている時、保子《よりこ》が偶然あのホテルにいた」

「奥さんが……」

安田は肯《うなず》いた。「それで俺に不審を抱いて俺のことを調べたわけだな」俺はそう訊いた。その言葉より俺は安田を凝視した目で問うていた。安田も無言の目が返答だった。

「調べる前に何故、俺に直接に訊かなかった？　そうすれば俺は答えただろう、正直に。桂木の娘と逢っていることも、縁談話が進んでいることも……そう、直接に訊いてくれれば良かった。大事を前にした体で、貴重な時間を無駄にする必要はなかったんだ」

「大事を前にしているからこそ調べたのだ。同志の一人が敵の娘と通じているとなれば、我々の計画が事前に露見し粉砕する危険があるじゃないか」

俺は黙った。弁解の言葉はいくらでもあったが、それを口にする気にはなれなかった。俺はその時、既に安田の言う〝我々〟から自分がはずれていることに気づいていた。裏切り者としてはずされたのではない。自分の方から安田を見棄て、はずれた。安田を……突然友人としてではなく同志としてしか喋《しゃべ》らなくなった男を。安田が、「それよりも何故、そんな重要な事を今まで俺たちに隠していたかだ」と訊いた。

安田ではなく他の奴が訊いたのかもしれない。だが俺は他の奴らのことは傍にいることすら忘れていた。その座敷で、俺は十年間友人だった男とだけ対峙していた。

「だったらお前は俺に何も隠していないのか。お前はある芸者と関係をもってもう長いこと夫人を裏切っている。しかも去年の秋ごろからはその芸者に逢うために新橋《しんばし》の『簑半《みのはん》』に日参するほどだというじゃないか……それをお前は俺に隠していないのか」

俺の声はあくまで静かだったが、その声が風でも起こして電灯が大きく揺らいだかのように、安田の顔にさっと影が流れた。「何故知っているんだ……」安田は不意に防禦《ぼうぎょ》にまわった顔でそう訊いた。

「奥さんから訊かされた……」

「保子が？　保子は何も知らないはずだ」

「お前がそう思っているだけだ。奥さんは全部を知っている……」

安田は首をふろうとし何かに思い当たったように再び顔色を変えた。だがそれは俺にはどうでもいいことだったし、安田にとってもそれは同じだった。安田はすぐに動揺を棄て、「あの女のことは何の関係もない。あの女は桂木の娘ではないし、牧山《まきやま》や小菅《こすげ》や黒波《くろなみ》とも何の繋がりもない」次々に襲撃目標の閣僚たちの名を並べて言い、

「だがお前が逢っている娘が何も関係がないとは言わせない。桂木の娘なんだからな」

厳格な声で言った。軍人に戻った顔には寸前の動揺の色は微塵もなかった。その意味で安田は立派な軍人だった。軍人としての道を全うし、そのためには妻も母親も、新橋の女も、そうして友人であるこの俺のことも簡単に切り棄てることのできる男だった。その点では俺とは違う男だった……安田は軍人の家に育ち、軍人が何かを知っており、幼い頃から軍人を志し、俺の方は群馬の貧しい農村の次男として生まれ、ちょっとした運命の悪戯《いたずら》で軍人になった男だった。同じ将校服をまといながらも、その下にある体が別々の色をしていること、田圃《たんぼ》の泥や畑の瘦《や》せた土を摑《つか》むために生まれてきた男の手と軍刀を握るために生まれてきた男の手とは決し

て繋ぎ合えるものではないこと、そのことに俺はつい最前、「この中に裏切り者がいる」安田がそう言い俺の顔に目を停めるまで気づかなかったのだ……あの春の一日、士官学校の庭の花吹雪が舞い狂う中で、初めて安田の方から笑顔で声をかけてきた時から既に十年が過ぎたというのに……

桂木綾子のことでは実際、俺にはいろいろな言い訳があった。俺が綾子と出逢ったのは全くの偶然だったし、四度目に帝国ホテルで逢い、母親が縁談の話をもちだすまで、俺は綾子の父親が桂木謙太郎だとは知らなかったのだ……愚かにも今年六十代半ばを迎える桂木にそんな若い妻と孫のような十八の娘がいるとはそれまで知らずにいたのだ……俺はそうと知って即刻にもホテルの食堂の席を立とうとした。だが何かが俺をとめた……それが何か鮮明には摑めないまま、俺はこの縁談を無下に断れば怪しまれるから恰好の断る口実が見つかるまで何日かの猶予がいる、そう考えた。「しかし、私は桂木閣下にお会いしたことはないし、閣下の方でも私のことなどご存じないでしょう」そう尋ねると母親は細い眉《まゆ》の端を頰笑《ほほえ》みで崩し、「この娘《こ》の結婚についてはすべて私に任されておりますの。いろいろな事情があって……もちろん、あなたがこの縁談を真面目に考えてもいいと思われるのなら、一度父親にも会っていただきますが」と言った。「しかし……」俺はそれ以上の言葉を口にできなかった。まさか、「我々はあなたのご主人でありこのお嬢さんの父親である一人の男を国のために近々殺すことになる」とは言えなかった。そうしてその場でもその後も恰好な口実が見つからないまま、自分の方から訪ねてくるようになったその娘を拒みきれず部屋にあげたのだった……ただこの数日決起の機は熟してきていたし、そうなれば一刻も早くその娘との関係も断ち切っておかなければならなかった。あの晩、安田の部屋で決起の日が決まったなら翌日にも綾子とは無理矢理口実を作りだして別れるつもりでいた……だが……

安田が「裏切り者」という言葉とともに俺の顔へと視線をとめた時、俺はふと自信を失くしたのだった。俺があの時帝国ホテルの席を立たなかったのは、桂木綾子が見せた目のせいではなかったのか。「娘があなたのような人に嫁ぎたいと、そんなことを申しておりまして……」母親が切り出した言葉に一瞬羞《はじら》うように目を伏せ、だが次の瞬間には綾子はその目をあげ、俺を見つめてきた。三分咲きの花にも似たまだ無垢《むく》さや清楚《せいそ》さの方が勝った色白の顔の中でその瞳《ひとみ》だけが黒く熟しきった実のように情熱を滴《したた》らせていた……

俺はその目が怖くなったので、俺の方から目を逸《そ》らした。俺の軍服を剝《は》ぎ一人の男に変えてしまいそうな目だった。そうしてその目のせいではなかったのか、今月に入り決起の機が熟してきたことがわかっていたのに俺がその娘を切り離すのを逡巡《しゅんじゅん》し続けていたのは……

あの安田の家の奥座敷で、無言の目がいっせいに「裏切り者」と罵声を浴びせる中で、俺はつまり自分が軍人であることに自信を失くしていたのだ。俺は軍人ではなく、国のために貧しい民のために維新を企てるほどの人物でもなく、国よりも一人の娘を選ぶただの一人の男なのだ……自分にそう言い聞かせようとしていたし、こいつらから外れていたのは今に始まったことではなく、士官学校の門を潜《くぐ》った時から俺は他の連中からは外れていたのだし、あの学校でも連隊でも自分の本当の場を見つけることはできずにいたのだと考えていた。俺の体は小刻みに震えていたが、それは怒りのせいではなかった。怒りが俺に襲いかかってきたのは数分後、その家を出てからで、その時はただ寒かったのだ。無言の幾つかの目が喧騒《うるさ》く俺を責めたてる中で、俺はその座敷に誰もいないような、自分がひとりきりで座っているような寂しさを覚えていた。

雨戸を叩く風の音と炭火の爆ぜる音だけが聞こえていた。俺は黙って立ちあがった。

「待て！」

安田のその声とともに皆がいっせいに膝を立て身を乗りだした。それを安田は両手で制し、

「俺たちの行動について桂木の娘には一言も漏らしていないだろうな」

斬りかかるような声で言った。血気のために歪《ゆが》み、壊れたように見えるその顔を俺は憐《あわ》れむような目で見おろしていた。

「漏らしたと言ったらどうする？　お前が俺を裏切り者と呼んだのは秘密を漏らしたと考えたからだろう」

「……本当に俺たちを裏切ったのなら、今夜中にお前を殺す」

視線を遠くへと退《ひ》き、安田はそう言った。ひどく静かな声だったので、俺が今、一言嘘を言えば本当にこの男は俺をこの場でも斬ろうとするだろうと思った。俺はかすかな笑い声をあげた。

「俺が一言でも秘密を漏らしていたら、今夜俺たちがこんな風に安穏とここに集まっていられると思うか」

俺はそれだけを言い、返答も待たずに背を向けその座敷を出ようとした。その背に、「だったら除名はしないが」再び安田の声が斬りかかってきた。

「明日から一週間、風邪でもこじらせたという口実で自宅に閉じこもっていろ。一歩も外に出るな」

それが安田の中にまだ残っていた最後の友情の言葉らしかった。俺はふり返らず、「わかった」とだけ言い、座敷を出た。

障子を閉めた時、二、三人が俺の後を追おうとして立ちあがったが、「大丈夫だ」安田の声がそれを制した。

「あいつはこれ以上絶対に俺たちを裏切ったりしない」

既に他人となった男は、それでもまだ俺のことを一番よく知っているというようにそんなことを言った。俺は廊下を歩きながらその声を背中で聞いた。

奥座敷では皆声を押し殺して喋っていたのだが、何かの異変を察知したらしい、玄関に出てきた奥さんは心配そうな顔をしていた。

「少し、熱があるので先に失礼します」

俺は無理に笑顔を作った。そうしてゲートルの紐《ひも》を結び挨拶のために立ちあがろうとして、その時になってやっと俺は保子さんの顔がいつもと違うことに気づいた。俺は三和土《たたき》に突っ立ちしばらく夢からさめたばかりのようなぼんやりした目でその顔を見守っていた。白粉《おしろい》を薄く塗り、眉を刷《は》き、紅をさした奥さんの顔を見るのは初めてだった。

「おかしい？」

奥さんはかすかに頰笑み、

「何もすることがないので化粧をしていましたの」

恥かしそうに頰《ほお》を両手で覆った。いつも夫の肩の後ろに控えめに座り、夫の影となってもの静かに自分が目立つことがないように生きている女《ひと》だった。いつも通りの地味な着物から顔だけが白く浮きあがって見えた。

「嫁いだ日から姿見の抽出《ひきだ》しの中にずっと眠っていた白粉でしょう、四年間の埃《ほこり》を顔にはたいているみたいで……」

薄化粧に似合った薄い微笑は却《かえ》ってその顔を色のついた影のように淋しく見せていた。

「どうかしたんですか」

「いや——」

「でも怖い目なさった、今。やっぱりおかしいんでしょう、落とそうかしら、化粧……」

俺が怖い目をしていたとしたら、それはそんな風に初めて紅をさした奥さんの唇を見ながら、この人は夫が事を起こそうとしているのを見ぬいている、何故なのかわからないがその瞬間はっきりとそう感じとったからだった。それなのにこんな静かな顔で笑っている……それが俺の目にはふと美しいというより恐しい顔として映ったのだった。「いや、綺麗です」そう言いたかったが、声にはならなかった。俺はもう一度笑顔を作り一度だけゆっくりと首をふり、いつもより深く頭をさげてその家を出た。俺が閉めた硝子《ガラス》戸が奥さんを、水に映るような淡い影に変えた。

平手打ちのように寒風が殴りかかってきた。歩き慣れたその夜道がいつもと違う道に変わっていた。その家を離れ、軍人である安田から突如切り放たれ、俺はもう軍人ではなかったのだ。道の闇を時々街灯の光が破り、俺の影を流した。その影よりも自分が薄く感じられた。士官学校の門を潜った日からずっと軍人だと信じ続けてきたのに安田の「裏切り者」という言葉とともに不意に軍人でなくなった俺は、自分が誰なのかもわからなくなっていた。将校になって以来ずっとこの軍服を着続けてきたこの俺はいったい何だったのだろう……吹きつける冬の風とともにあの家の中では忘れていた怒りが襲いかかってきた……それが、すぐには、軍服の色だけを体に染みつかせながら軍人ではなく、そのことに愚かにも何年も気づかずにいた自分自身への怒りだとはわからず、下宿に帰るまで俺は俺を「裏切り者」と呼んだ安田に向けて「裏切り者」という言葉を鞭《むち》のしなるような怒りの声で呟《つぶや》き続けていた……

吐く息が、白く燃えあがった。

その晩から今日まで、安田から命じられた通り、俺はこの部屋から一歩も出ていない。「風邪をこじらせて――」という口実を使う必要はなかった。あの晩あの座敷で感じていた寒けが夜風に煽《あお》られて本物の寒けになり、俺は実際に熱を出し、この四日間下宿のおかみの世話を受けながら布団に臥《ふ》せっていたのだから。俺は八歳まで群馬の山峡の寒村で小作農の倅《せがれ》として育ち、八歳のとき親父の遠縁にあたるという軍人夫婦のもとに貰われて東京へ出てきた。

それ以後、一度も郷里には戻っていないし、親父や母親や兄貴が今まだ生きているのか死んでいるのかも知らない。軍人夫婦は尋常小学校にあがった一人息子を肺病で死なせたので俺を養子にしたのだが、その際三十円の金を親父に渡し、「これでこの子は我々夫婦の子供なのだから、今後この家とは一切何の縁もないと考えてもらいたい」と言ったのだった。

俺は謂《い》わば女郎屋に売られる娘のようにその金で身売りされたわけだが、自分一人が裕福な衣類や食物を与えられている後ろめたさはあったものの、家族との血の繋がりを断ったことがさほど悲しくはなく、厳しいが俺のことを本当の子供のように可愛がってくれる新しい両親との暮らしにすぐに馴れた。ただ死んだ実子の霊が養子の俺の幸福を恨んでかのように、東京に貰われてきて間もなく、村では一度も病気をしたことがない俺が肺病を患った。

一カ月近い療養で俺の体は恢復《かいふく》しその後は何の問題もないまま、今では療養のためにどこへ転地したのかも忘れてしまったのだが、今でも血を吐いた瞬間のことだけはあの血と同じ鮮やかさで思い出せる。不意に胸が熱くなり、その熱さの正体もわからないまま口から畳へとこぼれ落ちていた血……

この四日間、俺は二十年ぶりにその血を思い出し、あの血をもう一度吐きたいと思い続けていた……あの時より大量の血を……いや全身の血を、この口から吐きだしたかった。そうすればこの四日間俺を苦しめ続けている胸の中の何かをも一緒に吐きだせるのだ。

何か……それがわからないまま俺は焦り続けている。その時刻が迫っている。今夜なのだ、それは間違いない……

この四日間、俺は外との交渉をほとんど断っていたのだが、二人だけ訪問者があった。そのうちの一人は藤森《ふじもり》という、俺が青年将校の交友会である「中道会」の五期後輩として可愛がっていた少尉で、藤森は今日の正午過ぎ、つい数時間前に俺を見舞いに寄ってくれたのだった。

「もっと早くに伺いたかったんですが、なにぶん……」

藤森は言葉を濁《にご》した。忙しく動きまわっていたので……本当はそう言いたかったのだろう。あの晩か翌晩には決起の日が決まり、計画に大きな動きが出てきたのだ。藤森は俺が誘って今度の計画に引きいれた、同志の中では最年少の若者だった。同志……俺の方から誘っておきながら、俺はもうその若者の同志ではなくなっていた……

「決起の日はいつになった」

俺はできるだけ何気なくそう尋ねたが、「まだ決まっていません」硬い声が返ってきた。後輩ではなく一人の軍人の顔に戻っていたので、俺はその返事を嘘だと思った。

「来週あたりか?」

藤森の返答を無視し、俺はさらにそう訊いた。

「まだ決まっていません!」

張りあげた声が、却って困惑を覗《のぞ》かせた。

「安田から俺のことは聞いただろう。俺には何も言うなと言われたのか」

「何も聞いていません」俺の質問を予測していたのか間髪いれずにその言葉は返ってきた。

「ただ熱を出して苦しんでおられるとだけ。だから見舞いに伺っただけです」

そう言うと懐中時計を見て、「他に回る用がありますから、これで。思った以上にお元気そうで安心しました」早口でそう言い、立ちあがろうとした。俺は布団の中から手を伸ばし、その膝を摑んだ。決起の日はいつだ——声にしても意味のなくなってしまう質問を俺は指の力に籠めた。半立ちになった姿勢で藤森はうつむき、ただ俺の手を見ていた。無言のまま二人は長い時間そうしていた。俺は掌に汗を搔いていた。諦めて俺は手を離したが、藤森はまだ膝を摑まれているかのように腰を浮かしたまま微動だにせずいた。俺は窓を見た。

「寒そうな雲だな……雪でも降るかもしれない」

意味もなくそんな言葉を呟くと、藤森はゆっくりと立ちあがり窓辺に寄り、そうしてしばらく二階のこの部屋の軒端《のきば》近くまで下りてきている鉛色の雲を眺めた後に、「いや、雪は降らないでしょう。もう冬も終わって、今夜あたり桜が咲くかもしれませんよ」その雲に向けて呟くように言った。あまりにさり気ない声で呟いたので俺は束の間、藤森が本当にそう考えているだけだと思い、

「いや、今のは独り言ですから忘れて下さい」

そう続け、俺の方をふり向いた藤森が珍しく笑顔を見せたので、やっと桜という言葉の意味がわかった。 堅物で真面目すぎ、めったに笑い声もあげることのない若者だった。

そのまま部屋を出ていこうとした藤森を、「待てよ」と俺は呼びとめた。呼びとめながら俺はそれ以上何も言わなかった。「今夜なのか」たとえそう訊いたとしても藤森は何も答えなか

ったろう。それに俺は、敷居際で足をとめた藤森の後ろ姿を見ながら、その時になってやっとこの若者が、今日、今、自分だけの別れを告げるために訪ねてきたことに思い当たったのだった。藤森の養家は商家だった。商家の三男坊が秤《はかり》をもつはずだった手で、国のために戦いたくて銃と軍刀を握る人生を選んだ、そうして今夜国のために自分の命も顧みず戦おうとしている……金融恐慌の際、傾きかけた実家のために俺は幾許《いくばく》かの金をこの若者に与えた……その恩のためか、それとも時々俺が思いついたように掛けてやる優しい声に恩を感じていたのか、この若者は安田から俺の裏切りを聞いたにもかかわらず、最後にこんな風に別れを告げに来たのだった……背中から見ると軍服でも隠しきれない幼さがまだ肩のあたりに残っていた。その幼さのまま今夜この若者は死んでゆくのかもしれない……それなのにその計画にこの若者を誘いこんだ俺の方は布団の上で寝ているのだった。俺が何も言わなかったので、

「体を大切にして下さい」

藤森はそう言い残し部屋を出ていった。俺の方こそその何倍かの大声で藤森に同じ言葉をかけてやりたかったのだが何も言えなかった。俺の言葉のかわりに階下の柱時計が一つ鳴って、階段を駆けおりていく藤森の足音を見送った……今、同じ柱時計が五時を告げている、五つの音が今夜一晩の国の運命に、あいつらの運命に、あいつらに殺されることになっている者たちの運命に、俺の運命に鈍《にぶ》く警鐘を鳴らしている、一つの音の残響が暮れ時の静寂に染みついていく……そう今夜だ、それは間違いない……

藤森が玄関の硝子戸を閉める音とともに俺は起きあがり、壁にかけた軍服へと手を伸ばした。

俺は焦り、わけもわからず軍服に着がえ連隊へと走ろうとしたのだ。だが四日前に聞いた安田の声が、四日前よりもさらに烈しく俺の耳に斬りかかってきた。「裏切り者」……俺は軍服に手を伸ばしきれず、かといって布団に戻ることもできず、それから四時間この狭い六畳の部屋の中でさえはぐれてしまったかのように意味もなく立ち、座り、歩きまわっていたのだった。実際、四日前に見失った道を何とか見つけだそうというように……

俺は焦り、いら立ち、何かを何度も叫ぼうとしながら何を叫んだらいいのかもわからず、意味もなく咳《せき》ばかりしながら、同時にまたぼんやりと一人の娘のことを考え続けていた。この四日間のうちにこの部屋に来たもう一人の訪問者のことを……

俺が今度の計画からはずれ、安田との絶交を固く胸に誓った晩の翌日、夕暮れ時になって桂木綾子はひとりきりで俺に逢いに来たのだった。俺がちょうど、俺の方から逢いに出かけることはできないので文を書き、下のおかみに郵便ポストへ投函しに行ってもらおうと巻き紙と毛筆とをとりだしたところだった。いや、正しく言うなら筆を墨に何度も浸しながら、何の言葉も思い浮かばず白い巻き紙を睨《にら》みつけていた時だった。

「お風邪なら寝てらっしゃらないと……」

文机に向かっていた俺を布団に寝かせ、綾子は俺の額《ひたい》に手をおいて心配そうに顔を曇らせた。

「大丈夫です……それより足の怪我は?」

と俺は訊いた。

「いやだわ、去年の秋の怪我じゃありませんか。もう癒《なお》ったって申しあげたのに、他に訊くことがないようにいつもそのことばかりお訊きになるのね」

娘はそう言い、俺を微笑した目でからかい半分に詰《なじ》った。俺は目を逸らすために天井を見た。

……俺とその娘が出逢ったのはその怪我のせいだった。去年の晩秋、俺が濠端《ほりばた》の道を歩いていると一台の車が俺を追い越すようにして俺の前方に停まり、中からその娘と母親とが降り立ったのだった。こんな付近に何もない道で車を降りどこへ行くのだろう……俺が不審がっていると歩きだしたその娘が不意に小さな叫び声をあげ転ぶように体を崩した。娘は着物姿だったが、銃で撃たれた鳥が翼を閉じて落下するように、ふっと両袖を閉じその場に蹲《うずくま》った。何かに躓《つまず》いて足を挫《くじ》いたらしかった。母親が抱き起こそうとするのだが、娘は痛みで動けないようだった。俺は近づき手を貸したのだが、それでも娘は首をふり続け立ちあがろうとしない。髪を束ねていたリボンが解けた……二人が乗りつけた車は既に遠ざかり、結局、俺がその娘を背負って飯田橋の病院まで歩いたのだった……それだけのことだったが、病院で俺の名を尋ねた母親はどこで住所を調べたのか、翌日菓子折をもって俺の下宿を訪ねてくると、「あのままふた月ほど病院に入院することになって……お礼を言いたいのに言えないことをひどく気にしておりますから一度近くをお通りになったら見舞いに寄ってやって下さいまし」そう言い……言われたとおり年末と正月と二度俺はその病院に出かけ……そうして退院して間もなく退院祝いを帝国ホテルの食堂でしましょうと誘われ……

最初の出逢いの際乗っていた車や身装《みなり》から良家の娘だとはわかっていたし、その最初の日に桂木綾子という名も聞いていたのだが、まさかそれがあの桂木だとは想像することもできなかったのだった……

「一つ訊きたいことがある。こんな時刻に一人で男の下宿を訪ねてきて御両親は何も言わないのですか」

「母はもうあなたのことを許婚《いいなずけ》のように思っていますし、父の方は……父と私とのことはご存じでしょう?」

俺は首をふった。ただこの娘には普通の良家の子女とは違う何かがあるとは思っていた。清楚な顔だちをしているが言動にそれを破る、世たけたともいえる大人の女の崩れが感じとれることがあった。二月に入り初めて一人でこの下宿を訪ねてきた時も、「足は大丈夫ですか」と俺が挨拶がわりに尋ねると、すっと脚を崩し、着ていた着物の裾《すそ》をゆっくりと一寸刻みに引きあげて見せた。無言のまま……からかうように俺を見つめながら……覗いた足首の肌の白さが返答だというように。

顔だちから見れば、それはまだ羞恥心を知らない少女の幼い仕草とも思えるのだが、俺を見つめた目と自分の足首を撫でた指には成熟した女の、色が滲《にじ》んでいた……

「ご存じなかったの……誰もが知っている話だと思ったけれど」

娘はそう言い、ひと息をついて、

「私ね、まだほんの三年前まで人前ではあの人のことをお父さんとは呼べなかったのですよ。前の奥様が亡くなってその三回忌が済んで、やっと母はあの家に入れたんですもの、私を連れて……」

「――」

「私、お妾さんの子供ですの。あの人が父に変わりはないのですけれど」

と淋しそうに笑って、「父はもちろん私を可愛がってくれていますけれど、あの家には前の奥様の子供が四人もいて、だから母はあの家に入ることができたといっても、私と一緒に離れに住んでいて、父は通ってきてくれますが、私たちの方からは母屋《おもや》にいくことはできないんです。むこうから声がかかった時は行きたくなくても行かなければならないけれど」

前夫人は亡くなるまで何年も病床に臥していて、その世話をし続けた長女が家の実権の全部を握り、何とか綾子と母とを家にも籍にも入れることは認めたものの、依然自分の妹とも新しい母とも考えてはくれないのだと言った。

「だから父は、私を不憫《ふびん》に思って結婚のことだけは私が本当に好きな人と添いとげればいいと言ってくれているのです……政治家としての父は独善的で我儘《わがまま》で、世間ではあれこれ言う人がいると母から聞かされたけれど……私にはただの優しい父親ですわ」

そんな言葉が俺の胸にどう響いているか推し量る由《よし》もなく、俺が顔を曇らせたのを綾子は誤解して、

「お厭《いや》？　お妾さんの娘では……」

自分も顔を翳《かげ》らせてそう尋ねてきた。

「いや……」

俺は首をふった。身上話を聞いて却ってその娘は俺に近くなった。俺だってあの軍人夫婦に

引きとられるまでの素姓を明かせば決して大臣の娘を嫁に迎えることなどできないはずの男だった。だが、かと言って俺とその娘の間に横たわっているものが変わったわけではない。たとえ妾腹の子でも桂木がこの娘の父親であることに変わりはなかったし、たとえ決起への参加を拒まれたとはいえ、俺は依然あの計画の重要な立案者の一人としてあいつらと名を連ねているのだ……俺がさらに何か言うのを待って、綾子はその円《つぶ》らな目を霞《かす》ませながら俺を見つめ、座っていた。

その浮きあがるような顔の白さで、部屋におりた暮色の濃さがわかった。俺は口を閉ざし、目を閉じることしかできなかった。目を閉じた闇に、しかしいっそうはっきりと娘の顔が刻まれてくる。目にしている時よりもそんな俤《おもかげ》の方が鮮やかな女だった。

俺はその美しさを自分のものにしたいと思い、そんな風に思う自分はやはり軍人ではないのだとも思っていた。娘が訪ねてくるまで安田への怒りだと思っていた体の熱さが、ふとこの娘への思慕の熱さなのだという気がした。俺の体がこの娘を求めて火を噴いている……だがその火を鎮める術《すべ》を俺は知らなかった。俺は軍人としてはあいつらからはずれ、同様に一人の男としても、この手の届くところに座っている娘からはずれていた……俺は国のための維新に参加することもできなければ、この娘を自分のものにすることもできないのだ……いや……一つだけ方法が残っている……この娘を自分のものにする方法が一つだけ残っている……

「裏切り者がこの中にいる」

前夜の安田の声が俺の中に木霊《こだま》していた。あいつらが裏切り者と呼ぶのなら、本当に裏切り者になればいいのだ……あいつらの計画を今この娘に全部喋ってしまえば俺はこの娘を俺のものにできるのかもしれない……

「何もおっしゃってくれないんですね、私は今日はあなたの言葉だけを聞きに来ましたのに」

その前に来た時、俺は「結婚のことはしばらく考えさせてほしい」と答えてあった。娘はその返事を聞くために今日自らここへ来たのだった。

俺はやはり何も言えないまま、目を開き天井を見ていた。天井だけが既に夜になっていた。

「何も言ってくれませんのね」

娘はもう一度そう言い、「あれは、私への手紙?」と尋ねてきた。俺はゆっくりと体を起こした。娘は暮色の底に、自分の顔と同じ白さで浮かびあがっている文机の巻き紙を見ていた。暮色に溶け落ちそうな細い眼差は、何も文字のないその白さに俺の返答を読んだかのようだった。

娘が諦めたような淋しそうなその目で長い間、文机の上を見ていたので、やがて娘がふと立ちあがった時、俺はその白紙に返答を読みとり娘が黙って部屋を出ていくのだと思った。だが……違っていた。

娘は立ちあがり電球の灯をともすと、そのまま文机の前に脚を畳に流して座り、

「私、あなたがこの手紙に書こうとした言葉をあなたよりはっきりと知っていますのよ」

と言った。

「だって、あなたはもう私のものですもの。私との縁談を断ることはできないのですもの」

さらにそう続け、次の瞬間、剃刀《かみそり》でも走らせるように視線で空《くう》を切り、俺をふり向いた。文机は窓辺にあって、娘は俺から離れたはずなのに俺を見つめるその目はさっき枕もとに座っていた時より間近に迫っていた。俺は娘の口にした言葉の意味がわからぬまま、ただその目が怒っているとしか見えなかったので、やがてその目に溢れ頬を伝い落ちたものが涙だとはすぐには気づかずにいた。

「だってあなたが私を恋して下さっていることは、あなたより私の方がよく知っているんですもの」

さらに次の涙を落としたが、顔も声も静かだった。言い終えると同時に、だが、娘は烈しく首をふり、「嘘ですわ、信じていませんわ、そんなこと」そう言ったのだった。

「ただ、あんまりこの紙が白くて淋しかったので、ふっと自分でも信じていないことを口にしてみたくなっただけです」

娘はふらっとよろけるように立ちあがった。もう泣いてはいなかったが、今の二筋の涙とともに魂まで流し出したかのように淡い足どりで戻ってくると俺の枕もとにおいた風呂敷包みを解いた。中から出てきた紬《つむぎ》の着物を布団の隅におき、「私ではなく母が縫ったものですけれど……御手紙での返事、待っております」小声で早口に言い、俺から目を逸らしたまま立ちあがろうとした。

俺の手はひとりでに伸び、娘の肩を掴んで引き寄せようとした。そう、引き寄せようとしただけだった。俺の指はかすかに娘の肩に触れただけだったが、次の瞬間には娘の上半身は波のように大きく崩れ、俺の腕の中に落ちていた。俺には何もわからなかった。わかったのは自分の体の熱さと娘が今言った言葉の方が正しいのかもしれないということだけだった。娘が言ったように、自分が気づいている以上に烈しく自分はこの娘を求めているのかもしれない、胸の中で遠い声がそう呟いていた。

娘は俺の片腕を枕にした恰好で俺の顔を見あげていた。灯影になった俺の顔に電灯よりも眩《まぶ》しい灯を見ているかのように目を細め、そのままそっと目を閉じた。目を閉じると顔の幼さが浮き彫りになり、十二、三の顔になった。腕を焼いている火のような熱さが俺の体のものなのか着物を貫いて伝わってくる娘の肌の熱さなのかわからなかった。

今なら言える……

そう思った。今ならあいつらを裏切り、全部をこの娘に話せる……

「このまま、何も言わずに私の言うことを聞いてもらえませんか」

娘は、だが、俺の言葉を最後まで聞かずに首をふり、「何も言わないで下さい」と言った。

「私が十《とお》数えるまでこのままじっとしていて下さればいいわ」

ひとり言を呟くように言い、声には出さずかすかな唇の動きだけで、ひとつ、ふたつ……と数えだした。そう、あの時なら安田たちを、この国を裏切ることができたはずだった。この四日間で俺の体から、安田のあの「裏切り者」という声が消えたのはあの時だけだった……桂木綾子は死んだように静かに目を閉じていたし、俺も全身に火が騒ぐのを覚えながらも不思議に気もちだけは静かで、自分が死んでしまったような気がしていた……

やがて十まで数え終えた娘は、そっと体を起こし、俺の腕を離れ、座り直して俺を見た。その目はまだ閉じているかのように不思議な安らぎを見せ、かすかに笑みを浮かべてさえいた。

「私、今、一生ぶん抱かれました」

娘は顔と同じ静かな声で言った。

「だからあなたの返事がどちらにしろ、私はもうあなたに抱かれることはありませんわ。あなたが私を奥さんにして下さるにしろ、そうでないにしろ……」

「何故？」俺は無言の目だけでそう問うた。

「私、決心したんです、今。あなたが私を妻にして下さったとしても、もう二度とあなたに抱かれるのをやめようと……あなたに他の女《ひと》を抱かせて私のことは抱かせないでおこうと」

「何故？」今度は声に出して訊いた。

「私、あなたを一生恋することに決めたんです、今……」

娘は俺を見つめ続けていた。

「母は花柳界の女で、私はそういう世界で育って、父と母のことだけではなくたくさんの男と女の、恋とは関係のない繋がりばかり見てきました……だから私、もう大分前から好きな人ができたら一生その人を恋し続けようと思っていたのです……私にあなたを一生恋させて下さい……私を奥さんにして下さるにしろ、そうでないにしろ。お傍にいても遠く離れていても、私あなたを一生、恋し続けますから」

娘の目に滲んだ微笑が却ってその娘の言葉を真摯《しんし》なものに感じさせた。

「お手紙での返事、待っております」

先刻と同じ言葉を、今度は静かな声で言い娘は立ちあがると黙って部屋を出ていった。階段を踏む足音が遠ざかり、玄関の硝子戸を閉じる音が聞こえ……俺はそれでもまだ娘がそこに座っているように枕もとの畳を見ていた。古くなった畳のしみが、娘が顔には出さず全身の肌で泣いていた、その涙の跡のように思えた……午後七時。階下の柱時計が古びた音でその時刻を告げている……俺は下宿のおかみが作ってくれたお粥《かゆ》を一口啜《すす》っただけで、もう一時間近くも文机の前に座っている。

あれから三日後の今夜まで、とうとう俺は一字も返事を書くことができず、巻き紙は白いままになっている……今夜が決起の日なら事が起こる前に俺はあの娘に確かな返答を与えなければならない。帝国ホテルであの娘が桂木の娘だと知った時からずっとためらい続けてきた確かな返答を与えなければならない……あいつらが桂木邸を襲撃する前に俺が決して夫にはなれない男だということを告げておかなければならない、あの娘の言った〝恋〟を俺の手で断ち切ってやらねばならない。何の事情も説明しないまま……いや、事情を説明するという方法が残っているのだ、すべての事情をこの手紙で説明し、誰かに届けさせるという方法がまだ残っている、あの連中を、安田を裏切るという方法が……

白紙を睨みつけていると、あの夕暮れに娘が呟いた「一生の恋……」という言葉が墨字となって浮かんでくる……それを消すように、安田の「裏切り者」という字が浮かんでくる……二つの言葉が重なりあっては浮かび消える……俺はこの三日間、あの娘のことを考え続けてきた、あの娘が何故あんな言葉を口にしたのかを考え続けてきた、「一生の恋」などという言葉をあの娘に言わせたのは十八の娘の幼さなのか、それとも花柳界の水に染まって育てられ年齢不相応に成熟してしまった女の強《したたか》さだったのか……

俺は国と一人の娘を両天秤にかけている、日本中の飢えに苦しむ無数の農民と一つの恋とを同じ重りで秤に載せている……俺がその恋を選ぶということは、安田たちだけではない、冷害に喘ぎ日照りに苦しみ極貧の地獄絵の真っ只中にいる無数の民を裏切ることになるのだ……もとはと言えば俺が安田のさし伸べてきた手を握ったのは、俺が生まれ育った村の痩せた土のためだった、俺が命を受けるかわりに間引きされ闇に葬られた哀れな幾つかの命のためだった……俺を三十円の金で泣く泣く他人に売り渡した父親のためだった……白い米を一度も口にせぬまま死んでいった二つ違いの弟のためだった……それなのに今に及んでなお、俺は無数の民の生命や幸福を棄て、あの娘の黒い火となって燃えあがった目や肌の柔らかさを選ぶかもしれないなどと考えている……血の繋がりのない俺をあんなにも大事にして育ててあげてくれた軍人夫婦の恩と遺志を裏切り、一人の男としての道を選ぶかもしれないなどと考えている……

熱がひどくなってきている、俺の中で軍人と男とが鬩《せめ》ぎあい摩擦を起こし、その熱が体から滲みだし、吐く息を白くしている、その白さだけをこんな風に虚しく巻き紙の白さにぶつけている……

階下から柱時計の音が一つ、間抜けたように響いてきて七時半を告げた……あと俺にはどれだけの時間が残されているのか。

四日前の晩、安田が俺を「裏切り者」と呼んだあの晩までに既に様々な決定が済んでいた。行動を起こすのは午前零時過ぎ、東京中が寝静まり、襲撃目標の邸や新聞社が隙《すき》だらけになる時刻を狙うこと、幾つかの連隊で指揮官の号令のもとに下士官・兵に非常召集がかけられ決められた時刻どおりにそれぞれ襲撃目標地点に向かうこと、最大の目標である首相官邸で最初の銃声が響き、それがすべての始まりになること、俺と安田とは第四の目標人物襲撃の指揮をとること……桂木は今度の襲撃目標のうちでは最も小人物であり、年少の指揮官のもとに最少の人数の下士官・兵が召集されること、家族や婦女子には危害を加えないこと……そうして襲撃が成功した場合の事後処理まで。

だが俺が参加していた段階ではまだ日時までのとり決めはなかった。

〝その日〟はわかった。今夜から明朝にかけて……だが確かな時刻を俺は知らずにいる。俺はその見えない時刻へと流れる階下の柱時計のわずかな振り子の音に身を委《ゆだ》ね、虚しく焦燥し続けている……夜は静かだ……夜気は凍《い》てついてかすかに動くものもない、この冬のいちばんの静寂がこの部屋だけでなく東京中を覆いつくしている……振り子の音を時々飲みこんで階下からラジオの音声が聞こえてくる……「母さんが一寸買い物に出るけど何か欲しい物ないかって」先刻顔を出した下宿の息子に、今夜は何か嫌なことが起こりそうだからラジオを聞いていてくれないかと頼んであったのだが、聞こえてくるのは息子の笑い声だけだ。世はまだこんな呑気な笑い声とともに無事なのだ、それなのにラジオの音声が重大事件を告げるニュースの声として耳に迫ってくる……まだ時間はある……だが何時間？

俺は立ちあがり、雪が降り始めたのではないかと思いながら窓を覗いた。家なみの屋根が重い夜に圧《お》しつぶされたように薄く暗く続いている……既に深更の静寂だが、ところどころにともった灯りが人々のあたたかい団欒《だんらん》の声を伝えてくる……誰もまだ知らずにいる、何時間か後にこの静寂を、東京の十数カ所で銃声が破り、悲鳴と血しぶきの音とが裂き、号外の鈴の音が今日までとは違う別の日の訪れを告げるのを……夜はただ暗い……天はその果てまでも闇に埋めつくされている。暗黒でしかないこの夜空に明日は本当に別の陽がのぼるのだろうか。

この四日間、俺は毎晩、同じ夢を見ている。空の端が紫雲をたなびかせながら赤く燃えている……ただそれだけの夢だが、俺にはそれがどうしても東の空を赤く染める旭日なのか西の空を赤く爛《ただ》れさせる入り陽なのかわからず、焦燥に体を切り刻まれて目を覚ました。全身に、夢の中の色を引きずって血のように赤く汗が噴きだしていた……あれは旭日だったのか入り陽だったのか。再び寝つくこともできず、俺は長い夜をただ天井に暗雲のように群がった闇だけを見て過ごした。牢獄に閉ざされて寝ている以外何もすることのない囚人のように……そうしてそれが何時間か後に迫った今もなお、俺は囚人と変わりなくこの部屋を歩き回ることしかできずにいる……

俺は窓を離れ、気がつくと壁の軍服に手を伸ばしていた、どこかへ行こうとしたのだ。だが何処へ……連隊へか、それとも桂木邸へか……そうまず桂木邸へ行けばいい、綾子に別れを告げるか、それとも全てを打ち明けるか、邸に着くまでに決めればいい……

やっとそれだけの決心がついて四日ぶりに軍服を壁からはずした時、玄関の硝子戸が開いた。買い物から帰ってきたらしいおかみはそのまま階段を上ってきて障子を開け、丸い顔を覗かせた。

「さっきからずっと女の人が外に立っているけれど、あなたを訪ねてきているのではないかと思って……」

桂木綾子だ――そう思い、俺が寝巻きのまま部屋をとび出そうとした時、再び硝子戸が開いて、軒灯が階段の下の土間に女の影を伸ばした。

「ごめんくださいませ」

聞き慣れた安田の女房の遠慮がちな声……

「安田があなたの風邪が非道《ひど》そうだから、看病に行ってやってくれと言うものだから」

階下から手鍋を借りてくると冷めたお粥をその中に移し、火鉢にかけてかき混ぜながら、保子さんはそう言った。

「今夜はずっとつき添ってやってくれとも言うものですから」

「安田は？」

「帰りは朝方になると……このところ忙しいらしくて」

間違いない、決行は今夜なのだ、しかもあと数時間後にそれは迫っている……安田は決起を前にして俺の行動が心配になり見張りのために妻君を寄越したのだ……妻君は俺から顔を隠すように背を向け、火鉢を抱くようにして息で炭の火を強くしている。

「奥さん……」

俺はその静かな背を邪魔しないようにそっと声をかけた。

「今夜なんですね。何時なのか知っているなら教えて下さい」

安田はこの妻が何も知らないと思っているのだろう、妻君が言ったとおり風邪を理由にして俺のもとへと寄越したのだろう――だがこの妻君は何もかも知っている……保子さんは四日前の晩のように化粧をしていたわけではなく、いつもの地味ないでたちでいつも通りに落ち着いていたのに、静かすぎるその背を見ながら、俺にはそれがわかった。

そのまま俺の声など聞こえなかったように炭火を吹き続け、ずいぶん経《た》ってから保子さんはふり返り、「気づいてらしたのね」冷静な声のままでそう答えた。誤魔化すのではないかと思っていたが、保子さんは案外に素直にそう答えたのだった。

「安田でさえ、私が知ってしまっていることにはまだ気づいていませんのに」

妻君はかすかに頰笑んでさえいた。

「どうして知ったのですか」

「私、ずっとあの人の日記を読んでおりますの。昨年の末、他の探し物をしていて偶然机の抽出しの奥にその日記を見つけてから……だからあなたの知らないことまで私は知っていますの」

「それなのに、そんなに落ち着いているのですか、あなたは……今夜のことを何もかも知っていて」

「そんな風に見えますか、落ち着いているなんて」

実際平静だとしか見えない微笑のままでそう尋ね返し、「男っていうのは得ですわね」と続けた。

「軍服を着て軍帽をかぶれば、どんな大事でもその中に秘めてしまえるのですもの。女は損だと今度のことでつくづくわかりました。普段着のままでいつもの顔の下に秘密を隠さなければならないんですもの……せいぜい化粧するぐらいしかできなくて」

四日前の晩の化粧はそのためだったと言うかのように保子さんはもう一度頰笑み、「こう見えても体の中は嵐ですのよ」と言った。

鍋が湯気を吹き始めた。

「召しあがります」

そう尋ね、俺が首をふると黙ったまま鍋を火からおろし炭を火箸で突つきながら、「でも大丈夫です。安田は今夜の決起には参加しないでしょうから」普段の声で言った。

俺は布団の中に戻っていたのだが、ゆっくりと首を捩《ねじ》って妻君を見た。

「参加しないって……」

「あなたと同じ裏切り者になるんです、あの人」

そう言うと同時に火箸を両手でぐいと灰の中に押しこみ、その手の上に額を落とした。しばらくじっとそうしていた。炭火が髪に燃え移りそうだったが静かな石となったように動こうとしない。やがてあげた顔は炭火の炎に染まることもなく冷えきって、ただ白かった。

「どういうことですか」俺は訊いた。

「お話ししましたでしょう、梅吉さんという芸妓のこと。安田は今、最後のつもりでその女《ひと》に逢いに行ってるんです……私、昼前に梅吉さんに逢いに行って全部を話して、安田の今夜の行動を命に代えて制《と》めてほしいと頼んできました……私にはできませんがあの女《ひと》ならできるかもしれません」

「何故?」

「だって安田は心底、あの女《ひと》に惚れておりますもの……」

熾《おこ》った火に語りかけるように、妻君はそう言った。いつもの控えめな声だった。

「何故と訊いたのはその事ではありません。何故制めたかです……安田は……」

俺の言葉を遮《さえぎ》って、「もちろん安田の命を守るためです」と言った。

「私の力では今夜の事件を制めることはできません。でも安田一人を制めることはできます。私が頼んでも無駄でしょうが私が新橋のあの女《ひと》を動かしさえすれば……私は男でも軍人でもありませんから安田たちのやろうとしていることが正しいかどうかはわかりません。でも安田の夢見ているものが夢にすぎないことだけはわかっております。安田の夢は必ず潰れるでしょう、失敗するのが目に見えている事のために、みすみすあの人に命を棄てさせたくありません……私は安田が生きてさえいてくれるのなら、安田を他の女《ひと》にさしあげてもいいと思ったのです」

気もちに起こっている嵐など微塵も感じさせない凪《な》いだような横顔でそう言い、ふと火箸を炭火から離すと、赤く焼けたその火箸にすうっと指を走らせた。俺は思わず起きあがり、布団をはねのけたが、「大丈夫ですわ」保子さんは本当に静かに笑った。

自分の胸の痛みと指の痛みとどちらが烈しいかを確かめたのに違いなかった。俺は畳に両手をつき保子さんに走り寄ろうとする恰好のまま、

「安田は――」

さっきのとぎれた言葉の続きを口にした。

「安田は、いくらあなたやその女が制めたとしても聞く男ではありませんよ」

そう言った。保子さんは首をふった。

「そう思ってらっしゃるのなら、あなたは本当の安田を御存知ないのですわ。今年に入ってから少なくとも三度も、あの女《ひと》のために安田が決心を鈍らせて悩んでいます、日記に綿々とその悩みが書かれておりましたから……日記には女の名前までは記されていませんが、あの女《ひと》のことだとは簡単にわかりました。いいえ、日記を読まずとも私にはわかっておりました。あの女《ひと》が命を張って頼んでくれれば、必ず制められると、安田がそういう男だと……」

俺は烈しく首をふった、安田がそんな男であるはずがない……俺の歪めた顔を、保子さんは子供を宥《なだ》める母親の目で見た。

「あの人、あなたに向けてというより自分に向けて裏切り者と呼んだのですわ」

「それも日記に書いてあったのですか」

「いいえ、書いてあったのは桂木綾子という女の人のために村橋が我々を裏切ったとだけ……でも私には安田がその言葉を自分に向け、自分を責めているのだとわかりました」

俺はもう一度首をふった。

「村橋さん、私は安田があなたを今度の計画から降ろしたのは、自分が女を棄て軍人の道を選ぶかわりに、せめて親友のあなたに女を選ばせようとしたからだと、私はそう考えております」

嘘だ……俺はそう叫ぼうとした。だが声にはならなかった、俺のできることはただ首をふることだけだった……

「いいえ、一つには必ずそんな気もちが安田の中にあったからだと思います……あなたは今度のことで安田を恨んでいるかもしれませんが、安田の方ではあなたのことを親友だと思っております。だからこそあなたを今度の計画からはずしたのです……その証拠がございます」

「何ですか、それは……」

「それを言うわけには参りません……それを言っては安田があなたのためにしたことはすべて無駄になってしまいます」

保子さんは決然《きっぱり》と言った。もの静かに生きてきたその人が初めての刃を研ぐような鋭い目で俺を見つめていた。その視線をふっと霞むように遠くに退いて、

「一つだけお教えしましょう、あなたと綾子さんという女性が出逢ったのはいつのことですか」

「——去年の十一月の末です」

保子さんはその返答にゆっくりと肯き、「それ以前に一度、安田は綾子さんと逢っております」と言った。唐突に口にされたその言葉が耳から俺の意識に届くまでに長い時間がかかった。

「何故?」俺はそんな馬鹿なことしか訊けなかった。

「それ以上は何も言えません……でも私の言葉を信じて下さい。安田は何よりあなたのことを

思って今度の計画からあなたをはずしたのです……安田はそういう男です。あの人が軍人であるのは軍服を着ている時だけです。軍服を脱いだ時のあの人を私が一番よく知っています。あの女《ひと》よりもずっと……」

あくまで静かさを壊すことなく言い、何事もないようにまた火箸で炭火を突つき始めた。細い指も淋しいほどに白かったが、今炭火に焼かれて赤く燃えあがっている火箸こそがこの人の本当の指なのだ……俺はそう考えていた。俺には何もわからなかった。保子さんが黙ったのに俺はまだ首をふり続けていた……頭の中に一ひらの桜の花片が浮かんだ、それが一ひらずつ増えていき、首をふるたびに頭の中に風が起こったかのように舞い始め、いつの間にか花の嵐になっていた……今夜、安田たちがこの国に咲かせようとしている桜ではない……あの士官学校の春の校庭で、俺と安田が初めて言葉を交わしあった時、二人を巻きこむように舞い狂っていた花片だった……安田のあの時の幼い笑顔……将校になってから安田が軍帽の庇の陰に隠し続けてきたあの時の顔……俺は四日ぶりにその顔を思いだしていた……

「安田はあなたの言うような男ではない」

犬のような姿勢のままいつの間にかうな垂れ、畳に落ちた自分の影を見ていた俺は、やがて顔をあげてそう言った。

「いいえ、安田は……」

「いや」俺は安田の妻君の声を鋭く遮り、「俺だけが知っている、あなたも知らない安田がいる」そう言った。四日ぶりに芯《しん》の戻ったその声がまだ自分の声ではないような気がしていた。

「安田があなたの言うような男だとしても、一人の女のために国を棄てるような男では決してない……その女がどう哀願しようと安田は必ず行く」

「でも……」

不意に妻君の顔が崩れた。初めての心配そうな顔になった。

「大丈夫です。安田を救う方法が一つだけ残っている」

俺は立ちあがり文机の前に座り筆を執った。

俺にはやっとその紙にどんな言葉を書けばいいのかわかったのだった。俺が答えるべきだった相手はあの娘ではなく安田だったのだ……そう、俺にはやっとそれがわかっていた。

俺は一気に筆を走らせて、安田への言葉を書いた。いや一度だけその筆をとめ、

「何時なのですか、決起の時刻は」

と妻君に尋ねている。

「昨日の日記には、午前二時この国に桜の花が咲く、と……」

妻君の声に呼応するように階下から八時半を告げる柱時計の音が響いてきた。俺はその音の余韻の中で手紙の残りを書きあげ、「これを今すぐ新橋の安田の許に届けて下さい。いやもしもう新橋を出た後なら、連隊に行って下さい、遅くとも午前零時までには必ず安田に渡して下さい」そう言った。

妻君は不安の翳を顔から消さず、その手紙を受けとった手を宙に浮かせたままだった。

「大丈夫です。それより時間がない。すぐに出かけて下さい」

俺が安心させるために笑顔を作って言うと、妻君はやっと肯いて手紙を懐《ふところ》にしっかりと仕舞い、すぐにでも部屋を出ようと背を向け敷居際でくるりとふり返った。

「でも村橋さんは……あなたはどうなさるんですか」

「何も心配は要りません。今は今夜の安田の行動を制めることだけを考えて下さい……その手紙を渡せば、必ず今夜の決起は中止されます……少なくとも数日の猶予ができるでしょう。その間に今度はあなた自身の口で安田を説得しなさい。梅吉とかいう芸妓には制められなくてもあなたなら制めることができるかもしれない」

保子さんは、自分には無理だというように首をふった。

「いや、安田はあなたを愛している……一人の女のために国や妻君を棄てることのできるような男では決してない」

保子さんはもう一度首をふろうとして俺の目に気づくと今の言葉より確かな言葉を俺のその目に聞きとったかのようにゆっくりと肯き、礼を言うかわりに頭をさげた。俺がどんな目をしていたのかはわからない。ただその時、俺はこの四日間の蜘蛛《くも》の網にひっかかりもがいていたような混沌から、やっと解き放たれ、ひどく静かな気もちでいた。

階段を下りた安田の妻君の姿が土間から消えるまで俺は敷居際に立って見送っていた。

もうこの人と二度と逢うこともない……

硝子戸が閉まる音とともに、俺はこの四日間の無為を一挙にとり戻すように素早く行動し始めた。軍服ではなく普段着に着替え、上着を着てマフラーを巻いた。それから布団をあげ、炭火を灰に埋め、桂木の娘から貰った紬の着物を風呂敷に包み、最後にそれを上着の裾に隠れるベルトの部分に押しこんだ。そうして部屋を出るために電灯を消そうとして部屋の隅に安田の妻君の忘れていった肩掛けがあることに気づいた。俺は階段を下り、おかみにその肩掛けを渡し、「今の女性がとりに戻ったら返して下さい」と頼んだ。おかみは俺が熱のある体で外出するのを心配したが、俺はすぐに戻るからと言い、その家を出た。もう二度と戻ることもない家だったが、いつもと変わりない音で硝子戸を閉めた。

歩いていけばいい、と俺はそう思った。安田の妻君が新橋に着くまでには本郷《ほんごう》のその邸まで歩いても充分辿《たど》り着ける……

通りへの角まで低く軒を連ねて長屋のように民家が続いている。歩き始めてすぐにその一軒の灯の残った窓から赤ん坊の泣き声が聞こえてきた。

まだ熱は残っていたが、路地に籠《こも》った夜気と同じ静かさで凍りついていた俺の体にそれはあたたかく心地よく沁《し》みた。その窓の灯と赤ん坊の泣き声が人の生きていくということだった。

角まで来てその通りを歩きだす前に俺はもう一度、安田の妻君に渡した手紙に過《あやま》ちがないかを確認した。

――桂木邸襲撃は無用なり。この手紙が貴君の許に届く頃には既に俺の手で桂木は血を流している。即刻、計画を中止されたし。いつの日か御国に真の桜の咲く日が来ることを祈る――

そう、俺はやっと気づいたのだった。俺は軍人ではなく一人の男だったが、一人の男としてなら桂木を殺せることに……もしそれが可能なら安田やあいつらに代わってたった一人で今夜の襲撃計画の対象となっているすべての閣僚を俺一人の手で殺せる……だがそれは不可能だった。俺一人では警戒の厳しい首相官邸の門も潜れないだろう……ただ俺が何の警戒も受けずその側に近づける大臣が一人だけいる、俺はそれにやっと気づいたのだった。その人物を暗殺すれば、首相官邸や他の閣僚の邸の警備態勢はすぐにも強化される、そうすれば青年将校たちの今夜の計画は中止せざるを得ない、これが頭の変になった一人の軍人が何の思想も理念もなく引き起こした事件だと判明し警備が緩まるまで延期せざるを得なくなる――

俺は所詮軍人ではなく、国のために銃を構えることも軍刀をふりかざすこともできない人間だった。だが、安田のためなら、今夜も安田を妻君の許に帰すためならそれができる――それだけが今の俺にできることであり、しなければならないことだった。俺はやっとそう気づいたのだ……俺はその通りを歩きだした。俺は国のために維新の旗印を掲げ大挙しようとしている将校の群れの一人ではなく、ただのひとりの暗殺者だった。あの夜、安田の家の奥座敷で俺は自分の人生からはずれたのではなく、やっとそれをとり戻したのだった。そうして今軍服を脱ぎ棄て、やっと本当の俺に戻ってその道を歩きだそうとしている……

東京の街を夜が暗い天井のように覆っていた。今夜はやはり雪になるだろう、花は今夜よりもまだ遠い夜にしか咲かないだろう、この夜の隅に一発の銃声が響き、一人の男が血を流し、ただそれだけが今夜の事件であり、東京は降りしきる雪の中で今日と同じ明日を迎えるだろう……俺は上着の上からそれに触れた。銃は分厚い布ごしにも冷たかった。

本郷のその邸は、寺の土塀が流れる細い道に沿い、夜影にほの白く石垣を流していた。角を曲がってから門までのその道が今まで歩いてきた道よりも何倍か長く感じられた。

門は黒い鉄の扉で閉ざされていた。だがこの邸を護っているのがその鉄の扉だけだということを、あいつらと計画を進めていた間に俺は知っていた。警備兵はいない。鉄の門の脇に木戸のような通用門があり、そこを入った所に門番の小さな家があるはずだった。俺はその通用門の横に垂れさがっている紐を引っ張った。鈴の音のような音が小さく闇を破り、俺は門番がやって来るまでの短い間に時刻を確かめようとして、時計を忘れてきたことに気づいた。だが大丈夫だ……安田の妻君はまだ新橋に着いていない……

門のむこうから「何方《どなた》ですか」と門番らしい男の声が聞こえた。俺は名と連隊名を名乗り、「綾子さんに急な話があって来ました。取り次いで貰えばわかります」

そう言った。砂利を踏む足音が遠ざかり、すぐにもう一人の足音とともに戻ってきた。

「村橋さんですか」

門のむこうから三日ぶりに聞くその声が聞こえた。

「中に入れて下さい。用があります」

俺はそう答え開かれた門を潜り、寒そうなセーター姿で立っている桂木綾子に「手紙ではなく直接、口で返事を伝えたくて来ました」と告げた。門灯を背に浴びた俺の肩の影にすっぽりと包みこまれ、娘の顔はかすかにきらめいて目だけになっていた。夜遅い時刻の突然の訪問に驚いていた目は、俺の言葉を聞くとすっと伏せられた。その伏せた目のまま「わかりました。

どうぞ」と言った。

木立ちを飲みこんだ闇は、風の音もなくただ静寂が張りつめている。二人の足音だけが響いていた。本当なら指揮官二名と下士官・兵三十名が軍靴《ぐんか》で踏みつけるはずだった砂利の道を俺は、綾子の後について、たった一人、養父の形見になった舶来の革靴で踏んで歩いた。

計画を進めていた間にこの邸の見取り図も見ている。見取り図から想像していたのとは違いその家の玄関は洋館風になっていた。その玄関の斜め背後に、遠慮するように小さく建った別棟がある。民家の一軒をそのまま運んできたような建物には硝子戸があった。その硝子戸を開くと、上り框《がまち》に綾子の母親が心配そうな顔で座って待っていた。

俺は笑った。俺の笑顔でほっとしたように母親は表情を緩めて、上がるように勧めたが、俺は、「閣下に会わせてもらえませんか」と頼んだ。「閣下に会って、じかに返事をさせてもらいます」

「何故?」母親の方がそう尋ねてきたので俺は、「閣下が綾子さんの父上だからです」と答えた。俺は「父上」という言葉を強調した。そうすればこの、母屋から引き離されている母子には感じる所があるはずだった。事実、二人はとまどったように目を見合わせたのだが、母親の方が、「わかりました」と言って母屋へと出かけていった。母親が戻ってくるまでの二、三分間、俺と娘とは所在なげに三和土に突っ立っていた。

俺は娘が傍にいることすら忘れていたが、一度だけ思いだしたようにふり向き、今のあなたが今までで一番綺麗だと言った。まさか俺がそんな言葉を口にできる男だとは想像もしていなかったのだろう、娘はとまどって目を逸らした。事実その時の桂木綾子は、水色のセーターをまとい、いつもの着飾った綾子よりずっと綺麗だった。だが俺は自分の口にした言葉もその美しさもすぐに忘れた。

俺は時間のことだけを気にしていた。時間はまだ充分あるはずなのに、俺は不意に振り子が狂い慌ただしく揺れ始めたかのように時間がどんどん過ぎていくような気がして、いら立ち焦っていた。

それは、やがて戻ってきた母親が、「会うと言っております。綾子さん、あなたがお連れして」と言い、綾子に連れられて母屋の玄関に入り、長い廊下を通って奥の、茶室を広くしたようにただ殺風景な座敷に通された時まで続いた。洋館風だったのは玄関だけで後は木の古い匂いがする数寄屋《すきや》造りだった。

桂木は床の間を背にして座っていた。和服を着ていた。俺は写真だけでなく何度か遠くからその男を見たことがあったが、洋服姿よりもくつろいだ着物姿の方が体が大きく見えた。六十代半ばでありながら、広い肩幅にまだ若さがあった。皺《しわ》を深く刻んだ顔よりもその肩幅の方が桂木らしく見えた。俺は、勧められて桂木と対峙して座るまでにその部屋からどう逃げるかを考えた。銃声は家中に響きわたるだろう、家人が廊下を通って駆けつけるだろうから、他の逃げ道を考えなければならなかった。庭に面しているらしい障子を目で探った。雨戸が閉まっていなければこちらから逃げた方がいい――靴が玄関にある。裸足《はだし》で逃げることなど今から自分がしようとしていることに較べれば瑣末事《さまつじ》だったが、俺はその靴にこだわった。養父母が死んだ後、俺は養父の弟夫婦に家を明け渡し何ももたずにあの下宿に移った。唯一もってきたものが、養父の形見と言えるものがあの靴だったのだから。

綾子が部屋の隅に座って居残ろうとしたので、「閣下と二人だけにして下さい」と頼んだ。綾子は父親の方にちらりと目を流し、父親が肯くと黙って部屋を出ていった。

桂木は政治家としての日頃の顔からは想像もできない柔らかさで目を和《なご》ませながら、俺に語りかけていた。「こんな時間にわざわざ訪ねてきたというのはいい返事が聞けると考えていいんだね」とか「君を何かの式典の際に見かけた記憶があるが」とか俺には何の意味もない言葉を——俺はその間靴のことばかりを考えていた。俺はすぐにも立ちあがり目的を果したかったのだが、綾子が玄関を出るまで待たなければならなかった。あの娘に銃声を聞かせたくなかった。その音を綾子は一生忘れられなくなるだろう。

廊下の足音の余韻までが消えるのを待って、俺はあの靴を諦め、立ちあがった。同時に銃を抜き桂木に向けた。

桂木は一瞬体を退き、銃口を睨みつけ、その目をゆっくりと俺の顔へとあげた。時間がないという言葉が頭に渦巻いていた。殺す者と殺される者は似ているのだと遠い意識でそう思った。俺に残っている時間はどれだけなのか、あと何秒なのか……俺はそのことだけを考えていたし、桂木も同じだっただろう。

俺は引き金に指をあてた。指にだけ血が残っていた。引き金は冷たかった。そうして俺はすぐにも引き金を引くべきだったのだ。だが指がとまどっていた。桂木が銃を恐れ、慌てて逃げようとしたら、指は反射的に動き、何もかもが一瞬のうちに終わっていただろう。

だが桂木はただ静かに銃口を見ていたのだった。いや、銃口ではない、俺の顔を……かすかに憐れみさえ目に浮かべて。

俺の指がためらっている間に、「綾子から聞いてしまったようだな」と言い、さらに、

「父親を殺せるのかね」

と言った。俺はそれが綾子の父親という意味だと思ったが、さらにまた、

「そうか、父親だからこそ殺すのだな」

と言い、自分一人で納得したように肯き、

「そうか、そんなにもお前を棄てた私のことを恨み続けていたのか」

とも言ったのだった。

俺はその言葉の何も理解できないままゆっくりと首をふった。この邸よりも広い何か巨大な策謀の中に投げこまれ、今度こそ本当に蜘蛛の糸にからめとられたような気がしていた。桂木の静かすぎる目に向けて、俺はもう一度ゆっくりと首をふった。それなのに何も俺の目には見えなかった。桂木の顔が、不意に遠ざかり霞んだ。銃口だけが冷たく桂木の胸を見ていた。

「その銃を仕舞いなさい。お前が私を殺したいと言うのならいつでも殺させてやろう。お前は私の唯一の後悔だったのだから……私はこの齢《とし》までこの世界で平静な顔で悪業を積み重ねてきたが、お前のことだけはいつも後ろめたかった……いつでも殺させてやろう。ただその前に聞いてもらいたい話がある」

俺は銃を離さなかった。桂木が正座し直し深いため息をついた時、やっと桂木が今まで口にした全部の言葉が俺の耳に届いた。

俺は「嘘だ」と叫びすぐにも引き金を引くことができた。桂木が命を守りたくてこんなとんでもない嘘を言い始めたのだと思っていたのだから。だがそうはしなかった。

「悪かったのは私だ、下働きの娘に手をつけたのは私だったのだから……」

桂木が語りだした言葉を、俺は銃口を向けたまま突っ立って聞いていた。

「妻が怒るのも無理はなかったのだ……妻は私の留守中にその娘を群馬の郷里へと帰してしまい……私は妻の目を盗んではその娘と腹の子供の行方を探した……娘は子供を産んで間もなくにその子供を棄て死んだことがわかったのだが、その子供がどうなったかはわからなかった……やっとわかった時はもうその子供は八つになっていた。だが、まだ遅くはないと私は思った。その子を可愛がってくれる養父母を探し、ある軍人夫婦を見つけた……」

その後のことはお前の方がよく知っているだろうと言うように桂木はしばらく俺を見あげたまま無言でいたが、やがて再びため息をついた。

「もちろんそれからも何度も会いたいと思ったのだが……妻がやっと死んでくれて、この家に入れた綾子と母親にこの話を打ち明けると……綾子は笑って言った、『だったらお父様、私がその人をお父様の身近において私と会うのと変わりなくいつでも会えるようにしてあげる』と……もちろん私は反対したのだが、意外にもあれの母親までが『それがいい』と言いだして……だが十八の娘には所詮、無理だったのだろうな。血の繋がった異母兄妹が一生夫婦として暮らすことは、体の交わりもなく……」

いや――

俺は桂木の言葉の何も信じてはいなかったはずなのにそう言おうとした。いや、あの娘は本気でそれをやるつもりだったのだ……あんな風に短く、ただ眠るようにだけ俺の腕に抱かれ、「一生ぶんを抱かれた」と言ったのだから……「一生、私にあなたを恋させて下さい」と言ったのだから。

「もっともこういうことはすべて綾子から聞いたのだろうが」

桂木は徹底的に誤解していた。綾子は俺に何も告白していないし、依然今も俺の返事次第で一生俺の妻になろうと決心しているのだ……それに俺は自分を棄てた父親を憎んで殺しに来たのではなく、赤の他人の一人の大臣を殺しに来ただけのただの暗殺者だった。

突然父親だと名乗り出した一人の男は、先刻までの印象と違い、ひどく小さく見えた。肩が落ち、髪に白いものがまじり、悲しげな目で俺を見ていた。突然自分に銃を向けてきた息子を。生まれた時からすれ違い、こんな風に別々の運命に立って出逢ってしまった息子を。

嘘だ――

もう一度俺はそう叫ぼうとしたし、依然桂木の言葉の何も信じていなかった。それなのに俺は、少なくともこの男が息子を棄てたことで一生の後ろめたさを背負ったということだけは認めてもいいと思っていた。その小心さはこの四日間の俺の小心さに、今この瞬間引き金を引くのをためらっている小心さに似ていたのだから。

嘘だ――ただその声だけが体中に渦巻き、実際俺は何も信じていなかったというのに、それなのにまた、俺は今、引き金を引くかわりにこの男に「父さん」と呼びかけることもできるのだと思ってもいた……

「親子の名乗りをする時には、もっとたくさんのことを話したいと思っていたのだが、意外に何も言えないものだな」

巧みな弁舌で今の地位にのしあがった男はそんなことを言った。そして俺をまた悲しげな目で見あげた。その目は俺を息子だと信じて疑わずにいた。

「私はあなたの息子ではありません。国のために……いや友人の命を救うためにあなたを暗殺に来ただけの男です」

俺は自分が殺す者への礼儀として、丁寧な言葉を使った。

「今この部屋に入るまであなたが父親だなどとは考えてみたこともなかった」

桂木の顔が歪むのを俺はやはり遠く見守っていた。たぶん今度は俺の方が目に憐れみを浮かべて……その顔は年老い、醜く、哀れですらあった。そうしてその瞬間、俺はやっとすべてを、桂木の口にした言葉のすべてを信じた。俺たちはその一瞬、長い間生き別れになっていた親子として対面し見つめ合っていた。

桂木の目は俺に説明を求めていた。だが俺にはそれ以上の言葉がわからなかった。それ以上の言葉を知っているのは俺が握っている銃だけだった。俺は引き金を引いた……

どうやって雨戸を蹴破り逃げだしたかは憶えていない。意識できたのは庭へとびおりた時、踏み石の上の下駄に気づき靴下をはぎとってそれを履《は》いたことだけだった。家の中では銃声を聞きつけて騒ぎが起こっていたのだろうが、その何もわからず俺はただ夢中で庭を走りぬけた。そして突然、目の前に綾子の顔があった。俺が門へと向かうために玄関の角を曲がろうとしたのと、銃声を聞きつけて別棟からとびだしてきたらしい綾子が玄関の扉を開こうとしたのが同時になったのだった。俺たちが去年の晩秋、あの濠端で出逢ったのは偶然ではなかったのだが、別れのその一瞬を仕組んだのは偶然だった。玄関の軒灯の真下で、その娘はやはり今までのどの一瞬よりも美しかった。俺は二メートルほど離れた闇の中にいたのだが、綾子は今までのどの瞬間よりも俺の顔がはっきりと見えるというように確かな目で俺を見返していた。

俺は別棟の上り框に風呂敷に包んだ着物を置きっ放しにしてきたことを思いだし、「あの着物をお返しします」と言おうとしたのだが、結局何も言わず、すぐに背を向けた。何も言う必要はなかった。聞かせたくなかったのに別棟にまで聞こえてしまったに違いない銃声が、俺の別れの言葉だった。

銃声は門番の家にまでは届かなかったらしい、俺の下駄音が玉砂利に騒がしく響いたはずなのに門番は出てこなかった。俺は自分の手で通用門を開け外に駆けだし、そこでやっと逃げる必要など何もないことに気づいた。

逃げる必要はないのだ。今頃桂木が銃声と九谷の壺が砕けた理由を巧みな嘘で家人に誤魔化しているだろう。国会を、この国中の民を騙し続けてきたその弁舌で……

俺は桂木を射たなかった。引き金を引く瞬間に銃口を桂木の背後の床の間に飾ってあった壺へとわずかにずらした。

それなのに何故、俺は逃げだしたのか。

俺は、邸の広大な夜を閉ざした門の鉄の扉に背を当て、息を整えた。

俺には何もわからなかった。銃声がまだ頭の芯に残響していた。この時俺に何とかわかったのは、再び安田が俺を裏切り者と呼ぶことだけだった。今度こそ本当に——これで妻君に預けたあの手紙は嘘になった。今頃もうあの手紙を安田は読んで即座に計画の延期が決定されただろう、そうして桂木暗殺のニュースをラジオが報じるのをジリジリと待っているだろう……だが桂木邸では何も起こっていない。この邸では一発の意味のない銃声が鳴り響いただけだった……俺はいたずらにあいつらを混乱させただけだった。歴史の一頁をいたずらに何頁も遅らせてしまっただけだった……今夜、いや明朝には、もし俺の邪魔さえ入っていなければこの東京に、この国に維新の花が咲き誇ったのかもしれない、この鉄の門を開き、軍靴が玉砂利に響き、正義の銃弾が桂木の命を貫き、この国に見事に桜は咲いたのかもしれない……その花を俺は、桂木の胸を外してしまった銃弾で、この手で、散らしてしまったのだった。俺は射たなかったのではなく、射てなかったのだ、突然父親だと名乗った男を——突然大臣ではなく一人の男に、俺とそっくりの一人の男になってしまった男を射つことができなかったのだ。俺は軍人としてだけでなく一人の男としても失敗したのだった。

わかったのはそれだけだった。

俺はどこへともなく歩き始めた。どこかへ行こうとしていたのだが行先もわからなかった。俺ができることはその、正義が決して開くことのできない鉄の門の前で、残った銃弾を俺の頭にぶちこむことだけだったはずなのに、何故自分が歩き出したのかもわからなかった。

濠端に出る頃から、俺はやっと自分がどこを目ざして歩いているかに気づいた。そこまでは意志ではなく何かに引きずられるようにして歩いて来たのだった。下駄を履いた凍りついた足だけが、俺がその連隊に向かおうとしていること、そこでまだ俺が一つだけやっておかなければならない事があることを知っていたのだった。

氷のように固まった足の指が鼻緒とこすれて血を流していた。俺は養父のあの靴を棄て、桂木のその下駄を履いていた。

濠端のそこは、偶然俺が初めて桂木綾子と出逢った場所だった。そこを通過する頃には、俺にもいろいろなことがわかってきた。俺がそこで綾子と出逢ったのは偶然ではなかった。あの日綾子は車で俺の後を尾《つ》け、機会を狙い俺を追い越して車を駐《と》めさせ、母親に手伝わせてあの怪我の一芝居を打ったのだった。その後のこともすべてが芝居だった。綾子は父親のために俺を……息子である俺をもう一度〝妾腹〟の二字はつくが息子と呼ばせるために俺を恋した芝居をし続けたのだ……芝居？　本当にあれがただの芝居だったのか、三日前の夕刻、流した二筋の涙は本当にただの父親のための芝居だったのか。「一生私にあなたを恋させて下さい」という言葉はただの芝居だったのか……いや、綾子にそんな芝居ができるはずがない。綾子の口にした〝恋〟という言葉は本物だ。だがその言葉の裏に俺にはわからない何かが隠されている気がする……たとえば、綾子が本当に誰か他の男に〝一生の恋〟を捧げており、その恋心を俺への芝居に利用したのだとしたら……

だが、それも俺にはどうでも良かった。俺が考えなければならなかったのは桂木綾子のことではなく安田のことだった。綾子は俺に近づく前に、俺のことを親友の安田に相談しに行ったのに違いない。安田の妻君が言ったのはそのことだったのだ。安田は十八の娘が途方もないことを言いだしたのに驚いたに違いない。母親が違うとはいえ血の繋がった兄妹が形だけとはいえ結婚するなどということは安田のような男には認めることなどできないことだった。だが安田は敢えてそれを認め、綾子にそう勧めたに違いない。何故なら十一月のその頃、既に我々には桂木を暗殺する計画ができていたのだし、たとえ綾子の方から俺に近づいたとしても桂木の娘である綾子の求婚など俺が一蹴するとしか安田には考えられなかったのだから――だがその安田の思惑は外れた。俺は綾子が桂木の娘だとわかった後も綾子との関係を自分の方から断ち切ろうとはしなかったのだから。ある意味で確かに俺は裏切り者だったのだ……だが四日前の晩、安田が俺を裏切り者と呼んで今度の計画から降ろそうとしたのは、妻君が今夜俺の下宿で仄《ほの》めかしたように別の意図からだった……安田には子供と父親が、たとえ直接に殺し合うというのではないとしても殺す側と殺される側に分かれて一つの事件に参加するというのは耐えられなかったのだ。かといって安田は俺に真実を語るわけにはいかなかった。我々が暗殺する対象の一人が、実は俺の父親だなどとわかれば俺がいかに苦しみ悩むか、あいつにはわかりすぎるぐらいわかっていたのだ。恐らくは当の俺以上に……あいつは何とか適当な理由を作って俺を今度の計画から降ろさなければならなかった。そして恰好の口実があったのだった。桂木の娘が俺に結婚を迫り、俺はそれを拒みきれずにいた……

安田の妻君が言ったとおり、安田はあくまで俺のことを親友と思い続けていた、あの士官学校の校庭の桜が散りしく中で俺に最初の言葉をかけてきた時から……四日前の晩も安田はあくまで親友として俺を裏切っただけだった、それなのに俺はあいつを本当の意味で裏切り続けてきた、あいつが今もまだあの春の校庭に散りしいた桜の花を信じているというのに、俺はあの時のあいつの笑顔まで疑ったのだった……

桜が散りしく？

明朝咲くかもしれないその花を俺はこの手で散らした。いやまだ間にあうかもしれない、まだこの国に桜を咲かせることができるのかもしれない……俺は連隊に向かって歩き続けながら、一つの賭けをしていた。妻君も知らない、俺だけが知っている安田がいる、安田が俺を当の俺以上に知りつくしているように、俺が当のあいつ以上に知りつくしているあいつがいる……そして俺の知っているあいつは決して一人の女のために自分の意志を曲げるような男ではなかった、たとえ日記にどんな言葉を書こうと一人の女のために国を棄てることなどできない男だった。俺のような男ではなかった……俺は俺の知っている安田に賭けていたのだ、俺の知っている安田なら、妻君がどう頼もうと、一人の女がどう頼もうと意志を曲げ同志を裏切るような男ではなかった。一人の女に別れを告げ、すぐにも新橋を出て連隊に戻っただろう、今夜の大事のために……妻君はもう新橋に着いただろうが、夫が既に料亭を出ていることを知り、今、俺と同じように連隊に向かっているのかもしれない、安田がまだあの手紙を受けとっていない可能性がある……俺はそれに一縷《いちる》の望みを抱いていた。俺は足を早めた。もしそうならば妻君よりも一歩でも早く連隊にたどり着かなければならない……

俺の焦燥など黙殺するように、連隊は夜の静寂の中にあった。俺はたとえ普段着でも警備兵に見咎《みとが》められることもなくその門を潜ることはできたのだが、門の外に立ち顔見知りの誰かが出入りするのを待った。俺はその塀の中に一歩も足を踏みいれたくなかった。そこはもう俺とは何の縁もない場所だった。むしろ俺が裏切った、俺が愚かにも自分の手で棄ててしまった場所だった。俺はマフラーに顔を埋め、肩を縮めて立ち続けた。

やっとよく知っている後輩の将校が出てきた。

「安田はいるか?」

俺はそう訊いた。その少尉は俺が軍服ではない姿でそんな場所に立っているのが信じられなかったのだろう、しばらく不思議そうに俺を見ていたが、やがてゆっくりと肯き、それから何か奇妙なものでも見るように顔をしかめて俺を見た。俺が深い安堵のため息をつき、一瞬気を失うように体を崩そうとしたからだった。俺は塀にぶつかった肩で体を支えた。

「悪いがここへ呼んで来てくれ。俺が話があると言っていると……」

少尉は数秒ためらって突っ立っていたが、やがて「わかりました」と答え連隊の中へ戻っていった。どれだけ時間が経ったのか、安田が門を出てきた。俺はそれまでの時間、意味もなく下駄で道の土を蹴り続けていた。足の親指のつけ根からまだ血は流れていた。

安田は俺が訪ねてきた理由よりもまず、「風邪は大丈夫なのか」と訊いてきた。

「今日藤森が見舞いに行ったそうだな。かなり熱があるようだと言っていたので心配していた」

「風邪を引いたことにして謹慎していろと言ったのはお前じゃないか」

俺はちょっと笑ってそう答えた。笑い声はマフラーに遮られてくぐもった。夜気はいっそう冷えつき、俺はただ寒かった。俺は笑い声をひきずりながら、「妻君に手紙を預けたのだが、受けとっているか」と訊いた。安田は首をふった。俺は全身でため息をつき、力のぬけた体は今にもくずおれそうだった。

「妻君がお前が新橋へ行っていると言っていたがいつ戻ってきたのだ」

安田はわずかに目を逸らし黙っていた。

「行かなかったのか、新橋には」

安田はかすかに肯き、ただ黙っていた。俺はもう一度ため息をついた。やはり俺だけが知っている安田がいる……

「話があるんだ。ちょっとそこまで来てくれ」

俺は塀の尽きた所にある土手の上まで安田を誘った。誰にも見られない場所を選ぶ必要があった。土手は枯草のこんもりした茂みになっていた。ここなら大丈夫だ……

塀の角に置き去りにされたような街灯が一つあった。その灯を逆光に浴びて、安田はいつものように軍帽の庇に目を隠していた。俺の方から誘っておきながら俺が何も言い出さなかったので、安田の方から、「保子に渡した手紙というのは何の手紙なのだ」と尋ねてきた。

「嘘を書いた手紙だ」俺はそう答えた。

「あの晩から俺はずっとお前や他の連中を憎んでいた。だから出鱈目《でたらめ》を書いて、今夜の決起を中止させようとした……今夜なんだろう？」

安田は肯き、何か言おうとしたので、俺はそれを制めるために、

「今、桂木に会ってきた」

できるだけ早口で喋った。

「何故言わなかった、あの男が俺の父親だと」

安田はやはり黙っていた。

「何故言わなかった。俺が苦しむとでも思ったのか」俺は自分の言葉に自分で首をふった。

「今夜初めて父親だと知った男のことなんかで俺が苦しむとでも思ったのか。何故言ってくれなかった。あの男が父親だとわかっても俺は何も変わらなかっただろう。突然父親だと名乗ってきた男なんかよりためらいなくお前を選んだだろう。お前の夢を選んだだろう」

安田が不意に顔をあげた。逆光の陰になっていたが、俺には安田が顔を歪めたのがわかった。俺はその顔を遠い日の忘れかけた思い出のように懐しそうに見守った。その顔が俺には笑っているように見えたのだった。あの、桜の舞い狂う中で初めて俺に語りかけた時の笑顔だった。

安田は、結局、今でもあの時のままの安田だった。俺の方で目を逸らした。俺は、「今、桂木に今夜お前たちが何をしようとしているかを話してきた」と言った。

安田は黙ったままだった。

「今頃もう首相官邸にその話は届いているだろう。叛乱を防ぎとめるために軍隊がここにも向かっているはずだ……」

安田はやはり黙っていた。俺は眼前にいる安田がひどく遠くにいるように感じられて、「安田！」大声でそう叫んだ。それでも安田は俺の声など耳に届かなかったかのように黙っていた。

安田――

俺がもう一度叫ぼうとした時、

「何故そんな嘘をつく」

安田はやっと口を開いた。俺はその言葉を予期していたかのようにゆっくりと首をふった。

「何故、嘘だなどと思う」

「お前はそんな男じゃない。我々を裏切ることができる男ではない。だから桂木綾子のことだって真相は話さずにお前の手に委ねたのだ。女のために我々を裏切ったりする奴でないことはわかっていたから……いや他の連中は知らないが俺のことだけは裏切れないことがわかっていたから」

安田は土手の端に寄り、俺と並んで夜の闇にざわめいている枯草を見おろした。その横顔はかすかに笑ってさえいた。そう、安田の方が当の俺より俺のことをよく知っているのだ。そうしてこの男のことを当人以上によく知っている俺がいる。自分でも気づかずに今の言葉の半分を安田は自分に向けて言ったのだった。横顔の目が枯草だけを追いながら自分を蔑むように笑っていたので、俺は妻君が言ったとおり、少なくとも三度、この男は一人の女のために同志や国を裏切ろうとしたことがあったのだろうと思った。だが裏切れなかった。俺たちはたがいによく似ていた。

俺がその横顔を見つめたまま黙っていたので安田はふり向き、「どうしたんだ」と尋ねてきた。そして俺の顔を見て眉間に皺を寄せた。

俺がどんな顔をしていたのかはわからない。その時、俺は安田に礼の言葉か謝罪の言葉を言いたかったのだ。だが言わなかった。俺はもっと別の、自分でも信じていない言葉を口にしなければならなかった。

「お前は俺が自分と同じ人間だと思っているのか。お前が本当に俺のことをそう思っているとしたらお前は俺を通して、また夢を見ているだけだ。今度のことだってお前の夢に過ぎない。お前の夢見ている花がこの国に咲くはずはない。だから俺はお前を裏切って桂木に全部を話した。すぐに他の連中に連絡をとって即刻計画を中止し、口裏を合わせておくことだな。そんな計画などなかった、頭の変になった男が桂木に出鱈目を喋っただけだと……」

俺はただ安田の手を見守り、待っていた。その手が銃を握るのを——俺は今の言葉の何も信じていなかった。俺はこの最後の時、安田が本当にそれを夢見ているのなら、その夢を安田に与えてやりたいと考えていたのだから。妻君が悲しもうが新橋の女が泣こうが、俺は自分がはずれてしまった夢をこの男には握らせてやりたかった……俺の今の言葉が嘘だということはすぐにも判明するだろう、そうして今夜午前二時、すべてが計画どおりに動きだすだろう。ただその前に俺は一つだけ安田にやって貰いたいことがあったのだった。

安田が俺の言葉を信じたかどうかはわからなかった。いや、依然信じてはいなかったのだろう。信じたなら即座に銃を握り俺を射っただろう……たとえそれが俺であっても。安田はそういう男だった。

安田は指一本動かそうとしなかった。

「それでその頭のおかしくなった男の方はどうなる？」

ただそうとだけ訊いてきた。

「哀れにもここで自害して果てることになる」

俺はそう言い、頬笑み、自分の銃をとり出して安田にさし出した。その銃の意味を安田はすぐに理解した。それが最後の友情だとはわかったはずだが、その最後の時、安田はそれを拒もうとした。安田は手を動かそうとしなかった。俺はその手から顔をあげたが、安田の顔は見なかった。その顔をわずかに外し、安田の角張った肩ごしに、夜の街を見た。土手の向こうの街並みはもう夜にすっぽりと包みこまれ、所々に街灯が小さな光を燦《きらめ》かせているだけだった。時間がない……この時もそう感じ俺は焦っていた。

俺は、「今の言葉は全部嘘だ」と言いながら、まだ笑ったまま一瞬冗談半分に銃口を安田に向けた。安田は表情をわずかも変えず、その顔はただ静かだったが、俺がその銃口を自分のこめかみへと当てた時、思わず目を瞠《みは》り大きく顔を歪めた。俺は、軍服を着ている時の安田がこんな風に露骨に顔色を変えるのを見るのは初めてだなと思っていた。その最後の時、俺はただ焦り、ただ寒かった。

「一つだけ頼みがある。できれば桂木邸襲撃の指揮官をお前が代わって務めてくれ。あの男をお前の手で射殺してほしい。できればでいい」

それだけを言い、俺は引き金に指をかけた。今度は何の躊躇《ちゅうちょ》も起こらなかったが、その瞬間、突然その体が動いた。安田は俺に襲いかかり、手首を摑んだ。二人の肩がぶつかり、銃をめぐって二人の手が縺《もつ》れあい、下駄の音と軍靴が絡みあった。二人の吐く息が白い火となって戦った。その息だけで二人は叫びあった。俺は全身の力で銃を守りながら、安田は全身の力で銃を奪いとろうとしながら、俺は今、二人は本当の声をぶつけ合い本当の意味で手を握りあっている気がしていた。夜は静かだった。その静寂を破って銃声が響いた。体のどこに弾丸が入ったのかわからないまま、何の痛みもなく俺の体はゆっくりと崩れ始めた。顎《あご》が安田の肩に落ちた。俺は縺れあった手のどちらが引き金を引いたのかわからなかったが、それが安田の指であってくれたらいいと願った。俺の顔は安田の腕を伝って落ち始めた。……その時白いものが安田の腕と俺の肩へと降りかかってきた。

やっと雪がふりだしたのだった。銃声の残響も足音も絶え、夜は本当に静かだった。黒い天空から落ちてきたとは信じられない真っ白な雪は、音もなく俺の肩へと降りかかっていた。それが桜の花片のように俺の最後の目には見えた……花吹雪の烈しい流れは、俺を飲みこみ、東京を飲みこみ、この国をも飲みこもうとしていた……

残菊

再来年に依頼されている長篇小説のために、昨年の夏あたりから私は『吉原遊郭《よしわら》』のあれこれを調べ始めた。江戸末期から昭和三十三年売春防止法が完全施行される年まで四代続いた『××楼』を舞台に吉原の女たちのドラマを虚実交えて書く予定でおり、文献を調べるだけでなく、生身で吉原を知っている人たちに会って話を聞かせてもらってもいる。

既に六人の方に会ったのだが、そのうちの一人に滝本《たきもと》ヤス代《よ》さんという女性がいて、この人は昭和四年に吉原の一隅にあった『菊浪』という店の長女として生まれ、大戦後赤線の灯が消えるまでそこに住みついていたというから、文字通り昭和の吉原の歴史と共に生きた人である。『菊浪』は私が長篇に書く予定の『××楼』ほど大店《おおみせ》ではなく、娼妓の数も数人で、遊郭の片隅に戦後もネオンではなく古めかしい軒灯を小さくともし続けた、ヤス代さんの言葉を借りれば、「物心ついた時にはもう板戸なんかも朽《く》ちかけていて、いつ傾いてもおかしくなかった」という木造の二階家だったらしい。関東大震災の際、奇跡的に潰滅をまぬがれたものの、建て直しをせずに済んだことが仇《あだ》となって逆に一軒だけ古いままとり残されてしまった、「そんな家に似合って、働いていた娼妓さんたちも皆どこか古びていて、白粉《おしろい》や紅をいくら厚く塗りたくっても暖簾《のれん》と同じにどこか色褪《いろあ》せていましてね」ヤス代さんはそう言って笑った。『菊浪』を経営していた両親は三十一年売春防止法の公布と前後して、長年色街の片隅に細々と守りぬいた灯が消え果てる日を見届けるのが忍びないとでも言うように相次いで他界、以後二年近く、まだ三十前の若さでヤス代さんが店を切り回した。「と言っても両親の死と防止法をいい機会に店をたたむ決心でしたから、娼妓たちの身のふり方やら家の売買やらの後始末のつもりで始めただけでしたが」この二つが予想を越えた難儀で、やっと家の買い手を見つけたのが三十三年一月半ば、五人いた娼妓のうち四人までを片づけ終えるのにさらに一カ月かかり、結局最終的に店の灯を消したのが二月末で、それまで女将の真似事をやり通さなければならなかったという。

売春防止法が完全施行されるひと月余り前である。

「最後に残った勝乃《かつの》さんという娼妓さんはもう四十五を越えていて転業も難しかった上に、名前どおりの勝気な人で、十六の頃からその道一筋でやって来たという自負もあったんでしょうね、『こうなったらお上の赦《ゆる》す三月三十一日まで客をとらせてもらう』などと意気込んで、他の娼妓が出ていった後も一人客をとろうとしたのですが、長年の馴染み客にまで見棄てられるような状態ではその頑張りも一週間と保《も》たず、二月末には店を閉めることになって……まあ組合のとり決めで二月いっぱいには営業を一斉停止することになってましたし、私自身も勝乃さんより一足先に身のふり方を決めて三月半ばまでには家を人手に渡すことになってましたから」叔父が見つけてきた小官吏の後妻の話に多少不満はあったが乗ったのだと言ってヤス代さ見えた。

笑うと下唇の端の黒子《ほくろ》が艶《つや》を帯びて、まだ白さを残した肌から離れるように浮きあがって見えた。

「子供の頃から家業への反発があって、生まれてから一度も化粧をしたことがありません」

きっぱりとそう言ったが生まれ育った街の水はヤス代さんがその街を遠く離れて送っている後半生にまで色香を染みつかせてしまったようである。細い眉《まゆ》や切れ長の目、淡《うす》く白粉でもはたいたような肌の白さには、戦後生まれの私が漠然と想い描く昔の遊女の俤《おもかげ》が濃厚に照り映《は》えていた。

ヤス代さんは私が書こうとしている『××楼』については詳《くわ》しく知らず、専《もっぱ》ら『菊浪』の娼妓や客の話になったが、私は道草でもする気分でその話を楽しんだ。そうして一つ、短篇小説にでも仕上げられそうな面白い話に出遭ったのである。

きっかけは、『菊浪』の客たちの話を聞いた後、

「店を閉める最後の日に上がった客を憶えてらっしゃいますか」

私がその場の思いつきで何気なく口にした質問だった。

「それは憶えております」

そう即答した後、ヤス代さんは自信を失くしたように目を伏せ、

「でもあれを客と呼んでいいかどうか……」

と声をぼかした。

んはまた笑った。

「それにあの晩何があの二人の間に起こったのか私にも定かではありませんし」

意味ありげな言い方に逆に私が興味をもったとわかると、それからもしばらく迷った素振りを見せながらも最後には、「定かでないだけに、小説を書く人には面白がってもらえるかもしれませんね」と言ってくれたのだった。

さらに、

「あの客の話をするには、まずあの日の朝のことから始めないと……」

と前置いて、ヤス代さんは遠いその一日へと細い視線を絞りこみ、こんな風に語り始めた。

「あの日までに家財道具や商売道具の売れる物は大半を売り尽くして、私に残ったのは桐簞笥《きりだんす》一棹《ひとさお》と卓袱台《ちやぶだい》ぐらいのものでした……後妻の口でしたからね、先方からも身一つで来てもらえばいいと言われてましたし、私もその桐簞笥だけを嫁入り道具にするつもりでおりまして……がらんとした家の中で勝乃さんと二人朝御飯を掻きこみながら、『なんだかこうも片づいてしまうと、お正月が絶対来ない大晦日《おおみそか》のような気分がするわ』と話したのを憶えております……前日の晩、勝乃さんとは『明日一晩でもうきっぱり廃業ということにしましょう』と決めてありましたからね、今夜で最後だと思うと、たしかに暦《こよみ》一枚の薄さだけを残して何もかもが暮れてゆくという感慨に似たものが湧いてきまして……あれほど反発を感じていたのに、間に合わせとはいえいつの間にか年上の勝乃さんからも『女将さん』と呼ばれるようになった自分に改めて気づいて、ふっと自分の血と母親の血とが、『菊浪』という名で細く繫《つな》がったような気がして……日陰の溝川《どぶがわ》のような流れだとはいえ母親にとってこの街もこの家も一つの歴史だったのだ、その歴史も今夜の柱時計の音と共に消え果ててしまうのだと……まあ終戦に似たと言えば大袈裟になりますが、何とか長く伸ばしてきた糸がそこでぷつんと切れてしまうような淋しさはありましてね、今夜小さくともす軒灯が、この家に染み残った母親やいろんな妓《おんな》たちの影を見送る灯明になってくれればいいとそんなことを考えておりました……勝乃さんは身のふり方も決まらないまま、三月になったら私と共に家を出て一時小田原《おだわら》の従姉《いとこ》のもとに身を寄せると言っておりました、その勝乃さんに何かお礼をしなければと思い、朝御飯が済むと簞笥の中から母の形見の着物をとり出して、『あなたには一番お世話になったのに、こんな物しかさしあげられなくて……できれば今夜この着物を着てほしいのだけれど』と言って、畳の上に広げると、裾《すそ》模様の一輪だけの菊が鉄紺の池の中に浮かんでいるように見えて……その菊が頰紅《ほおべに》でも塗ったように薄紅《うすくれない》に色づいていたのを今でもはっきりと憶えております……記憶というのは不思議なものでございますね、当時のことを思いだしますと夢の世界のようにどこにも色がなくて……あの辺りも戦後は髪を真っ赤に染めたアプレの女や横文字のネオンや、路地までも厚化粧したかのように色が溢《あふ》れ返っていたのに、今はもう思い出の中からその色も全部消え落ちていて、あの日のことも戦前の活動写真のようにしか思い出せないのですが、その中で二つだけ黒白の写真のそこだけを色づけしたように鮮やかに蘇《よみがえ》ってくる色がありまして、その一つが勝乃さんに渡した着物の裾模様の菊なんでございます……消え入りそうな薄紅が思い出の闇の中では逆に色濃く浮きたってくるようで、勝乃さんの人生にふさわしい気がしましたし、勝乃さんも大層喜んでくれて……その後でふっとどちらともなく、『そう言えばミネさんはどうしてるんだろう』という話になりました、ミネさんというのは母が死ぬ五、六年ほど前から月に一、二度家に出入りしていた反物《たんもの》の行商をしている女性で……『そうね、去年の末から一度も顔を出してないし……病気の亭主と無理心中でもしてなければいいけど』などと話しているところへ……ええ、ミネさんは戦争で負傷して寝たきりになったという夫を抱えて、内職や行商をしながら細々と食い繫いでいた人ですから、そんな心配も冗談とは言い切れないところがあったのですが……ちょうどそこへ玄関の硝子《ガラス》戸が開いて……そのミネさんが顔を覗《のぞ》かせたんです……いつものようにツギの当たった着物を着て、重い風呂敷包みを抱えて……私が『今夜でもう店を閉めるから着物を買うこともできなくなって』と言うとミネさんは残念そうな顔になって、今までのお礼のつもりだったのか、包みを開いて私たちにそれぞれ一反ずつさし出してきて……その時貰った反物の色合いは忘れましたが、ミネさんのことだから品のいいものだったと思います、いつもミネさんの持っている反物は、娼妓さん向きに派手でありながらどこか品の良さがあって……母なんかはとても気に入って、あの辺りを牛耳《ぎゆうじ》っていた呉服屋と喧嘩までしてミネさんの着物を買っていました……反物だけでなく時々刺繡《ししゆう》をちりばめた高価そうな古着をもっていいてそれを叩き売りのような安値で売ってくれることもあって、本当なら盗難品ではないかと心配するところですが、いや、あの人は私たちなんかと違ってどっか育ちの良さを感じさせるから、戦前は良家の子女か何かで華族の知り合いがいるに違いない、そういう手蔓《てづる》で手に入れているのだろうと、皆そう噂《うわさ》しておりました、没落した旧華族が身辺に残った物を切り売りして暮らしているとか元令嬢が街角に立って客を引いているとかの話がよく聞かれる時代でしたし、実際ミネさんにはそんな育ちの確かさみたいなものが感じられましてね、口数が少なくて自分から過去には触れようとしないところもあって、何かを口にしても何も喋《しゃべ》らなかったような静かさの残る人で……どう言えばいいのか表はすり切れた古着でも裏地に芯《しん》のある白絹を隠しているような印象があって、……もう年齢も四十に届いていたはずなのに目鼻立ちにも崩れがなくて、私よりせいぜい二つ三つ年上にしか見えませんでした……そのミネさんと別れを惜しんでどんな話をしていたかはもう憶えていませんが、そこへまた見回りの、顔馴染みになった巡査がやって来てその人とも話しこんだのですが、その間ミネさんが敷居際に腰をおろして黙って私たちの話を聞きながら、畳の上に広げたままになっていた着物の裾模様をじっと眺めていたことは憶えています……と言うのも巡査が帰るとミネさんも立ちあがり、頭をさげて一旦出ていったのですが、すぐに下駄の音が戻ってきましてね、『何か忘れ物』と私が訊いても何も答えず、また敷居際に半端に腰をおろしてぼんやりと裾模様を眺めだして……何度目かに私が掛けた声に、やっと今その声が耳に届いたというように不意に顔をあげ『今日で店を閉めるとおっしゃるのなら、今夜の最後の客を私にとらせてもらえませんか』と……思いがけずそんなことを言いだしたからなんです……ええ、さっきも言った何も口にしなかったような静かな声で……

……私も勝乃さんも言葉を失ってすぐには顔を見合せることしかできませんでした、二人とも考えたのは同じことで『ミネさん、あなたそんなにお金に困ってるの』『いったい幾らの金が要るの』ほとんど同時にそう訊きましてね、だって終戦後十年以上も病床の夫の面倒を見続けてきて貞女の鑑《かがみ》のように思っていた女性が突然そんなことを言いだすには夫の薬代にでも困り果てた末だとしか考えられませんでしたからね、でもミネさんは『金のためだったら、たとえどんなに貧窮してもそんな恥かしい真似はいたしません』この人がこんなはっきりした物言いができるのだとこちらが驚いてしまうほどきっぱりと言って、勝乃さんがさすがに顔色を変えるのを見てとると謝罪するように頭をさげて『いいえ、私の方がはるかに恥かしい真似をしようとしているんでしょう、夫の薬代とでもいえばまだ名分も立つでしょうが、私はただこのまま女として何も知らず老いていくというのが淋しい気がして、一度でいいから知ってみたいとただそれだけを考えているのですから』と、そんなことを……私が思わず『知ってみたいって一体何を』と訊きながらにじり寄ろうとした膝を勝乃さんが手でとめて、目だけで何も訊いてはいけないと合図して、ミネさんに向けて、『じゃあミネさん、あんた一度も……子供がいないのを変だと思ってはいたけれど』と声を掛けて……ミネさんが言うには今の夫と結婚したのは太平洋戦争の真っ只中で形だけの式を挙げ夜を二人で過ごす余裕もない慌ただしさのうちに夫は出征し、帰還した時には脚の負傷がもとでもう妻を抱けない体になっていたと……さすがに目を伏せて恥かしそうにはしていましたが、声だけは今までになくしっかりとしていて、『さっき玄関を跨《また》いだ時はそんな気もなかったのですが、今夜で店閉まいをするという話を聞いた時、ふっとそれまで体の中に張ってあった琴《こと》の糸みたいなものが、音をたてて切れた気がしたんです。自分でもそんな一言で切れてしまうほど琴糸が限界まで張りつめていたとは気がつかずに……ただこの一、二年夜になるとその琴糸がひとりでに騒がしい音をたてて寝つかれないことが何度もあって……』と言葉を繋ぐのを、私はもしかしたらこれがミネさんの本当の声と本当の言葉かもしれないなどと思いながら聞いておりました……そういえばこの人の目鼻だちだけでなく細身の体のどこにも崩れがなくどこか硬さの残った印象を受けるのは、ただ育ちの良さだけが理由ではなく、体がまだ娘のままだからなのかもしれない、と考えましてね、……いいえ、反対したのはむしろ勝乃さんで『あんたとは正反対に生きてきてこの頃では綺麗な体に戻りたいなどとも思わない私だけれど、いいえそんな私だから言えるのだけれど、男と体を交えれば後悔するか、それともまた男が欲しくなるかどちらかしかないんだよ、それがわかっててそんなこと言いだしたのかい』と言えば黙って肯《うなず》き……『あんた折角今日まで我慢して亭主に操《みさお》を立ててきたんだから、一時の気まぐれに惑わされてそれを捨てたりすれば必ず後悔するわよ』と言っても、凛《りん》とした横顔のまま、『私はもうじゅうぶんあの人には操を立ててあります』と答えるばかりで……後はどんな言葉で諭《さと》そうとしても一度つけた決心は石のように固まって動かないらしく、勝乃さんの方が最後には折れて、本気ならまた夕方日が暮れるまでに出直してくるようにという言葉でひとまず引きとらせることにしたのです……ミネさんが帰った後『あれは本気じゃない、本気ならあの器量だもの、私たちに頼まずとも黙って街角に立てばいくらでも好きな客が捕まえられるだろうし』そう勝乃さんが言うので、私は『でももしかしたら、さっきの巡査の話を聞いてそういうのは危ないと考えたのじゃないかしら』そう言いました、そう、巡査がどんな話をしたかはまだでしたね、あの巡査は、……防止法完全施行の四月一日が近づいて取締りが厳しくなってはいるが、赤線の店は大丈夫だ、その前日まで営業を続けても処罰はされないし、現に組合の二月いっぱいというとり決めを破って最後の日まで灯をつけようと考えている店がいくつもあるし、……むしろ警察が困っているのは既に店が閉鎖して行きどころもなくあぶれた女たちが巷で商売をし始めたことで、そういうのはヤクザが絡んでいたりするから、今のところそっちの方に警察は目を光らせている……と、そんな話をしていったのですが、あの時ぼんやりと裾模様の菊を眺めながら耳では注意深く話を聞いていたのかもしれないという気がしましてね。それでも勝乃さんは『ただの気まぐれで今ごろはもう後悔してますよ』と言うし、私もまさかという思いの方が強かったのですが……結局その日の夕暮れ時になって……濃くなった暮色が冬の闇にすり替わる間際を狙うようにして、……ミネさんは今度は風呂敷包みを抱えず体だけで、玄関に立ったのです……『本気だったの、あんた』と勝乃さんが尋ねるとミネさんは黙って肯いて……そうとわかると勝乃さんの方が開き直ったようになって、『じゃあ仕方がない、一晩私たちの真似事をしてごらん』と言い出し、二階の自分の部屋に上げて化粧をさせ、自分が着るつもりでいた母の形見の着物を着せ、後で思えば笑い草ですが、男と床に入る時のあれこれまで細かく教えて……私はと言えば勝乃さんの好きな様にさせる他なくなって、まあ、『菊浪』が廃業同然だという噂は広まっていてここのところ客足はほとんど跡絶えていましたから最後の今夜も客は来ないかもしれないと、それがわかっていて勝乃さんも冗談半分にやっているだけだとタカを括《くく》っていたところがあったのですが、……それでも軒灯をつけ、この灯も明日はもうともることがないのだと思った時、ふっと最後の晩にこんなことになったのも死んだ母さんの引き合わせかもしれない、因果な商売を続けてきた罪ほろぼしに、男を知らずに通してきた一人の女に男を与えようとしているのかもしれない、とそんな気がしましてね、……その予感の方が的中してしまいました、三時間も過ぎて路地に足音が響いて、その足音は何度も入るのをためらうように行ったり来たりしていたのですが……やがて……ああ、でもその客の話の前にもう一つ話しておきたいことがあります。私が軒灯をつけて、二階に上がった時なのですが、ちょうど勝乃さんがミネさんに化粧をしてやろうとしているところで、姿見の抽出《ひきだ》しから眉墨をとり出した勝乃さんが不思議そうな顔をして手を停め、ミネさんの顔をじっと見ましてね、勝乃さんはその顔へと手を伸ばし、薬指をミネさんの唇に、こう、すうっと走らせたんです、そうして、『あんた紅つけてないのね、いつもそんなに赤かったかしら、唇……』と尋ねて……私の目にも電球に照り映えたその唇が薄く紅でも塗ったように色づいて見えて……不思議というより怖い気がしました、日頃は薄く色のない唇が夏でも寒そうに見えたのに、それもミネさんがやって来るのがいつも朝に限られていたからだと思いあたって、……こんな風に夜の灯が当たると体の芯に隠れていた赤みが目を覚ましたように唇へと滲《にじ》みだすのだという気がして……私、家業に一番反発を感じていた女学生の頃、ある夏の晩、電球の周りを舞っていた蛾が一匹、私の顔の方へと飛んできて、私が顔をよける間もなく、ほんの一瞬でしたが唇を掠《かす》めたのを思い出しましてね、夏が終わるまで粘りつくようにその一瞬の感触が残って……こんなに家業に反発を感じている自分の体にもしかしたら娼妓さんたちよりも怖い女がいてそれがあの蛾を引き寄せたのではないかなどとも考えたのですが、それと同じ怖さをその時のミネさんの体にも感じて、この唇も一匹の蛾を引き寄せるものをもっていると思っておりました……はい、さっき最後の日のことでもう一つ鮮やかに思いだせると言ったのはその時のミネさんの唇の色のことなんですが、単に色のためではなくて、……その時何故かミネさんがその赤みを唇の端へと流すように、かすかに笑ったからなんです……」

そこまで聞いて私が、

「それじゃあ、最後の客の相手というのはそのミネさんという女で、勝乃さんではないんですね」

と尋ねると、

「だから、最初にあれが客と言えるかどうかと申しあげたんです。ミネさんは『菊浪』の娼妓ではなかったわけですから」

ヤス代さんはそう答えて、さらに続けた。

「思い切ったように硝子戸を開けて入って来たその男は安物の外套《がいとう》を着て、あまり金もありそうには見えませんでした、さあ年齢は……外套の襟《えり》を立てて髪を長く垂らして顔を隠していましたからよくわからなかったのですが、印象では四十過ぎに見えました、顔を隠しているのも警察に追われている犯罪者のように思えたんですが……勝乃さんが私の膝を突ついて、この男なら大丈夫だと伝えてくるので、仕方なく二階に上がり、さすがに恥かしかったのか部屋の隅に蹲《うずくま》って座っているミネさんの背に本当にいいのかと念を押し、いつでも勝乃さんが交代すると言ってるから何かあったらすぐに下りてくるようにと精一杯の親切な声を掛けて……その男をあげたんです……その後で勝乃さんが、自分は一瞬だけれど顔をはっきりと見た、とても四十には行ってない、童顔のせいかもしれないが、三十前に見えた、顔を隠していたのもこういう場所に慣れていないからで、あれなら心配はない、美男ではないけれど女好きのする顔だから、ミネさんも気に入るだろう、と言うものですから……それはもう勝乃さんの方が男を見る目は確かなわけだから、私も幾らかは安心し、それでも何かとんでもないことをしてしまったような不安もあって、気もちは複雑だったんですが……それきり半時間ほど過ぎても二階はただしーんとしたままで、……さすがに心配になったらしく勝乃さんはそっと階段を上がって様子を見にいき、しばらくして戻って来た時はもっと心配そうに顔を曇らせていて、『男が一人でおかしなことを喋っている、弟がどうしたとか位牌がどうのこうのとか』そう私に報告しているところへ、ミネさんがまだ着物を着たまま階段をおりてきて……そう、確かにそんな順序でしたが……少し怯《おび》えたような顔で、部屋に入ってからずっと黙りこんでいた男が気味の悪いことを言い出した、『自分と寝なくてもいいからこの位牌と寝てやってほしい』とそんなことを暗い声で……それからまた『これは肺病で死んだ弟の位牌で、弟は女も知らない体で死んだから、それが不憫《ふびん》でこうやってあんたに抱いてもらいに来た』そんな風にも言ったそうで……はい、ミネさんが気味悪がるのも無理はないと思いました、袖裏から出してミネさんが見せてくれた位牌は木牌だったんですが……私はすぐに気づかなかったけれど勝乃さんが眉をひそめましてね……位牌には死んだ年月日が記されておりましょう？　その木牌に墨字で記されていたのは……昭和三十三年……つまりその年の二月のその日だったのですから……ええ、弟が死んだその日のうちに木牌を作らせ、それをもって吉原へ来たとも考えられるんですが、それにしては木牌が古びていて……結局、わけがわからないまま、勝乃さんがミネさんに代わって二階へ上がったんですが、すぐに戻ってくると、『私じゃなくやっぱりミネさんの方がいいって。さっきはおかしなことを言ったので怖がってるかもしれないが、全部忘れて、改めてただの客として相手をしてもらえないかと言っている』それだけじゃなく、勝乃さんが、優しそうないい男じゃないか、たとえ一晩だけの娼婦でもあんないい男の相手をできないと言うのは、好きでもない男たちに嫌々抱かれてきた私のこれまでの三十年を全部否定するようなもんだ、と真顔で言うものですから、迷った末にミネさんも改めて心を決めてまた階段を上がっていって……裾の一輪の菊が一段上がるごとに揺らぎながら少しずつその色を濃くして……ええ、最後の客の話と言ってもただそれだけのことだったのですが……」

その後勝乃がまた様子を見に二階に上がるとはっきり二人の交わりの声が聞こえた、二時間もして男が下りてくると、「女が金は要らないと言っているが、本当にそれで構わないか」と訊き、ヤス代さんは黙って肯いた、客が出ていった後しばらくしてもとのツギの当たった着物に着替えたミネが下りて来ると言葉はなくただ深々と二人に頭をさげ、出ていった。その後二人であれこれ想像してみたが、客の気もちはもちろんミネの胸の裡《うち》すら定かには摑《つか》めないまま、翌日の朝まで残した軒灯を消す際、ヤス代さんは胸の中で手を合わせた、家にも生命があるのならその終焉とも言える夜に、『菊浪』とは無関係な一人の女と一人の男を引き合わせたのはやはり死んだ母親だという気がしたのである。

その後はミネと会うこともなく、あの一夜のことは思い出というより、『菊浪』の最後の灯が束の間浮かびあがらせた不思議な夢のようにヤス代さんの中に残ったのだった。

「ただ二階から着替えて下りてきたミネさんの最後の顔はよく憶えております、顔も体もいつも通りシャンとしていながら、今までとは別の女のような柔らかさが私の目にもはっきりと見てとれて……顔は静かだけれど体が笑っているような、髪のひと筋ひと筋までが嬉しがっているような……ずいぶんとたくさんの女たちを見てきましたが、あの時のミネさんほど幸福そうな女を見たことがありません……公務員の後妻としてそれなりに幸福にやってまいりましたが、自分の人生にたとえ一時《いっとき》でもあんな幸福な顔があっただろうかと、そう考えることもありましてね」

そんなことを言うヤス代さんに、私は「位牌に書かれていた名を憶えておられないか」と尋ねた。

「さあ、名前までは……」

と首をふったヤス代さんは、ふっと目を遠い宙の一点にとめて、

「ああ、そうだ」

と呟《つぶや》いた。

「位牌に書かれていた享年だけは憶えております。二十八歳……そう、確か二十八歳とありましたよ。私と同い年でしたからね、『菊浪』最後の日にその日が没年月日になっていて、しか

も享年が私と同い年だという位牌をもった客が現れるなんて、何とも因縁めいた話でございましょう?」

ヤス代さんと会った夜、私は酔った勢いでペンを執り、短篇小説の断片を原稿用紙に書き殴《なぐ》った。四十近くまで処女を通し生涯の一夜のつもりで娼妓として男に抱かれた女と位牌を懐中に娼家を訪ねた男、『菊浪』最後の夜の二人は濃密な影を私の中に残したのだった。とりわけ私は素姓も何もわからない男の方に興味を持った。その影に、あくまで虚構としてではあるが、顔を与えたくなったのだ。

終戦後の混乱の中を、行くあてもなくさすらうように生き続けた男を設定してみた。

その男はある位牌を懐《ふところ》に抱いて、最後の灯へと大きく崩れ始めた赤線に向かう。慣れない歓楽街をさまよった末に、小さな軒灯をともした店に入る。閉業寸前なのか店は廃屋のように何もない。二階に上がると、妓が一人いるが背を向けたまま何も喋ろうとしない。陰鬱な沈黙が続いた末に男は妓を抱くのを諦める。女を抱いた経験がないわけではない、だがこういう場所でこういう女を抱くのは初めてであり不意にそれが怖くなったのだ、いや不意にただ面倒になった——懐中に位牌がある、その位牌を理由にして、妓に自分が抱く意志のないことを告げる。妓は気味悪くなったのか、階下へ下り、代わりに別の妓が上がってくる、だが騒がしいその妓よりも先刻の何も喋らない妓の方がいいと思う、あの妓とただ静かにここで二時間近い時間を過ごせば、それでいい……

「悪かったな、驚かせるつもりはなかったんだが……」

再び部屋に入ってきた女に彼はそう声をかけた。

女は座り直しながら、彼の顔を不思議そうに眺め、「若いのね……」と言った。この娼家にあがって既に三十分以上が経過しているが、女と目が合うのは初めてだった。

「最初入ってきた時はもっと齢《とし》の行った人かと思った……」

「さっきまで、あんた、ずっと背を向けてたろう」

「でも入ってきた時の影でそう思ったから」

彼が入っていった時、女は壁と対《むか》い合っていた。電球が自分の影を壁に流したのを彼も見ている。淡《うす》い影だった。その影の淡さに彼自身が死に近いものを感じとっていた。

「それに、古い木みたいな匂いがしたから」

死臭かもしれない、彼はそうも思った。先刻は弟が肺病だと嘘をついた。肺病は自分である。ただそれを感じとったら女がまた怖がるだろうと思って、「この家の匂いだろう」とそう誤魔化した。女は「そうね」とだけ答えた。

やっと繋がった会話に再び透き間ができた。女は立ち上がり、背を向け、後ろ手に帯を崩し始めた。「あんたは幾つ」そう訊いた。

「幾つがいい？」

背はそう答えた。あんたの好きな年齢になってあげる……そう言いたげだった。「幾つでも構わないさ。寝るつもりはなくなったからね」彼はそう言った。

「このままここに二時間も居させてくれればいい。大丈夫だ。金はちゃんと払うよ」

女は体ごとくるりとふり返り、崩れ落ちた着物に引きずられるように布団の上に座った。黙って彼を見つめている。何かを口にしたのかもしれないが、何も喋らなかったような静寂の残る女だった。そう、このままこの静かさにつき合って短い時間を過ごすだけでいい……寝ないことに決めたのには、この女に病気を染《うつ》したくない気もちもあった。「何年になる、もう」彼はそう訊いた。見た目は三十過ぎだが、どこか場慣れしない硬さが女にはある。

「十八の時から。さっき幾つがいいって訊いたのは、私が年齢を忘れてるからよ。十八のままで終わってしまった気がするし、普通の女の何倍も齢をとってしまった気もするし」

「今まで何人の客をとった？」

「さあ。でもあんたが一人目ってことにしてもいいわよ。数え切れないほどたくさん寝たってことは誰とも寝なかったことと同じよ」

女は自分に言い聞かせるように呟いて、壁にもたれて座った彼が投げ出した足につとその手を伸ばし毛糸の靴下を脱がせながら、「そんなこと訊くっていうのはこういう場所、慣れてないんだね」と言った。

「何人と寝たか憶えてる娼婦なんていないわ」

女の手の指は彼の足の指の間で遊んでいた。

「一人目でもいいって言うのは、男を知らない芝居もできるってことなのか」

彼はわざと意地悪にそう訊いた。

「そう、でも世間にはその反対の女もいるわ、一人も男を知らないのにたくさんの男を知ってる芝居ができる女も……それから一人も男を知らないのに娼婦より汚れた体をしてる女もいるわ。私の幼な馴染みの一人が、寝たきりの亭主抱えた貧乏のどん底でも堅気《かたぎ》を通してるんだけど、あの女の方が夢の中ではこういう商売をしてる女よりずっとたくさんの男にもっと汚ない抱かれ方してるんだから」

その幼な馴染みと何かの確執でもあるのか、敵意をこめた声で吐き棄てるように言い、女は不意に彼の足の指に全身の重みをかけてきた。痛みが走り、歪《ゆが》むほどに反《そ》った足の指は、女が手を放すと同時にすぐにもとに戻った。それを見て、「あんたの足は生きてるんだね」女はまた風変わりなことを言った。

得体の知れない所を持つ女だった。だが、――と彼は思う。それは自分も同じだ。素姓がわからないという意味とは違う。自分で自分の得体が知れない。一人でいるとそれを探ろうと考える、そうして本当の自分を知ってしまいそうな気がする、それが怖くてここへ来たのかもしれなかった、誰でもいい、一緒にいれば一時で本当の自分を忘れられそうだった。

彼は女に何か訊き返したはずだったが、一瞬前自分が何を訊いたかをもう思い出せなかった。

「さっき言った幼な馴染みの亭主が足を負傷してて、よくその話を聞かされるから」

そんな女の声も聞き忘れたまま、彼は「そう」と答えた。気がつくと沈黙が落ちている。その沈黙を埋めて、階下の柱時計が八時を打った。

「寒くない?」女が思いだしたように訊いた。

「いや――」

女は猫のように体を丸め、彼の足の指間に息を吹きかけ、その指間から目を覗かせて彼を見あげ、唇で二の字を書くように笑った。

底冷えのする晩だったが寒くはなかった。近くの店から騒がしいアメリカの曲が響いてくる。その音だけに寒さがあった。

「もう火鉢も片づけてしまってね、今夜でこの家も廃業だから――あんたが最後の客だわ」

廃業というのが自分の体のことを言われた気がして彼が返答を忘れていると、「私に寒くないかって訊いてくれないの」と女は言い、自分から彼が着たままの外套の中へともぐりこんできた。彼は、おやと思った。離れているとどこかその体は硬い印象だったのに、男の体に触れた瞬間、別の生き物に変わったようにそのすべてが柔らかくなった。肌が彼の体を飲みこもうとしている。彼はすぐに、この柔らかさが女の商売だから当然だと考え直したのだが、それでもこのまま時間を忘れて、その柔らかさに浸《つ》かっていたかった。厚化粧だが彼の体に流れこむ匂いも不思議に静かだった。彼は女の先刻の言葉を思いだし、「明日からどうするのか」と訊いた。

「さあね……不思議だわ、さっきまで明日からの暮らしを心配していたのにあんたが来てからずっと忘れてた。何だか他人だって気がしないわ。私をどっかへ連れてってくれそうな気がする……」

それは彼も同じだった。風変わりな女だったが、そのどこかに近しさを感じる。彼が「そうだな」漠然とそう答えると、

「どこへ連れてってくれるの？」

と女は冗談のように訊いた。胸に埋《うず》めていた顔をあげると、もう一度「どこへ？」と訊いた。二度目の声は真面目になっていた。目の光が強く彼の目にぶつかってきた。

「どこへも行けやしないさ。俺だって当てがないのは同じだから」

「でも今夜行く所へは連れていけるでしょう」

女は射るように彼の顔を見あげている。「俺が今夜どこへ行くんだ？」彼のその声を中途で断ち、「弟さん、今朝死んだの？　位牌の日付が今日だったわ」女は早口で言った。

「ああ」

「嘘！」

女は声というより全身の力でそう言った。斬りかかってきたその声を避《よ》けようと彼は思わず女を離そうとしたが、反対に女は縋《すが》りついてきた。激しく、縛りつけるように彼を抱きしめ、胸に顔を押しつけながら、その力からは想像もできない静かな声で女は、「あれはあんたの位牌なんでしょう」と言った。

「あんた今夜死ぬつもりで、自分の位牌を作って……最後のつもりで女を抱きに来たんだ」

その声を胸が吸った。服を着ていることも忘れるほど、それは生々しく、だが静かに彼の薄くなった胸に染みこんできた。彼が聞くのを恐れていた本当の自分の声を、意外にもこの他人

同然の女が彼に聞かせてしまったのだった……それなのに彼は自分でも驚くほどの静かさの中にいた。そう、俺は死のうとしていた、ちょうど一年前の今日最初に血を吐いた時、その日のうちに死ぬつもりで自分の位牌を作った、それなのに、……そう……一日毎に着実に病気は自分を死へと追いつめているのに、自分から死に近づく勇気はないまま、一年後の今日、位牌の『三十二年』に一の字を加え、最後のつもりで女を抱きに来た。この娼家の最後の客であり、人生と呼ぶには短すぎる人生の最後の客であった。それなのに彼は、今、本当にやっと死んでしまえたかのような、安らぎにも似た静かさの中で、ただぼんやりと、女が脱ぎ棄てた着物の裾を飾る一輪の菊を見ていた。波のような皺《しわ》に崩れた冬の菊——

彼は、「何故わかった」とだけ訊いた。

「入ってきた時に死ぬ匂いがしたから。肺病で死んだ父さんと同じ匂い……それから父さんと同じ暗い咳《せき》……」

「咳？」

そう言って咳こみ、彼はこの部屋に入って初めて自分の口が吐き出すその咳に気づいた。一年のうちに慣れ過ぎたその咳を自分でも聞き忘れてしまう。いや聞きたくなかったのだろう……死のうとしながら死を恐れない日はなかった、暗い血が絶えず胸を蝕《むしば》み、騒がしい音をたてていた、それなのに何故なのか、今……この静かさ。

女は彼の胸にまだ顔を埋めている。彼の息がその女の髪を揺らした。息と共に死がその髪を暗く染めるような気がして、彼は女をそっと離し、「怖くないのか、俺がそんな体だとわかっ

「あんたが血を吐くならそれを飲んであげる」女はそう言って笑った。先刻と同じ娼婦の笑い方だったが、

「だから最後に抱いてもいいわ……もうどこにも逃げられないと思っていたのに、あんたの体から父さんの匂いを嗅《か》いだ時、ふっとまだもう一つ逃げ道があったって……だから明日のこと考える必要がなくなったのよ」

「何故だ、この家が廃業になるなら明日になれば嫌でも逃げだせるじゃないか」

「そうじゃないのよ、この商売のことなら今までも逃げたいと思えばいつだって逃げだせたた……それなのに逃げようとしない自分がいて、そんな自分からは逃げようがないもの」

女の言葉は、またもこの一年彼が自分からも隠し続けてきた言葉だった。俺もそうだ、病気からではなく何より自分から逃れられなかった。彼はその狭い部屋を見まわした。湿った壁とひび割れた窓ガラス、何十年ぶんもの雨音に壊れかかっている雨戸。東京だけであちこちの町を転々とさすらいながら、自分もこれと同じ壁だけの窮屈な部屋から逃げだせなかった……そして、そう考えた時、彼には目の前の女が——通りすがりの他人でしかない女が、長く自分と暮らしてきた掛け替えのない女のような気がして、この女にだけは生き続けて幸福になってほしいと思った。

「だから、抱いてもいいわ」

そう言った女の肩を手で押し、彼は自分の咳が女に届かない位置まで体をずらした。

「やはりこのままでいよう、大丈夫だ、自分から死ぬ気はもうなくなったよ」

彼は女の体をあくまでそっと押しただけだが、わずかな力にも負けたようにその体は布団の上に倒れた。そのまま布団に顔を埋めて微動だにしない。

「大丈夫か」

彼のその声に答えたのは意外にも笑い声だった。「そうね、死ぬなんてできやしないわ」笑いながら女は言った。布団に顔を埋めたままの押し殺したような笑い声だが、倒れた体は波打ち足袋の爪先までが大きく震えている。

「どっちも嘘つきね。でもどちらが非道《ひど》い嘘つきなんだろう」

軋《きし》むような声で言い、背を向けたまま布団の上に立ち上がりながら、また、「いいわ、あんたに抱く気がないなら……」そうも言った。

怒りと悲しみが混ざりながら、そのどちらでもなく、それが傷を負った獣があげる痛みの声に似ていると彼が気づいたのは、立ちあがって部屋を出ていくと思っていた女が、襦袢《じゅばん》の紐《ひも》を解き始めた時である。

女は上半身を捩《よじ》るようにふり返った。電灯が逆光になり、女の顔は薄い影に包まれていたが、それでも女の目は何とか見てとれた。瞼《まぶた》が切れた下から、それは黒く滴《したた》り落ちている……その目が彼の目へと迫った。

「あんたは間違えてる、今夜の最後の客はあんたじゃなく、私だわ」

女のその言葉の意味を考えている余裕はなかった。女の体に波が起こり、その波は大きくうねると、次の瞬間には彼の体へと崩れた……

下書きにもならないただの断片だが、膨《ふく》らませ装飾を加え、この情交のあと女が「寝たきりの亭主をもった幼な馴染みというのは私のことだわ」と男に告白するという落ちをつければ、それなりに私好みの短篇小説に仕上げられそうだった。その晩は酔いも手伝ってそう意気込んだのだが、翌日にはその気はもう鈍《にぶ》っていた。

実話をもとにしているが、どこかに嘘のある話だと感じ始めたのである。理由はすぐにわかった。実話ではあるのだが、〝事実は小説より奇なり〟というありふれた言葉を待つまでもなく、話が出来過ぎている。吉原の一軒が最後の灯をともした夜、出逢い別れた男女の双方にドラマがありすぎるのだ。その双方を生かしてしまうと作者が仕組み過ぎた〝嘘〟を読者に感じさせそうである。ミネを主人公にするなら、その晩の客をもっと平凡な男に変えた方がいいし、位牌を抱いて娼家を訪れた最後の客を主人公にしたければ女をただの娼妓にした方がいい。

いっそノンフィクションとして描いたらという気も起こったが、それにはデータが不足しすぎている。結局半端に悩みながら、小説として発表するのはもう少し見合わせようと考え直したのだが、それから一カ月ほどして私は偶然、小田原に行く機会をもった。滝本ヤス代さんに話を聞いた際、小田原の従姉のもとに身を寄せた勝乃さんが、「従姉の息子に大事にされて今も小田原に住んでいる」と言っていたのを思いだし、小田原駅から思い切って東京のヤス代さんに電話を入れると、「今でも年賀状ぐらいはやりとりしている」と言ってその住所を教えてくれた。

駅前商店街から少しはずれた所にある小さな酒屋だった。田島《たじま》勝乃（以下敬称略）が娼妓の過去にこだわり、会うのさえ拒絶されるかもしれないと心配したのだが、『滝本ヤス代』の名を出すと愛想よく奥の部屋に通された。「昔赤線にいたことは息子夫婦だけでなく近所中に鳴り響いているからね」と言って快活に笑った、どこから見てもそんな過去を想像させない平凡な老婦人は、そのあっけらかんとした話しぶりと煙草を喫《す》う手つきにだけ、体を張って生きていた昔を覗かせた。

「従姉夫婦が七年前死んでからは実の親同然に大切にして貰って、今じゃ楽隠居の身でね」

と言う勝乃から私は二時間近く話を聞いたのだが、格別の収穫はなかった。問題の夜の記憶がもう薄れており、私が滝本ヤス代から聞いた話を教えると、「そう、あの人はそんなことまで憶えてましたか。何しろあの頃でも頭のいい人だったからねえ」と、逆に私の方が話をする形になってしまったのだが、ただ『ミネさん』に関して勝乃だけが知っているという面白い事実を聞き出せた。

ミネの夫が病床に就いたのは戦争による負傷が原因ではないと言うのである。

「と言うのも、私は『菊浪』を出る少し前に、末広町《すえひろちょう》の裏長屋にミネさんを一度訪ねているからね」

小田原に向かう踏んぎりがつかぬまま、ミネに行商の仕事でも教えて貰おうかと思って訪ねたのだが、ミネは仕事に出かけており、煎餅《せんべい》布団にくるまって夫だけがいた。「そりゃあミネさんがあんな気を起こすのも無理はないと思うほど痩《や》せ細った陰気くさい、男としての全部を失ったような男だった」というその夫は、意外にも、『ミネがああいう苦労をするのも自業自得だ。俺の体がこうなったのももとはと言えばミネのせいだ』と言ったというのである。

太平洋戦争下の婚礼の晩、夫が二人だけの床に入り手を伸ばすと、突然ミネが逃げだし、それでも夫が迫ると隠しもっていた包丁で下腹部と脚の二カ所を刺した、という。

「新妻が何故そんな行動に走ったのか、亭主から聞きませんでしたか」

「確か、『ミネは一生の恋とも言えるほど惚れぬいた男がいるのに、成りゆき上俺と結婚して、その男への操を立てるために俺の体を、女を抱けない体にしたんだ』と言ったように思うのだけれど」あまりに芝居じみた話だから、その頃見た活動写真か何かと記憶が混ぜこぜになっているかもしれないと言う勝乃が、ミネの夫の言葉であと確かだと言えるのは『ミネはさる名のある政治家の妾腹の娘で、妾腹とはいえ本当なら俺なんかが嫁にとれる女ではなかった』と語ったことだけだという。

問題の『菊浪』最後の晩についても、勝乃はヤス代の話を二点訂正している。

「私が最初に二階に上がって立ち聞きしたのは〝弟〟じゃなく〝兄がどうした、こうした〟でしたよ。ミネさんがね『これ、ニイさんの位牌』って男に訊いたんだよ。ああいう世界じゃ他人の名前を知らない男のことをニイさんと呼ぶことがあるからね、『これ、あんたの位牌？』って訊いたのかと思ったんだけど、自分の位牌もってる男がいるわけないからね、変だなと思ってる所へ、ミネさんが下りてきて、『客がこれを自分の兄の位牌だと言ってる』って気味悪がったんだ。それは間違いないよ。——それからもう一つ、あの男は四十にはなってたね、ヤス代さんが間違えてるよ、私がミネさんと交替するために上がった時も男は背を向けてて二、三度半端な横顔見ただけだけれど……確かに子供っぽい顔はしてたようだけどね、私たちは体で男たちのこと判断できたから」

「でも木牌の裏には享年二十八歳と書いてあるそうです。四十前後の男が、その位牌を兄の位牌と言ったというのは少し不自然ではありませんか」

「だから余計気味悪かったんだよ、……絶対に四十に手は届いてた。その点は、ヤス代さんより私の記憶の方が確かだね」

この二点の訂正に、しかし、どんな意味があるかもわからなかったし、ミネに関して判明したことも逆にミネの正体を一層の謎に包みこんだだけである、無駄足を踏んだ思いでその酒屋を出たのだが、帰路の新幹線の中で、この実話を小説化する際男女それぞれのドラマを生かしながら〝嘘っぽさ〟を読者に感じさせない方法が一つある、と思いついたのだった。

仕組まれすぎた話だというのなら、あの問題の一夜が二人の手で仕組まれたものだったことにすればいい……ミネと客の手で——

そう考え、さらにこうも考えた。事実もそうだったのではないか。ヤス代と勝乃が騙されているだけで既に二人はたがいを知っていた、ミネが娼妓に化け、あの男が客に化け……そう、『菊浪』の最後の客は普通の意味での客ではなかったのではないか。あの一夜の行きずりに似た逢瀬は、仕組まれた密会だったのではないか。だが理由は？　二人は宿銭にも困るほど貧窮していたし、ミネは行商をしており周辺に顔を知られている、その種の宿への出入りが誰かに見つかるのを普通の女以上に警戒したのだとしたら？……ありうることだが、しかし、それだけでは二人があれだけの夜を仕組む根拠としては脆弱《ぜいじゃく》だ、もっと二人が自分たちの関係を他人に隠さなければならないだけの絶対的な理由が要る。……位牌？　そう、問題の位牌が本当にあの男のものだとすれば……世間が既に死んだと信じている男だとすれば……二人が見つかる心配がないと思いながらも万が一の場合を必要以上に心配したことは納得がいく。それに娼家というのは他人同士が不自然でなく情交できる恰好の——いや、唯一とも言える場だ。万に一つの偶然をも警戒しなければならないほどの二人が、あくまで他人同士を装うために娼家を利用したのだとしたら……

それと共に思いついたことがあって、私は自宅に戻ると書き殴ったままにしておいた小説の断片を読み返してみた。

「(彼は) 一年後の今日、位牌の『三十二年』に一の字を加え、最後のつもりで女を抱きに来た」

自分の手でそう書いている。私はあの男も実際にそうしたのではないかと考えたのだった。かつて自分が死んだその没年に〝一〟を書き加えることで〝昭和三十三年〟に化けさせたのではないか。〝三十三〟という漢数字は三十一からも二十二からも、さらに十の字の上に余白があれば十三や十二、十一からも作りうる……だが何故そんな真似を……私はヤス代の話を反芻《はんすう》してみた。勝乃が立ち聞きし、『位牌』とかおかしなことを喋っていると報告した後、ミネが下りてきてその位牌を二人に見せた、わざわざ見せたことに不自然なものを覚えていたが、こう考えればいい、位牌について人に絶対聞かれてはならない事を喋っている最中にミネと男は勝乃の気配を察知した。立ち聞きされたと心配した二人は、位牌に関する何かを誤魔化すために、〝昭和×十×年〟を〝三十三年〟に修正した、そうと修正する墨を二人のどちらかがもっていたか？　もってはいなかっただろうが、あの部屋には別の墨があったはずだ。勝乃がミネの化粧に使った墨――眉墨。その眉墨で位牌にも化粧を施し、『今日が没年月日になっている気味悪い位牌』に変えて、何かを……重要な何かをヤス代達から隠蔽しようとしたのだ。だが何を？　名前ではない、あくまで没年月日だ、その年月日を他人に知られたらまずいことが二人にはあったのだ……だが、年月日だけで他人に気づかれてしまう事実とは何だろう。何かそれが特別な日だとしたら……歴史的な大事件でも起こった日で年月日を聞いただけでも多くの人がその事件を連想してしまうとしたら……そうして二人がその関係者だとしたら……

私はそこまできて自分が『菊浪』最後の日が二月末と聞いただけで正確な日付をまだ知らずにいることを思いだし、滝本ヤス代に尋ねるために電話を掛けようとした。だが実際に電話を掛けたのはそれから数分後である。その数分間、受話器を握ったまま、私は突然頭の中に切りこんできた一つの数字を無意味なほど執拗に口に出してくり返し続けたのだった、一つの日付を……その日付を名に冠した一つの事件を……そう、その年月日が位牌に書かれていたとしたらヤス代も勝乃も即座にその事件を連想しただろう……

数分後かけた電話での私の質問に滝本ヤス代はあっけないほど簡単にこう答えた。

「はい、その通りでございますよ。正確な日付を言わなかったというのに何故おわかりになりました？　『菊浪』が最後に灯をともしたのが二十六日だと」

二月二十六日——昭和三十三年、いや昭和十一年二月二十六日。

位牌の没年月日という点では私の想像は見事に的中した。小田原の田島勝乃も位牌の名を記憶には残していなかったが、昭和十一年二月二十六日の事件の関係者の中に、当日二十八歳の年齢で死んだことになっている男を見つけだせばいい——ただ死んだ男ではなく、その死がはっきりとは確認されておらず、その後も生き延びた可能性のある男を。私は位牌に関する一つの想像が当たった以上、他の想像も当たっている可能性があると考えてみた。

後は簡単だ、そうも思った。

だがこれが予想を越えて難渋を極めた。一カ月をかけてその事件に関する夥《おびただ》しい数の文献のほとんどすべてに目を通したがそれらしい人物はどこにも登場しない。私は二十八歳という年齢から漠然と位牌の男を事件を起こした側の一人と想像していたのだが、彼らの中で二十六日当日に死んだ者はおらず、襲撃を受けた側や官憲の十数名にのぼる死者の中にも年齢の点で該当する者はなかった。

半月もすると私には位牌の男とその事件とは無関係ではないのかという不安が湧いてきたが、既に確信に近くなっていた私の想像は最後の所では揺がなかった。その確信を支えていたのは、『菊浪』最後の日の朝、ミネが途方もない決意を口にする前、ずっとその眼差で刺していたという着物の裾の菊である。菊という言葉に多くの日本人が真っ先に連想する言葉がある。戦前のその当時、それは国中を覆いつくして大輪の花を国の中枢に咲かせていた。そうして東京に雪の降りしきるその夜（正確には二月二十六日未明）彼らが起こした事件は菊を奉じながらも、夢破れ、逆に菊に刃向かった謀叛《むほん》の徒として過酷な制裁を受けることになった事件なのである。私にはミネがその朝の偶然の裾模様に二十二年前のその日の事件を見ていた気がしてならなかった。

さらに半月が過ぎ、去年の秋が冬へと翳《かげ》り始める頃、私はとうとう絶版になった書物の中に『早瀬郷介』という一人の男の名を見つけた。（ここで初めて断らせて貰うが、この作品にこれまで登場した人物の名は仮名である。この話は事実に基づいてはいるもののすべて私の想像の所産に過ぎず、以下事件の関係者の名も全部仮名にさせていただく）

歴史学者Y氏による『昭和維新は何故失敗したか』は事件の構造を綿密に分析した後、終章に近い章の最後に短くこう記している。

「その日の朝、ラジオが市民に向けてこの一大事件を報じ始めた頃、本郷《ほんごう》の某病院の一室で一人の大尉が大量の喀血《かっけつ》により死亡している。名を早瀬郷介（事件当時二十八歳）。養父母の死後係累も身寄りもなく孤独だった男の死はその日の嵐の片隅に追いやられ、一見事件とは無関係なひっそりとした死を想像させるが、早瀬は事件の首謀者の一人として七月に処刑された松田一継と長年の親交があり、襲撃計画に大きく関与していたと考えられている。以前から患っていた肺病を悪化させて寝こみ、計画に参加できなくなった末の死だが、この早瀬が、当時の閣僚の一人であり将校らの襲撃目標の一人でありながら死を免れた芝木敬太郎《しばきけいたろう》の娘静子《しずこ》と以前より恋仲だったという噂もあり、それがまた他の噂を生んだ。静子との関係が発覚し、裏切り者として計画から除名された上、同志だった一人に殺害されたとも、裏切りを悔いて自害したとも言われ、その変死を芝木が病院に手を回して病死と偽らせたという噂も事件後の下士官の間に一時的にではあるが囁《ささや》かれた。この小さな陰の死あたりに意外とクーデター失敗の大きな陥穽《かんせい》が開いていたかもしれぬが、前述の松田一継夫人の頼子《よりこ》などは事件後に流れた噂を否定している。頼子は夫の処刑の日にその後を追って自害した妻の鑑のような女性だが、死の前に知人を訪ね、早瀬が松田他の同志を裏切った一件について『松田は決行直前まで早瀬さんの病気を心配していた、前日の夕刻にも自分に見舞いに行かせているし、実際に病状はかなり悪化しており計画に参加できる状態ではなかった。松田は処刑寸前の自分の身よりも計画に参加できないまま死んでいった親友の死を深く嘆いている』と語ったという。ともあれ死と共にこの男の名はあの日の雪の白さにかき消された形で、今日では噂の真偽を確かめる術《すべ》もない」

片隅の死に似合い、章の最後の余白を埋めるために書かれただけのような数行だが、一字一字がその日の雪片となって私の脳裏に乱れ散った気がした。深夜の雪中の行進、その軍靴《ぐんか》の響きが銃声と共に頭を駆けめぐった、夜明けを告げ損ねた砲声、赤い血を吐き生き損ねた男……そう、可能性はあるのだ……

さらに半月間文献漁りを続け、そのどこにも早瀬郷介の名を見つけられぬまま、私は紹介者を得ると思い切って、Yをその勤める大学に訪ねた。

眼鏡のレンズ越しに鋭い視線を保って私の長い話を聞き終えた後、Yは深いため息をつき、二十八歳という年齢と没年月日だけで、位牌の男と早瀬郷介とを結びつけようとしている素人の不敵な想像力への蔑《さげす》みが、そのため息にかすかに覗いた。それでもわざわざ訪問した私の熱意に若干の同情を覚えたのだろう、「そう、早瀬郷介がその後も生き延びた可能性はないでもないでしょう」と言ってくれた。

「早瀬が芝木敬太郎の娘と通じていたのなら、襲撃計画に関わっていたかもしれない早瀬が生きているのは甚だ不都合なわけだし、病院を抱えこんで病死したと偽らせるのも芝木の力では簡単だっただろうし。身寄りのない男だから遺体は病院で始末したということにでもしてしまえば……その後早瀬が自分の位牌と病を抱えながら、死者として全国を流浪し、二十二年後には東京に舞い戻っていたということも——いや、あなたの考えはわかっています。恋仲だった静子は確かに芝木の妾腹の子供ですし、確かに戦中下士官と結婚した後の行方は芝木家の者も誰も知りません、静子が戦後の混乱を、偽名を使い下町の隅に隠れるように生き続けた可能性もないわけではない、ですが小説家の使う可能性という言葉と学者の言う可能性の間には大きな開きがあります。私の言う可能性とは確率として一割にも達しません」

だが可能性を否定しきる材料もないのだし、想像だと断った上でフィクションとしてこの話を発表するのは構わないだろうとYは言ってくれた。

「静子がどんな娘かご存じありませんか」

「一見おとなしそうで、実は気の勝った、花柳界の女性だったという母親の血を引いた放埓《ほうらつ》な娘――」そう言い、「もっともこれは芝木の本妻の長女から聞いた言葉です」とYは笑った。

わかったのはこれだけである。辞す間際の「私が充分調べても何も確かには出てこなかったのです。これ以上の調査は無益でしょう」Yのそんな言葉と共に私は想像に頼る他なくなった。

小説家の邪推と言われようと、私の想像の中で、二十二年を隔てた二つの夜は固く繋がってしまっていた。赤線終焉の灯とあの夜の純白の雪とが、軍靴を響かせた東京の夜と最後の灯をつけた小さな娼家の夜とが、一つの位牌を固い結び目に繋がっていた。戦争という巨大な太刀で大きく切り放されたはずの戦前の一夜と戦後の一夜とが火花を放ちぶつかり、繋がっていた。大臣令嬢と行商の女とが、年若い将校とうらぶれた赤線の客とが――二人は戦争の大渦の中にそれぞれ自分を葬り名前も棄て、終戦後の混乱の隅のまた隅で、死よりも細く生き続ける、細いながら長かった紆曲《うきょく》の末、別れてから二十二年ぶりに二人は出遭う、偶然か、それとも死をいよいよ身近に感じた男が女を捜し求めた結果なのか。どちらにしろ共に変わり果てた身の、再会の喜びとはほど遠い暗い邂逅《かいこう》だっただろう。人目を避け束の間の逢瀬を続ける二人の体のそれぞれに、すべてを失いながらなおも残っていた男と女が、残滓《ざんし》に似た小さな火をともす。その火を、ある朝女が偶然立ち寄った娼家の女将の『最後』という言葉が不意に大きく燃えあがらせてしまったとしたら、……女将の言葉だけでなく畳に広がった着物の裾模様にその日が戦前のあの日、自分たちの運命の全部を破壊したあの日だと思いだしたのだとしたら……それが女を、ある決心へと追いつめたとしたら……一晩でいい、いや今夜一晩しかない――

戦前の大事件へと突然の奥行きと広がりを見せた物語を、戦後の娼家の小さな灯へと収束させることに躍起になっていた私は、そこでやっと勝乃から聞いた「ニイさん」という言葉を思いだした。既にミネが男と知り合いだったとすれば、二人だけの部屋で、呼びかけだけの意味で「ニイさん」と口にするはずもない……二人は何よりその一言を誰かに立ち聞きされたことを心配したのではないか。だから『客の兄の位牌』と誤魔化した。だが男には係累などなかったではないか――

さらに十日後、思い切って私はYに電話を入れ、「大臣の芝木には静子以外にも妾腹の子はなかったか」と尋ねた。

「遊蕩《ゆうとう》でも名高かった男だから他にもまだたくさんいたかもしれません」

「早瀬郷介がその一人だという可能性は？　つまり、母親は違うとしても早瀬と静子が兄妹だったという――異母兄妹だという可能性はないでしょうか」

私は、位牌をもっていたのは女の方だと考えたのだった。男が生きていたことは父親により静子からも隠され、彼女は男の位牌を作り、その位牌への操を立て続けた……勝乃が聞いたのが『これ、兄さんの位牌――』女が懐からとりだして男に見せた際の声だったのだとしたら……

長い沈黙の末に、

「それも可能性でしょう……」

その可能性よりも薄い声でYは答えた。だが私の言う『可能性』は濃密だった。――そう思った。噂とは違い戦前二人が会っていたのは兄妹だったからではないのか。いや噂は当たっている。兄妹ではあったが二人が恋仲だったのだとすれば……戦前の二人の体を隔てていたのが、あの雪の夜の事件の襲う側と襲われる側に分かたれた立場よりももっと大きく二人の間に立ちふたがった血の繋がりという壁だったのだとすれば……戦後、たがいに一度は死んだ身として出逢った二人が、生命までも灰のように漂わせて生きていた二人が、戦前の強大な壁までを灰として崩していたとしたら……すべてを失った二人が、兄妹であることまでを失いかけ、痩せ細ったその体に残ったのが、男と女の小さな火だけだったとしたら……私はミネがヤス代に語ったという言葉を思いだした。「私はもうじゅうぶんあの人には操を立ててあります」それが夫への操という意味だけでなく、自分たちを兄妹として隔ててしまった運命への操という意味だったとしたら……自分はもう二十二年間運命への操を立て続けた、だから一度ぐらい運命に逆らってもいいと考えたのだとしたら……しかも二人は共に明日の暮らしもわからぬ身であり、ことに男は明日の生命もわからなかったのだ。あの晩二人がそれぞれ娼妓と客として密会するという必要以上の厚化粧をしたのが、二人のその素顔を隠すためだったのだとしたら……老娼妓がそれが年齢を目立たせるだけだとわかっていながら厚化粧をしなければ落ち着かないように、誰にも兄妹だとバレる心配はないとわかっていながら密会の場に厚化粧を施さなければならなかったのだとしたら……そう、決心しながらも二人にまだ罪の意識が残り、それが男と女として燃え盛ろうとしていた火と鬩《せめ》ぎ合っていたのだとしたら……

ただ自分好みに都合よく想像を飛翔させているとわかっていながら、それでも私は、あの書き殴《まと》った小説の断片が結構的を射ていると自惚《うぬぼ》れた。少なくとも男が肺を冒され、死の血を吐こうとしている男だということは当たっていたのだ。あの断片のように、二人はその仕組んだ密会の場でも〝死〟を語り合っただろう。それしか語り合うことがないように。男の中では、だが、自分の生命を蝕む血よりも、もっと暗い血が騒いでいた、女の側でも二十二年間諦め続けていたものが、不意に幽霊のようなその男の体を前にして燃え盛った。そして私は断片のラストのように、最後に体を崩したのは女の方からだったと考える。

男の目には別の意味で映っていただろう、脱ぎ棄てられた着物の一輪の菊の色が、女にとっては明日のわからぬ冬へと涸《か》れていく体から溢れ落ちていく最後の色だったのだと。決心しながらもためらい続けた後、……そう、最後の決心をしたのは女の方だった。二十二二十二年間位牌を守り続けた女の体の中にあった時代よりも激しい動乱が、この最後の時、女の体に波を起こし、その波は大きくうねると、次の瞬間には男の体へと崩れた……そう、もしそうだったのだとしたら……

十二月に入り、私は一泊の箱根への旅を計画した。目的は箱根ではなく、帰りにもう一度立ち寄ろうとしていた小田原の田島勝乃の家だったのかもしれない。『菊浪』最後の日にヤス代から勝乃へと手渡された着物を見たかったのである。運よく勝乃はまだそれを簞笥の奥に大切に仕舞っており、前以上に愛想よく迎えいれると居間のソファにそれを広げてくれた。地味な鉄紺色の裾に思ったより小さな菊が飾られている。改築したばかりの洋風の家具に埋まった部屋で、それはいかにも時代遅れの淋しい色に見えた。

勝乃が、「これを最後に着たのは、昭和が終わる寸前の正月でしたよ」偶然そんなことを言ったせいか、私にはそれがこの小説を書く際に見ていた一人の女の体から溢れ落ちたものというより、元号も変わった今、長かった昭和という時代から残り落ち、色褪せながらもなお色鮮やかにそこに咲いているように見えた。この冬の初雪はまだだったが、私は束の間、この着物を雪の白さの中に置いてみたいと考えていた。

〔残菊異聞〕

私が以上の短編を雑誌に発表し、二カ月も過ぎるころには東京も春を迎え、花見のニュースが聞かれるようになった。今年もまた花の季節は当の花よりも酒宴の賑わいだけを話題にして束の間のうちに去っていったのだが、その最後の日である。一人の老人が私を自宅に訪ねてきた。

突然の訪問ではない。私は三月も末に一通の手紙を受けとり、そこには『今年も桜の季節が近づきましたが、花が雨に流れる日にでも一度お訪ねさせていただきとう存じます』と記されていたのだ。この二月初めに偶然雑誌で『残菊』を読ませてもらったが、あの話には私なりの意見があるので——そう書かれていた。

手紙には差出人の名がなかったから私は半ば無視していたが、残りの半分では名前がないからこそ逆に大きな引っ掛かりを覚えてもいた。差出人の名がない手紙は悪質ないたずらの場合が多いが、ボールペンの文字はしっかりとしており、真実味が感じとれた。簡単な言葉を連ねただけの手紙では、性別さえ不明だったが、私は漠然と角張った文字と所々に混ざる臈長《ろうた》けた字の崩し方に、七、八十歳の男性を想像した。

この想像は当たった。

半月後、雨の降るその午後に訪ねてきた老人は手紙の文字そっくりに目鼻だちや肩も角張っており、そのひどく硬い印象を寄る年波がやわらかく削り落としてもいた。

「半月前に手紙をさしあげた者ですが……」

入口で傘をすぼめながら、老人は息子ほどの年齢の私にも丁寧な頭のさげかたをした。

私はまだその段階では老人が単に『残菊』で扱った昭和十一年二月の事件に詳しい人で、戦後生まれの物書きの書いた小説の知識的なミスか考え方の間違いを是正しに来てくれたゆきずりの読者だというくらいにしか思っていなかった。鼻筋の通った顔に若い頃の美丈夫ぶりが想像できたが、それ以外はごく普通の老人であった。

私が勧めたソファの隅を選ぶように遠慮がちに腰をおろした老人は、まず、

「毎年このすぐ近くの公園に一人で花見に来るのですが、最近はもう花見客が騒がしいばかりで……二、三年前からは雨で流れる最後の日に散り際の花を見にくるようになりました……」

言い訳のようにそう言った。

「花見客がいないばかりでなく、何だかそういう花の方が死も近くなった私の年齢には親しみも感じられますので……」

と言い、それから思い出したように名前を名乗らない非礼を詫《わ》びた。名乗りたいが、名乗れないのだと言った。ここからそう遠くはない所に住んでいるらしいのだが、正確な住所も遠慮させてもらう——丁重な言葉でそう断ったあと、戸惑っている私の若さを老齢の余裕で少し愉しむように目を細めて見守ったのち、

「それとも、私が誰なのかもうわかっておられるかもしれません」

と言った。そうして私が何の言葉も返せずにいるうちにこうも言ったのだった。

「私はあの『残菊』の登場人物の一人ですからね……」

「――」

「小説の中では『菊浪』という名になってましたが……あの赤線の宿にあがった最後の客です」

私にには突然すぎる言葉はごく自然な枯れた声で口にされた。

私は数秒、いや一分近くも無言で老人の顔を見守っていた。最初は老人の妄想ではないかとも疑った。読んだ小説のモデルだと信じ込む読者がまま存在する。だが、私はすぐに首をふった。遠くから私を眺めるような枯れた目にも瞼と同じ深い皺が刻まれている気がしたが、夜空の遠くに落ちた星のように霞《かす》みながらも鮮やかな光がその目の一点に見えた。巧《うま》く言えないが、私はその時、どこにもいそうな老人の視線の深みに、歴史という言葉を感じとったのだった。

「そうも驚かないで下さい。驚いたのは偶然読み始めた小説の中に自分が出ていると気づいた私の方ですからね……すぐにはわかりませんでした。『菊浪』だけでなく全部が仮名の小説でしたから。私の記憶に残っているあの娼家の名は……」

老人は『菊浪』の実名を口にした。それだけでも、この老人の言葉が嘘ではないことの証明だったが、私はまたも首をふった。これまで私の想像の中では影でしかなかったあの最後の客が突如、形を刻んで目の前にいることが信じられなかった。

「早瀬さんですか……」

気がつくとそう訊いていた。そうして早瀬郷介という名が小説の中で使った仮名であることを思い出し、実名の方のMの名を出した。（註。以下は『残菊』どおりの仮名を使わせていただく。）

老人は曖昧な表情だけを返答にして黙っていたが、やがて手にしていたビニールの小さな鞄からある物をとりだし、テーブルの上においた。それが、私の質問への答えになった。――老人のしみの浮かんだ手で鮫《さめ》小紋の袱紗《ふくさ》が開かれ、中からは位牌が現れたのだから。

「これが、私があの夜『菊浪』へと運んだ木牌です」

時の流れか、それとも運命か歴史か、何かが、突如魔術のようにその黒ずんだ細長い木の破片を私の目の前に取り出して見せたのだった。『残菊』は事実をもとに私が想像を――というよりも妄想を膨らませて書いた幻の物語である、それなのにその幻が突如、位牌という現実の形に結晶してそこに置かれていた。

私はその位牌にゆっくりと手を伸ばした。

そこには朽葉色に褪せた木目に消えかかって、昭和三十三年二月二十六日の墨字が何とか読みとれた。

雨のせいで窓はもう夕暮れ時のように暗く烟っている。私は部屋の灯にその位牌を斜めに翳してみた。確かに〝三十三〟の部分だけが窮屈であり〝十一年〟に無理やり他の墨で数を書きこんで〝三十三年〟に修正したと見えないこともない。

だが、位牌を見た瞬間から私の気を奪いとっていたのは没年月日よりもそこにある名だった。私の想像を裏切ってその木牌には早瀬郷介とは別の名が記されていた――

松田一継

私が『残菊』の中で一度だけ触れている名である。歴史学者Yの『昭和維新は何故失敗したか』から引用した文章に、

『早瀬は事件の首謀者の一人として七月に処刑された松田一継と長年の親交があり……』

とある。

「早瀬さんではなく、松田さんだったのですか、あなたは」

思わずそう尋ね、すぐに私は自分の間違いに気づいて「いや――」と首をふった。

松田一継は事件の年の七月に処刑されている……私は混乱している自分にも気づいた。

『残菊』で赤線の宿にあがった最後の客が自分の位牌をもっていたというのは私の想像にすぎない。ミネが口にした『兄さんの位牌』という一言からの想像、というか小説家としての妄想にすぎない。

「誰なのですか、あなたは……」

私は混乱から顔を歪めてそう尋ねた。その声を遠い視線で吸いとり、名乗るわけにはいかないと首をふった。

「ただあなたの『残菊』という小説が、かなり真実に近づいていることだけは認めておきます。あの小説にミネさんという名で出てくる女性と私とは戦前……あの事件の年の翌年、一度だけ逢っています。そうしてあなたの小説にもあるように終戦の混乱がまだ残った東京の一隅で……昭和三十三年に偶然再会しました。二十一年ぶりに……たがいに戦前とはまったく違う境遇で。ミネさんの方は名前も変えて行商の暮らしをしていましたが……ミネさんはその時、私

がこの松田一継の位牌を今もまだもっていると知ると、あのおかしな頼みを私にしてきたのです。つまり……赤線の宿で娼妓として待っているから客として訪ねてくるようにと……ミネさんには夫がいたし、私とミネさんが逢っているところは誰にも知られたくなかったから。それに私たちは貧困のどん底にいて食堂や喫茶店で逢うだけの金銭的な余裕もなかったし……ただそれでも、ミネさんがそのためにわざわざ娼婦の真似までするのが私には不自然に思えてはいました。私はまさかミネさんがたとえ一夜でも私と男女の関係を……」

老人は短く言い淀んだ後、

「男女の関係を結ぶつもりでいたとは想像もしていなかったものですから……何もわからないまま、私はあの夜頼まれたとおりあの宿に客としてあがり……そうして、ミネさんが求めるままに」

と続け、ため息になった。その長いため息に隠された言葉を私は必死に読みとろうとした。ミネの方から男を襲うように求めた。その点でも私の『残菊』での想像は間違っていなかったようである。だが根本的に『残菊』の一夜には過《あやま》ちがある。ミネを訪ね、ミネと束の間の情を交わした最後の客は早瀬郷介ではなかった……

老人は私の手から自分の手に戻した位牌に枯れた視線を注ぎ続けた。この粗末な汚れた木の位牌は歴史に埋もれ死んだはずの二つの夜の化石だった。それを見守っている老人の目もまた——

老人の目に灯された遠い灯が、昭和十一年のあの夜の雪と昭和三十三年の一夜の紅い灯とを

すくいとっている……老人はこう言った。

「ミネさんは本当はこの位牌に抱かれたかったのです。でもそれはもちろん不可能なことでしたから、その代わりに私を求めたのです……」

私は次の言葉を待ったが、老人は「少し喋りすぎたようです」と言い、位牌を袱紗に包み直し、さらに鞄に戻した。

「この位牌をお見せするだけで帰るつもりでした……あなたは自分で想像しておられる以上に『残菊』では真実に迫っています。この位牌の名前と私が早瀬さんではないという点では大きな過ちを犯していますが。私はあの夜の出来事は全部忘れようとしました。昭和十一年二月二十六日のことも、それから二十二年後のあの宿の夜のことも……それを忘れるのが私の今日までの人生だったようにも思います。でも決して忘れられないものであることを、私は偶然読んだあなたの作品で教えられました」

そう言い、老人は自分の中にも残菊のように、時が移りながら枯れ残っている花があるならそれを死の彼岸にまで運ぶ決心がついた、巧く言えないが礼のような気もちがあなたに対して起こって、あの小説でのあなたの間違いを是正するのが自分の義務だというようにも感じたと言った。

「もっとも結局は真実の全部を告げることはできないのですから、却《かえ》ってあなたをいたずらに混乱させただけかもしれませんが」

「——」

「それに私自身が二月二十六日の事件ではほんの通行人のような端役にすぎないから、真実の全部どころか一部しか知りませんし……あれから半世紀以上が過ぎてしまった今、真実と呼べるものが解明しうるかどうか……」

老人は力なく首をふった。

「一つだけ聞かせてください。――その位牌の松田一継という人の没年月日は七月のはずですね。二月二十六日の事件から数カ月後の夏のはずです……それなのに位牌は何故二月二十六日となっているのですか」

「それは……松田一継の遺志です。彼は処刑近くになって自分はあの日に死んだ、だから命日は二月二十六日だと思ってほしいと、そう言い遺したのです。それだけが遺言でした。逆賊として処刑された彼の最後の意気地だったのかもしれません……」

「あなたと松田さんとの関係は？」

それは答えられないというようにかすかに首をふり、老人は突然の訪問の詫びを深々とさげた頭で語った。そうして早くも腰を浮かせたのだが、私は食いさがった。

「松田さんと早瀬郷介が親友だったことは間違いありませんね。それなら早瀬という男のことだけでも聞かせてください。早瀬郷介はあの『残菊』の話とは何の関係もないのですか」

老人は迷うように半端に浮かせた腰を再びソファの隅におろし「いいえ」と言った。

「あなたは『残菊』の中で早瀬さんを登場させていますよ。最後の客ではなく別の人物として……」

私は再び顔を歪めた。その言葉の意味がわからなかった。

「早瀬さんはあなたの想像どおり、二月二十六日には死にきれず、その後も生き続けました。彼がミネさんと異母兄妹であることも、大臣だった芝木敬太郎の息子だったことも事実です……ミネさんへの恋のために松田や同志を裏切ったことも。それからあなたはご存じないかもしれませんが、戦前芝木静子という名だったミネさんは早瀬さんを芝木家に入れるために異母兄という血の繋がりのある早瀬さんと結婚することまで考えていたのです。そうして事実、昭和十一年二月二十六日のクーデターのほとぼりも冷め、早瀬さんの死も完全に忘れ去られたころ……太平洋戦争が始まって間もなく……」

そこで短く言葉を切り、老人は、

「あなたは小説の中で、ミネさんが下士官の一人と結婚したと書いていますね。それからその夫の下半身不随が戦場での名誉の負傷ではなく、婚礼の晩にミネさんの手で傷を負わされたのだとも。ミネさんには夫以外に愛する男がいてその男への義理立てから夫に抱かれることを拒んだからだとも……そう、確かにミネさんにはその夫以外に本当に愛する男がいた。でも夫の体を不随にしたのには別の理由もあったのです……ミネさんはどうしてもその夫に抱かれるわけにはいかなかった」

と続け、ひとり言のようにぽつんと、

「その夫のことを本当ならミネさんは兄さんと呼ばなければならない立場でしたからね」

と言った。

「普通の意味とは違って半分だけ血の繫がった兄妹でしたが……それでもミネさんはそうする他はなかったと言っていました。兄であり夫だった男の方では兄妹の境界を越えてミネさんを……芝木静子を愛してしまっていたのですから」

私は首をふりながら、束の間目を閉じた。『残菊』で私はミネや最後の客を歴史の闇にかき消されそうな薄い影としかとらえられなかったが、ミネの病床の夫のことはその影のさらにもうひとつどうでもいいような物陰に追いやってしまっている。その無意味だった影に突如一つの顔が与えられたのだった……私が別の面からその名を導きだした早瀬郷介の顔。

私が開いた目にむけて、老人は頷《うなず》いた。

「私が戦後ミネさんと再会した時、ミネさんは今の早瀬には昔の俤は微塵もない……以前は妹としての情もあったけれど、昭和十一年二月二十六日、一度死んで生き返ってからのあの人は只の残骸だったと……」

「でもその後二人は結婚している……とあなたは今……」

「ミネさんはそれ以上のことは何も言いませんでしたが、残骸同然だった早瀬さんに残ったのがミネさんへの——芝木静子への愛だけだったのではないかと思います。おそらく早瀬さんはミネさんを脅迫するようなことまでして無理やり一緒になり、異母兄妹の一線を越えて静子の体までも求めたのではないかと……だからミネさんは……」

残骸だった男が最後にすがりついた夢。

私にそんな言葉が浮かんだ。その最後の夢が芝木静子だったのだとすれば……

『残菊』で私は早瀬郷介を歴史の動乱の渦に巻きこまれ、塵芥か病葉《わくらば》の一かけらとして漂う男として書いた。だがそれ以上の悲惨な転落がその男にはあったのだ。恐喝までして最後に残った夢を手に入れ、その夢を自分の痩せ細った体に縛りつけながら病床で廃人として生き続けた男……ミネの中に重く堆積し続けたものが、一人の男との偶然の再会で爆発したのだとすれば……

私が『残菊』の中で想像した以上に、歴史は――時代は二人の運命を狂わせ、その巨大な暗黒の歯車で押し潰し、塵とも呼べない瑣末《さまつ》すぎる一かけらとして葬り去った……私の胸中の声を読みとったかのように、老人はこう言ったのだった。

「たとえそうだとしても、早瀬さんの責任ではなかったでしょう。私は戦前何度か早瀬さんには逢っていますが、確かに神経質で暗いところのある人でしたが……本当に純粋で優しい、いい人でしたから。時代のせいでしょうし、ミネさんは――芝木静子は、早瀬さんに近づいた最初の段階で、すでに別の男を愛していて早瀬さんのことを裏切っていたのですからね」

その別の男というのが、位牌にあった松田一継なのですか――

私はそう訊こうとして、沈黙を守った。老人がもう何も答えないことはわかっていたのだった。立ちあがるまでの短い間、老人は静かに灰色のカーディガンの袖口から細く零《こぼ》れおちた手を見ていた。私もまた――

依然、目の前の老人と『残菊』の中の最後の客を結びつけることは不可能だったが、その枯れ草の根のような指を見ていると、ふと昭和三十三年赤線の宿の最後の一夜にともされた灯や戦前の一夜東京に舞い狂った雪が歴史の中に埋没した幻ではなく、現実のものとして蘇ってくる気がした。

私はただ早瀬とミネのその後を知らないかどうか尋ね、「さあ、あの夜以来、ミネさんにも逢っていませんし……まだどこかに生きているかもしれませんが」と答えた老人が、何度も突然の訪問の詫びをくり返して玄関にむかうと、最後に、『残菊』は近々本になるが、補遺としてこの訪問で明らかになったことを書き加えていいか、その許可をとった。

老人は、無言のまま目に滲ませた微笑だけで肯定の返答をくれた。

私はドアの外まで老人を見送った。傘をさし、もう一度傘ごと深々と頭をさげ、老人は背を向けた。私にはこの時、老人が誰であるか、その手懸りが一つあることに気づいていた。『兄さんの位牌』ミネはそう言ったのだ……

私は『残菊』の中でミネのその『兄さん』という言葉をまず、ただの客への呼びかけと考え、次に早瀬郷介と芝木静子とが異母兄妹である可能性を知ってミネが芝木静子と同一人物と考え——早瀬郷介を最後の客と考え、『私の兄さん』という意味だと解釈した。だが、もう一つの解釈が可能だった。ミネが客にむけてその位牌のことを『あなたの兄さんの位牌』という意味で言ったのだとしたら？　ミネが松田一継を愛していたのは間違いない。その松田一継に弟がいたのだとしたら……その弟が松田一継に似ていたのだとしたら。そうして『菊浪』という宿の最後の夜にミネが死んだ松田一継の代わりに弟の体を求めたのだとしたら……娼妓の姿に化けたミネが娼妓よりも汚れた情の火を燃やして、死んで位牌になってしまった遠い日の男の代わりに、その弟の体へと崩れていったのだとしたら……

そう、松田一継に弟がいるのだとすれば……

だが、私は簡単に調べがつくはずのそのことを今日まで調べずにいる。私は東京の桜が雨に流れようとするその日、老人が無言の背で運び去ったものをそれ以上の言葉にしてはいけないと自分にそう言い聞かせたのだった。田島勝乃が盗み聞いた『兄さんの位牌』という言葉と『二月二十六日』という日付から私は、早瀬郷介という歴史に埋没した一人の男の名を見つけた。その男が実は『残菊』の脇役にすぎなかったという点で私の想像は間違いだったが、ミネが芝木静子だという想像は当たっていたのであり、問題の位牌には早瀬の親友の名が記されていた。その偶然が私には何か運命の糸とも思えるのである。私はその縺《もつ》れた糸を解くことはできない……早瀬とその親友である松田と、そうして芝木静子の間に果してどんな糸の縺れがあったのか。それを知りたいという好奇心を、だが、雨とあの老人の無言の背が飲みこみ、かき消してしまう。

そう、松田一継に弟がいるとすれば……

桜の色を溶かした午後の雨は、夕暮れにも似た淡い闇の中で不思議な光のしずくとなって降りしき、私の胸の呟きを削り落としていった。私には一人の老人がその淡い背を、歴史という名の闇に埋もれた遠い日々へと運び去っていく気がしたのだった。私の手の届く術もない遠い日々へと……

夕かげろう

陸軍歩兵第三連隊付大尉安田一義《かずよし》に死刑の判決が下ったのは、二月二十六日の事件からおよそ四カ月が過ぎた夏の一日である。罪名は叛乱罪、安田以外にも事件の首謀者と見なされた十数名が、同じ銃殺刑の宣告を受けた。

安田一義には七つ違いの、大学に通う弟がいる。名は重希《しげき》、この重希が兄に下った死刑判決を兄嫁である保子に報《し》らせることになった。

七月七日。

既に二日前に判決は下っていたが、保子は数日前より夏風邪をひいて熱を出し床に臥《ふ》せていた。その熱がおさまるのを待ってから耳に入れるつもりでいたが、今朝あたりは真っ白だった顔に血の色がかすかに戻ってきた。判決が下った以上処刑の日も間近いという噂《うわさ》もあり、今日中には耳に入れて一日も早く兄のもとに面会に行かせなければならない。そう思いながらも、数日のうちに小さく萎《しお》れてしまったような義姉の顔を見ると、なかなかに切り出せず、陽が傾く頃になってやっと決心がついた。

それでも義姉の寝ている奥の部屋に行き、夏布団の端から覗《のぞ》く淡い翳《かげ》りを帯びた顔を見ると

決心が鈍《にぶ》り、

「医者に行って薬をもらってきます」

と別の言葉をかけていた。薬をもらってきてからにしようと思い直して背を向けたのだが、その背に、

「重希さん、何か私にお話があるのでしょう」

保子の方から声をかけてきた。

重希がふり返ると、保子は体を起こし髪を撫でつけながら、

「兄さんのことね」

とひとり言を呟《つぶや》くように言った。声がまだ熱にかすれていた。

重希は肯《うなず》き、「何故わかったんです」と訊いた。

「だって話があると言ったら、兄さんのことしかないでしょう」

「――いや、何故話があることがわかったのかと訊いたんです」

保子は茄子《なす》紺《こん》の浴衣《ゆかた》の胸もとを直しながら、

「一緒に暮らしてもう四カ月になりますもの、重希さんが何を考えているかぐらい、わかります。昨日あたりから、重希さん、私に何か話を切りだしたくて、それなのに切りだせなくて困っていたでしょう」

敷居際に突っ立ったままの義弟を見あげてそう言い、切れ長の目にかすかな笑みを滲《にじ》ませた。

二月二十六日早朝、降りしきる雪の中で事件が起こり数日後、兄の一義がこの家に戻らぬまま

逮捕されると、重希はそれまでの下宿を引き払い、この家に移り住んだ。東京は戒厳令下におかれ、舞い散る雪の中で兄達青年将校が引き起こした一大流血事件は執拗にその残響を轟かせ続けた。逮捕者の家族は騒乱の渦に巻きこまれた。

その騒ぎから兄に代わって保子を守るためだったが、実際に重希が役に立ったのは唯一七月に入り兄嫁が風邪に倒れてからである。重希より四つ年上の保子は、その細い躰や小造りな顔だちのどこに強い芯《しん》を隠しもっているのか、事件後押し寄せてきた新聞記者達にもいつもの地味と言えるほど控えめで静かな物腰を崩さぬまま巧みに対処し、家を一歩出ると集まってくる近隣の好奇の目にも無言で耐え普段の顔を保ち続けた。

寝起きから食事まで、世話になり守られていたのは、むしろ重希の方だった。

「それに重希さんはあの人と違って、胸の中の言葉が簡単に読みとれてしまう人ですもの。悲しさや怒りや、辛さがみんな言葉になって顔色に出てしまいますもの」

そう言うと、「風に当たりたいからそちらで話を聞くわ」と続けて起き上がった。重希が支えようとして伸ばした手をかすかに首をふって拒み、数日寝たきりだったとは思えない確かな足どりで縁側に出て座った。重希は羽織をもってくると保子の肩に掛けてやり、自分も腰をおろした。

「それで、お話というのは？」

「――兄に判決が下りました」

保子は、

「そう……」

とだけ答えると、重希の次の言葉を待っているのか無言で庭を見おろしている。

「極刑です」

重希が無理矢理唇を割って押しだしたその言葉にも、「そう……」とだけ答え、保子の横顔は何も聞かなかったような静かさの中でただ庭のどこか一点を見ていた。七月の初旬だというのに、庭は既に夏枯れたように見えた。光の重さに圧《お》し潰され、庭は薄く線だけを残して壊れている。

塀に波うっている朝顔の葉の繁りも鋭い光の爪に色を捥《も》ぎとられ、ただ白かった。

重希が兄の友人達にも同じ極刑が下ったと語り繋《つな》ぐのを、無言のうちに聞いていた保子は、やがて、「判決が下ったのはいつだったんですか」と訊いてきた。

「一昨日です。義姉さんの熱が一番ひどかった時だったので……今まで言えずに……」

その言葉にも、

「そう……」

とだけ答え、しばらくまた無言の横顔で庭を見ていた保子は、ふと思いだしたように、「だったら、あれは夢の音ではなかったのね」と呟いた。

「夢の音?」

「そう、あの時闇が真っ赤に燃えあがるような夢を見ていたの。鈴がいっぱい半鐘のように騒がしく鳴っていて……あれ、号外の鈴の音を夢の中で聞いたのね」

と言い、ひとり言に似たその言葉の続きのように、「重希さん、お兄さんってどんな男《ひと》だったのかしら」と訊いてきた。

「どんな男かというと？」

「私……お兄さんのこと何にも知らないの。優しい男なのか冷淡な男なのか、私という女をどう思っていたのか、何が好きだったのか、……毎日一緒に食事をしながら、あの人がどんな食べ物が好きなのかさえ……」

「あんな事件を突然起こしたので、何もかもわからなくなったという意味ですか」

保子は静かに首をふった。

「そうではないわ。わからなかったのは四年前結婚した時からずっと……あの人、軍帽をかぶっていない時にもかぶっているようにしか見えなくて、いつも軍帽の庇《ひさし》の陰に顔が隠れてしまっているような気がして……」

「死んだ両親もそう言っておりました。一義は軍服を着て生まれてきたような男だと。兄は一人の男である前にいつも一人の軍人でしたから。今度のことでも僕は兄が決して間違ったことをしたとは考えていません。一人の軍人として国のことを忘れて眠っている連中に向けて石を投げつけ目を覚まさせたかっただけなのだと、そう思っております。少なくとも極刑に値するような罪は犯していないと」

そう答えながら義姉がこんなことを言いだしたのはもしかしたらあの女のせいかもしれないと重希は思った。兄の一義の連隊には藤森鷹雄という少尉がいる。兄は後輩として可愛がっていたし、時々兄の家に遊びにくる藤森とは年齢が近いこともあって親しい言葉を交わすようになっていた。その藤森と去年の九月、町中で偶然出会い、重希は下宿に誘った。そうしていかに兄が堅物《かたぶつ》か話していた最中である、藤森がふっと「安田さんは本当に堅物なのだろうか」と訊いてきたのだった。

「いや、安田さんには夫人以外の女がいないのかと思って……」

ひとり言のようにそう呟いたあと、すぐにまた「いや、何でもありません。今の言葉は忘れて下さい」少し慌ててそう打ち消したのだった。窓から流れこむ余炎を拭いさるようなひんやりとした風の中で、童顔の藤森の目はいつもの無垢《むく》さとは違う奇妙に大人びた色を滲ませていた。それが気もちの端に引っ掛かっていたので、数日後義姉を訊ねた折に重希は冗談めいた声でその藤森の言葉を義姉にぶつけてみた。義姉は束の間、それまでの微笑を静止させると、唐突に兄の親友で一年ほど前に演習の際に事故で死亡したNという男の名を出した。

「Nさんにお姉さんがいるのを知ってるでしょう、銀行員に嫁いでいる……」

そのNの姉に困ったことが起こって相談のために連隊の方へ安田をちょくちょく訊ねていくのだと義姉は言った。

「お兄さんがお金のことなどでも少し面倒を見てあげているので、藤森さんが何か特別な関係だと誤解しているんですよ、きっと。そう言えば、藤森さん、この前いらした時にも遠回しにその人のことを私に聞いていたわ」

義姉は、心なしか声を乱してそう早口に言うと、すぐに別の話に切り換えた。兄がNの死を悼んでいたことは重希もよく知っている。兄の手もとにはNの銃が形見として残っていて、兄がその銃を丹念に磨いている姿は何度も見たし、無言の銃と兄の無言の目とが誰にも聞こえない言葉を交わしているような気がしたこともあった。Nに姉がいることも聞いている……

だが、重希には藤森の口にした〝女〟という言葉の色合いがどうもそんな親友の姉のこととは違う気がしたし、義姉が咄嗟《とっさ》にそのNの姉の話で誰か別の女のことを誤魔化したような気もした……もっとも兄のことを考えると、やはり女房以外の女がいるなどとは想像できなかったし、一ときの自分の考えすぎとしてすぐに兄を疑ったことも忘れた。今年の二月末に事件が起きたあとはそんな瑣末事《さまつじ》に構っている余裕もなかったのだが、兄の逮捕後一カ月が過ぎ、厳寒の冬も遠のき東京の桜が綻《ほころ》び始める頃である、大学から戻り玄関の硝子《ガラス》戸に手をかけると、曇り硝子につと藤色がにじみ、それが人影になったと思うと戸が中から開き女が一人出てきた。女は玄関に立ちはだかった恰好の重希に気づくと小さく叫び声をあげ、手で口もとを覆った。その手の上に覗かせた目をしばらく重希の顔に凍りつかせていたが、やがて、「弟さんだったんですね。あまりにお兄さんと似てらっしゃるので、お兄さんが戻ってらしたとばかり……」そう呟くとまだ戸惑いを残した顔で軽く頭をさげて逃げるように走り去った……

その女を送るために框《かまち》に膝をついていた義姉が、「綺麗な女《ひと》でしょう、新橋の芸者さん」と言い、重希が何も問わぬうちに、「兄さんがずっと愛してらっしゃる女《ひと》……」いつもの静かな声のままで言った。

後は『結婚して一年が過ぎる頃、上官に連れられて新橋に遊びに出かけて以来のつき合い』

と聞かされただけで、義姉はそれ以上は何も言わず、重希も何も訊けなかった。今重希は「兄は一人の男という前に一人の軍人だ」と言ったが、そうと信じていたのはその時までのことで、一人の女の存在を確かに知ってしまって以来重希の兄への信頼は揺らいでいる、兄にというより兄の着ていた軍服に裏切られたような気がした。気もちにまで軍服をまとっていたはずの兄の中に、束の間暮色の中で見た一人の女の溢《あふ》れ落ちるような色香がどんな形で忍びこんでいるのか、皆目見当もつかない。

弟の自分ですらそうであるのだから、妻である義姉がその女のことで夫の気もちを見失ってしまったとしても不思議はない。

その女のことで義姉さんは兄のことがわからなくなったのか――

そうと訊きたくて口にできずにいると、

「この春に家を訪ねてきた梅吉さんを憶えていて？　新橋の芸者さん――」

今度も重希の胸中の言葉を読みとったかのように、保子の方からその名を口にした。

「私がお兄さんのことでわかっているのは、私よりも梅吉さんをずっと愛していることだけ……軍人であるあの人のことも女の私には何もわからなかった。今度のことでも私に何とかかわかるのは、あの人が自分の見た夢の大きさに自分から負けて圧し潰されたということだけ……他のことは何もわからなくて」

保子はそんな言葉の後に、「不思議ね、四年間一緒に暮らした兄さんのことを何も知らないのに、たった四カ月暮らしただけのあなたのことは何もかもわかっているのだから」と続け、かすかにふり向き重希に頰笑《ほほえ》みかけた。

庭にはまだ眩《まぶ》しい光がある。その光がふと翳ったかのように思える、さびしい笑みだった。

「兄が軍人なら、義姉さんも立派な軍人の妻なのですね」

重希はそんなことを口にした。

「どうして？」

「兄さんの死が決まったこんな際にも、義姉さんはそんな風に静かに笑っている……」

「そうかしら」

他人事のように言うと、

「そうでもないのよ。胸の中では一昨日夢の中で聞いた鈴の音がまた騒ぎだして……荒れ狂ってるの」

胸を手で押えた。風はない。重希には感じとれない風を保子の鬢《びん》からほつれ落ちた一すじの細い髪だけが気づいたかのようにかすかに揺れている。

保子は胸に当てた手の小指にしみか小さな傷でも見つけたのか、ふとその一本だけを立てて手を膝の上に運び、視線を注いだ。もう一方の手でその小指を撫でながら、

「重希さん、あなたの目に私はどんな女として映っているのかしら」

と訊いてきた。

「今言ったようなただの立派な軍人の妻？　夫の陰に隠れて夫を支え、守り……夫の言葉には何も逆わず、夫のどんな気もちも控えめに受け容れ、夫に愛人ができても黙って耐えているよ

うな……そんな女？」

　重希は肯く他なかった。

「それなら、重希さんの方は四カ月一緒に暮らしても私のことを何も知らないのね」

「どうしてです」

「だって私、そういう女とは全然別種の女ですもの……私、あなたと同じ不良だわ」

　目を遠くへと退《ひ》き、依然横顔は膝の上に立てた小指を見ている。

「僕と同じって……僕は不良なのですか」

「ええ」

「でも義姉さんはいつか、『兄さんが軍帽をかぶっているなら、あなたは普段でも学生帽をかぶっているような人ね』と——そう言いました」

「それはずっと前のことでしょう。今のあなたは不良です」

「しかし……」

　重希は友人達の間でも、酒も飲まずただ学業に励むだけの退屈なほど真面目な男として通っている。

「僕は不良と呼ばれるような間違ったことは一度もしていません。それは義姉さんもご存じでしょう」

「何をしたかではなくて何を思っているかだわ……だって兄さんの妻である女を秘かに想っているなんて間違ったことでしょう？」

その言葉は今までのどの言葉よりも淡く唇からこぼれ、何も口にしなかったような静寂だけが後に残った。その言葉が耳に届くまでに長い時間がかかった。草が夏の日に焼けるようないら立たしい音だけがしていた。重希はゆっくりとふり向いた。

義姉の横顔は先刻までと少しも変わらない自然な静かさのうちに、ただ自分の小指を見おろしている。聞き違いか幻聴だ、自分にそう言い聞かせたはずなのに、

「さっき僕の胸の中の言葉は全部読みとれると言ったのは、そのことなのですか」

唇からひとりでにそんな言葉が流れだしていた。

「ええ。あなたはもう何度も目の色や顔色で自分の想いを語ってしまったわ。声よりもはっきりと……私と目が合うと慌てて目を逸《そ》らすのに、私が顔をそむけると同時に、私の顔を盗み見たりして」

違う、それは義姉さんの誤解だ――

確かにそう叫ぼうとしたはずだった。それなのに今度も唇は、

「気づいていて、今まで黙っていたんですか」

そんな別の言葉を選んでいた。

「そう……気づいていて黙っていました」

「何故――」

「あなたが黙っているのに私の方から言いだせることではないでしょう。それに……さっきも言ったはずよ、私はあなたと同じ不良だって……」

「――」

「私の方でもこの四カ月黙っていたんです。私の中にもあなたと同じ間違った想いがあったというのに」

その言葉の意味が重希にはすぐにわからなかったし、保子は理解する暇《いとま》を義弟に与えなかった。声を接《つな》いで、「あなたには見えない?」と尋ねてきた。

「何がですか」

「私の小指に停まっている一匹の蜻蛉《とんぼ》……」

重希は首をふった。義姉がじっと注いでいる視線の先には、白く細い小指しかなかった。

「普通の赤蜻蛉みたいに体が赤いのじゃなくて、薄い羽が夕焼けの色に染まったみたいに赤い不思議な蜻蛉が……さっきからいくら追い払おうとしても、私の小指にしがみついて離れようとしないの。……あなたには見えない?」

保子はその手を膝からあげ、重希の目の前に置いた。何も見えない……ただ目を凝らすと、見えないはずの蜻蛉の羽から夕焼けの色を奪いとったかのように、白い小指がかすかに色づいて見えた。

その指が動いたと思うと、重希の耳朶に触れた。重希の顎《あご》の線をなぞり、それは一寸刻みでゆっくりと首すじへ落ちていく……

「私の指ではないの。一匹の蜻蛉……」

実際その感触は指というより蜻蛉の薄羽に似ている。陽は大きく傾く間際に再び勢いをとり戻し、縁側の二人に白く襲いかかってきた。重希の膚《はだ》がじりじりと焦げるような音をたてた。額《ひたい》から絞り出された汗が目を切り、保子の指に絡むのがわかった。その指は、重希の白シャツの開襟に覗いた胸を這っている。重希の目を見据えるように見つめた義姉の目にはあるかなしかの微笑があった。何故義姉が不意に『一匹の蜻蛉』などと口にし、こんなことを始めたのか、何も理解できないまま、この目はあの時の義姉さんの目に似ていると、遠く霞《かす》みかけた意識でそんなことを考えていた。あの時……家を訪ねてきた梅吉という芸者が去ったあとの、あの春の夕暮れ時。

あの時は玄関先で短い言葉を交わした後、兄の不貞が信じられないまま下駄をぬいで框に上がろうとしたのと、框に膝をついていた義姉が立ち上がろうとしたのとが同時になり、二人の体がぶつかった。避けようとしたのだろう、保子は重希の胸もとで大きく首を振り、そのために髷《まげ》にさしてあった黄楊《つげ》の櫛が重希の着ていた紺絣の襟もとを割り懐中に落ちた。

重希が慌てて懐《ふところ》に手を突っこみそれをとり出そうとしたのを、義姉の手が制《と》めた。

「その櫛、私の髪よりあなたの胸の方が好きなんでしょう。そのままあなたが持ってらして。

——いつかあなたが好きになった女性にでもさしあげればいいわ」

冗談のようにそんなことを言い、背を向ける前に今にも暮色に消えてしまいそうなほど淡く笑った。

あの時と同じ目で、今、保子は義弟を見ていた。淡すぎる笑みは、かえって濃密な何かを感じさせ、瞳が黒くしたたるように見えた。堅物の重希はその齢でまだ女を知らずにいたが、その目が義姉の目ではなく一人の女の目だとわかった。

やっと指の動きが停まった。

保子は何もなかったかのような自然な声で、

「熱は下がったようだけれど、今日一日は休ませてもらいます。あの人の死が決まった以上、明日からはいろいろとしなければならないことがありますから」

そう言い、

「処刑の日がいつなのか決まっているのですか」

と訊いてきた。重希は首をふった。

「ただ、そう遠くはないと思います。それでも今日明日ということはないでしょう。明日は面会に行けますね」

その声に答えを返さず、保子は立ち上がった。そうして庭に忘れ物でもしたかのように、最後にもう一度庭をふり向き、横顔のまま、

「重希さん、私はやはりあなたの思っているような立派な妻ではないようです。あの人の死が確定したというのに、それが少しも悲しくなくて……むしろ喜んででもいるかのようにホッとしているのですから」

と言った。

寝苦しい一夜が過ぎ、翌日も朝から蒸し暑かった。階下の音で目を覚まし、重希が下りてい

くと、庭に義姉の珍しい洋服姿の背があった。

洗濯物を物干しに掛けている。

「もう起きてもいいのですか。加減は？」

重希の掛けた声に、驚いたようにふり返り、

「ええ。熱で魘《うな》されていたのが嘘みたいに」

昨日の掠《かす》れ声ではなくいつもの声に戻ってそう言った。かすかに笑った顔も昨日のような意味ありげなものではなく、重希の一番見慣れた微笑の顔だった。

「手伝いましょうか」

と声を掛け、その時になって縁側に出された衣桁《いこう》に一枚の着物が掛かっているのに気づいた。

「こんな時季に虫干しですか」

「ええ。梅雨の長雨で黴《かび》の匂いがするような気がしたので……お兄さんとの婚礼の思い出までが黴くさくなっては困るから」

婚礼の際の義姉の姿は、記念写真よりも鮮やかに重希の脳裏に焼きついている。その時の、艶《つや》のある黒地に金銀の華やかな裾《すそ》模様の舞った着物が縁側の隅に日本画のように貼りつき広がっている。

夏の暑気に、庭の草木と同じ生き物のようにぐったりとしていた。

「あの晩の詰襟を着て坊主頭だった重希さんのことはよく憶えているわ」

そう言ってもう一度微笑《ほほえ》んだ顔もあの晩の新妻と少しも変わりない。自分の微笑の裏に隠れ

て遠慮がちに微笑しているようなその顔は、この四年間で重希が知りすぎるほど知ってしまった義姉の顔だったが、その日連れ立って出かけた代々木の刑務所の面会場でも義姉は夫に対して以前と変わりない控えめで従順な妻の顔を保ち続けた。

「変わりはないか」

「ええ。昨日まで熱があってすぐにも面会に来たいと思いながら、できなくて」

「そうか──だが、元気そうだ」

「あなたこそ。前より少しお肥りになったわ」

淡々と言葉を紡ぎ合った。

処刑の日も近いとわかっているのだろう、他にも何組かの家族が訪れ、看守の監視の目に囲まれながら、囚人たちとこれが最後になるかもしれない言葉を、重希が想像した以上に静かに語り合っている。藤森にも母親らしい女が面会に来ている。藤森は先刻重希に笑顔で黙礼をした。自分と似た若さで死を前にしながら以前と少しも変わらぬ純朴な笑顔を見せた青年に、重希は胸の潰れるような思いがしたが、もちろん重希の方でも笑顔を返した。胸の裡《うち》を顔に出す者は誰もいなかった。皆、盛装をしていて正月のような華やぎさえ場には感じとれた。その中で保子一人が地味なブラウスを着ていた。

仮設の面会場は、風通しも悪く暑気が煮つまっている。

保子は「重希さんがいろいろと力を貸して下さるので助かっています」と言い、ふと夫の額に目を止め、不思議そうな顔になった。

「――どうかしたのか」

保子はそっと首をふり、「あなたって汗を掻く方でした?」と訊き返した。

「四度も夏を一緒に過ごしたのに、あなたの汗を見るの、初めてだわ。いつも涼しそうな顔をなさっていたから」

「そうでもないさ。お前が気づかなかっただけだろう」

粗末な囚人服を着ていても一義は軍服を着た時の顔をしていた。肥ったというのは妻の慰めで、重希の目にはずいぶんと窶《やつ》れて見えたが、以前にはなかった明るさが以前と変わりなく動かない眉《まゆ》や目ににじみ出している。この人はもう死を通過している――重希はそんなことを思いながら、兄と言葉を交わし合った。その間、持っていた扇子を煽《あお》ぎ夫へと風を送っていた保子は、男二人の会話がとぎれるのを待って、手をとめ、扇子を夫に渡した。

一義は自分の手でそれを煽ごうとして、ふと視線をその扇子に停めた。重希の座った位置からはよくわからなかったが、白扇に墨で文字が書かれているらしい。兄の石の目は無言でそれを読んでいる……

その兄の目を、義姉もまた無言の、研ぎ澄まされた目で見守っている。

看守や他人の耳には入れたくない言葉を、その白扇の墨字で義姉は兄に語って聞かせているのだ……重希もその文字を読みたかったが、兄の一義はすぐに「わかった」と一言だけ口にし、扇子をたたむと、懐中に隠した。

「全部を聞き届けていただけるのですか」

一義は黙礼をするように肯いた。その夫の目を、静かだがどこか挑むような目で見返し、

「そう簡単に聞き届けて下さっては困ります。明後日もう一度面会に来ますから、それまでよくお考えになって、返事をその扇子の裏に書いて下さい」

と言い、それにも、

「わかった」

とだけ答えると、その話題から逃れるように重希に向けて、「俺のことでお前の学校生活に何か支障は起こっていないか」と尋ねてきた——

「あの扇子に義姉さんは何と書いたのですか」

重希がそう尋ねたのは、刑務所を出た後重希のどんな質問も拒むように頑《かたく》な沈黙を守り通していた義姉が、自宅近くで市電を降り目についたかき氷屋に入って、やっと少し表情を緩めてからだった。

自分から「かき氷が食べたくなったわ」と言って店に入りながら、自分のぶんを「これも食べて」と重希の方に押し出してきた。それに答えるように重希は胸に引っ掛かっていたその質問の言葉を口にしたのだった。

それにはじかに答えず、

「重希さんはもう面会には行かないで下さい」

保子は唐突にそんなことを言いだした。

「何故です」

「あなたもお兄さんも困ることになるから……重希さん、私、あの人が他の女性と深い関係になった頃、一度『別れてくれ』と言われたことがあるんです」

「離縁ですか？　兄の口から？」

「ええ、結婚して一年半が過ぎる頃に……私その時黙ってました。その無言を私の拒否の返事だと思ったのでしょうね、それきりあの人も何も言わず、そのまま夫婦として今日まで来たのだけれど……あの時の返事を、さっき、やっとあの人に伝えたんです、あの扇子の文字で。『あの時の離縁の申し出、ずいぶんと長くかかったけれど承知しました』と――」

「――」

「もちろん死ぬ前に籍をぬくとなると煩《わずら》わしいことも多いでしょうから籍はしばらくそのままにしておきますが、気もちの上で私、あの人が死ぬ前にはっきりと離縁しておきたいんです」

かき氷の山が崩れた。それを無視し、「義姉さんはもう兄さんのことを愛してはいないのですか」と重希は訊いた。

「愛したくても愛せないでしょう。他の女性を愛して私のことを忘れた人を……」

「いや、僕は梅吉という女性と兄との関係はよくわからないが、兄は義姉さんのことを今でも大切に思っています」

「だったら、私はやっぱりあの人のことを何も知らないのね」

他人事のように言って頬笑み、「これは私たちだけの問題なのだし、重希さんが私のことを心配してくれるのなら私の好きなようにさせて」と言った。重希の若さを包みこむような、年上の女の目だった。

「早く食べないと溶けてしまうわ」

という言葉に促され、こんな状況でありながら何も言葉を口にできない自分の若さにいら立ち、それをぶつけるように氷を掻きこみ、重希はすぐにその手を停めた。一つ腑に落ちないことがある。

「それが兄さんと義姉さんだけの問題なら、何故僕が面会に行ってはいけないのですか」

保子はそっと首をふり、昨日と同じように視線を右手の小指に落としじっとしている。その眼差だけが返答だと言っているようで、重希はそれ以上何も訊けなくなった。

ただ店を出て、電熱線のような陽ざしと蟬時雨《せみしぐれ》が激しく降り注ぐ坂道を足もとに小さく落ちた影を踏みながら上り、門のところまでたどり着いた時である、黙り通していた保子が、「家の中に入ったら切り出し辛くなるからここでお話ししておきましょう」重希にそんな声を掛けてきた。

「あの扇子には離縁のことだけでなく、別のことも書きました」

重希は目だけで、それが何かを問うた。

「こうも書いたんです……私はあなたより重希さんを愛していますから、重希さんとの結婚を承諾してほしいと」

あまりに何気なく唇からこぼれたその言葉をこの時も、重希の耳はすぐに拾いきれなかった。呆然と義姉の顔を見返し、長い時間が終わってやっと首をふった。義姉の言葉を拒もうとしたのではない、ただ信じられなかった。そんな言葉を表情の何一つ壊すことなくただ静かに口にした義姉のことを——昨日から不意に別人に変わってしまった一人の女のことを、そうして先刻あの空気の煮えたぎるような面会場で、扇子の文字を読みながら、ただ「わかった」と一言だけ口にした兄のことも。

兄さんは、妻と弟との結婚のことまで承知して、あの時ああも落ち着き払った声で「わかった」と言ったのか……

重希はもう一度首をふった。

「もちろん、たとえあなたが聞き容れてくれても、結婚のことはずっと先の先になるでしょう……でも私の気もちは扇子に書いたとおり、兄さんを棄てあなたを選んでいます。あなたが絶対に嫌だと言うなら別ですが、少しでもその気があるのなら、よく考えた上で返事を下さい」

保子はそう言うと、思いだしたようにさしていた日傘を閉じ、突っ立ったままの義弟を騒がしい蟬時雨の中に置き去りにし、玄関の硝子戸を開け家の中に消えた。

その時から翌々日の夕方まで、重希は自分の体が重苦しい無風状態の中に閉ざされてしまったような気がしていた。

暑気は窓を開け放った部屋の中にも重い澱《おり》となって溜めこまれ、重希の意志をかすかにも動かさなかった。軒《のき》の風鈴はそれでも時々は風を拾って鳴るのだが、その風は重希の胸にまで届かなかった。

義姉に禁じられてはいたが、こっそり兄に面会に行こうと思って家を出ながら、足は代々木を目ざさず、意味もなく陽盛りの道を彷徨し続ける。兄は、弟の自分までが結婚のことを承知していると考えているに違いない。いやむしろ弟の方が強く義姉との結婚を望んでいると考えているかもしれない、兄に会ってその誤解を解かなければと思いながら、気ばかりが焦り行動を起こさせようとしない。「兄さんにはもう面会に行かないで下さい」かき氷屋での義姉の言葉よりも、その前日の、幻の夕焼け色に染まった一人の女の小指に、重希の若い体は縛りつけられていた。

家にいても、義姉にどんな顔をしてどんな言葉を語ればいいかわからず、階下に下りることも憚《はばか》られた。

保子は翌日の午後二、三時間外出し、その翌日にはまた麻の葉の水色の着物を着て薄く化粧をして出ていった。兄に面会に行ったことは間違いなかったが、面会の後どこかに立ち寄ったらしく、夕刻やっと陽が翳る頃になって戻ってきた。

「遅くなってごめんなさい。今戻りました」

階段の下から掛かった声をさすがに無視できず、階下におりて、「どうでしたか。兄さんの容子は」と訊いたが、義姉は何も聞かないでほしいと言うように黙って首をふった。そうして、「急いで夕飯の支度をしますから」と言い、着替えを始めた。

重希は一旦二階に戻り、窓から義姉が買い物籠をさげて出かけるのを見届けると、下におりた。まず茶の間をざっと見渡したが、それらしい物は見つからない。文机や箪笥《たんす》の抽出《ひきだ》しを探してもない。

義姉が重希の目に触れないよう、帰宅するとすぐどこかに隠したに違いない。お勝手の水屋から米櫃《こめびつ》の中まで調べたが見つからなかった。だが必ず義姉はそれを面会場から持ち帰ったはずだ……一昨日の面会場での二人の会話からすれば、今日兄は返事を書きつけてそれを義姉に渡したはずだ……

この家の唯一の洋室である兄の書斎に入り、机の抽出しを探した。兄が逮捕されて既に四カ月以上が経過したが、主を失ったその部屋には埃《ほこり》一つ落ちていない。兄がいつ戻ってきてもすぐに使えるよう、義姉は毎朝その部屋を掃除しているのだ。この事一つとっても義姉の「気持ちの上では私はもうあの人を棄てた」という言葉には嘘がある。義姉はまだ何かを隠している……多分、今日持ち帰ったに違いないあの扇子と共に……

兄の机の上から二段目の抽出しにやっとそれは見つかった。一昨年演習の際に事故で死んだNの形見の短銃が鮫《さめ》小紋の袱紗《ふくさ》に包まれてそこに置かれていたのだが、問題の扇子はその袱紗の中に一緒に包みこまれていた……

これほど厳重に隠したからには、余程義弟に知られたくないことが書かれているに相違ない。

重希はかすかに震える指でそれを開いた。

扇の一本一本の骨に沿って義姉の墨字が流れている。義姉が語ったとおり、離縁のことが書かれ、『私はもうずっと以前より重希さんのことが好きでしたので、あなたの死後重希さんと所帯を持つことを認めてほしい』という言葉が書かれている。

だがそれだけではなかった。最後に、『私がこのような勝手なことをお願いするのですから、あなたも私とは離縁した御自由の身と考え、梅吉さんを妻に迎えてあの世に旅立つと考えていただきたく思います』と認《したた》めてある。

裏を返すと、兄の角張った文字が『離縁の件、承知。重希との再婚の件、承知。（この件、不束《ふつつか》な兄として心底より喜んでおります）小野田《おのだ》カズ女の件、承知。カズ女さえ承諾なさるのなら、私の妻として私の死を見送っていただきたく願っております』そう書かれていた。

小野田カズというのが梅吉の実名なのだ、一昨日の面会の際、兄は目を義姉の顔からはずし遠いどこかを見ていた、その目で梅吉を見ていたのか……そしてそれを誰より義姉が知っていたのか……そう考えた時である、重希はやっと背後の気配に気づきふり返った。

扉のところに義姉が蒼ざめた顔で立っていた。玄関から音は聞こえなかったから、勝手口から帰ったのだろう、「こんな泥棒のような真似を」そう言うと体をぶつけるようにして重希の手から扇子を奪い戻し一瞬のうちにたたむと懐に隠した。

「不良だとはわかっていたんでしょう」

硬直したまま重希が口にした言葉を、保子は無視し部屋をすぐにも跳びだそうとした。その袖を摑《つか》み、「梅吉を妻として兄さんの死を見送らせるというのはどういう意味ですか」重希が投げつけた声を袖と共に払い除け、保子は書斎を出ていった。それっきり何を訊いても頑に唇を閉ざし続けた。

諦めていつもより早く布団に入り、寝つかれないままそれでも浅い眠りに落ち、重希はいつの間にか、冬枯れた荒野に銃を携えて立っていた……雪が降っていた……あの日の雪だ、自分が何も知らず無為に眠り続けていたあの夜の……二月二十六日の雪だ、降りしきる雪のむこうにうっすらと幾つもの刑架が基督《キリスト》教徒の墓のように並んで植わっている、刑架だけではなくそれに縛りつけられた人影も見える、既に処刑は終わり囚人たちは血を流し死んでいる……いやまだだ、皆が俺が銃の引き金を引くのを待っている、俺はためらっている、俺はそのうちの一人を撃つよう命令を受けているが、誰を狙えばいいのかわからない、刑架に架かり並んだ囚人の中に兄がいる、だが全員一様に目隠しをされ、どれが兄なのかわからない、俺が撃った弾は兄に当たるかもしれない、それを恐れている、それでも俺は撃たなければならない、合図は俺の心臓の鼓動だけだが、それはもう破裂寸前にまで高まっている、目をつぶり震えだした手で引き金を引く。銃声、同時に誰かの悲鳴――

その悲鳴で目を覚ました。暗闇の中で夢の中の衝撃をひきずり、体は細かく震えていた。今の悲鳴は兄の声だったのか、他の誰だったのか、それとも俺自身だったのか……夢が全身に絞り出した汗にまみれたままそんなことを考え、枕もとの灯をつけ、次の瞬間、重希は今度は確かに自分の声で「あっ」と叫んだ。

蚊帳《かや》のむこうに、義姉の姿が浮びあがった。枕元の弱い灯に薄く焙《あぶ》りだされたような、現実のものとは思えない影である。

「魘れているのが、下まで聞こえたから」

そう言われても、その姿が重希のおぼろげな目には悪夢の続きの中に蒼白い幻として浮かんでいるとしか思えなかった。

「私も、寝つくと怖い夢を見てすぐに目を覚ましてしまうから」

重希が蚊帳から出ようとするのを「そのままにしていて」と制め、自分は廊下の敷居際に座り、「夕方の書斎での質問にお答えするわ。あなたはもう何もかも気づいてしまったようだし」

と言った。

そう言いながら、長い間黙っている。

「本気で義姉さんは、あんなことを考えているんですか。兄さんの処刑の前に梅吉とかいう芸者と添い遂げさせようと……」

「ええ」保子は肯いた。「面会の後、新橋に寄って梅吉さんにもそれを伝えました。梅吉さんも承諾してくれました。たとえ一日でもあの人に生命の猶予があるなら、妻となり、妻としてあの人を見送らせてもらうと――」

「何故、義姉さんがそこまで……」

と訊き、

「そのための芝居だったのですか。僕と結婚すると言うのは……自分が悪者になって兄さんとその女を結びつけようと考えたのですか」

とも訊いた。「自分の方から義弟と結婚するために離縁してほしいと頼めば、兄さんたちを結びつけられると考えたのですか」とも……

保子は黙って小指を見ている。その指も嘘だったのだ、この女《ひと》は夫を別の女と結びつけるために自分を間違った女に仕立てあげ、その指で義弟を誘った……この俺を……

「全部が嘘だったわけではありません。それに私がこんな真似をしたのはあの二人のためというより、私自身のためなのです……男のあなたには夫に愛されなかった女の淋しさなどはわからないでしょうね。いいえ幾らかは愛されながら本当の意味での愛は別の女に奪われてしまった私の淋しさは。こんな風に落ち着いて見えても体の中は、梅吉さんを知ってからずっと鈴の音の嵐でした、梅吉さんがつまらない女だったなら簡単に結末はついたでしょう、でも逢ってみるとそれは素敵な人で、夫が妻よりあの人を愛した理由を、誰より私が理解できてしまったのです」

重希は激しく首をふった。

「でもそうだったのです。だからこそ私は本当に苦しみました。そうしてこの嵐から逃れる術《すべ》はもう、一つしか残っていませんでした。私自身の手であの二人を結びつけるという方法しか……夫に愛されなかった妻として、私は女としての誇りを失いました。でも私の手で二人を結べば、私は最後の誇りだけは失わずに済むと……もちろん安田があの雪の晩にあんな事を起こさなければ、処刑されるなどということが起こらなければ、私もここまではしなかったでしょう。でもこうなった以上、仕方がないのです」

「しかし……」

重希は跳び出そうとして蚊帳の裾を摑んだ。保子は敷居の内側へと手だけを伸ばし、義弟の手を蚊帳に包みこみながら押えつけて制めた。全身の力を自分の手に籠めて――

「あなたとのことは全部が嘘だったわけではないと言いました」

静寂を壊し、保子の声は突然の激しさを見せた。目の光が蚊帳を突き破っている。

「いいえ、たとえ嘘だとしてもあと二日間だけ――明日《あした》と明後日だけは真実にしておいて下さい。私とあなたが結婚することは……重希さん、兄さんの処刑は明後日の午前八時と決まっているのです」

「何故そのことを……」

「桂木謙太郎という大臣を知ってますね。今度の事件で襲撃を受けながら一命をとりとめた……私も安田もちょっとしたことで桂木のお嬢さんの一人を知っているのです。昨日外出したのはこっそりとそのお嬢さんに会ってある筋から処刑の日時を聞き出してもらうためでした……だから……あと僅か二日間なのだから、せめてその間、私は梅吉さんをあの人の妻にしてあげたいのです。誰より、私のために……」

重希はもう何も反駁できなかった。その言葉よりも全身の力を集めた手と全身の感情を絞りだした目とが、重希から声を奪った。

二人は薄い蚊帳ごしに、長い間無言でたがいの目を見返し続け、やがて、「わかってくれましたね」保子はそう言うと手を離し、礼を言うように頭をさげて立ち上がった。

その背と静かな足音が階段の下の闇に吸いこまれていくのを蚊帳ごしに見送りながら、この時重希は、まるで義姉さんの方が死に向かって歩きだしたかのようだと感じた。

二日後の夜、重希は束の間頭を掠めたその声が予感だったと知ることになる。だがその時は兄に迫った死の方に気を奪われたし、翌日一日も義姉は今までと同じ落ち着いた様子しか見せなかったので、束の間の予感に拘泥することなど重希にはできなかったのだった。

七月十一日、処刑の前日の朝、重希が「今日が最後になるのなら、僕と一緒に面会に行きませんか」と言うと保子は首をふり、「あなた一人で行ってらして。私はこの前もう私なりの別れを告げてきたのですから」と言った。義弟を信頼していたのかそれ以上は何も言わず、重希もまた兄から義姉との再婚の話について何か訊かれたら嘘をつき通す覚悟だったが、最後の面会の場で兄は妻のことにも梅吉のことにも一切触れず、自分たち兄弟が幼い頃一緒に遊んだ思い出話を昔と同じ何も語ってはいないような淡々とした声で語っただけだった。この段階では兄はまだ処刑が翌日に迫っていることは知らなかったはずだが、以前とは違い今は子供のような無垢な笑い方をするこの人にとってあと何時間生命が残っているかを考えることなど無意味だろうと重希は思った。この人は二月のあの豪雪の夜の決起が無駄に終わったとわかった時から既にもう死んでいたのだろう、そう思った。ただ別れ際に、ふと思い出したように、「保子のことが心配だが」と言った。俺は自分等《ら》が二月二十六日に起こした事を今でも間違っているとは思っていないが、保子に対しては大きな間違いを犯したと思う、だから俺のぶんまで幸福にしてやってほしい、と言った。

その夜、保子は義弟に翌日着せるために、夫の喪服のズボンの裾丈を直しながら、「明日は朝早く出かけたい所があります。できるだけ早く帰ってくるつもりですが、もし間に合わなければすべてあなたの裁量でやって下さい」と言い、その言葉通り、翌朝重希が仮眠のような淡い眠りから覚め、階下に下りた時には義姉の姿は既になかった。畳の上に重希が着るための喪服が、丁寧にたたまれて置かれているのが、重希には義姉がこの家に残していった自分の影のように思えた。

七月十二日。安田重希にとってそれは生涯での最も長い一日になるのだが、義姉が戻らぬまま「処刑が完了したから遺骸を引きとりに来るように」という報らせを受け、頼んであった霊柩車と共に代々木に駆けつけ……時間が早駕籠に乗ったように慌ただしく過ぎていくという実感しか当日の重希にはなかった。

刑務所の外に運び出されてきた棺の中の遺体の顔は前日と少しも変わらぬ明るい笑顔のように見えた。顔を覆う布ににじんだ血痕を見ながら、重希はこれと同じ血が自分の体に、まだ生きて流れていると思い、兄の喪服を着て兄の死を見送ることの不思議を思った。曇天の重い雲の下で夏は息苦しそうに喘《あえ》ぎ、幾つかの棺をめぐる周囲は泣き声までが奇妙に静かだった。そのまま斎場に向かい、簡単な読経の後、荼毘《だび》に付した。

その夜、保子は九時を過ぎる頃に墨色の喪服姿で帰ってきた。「実家に戻ってあれこれ話しこんでいたので」と言い訳をし、白木の箱となって帰ってきた夫と、しばらくは手を合わせることも忘れ放心したように向かい合っていたが、やがて線香の火を継ぎながら、「今日は全部をひとりで御苦労さまでした。あなたには本当に御世話になったわ」と言った。

「少し二階で休んで下りて来て下さい。父がしばらく実家の方に戻ってきたらどうかと言うし私もそうしたいと思っているものですから」

とも言った。
だから階段を上りきった瞬間、家中に轟いた音が銃声だとは重希にはわからなかった。階段を駆けおりると、仏壇の前に崩れた義姉の体があった。その右手に握りしめられたものが兄の親友Nの形見だとはわかったが、今の一発の銃声が義姉の生命を射ちぬいたことがすぐには意識に届かず、廊下に突っ立っていた。義姉のことでは、俺は何もできずいつもこんな風にぼんやりと突っ立ってばかりいると思った。短銃を握りしめた手の小指だけが立っていた。その小指が血を浴びているのを遠目に見ながら、義姉がこんな風に短銃を握っているのは自分の意志からではなく、俺の目にはとうとう見えなかった一匹の羽の赤い蜻蛉のせいなのかもしれないと思った。そうして次の瞬間襲ってきた衝撃に似た混乱の中で、義姉さんは帰ってきてから書斎には入らなかったはずなのに何故短銃を手にしているのだろうと考え、今日あんなにも朝早くから実家に出かけたはずはないし一体義姉さんは兄さんの処刑が迫ったあんな時刻にどこに行っていたのだろうと考えた。

——あの日の朝、お義姉様……いいえ、奥様は六時きっかりに私の家の玄関に立たれました。柱時計が六時の最初の音を打つのに合わせて硝子戸の開く音が聞こえて……私は芸者などをしている身ですが、三年ほど前から新橋の裏手に家と呼ぶほどのものではありませんが小さな家を借りて、半ば置屋を離れた形で暮らしておりました。いいえ、お兄さんからは一銭のお金も受けとっておりませんし、その家もお兄さんのために借りたものではなく、お兄さんとはいつも待合で客と芸者として逢っておりました。もちろんたがいの気もちの上ではそれ以上のものがございましたが……そう……あの日の二日前でしたか、昼すぎに奥様がやって来られまして、これまで語ったことのない事情を全部お話し下さって、『あなたに安田の妻として安田の死を見送ってもらいたいのです』とおっしゃったのです。ええ、その時に……重希さんとおっしゃいましたね、お義姉様とあなたのことも全部。安田の死が確定した以上自分も将来の身のふり方を考えなければならないし、となると重希さんと添い直すのが一番の自分の幸福ではないかという気がする、重希さんの方でもそれを望んでくれているし、本当にそうしたいのだが、ただ一つ心配なのは世間の評判で、兄の死後その弟と結婚するとなると、やはり逆賊の男の妻だった女だ、恥かしい真似をするなどと白い目を向けられるに違いない、私や義弟が悪者にならないためにも、今まだ安田に生命のあるうちに離縁してもらい、あなたを妻に迎えいれて死んでいってくれたら、とそんなことをおっしゃって……いいえ、私としてはさほど突飛な話とも思えませんでした。それまでも私は奥様と何度かお目にかかっていて、奥様はあなたといると女学生の頃の気分に戻れると言っては、他の人には話せないような話を打ち明けて下さることもあって、既に以前からあなたのことは何度も聞かされていましたし……奥様はよく、『兄弟で顔も性格も似ているとはいえ、私はむしろ重希さんと結婚していれば幸福になれたかもしれない』とおっしゃっていました。お兄さんとのことも『安田はいい人だけれど、私の気もちのどこにも色づくものがなくて、夫婦としては淋しい関係だ』と言っておられたし——いいえ、私だってこういう世界で生きてきた女ですから、人の言葉に裏があることは承知していますが、奥様は本当にご主人より義弟のあなたのことを想っているとしか見えなかったし、きっとご主人に愛を抱けないぶん、こんな関係を結んでしまった私にも優しくして下さるのだと思っていましたし……もっとも奥様の突然の申し出にそう簡単に肯いたわけではありません。でも奥様が、安田は私にとってそれなりに大切な人だ、その人がこんな形で無念の死を遂げるなら、せめて最後に一つだけでも夢を叶えてやりたいから、と涙まじりにおっしゃって……最終的には『安田にも既に話してあるし、安田自身がそれを望んでいるのですから』とおっしゃった言葉で決心がつき、私の方から『よろしくお願いします』と頭をさげたのでした。私としても夢に過ぎなかった〝妻〟という言葉がたとえ数日の儚《はかな》い形ではあっても自分のものとなるのですからね、妻としてあの人の死を見送れるのなら、残る半生を影のような思い出と暮らし続けても悔いはないという気もちでした。――そうしてあの十二日の朝、奥様は私の家の玄関に御自分の婚礼の際の着物を抱えもって立たれたのです。私は何も知らなかったのですが、奥様の蒼い顔色と何もかも諦めたような淡い笑みとでわかりました。『近いのですか』と尋ねると、『今朝です。あと二時間……』そうお答えになって……私に盃の準備をさせると、あの白扇を見せて下さって『あの人を夫として逝かせてやって下さい』と頭をさげられました。私を姿見の前に座らせ、静かな手で私の髪を梳《くしけず》り、一すじ一すじ糸を紡ぐように丁寧に櫛をすべらせ……柱時計の振り子の音が私には安田さんの生命が一かけずつ消え落ちていく音のようにも、死へと向かうあの人の一歩ごとの足音のようにも聞こえ……奥様も同じ気もちだったのでしょう、その音を忘れたいというかのように珍しくあれこれ私に話しかけ……『私はあの人のことを何も知らないと思っていたのに、いつの間にかいろんな癖を憶えこんでいたんですね、昨日の夜からしきりにそれが思い出されて』と言って、靴を履《は》く時必ずどちらの足から履こうかと短く迷う癖やら咳《せき》こんだ後には必ず鼻を一度こするという癖まで、思い出した癖の一つ一つを教えて下さいまして……私の髪を丸髷に結うと、化粧までご自分の手でして下さり、着物の帯を結んでくれました。その時にはもう柱時計が一つ鳴って七時半を告げたのですが、『今頃はあの人も最後の盃を貰っているでしょう』と言って、私を床の間を背に座らせ、盃にお酒を注いで下さって……『これであなたが安田の妻です』そう言い、『四年前の私より、やはりあなたの方が数段綺麗だわ』とおっしゃって……後は私の涙と振り子の音だけで……私にはその音が死へと向かうあの人の足音として、もう何をしても誤魔化せないほどはっきりと聞こえてきて、私が喉《のど》を詰まらせて泣く声を、奥様はただ黙って……静かなお顔で聞いていらっしゃいました。何もできないいままただ座って時が果てるのを待ち続け……やがて八時を告げる柱時計が鳴りだすと奥様は膝の上で掌を合わせて目を閉じ、私はそんなことをする余裕もなく、半ば泣き崩れ、袖で涙をぬぐおうとして……はい、その時になって……初めて……袖の中に何か石のような硬い物が入っていることに気づいたのです。不思議に思い、とり出すと、包んであった袱紗の中から、それが畳の上へこぼれ落ちました。何故こんな短銃が……と、涙に霞む中でぼんやり、突然目の前にこぼれ出した婚礼の着物とはあまりに不釣り合いな品を眺めておりました。その時、『それを手におとりなさい』と奥様が声をかけてきました。いいえ、その部屋にもう一人、別の誰かがいて、その誰かが不意に喋《しゃべ》りだした、そんな気がしました。それが最前までの奥様の声とは別人だったからです……その別人の声のまま奥様はまた、こうも……『今安田は逝きました。あなたはもう安田の妻になったのですから、夫が逝った今、自分が何をすべきかわかっていますね』……そうも言ったのです。その一瞬、私はあの人の死も忘れていました。今の言葉を本当に奥様が語ったのかを確かめようとして、ゆっくりとふり向き……私の不思議そうな目を見返し、奥様はかすかに笑われて……私は、やはりこれは奥様の顔ではなく私の知らない一人の女の顔だと思いました、と言うのもその微笑はひどく冷たくて、それまでの何もかも諦めたような淋しい微笑でも、よく私に見せて下さった優しい微笑でもなく……どう言えばいいのか、一匹の美しい鬼が頬笑んでいるかのように見えたからです……

保子の遺体は谷中の実家へ運ばれ、葬儀は近くの小さな寺で世間の目から隠れるようにこっそりとおこなわれたが、新聞はこの事件を貞淑な人妻の後追い自害として当の安田一義の処刑より大きく報道し、重希がその騒ぎからやっと解放され、いくらか平穏な日常をとり戻した頃には、既にその年の夏も終わり、暦《こよみ》は九月に入っていた。

四十九日の供養を済ませて数日が過ぎたその日、重希が一度だけ会ったことのある女が墨色の羽織を着て姿を見せた。

仏壇の遺骨に長く掌を合わせた後、重希が、「僕の方からも落ち着いたら一度訪ねさせてもらおうと思っておりました」と言い思い切って、「兄が処刑された日の朝、義姉さんはもしかしたらあなたを訪ねてはいませんか」と尋ねると、梅吉はその質問を待っていたのか、即座にきっぱりと「はい、訪ねていらっしゃいました」と答え、薄く紅をさした唇をかすかに震わせながら、その朝の一部始終を語ってくれたのだった。

「義姉さんは、つまり……あなたにその短銃で兄の後を追うように迫ったというのですか」

「はい……」

その時の保子の顔を思いだしたのか、梅吉は怯《おび》えたように瞳を小さく絞った。

「そこまでお話ししていいものか迷いましたが、今日はすべてをあなたに聞いていただく決心で参りましたから……正直に言いますとその奥様の顔に怯えながら、私はこの女《ひと》の目的はこれだったのだと、そう思いました。この女《ひと》は私の死を望んでいて、この瞬間のためにだけ全部を仕組んだのだと……あなたとの結婚の話も、私を安田さんの妻に仕立てあげたのも、すべてがこのためだったのだと……正直、そう思うのも無理はないほど、その瞬間の奥様の声にも顔にも恐ろしいものがありましたから……私は、私を初めて訪ねてきて以来二年、奥様はこの顔をずっと私から……おそらくはご主人からも隠し通してきたのだと思いました」

「義姉さんが、優しそうな顔の裏で、本当はあなたのことを……殺したいほど憎んでいたとおっしゃるんですね。そのために、あなたを自害に追いつめるような情況を作り出したと……兄の死を利用して……」

梅吉はゆっくりと肯いた。

「奥様はその恐ろしい目で銃を掬《すく》いあげるように見ると私を睨《にら》みつけるように見て、その目だけで私に『早く銃をとりなさい』と迫ってきたのですから……でもそれは、ほんの一瞬のことです。私が怯えてかすかに首を振るのを見ると、突然声を立てて笑って……体が壊れるほど激しく笑って……その後銃を自分の手で拾って立ち上がると私を憐《あわ》れむような目で見おろして、一言だけ口にして、走り去るように家を出ていかれたのです。こう、最後に一言……『私が勝ちましたね』とおっしゃって……」

「勝った？——」

「はい、一言そうはっきりと……」

重希は眉をひそめ、

「どういう意味なのですか、それは」

と訊いた。

「私にもすぐにはわかりませんでした。その時はただぼんやりと奥様はこの二年、私がずっと見てきた優しいだけの女ではない、もっと別の女だとそう感じただけで……あの後、奥様があの銃で自害なさったと聞いて、初めて私にはわかったんです」

「——」

「私とのことは、奥様の命がけの戦いだったのです」

そう言い、梅吉はそれ以上の言葉を失ったかのように黙った。膝の上で両手をしっかりと握りしめている。その手が全身の血を集めてかすかに色づいている。その手に言葉にはならない一人の女の想いを聞きとりながら、重希はまたその指の色に、義姉の小指にしがみついていた幻の蜻蛉を見ていた。重希にも少しずつ意味がわかってきた。義姉はやはり兄を愛していたのだ、だからこそ、この女と戦い続けた、優しい仏心のような笑みを装った顔で。だが兄はこの女の方を愛していたし、生前の兄の命をこの女に奪いとられた義姉は、せめて兄の死後の命を自分だけのものとして摑みとろうとした……ただの貞淑な人妻の後追い自害ではなく、それは一人の女の勝利の旗印だったのだ。兄が軍人として国とその夢のために命を棄てて戦ったように、義姉はまた女としてこの女と戦い続けたのだ……

梅吉がやっと唇を開いた。

「奥様が自害なさったと聞いて、私は自分が完全に負けたと思いました。いいえ、既にあの時、即座にあの銃をとり自分の命へと引き金を引くことのできなかった私は、奥様に敗れていたのです。私は安田さんに芸者として愛されたかもしれませんが、妻には決してなれなかったのです、なぜって安田さんは軍人そのものの人でしたし、その人の妻になるということは軍人の妻になるということですからね。奥様にはその覚悟が絶えずあって、最後の時にはいささかのためらいもなく銃を自分の命に向けたのでしょうから……そんな覚悟など毛頭もなかった私は、あの人に愛されたとはいえ、それはこの世での一ときの遊び心のようなもので、その意味では最初から私など、奥様に敗れていたようなものです。……そうして、私なりに考えて、あの朝、たとえ一瞬でも奥様のことを恐ろしい女ではないかと疑ったのが、私の大きな過《あやま》ちだったと後悔いたしました」

「——」

「奥様はあの時、私があの銃をすぐさま摑んで自分の命に向けていれば、本当に私のことをあの人の妻として認めて下さるつもりだったのです。ご自分の愛は諦め、ご主人のすべてを私に譲り渡して下さるおつもりだったのです……それまでの二年間の優しい顔も、全部が嘘だったとは思いません。奥様は奥様なりに苦しみながらも私の安田さんへの愛を認めて下さっていたのだと思います……でも最後に安田さんのために命を落とすことはできない女だと知って……自分は愛されることには敗れたとしても愛することには勝ったのだと、私に向けてそうおっしゃりたかったに違いありません」

愛が、愛されることの戦いではなく、愛することの戦いならば、自分はあなたにとうとう勝ったのだと……義姉はそう叫びたかったに違いないと梅吉は言うのだった。

兄は、処刑の間際、他の人たちと同じように『万歳』を叫んで死んでいったと聞いた。その声に重なって、義姉の『私が勝ちましたね』と叫ぶ声が、重希の耳を銃声よりも激しく打ち続けた。

梅吉の体はあくまで静かだったが、握りしめた両手が小刻みに震えている。それを見守りながら重希は、この女はこの女で一人の男の妻と戦い続けてきたのだろうと思った。

庭から流れこんだ風が、震えた一人の女の手を労《いたわ》るように撫で、二人の間を吹きぬけていった。風はもう秋色を帯びている。真冬の雪の一夜から続いた道の果てに、あの夏の一日があり、その果てに今この秋の風があるのだと、重希はそんなことを思っていた。

「あの朝すぐに奥様の本当の気もちに気づいて後を追っていれば、奥様の自害はとめられたかもしれません。でも私は愚かな女ですから、奥様の死を聞かされて、初めてその気もちに

「……」

梅吉の目にそれまで耐えていた涙が溢れるのを見て、「でもそれはあなたの責任ではありません」と声をかけた。

梅吉はハンカチで涙をぬぐいながら肯き、「そうおっしゃっていただけると思っておりました」と言った。

「この話を自分一人の胸に仕舞っておくのは辛くて誰かに打ち明けたいと思いながら、誰にも話せる話ではなくて……でもあなたなら聞いていただけるだろうと思って……思いきってやってきてようございました」

礼を言うように頭をさげた。

「何故、僕ならと……」

「さっきも申しあげたとおり、奥様の言葉の全部が嘘ではありません。奥様がこの二年、何かにつけあなたのことを口にしていたというのも本当です。それは本当の弟のように愛おしそうにお話になって……奥様はお兄さまのことをああも深く愛してはいらっしゃいましたが、『一生添うには重希さんのような人の方がいい』とおっしゃったのを、私は奥様の本心の言葉だと思っておりますから」

私の言葉の全部が嘘ではありません――

七月の一夜、蚊帳ごしに手を摑みとり、義姉もまた同じことを言ったのを重希は思い出した。全部が嘘ではなかったと言うのなら、あの三日前の午後、義弟の顔から胸に這わせた、幻の夕焼け色に染まった指のどこまでが真実だったのか……だが重希はすぐさまその疑問を胸から追い払った。

そのことに答えを求めるのは、死んだ兄への冒瀆だと思った。女二人は兄をめぐって戦ったが、兄はその女達の戦いとは別の場所で別の夢と戦い、夢に敗れ死んでいったのである。その夢が正しかったにしろ間違っていたにしろ、夢に向けて純粋に命を賭して挑んだ人の死に、自分のまだ青い体に起こった熟しきってはいない一つの感情の問題などを持ちこむことは赦《ゆる》されないと考えていた。

重希が仏壇に飾ってある兄と義姉の婚礼時の写真に送った視線に気づき、梅吉もふり向いて長い間その写真を黙した目で見守っていたが、やがて、

「お義姉様の御位牌は?」

と訊いてきた。

「実家の方です。ただ遺骨は半分兄と混ぜてそこに……」

仏壇の骨壺を目で示した。それをしばらく見送るような遠い眼差しで見ていた梅吉はやがて

「やはり勝ったのは奥様でしたね」そう呟いた。

「あんな戦いを私に挑む必要などなかったんです。私はやはり最初から負けていたんです。一度安田さんが『俺が本当に惚れているのが別の女で、お前がただのその女の身代わりだったとしたらどうする』と……あの人には珍しい軽口めいた声で訊いたことがあります。私がその言葉を本気にして腹を立てると『馬鹿だな。どんな顔をするかと思って冗談を言ったまでだ』と

言って……初めて聞くような愉しそうな笑い声をあげて、布団の中から手を伸ばして枕元においてあった軍帽をとると道化たようにそれをかぶって……私にはその帽子であの人が自分の本当の顔を隠したような気がして、その後もその一言が胸の隅から離れずに……安田さんには本当に私以外に好きな人がいて私はその身代わりではないかと疑っていたのですが……奥様から銃をつきつけられた時、あの奥様の鬼のように恐ろしい顔を知った時、何故なのか私、安田さんが言った本当に惚れている別の女というのはこの奥様のことだったのだってわかったのです。私はこの人のただの身代わりだったのだと……今から思うとあの時、銃を自分の手にとれなかったのはただそのためだった気もします。不思議ですね、男って自分でも気づかないところで奥さんを愛しているんです……それを別の女を抱いた後にだけふっと思いだして……奥様に本当に惚れていることをあの人に思い出させるためだけに私はいたのでしょう」

死と共に妻を連れだってもっと遠くへと行ってしまった男の位牌を眺めている芸妓の目を見ていると重希の唇からは自然に、

「義姉が僕に言った言葉の全部が嘘ではないのなら、兄があなたに向けた言葉もまた全部が嘘ではなかったはずだ……」

そんな言葉が流れだしていた。それが自分を慰めるだけの言葉だと気づくと、重希は自分から首をふった。梅吉もまた自分の顔を翳らせている淋しさを埋め合わせるようにかすかに微笑み首をふった。

全部が真実でないのなら、いっそ全部が嘘だった方がよかった——その目はそう語っている。

夫婦だった男女に身代わりにされた二人の男と女が、その骨を前に死よりも淋しく向かい合って座っているのだった。兄がこの女を義姉の身代わりにしたように、義姉もまた自分を兄の身代わりにした。だがそれでよかったのだ、ただの身代わりで……胸にそう言い聞かせ、だが、その時である……

「今、兄があなたのことを別の女の身代わりだと言ったと……でも本当に……」

気がつくとそう尋ね、次の瞬間にはその言葉を打ち消すために「いや、何でもありません」と続けていた。重希はこの時、ふっと、兄には本当に別の女がいたのではないかと考えたのだった。この女とも義姉とも違う別の女……そうして去年の初秋の藤森の声や義姉の声が蘇《よみがえ》ってくる……藤森が〝女〟という言葉を口にした時の目の色づき、その言葉を伝えた時の義姉の一瞬の静止した顔。死んだ友の姉という女……あの時はその女の話で本当の女の存在を義姉が咄嗟に隠したように考えたのだが、逆だったのだとしたら……

Nの姉というのが兄の本当に愛している女だったのだとしたら。義姉はそれを知っていてその時口をすべらせてしまったその女のことを周囲から誤魔化すために梅吉を利用したのだとしたら……これまで義姉がNの形見の銃で死んだのを、ただの偶然だと思っていた。だが、それがNの銃だったことに意味があったのだとしたら……兄はその女に本当に惚れていたが、死んだ友人の姉であることと夫を持つ身であることのためにそれを周囲から隠さなければならなかった、それで梅吉を身代わりにしたのだとしたら……だが、義姉だけがそれに気づいていたとしたら……そうして夫と同じようにその女の存在を隠すために自分から梅吉に近づき梅吉を利用したのだとしたら……義姉は兄がその女を本当に愛していることに気づいていて、自分には敗北しかないことを知っていた、だがそれを認めたくなくて、義姉は戦う相手の身代わりとしても梅吉を利用した……最後の最後まで。そうして梅吉との戦いに偽りの勝利をおさめ、それだけを慰めに兄の後を追ったのだとしたら……

何故そんな考えが浮かんだのかはわからない。ただ面会の時に自分の妻から外した視線が見ていた何か……あの暗い目を思いだすと梅吉とは違う別の女の影が浮かんでくる。あれは軍人の目ではなかった……ただの一人の男の目だ。妻の前でもこの芸妓の前でも軍人であり続け、軍人としての道を全うするために事を起こしそのために死を与えられた男が最後の瞬間にただの一人の男の目で一人の女を見ていたのだとしたら……いや、自分はNの姉のことを知らないし、その女というのがNの姉のことかどうかは定かではない。だが、梅吉が身代わりに過ぎず、兄には本当に義姉とも梅吉とも違う別の女がいたのだとしたら……

だが、それも束の間頭に渦巻いた考えに過ぎなかった。たとえそれが真実としてもすぐに忘れなければならないと思った。それではこの梅吉も義姉も哀れすぎるし、何より兄に最後まで隠し通したかった秘め事があったのなら、それをそのまま他人の目で穢すことなく黄泉路《よみじ》へと運ばせたかった。梅吉はもう一度丁寧に仏壇に向けて合掌すると、「長々と有難うございました」そう言って立ち上がった。それが重希への礼だったのか、仏壇の骨壺の中の兄と義姉にむけられた礼だったのかはわからなかった。——翌年の二月二十六日の朝、重希は青山墓地に出かけた。その片隅にある安田家先祖代々の墓に、兄夫婦の骨壺を納めるためだった。その日まで納骨を待ったのは、兄一義に最後の面会の時に「俺の死んだ日は二月二十六日にしてくれ」そう言われ、その日を一周忌と考えたからだった。重希は菊の花を供えると、墓の前で骨壺の蓋をとった。遺骨はただ白く、二人のどちらのものとはわからぬほどに混ざり合っている。重希は懐中から昨年の春の夕暮れどき、偶然から自分の懐の中に落ち義姉から貰い受けることになった黄楊の櫛をとり出した。朝の澄んだ風が墓石を覆う苔《こけ》を光らせて通り過ぎていく。真冬の研ぎ澄まされた風にはもうあの夏の残響もない。

何もかもが終わり、今、その櫛だけが重希に残ったのだった。

墓に立てた蠟燭《ろうそく》の火に重希はそれを近づけた。長い時間が掛かったが一度火を吸いとると、それは大きな炎を吐き、自ら焼け落ちる道を選んだかのように激しく燃え始めた。やがて落ち始めた灰を、重希はもう一方の手で掬った。点々と雫《しずく》のように落ちる熱さに耐えた。風を孕《はら》み、火はその風よりも澄んでいる……重希はその灰を遺骨に混ぜ墓に納めようとしていた。あの春の一刻、玄関の暮色の中で一人の女は義弟に、「いつか好きな人ができたら、その櫛をさしあげて」と言った。その束の間の約束を守り、今、重希は死んでしまった一人の女に向けて、その櫛を渡そうとしている……

家路

兄の貞夫《さだお》が新潟の病院で意識をとり戻した時刻、私はまだ上野駅に向かうタクシーの中にいて、そのことを知らず、渋滞と窓ガラスを絶え間なく流れ続ける雨にいら立っていた。

兄は一年前にも脳溢血で倒れている。何とか一命をとりとめたものの、今度倒れたらもう駄目だと言われていたし、私が身繕《みづくろ》いだけをして家をとびだす前にかかってきた電話で兄嫁の民《たみ》江《え》は『このまま意識をとり戻さずに終わるかもしれないと医師は言っている』と告げたのだった……

まだ六十八歳とはいえ、兄の死を惜しむ気もちはなかった。昨年の夏死の一歩手前まで行き恢復《かいふく》はみたが、その後も死と隣りあわせ、ただ死を待って生きていただけなのだし……何より私は兄を憎んでいたのだから。終戦の年、私が物心ついたあの年から今日まで四十三年、私はただ根萩《ねはぎ》貞夫という一人の男を憎むためにだけ生きてきたようなものなのだから。

私がいら立ち、焦っていたのは、一刻も早く新潟に着き、息のあるうちに兄に問い質《ただ》しておきたいことがあったからだ。意識がなくとも構わなかった。私の声、私の血が叫ばせるその悲痛な声は必ず兄の耳に届き、死の闇に埋もれかけた兄の意識をたとえ束の間でもこの世へと引き戻してくれるにちがいない。……そうして最後の息で必ず私の質問に答えてくれるにちがいない。

兄嫁の電話を切った時から、私の頭には想像とは思えないほど鮮やかな場面が浮かんでいる。新潟の病院の一室で、私は死へと冷え固まりだした兄の体を必死に揺さぶりながら、こう尋ねている……『兄さん、あんたは本当にただの兄なのか。私たちは本当にただの兄弟なのか』私は喉《のど》もとの皺《しわ》を絞りながら声が掠《かす》れるほど何度も同じ質問をくりかえしている。兄の目がかすかに開く、死へと濁りはじめたその目に最後の光がともる。私の顔を認め、東京から私が駆けつけてきたことを喜び笑おうとしたのだ。生命の厚みを失った薄い青白い唇を開く……私はその口へと耳を寄せる。それはもう声にはならない。だがそのか細い息が、私が兄と呼びつづけてきた一人の男の最期の息が語る答えをはっきりと聞く。老いに侵され遠くなりはじめた耳で……砕けかけた貝がらにも似た私の耳で。やっと……そう、私がその疑問を抱いたあの終戦の年から四十三年が過ぎ、やっと今。

私の方も兄とは五歳違いで、まだ六十三歳だった。それなのに老いさらばえ、枯れ果て、兄と同じように半ば柩《ひつぎ》に埋もれただ死を待ちながら生きている。無理もない。私は生まれた時、既に死んでいたのだから……生まれてから成人するまでの二十年間、私は柩の闇に閉ざされて生きていたのだから。

「五時の新幹線でしたよね」

運転手がそう声をかけてきた。

「もう少しで高速を出ますから。そうすれば駅は目と鼻の先ですから」

私の苦しげな息遣いに焦りを読みとったのだろう、親切にそう教えてくれた運転手に礼を言い、私はふと、

「東京もずいぶん進歩して見違えるようになったね」

ため息と共にそう呟《つぶや》いた。激しい雨の向うに高層ビルが巨大な影となって浮かんでいる……

「お客さんは東京の人じゃないんですか」

「いや、東京だよ。生まれたのは新潟だが、生まれて間もなくこっちに連れてこられ……今は、さっき車を拾った近くに……世田谷に住んでる」

そう答え、私は「だが物心ついて初めて東京を見て、それ以来ほとんど都心に近づいたことはないから。終戦の年に初めて東京を見て以来ね……」とつけ加えた。終戦のあの年私が生まれて初めて目にした東京は、町というよりただの廃墟だった。

「終戦って昭和二十年でしょう？　その年に物心がついたって、お客さん今幾つなんですか」

私はその質問が聞こえなかったふりで黙っていた。六十三歳。その年齢を答えても私よりかなり若いらしい運転手を戸惑わせるだけだ――私自身が私の年齢に戸惑っていた。『六十三歳』とか『私より若い』という言葉は私には何の意味もなかった。年齢とか歳月とか歴史……それらの時の流れを意味する言葉を、私は頭で考えることはできても、実感として感じとることはできない。なぜなら普通の人と違い、人生の最初の二十年を私は半ば死んだように柩の中に埋もれて生きていたのだから……終戦という歴史の書物の重要な一頁、私は初めて兄の手で柩の

中から引っ張りだされ柩の外にも世界があることを自分の目で確かめたのだった。終戦のその年、物心がついた時、私はすでに二十歳だった。

終戦の年。昭和。二十歳。——

だが、それらの言葉も私には何の意味もありはしない。強《し》いて、私にとって意味のある〝年齢〟を求めるなら、それは兄の年齢だけだ。兄が私より五年早く生まれたこと……兄と私を隔てた五歳という年齢。いや、寧《むし》ろそれだけが私の人生のすべてだった。物心ついた時、あの時の東京と同じように時の流れは狂い、壊れ、瓦礫《がれき》となって崩れ、灰となって散っていた……それまでの二十年と同じように、それから今日までの長い歳月も死と似て無意味だった。終戦の年に私が初めて兄の顔を見つめながら……私にそっくりな顔を見ながら私が胸に刻みつけた一つの疑問。その疑問だけが私が今日まで生きてきた証拠だった。灰が漂うのと変わりない私の人生で、その疑問だけが長い歳月、赤く生命の火を燃やし続けたのだった。

「じゃあ、久しぶりの里帰りですか」

先刻の言葉を聞き流してくれたらしい、今度は大声でそう尋ねてきた。

「そうです」

久しぶりというより生まれて初めてです——そう胸の中で呟き、私はふと『家路』という言葉を思いだす。この高速道路は上野駅に繋《つな》がり、さらに新潟へと繋がっていく。真夏の雨に打たれ、前方に永遠のように果てしなく続いた一繋がりの路が私の家路だった。最初の、そしておそらくは最後の……私は新潟に帰ろうとしているのではなかった。その町で今死のうとしている一人の男へと——兄と呼び続けてきたその男の体に流れている血へと、私は今やっと帰ろうとしていた。

赤い家路。または血の家路。もしそう呼ぶことが許されるのなら……

幼年時代の闇。私は生まれて間もなくから成人するまで東京の一隅の病院で過ごした二十年間を、今も〝幼年時代〟と呼んでいる。二階建ての煉瓦造りの病院はかなり巨《おお》きく庭も広かったが、その周囲を大人の背よりも高い石の塀がとり囲み、私は二十年間その中に閉ざされて育ったのだから。それは物心つく前の幼児が知る世界に似た狭い、限られた世界だった。だが他にもっと広い世界があることを知らない幼児が自分の限られた世界に不満を持てないように、私もまたその石の塀に閉ざされたその世界にある意味で満足していたのだ。

石の壁の向うにもっと広い世界があることは知っていた。私はその二十年間、普通の人と変わりない教育を——いや普通の人より高等な教育を受け、文字や絵や写真の上では外の広い世界に何があり、その世界で何が起こっているのかも知っていた。まだ体の小さかったころ、私は裏庭の百日紅《さるすべり》の樹にのぼり、石の壁の向うに書物で知った世界があるかどうか見ようとした。だがそこにあるのは土の道であり、その道の向うには同じ石の塀が流れその塀から覗《のぞ》いた木造の建物の二階らしい窓に時おり人影が浮かぶだけで、書物の中に広がる世界を見るにはもっとたくさんの塀や壁を越えなければならないことを知っただけだった。

それに外の世界を覗き見たかったのは、子供の頃の気まぐれな好奇心にすぎず、その狭い世界から逃げだしたいと思ったことは二十年間一度もなかった。私はスエという女に育てられていたが、背がそのスエを越すほどに大きくなったころから、むしろ外の世界に出ることを恐れるようになり、そのぶん書物の世界に逃げ込んだ。実際には高度な教育を受けたわけではなかったのかもしれない。二十年間に私が〝先生〟と呼ぶ男は三人代わった。

その三人から私はさまざまな知識を授けられたが、それよりもっと膨大な知識を私は病院の書庫に詰まった無数の書物に与えられたのだった。

スエはよく『岳史さんもお可哀相に。門から一歩も出ることを許されず、これじゃあ、監獄に閉じ込められた罪人だ』と言っては目頭を袖の端でぬぐった。その同情の泣き声は結局終戦の年にスエが死ぬまでくりかえされたが、当の私には何故スエが泣くのかよくわからなかった。――のちに私はこんな風に考えた。囚人が外の世界に出たいと願い、鉄格子と壁に苦しむのは、外に何があるかを知っているからだろう、幼くて外の世界など何も知らなかった私は、だからその壁に囲まれた狭い世界に苦しむことも悲しむこともなかったのだと。

私がスエの泣いたとおり、二十年間罪人として監獄に繋がれていたと思うようになったのは終戦の年、外の世界を知ってからだった――そんな悲しい自分の過去に同情し、死んだスエの代わりに涙を流したのも。そして事実、私の幼年時代が囚人の刑期と変わりないものだったとすれば、私の罪名はある病だった。

生まれてすぐ私の小さすぎる体を蝕《むしば》んだ病は当時犯罪のように恐れられていて、その病を治すという口実のもとにスエに抱かれ私は東京の病院へ運ばれた。私の両親は新潟の豪農で、スエは小作農の娘だった。娘とはいえ別の小作農のもとに嫁ぎ、既に二人の子供がいたのだが、私の両親はスエを夫や子供たちから引き離し、大金でその一生を買いあげたのだった。郷里を捨て、見知らぬ地で他人の子供を育てあげるという不幸な一生を――スエと生き別れになって一年後、夫だった男は上の娘を道連れにして池に身を投げて死んだ。

もっともそれはスエから聞かされた話で、幼年時代の後期にはそれがスエの作り話ではないかと疑うようになっていた。その疑いはそののち別の疑いに変わり、終戦の年兄の顔を見てからはさらにもっと別の疑いへと形を変えていくのだが……ある一時期、私はその病のために両親が私を見知らぬ地に見知らぬ女とともに捨てただけなのだと考えていた。いや、その疑いは今もまだ別の形で胸に巣くっているが……その一時期、私は自分が新潟の大地主の息子であることだけは間違いないと信じていたのだ……

その一時期というのが何歳の頃なのかはわからない、言えるのは人が嘘をつくこと、スエの口にする言葉の全部が事実ではないことを知るほどには成長していたことだけだ。私には両親の顔の記憶がない。そう言うと、スエは決まって、

『それはまだ岳史さんが小さかったからです。お二人とも月に一度は上京されて、岳史さんに逢うのをそれは楽しみにしておられましたよ。でも岳史さんが物心つく前にまずお母様が病死なさって、後を追うようにお父様が亡くなって……』

足腰が弱く孫に会いたくても上京できない祖父が何とか家を守っている、と答えるスエの言葉の一言も私は信じてはいなかった。

たとえ捨てられたのだとして、だが、私とスエは本当に不幸だったのだろうか。

スエはいつも楽しそうに笑っていた。それは先刻語ったように私の不幸な境遇に涙を流すことはあったが、自身の不幸を嘆くことはなく、誰もいないその病院で私と二人だけで暮らすことが自分の一番の幸せであるかのように見えた。それは私も同じで、スエがそばにいる時はその笑顔を模倣《まね》るように、私もいつも笑っていたのだ。スエは小柄で肉の薄い痩《や》せた女だったが、そんな体のどこにああも大きな笑い声が隠れていたのだろう、その声は病院中に反響し、私は誰もいないその病院に実はたくさんの人が隠れ住んでいていっせいに笑い声をあげたような気がしたものだ……あの時もスエは本当に楽しそうに笑っていた。あの時……

正確に何歳の時だったかは、到底思いだせない。私が書庫で、ある分厚い書物の一頁に大きく描きだされていた絵を見ていた時、見るだけでなく、その絵の中で着物もまとわず肌をさらしたひとりの女の体の線を指で伝っていた時、偶然スエが入ってきて私をひどく叱ったことがあった。私にも人並みに性の目ざめはあったのだ……外の世界だけでなく、自分の体という小さな世界の何も知らず、体のどこかで疼《うず》き出した何かがひとりでに指先へと流れたことに当の私自身がとまどい、脅えていた……

叱ったすぐ後、スエはいつもの笑顔で私のちぢみ上がった体を包みこんでくれたのだが……その夜……もしかしたらそれから何日かが過ぎたある夜……ふと目を覚ますと、スエが髪や着物を濡らして私の顔を覗きこんでいたことがある。『急な用ができてこんな夜更けに出かけたのですが、帰り道で雨に降られて……』そう言うと、自分の部屋に戻ろうとせず、その場で着物を脱ぎすて体をぬぐいだしたのだった。そしてその途中で私の手をとると自分の体へと導き……波うつ胸の線を、ゆるやかな腰の線を……鉛筆の芯《しん》のように細かった私の指にたどらせたのだった。『あの絵は異国の女ですよ。異人の女の体はこうも絹のようにさらさらとしてはいないのですよ』そう言った記憶がある。着物を脱ぐ前に、スエは蠟燭《ろうそく》の火か電球の灯か、その部屋にあった明りを消して、私は闇の中でその体をまさぐったはずだが……今思いだすと薄明りの中にほの白くその体は浮かんでいる。その体の芯に蛍が一匹棲んでいて、かすかな光でスエの肌を透かし、浮かびあがらせたかのように、ほの白く……青白く……

いや、その当時でさえ私はいつも思い出の薄明りの中にぼんやりと生きているような気がしていたから、指の小筆が闇に描きこむひとりの女の体は遠い昔の思い出の中に捨てられたほの白い影のように、私の目に浮かびあがっていたのかもしれない……肌は夏の雨に濡れていた。夏？　雨？　もしかしたら雪だったのかもしれない。雪……真冬の雪……二月二十六日、私が長い幼年時代のうちで唯一正確に日付を思い出せるその日……その夜の雪。スエが私の手をくすぐったがり、いつもの、誰もいない病院の隅々にまで響きわたるような笑い声をあげていたことだけは確かだ。誰もいない病院？——

私はもう何度もその言葉を使ったが、あの病院から私たち以外の人々が消え去ったのはいつだったのだろう。ごく小さかった頃にはその病院にはたくさんの人がいて、私とスエは裏庭の納屋のような場所に住んでいた気がする。裏窓に映る人影や中庭に蠢《うごめ》く白衣の影、その声やざわめきを濁り水の中の気配のように、朧《おぼろ》げに思い出せる。だがその人々はいつの間にか消え果て……私たちは病院の建物の隣りあわせた二つの部屋に住むようになっていた。その部屋と書庫以外は何の意味もないがらんとした無数の部屋、階段、私とスエの足音だけを響かせる長い廊下——もちろん他の人々の出入りはあった。何日かに一度やってきて私の体を人形のようにいじりまわす医師と看護婦、学問を与えにくる先生という呼び名の男、御用聞きとか庭師の連中……そうスエがこんなことを言った記憶もある、『この建物が古くなったので院長先生が他に新しい病院を建て、みんな移っていったんです。それで新潟のお祖父さまがここを買い取って二人だけで住めるようにしてくださったのです』と。だからそこは病院というより廃院だったのだ……だがそんなことに何の意味があるだろう。私にとって、その二十年間のすべてはスエだったのだから。思い出の中ではいささかも老いることなく、娘のような若さで笑っている一人の女の顔が、私の知らない母であり、父でもあり、友や教師や医師であり、石の壁に閉ざされた私と外の世界を繋ぐ唯一の絆だった。私は戦後その病院を売った金で小さな家を買い、残りのお金と新潟からの送金と翻訳の仕事から得るお金とで生きてきたが、私が何とか病を克服し、恐ろしい外の世界で今日まで生きのびてこられたのは、医師や終戦後アメリカから入ってきた特効薬のためでも、私に初めてドイツ語を教えてくれた先生でも新潟のただ一人の血縁でもなく、すべてはスエという大きな思い出のお陰だったろう。——スエは私の唯一の〝女〟でもあった。実際に私の体が女を知ったのは、終戦から何年かが過ぎ軍人の寡婦であった女と結婚してからである。孤独癖をひきずった私に疲れたのか、その女は数年後離婚を申し立て自分から去っていったが、それなりに幾度か交わったその妻の体よりももっと深く、色濃く、女の体のすべてを私はあの夜、小さな指で淡くたどっただけの闇の体に教えられたのだと思う……

幼年時代の最後のころ戦争も激しくなると医師すらが訪ねてこなくなった。ラジオから溢《あふ》れだす行進曲、遠い雷鳴のような爆音、空を時おり切り裂く鉄の怪鳥に似た影、二度三度と燃えあがった空。それが私の知る戦争だった。それは石の塀の際まで火の荒波となって迫り、外の世界を壊し尽くそうとしていたのに、そんな時でさえスエと二人で掘った防空壕に逃げこみスエの笑顔に包まれ、私は幸福だったのだ。そう、誰もが同情するあの長い暗黒のトンネルにも似た二十年間、私とスエは二人きりで本当に幸せだったのだ……それなのに、終戦という言葉と共に、一人の闖入者《ちんにゆうしや》が現れ、その幸福にまで終結を告げたのだった。玉音放送が終戦を告げて間もなく、スエは胸を患い、秋になると体を起こすことも難しくなった。

再び出入りするようになっていた医師か、戦中も新潟から月々米を運び続けていた男の口からスエの病状が伝えられたのだろう、秋も深まる頃、一人の男が訪ねてきた。そう、確かに秋も終わる頃だ。壁に閉ざされた暮らしは時の流れだけでなく、季節の移り変わりを感じとる力までも私から奪いとり、私は過去の出来事を思いだすたびに背景にある季節が真冬か真夏かもわからないほど混乱してしまうのだが、それが終戦の年の晩秋だったことは間違いがない。なぜなら、その朝、私が自分で作り食べさせていた粥《かゆ》を済まなそうにスエがすすっていたところに、玄関から声がかかり、恐る恐る出ていくと、一人の男が重そうに背負った風呂敷包みをおろしながら後ろ姿でしゃがみこんでいて……その変にテカテカと油照りした髪に落ち葉が一枚貼りついていたからだった。腐り果てたその葉の色を私は一つの秋の終わりを……幸福な幼年時代の終わりを告げる残酷な烙印《らくいん》としてはっきりと思いだせる。男はその葉を払いおとしながら、ふり返った。しばらく奇妙な物に出遭ったかのような茫然とした無表情で私を見つめ、その鋭く切れた目を不意に崩して笑い、自分を納得させるように何度も肯《うなず》いた。……それがスエの口から名前だけを聞かされていた私の兄だった。

車内アナウンスが、新潟駅が間近いことを告げる。窓の向うを平野に代わって町並みが流れている。上野駅でまごついていた私を発車間際の新幹線に乗せてくれた若い娘が、わざわざ自分の席を立ち「もうすぐですよ」と知らせにきてくれる。「あっという間だったでしょう?」――私は目を逸《そ》らし、丁寧に頭をさげる。私は今も人に慣れていない。人の優しさにも。それよりも私の目は雨の拭い去られた空を燃やす夕焼けの色に奪われている……あかね雲。あっという間ではない。短くはない。終戦の年の晩秋から結局四十三年がかかった長い家路だった。そう呼ぶことが許されるなら赤い家路……その家路の果てを同じ色の雲が飾る……

私は終戦のその年まで、時に母という語を思いだしては、もしかしたらスエが私の本当の母ではないかと疑っていた。いや――その年の秋の終わり、兄の貞夫が訪れてから疑いはいっそう強まった。と言うのも、私はある夜兄と病床のスエとが小声で語りあう言葉を盗み聞いたからだ。

『こうなったら思い切って親子の名乗りをした方がいいのではないか。これではあまりに不憫《ふびん》すぎる。お前の口から言えないというのなら、私の口から……』

その兄の言葉を、低く激しく、獣が呻《うめ》くような声でスエは止めた、『いけません、死んでもその秘密だけは……私が生涯を捨てて守り続けたその秘密だけは』……

その瞬間、疑いは確信となった。もっともその確信は何日か後には……呆気ないほど簡単に……崩れさった。ある夜また私はスエのこんな声を立ち聞きしたからだった。

『私の一生は充分幸せでした。自分の死んだ子供の代わりに天から岳史さんを授かったのですから。岳史さんも、それはあのかたを産んで亡くなった本当のお母さんには申し訳ないくらい、私を母親同然に慕ってくれて……』

死へと傾きながらも穏やかだったその声。

そう、スエが私の産みの親であるはずなどなかったのだ。兄が来てからのスエの謙《へりくだ》った態度を見ればスエが小作農の娘だということは明らかだった。たとえ遠い地に棄てたとはいえ、小作農の娘が産んだ子供に地主の家が一つの病院を買い与えるほどの援助をするわけもないのだから……落胆の中で、だが、私はまだ疑いを残していた。それなら何故兄の口から『親子の名乗り』などという言葉が出たのか……

そうしてそれからしばらくして、私は兄に連れられて初めて石塀の外の世界へと足を踏み出したのだった。錆びついた鉄の門は、兄の手で開かれた時悲鳴に似た音で軋《きし》んだ。私の二十年間の何も知らない兄は、一歩を踏みだすのに脅えている私に『どうした』と不思議そうな声をかけ、太い腕を私の肩にまわし、私より一回り大きな体を背にぶつけ私を押し出した。……その夕刻の記憶は埃《ほこり》だらけの壊れた走馬灯に似ている。だだっ広い……焼野原と呼ぶのも無意味なほどのただの広がりの中を私は兄の背について、油のきれた器械のような足取りでぐるぐると歩き回った。私が書物やスエたちの話から想像していた東京は、地に瓦礫となって低く這い残っているだけだった。外国の小説の中で読んだ火山灰に埋まった都、海底に沈んだ都。その伝説の華麗さもなくただ暮色に圧《お》しつぶされただけの貧しい、薄っぺらな広がり。風に舞う灰、砂埃、焦げた土の匂い、その土にしみ残った戦火に焙《あぶ》りだされうごめく人影……私は病院の庭以上に何もないその虚しい広がりに、不思議な窮屈さを覚えていた。逆にその外の広い世界に閉じこめられたかのような印象。そしてそれはその奇妙な逆転の中で起こったのだった。

『よくあの病院が焼け残り、お前たちが生きのびれたものだ。空襲の噂《うわさ》を聞いて郷里に戻るよう人伝てに説得させたが、スエが最後まで首を縦にふらなかった』

立ちどまって兄は言い、また『だがもう心配はない。俺たちが血が繋がっている以上俺がお前を守り通す。体だってそんなに丈夫そうになったじゃないか』励ますような声でそうも言った。

私はその言葉より、風が肩にぶつけてきた新聞紙に気を奪われた。私はそれまで数えるほどしか新聞を見たことがない。それは私にとって大きな薄い不思議な書物だった。

『何だ新聞がそんなに珍しいのか。そうかスエは読み書きができないから新聞をとっていなかったのだな……だがその方がよかったんだ。書かれた嘘を信じていたから日本は負けたんだ』

私はふと顔をあげて兄の顔を見た。私がまともに兄の顔を見たのは、玄関で会って以来それがまだ二度目だった。兄はあの時と同じように笑い、自分を納得させるためにだけ肯いていた。そうしてその時になって初めて私は兄が私にそっくりだということに気づいた。兄の顔はたくましく、鏡で見る私の顔は弱々しい。だが私の顔の細い線を太く濃く強く描き直せば兄の顔になること——それをその時の暮色が暴いたのだった。薄闇が兄の顔から私に似た線だけを浮き彫りにした……余りに私と似すぎた顔。私に残っていた疑いが形を変えたのはその瞬間だった。私は『親子の名乗りをした方がいい』という兄の言葉の別の意味に気づいたのだった。そう、親というのは母のことだけではない……だがそうと気づき、私は即座に首をふった。そんなはずはない、兄はまだその年二十五歳だったのだ。その年齢に偽りはないだろう。たくましく私より若々しくさえ見える兄がそれ以上の年齢であるはずもない。私は胸の中でそうはっきりと否定した。それなのに……だが……初めて外の世界に足を踏みだしたその日……戦後という一つの時代を、やっと自分のものになったはずの人生を、私はそんな一瞬の兄の顔とともに歩きだしたのだった。

兄嫁が改札口まで迎えに来ていた。兄とその民江の孫だという青年の運転する車に乗せられ、私は民江の口から兄が意識をとり戻したことを聞き、いくらかホッとする。だが私はただ「民江さん、あんたが兄に嫁いだのは終戦から何年目だったかな」とだけ訊く。

「終戦の翌々年ですよ。どうして?」

兄の病状より、初めて見る新潟の町より、その町並みの果てを赤く浸した夕焼けの色に気をとられている。あかね雲。あの雲なら赤い雪を降らせそうだ……あの時の赤い雪を。

雪？　私は真夏であることを忘れ、またも季節を混乱させる。あの時だってそうだ。私の体に赤く、襲いかかるように降りしいたのは雪ではない。それを私の記憶は別の年の別の夜の雪と混ぜあわせてしまっているだけだ……二月二十六日のあの夜の雪と。

「いや、それなら……その当時、兄の邸には百日紅がなかっただろうか。樹が死ぬ前に、季節とは関係なく最期にもう一度……赤い花を……盛りの時のようにいっぱいつける……」

私はそう尋ねる。だが、その声はいつものように他人からどんな答えも期待しないひとり言に似ている。

スエがそれを教えたのだ。死ぬ前の晩に——スエが死んだのが、兄が初めて私を外の世界へ連れだした日の前だったのか後だったのかは忘れた。憶えているのは、スエが死ぬ前の晩、最後の喀血《かっけつ》をみた時、兄が傍らにいなかったことだ……畳にまで流れ落ちた血を見ながらスエは、『不思議なものですね、血というのは体の中に流れている時には、少しも汚れているようには思えないのに、こんな風に外へ流れだすと、汚れた恐ろしいものに見えてしまう……』と言い、その苦しげな息遣いのままこう言ったのだ。

『私の死んだ後は、お兄さんがいる限り何も心配は要りませんよ。あの方は岳史さんのどんな我儘《わがまま》も聞きいれて一生面倒をみてくれるはずです。お二人の血の繋がりはあなたが考えている以上に強く、美しいのですから……貞夫さんはあなたを郷里に連れ帰るでしょうが、新潟のお邸には、この病院にあったのと同じ朽《く》ちる前にもう一度花をつける百日紅の樹があります。私の墓は要りませんがその百日紅が最期の花をつける日が来たら、それを私の命日と思って……ほんの少し私のことを思いだしてください……』

そう言い、『憶えてますか、私が燃やしたあの百日紅の樹を』と尋ね、私の答えも待たずに目を閉じ、眠りに落ち……その静かな眠りのまま、翌朝窓から染みこんできた薄明りに溶けこむようにひっそりと息を引きとったのだ。——もちろん、私は憶えていた。幼年時代のある日、私は裏庭の一本の樹が繁った葉のあちこちに赤い飾りをつけているのに気づいて不思議そうにそれを見上げていた。

病院の庭には草木が他にもいっぱいあったが、格別私の関心を引くものはなく、花というものを意識したのは、それが最初で最後だった。(私が興味をもった植物は、戦後に買った今の家の裏庭に見つけた羊歯《しだ》だけである。日盛りにも薄闇を溜めた一隅に、閉ざされるように繁る草に、私は幼年時代の自分を見るのだろう。) その裏庭の樹も、私にとってはよじ登れば外の世界を垣間見ることができる、梯子《はしご》のような意味しかなかった。『あれはどうして?』と訊いた私にスエは意外な反応を見せた。私がまさか花を知らないとは思わなかったのだろう、顔をしかめ『こんな時期にまた咲くなんて。一年に二度花をつけるのはこれでこの百日紅の樹も死ぬからです』と言ったのだった。それで私が『花って何?』と訊くと……スエはまた不思議そうに顔をしかめ……花が何であるかを教えてくれ、普通は一年に一度しか咲かないのにこの百日紅だけは枯れる前にもう一度盛りの季節と変わりなく花をつけるのだと言った、『可哀相に。この綺麗な花が遺言なのですよ……今この樹が最期の血を流しているのです』と。

記憶の中に降る赤い雪は、その百日紅の細かな花片だろう……いや、それとも火の粉なのか。その後スエは、確か、朽ちるのは白蟻《しろあり》にでも侵されてるからだという理由で樹を焼き払っている。ある夜、私とスエは闇に大きく炎を吐いて燃えあがる火を見ている。あれだけの火が外の世界の誰の目にも見つからなかったはずはない、たぶん何かの騒ぎがあったろうが、それは記憶になく……憶えているのは時々爆《は》ぜるような音とともに、遠くに立っていた私の髪や肩にも点々と赤い雫《しずく》が降ってきて、そのたびにスエが着物の袖で私の体を庇《かば》おうとしたことだけだ……そう、あれは花片というより火の粉だったのだろう。私は大仕掛けな花火でも見る思いでいたような気もする。かすかだが、闇に散りしく火の細片に、あの赤い花の幻を追っただけなのだろう……真冬の雪の夜だったような気もする。かすかだが、『火は危ないから、焼くのは雪でも降る日を待った方がいい』……そんなことをスエが言っていた記憶があるのだ……とすればそれは確かに赤い雪だ。燃え盛る火に赤く照り映え火花と混ざりあい私の小さな体に降りしいた雪……小さな体？　何歳の時だったかはわからないが、たぶん私が好奇心から樹によじ登り外界の端っこを覗いていたほんの幼い頃だろう。スエが樹を焼き払ったのは私にそれをやめさせるためだったのではないかと今の私は考えている。私が外界を知ってしまうことか、逆に外界の誰か、例えば通行人のような誰かがその廃院に一人の子供が閉じこめられているのを知ってしまうことを恐れて――

それとも、私はその何年か後の一夜の雪をあの時の火花と混ぜてしまっただけなのか。十一歳の年のある夜に見た雪と……十一歳。その年齢だけは闇のトンネルに過ぎない幼年時代の中でもはっきりしている。その夜更け、私は不思議な足音で目を覚ました……そう、音。音とか響き、声。それらは私をわずかに外の世界に繋げるほとんど唯一のものだったのだ。道行く人や青竹売りの声、号外の鈴の音、子供の泣き声、それからまた私には到底説明のつかない様々な物音。とりわけ私は百日紅の樹に登った際見た道一つ隔てて流れる石塀の中から聞こえてくるらしい声や物音に馴染んでいた。当時の私は既に戦争のために軍隊というものがあることはわかっていたし、軍人とか歩兵とか連隊とかいう言葉も知っていた。そしてその頃にはもう石塀のむこうにあるのがその連隊の一つだと、スエか先生から教えられてもいた。若い男たちのキビキビした声や上官が張りあげる命令か訓示のような声、時に歌声。音は主に土を蹴る足音だった。号令に合わせて二拍子の掛け声と共に刻まれる軍靴《ぐんか》の音。多勢の足が一つに重なり、想像の中では巨人の足となって膨《ふく》らみあがったその行進の際の足音は当時私が最も親しんでいたものだったが、その夜私が目を覚まし、初めて聞く音のように気味悪く感じたのは夜更けに行進の音を聞くことなど、それまでになかったからだろう。

それにいつもと違い号令も掛け声もなく彼らは無言だった。夜の静寂を突き破る無言の足音は私の耳のすぐ近くに迫って聞こえ、私は、その病院で死んだ人々の影が蘇《よみがえ》り群れをなして廊下を、階段を徘徊しているのではないかと脅えた。それから……確か窓を開いたのだ。当時の私は窓の上方の枠を鉄棒のように握り懸垂のように体を引っ張りあげれば病院の石塀のむこうをわずかだが覗けるほど大きくなっていたのだ。もっともその頃の私は外界への興味など失っていたのでめったにそんな真似もしなかったが、その夜はさすがに足音の正体を知りたかったのだろう。そして私は見たのだ。降りしきる雪と夜に紛れて黙々と行進していく兵士たちの軍帽の群れを——

ほんの束の間だったはずだが、記憶の中では彼らは死に向かって果てしなく長く行進を続けている。それが二月二十六日の夜、正確に言うなら、二十六日に切り換わった日の未明である……もっとも私がその日が二月二十六日だと知ったのは、終戦後かなり経《た》ってからだ。私は翌日にもスエに、『夜中に兵隊さんたちが行進していたが、あれはどこへ行ったのだろう』と尋ねた気がするが、彼らがその夜の行進の果てに起こした事件についてはスエからも先生からも何も聞かされなかった。時代はその頃から暗黒の泥沼へと日本を引きずりこんでいったのだが、子供である私を脅やかすような事件は私の耳には入れられず、私は開戦の事実すら、ずっと後空襲が激化しスエがもう私から隠し通せなくなって初めて知らされたのだ。スエがラジオを手に入れたのも空襲を心配するようになってからである……昭和十一年二月二十六日。戦後その日に青年将校が下士官・兵を率いて起こした事件を知ると、私はあの雪の夜の軍靴の音はその事件の音に間違いないと考え、それから逆算して大正十四年生まれの私があの夜、満年齢で言うなら十一歳だったこと、その日が二月二十六日だったことを知ったのである。

軍靴、軍帽、降りしきる雪。これらの記憶は確かだが、私の記憶はその雪を赤く色づけしている。戦後事件を知り彼らがその夜流したという血で、記憶の雪を染めあげたのか……それとも百日紅の樹が燃え落ちる際に放った火花や花片の幻をその雪に重ねてしまうのか。

今一つ、私の指がスエの体を探った夜——その夜の記憶に私はその二月二十六日の雪を降らせてしまっている。その夜、指でスエの体をまさぐるうちに私は眠りに落ちた。指先から全身へと燃え広がった火に包まれた、それは痛みにも似た熱い、赤い眠りだ。その眠りが軍靴の足音で断たれ、私は窓を開く……記憶の中で私はそんな風に二つの夜を繋いでしまった。さらに百日紅を焼いた夜をも……

思うに柩に閉ざされ、同時に柩に守られ、太平洋戦争や東京大空襲ですら外の世界の出来事としか感じとれないほど無為だった二十年間のうち、その三つの夜だけが私にとっては何かが起こった夜だったのだ。私はそれら印象深い三つの夜を雪と火とで一つに繋げ、〝赤い雪〟という言葉を生涯消えることのない焼き印として記憶に押し当てたのだ。——そうして戦後長い間、私はこういった記憶の中の時間の混乱は、特殊な幼年時代を過ごした自分だけに起こっていることだと考えていたのだが、最近になって他の人々も同じだと知った。ほとんどの人の記憶の中でも時間は乱気流を引き起こし、その乱れを自分流に修正してしまうことを——つまり人の記憶は必ず壊れていることを。それが永久に絵として完成することのないジグソーパズルの、無数の細片に似ていることを。時の流れがモザイク画を作りあげるのとは逆に、出来あがったモザイク画をとり返しのつかない破片に砕く作業に似ていることを。

「百日紅なら今も家の庭に残ってますよ。でもそんな樹だという話は一度も……それは狂い咲きということですか」

「そう……一年に二度花をつけると樹が枯れてしまうと……」

首をかしげた民江に私の方はもっと不思議そうな顔を返す。だがそのことを深く考えるより、私の気もちは前方の空の涯《は》てに形を崩しながらも色を深めていく雲に依然引きつけられている。私はこの雲の色を東京に戻っても目の奥に残しているだろう……それは私の人生に起こった七つ目の赤だ。百日紅の花、その樹を焼いた火、スエの肌に触れた夜眠りの中で私の体を燃えあがらせた火、二月二十六日の雪、スエが最後に吐いた血、そして何より私の体に流れる、兄と――根萩貞夫という一人の男と同じ血。

「民江さん、いったい兄さんという人はどういう人だったんです」

唐突な質問に驚きながらも、「それはあなたも知ってるとおりのいい人ですよ」と答え、その言葉を誰より自分に納得させるように一人肯いた。長年連れ添い、夫の癖が自分の癖になったのだろう。この女は戦後、兄と一緒に何度も上京している。控えめで性格は良さそうだが、何故かこの女は時折私をいら立たせる。それを長年私は自分が依然、人に慣れていないからだと考えていたのだが、そうではない。この顔だ、車窓を流れる平凡な町並みに浮かんだこの横顔、丸みがありながらどこか冷たさを感じさせるこの横顔。それが誰かに似ているからだ――戦後、兄が結婚して間もなくに、初めてこの女を連れて上京した時には誰に似ているかすぐにわかった気がする……だが今はもう思いだせない……

「たくさんの使用人に囲まれて育ったから我儘なところはあるけれど、反面両親を早くに亡くしてお祖父さん一人と暮らしてた淋しさがあるからでしょうね、家族は大事にしてくれます。

あなたのことだって今でも心配してるんです、あなたが郷里に戻らないとわかっているのに、家を改築した際にはあなたの部屋を用意して……今もあるんですよ、その部屋。本当に実の子以上にあなたのことを……」

私の衰えた耳が一つの言葉だけを鮮明に聞きとる。実の子以上に——

スエの言った通り、兄は私のどんな我儘も聞き容れてくれた。実際兄は〃いい人〃だった。快活でよく笑い、情も深かった。終戦のあの年、かなり長く東京に滞在し、知人の家を何度か訪ねていた。スエが死んだ前の晩もおそらくその家に泊って私たちのそばにいなかったのだろう……帰ってきた兄が冷たくなったスエの体にとりすがり、獣の咆哮《ほうこう》のような声をあげて泣き続けたのを憶えている。私の方はスエの死にも涙一つ見せず、ただ無表情だった。もちろん悲しくはあったが、感情を白い顔が閉じこめてしまう。私の顔も柩に似ているのだ——その時のことだけでも兄の方が私よりはるかに優しいことはわかった。

スエのお骨を抱いて一旦新潟に戻った兄は、その後も頻繁に上京し、執拗に郷里で一緒に暮らすよう説得したが、最後には私の希望を聞き容れ、東京に私の住む家を探しだしてくれた。食糧難の時代に郷里から米や野菜を運んでくれたのも兄だし、知り合いの国会議員に頼んでアメリカの薬を手に入れてくれたのも、その議員のつてで翻訳の仕事を貰ってきてくれたのも、結婚の世話をしてくれたのも離婚の際の面倒な問題を片づけてくれたのも兄である。そのたびにわざわざ上京してては『お前は何も心配しなくていい』と顎《あご》で大きく肯きながら言った。それから今もまだ続いている送金……戦後の私の人生を支えてくれたのは間違いなく兄である。それなのに私はそんな兄を憎み、その憎しみでまた私の戦後を支え通したのだった。私が東京に棄てられ、兄だけが郷里の邸で大切に育てられたからではない。兄の話を聞けば、両親の記憶もおぼろげなまま意味もなく広い邸で厳格な祖父と使用人に囲まれて暮らし続けた歳月は私と同じように孤独なものであり、スエがいたぶん私の方がマシだったと思えた。

私が兄を憎んだのは唯一、終戦の年のあの日、地図でしか知らなかった東京がその地図の燃えかすのように広がった中で私が抱いた疑問のためだった。その一つの疑いが黒い煙を吐き出し、私の兄に対する感情をすべて消し去り憎悪だけを残すのだった。スエを失い、愛で他人と繋がることを失った私は、それを憎悪に変えて兄と繋がることで、何とか戦後を生き延びようとしたのかもしれない。ただ私のその憎悪も顔に出ることはなく、兄はその言葉に私が黙って従うたびに、私の方でもこの唯一の血縁を大切にしていると誤解し続けた。確かに私は兄にしがみついていた。だがそれは兄の口から一つの答えを引きだすためだけだった――

私の無口や無表情を庇うように兄は忙しく顔を動かしよく喋《しゃべ》った。そしていつも毛深い眉《まゆ》を大きく折って笑った。私の方から兄に語りかけたのはこの四十三年間で何度あっただろう。憶えているのは二度だけだ。終戦から何年か後、兄が議員のつてで特効薬を手に入れたから、『これでもうお前の体は大丈夫だ』と笑った時――確か私はこう訊いている。『兄さん、私の病はいったいどんな病なのですか』と――

私はもちろん病名を知っていた。医師が治療し続けたことも、私の体がひ弱だということも。

だが……私はその病が私の体にどんな風に起こり続けたのか、知らずにいたのだ。その点でも私は二十年間、まだ物心のつかない幼児に似ていた。兄は長い沈黙の後でこう答えた。

『その病気に冒されたのは俺たちの母さんだ。お前が腹にいる時に……そうしてお前を産んで間もなくに死んだ。その病は郷里の村では遺伝すると恐れられていたからね、生まれてきたお前は確かにひ弱で、体の色もかすむほど白かったし、半年もすると体にかすかだが徴候も出てきた、それで東京の病院へ運んだのだ……四、五歳の頃にはそれも癒《なお》ったと聞いた。だが完全に癒ったわけではないんだ。いつまた発病するかもしれないという点ではずっと……今も病人として治療を受け薬を飲み続けなければならないんだよ。俺は子供の頃からお前と会いたかったが、祖父が赦《ゆる》さなかった。馬鹿な村の連中は根強く遺伝という言葉を信じていたから……同じ血を受け継いでいる以上俺だって同じはずだが、俺の方はまだ母さんが丈夫だった時だし、何の徴候もなく見た通りの丈夫さだけが取り柄の体だからね。それでも陰では嫌なことを言われ辛い思いをしたものだ……だが祖父は死んだし、新潟も終戦と共に大きく変わった。今では母さんがどんな病気で死んだか憶えている者も少なくなっているし……』

　私はその兄の言葉を嘘だと思った。私が東京に棄てられたのは病というより、何か別の理由がある、私の出生に関する何かの……

　その言葉は私の疑いをいっそう深めただけである。だが依然その疑いを否定する材料もまた確固としてあったのだ。兄が私より五歳しか年上でないこと……

　またある時——二月二十六日のあの事件を知って間もなく兄が上京した際、私は兄にその事件を知っているかと尋ねてみた。

『ああ。郷里出身の将校が一人処刑されたから村でも騒がれたからね』

『その時、兄さんは幾つだった』

私は兄が年齢を偽っているのなら、私の質問に一瞬でも戸惑いを見せると思ったのだ。私はそんな風にしか兄に尋ねられなかった。疑いながらも私はその疑いの答えをはっきりと兄の口から引きだしてしまうことを恐れてもいたのだ。

『……十七歳だったな、確か。どうしてだ』

数え年でそう答え、兄は本当に怪訝《けげん》そうな顔で私を見た。その顔に嘘があるとは思えなかった。兄はやはり私より五歳年上なだけだ。だが……私は黙って首を振った、兄にと言うより私の中の疑問に向けて。……だが……だが五歳の子供に子供を産ませる能力があるだろうか……

「兄さんは今六十八のはずだが……民江さん、本当に兄さんはその年齢なのだろうか」

民江の顔に変化が起こった。私の質問の唐突さに今度もただ驚いただけとは思えない。一瞬ふり向き目を黒い針にして突くように私の顔を見た。「ええ、もちろん……」小声でそう答える。

「どうしてそんなことを……」

その質問にタイヤの軋む音が答えた。病院に到着したのだった。私は病院に着いたというより空の涯てのあかね雲にやっと辿《たど》り着いたのだと考える。玄関に入る。待合室で一人の男と喋っている看護婦の白衣を見た瞬間、私は幼年時代の一時期二、三度私の部屋に寝泊りしたことのある看護婦の顔を思いだした。病のせいではない、親の死とかそんな理由でスエが里帰りした際にでも私の面倒を見ていたのだろう……優しい声や品のいい顔がかすかに記憶に残っている。それなのに私はその女を嫌っていた。幼年時代のごく初期だったのだろう、私はその顔を思いだすたびにあの頃の、スエがもう戻ってこないかもしれないという恐怖に似た怯《おび》えを同時に思いだしてしまうのだ。兄嫁の民江はその女の顔と似ている……

だがその女の顔は束の間、私の脳裏を掠めただけだった。私の目は、看護婦と一緒に喋っていた男がふり返った、その顔に奪われた。「上の息子の弥一ですよ」民江が言う。兄から何度も見せられた写真では知っているが、初めて見る顔。その顔はゆっくりと近づき、丁寧に頭をさげる。目は注意深く私の顔を観察している。私と同じことを考えているのだ、まだ四十前のはずなのに細く皺を這わせた顔、その顔より私の顔の方がずっと兄に似ていること……私の甥となっている男は、「意識は戻っていても今夜いっぱいが保証できないと医師《せんせい》が……今は眠っているようですが」そう言いながら私を二階のその部屋に案内する。ドアがそっと押し開かれ、私の家路はやっと終点に辿り着く。やっとその広い個室で……広さ以外、意味のない壁に囲まれた灰色の病室で。

だが、その終点はあまりにあっけなかった。

「岳史さんですよ。――東京から来てくれたんですよ」

兄嫁の何度目かの呼びかけにベッドの上の顔はうっすらと目を開ける、だが瞼《まぶた》の深い皺が重くその目を閉ざしてしまう。最後に会ったのは何年か前だが、その時とは別人のように痩せこけ、老《ふ》けた顔。死の翳《かげ》の中に沈みかけた顔。それでも手だけがまだ生きているように空《くう》をまさぐり私の手首を摑《つか》む。指の……指とは呼べない細い骨が私にからみつく。私は口を開こうとする。それを止めたのはこの時不意に笑おうとした兄の顔か、不意に私の喉を突きあげた怒りとも悲しみともつかぬ何かの塊か。私は六十三年間で初めて私の感情を声と顔とに出そうとしていた。だが微笑が兄の顔に広がりきらぬうちに、その手は私の手首からベッドへと力なく落ち、死の色に褪《あ》せ始めた唇から零《こぼ》れたのは私の望む声ではなく苦しげな息だった。すぐに医師が呼びにやられ……しばらくして廊下のソファに座った私たちに、病室から出てきた医師が「この昏睡状態のまま終わるかもしれない」と告げる。私の四十三年間の長い家路はあの空しい息にたどりついただけだったのだ。だだっ広い無意味な焼野原から歩きだした長旅の果てには、やはりあんな無意味な息しかなかった……

「去年倒れた時からずっと覚悟はしていたのに……」

喉を震わせてすすり泣いた民江がそう言い訳すると、思いだしたように、「さっきは岳史さん、何故あんなことを訊いたんです。あの人が本当に六十八かと……」と尋ねる。そして湿った声がこう続ける。

「岳史さん……何《い》かそのことで知ってるんですか」

倒れこむように半ば横たえていた体を私はゆっくりと起こし目だけで問い返す。その瞬間から私には、声の出せなくなった兄が妻だった女の唇を借りて何かを語ろうとしているのだという予感があった。兄嫁は言う。

「去年入院してた際、家の使用人の息子が死んで、それを聞いてあの人、弥一に『俺は逆縁にだけはなりたくないからまだまだ生きるぞ』とかそんなことを言って、ふっと『俺の本当の年齢は誰も知らずにいるが……』そう呟いて。弥一は冗談と聞き流したようだけれど私は気もちに引っ掛かって。あの人には何も言わなかったけれど、今も胸の端っこに小石が転がってるみたいに気になってて……と言うのもその二年前に私の父が死んだ際、寺で偶然昔の過去帳を見て、そうしたらあの人の……あなたたちの母親のゑんさんの死んだのが大正五年の確か七月と書かれてたんですよ。いいえ戸籍では大正十四年、あなたの生まれた年に死んだことになってるから何かの間違いだろうけど……あの人は大正九年の生まれだから過去帳が正しいとすると、ゑんさんが死んで四年後にあの人を産んで、さらに五年後にあなたを産んだことになってしまうから。でも変に気になって……ゑんさんがどんな病気で死んだかはまだ陰であれこれ言う困った連中がいて、私の結婚の時も反対する者があったぐらいだから、気になりながらもあの人には何も訊けずに……」

私は口では「ただの過去帳の間違いだろう」と言い胸には別の言葉を言い聞かせている。正反対の言葉を――過去帳の方が正しいのだ、戸籍など土地の有力者だった根萩家ならどんな風にも塗り替えられた……母は大正五年に死んだのだ。私の母ではない、兄の、……根萩貞夫だけの母親は。貞夫を生み落としすぐその母が死んだとすれば、貞夫は私とは九歳違いになる……九歳だったら可能だったのかもしれない。父親になれたのかもしれない、九歳違いの子供を作るための……いや、事実なれたのだ。なってしまった。そのためにすべてが仕組まれた。貞夫の産ませた子供は東京に棄てられ、壁に閉ざされた。その子が祖母のゑんから受け継いだ病を世間から隠すというより、まだ九歳の、子供としか言えない男がどこかの女に孕《はら》ませ産ませた子供を隠すために。その子から……私からも真相を隠すために。そうして二十年後、貞夫はその子にわずかな疑いも起こさせぬよう四歳ぶん年齢を偽り、あくまで兄としてその子に逢いに上京する……ありうることだった。ゑんの病さえ世間体を憚《はばか》るのに、その血を継いだ子供が起こした恥かしい事件。それを隠すためなら根萩家ではどんな大金もどんな犠牲も支払ったはずだ……

「どうかしたんですか」

病室のドアへと送った空ろな私の目に気づいて兄嫁が声を掛けてきた。兄嫁——私の義母。そのドアのむこうで今、死へと朽ちかけている一人の男の体こそが、やはり私の帰るべき郷里だったのだ。私はやっと長い家路のゴールを切ったのだ。兄と呼び続けていた男は今、妻の口を借りてやっと……とうとう私の求め続けた答えを語ったのだ。確かにそのはずだった。それなのに私はただぼんやりとしていた。突然ゴールを切り、長旅の疲労感に一挙に襲われたからなのか。そうではない、決してそれだけではない……その時ゴールを切ったことを確信しながらも同時に私はそれが誤ったゴールだということにうっすらと気づいていたように思う。民江が今口にした、ある一言を無意識に耳に反響させながら。そう呼ぶことができるなら赤い家路、その家路がその瞬間から奇妙な逆流を始めたことをまだ耳だけで感じとりながら……私はまた車に乗せられ夜の果てへと運ばれていく。夜の暗い道路。その道を一時間後には再び、町へと引き返すことになるとはまだ知らずに……私にとっては何の意味もないその家に到着する。

長年想像していたよりも邸は広く、真っ先に見せてもらった庭の隅の百日紅も想像を越えた大樹だった。花の盛りだというのに夜と衰えた私の視力が花を消し去り、葉だけが無風の中でざわめくほど生い繁っている。思い出の中の花の方が私にはもっと鮮やかだ。私はまだ思い出の薄闇の中に生きている。その邸の黒光りする門より、夜の底に重く沈んだ屋根瓦より……長い廊下より、『せめて今夜だけでもこの部屋で寝てやってください』そんな言葉と共に通された十畳ほどの広い部屋よりも、あの廃院のすべてを生々しく実感している。

兄が我が子を引きとるために用意した一つの無意味な部屋——

それでも実際におかれた机の上に飾った写真を見た時、私の記憶にかすかに残っているその写真、終戦後何度目かに上京した兄と私が並んで撮った写真、私はすぐに破り棄てたのに兄の方ではこんな風に持ち続けていた写真を見た時だけ、この郷里の部屋で送ったかもしれない別の人生を束の間想い描いてみた。それとまた束の間、この広過ぎる邸の塀に閉ざされ、たった一枚の写真と共に生き続けた一人の男の人生を——私よりも憐《あわ》れで孤独だったろう、その人生を。

淡褐色に褪せたその写真の中で、何の表情もない私の顔の横でその男は得意げに胸を張り、いつものように太い眉を折って笑っていた。私はその瞬間だけ、何故もっと早くに『郷里で一緒に暮らそう』と言い続けたこの男の言葉に一度だけでも肯かなかったのだろうと後悔したのだった。四十三年間の疑いは最後の黒煙を吐き出し、私の中で燃えあがった激しすぎる憎しみはその時〝愛〟に似ていた。日本語の〝愛〟ではない。頭に浮かぶのはドイツ語の〝愛《リーベ》〟という単語だ。書物に埋もれて暮らし、私は自分に向けても、そんな異国の語でしか語れないのだ。何故なら戦後の私の人生はあの幼年時代の長ったらしい退屈な翻訳に過ぎないのだから。永遠に黒く塗りつぶされた原書の頁から空しく語を探り、さらに空しく訳し続ける他なかったのだから……そうして、病院から「容態が急変した」という電話が入るまでの一時間のうちの、いつ、それが私に起こったのか――

〝一時間〟とか〝いつ〟という時間を表現する言葉もまた依然私には無意味なのだが……私の手がその写真を木枠から外し、ふと裏に返す。その一瞬の動作と共にすべてが裏返されることも知らず……時の流れに蝕まれた、その写真の裏の灰汁《あく》色に、赤いペン字が細かく書きこまれている。私は老眼鏡をかけ、灯の下でそれを読む。年表らしい。昭和6年柳条湖事件（満州事変）6歳、11歳。昭和7年5・15事件7歳、12歳。昭和8年皇太子誕生8歳、13歳。昭和9年室戸台風9歳、14歳――私の目は昭和11年2・26事件11歳、16歳、という行で停止する。その後も記述は続いている。昭和16年開戦16歳、21歳……昭和20年終戦20歳、25歳まで。昭和史の終戦までの大きな事件と兄と私の年齢だ。それは理解できる。だが何故こんな覚え書きを兄が……その理由がわからないまま、私はぼんやりとこのペン字の赤は私の人生での八つ目の、最も重要な色になるだろうと考えている。そして突然、新幹線の発車のベルがやっと私の耳に届く。だがその新幹線に乗りこんだのは私ではない。兄の貞夫だ……そしてまた民江が病院の廊下で口にした一つの語がやっと私の意識に届く。〝逆縁〟。民江はその言葉を口にした……さらにまた終戦後の兄の言葉が何十年かぶりにやっと本当の意味で私の耳に届く。昭和十一年二月二十六日、『十七歳だったな、確か』……あの時兄は数え年ではなく満年齢で答えたのだ。そして自分の年齢を一歳間違えた。自分の年齢が四歳ぶん狂っていたからなのか……違うのだ。狂っていたのは兄の年齢だけでなく、より私の年齢の方だ。狂わされていたのは……あの時さり気ない返答の裏で兄は慌てふためいた。〝五歳違い〟というのが嘘だと知っていたから、私の突然の質問に混乱した。だからこそ、今後は二度と間違えないように兄は写真の裏に年表を書きこんだ。何故ならここに記された兄と私の年齢が嘘の年齢なのだから。これは私達の年齢に関する限り嘘の年表なのだから——そして同時にまたそれよりも長い歳月を飛びこえて、あの幼年時代の闇から一つの声がやっと私の耳に響いてくる。『こんな時期にまた咲くなんて』私が不思議そうに百日紅の花を見あげていた時のスエの声が……『一年に二度咲く花』そんな百日紅などあの廃院の裏庭にもこの家にも存在しなかった。それは私の耳というより私の目に語って聞かせた嘘だったのだ。あの時スエもまた、私の不思議そうな目を誤解して狼狽した。この子はこの廃院の庭に、一年間に同じ季節が二度来たことを見ぬいてしまったと……その庭に季節の手懸りがまだ花という形で大きく残っていたことに気づいて。だからその樹は焼かれたのだ。私の目から季節を消し去るために——石塀に閉ざされたその庭が季節を誤魔化した偽りの庭であることを私の目から拭い去るために。

「容態が悪化したと……今病院から」

やがて兄嫁のその声と共に私は再び車に乗りこみ、その道路を町へと逆行する。そう呼ぶことが許されるなら赤い家路、血の家路、それが濁流となって逆巻き始めている……開いた窓から流れこむ闇が含んだ土の匂い、郷里の土の匂い。私が病院のその男に向けて走っているのではない。私へと向かって走っているのはその男の方だ……貞夫の方だ。先刻つかみ損ねた手で、死の直前に今度こそ本当に私の手をつかむために……何故そう考えてはいけないのだろう、いや何故そう考えなかったのか。終戦のあの年、一人の青年が私の顔を見て戸惑った瞬間から、照れたように眉を崩して笑った瞬間から今日まで四十三年間にせめて一度でも……そう、兄が私の母の死について私が受け継いだ病の血について語った時……何故それが本当の言葉だと考えてみようとしなかったのか。少なくとも貞夫はその点では嘘をついてはいなかった。母は私を産み落として死に、病気の徴候が出ていた私はスエという乳母の手で東京へと運ばれた……貞夫はその点では真実を語った。貞夫がついた嘘は、それが大正十四年ではなく、それより九年早かったことを、大正五年だったことを私から隠したことだけだったのだ。何故そう考えなかったのか、スエが私の母であり女のすべてだったと考えていたのなら、何故、私の妻でもあったと考えなかったのか。一晩限りの妻——あの夜の紅い眠りの中で、私が父親になり得たと、大正十四年、九歳で、物心つくはるか以前に体は既に一人の男として成熟していたと。——そうしてすべては世間よりもまず当の私からその事実を隠すために仕組まれたのだと、何故そう考えなかったのか……それが仕組まれたのはスエが郷里に戻るか東京のどこかの産院に移るかして、その一晩の幻のような紅い闇を一つの生命に結晶させ、産み落とした大正十四年以降だと。それまで病院の壁に閉ざされ、既に記憶の中の年齢やら季節を、時の流れを混乱させていた私の、その記憶の闇こそが、乱気流を起こしていた闇こそが利用された。私の記憶からそれ以前の九年間を奪い去るために、二十年をかけて徐々に。それまでも私のために既に人生を犠牲にしていたスエという女の後半生を犠牲にして……

一年に二度咲いた花。何故せめて一度でもそう考えなかったのか。あの外界から完全に遮断された廃院の庭では私が百日紅の花を見つけて不思議がったその年だけではなく、二年が一年として流れていた九年間があったのだと。一年に二度夏が訪れ、雪の降る冬が訪れながらも時の流れが完全に壊れ去っていた私にはわからなかったのだと。――そうして昭和二十年、私は実の年表では二十九歳として根萩家の祖父やスエが作りだした嘘の年表では二十歳として終戦を迎え、貞夫は、これまで私が考えていたのとは逆に、年齢を水増しし、実年表では二十歳でありながら二十五歳として私の前に登場する。何故貞夫を〝弟〟としなかったのか、兄弟に偽るなら何故私を〝兄〟にし、〝貞夫〟を弟にしなかったのか。その方が自然であろうに……

いや、その方が不自然だったのだ。私の本当の母のゐんは既に死んでいた。私に弟を作ることは不可能だった。戸籍を作り替えることができてもその事実を覆すことはできなかった……それにひ弱な私より生まれた時から既に大きかったろう貞夫の方が、世間から隔絶され二十歳まで、正確には二十九歳まで物心がつかず幼年時代を過ごしてきた私の幼さに較べ、貞夫の方が兄にふさわしかった、そして何より私が抱き続けてきたような疑いをわずかも私に与えないために、永久に私が自分が九歳で父になったことを知ることがないよう、すべては大正十四年から仕組まれていたのだ。本当なら私は永久に、死ぬまで貞夫には逢えぬ運命を仕組まれていたのだろう。だが戦争が起こり、その戦争に敗れ、日本と時代とは一変した。大正十四年には予期できなかったその動乱と変遷のうちに、私は郷里に戻ることすらできるようになったのだ。あの戦争は多くの子供から父親を奪ったが、根萩貞夫という一人の子供には父親を与えたのだった。

終戦の年の秋、貞夫が上京したのは私より死が近くなったスエに逢うためだったろう。スエの死に獣の咆哮をあげて泣いた貞夫の顔――私に向け続けた快活な笑顔、私に郷里に戻るよう説得し続けた執拗な声……それら砕け散った記憶の細片が、今やっとモザイク画となり貞夫の本当の顔を私に見せる。

この逆流が真実の一端を突いているのなら、そして貞夫の方は事実を知っていたのなら、あの写真の中で笑っている一人の若者こそが、終戦の年よりはるか以前から、血の赤い家路をたどろうとしていたのだ……そして終戦の年、やっとその家路の終点に一度たどり着こうとした。それなのに私は、あの写真の無表情のまま、別の勝手な家路を急ぎ、貞夫の求める手からどんどん離れていったのだ……そう、何故そうと考えてはいけないのか。『親子の名乗りをした方がいい』私が盗み聞きした貞夫の声に、もう一つ別の意味づけをすることが可能だったと……何故、貞夫の方がはるかに私より親という言葉に飢え、それをあの笑顔で必死に求め続けていたと、考えようとしなかったのか。スエがたった一夜のために、生涯をかけて守り通した秘密を、最期に『あの邸にも朽ちる前に花開く百日紅がある』という嘘に託して私に遺したのだと……。

今、私は病院の階段を上っている、そして今度こそ私自身の手で病室のドアを開く。

私は最期の数分間になんとか間に合ったのだ。もちろん死の皺を深く刻んだその唇はもう何も語ろうとしない。だがそれでいい、最後に唇を開かなければならなかったのは私の方だった……私は医師や駆けつけた様々な顔のかた隅でその男を見守り目だけで一つの言葉を、その男が死の前に私の唇から聞きだしたかったに違いない言葉を語っている。私が切ったゴールは無意味すぎた。戦後の長い歳月を、私はあの幼年時代より大きな誤解の中で生き、この土壇場になって今やっとそれに気づいたのだった。私の人生は翻訳ではない原書をやっと見つけた。

「ご臨終です」

医師の乾いた声がそう告げる。

その瞬間私は誰かの背を押し退け、白いシーツの上の手をつかみとる。本当は私より若いのかもしれない手を……六十三年ではなく七十二年の皺を刻んだ私の手で。そう……やっと、その男がつかみ損ねてきたその手を私からつかんでやる。そしてその瞬間、私は生涯で初めて感情を顔に出す。私の目から涙が流れ落ちる……それは私とこの男の体だけを繋いだ血の雫だろう、私がたどり着いたのではない、この男が、かつてはあんなにも若々しい笑い声をあげていたこの男が長い家路の末にやっとたどり着いた一つの色だ……死の前に、朽ちる前に、父親の目から涙をつかみとり、この男は最後に赤い花で家路の果てを飾った……一人の子供はやっと私の体に戻ってきた。「九時五十二分です」医師の無意味な声と共にわきあがった泣き声の端で、私はこうも考える……今夜、邸の闇に潜んでいた百日紅の花をスエが自分の墓だと言ったのなら、今やっとこの子は母親の赤い墓にも帰っていったのだと。

火の密通

藤森鷹雄には自分を産んですぐに死んだ母親の記憶があった。

炎天の野辺に、大きな樹が一本、何もない周囲から浮かびあがるように聳《そび》え、母親は浴衣《ゆかた》姿でその幹に片手をつき、背中をむけて立っている。墓地のようなひっそりとした場所で、母親は爪先立ち背伸びをして、遠くを見守っている。誰かがやってくるのを待っているように……

思い出せるのはそれだけである。いや、それが記憶であるはずもない。母親は難産の末に、彼を産み落とすとその夜のうちに死んだと聞かされているのだ。子供の頃に見た夢の断片を現実のように記憶に残してしまったのか、それとも子供の頃、郷里の新潟で見た誰かほかの村の女を母親と混ぜあわせて思い出の闇に焼きつけてしまっているのか。それとも母親恋しさの空想だったのか。

確かなものはなにもなく、脳裏につかのま浮かびあがり消えていくその光景にあるのは、黒い雲のように空へと湧きあがった大樹の葉の繁りとその葉陰にいるはずの母の背をも焼き尽くすように白く燃えあがった夏だけである。それから息苦しくなるほどの夏草の匂い……

二月末の事件で逆賊の汚名とともに銃殺刑を宣告され、処刑の日を待つ身になってからは、何故か日毎にその幻でしかないはずの思い出が鮮やかさを増してくる。あの雪の夜、一度は棄てる覚悟をした命である。国のために棄てるはずだった命を、一体どんな運命の過《あやま》ちがあったのか、国に謀叛《むほん》を起こした罪人として棄てさせられる羽目になったことへの口惜しさはあるが、死をおそれる気もちはない。それなのにまだ二十三歳の若い、青い固さの残った体が、間もなく朽《く》ち果てるのを勝手に惜しんで、せめて思い出だけでも成熟させようというのか。

いや、思い出と呼べない幻だが、夜の夢の中だけでなく、目を覚ましている間にもその光景は頭に斬りこんできて長い間写真のように貼りついてしまうようになった。

その朝も藤森は壁にもたれて座禅を組むように半ば目を閉じ、その母の後ろ姿を見守っていた。獄舎と言っても、代々木練兵場の一隅に間にあわせに建てられた小屋のような、文字通りの数十日の仮の宿である。数十日……いや、数日……

七月に入り、一昨日から家族との面会の許可がおり執行の日も近づいたことはそれで見当がついた。その朝も親や妻子のある者はほとんどが面会に出ていき、雑居房には二月の要人襲撃事件の首謀者のひとりである安田一義以外は誰もいなかった。

安田は士官学校で、藤森の五期先輩になる。もっとも処刑の日のために建てられた仮設獄舎の雑居房では先輩後輩の差別もなく、安田も藤森も同じ白衣で同じ死を待つだけの囚人であった。

机にむかい何かを書いていたその安田が、

「藤森、お前には本当に面会にくる者はないのか」

と掛けてきた声で、半眼の夢から解き放たれた。

安田は正座のまま顔だけをこちらに向けていた。頬《ほお》の殺《そ》げた顔はひんやりとしている。獄舎は猛暑を泥のように溜めこみ、誰もが蠟《ろう》のように重い汗で獄衣を濡らすなかで、この安田の体だけが、四カ月以上が過ぎてまだあの夜の雪の冷たさを忘れていないかのようだった。昼前なのに、藤森の方はもう額《ひたい》に汗を噴いている。それを袖でぬぐいながら、かすかに笑って頷《うなず》いた。安田には生い立ちの全部を語ってあるから、身寄りのないことは知っているはずである。

思い出して慌てて自分も正座すると、

「それより、安田さんの方は？　奥さんはお加減でも悪くしておられるのでは……」

と訊いた。安田の妻には何度も会っているが、もの静かな中に芯《しん》の確かさを感じさせる絵に描いたような賢夫人である。面会の許可がおりれば真っ先に駆けつけ、とり乱すこともなく穏やかな微笑で夫を安心させても不思議ではないが、昨日今日と看守は安田の名を呼ばなかった。

「いや、俺のことはどうでもいい」

そう言うとまだ不思議そうな藤森の目に、ふと気を変えたらしく、「あいつは俺のことを憎んでいるから、遺体となるまでは現れないかもしれんな」一文字の唇の片端にかすかな笑みを滲《にじ》ませてそう言った。

「信じられないような顔だな。だがもっと信じられないことを言おうか。俺は妻の鑑《かがみ》のようなあいつを裏切って、女を作ったのだ」

安田は立ちあがり、近づくと胡座《あぐら》をかいた。

藤森はゆっくりと首をふった。今の言葉よりも、安田がこの時見せた人懐っこいような笑顔に驚いたのだった。安田の妻の保子が『顔まで軍服を着ている人ですから』と評したとおりの厳めしい線が崩れ、硬質な眼がふっと綿のように柔らかくなった。軍服の顔と体に士官学校以来、藤森は初めて綻《ほころ》びを見つけた思いだった。童顔の藤森よりも幼い顔は、死が近づいて純化したというより、それまで軍服の裏に隠し通してきたものをちょっとした油断で思わぬ綻びから覗《のぞ》かせてしまったかのようだった。弟同然に可愛がっている男と二人きりになった安堵なのだろうか。考えてみればあの事件の数日後には逮捕されて今日まで、廊下には看守の厳しい眼があるとはいえ二人だけになるのは初めてである。

「そうも驚くなよ。俺も普通の男だし、本人は至って自然にありきたりの男として振る舞ってきたつもりだが、どうやら顔に出ない質《たち》らしいな。皆が勝手に誤解してくれただけだ」

声までが楽になっていた。

「――あの新橋の……女ですか……」

新橋の料亭に一度だけ連れて行かれたことがある。まだ若い芸妓が熱をあげているという噂《うわさ》もあったし、藤森が目のあたりに見た印象でも、芸妓の方が惚れ込んでいて、生一本《きいっぽん》な男が惚れられた義理で無理に似合わぬ世界に通っているとしか思えなかった。

「あの女だけではない」

藤森が驚きを重ねたのを、安田は楽しむように目を細めて見ている。そう聞いて、藤森の頭を別の女の顔が掠《かす》めた。昨年の秋の初めから五、六度連隊の方に安田を訪ねてきた女……しかし、あの女を安田さんは前の年に演習の事故で死んだ友人Nの姉さんだと言っていたのだ……あの女ではない。だが……

藤森は三年前村橋という先輩に連れられて紅灯の巷で女を知ってはいたものの、依然男女の機微の何も知らず、あの笑うと目尻に深い皺《しわ》の寄る幾つも年上らしい女と安田に男女の契《ちぎ》りがあったと聞かされれば、信じられないながらも信じる他はないだろう……村橋大尉は安田の親友であり、藤森を昨年から密かに進められていた襲撃計画に誘った男でもある。安田と同じ無骨な軍人だが胸を患っていることを周囲から隠していて、そのいら立ちがあったせいか、短気で激情に身を任せるところがあった。だから、あんな過ちを犯した……

村橋暁介——藤森が胸の中で呟《つぶや》いた声を聞きとったかのように、その名を安田が口にした。

「俺は村橋を笑えないよ」

そう言ったのである。

村橋暁介はあの真冬の計画の要員でありながら、襲撃目標の一人だった大臣の桂木謙太郎と通じていた男である。正確にはその末娘と……生命を血の色で少しずつ捨てながら、まだ残る血で生き急ごうとした男は、世の刷新への道を先頭を切って走りながら、ふとその本道を外し、いつの間にか一人の娘への恋の道を激情に駆られて走っていることに気づかぬまま、仲間を裏切ったのである。当人より先にそれに気づいた安田が決起の五日前、彼を計画から外した……

村橋を笑えないというのはもちろん、女のために軍人としての本道を捨てた男を笑えないという意味であった。

「安田さん。村橋さんはあの後どうしたんでしょうね……いや二人きりになる機会があったら安田さんの考えを聞きたいと思っていました」

藤森は二月二十五日の正午過ぎに安田の命令で風邪をひいたという村橋を下宿に見舞っている。決起の十数時間前である。風邪を口実に自宅謹慎させられていた村橋が不穏な動きをしていないか、監視の意味もあったのだが、あの午後の空模様と同じ冷えた鉛色の顔で絶望のどん底に沈んでいる先輩を見ると、それまでも安田同様、いや確かな身寄りがなかったせいか安田以上に自分のことを弟と思って可愛がってくれた男である、憐《あわ》れみをおぼえて決起が翌朝未明であることを仄《ほの》めかしてしまっていた。結局あの計画は座礁をみて不本意にも謀叛の徒として囚われの身となったわけだが、そうなるとあの失敗は村橋が最後の数日になんらかの暗躍をしたために違いない、安田の処分が甘かったせいではないかと言いだす者も出てきて、村橋に決起の時を教えた形になった自分にも大きな責任があるのではないかと、藤森は密かに胸を痛めていたのである。

襲撃の終わったあの朝からのことは藤森には一体運命のどんな番狂わせがあったのか、今も何一つ判然としない。直後には計画は成功したかのように思われたのにいつの間にか大逆の汚名を着せられ、極刑を科せられ、この酷暑の檻《おり》に繋《つな》がれている。わかるのは時代か運命が用意した陥穽《かんせい》にはまった以上、もがくのをやめ潔《いさぎよ》く死を受け入れることだけである。ただ……自分に身寄りがない以上、一時は近親の情に似たものもおぼえた村橋の消息だけでも知っておきたいと、心残りは唯一そのことだけであったのだが、あの東京が雪の白い甲冑《かっちゅう》で武装した朝以来、外界からは一切遮断されて、外の情報はなにも入って来なくなったばかりか、こんな風に安田と二人きりになれたのも今日が初めてである。

「君はあの夜、雪が降り始めたころに村橋が連隊に俺を訪ねてきたのを知らなかったのか……それを取り次いでくれたのは君ではなかったのかな」

「いいえ、私が取り次いだのは……」そこで言葉を切った。体が束の間真夏であることを忘れ、脳裏にあの夜の雪が降りしきった……あれは雪が降りだす前だったか、後だったか、夜も更けようとする時刻に藤森は安田を女が訪ねてきたという連絡を受けて門まで走った。すでに四、五回安田を訪ねてきたことがある友人の姉という例の女が門の灯の届かぬ闇のなかに貧しい身なりを隠すようにして薄く立っていた。薄く、と感じたのは外套《がいとう》も着ず秋口のような服装をしていたからだろう。「今夜中にどうしても安田さんに話しておきたいことがあって」そう言って女が寒そうにショールに口許を埋めたのを憶えている。その時刻連隊の中に安田の姿は見当たらず、藤森が門に戻ってそう告げると、女は「それなら、ここで待たせていただきます」と言い、小半時もしてもう一度見にいくと、まだそこに待っていたのだが「伝言があれば私が代わりに……」という言葉に何かを答え、諦めたように帰っていった。肩を落としていっそう小柄に見えるその背をさらに細く殺ぐように雪が降っていた……

そう、あの時、女は何かおかしなことを口にした。それを安田には伝えられない気がしたし、事実その直後行き違いに帰ってきた安田には女が訪ねてきたこと以外は告げなかった。何か……安田はその女のことを無視したし、大事を数時間後に控えた身で藤森も瑣末事《さまつじ》に拘泥はしていられなかった。何か……それが今さらに頭に蘇《よみがえ》ったが、どんな言葉だったのか思い出している余裕はなかった。

「そうか、あれは君ではなかったのか」と呟いた安田が、その呟きに繋げて「村橋はあの夜、死んだよ」と言ったのである。

「――」

「連隊の裏手が土手になっていただろう、あの土手で、裏切り者として俺が殺した」

安田は軍帽を被った時の目に戻っていた。その目は藤森の眼前に露《あらわ》になっていながら、軍帽の廂《ひさし》の陰に逃げこんだかのように遠かった。「裏切り者として俺が殺した」と言った時、その目が遠い銃声を聞いている気がした。

「死体は草むらに隠した。あの後戻った俺がひどく息を乱していたのに気づかなかったか」思いだせるのは、いつもと変わりなく冷静な安田だけである。藤森の返事も待たず「いや――」と安田は首をふった。いまの言葉の全部を否定するかのように……

否定してほしかった。村橋を殺したなどというのは嘘だと……だが、安田は、

「いや、こんなことを話すべきではなかったな。あいつと俺とだけの問題だったのだ。間もなくむこうの世界でまた会える。その時二人だけで決着をつければいい話だ」

と苦笑し、

「それよりお前に済まなかったと思っている。俺も村橋も世直しなどと大層なことを言ってお前を道連れにしながら、その実、恐れて女に逃げ、逃げきることもできず、半端な足で突っ走

った道だ。死んで当然だが、お前には何の罪もなかった。あの時、むしろ村橋といっしょにお前も計画から外しておくべきだったのに」

逆に村橋が欠けたぶん大役を背負わせ、そのために極刑の巻き添えにしてしまったと後悔する素振りの安田に藤森は首をふった。自分に後悔はないことを目でしっかりと伝え、

「それに誰も泣いてくれる者もない、軽い命です。誰かの涙で重くなれば、未練も重くなるでしょうが」と笑った。

「本当にいないのか、誰も……」

安田の目が語る後悔と同情が煩《わずら》わしくなったので「私の境遇は安田さんだけには全部話してあるでしょう？　それよりも」村橋の話に戻したかったのだが、このとき既に面会が終わってほかの連中が戻る気配が響き、安田は『もう何も言うな』と眼だけで合図した。

そうして最後に、

「そうだな、未練の重荷をしょって旅立つのも疲れるな。保子が俺を憎んで面会にもこないでくれるのはむしろ有り難いことだと。それはお前と同じだ」

慰めるつもりなのか、藤森がまだ信じられずにいる人懐っこい笑顔で冗談のように言ったのだが、――翌朝である、面会を告げに来た看守は真先に安田の名を呼んだ。

「奥さんと弟さんが来ている……」

安田が藤森をふりむき、それから看守に何かを言おうとした。奥さんに会うのを拒もうとしている……そう感じとった藤森は『私に遠慮は要りません』と首をふって伝えた。この時安田

がまた驚いたように目を瞠《みは》り、藤森をふり向いた。その意味がすぐにわからなかった。いや、看守の声はたしかに耳に届いた。だが意識までは届ききらぬうちに、反射的に藤森は看守にむけて『何かの問違いだ』と言うように首をふった。

看守は「どうしたんだ」と言い、もう一度同じ言葉をくりかえした。

「藤森、母親が来てるぞ」

呆然としている自分に代わって、安田が不思議そうに顔を歪《ゆが》めるのを藤森は夢の中の顔のように遠く眺めていた。

看守たちの目に包みこまれ、面会所の板の間には家族たちがとりどりの服装で机を前に待機している。安田の妻と弟は前に座った安田と目で挨拶をかわしたのち、看守の背後について傍を通りぬけようとした藤森にも頭をさげた。妻だけでなく年齢が近い弟の安田重希とも何度か談笑している。だが藤森はその二人に挨拶を返したかどうかもおぼつかず、気がつくとまだ悪夢のなかに浸かった気味悪さのまま、一番奥にいた女の前に座っていた。一度も見たことのない女である。藤森が何を言ったらいいかわからぬまま、口を開こうとするのを、女は鋭い目配せで制《と》めた。看守の耳を気づかったのだ……そうして看守が遠のくと、今度は周りを気づかった小声で、

「驚きましたか」

身を半ばのりだし、ささやくように言った。

「当然ですね。想像はしていましたが私だって驚きましたもの。最後に憶えてるのはまだこんな小さい時でしたからね」

女は黒い紹羽織《ろばおり》の胸のあたりを手にした扇子で示し「私があなたを棄てて、新潟のあの村を逃げだした時は……」そう続けた。白い、どこか和紙のようにしっとりとした顔に、かすかな皺が悲しむとも微笑《ほほえ》むともつかぬ表情を淡く描きこんでいる。四十路の半ばすぎだろうか、生きていたらちょうどこの程度の年齢だろう……ぼんやりとそう思った。生きていたら？……やっと藤森には自分が何を口にすればいいのかわかった。

「……何方《どなた》なのですか、あなたは」

女は周囲にさっと視線を走らせ、またも鋭い目配せでもっと声を落とすように告げてきた。声を低めてもう一度訊いた。

「誰なのですか、いったい……」

女は口だけでなく目でもため息をつくように、しばらくさびしそうに藤森の顔を見守ったのち「そんなふうに訊かれるのを恐れて今日まで名乗りでられずにおりました。私の方ではあなたが東京に出てきて士官学校に通い始めたころから、ずっと日に一度は明日こそは会いにいこうと言い聞かせながら、とうとう今日まで……」と言い、それでも藤森が誰なのかと訊こうとするのを、首をふって制め、

「その前に証拠を教えましょう。あなたのここに一寸ほどの傷が残っていませんか」

と言って、手を伸ばし獄衣の袖を右腕のつけ根までたくしあげた。そこに確かに物心ついた

時からの傷が、今も鮮やかに残っている。

「その傷が何故あるのか知っていますか。あの夏、村の墓地で突然墓石がひび割れて、遊んでいたあなたの体へと崩れ落ちて……ひび割れたのは真夏の光のせいです。今日と同じような焼けつくような陽射しのせいで……」

「墓地……」

それに真夏……浴衣姿の女の背が頭に斬りこんできた。だが違う……藤森は首をふった。

「石のかけらが鏃《やじり》のように突きささって……引きぬこうとしたときの石の熱さを今でも忘れられません。でもあなたは憶えていないでしょうね、まだやっと三つでしたから」

確かにそれは傷痕であり、同時に火傷の痕でもある。銀か鉛が熱で溶けただれたような痕……だが、違うのだ。あの浴衣の女は死んでしまったのだ、こんな風に生きていてふり返り現実の声で語りだしてはいけない……

女は扇子であおぐふりで声をかばいながら、それから一気にその傷は自分の罪だ、その傷のために自分が墓地でしていたことが村中に知れ渡り、仕方なく東京の知人を頼って逃げださなければならなかったと語った。あの後ろ姿、炎天とともに白い影で燃えあがった背中……声がひとりでに口をつき、

「あの墓地で……誰を待っていたのですか」

そう訊いていた。女の少し驚いた目が、やはり憶えていたんですね、と語った。

「あなたのお父さんです。あなたがお父さんと聞かされている人ではなく、本当のお父さんで

す。あなたが生まれてからも、私はその人が忘れられなくて……憶えていませんか。墓地からの帰り道、私に抱かれたあなたがこんな風に胸をまさぐりながら、母さんのからだは火みたいに熱いねと、よくそう言ったのを……」

砂色の半襟《はんえり》を割って胸にすべりこませた手を抜いて、「でもその傷のことで、あれが最後の密会になりました」と言った。

この時、脳裏を何かが掠めた。

「今……最後の密会と言いませんでしたか」

「ええ」と、女は肯《うなず》きながらも、藤森の眉間に走った皺をかすかに首を傾《かし》げて見つめた。

「どうかしましたか……」

「いや、何も」

藤森は激しく首をふった。頭に棘《とげ》のように引っ掛かった「最後の密会」という言葉をふり払いたかったのか。それとも目の前の女の全部を否定したかったのか。やっと、今まで抱き続けてきた母親のおぼろげな影とこの女がひどく違うと考えるだけの余裕が藤森に生じた。あの薄汚れた浴衣姿の女は痩《や》せぎすだったが、この女は頬や体の豊かな丸みが、いかにも暮しむきの良さを物語っている。痩せた影を想像していたのは、貧しい小作農に嫁いできた体の弱い女で出産の重みに耐えられなかったと聞かされていたからだろう、たとえ本当に痩せていたとしても、東京の水に洗われて長年を過ごせば別人に変貌する方が自然であろう。それに思い出は影絵に過ぎず、映し出す障子の裏には思いもよらぬ現実が隠れていることは、まだ若い藤森にもわかっている。

わかっていながら、だが、そうと簡単に頷くわけにはいかなかった。記憶は人生の大きな一部であり、特に死が数歩先に迫った今は思い出だけがその凡《すべ》てに変わっている。こんな風に突然斬りこんできた見知らぬ女を母親と認めることは、二十余年の生涯を裏切ることである。今までの人生の悉《ことごと》くが間違った他人の人生だったと認めることになる。――藤森は紹羽織を豊かに波うたせている女の胸を盗み見た。俺のこの手に、この女の肌が残っているというのか。燃えあがった火が焼きついているというのか。俺のこの体が二十年前新潟の村の墓地に燃えあがったその罪の火の汚れた忘れ形見だというのか。

驚きで凍結していた体が、いっせいに汗を噴いた。まだ何も信じられないまま、自分の体が蠟であって汗は、勝手に燃えあがる見知らぬ火に溶け落ちる煤《すす》まみれの黒い滴《したた》りだという気がする……不意に起こった攣《ふる》えを、膝の上で握りしめた手で耐えた。その手ばかりを見ていた。攣えは、怒りか屈辱に似ていた。

「母さんとは呼べないでしょうね」

呟きに似た女の声を断ち、「名はサワというのですか」そう訊いていた。

うなだれたまま、女の戸惑った沈黙を聞き続けた。

「間違えて憶えたのですね。サワはあなたの姉さんの名で、私はスエと言います。貧しい農家の末娘でしたから。……姉さんがいると聞いたことはありませんか」

間違えたのではない。この女を試したのだ。自分と母親を繋ぐのはあの浴衣姿の幻と『スエ』という名前だけである。名は間違いない。だが違う。名前だけで憶えている母親が、こんな風に突然、形として現れてはいかんのだ……

「あなたの物心つく前に東京に出された姉さんがサワという名です……事実は私があの娘《こ》だけを連れて逃げ出したのですが。……知っていますか」

やっと藤森が頷いた時、看守が短い面会時間の終わりを告げた。周囲がざわついた中で、女は早口に、「母さんと呼んでもらえないのは覚悟しておりました。でもサワに罪はありません。サワはあなたを可愛がっていて、私以上にあの村に大きな忘れ物をしてきたと悲しんでおりました。つい最近まであなたが東京に出ていることは話さずにいましたが……それならばせめて一度と……そう言っております。今度は連れてきますので、サワのことは姉さんと呼んでやってもらえませんか」そう言った。看守の足が迫っている。藤森はうなだれたまま立ちあがると、何も答えず、冷たく背を向け歩きだした。

獄舎に戻ると、安田が「どうした」と気遣うような声をかけてきた。安田の位置からは、うなだれ続けていた藤森の頑《かたくな》な背が見えたはずである。その目は、『あれが母上だったのか』と心配そうに問いかけている。

「いいえ、遠い親戚が、ごく身内の者しか面会が赦《ゆる》されないのを知っていて、そうと偽って会いに来たのです」

と誤魔化し、「それより安田さんの方は」と話を逸《そ》らした。

「——俺の方は離縁だそうだ」

離縁を申しこまれたと言いたいのか。少なすぎる言葉を笑顔で補い、安田は藤森から離れた。机に向かいまた書き物を始めた男の何も語ろうとしない背を、藤森は遠く見守り続けた。あの賢夫人が……と思うと、藤森にはそのことも信じられない気がする。夫の不貞など微笑で包みこみそうな、妻の顔しかもたぬはずのあの夫人にも夫の裏切りに怒《いか》る普通の女の顔があるのだろうか。夫人はあの女のことを知っていて、赦せずにいるのだろうか……

その夜、日毎重く暗く饐《すえ》ていく闇の中で、藤森は寝つかれぬまま一人の女の顔を思いだしていた。朝に母親として現れた見知らぬ女の顔は、ただの悪夢のように遠退《とおの》き、不思議に四カ月前の……あの夜の女の顔が闇に生々しいほど鮮やかな筆で描きこまれる。今朝の見知らぬ母親の一言が手懸りとなって、あの夜……決起の数時間前に安田を訪ねた女が背を向ける前に口にした言葉を思いだしたのだった。あの夜……連隊の門灯の端で、ちらつき始めた雪の中で、女は、「安田さんに、私が最後の密会に参りましたとお伝え下さい」……ほの白い息でそう言うと、自分でも思いがけぬ言葉だったのか、かすかに驚いた目になり、そんな言葉を零《こぼ》した唇を恥じるように次の瞬間にはショールにその唇を埋め背を向けた……最後の……確かにそう言った。安田さんはあの女に自分が大事を起こすことを、そのためにもう逢えなくなることを語ってあったのか。妻にも話さなかったはずのあの大事を……

藤森鷹雄には父親の記憶もない。自分が生まれると同時に母親が死に、一年後には父親の弥《や》助《すけ》も病死したと聞かされている。もっともそれは後に村の連中の噂で聞いた話で、神経を病み池に身を投じたという噂もあった。だが噂がいかに当てにならないかは姉のことでもわかる。姉のサワはまだよちよち歩きの幼さで父親の入水自殺の道連れにされたとも、器量が良いので身売りされたとも官吏のもとに嫁いだとも言われ、年齢すら定かではなかった。そうしてそんな当人の気もちなど等閑《なおざり》にした噂の一つとして確かに鷹雄は死んだ父親とは別胤《べついん》で、本当の父親はまだ生きているという話もあったようである。

鷹雄は温情家で知られた村の地主に拾われたも同然に育った。正式に養子として地主の家に入ったのではなく母屋とは別棟に住む下働きの女たちの中に置かれて、イクという女の手で育てられたのだが、尋常小学校にあがるころ、村の男が学校からの帰り道に神社の鳥居の下で待ち伏せするように立っていて変に愛想よく話しかけてきたり、食い物をくれ、ある日もらった菓子を見せるとイクがもぎとるようにとりあげ、「こんな汚《けが》らわしいもの」と怒鳴りながら土間に叩きつけたことがある。その前後に下働きの女たちが、「鷹雄はやっぱり弥助の子ではなかろうが」とヒソヒソ話をしているのを聞いた憶えがあり、子供心にあの鳥居の男が本当の父親だろうかと考えたことがある。だが物心ついた時から一人でいることに慣れた鷹雄には、当時ですらその男のことなどどうでもよく、今はもうその土焼けた赫《あか》ら顔が赤土のようなざらざらした印象で記憶とも呼べず残っているのみである。

それよりも今の鷹雄にはイクや地主の顔の方が大切な記憶である。めったに母屋には上がれなかったが庭は開放されていて、一人で遊んでいるとよく地主が皺を刻んだ優しい笑顔で菓子や竹細工の玩具をくれた。その手の方が、貧しい菓子を無理に握らせた赤土の手より確かな思い出であった。

結局、その地主が鷹雄の士官学校入学の志を知ると、上京の面倒を見、学費を送り続けてくれたのだった。その際戸籍《せがれ》がこうも哀れなものでは後々の出世等にも響くだろうと、気遣ってくれ、かと言って小作農の伜を自分の養子にするのも村人の手前憚《はばか》りがあったのであろう、遠縁の東京の商家に形だけ養子として入籍させ、東京へ送り出してくれたのだった。藤森姓はその商家のものである。

従って周囲は皆、彼のことを商家の三男坊と思いこんでおり、真実の生い立ちは安田と村橋にしか話したことはなかった。

翌朝は安田にも藤森にも面会はなく、獄舎の壁に寄りかかり座禅を組むように目を閉じている安田に、「一つ聞いてもらえませんか」藤森はそう声をかけた。この朝は他にも二人が獄舎に残っていたので、藤森は安田がうっすらと開いた目に向けて、畳の上に『村橋さん』と指文字を書いた。

「——のことで、ちょっと心残りがあるものですから」

と小声で言い、後は頷いた安田に、長々と指文字を連ねて見せた。

『二月二十五日、最後に村橋さんに会った時、自分は翌朝の決起をそれとなく知らせてしまいました。自分と同じ両親を亡くし血縁のない境遇であることがあの時ふと哀れに思えたので……そのことで何か皆に迷惑をかけたのではないかと胸を痛めておりました』

読みとって安田はすぐには「そうか」と言っただけだったが、やがて思い直したように同じ指文字で『村橋にはお前と違って歴《れつき》とした身寄りがあった』心配はするなと首をふった。あとは目で、『だが、それもどうでもいいことだ』と語った。今となっては村橋が桂木の娘に近づいて仲間を裏切ったことも、そのために死んだことも、その死を自分が与えたことも——自分の生命同様、既に遠い彼岸へと運び去られ、もう何の意味もなくなったのだと。

やがて目を閉じた安田を見守りながら、この人はもう死んだのだ、そう思った。計画が挫折したとわかった時か、それ以前、あの雪の夜、行軍の先頭を切って歩きだした時に既に……

そんな安田にとってはあの女のこともどうでもいいのだろうか、と藤森は胸の中だけで問うた。あの女が最後の密会と言ったからには、それまでにも二人は密会をくり返したのだろうか。いや、連隊の面会室でくり返した逢瀬も密会だったのではないか……

去年の初秋の頃から連隊の方に五、六回訪ねてきた女のことは、貧しかったその身なり以外ほとんど記憶にひっかかるものはなかった。それにしてもあの女は何故ああも寒そうな身なりだったのだろう。去年の末、連隊の面会室でストーヴから遠い端に座っていた時もそうだった。面会室でその女と逢っている安田に急な用件を告げにいった時……

硝子《ガラス》戸が湯気で曇り二人の影をかすかに色づいた幻灯のように浮かびあがらせていた。その影がどちらのものともつかず、廊下に立った藤森は束の間、中の二人の体が重なり合っているような印象を受けた。もちろんそんなことは何もなかった。ただ、いま改めて思いだすと誰もいない広い面会室の隅を選んで二人がすわっていたのは不自然な気がするし、二人の体が接近しすぎていた気もする。それに藤森が戸を開いた瞬間、確かに安田は手を引っ込めるような仕草を見せた。いつも通りの沈着な顔ではあったが、珍しくその手だけが狼狽を見せた……女の方も慌てたように手を袖の中に隠した。それ以前から藤森は、貧しいその女が死んだ弟の友人を頼って金の無心に通ってきているような印象を抱いていたから、この時も金銭の授受の最中に自分が入っていってしまったのだとくらいにしか考えなかった。だが今はあの時の二人の手に別の意味があったのだと思える。あの時も女は単《ひとえ》のような薄い着物を着ていただけだが、寒そうなのはその身なりだけで、着物の裏の体は火を噴くほど熱く燃えあがっていたのではないか。幼い頃自分のこの手がまさぐった母親の肌が噴いていたのと同じ火を……母親?

俺は昨日の見知らぬ面会者を母親と認めたのか……

彼は首をふった。だが、いくら否定しようとしても昨日の女の顔が烙印《らくいん》として胸に焼きついてしまったのは事実であり、自分がこんな風に安田とあの女のことを必死に考えているのも突然現れた母親からただ逃げだしたいからだということはわかっている。

それに二人の女はどこか顔が似ている気がする……

容貌に共通点はないが、目つきが似ている。ある一瞬の目つき……目の端に蜘蛛《くも》を一匹飼っているかのように、すっと糸を流してその粘り気で男の体の芯をからめとろうとする眼差。火の糸を吐く蜘蛛。あの女も連隊の面会室で何度もそんな目つきを見せた……安田さんとあの女は面会室を待合のように利用していたのだろうか。たとえ手を握りあうのがせいぜいの密会とは言え、この軍人の鑑のような安田さんが……だがそうだとして、二人には他に密会の場所はなかったのだろうか。あの女も所帯持ちだったろうが、そうとしても他に逢瀬の場所はなかったのか……それにあの女は何故ああも寒そうな身なりをしていたのだろう……

その夜、消灯時刻が過ぎた直後の蒸し暑い闇の中で誰かが「思っているより処刑の日は迫っているな」寝言のようにぽつんと言った。

その翌日も見知らぬ母親はやってこなかった。妻の面会に出ていった安田は、すぐに看守に連れられて戻ってくると、一人また机にむかって書き物をしていたが、

「これでは釜茹《かまゆ》でだ。早く死にてえよ」

大の字になっていた芝田《しばた》という男が天井に向けてそう言い乾いた笑い声をあげた時、安田は筆をおき藤森に近づいてきた。

「この前の面会者は本当に母親ではなかったのか」

小声でそう訊いてきた。

藤森は頷こうとして「いいえ、この前は嘘を言いました」正直にそう答え、すぐにまた首をふり「いいえ、嘘ではありません」と言い直した。

芝田が聞きとがめるように首を一度こちらにひねったが、すぐにどうでもいいことだと言うように欠伸《あくび》をして天井を睨《にら》みつけた。誰もが今日まだある自分の生命すら信じられずにいるのだ。

「母親だと名乗りましたが、私には他人同然の女です。また姉を連れて面会に来ると尤もらしいことを言いながら来ないところを見ても、あの女の方でも一度棄てた子供は他人なのだと改めてそう覚ったのでしょう。あれは一刻の夢だったと思うことにしました」

本心の全部ではない。どう否定しようとしても、この二日のうちに体のどこかがあの女が母親であることを勝手に認めもう一度だけ逢いたがっている。そんな自分に言い聞かせただけの言葉とはわかっていた。体のどこか……それはたぶん腕のつけ根に残った傷痕だ。物心がついた時にはもうとうに痛みを忘れていたその傷が、今ごろになって疼《うず》きだし焼けるような夏の一日と墓地の草の匂いを思いだして、母親に助けを求め泣き叫んでいる……

その泣き声までも聞きとったかのように、安田は笑顔で「たとえそうだとしても母親だと素直にそう信じてやれ」と言った。

「一つくらい未練があった方が楽に死ねるぞ」

藤森だけでなく自分をも慰めるような声である。

「安田さんにもあるのですか。その一つの未練が……」

「ああ」

「奥さんですか」

「保子はもう離縁した……」

もう誰に聞かれても構わないと思っているのか、確かな声でそう言うと、安田はもうその会話も忘れたかのように壁にもたれて目を閉じた。不精髭《ひげ》が角張った顎《あご》をうっすらと覆っている。

安田の既に死へと白く枯れている横顔の中で、その淡い髭だけが奇妙になまなましく生きていた。これが一つの未練だろうか。保子夫人ではなく、あの藤森が名前も知らぬひとりの女なのだろうか。その女の影だけが、死に包み込まれたこの静かな体の中でまだなまなましく生き残っているのだろうか。

安田の横顔を見守っているうちに「母親だと素直に信じてやれ」と言った先刻の声が蘇り、藤森はふと顔を顰《しか》めた。この時初めて思い当たったことがある。一昨日面会に来た女を母親と認めなければならないのは、東京では誰にも話したことのない自分の生い立ちをその女がよく知っていたからである……だが、村橋さんとこの安田さんにだけは話してある。あの墓地のような場所に立った女の浴衣姿の幻か現実かも判然としない記憶のことも……

それと安田が身寄りのない後輩に同情を寄せていたことが、この時初めて藤森の頭の中で結びついたのだった。安田さんが、もしこの俺に一つの未練を作ってやろうとしてあの女を送りこんできたのだとしたら……

あの女に一芝居をさせて母親だと名乗らせて面会に来させたのだとしたら……

墓地のような場所で誰かを待つように立った女の背中はやはり現実の記憶ではないだろう。何もない寂しすぎ、殺風景すぎる幼年時代に自分が描きこんでみせた幻だろう。だが一人の女に嘘をつかせれば、その幻を現実の思い出にすり替えることは可能だ。そうしてそれができたのは……村橋さんが死んだと言うのならば……この安田さん、ただ一人だ。その幻に似合った真夏の墓地での密通の話を創りあげることができたのは……

あの女はやはり母親ではない。幻でしかないはずのその一場面を現実のもののように語った事自体が、あの女が本当の母親ではないことを物語っている……だが……

それが可能だったのは安田ただ一人だが、今日まで外部と何一つ連絡のとれなかった安田にはあの女に芝居を頼むことなど不可能である。とするならば、やはり墓地の記憶は現実のものであり、あの女は自分の本当の母親ということになる……いや……今度こそはっきりと藤森は首をふった。

あの女は三歳になったばかりの自分を棄てたと言った。そんな幼かった自分にあの女の語った墓地の記憶があるはずもない。そのこと一つをとってもあの女の話が嘘だという証拠になるであろう。間違いない。あの墓地での密通の話は彼の幻の思い出をもとに創りあげられた虚構であり、それはまたあの母親が本当の母親ではないことを意味している。なぜあの女が彼の幻の記憶を知っていたかは、わからないが、そうして何より何故あの女が母親であると偽って彼に逢いにきたかはわからないが、藤森はそうと確信した。いや、待て――

あの幻の母の後ろ姿のことを話した相手は安田さんだけではない。村橋さんがいる……

藤森の頭が先刻村橋を除外したのは、もちろん安田からあの夜の決起の直前に死んだと聞かされたからだ。だがもし村橋さんが生きていたとしたら……あの人だって自分のことを弟同然に思っていてくれたのだ。どこかで生きていて、俺を憐れんで処刑前に一目母親に逢わせてやろうと考えたのだとしたら……

もっともそれはほんの束の間脳裏を掠めただけのそれこそ幻のような妄想だった。村橋さんはやはり安田さんの手で葬られたのだ。安田さんがわざわざあんな嘘をつく必要もない。それよりもう何も考えなくてもいいのだ。仮にあの女が本当の母親ではないとしても、今この先輩から言われたように、素直に母親だと信じればいいのだ、そうして既に死んでしまい生涯夢のなかですら逢うこともできないと諦めていた母親に、束の間逢うことのできたこの奇跡を、一つの未練としてあの世に笑顔で運べばいいのだ……

不思議なことにあの女が母親ではないと確信した瞬間、二日間続いた葛藤《かっとう》から解き放たれ、あの女を母親として認めてもいいと藤森はそう思っているのだった。何故かはわからない。だが安田の体の静かさが自分の体にまでしみこんできて、藤森は自分がもう生と死の境界を安田と同じ静かな足取りで跨《また》いだかのようにも感じられて、母親がどんな女であるとか、自分が不義の火の汚れた結晶であるとかいったことは現世の瑣末事として遠くに押し流され、濾《ろ》過《か》された清冽《せいれつ》な流れの中には母親の俤《おもかげ》だけが燦《きらめ》きのように美しく残っている。一昨日の朝、自分がとった冷たい態度が悔やまれ、せめて優しい笑顔の一つでも見せればよかったと思えるのだが、今日の生命はあっても明日の何も当てにはならないのだから、最早それも手遅れであろう、未練だけでなく小さな悔いもあの世に運ぶことになったと諦める他はなかった。そんな後悔とともに気もちの、死にも似た安らぎとは別に腕の傷痕だけがまだかすかに疼きを残している。

だが、翌七月十一日の朝、再び藤森は『母親が面会に来た』という言葉を聞かされたのだった。

この前と同じ席に、母親のスエと名乗った女は同じ絽羽織を着て、自分を一回り小さくしたような女と共に座っていた。

紹介される前に姉だと直ぐにわかった。自分に似ているというより隣の母親に、目鼻だちまでもが一寸近く縮小しただけのように似ている。思いもかけなかった若さに驚いた。白のブラウスと黒の襞《ひだ》スカートとの取り合わせは尋常小学校の教師といった印象だが、その地味さが、却《かえ》って化粧のない顔の若さを引き立たせて、自分と同い年ほどにしか見えない。「幾つになられました……」

母親に紹介されたあと俯《うつむ》くように頭をさげた女に、藤森は穏やかな声をかけた。

「……あなたより一つ上です。新潟を離れた時はもう小学校にあがっておりましたから」

啜《すす》り泣きへと攣えだした声をハンカチに埋めた。藤森も童顔で実年齢より幼く見られてきたが、この母子の目の円《つぶ》らさにも幼女を想わせるものがある。ただ、声を押し殺して泣きながらハンカチから覗かせた目で束の間藤森を盗みとるように見たその目つきは、涙を滲ませながらも、円らな幼さを裏切って母親同様に奇妙に色づいている。

だが、前回は汚らわしく思われたその目つきが今朝は厭ではなかった。

「姉さんは幸せにやっておられるのですか」

そんな言葉も自然に口を衝《つ》いた。

女は頷き、ハンカチにくぐもった声で「あなたもご立派になられて……」と言った。

「獄舎に繋がれた弟を立派だなどと言えば、姉さんまでが国賊だと思われますよ……自分のことで何か迷惑をかけてはいませんか」

笑顔で訊くと、俯いたままで首をふった。藤森は隣の母親に目を移し、前回の非礼を詫《わ》びるように頭をさげた。前回と違う藤森の態度に母親は安堵の色を浮かべ、それでも前回よりさらに遠い眼差は既に死へと歩きはじめた藤森の背を祈りのように静かに見送っているとわかる……この二人が母であり姉なのだと、藤森は無理に自分に言い聞かせるのではなくて、ごく自然にそうと受け入れていた。

昨日からの清流に身を任せているような心地はさらにいっそう澄んでいる。この時、藤森はまだ、明朝の処刑が決定されている運命を知らなかったのだが、体がそれを感じとり、死へとひとりでに溶け始めていたという他はなかった。

面会の場は家族たちの色とりどりの盛装に溢《あふ》れ、どこにも最後の時が迫った重苦しさはなく、むしろ宴の場のような華やぎさえ感じられる。新婚同然の身でこの離別を迎えた者もあり、一様に胸には悲しい思いが巣くっているはずなのだが、悲しみはそのどん底でこの不思議な明るさに結晶したのであろう。それに気づいたのか、女は泣きやみ、濡れたハンカチを膝の上で握りしめた。ただ俯いて何も言葉にできずにいる娘に代わって、母親の方が、この娘は五年前に小官吏のもとに嫁ぎ今は一児をもうけてささやかながら幸福に暮らしていると言い「こんな一時の再会では離れていた二十年の何も埋め合わせられないでしょうが……」と続けた。

藤森は首をふった。この無言の短い時の流れがまさしく今の気もちに似合った清流であって、今日までの二十年のすべてを償《つぐな》ってくれたのだと思う。目を閉じると、闇の中で幻灯のように眩《まばゆ》く光っているあの浴衣姿の背がやっとふり返った。やっと……そう二十年が過ぎてやっと……

ふり返ったその顔が、眼前にいながらも闇に俤のように遠く刻みつけられている女の顔と重なった。その顔にむけて、

『母さん』

と胸の中だけで呼びかけて、ゆっくりと目を開いた。これでいい……藤森は微笑むと、

「先日からつまらぬことが気にかかっております。自分を東京に出してくれた地主さんの家には花を紅い鈴のようにいっぱいにつける母屋の屋根を凌《しの》ぐほどの大樹がありましたがあれは何の樹だったのですか。新潟を思いだすことはないのですが、不思議にあの花だけが懐かしくて……」

と訊いた。間髪をおかず女は「椿です。よく憶えていますよ」と言い、そのままじっと藤森を見つめた。藤森は一度頷いてから、

「いや、あれは百日紅《さるすべり》の樹です。自分のいた連隊の裏に廃院があってそこにも同じ樹があって、夏になって花をつけるのを楽しみにしておりましたから」

と言った。そうして微笑みの穏やかな顔と声のままで、

「何故こんな嘘を仕組まれました……」

と訊いた。

女の顔はかすかにも動じなかった。今まで通りの寂しい笑みで藤森を見守り、声にはならない胸の言葉を微風に乗せて藤森の体へと流し込むように扇子を揺らしていたが、やがて、「気

づいておられることはわかっておりました」そう言った。

そうして思いだしたように持っていた風呂敷包みを解き、杉の重箱を差しだしてくると、

「私とこの娘で作りました。召し上がって」

と言いながら、蓋を開け、さりげない目配せでその蓋の裏面を見るように告げた。杉の木目に細く墨字が流れている。

『たがいに嘘を信じたままで別れさせていただきたかったのですが、万が一にと思い一言認《したた》めさせていただきます。或る事情から訪ねさせてもらいましたが、私たち母娘は貴方とは縁もゆかりもない者でございます。さる方より貴方の生い立ちやらお母様の思い出を聞いて、それに合わせた嘘を作りあげ母と姉とを名乗って参りました。非道な嘘とお思いでしょうが、その方に頼まれたこともあって仕方がありませんでした。郷里の村に墓地があることは事実ですが、その方母上がそこで密会をしていたことも貴方が不義の子だなどということも決して事実ではなく、皆貴方に真実らしく思ってもらうための嘘でございました』

貴方を騙した事情は語れない、どうか口に出せぬ程の辛い事情が自分たち母娘にあるのだと察して聞かないでほしいと何度もくりかえし謝罪の言葉を連ねたのち『それでもただ一つ真実がございまして……私はこの娘の兄にあたる息子を数年前成人に届ききらぬ若さで病死させております。その方から貴方の写真を見せてもらった時は、余りに面立ちの似ておられるのに天意すら覚えて、もしや貴方を苦しめることになるかも知れないことを承知で、貴方に逢いたいと思う気もちは火のように燃えあがって静めることができませんでした。勝手な話ですが、三

日前のあの朝貴方はたとえ一時でも私の子供でございました。そうとたしかに感じていた私の気もちだけは真実でございます。愚かな母親の子ゆえの闇……と鑑《かんが》みてどうか、どうかお赦しいただきますように』そう終わっている。

その文字が藤森の心を乱すことはなかった。体の静寂がその言葉の凡てを綿のように吸いとり受け入れた。藤森は笑顔のまま頷き、ただ最初に書かれた『さる方』という文字を指で差し示し、

「この方が誰かを聞いてはいけませんか」

と言った。女は『それはお赦し下さい』と伏せた目で語った。

「もしや村橋という人ではありませんか」

その小声を全身で聞きとったかのように、それまでただうなだれていた娘の方が一瞬はっと顔をあげた。驚きの目で鋭く藤森の顔を見つめ、次の瞬間にはその驚きを隠すようにまた俯いた。母親の方は短く躊躇《ためらい》の顔を見せたのち「村橋さんのことは縁あって存じておりますが、あの方ではございません」小声だがきっぱりと言った。そうして「わかりました……」と自分に言い聞かせるように頷くと、

「村橋さんに濡れ衣は着せられませんから事実を話させてもらいましょう。——このさる方というのはあなたの実のお母様です」

と続けた。花畑に似た重箱の中身をぼんやりと眺めていた目を藤森はゆっくりと上げた……驚きは束の間風のように体を走りぬけただけだった。体の奥底から湧きあがった微笑が自然に

顔に滲み、

「母は生きているのですか……本当に」

そう訊いていた。

「もう嘘は申しません。――生きて元気にしておられます。それどころか、あなたの先刻の言葉をお聞きになったらどんなに喜ばれることか。あの廃院の百日紅の花を楽しみにしておられたなんて……」

そう言うと「スエさんはあの廃院で地主さんの子供と住んでおられます」と続け、藤森がこの時にはさすがに顔に出した驚きを静かな眼差で吸いとり、急ぐような早口でこう語り継いだ。

「スエさんがあなたを産んで数年後に地主さんの家でも子供が生まれて、どういう事情なのかはスエさんも語ってはくれないのですが、その子供を東京で育てる役目をスエさんは無理矢理押しつけられたのです。スエさんの気丈な性格に目をつけた地主さんから実の子と引き離す代わりにその子供の面倒は必ずみてやるからと言われ、泣く泣くあなたと別れて上京したのです」

藤森の頭に地主の優しい顔が浮かんだ。

「スエさんに何の咎《とが》もありませんが、勝気な方ですから自分が一度棄てた以上は生涯名乗り合うことはやめようと固い決心をなさっていて、あなたが士官学校に入るために上京したと知ってもあなたに逢おうとはなさらずに……」

それがどんな因果か、廃院と連隊の道一つを隔て日々背中合わせに暮らすことになって、遠く離れているよりも手の届く所にいる子供に逢えない辛さは地獄の針の筵《むしろ》に座る心地でありながらも、とうとう今日までそれを耐えきったのだと言った。

かすかな笑みのまま頷き、藤森はいつの間にか母の肩影へと体をずらしてうなだれたまま座っている娘に目を移し「本当の姉はどうしていますか」と訊いた。

悲しげに首をふり、母親の方が、

「あなたの一年前に生まれたお姉さんがおられたのは事実ですが、スエさんが村を離れて一年後に池で亡くなったお父様の——」

道連れになったというその言葉にも藤森は静かに頷き「それならば自分だけが、こうも長い生命を授かったのですね」そう言った。

既に面会時間も終わろうとする慌ただしさの中で騙していた詫びを深々とさげた頭で伝えた女に、藤森も自分には礼の気もちしかないことを伝えたいと思いながら、巧《うま》く言葉にはならず、同じ深さに頭をさげた。

この時の藤森ならどんな嘘でも受け入れたろうが、この話は事実だという確信があった。少なくとも姉の話は村の噂の一つが真実だったことを証明している。ただ「母は何故私に墓地の記憶があると知っていたのですか」と訊いた。

「お母様も別の或る方から聞いたのです」

でもその方については何も聞かないでほしいと首をふった。その時面会の終わりが告げられ、女は不意に、

「一つお母様から頼まれた事があります。今朝逢って来た時に……一つだけ……」

と言い、重箱の横に置いた藤森の右手へと手を伸ばし、摑《つか》みとるほどしっかりと握った。

「まだつい先刻、スエさんは私の手を長い間握りしめて……残っておりますでしょう、お母様の手のぬくもりが……」

思わず藤森もその手を握り返した。汗ばんだ手は不思議に冷たく、その女の手の柔らかさと温かみだけをじんわりと滲みこませた。何故かはわからないがこの時、自分はやっと母親から血を受けてこの世に生まれたのだという気がした。だが、それも束の間で看守の気配に二人同時に手を引っこめ……その時だった。その考えは藤森の胸の凪《な》いだ湖面に小石を投げこみ薄く波紋を這わせた。

「母は自分の……私の写真を持っていてあなたに見せたのですか」

女は頷いた。あれが金銭の授受ではなく、一葉の写真の授受だったとすれば……あの二人が手を握り合っていたのではなく、その写真の授受を、一人の男の目から咄嗟《とっさ》に隠そうとしたのだとすれば……あの女が袖に隠したのが一葉の写真であったとすれば、そしてその写真の顔がこの俺の顔だったとすれば……

「遺体は私が引きとって御遺骨は必ずスエさんに渡させていただきますから、心おきなく旅立ちくださいますように」

名前も知らぬままで終わった女はそう言い、娘と二人頭をさげ、藤森は笑顔を返して背を向けた。――夕刻明日の処刑が伝えられた時、藤森に動揺はなく、ただあの母親の方は別れ際の言葉からして既にあの時今日が最後であることを知っていたのではないかと考えただけだった。もっともそれを重要にも思わなかった。誰もがどのみち数歩先に迫った死の影を感じとっていたのだ。その朝は安田のもとに弟の重希ひとりが面会に来ていて、藤森は面会所を出ようとする際に安田が「位牌の没年月日は二月二十六日としてもらえまいか」と言う声も聞いている。安田重希は藤森にも笑いかけたが、その兄と瓜二つの真面目すぎる笑顔の中で淡い目がもう兄や友人の死出の背を遠く、見送っていた。

重希一人の面会だったことは離縁の話が事実らしいと想像させたが、それよりも藤森には安田と連隊の面会室で逢っていたあの女の顔が浮かぶばかりだった。二月のあの夜のほの白い息が語った『最後の密会』という言葉とともに……あの女が外套も羽織もなく寒そうに見えたのは、ただ住まいが連隊のすぐ近くだったからなのだとすれば……あの女は確かに連隊に密会に通いつめていた、だがその密会の相手が安田ではなく安田の下にいる男だったのならば……生まれて間もなく捨てた子供と生涯逢うまいと固く決意をしていた一人の母親が、その子供が自分の住処の道一つ隔てたところにいつもいることを知り、決意を揺るがせたのだとすれば……そうして安田を訪ねすべてを打ち明け、同情を寄せた安田が息子の側では何も知らぬままこっそりと女と息子とを引き合わせていたのだとすれば、……女から頼まれた写真を手渡し、自分がその息子から聞いていた話を全部女に教え、そうして二月二十五日、今夜で逢えなくなるかもしれないから、最後の密会に来るように伝えたのだとしたら……

舞いはじめた雪と門灯の影に隠れ、目の前の男の顔をすら盗み見るようにしか見られなかった一人の女の目。あれが俺の母親だったとすれば……

この時藤森の体は突然激しい痙攣《けいれん》に襲われた。『最後の密会に参りました』そう呟いて背を向けようとする刹那、その女が驚いたように瞠った目で自分を見た顔が、目の前に迫るほどにはっきりと見えた。網膜に暗く残っていたそれが一瞬現実の顔として焼きつけられたように。その時の女の顔に降りかかっていた雪の一片一片までが静止したようにはっきりと見えた。あの束の間の目で女は藤森の全身を摑みとり、同時にまた自分の顔のすべてを藤森の目に摑みとらせようとしたのだ……後に藤森が万が一にもそれが母親だったと気づいた時、自分の顔の全部を思いだせるように。

鋭い痛みが体を貫き、この時体の奥底で獣の咆哮《ほうこう》のように『生きたい』と叫ぶ声があった。だが、それは一人の女の顔とともに起こった一瞬の苦痛であり、叫びだった。自分の体の中にまだかすかに残っていた生への執着が最後にそんな叫び声をあげ、みずから壊れていったのだった。次の瞬間には騒がしい蟬《せみ》の声がいっせいにやんだかのような、虚しいほどの静寂の中にいた。それはあの一人の女の顔とともに自分がやっとこの世に生を得て、一瞬のうちに二十余年を生き、死に果てたかのような不思議な出来事だった。そうして再び戻った今度こそ本当の静寂のなかで、自分はいまあの二月末の一夜より四カ月以上遅れてやっとあの女と対面し、母子の名乗りをあげたのだと、そう思った。

三時間後明朝の処刑が告げられた時、藤森はまた、明日叫ばなければならない声を自分はもう叫んでしまったのだと考えた。

電灯の貧しい明りとともに獄舎に最後の夜が訪れた。

まだ無念だと怒りの握り拳を畳に叩きつける者もあったが、殆どは藤森と同じ静かさで遺言を認め、支度の済んだ者たちはいつもと何ら変わりない淡々とした声で語り合っていた。藤森はまだ朝のぬくもりが影のように残った手で、ただ『母上様、長々と有難うございました』とだけ書き遺した。この一言が誰の手に渡るかは定かではないが、こんな一つの未練を死出の旅に背負っていける自分は何と果報者だろうと思った。

一つの未練の中に三人も母がいる。あの幻の浴衣姿の母と、わずか二度の面会だったがその短い間に自分を育ててあげてくれたような心地のする名も知らぬ母と、そうしてあの雪の夜の束の間の目で自分だけの名乗りをしていった母と……

藤森は自分の想像を安田に確かめることはしなかったし安田もなにも言わなかった。

ただ、消灯時刻も迫って、それまでもうとうの昔に死出の準備を済ませたかのように一日中何もせず壁に寄りかかって目を閉じていた安田がふと思いだしたように藤森に近づき、ノートを差しだしてきた。昨日まで机に向かって書き続けていたものである。

「誰への遺言ですか……」

そう訊いた藤森に「お前だ。お前に読ませるために書いていただけだ。俺には遺言を残さなければならない相手はいない」と言った。

最初に『藤森少尉殿。皆に聞かれたくないのでこうして文字にして語る。だが、貴君というよりこれは私の手で殺した村橋への遺言であろう。村橋が死んだ以上、他に告白を聞いてもらえる相手はいないのでお前に語らせてもらう。俺は皆に叛《そむ》いていた。妻にもお前にも――誰より村橋に。そうして何より国に。私は国のためと言いながらその国を裏切っていたのだ。俺だけは確かに国に対して叛逆罪を犯していたのだ。何故なら桂木謙太郎の娘と通じ、皆を裏切っていたのは村橋というより、この私だったからだ。私は国のためにこの手で葬るべき桂木を、たった一人の女への愛のために土壇場で葬れなかったからだ』と突然の告白をした後、村橋と自分とが初めて士官学校の桜吹雪の中で出会い、たがいに無二の親友としての友情を結んでいった過程を延々と書き連ね、最後のほうにまた、

『私があの夜、決起の直前に村橋を殺したのは彼の裏切りのためではなく、桂木の娘のためだった。何も知らぬ村橋は自分から「殺せ」と言い私に銃を握らせたが、引き金を引いた私の手はただ愛に歪んでいた』

と再び突然の告白をしていた。

『昨年の初秋、桂木の娘の綾子が一面識もない俺を訪ねてきた後、俺は大いに弱った。綾子は自分は或る事情で村橋さんと結婚したいのだが、その仲立ちを親友であるあなたにお願いできないかと頼んできたのである。弱った理由は勿論、その頃既にあの襲撃計画があり桂木は重要な襲撃目標の一人だったからである。そしてまた綾子が結婚したいという事情も（その事情は語れないが）認めなければならないものだっただけに俺は苦しんだ。俺は返答を躊躇《ためら》い続けたが、その間に綾子は村橋に接近し村橋の気もちを奪ってしまったのだが、ともかく二人は愛とは別に結婚しなければならぬ運命にあった。村橋は村橋で苦しんでいたろうが、綾子はその後

も頻繁に俺を訪ね、その煮え切らなさをしきりに俺に訴えるようになって、俺は村橋以上に苦しんだ。おれは二人のどちらにも真実を語れず、板挟みにあいながら、村橋以上の優柔さで答えを出すのを逃げ続けた。そうして、あろうことか、村橋の気もちを自分へと引き寄せた上で綾子は唐突に、自分は村橋を愛して結婚するわけではない、自分が愛しているのは別の男だと言いだしたのだった。村橋と結婚したい理由の一端に、そうすれば自分は妻のいるその男とも周囲に疑われることなく逢い続けることができるとまで……何故なら村橋とその男とは無二の親友だったのだから。勿論俺はその女を拒んだ。俺はその時まだ自分を本当に苦しめている者を知らずにいたのだから。――決起の日が近づき俺はお前も承知の通り、村橋を裏切り者として計画から外した。俺は国より同志より友情を選んだと思っていた。俺は軍人と只の男との板挟みで苦しんでいた村橋に軍服を棄てさせ、只の男として綾子と添わせてやりたい、そう思っていた。だが、違う。俺はそんな村橋を誰より裏切っていた。愚かにも俺はそのことに、あの夜連隊の裏手で村橋が銃を握らせてくるまで気づかなかった。俺の方でも桂木綾子に惚れていたことに、そのために村橋を憎んでいたことに。俺はその瞬間、綾子とこの男を結婚させるわけにはいかないと思ったのだ。たとえ綾子が村橋を愛してはいなくとも、それはできないと思った。自分からそうと仕組みながら、最後の土壇場で俺は只の嫉妬《しっと》に苦しんだ男としてそう思った。あの時の俺は村橋より汚れ、軍服の誇りの一かけらもない只の男だった。……引き金の冷たさに触れた指だけがそれを知っていた。そうしてあの夜の誰にも聞かれなかった一発の銃声は俺のすべての裏切りを告げた。国への、親友への、同志への、妻への、そしてまた俺を誰より信じてくれていただろう、藤森、お前への――』

最後に『これはやはりお前ではなく、村橋への告白だ。俺が初めて士官学校の桜の樹の下で出会った時の、あの花吹雪の中で俺に笑いかけた村橋への――』と書き、藤森の耳を借りたことへの謝罪をくり返していた。

読みおえた藤森は、ただ黙って頷いた。この全ての言葉を死んだ村橋に代わって自分が聞きとったことを告げるために。数日前には意味があったかもしれないその告白も、今は何の意味もなかった。そこにいる安田はもう死を通りすぎた一人の男であり、自分に一つの未練をくれた先輩の軍人だった。安田はかすかな笑みで頷き返した。――間もなくに消灯時刻が来た。闇が夏の匂いだけを残した。

翌昭和十二年二月二十六日、兄一義の墓参に出かけた安田重希が納骨と長い供養を終えて墓に背を向けると、すぐ背後の石段に小道から浮かびあがるようにして一人の女が立っていた。それまで何の気配も感じなかったので、いつからそこに立っていたのかもわからないまま、重希は驚くより先に幻でも見たかのように茫然となった。驚きはむしろ、重希の顔を見つめたその女の目にあった。白菊の束を抱えた洋装のまだうら若き女は、小さな鐘のような帽子の縁どりのかげで、瞳を青ざめさせた。どこかの富豪の令嬢を想像させる、贅沢な美しさだった。女は黙礼をして、突っ立った重希の脇をすりぬけると墓前に花を供えて、長い間、掌を合わせていた。

やがて立ちあがりふり返った女は、まだそこにいる重希を改まった目でみつめながら、「安田さんの弟さんですね。お顔がそっくりで、さっきはお兄様がまだ生きてらしたのだと心臓が止まる思いでした」

そう言い、自分を桂木綾子ですと名乗った。

名は知っている。去年の夏の一夜兄を追って自害した義姉から聞かされた名だった。兄が敵として倒そうとした大臣の娘が兄や義姉とどんな関わりをもっていたのか、今なぜ弟の自分にこうも親しげに微笑みかけているのか、重希には何もわからない。その微笑みのまま、「お兄様やお義姉様にはいろいろとお世話になりました」

と言い、頭をさげた桂木令嬢は「私、あなたとは去年の夏にも一度お目にかかっております」と続けた。さりげないその声に重希は眉間の皺で答えた。記憶になかった。

「あの最後の面会の日です。あなた、お兄様をひとりでお訪ねになったでしょう。あの時私もあの場に母と一緒にいましたの。私ずっと顔を隠してましたからあなたにはお分かりにならなかったでしょうけれど、私は俯いたまま、あなたの背とその前に座ってらしたお兄様の顔を見続けておりました。……私、あの場には最後の面会に参りましたの」

いや面会ではなく『密会』と言ったのではないか。そう聞こえた気がしたのだが、何も問い返せなかったし、女の方もそれ以上の言葉はなくただ無言の目で重希の顔を見守り続けた。微笑に包まれて、その瞳の芯には青く、冷たく火花が散っている……

重希はその目を避けて墓の方を見た。冬の風が今飾られたばかりの白菊の花片を墓石の下方に零している。重希が供えた薄紅の菊も、その花片を雫のように点々と落として……それはちょうど一年前のその日に東京に流れた血と雪がまだそこにだけかすかに残っているかのようだった。

安田重希は二十一年後、東京のまだ終戦の混乱を残した一隅で、その女とふたたび出逢い、娼家がともした最後の灯の中で束の間の契りを交わすことになる――だが、それはまた別の運命と別の物語であり、その昭和十二年二月二十六日の朝、まだ前年の事件の生々しい残響の中に立っていた安田重希にとって、近づきつつあった戦争の暗雲も不意に自分の前に現れた一人の女も……明日という日も、何もかもが遠い世界の幻に過ぎなかった。安田重希が目を戻した瞬間、女は「そう最後にもう一度だけ逢いに行きましたの」ほの白い息でひとり言のようにそう呟くと、背を向け、真冬の朝の光が照り映えた道を去っていった。

それぞれの女が……

朝の陽ざしが縁側の敷居近くにある細い傷にとどくと、秋になる。

萩江《はぎえ》はそう信じていた。

結婚して二年が過ぎるころに夫と初めて夫婦喧嘩をした時だから、もう三十年前の……今では記憶の陰画に隠れてしまった傷だが、それを年に一度秋の最初の光が陽画へと反転させる。

確かワイシャツのボタンに絡《から》みついた女の髪で浮気に気づき、口論した際だった。夫の謝罪の言葉に一旦はすべてを赦《ゆる》すつもりで晩御飯の支度をしようと台所に立ったのだが、気がつくと包丁を握ったまま茶の間に戻り、自分でも不思議なほど覚《さ》めた静かな目で、夫の顔を見つめていた。煙草を喫《す》おうとしていた夫が、その手をとめ、座ったまま腰の動きだけで一メートル近く体を退けたのを憶えている。夫の顔が大きく歪《ゆが》んだが、それが怯《おび》えからではなく、マッチの火が指を焦げつかせたからだということも……この人めったに笑わないのに顔を歪ませると冗談で笑っているような顔になるわと遠い意識でぼんやりと考えたことも。

本当に殺すつもりなどなかっただろう。妊娠三カ月の悪阻《つわり》がひどい時期で、普通の神経ではなかった。そのまま茶の間を横切り庭の方に行こうとして敷居に躓《つまず》いた。体はかすかに傾《かし》いだだけだったが、不意に体の中に叫び声がわきあがり、それは口へではなく手へと流れた。大きく体を崩しながら、全身の力を包丁にこめ縁板を突いていた。その姿勢のまま長いことじっとしていた。「おい、腹の児は大丈夫なのか」夫が気のぬけたような声を出すまで……

いや、ボタンに絡みついた長い髪で気づいたのは三番目か四番目の女の時だった気がする、最初の時は確か……香水だった。いや、香水は最後の女だったろうか……やはり髪の毛だ。梅雨の最中《さなか》の一夜で、夫が脱ぎすてたワイシャツを拾いあげた瞬間指に貼りついてきた細い絹糸のような髪が汗を掻いたように湿っていて……その後、包丁を握っていると気づいたとき、濡れた包丁から水が滴《したた》りおちるのを感じながら、今この包丁もあの女の髪と同じ汗を掻いている、そう自分に言い聞かせた憶えがある……

夫の指の火傷の痕は数日で消えたが、縁板の傷も夫の浮気癖もその後、明けることのない梅雨のように執拗《しつこ》く残ったのだった。

三十年前のあの年、梅雨が終わり、ひと夏が過ぎて、萩江は流産した。病院から帰った翌朝、前日までの余炎から突然切り放たれた涼しい風の中で、陽ざしがちょうど縁板のその数センチの傷に届き、名誉の負傷のように……金色の勲章のように、秋の光を受けて輝いているのを見たのだった。それ以来、二、三センチのその細い線は、夏の終わりを告げるゴールになり、秋のスタートラインになった。そうして三十年……

今年もまた秋が来たのだった。残暑は、梅雨の雨が裏返っただけのような鬱陶《うっとう》しくじっとりと湿った光を庭に溜めていたが、やっと届いた陽ざしに、それがまだ一年前の傷のように生々しく浮かびあがっているのを見ながら、今年ももう秋なのだ……胸の中でそう呟《つぶや》いた。それから敷居をまたぎ、茶の間を横切り、もう一つ奥の六畳の隅にある仏壇に、今庭から切ってきた咲き残りの桔梗《ききょう》の花を飾った。

夫の写真が花の薄紫の影に、半分隠れた。萩江の目から逃れるように……いつもそうだった。浮気やら後ろめたいことがある時は、新聞や雑誌で半分顔を隠していた。半分だけ……そうして残りの半分で萩江の顔色を探っていた。

だが、その半分の顔を見ることも、もうなくなったのだ……

萩江は立ちあがり、押入れの中の小簞笥《こだんす》からアルバムをとりだした。二十年前、田沢湖で夫と一緒に撮った写真がある。新婚旅行以外で夫と旅行をし一緒に写真を撮ったのはその時だけである。その一枚を探しだし、仏壇に飾ってあった一昨年の夫一人の写真と入れ替えた。

この方がいい……

碧《あお》く光った田沢湖を背に萩江と肩を並べた夫はまだ三十五、六だったろう、照れているのか薄く微笑した、その表情にまで若い艶《つや》が感じとれる。いつまでも若く見えることを得意にしていたが、こうやって二枚の写真を見較べてみると、一人の男の顔に流れ過ぎた歳月がはっきりと読みとれた。それは萩江の顔も同じだった。五十四歳の今から見ると、まだ娘と呼んだ方がいいような幼さで顔を緊張させている。この写真の方がいい……あの女は矢辻周平《やつじしゅうへい》にこんな若い顔があったことも、こんな妻と一緒の幸福な時間があったことも知らないはずである……萩江はそれまで仏壇に飾っておいた方の写真をアルバムに戻しながら、壁の時計を見た。午前十時十七分――その時刻を阿佐ヶ谷駅のホームの時計で確かめ、幸子は他の降車客の流れにまじって階段を下り、改札口を出た。まだ三十分以上ある……

一週間前矢辻周平の妻から届いた手紙には女の足でも駅からは歩いて十分かからないと書かれていた。駅前が石畳のような広場になっている。その一隅に開いている喫茶店を見つけ、幸子は中に入り一番奥の席に座った。

運ばれてきたアイスコーヒーにちょっとだけ口をつけ、幸子は化粧室のドアを開けた。マンションを出て一時間も経っていないのに、もう化粧が崩れかかっていて、鏡の中の顔は四十二歳よりも三、四歳老《ふ》けていた。少しでも若く見せたくて、強《きつ》めに濃く化粧をしたのがいけなかったのかもしれない。

こめかみにうっすらと浮かんだ汗が、太く描いた眉《まゆ》の端をにじませている。

君は冬でも汗を掻くんだね――

知り合って最初の冬だった。寒がりの男のために暖房を〝強〟にした部屋で男が不思議そうに口にした声がふと耳に蘇《よみがえ》った。『汗の匂いのする女の方が好きだな……』とも言った。あの時笑顔でごまかしながら思いきって、『奥さんは?』と訊いてみた。『アレの体には汗になるような余分の水がないんだ。それにあいつの体には冬しかないんだ。真夏の熱帯夜でも膚《はだ》がひんやりしている』……

妻のことは忘れるように自分を戒めていた。だから六年の関係で、幸子が『奥さん』という言葉を口にしたのはその時と、あと一度男が風呂あがりの幸子を見て、『君は素顔の方が美人だね』と呟いた時だけである。あの時も用心深く笑顔を作りながら、さり気なく『奥さんは？』と尋ねていた。『アレはほとんど化粧なんかしないけれど、普段でも見えない厚化粧でもしてるみたいな、丹念に作りあげた顔をしてるよ』冗談とも本気ともつかぬ半端《はんぱ》な笑い声を混ぜて、男はそう答えた……

その言葉を思いだし、幸子は思い切って顔を洗い、化粧を全部落とすと、薄い口紅だけをつけて化粧室を出た。

席に戻り、バッグから一週間前に届いた手紙をとりだした。

『突然の手紙をお赦しください』

その言葉で始まった手紙は長々と時候の挨拶を連ねたのち、突然矢辻周平の死を告げた。

『さてもうご存じかと思いますが、今年の六月二十八日、主人は出張先の福岡で事故死いたしました。支社で接待を受け、ホテルに戻る途中、おそらく酔っていたからだと思いますが、信号を無視して道路に跳びだしトラックに衝突したのです。ほとんど即死で、翌朝一番の飛行機で私が福岡の病院に駆けつけたときはもう夫とは呼べないほど冷えきった、石の人形のようなさびしい骸《むくろ》となっていて……あまりの突然の死に何の実感もないまま遺体を東京に運んでもらいなんとか葬儀を済ませ、気がつくと夏ももう終わろうとしています。あなたという、主人がこの数年私以上に大切にしていた女性がいることは知っておりましたが、周りのものごとの何もかもが夢の中にいるかのように摑《つか》みどころがなく、ただぼんやりとしていて、葬儀の連絡も何の挨拶もできずにおりました。やっとかすかにあの人は死んでしまったのだと意識したのが、四十九日の法要を終えた翌朝、あの人がもうはくこともないズボンを洗い庭に干していた時で……その時になってやっと目に涙が浮かんで……それまでは泣くことすら忘れていたのですから、赦してください。主人はあなたのことを〝控えめな、人のかた隅に小さく自分の場を守って生きている女性〟と評しておりましたから、もしかしたら葬儀にも来てくださって誰の目も届かないかた隅からこっそりあの人を見送って下さったのかもしれませんが、改めて、納骨も済ませ位牌だけになってしまったあの人に逢ってやっていただきとうございます』

あなたを恨んで主人に冷たい言葉を投げつけた時期もあったが、今はそんなことまでが悔やまれ、恨みなどどこにもなく、むしろ一度も会ったことがないのに高校の頃のライヴァルでも思い出すような懐しさや親しみを覚えている、と続け、『来週の日曜の朝十一時ごろが都合がいいのですが』という言葉と共に地図を添え、最後を、

『一方的な手紙なので無視してくださっても構いません』

という一行で結んでいた。

無視するつもりだった。こんな風に突然妻の手紙で矢辻の死を報《し》らされ、大きすぎた衝撃は逆に鈍《にぶ》い実感にしかならず、幸子もまた涙一つ流せないままただぼんやりと何日かを過ごし、何とか考えることができたのは、今さらあの人の奥さんに会っても仕方がないということだけだったが、昨日の晩になってもう一度この手紙を読み返し、ふと気もちが変わった。

糸を丹念に織りあげていくような細く流れた美しい文字を眺めながら、ふとこの字にも見えない厚化粧があると感じ、その時になってやっとそれまで何日もぼやけていた頭がかすかに焦

点をもち、手紙の中の六月二十八日という日づけを拾いあげたのだった。その十日前に幸子は矢辻と別れている。妻に知れたのちも通ってきていた男を幸子はあの夜頑《かたく》なにドアを閉ざし追い返した。あのドアの錠と無言とで一方的に告げただけのものを別れと呼べるのなら……一時間後、男はすぐ近くの公衆電話から電話をかけてきて『逢ってくれるまで一晩中だってここにいる。君の気もちが変わる自信があるから』冗談のような声で言い、さらに何かを喋《しゃべ》り、幸子は無言のまま電話を切った。あの一方的に切った電話の音を別れと呼べるのなら、確かにあの夜二人は別れたのだった。さらに何かを？——

昨夜になって、幸子はあの電話で矢辻がさらに『明日から遠いところへ出張する。今夜逢ってくれなければ、俺、向うで死ぬかもしれない』そう言ったことを思い出したのだった。

幸子が今日、矢辻の妻に会いにきたのはそのためだった。ひと回り以上年上の矢辻が時々、子供のような我儘《わがまま》を言って幸子を困らせることがあった。そんな我儘な言葉として聞き流したし、確かにあの時、矢辻の声は冗談でも言うように笑っていたのだ。だが……あの笑い声が、見栄っぱりな矢辻がよく見せる変に格好をつけたポーズだったのだとしたら……

あの言葉が、幸子が一方的に無言で告げた別れへの矢辻の本音の返答だったのだとしたら……出張先で赤信号の道路に跳びだしたというのが、ただの事故でなかったのだとしたら……

いや、昨夜まで忘れていたのではない。この手紙を読み、矢辻の死を知った瞬間からあの電話の言葉を思い出していたのに、自分のあの晩の冷たさが一人の男を……自分が愛した一人の男を死に追いやったなどとは信じたくなくて、無理矢理胸のもの陰へと隠しこんでしまっただけなのかもしれない。そうも思えてくる……そんなはずはない、自分はそれほどまでに愛されていたわけではない、死を考えるほど愛してくれたのなら、一度くらいは「妻との離婚」という言葉を口にしてくれたはずだ。昨夜からもう何度もそう否定し続けているが、胸に黴《かび》のように広がった不安は消せなかった。その不安にわずかでも確かな答えを与えたくて、今朝幸子はマンションを出てきたのだった。

幸子は手紙をバッグに戻すと、最後にまた起こった躊躇《ためら》いを留め金の音で払いのけ立ちあがった。店を出ると、残暑がぬるま湯で溶いた糊のように粘りついてきた。地図に描かれていた商店街はその喫茶店から始まっていた。歩きだす前に幸子はハンカチで額《ひたい》をおさえながら、もう一度腕時計で時間を確かめた。

もう一度腕時計で時間を確かめ、厚美《あつみ》は病室に入った。十時四十三分――

六人部屋の、ドアから一番近いベッドの上に起きあがり、隣りのベッドの若い患者と喋っていた母親の香津がひょいとふり向き「今日は日曜だろう、来なくてよかったのに」少し不思議そうな顔でそう言った。

八月の初めに倒れてこの病院にかつぎこまれてから一カ月半、厚美は週に二、三度は顔をだしているが、そう言えば日曜に来るのは初めてである。母親に笑いかけようとしたが巧《うま》く笑えなかった。その顔色だけでわかったらしい、香津は、

「食堂にでもいこうか」

と言った。

地階に下りるエレベーターの中で厚美は「歩きまわって大丈夫なの」と訊いた。胃潰瘍で手術も簡単に済んだのだが、ついでに持病の腎臓も治してもらっている、本当はいつ退院してもいいのだ、と父親からはそう聞かされているのだが、倒れる前よりひと回り痩《や》せ小さくなったのが、麻のパジャマの皺《しわ》の寄り具合でわかった。

「私の体を心配してくれるなら、面倒な話は自分の中で消化しておくれ。二十八なんだろ、結婚して五年にもなるんだし」

全部を見透かしたかのように言った。厚美は「ええ」と答えたが、食堂の隅のテーブルにつき、母親が牛乳の罎《びん》を「ほら」とさし出してきた時、

「でも、もう我慢できなくて……」

嫁いだ女ではなく娘の声を出していた。

「——また姑《しゅうとめ》さんの悪口かい」

母は以前より深くなった皺で笑顔としかめっ面を一緒に作り、そう言った。

商店街のはずれにぽつんとポストが立っている。その角を折れると緑がとりどりに騒がしい住宅地になっていた。角から七軒目のその家は、他より一時代遅れた古さを恥じるように、朽ちかけた木の門の奥に小さく隠れて建っていた。細い木の門柱を見ながら、その背丈までが矢辻に似ていると幸子は思った。若さを自慢にしていたが、ドアを開けるたびに廊下に細い棒の

ように突っ立っていた矢辻には古い木の香りがして、その匂いが何より幸子は好きだった……

時計を見る。一分前。その一分を、矢辻の人生が染みついたような門を眺めてやり過ごし、幸子は門を潜《くぐ》った。朽ちた木を見て、矢辻の死がやっと実感になった。玄関のガラス戸の前に立ち、汗を拭いハンカチを仕舞った。矢辻の匂いが、まだ体液となって体に溜まっていて、それが汗となって滲《にじ》みだすのだった。ひと夏苦しみ、忘れようとした。だが何一つ忘れきれずにいるうちに……幸子の知らないところで矢辻は忘れる他ない男に変わってしまっていたのだ……幸子はゆっくりと玄関の呼び鈴を鳴らした。——呼び鈴の音ははっきりと聞こえたが、萩江は一分近く仏壇の前に座ったまま動こうとしなかった。その間に呼び鈴はさらに二度騒がしく、家中に響きわたった。そう、決して一度では諦めない女なのだ、それはわかっていた……。やっと立ちあがった。萩江はさらに時間を遅らせるようにゆっくりと足を玄関に運んだ。

ガラス戸に映った女の影はまた呼び鈴を鳴らした。その響きが夫の声となった。『振られたよ、完全にあの女に、昨日の晩——』福岡に旅立とうとしてこの玄関を出る間際、最後に夫はふり返り、そう言った。そして、『困った男だな、俺も』三十年の口癖を口には出さず歪めた眉で語って背を向けた……萩江は戸を開いた。女は萩江と目がぶつかると、その目をはずしながら頭をさげた。萩江の方では逆にしっかりと女を見つめた。想像していたよりは美人だ……そう胸の中で呟きながら、観察していた目を微笑に包みこみ、「やっぱり来てくださったのね」と言った。

「浮気してるのよ、竜彦《たつひこ》。今日だって接待ゴルフだなんて嘘ばっかり……」

牛乳を飲もうとしていた母は壜を握った手を宙に浮かせ、「ふうん」と気のない声を出した。厚美は一人だけで大きく肯《うなず》いた。

「でもそれはまだいいわ。お姑《かあ》さんまでが浮気の手伝いをして。昨日の晩だって相手の女から掛かってきた電話に笑顔で受け答えして竜彦にとり次ぐんだから。竜彦が『誰から』って聞いたら、意味ありげに目配せして——それを私の前でするのよ、当てつけに……一月に竜彦のお祖母ちゃんが死んでからは自分が虐《いじめ》られてきたぶんの仕返しみたいに」

耳から流れこんだ娘の声を母親はため息にして吐きだし、「何かの間違いじゃないの。あの女《ひと》、そんな悪いひとじゃないよ。先週来てくれた時だって、お前がよくやってくれるって褒《ほ》めてたし」と言った。

今度は、厚美が牛乳壜を宙でとめた。

「先週って……いつ、それ」

「月曜だったかね……どうして」

「言わないのよ、そういうこと。わざと言わないのよ、それで竜彦には『見舞いに行ったのに厚美さんはお礼も言わない』って告げ口するのよ」

「私だってお前に何も言わなかっただろう？　その程度のことじゃないの」

母親は不意に腰に挟んでいたタオルをつきつけてきて「汗が——」と言った。いつの間にか汗が首すじを伝っている。それを拭おうとして受けとったタオルに、厚美は次の瞬間顔を埋めていた。それまで何とか我慢していた涙が目に溢《あふ》れたのだった。

声を押し殺して厚美は泣いた。「若いわねえ、私なんか六十を過ぎてから真夏でも汗なんか出なくて……淋しいねえ、そういう方が」母親の声が遠く霞《かす》んで聞こえた……

仏壇に飾ってあるまだ若い頃の矢辻の笑顔から逃れるように、幸子は目を閉じた。合掌した手の指先が線香の煙をからめて、かすかに震えているのがわかる。男が小さな位牌の、幸子には読みとれない数個の漢字に変わってしまったことが悲しかったのか、わざと夫婦が肩を並べた写真を飾っておいた女への怒りだったのか……わざとだ。わざとに決まっている……

やがて「こちらへどうぞ」という声で目を開き、幸子はそっと茶の間へと足を踏みいれた。

矢辻の妻の正面を少しはずして座り、無言で丁寧に頭をさげた。

「よく来てくださったわ」二度同じ言葉をくり返したのち、矢辻の妻は、

「通訳の仕事をなさってるんですってね。主人の会社の仕事で出逢って……って、そう聞きましたけど。羨ましいわ、自立した仕事をもってらっしゃるのは。私なんか主人に死なれて妻以外の何もできない女だって……こんな広い家に一人残されて改めてそれがわかって……」

麦茶を勧めながらそう言った。その言葉に、おやと思い幸子は顔を上げた。その目を自分の目で二、三秒吸いとるように見つめていた矢辻の妻は、「ハンカチもってきましょうか」と訊いてきた。

「私の代わりに泣いて下さったのね。私は手紙にも書いたとおり、四十九日の翌朝にほんのひ

と雫《しずく》だけ……今でもまだ実感がなくて」

幸子はただの汗だとは言えず、バッグからハンカチをとりだし目をおさえた。いや、それともわざと誤解したのか……庭は光をざわつかせているのに部屋は奇妙にひんやりとしている。そのかすかな冷気が、矢辻から聞いたとおりに薄い妻の皮膚から滲みだしている気がした。

「今、この広い家に一人って……お子さんが……私、矢辻さんからお子さんがいらっしゃるって聞きましたけど」

幸子は思い切って自分の方から口を開いてそう尋ねた。二、三度子供の話を聞かされた記憶がある。

「いいえ」目を伏せて顔に翳《かげ》りを与え、矢辻の妻は首をふった。「あの人は欲しがったのに流産して。あの人が遊ぶのを私、だから……その後ろめたさから、どこかで赦してたんです」

そう言うと不意に目をあげて、「あの人、浮気相手にはいつもそう嘘ついてたのよ。子供を言い訳にすれば手を切りやすいでしょう……ご存知なかった？　あなただけじゃないこと……」と続けた。幸子は知っていた。矢辻が、『君が何番目の女か思い出せないな』と言ったことがある。だが幸子が悲しそうな顔をすると、『俺ももう齢だし、最後の女だってことだけは確かだが』と言ってもくれたのだ……〝最後の〟という言葉は別の意味になってしまったのだが。

「もちろん知ってました」

その幸子の声を無視し、矢辻の妻は不意に手を伸ばすと座卓の隅においたハンカチを摑みとり、自分の鼻に近づけた。一瞬のことだった。咄嗟《とっさ》に汗か涙かを匂いで確かめているのだと考え、「汗なんです。涙なんて……」そう白状してしまった。

「奥さんから手紙をもらうまで私死んだことも知らずに……私にもまだ実感がなくて」

その言葉も無視し、

「香水つけてらっしゃらない?」

また唐突に矢辻の妻は質問を放ってきた。そして幸子が肯きながら、「私、香水は全然……」と答えるのを待って、切れ長の目を庭へと流しながら、「じゃあ香水で気づいたのは何番目の女の時かしら」ひとり言のように呟いた。幸子は〝さあ〟と首を傾けた。——そう、この首のかしげ方だ、庭から突然また女の顔へと戻した視線でその小さな仕草を拾い、萩江は胸のなかでそう呟いた。さっきから意味もなく何度も女は首をかしげる。柔らかさを持った、角度とは言えないような不思議な角度に……自分が女であることを強調するように……夫がそんな女性的な仕草を意味もなくよくするようになって、気づいたのだった。間違いない、また女ができたのだと確信したが、六年間無言を守り通し、今年の六月の初め、久しぶりに早く帰った夫と晩御飯を食べながら、『今度の女とは相当長いみたいだけどどんな女……』ふと思い出したようにそう口にしていた。その数秒前に、『御飯、お代わりします』と訊いたのと同じ声だった。そして夫からいろいろと聞きだした後、その声のまま、『離婚してください。もう以前からあなたのこと愛せなくなってましたから』と言った。『いつからだ』『三十二年前から……結婚する前から……』夫は顔を歪めた。結婚して二年目に妻が手にした包丁に見せた顔とおなじだった。この人は何一つ変わらなかったのだ……そう思った。三十年も経《た》って何一つ……そのまま半月以上夫婦の会話は途絶え、あの朝旅立とうとした夫が玄関先で呟いた言葉が、萩江の『離婚してください』という言葉への返答になった。『あの女には振られたよ』……それなのに裸足《はだし》で三和土《たたき》へと駆けおり、夫が閉めたガラス戸を開け直し、『私の決心は変わりませんから』と石つぶてのような声を夫の背にぶつけていた。門を出ようとして、夫は立ち止まった。数秒、自分がどこへ行こうとしていたのか忘れたような半端な背で突っ立っていた、そしてその頼りない背のまま歩きだし、去っていった……

「先週まであの人の死を知らなかったって……本当に?」萩江は、そう訊いた。

「私、矢辻さんとは共通の知人がいないし、日本語の新聞は読みませんから……」

「でも、矢辻から連絡がひと夏なかったこと変に思いませんでした?」

「私、その前に別れてますから……」

「それは知ってます。あの人が棄てられたってこと——そうね、矢辻はあれで変にプライドの高いところがあったから、自分を棄てた女にいくら未練があっても自分から連絡するような男じゃないけど……あなたの方は?　棄てたって言うけど、六年も続いた男をそう簡単に忘れられました?　あなたの方から連絡はしなかったの」

長い、重い沈黙が続いた。萩江の無言を背負いきれなくなったのだろう、やがて女は「奥さんに見つかったら別れる約束でしたから……だから無理にでも忘れようと……」懺悔《ざんげ》でもするように項垂《うなだ》れて言った。

「だから私、手帳の矢辻さんの電話番号も黒く塗りつぶしたし……矢辻さんからの電話を待っている自分が嫌で、電話番号もあの後すぐに変えてしまいましたから」

そう……そういう女なのだ。電話番号を変えたのだと自分に言い訳しながら、矢辻がじかに部屋を訪ねてくるのを待ち続けていたに違いない。矢辻が生きてさえいれば自分からまたヨリを戻しただろう……だがその声を口にも顔色にも出さず、微笑のまま、「だったら主人は本当にあなたに棄てられたと思ってしまったのね」と言い、その後に充分な間《ま》をおき、

「これで少し安心したわ。私ね、主人が福岡に出かける直前に、離婚してくれなんて冷たい言葉をぶつけて……主人を死に追いつめたのは私じゃないかと心配してたのよ」

と続けた。この時玄関の上り框《がまち》の電話が鳴ったが、萩江は微笑に隠した目で女の反応をゆっくりと観察してから、立ちあがった。

香津は立ちあがると、隣りのテーブルに座った男の子にまだ口をつけていない牛乳を壜ごと与え、やっと泣き終えた厚美にむけて、「汗だけじゃなく涙だってね、泣きたい時も涙が出てくれないようになって……」そう言った。

「母さんにも泣きたい時なんかあるの？」

泣き声の余韻にまだ湿っている声でそう訊いた。

「そりゃあ、あるさ」と笑って答え、「お前、竜彦さんの浮気のことでイラ立って、お姑さんに八ツ当たりしてるだけだよ。お姑さんはそりゃあ、お前が物心つく前から後家の頑張りでや

ってきたような人だから確かに気は強いけど、悪い人じゃないよ」そう言った。

「――なんだか買収されてるみたいに味方するのね」

娘の皮肉な声が気に障ったのか、母親は目を、一瞬だが小石のように固く据え、「じゃあ、お姑さんの態度さえ変われば、お前竜彦さんが浮気しても構わないんだね」と尋ねてきた。

厚美には反論があった。今日は決心して家を出てきた。姑のことだけではない、竜彦をもう愛せなくなっている、浮気にはもちろん腹が立っているが、それ以上に竜彦の性格そのものに腹が立っている……

だがその反論を口にする前に、「だろう？」厚美の沈黙を誤解して母親はそう言ってきた。

「わかるんだよ。父さんが三十半ばで浮気した時に、私も姑さんへの怒りにすり替えて実家に愚痴をこぼしに行ったからね……」

淡々としたその声を一瞬聞き流し、次の瞬間には、「父さんが浮気？」そう聞き返した。

信じられなくて首をふった。娘だからではない、周囲や親戚一同の一致した見方のはずだ。叔母は『郵便局のマークの代わりに兄さんの顔掲げておけばいい』と言っていたし、兄の幸治は『百科事典の公務員の項目に、説明の代わりに親父の全身写真を載せとけばいい。親父は足の爪の形まで公務員してるよ』と言ったことがある。

「そりゃあ、私だって新橋のホステスさんから突然電話がかかってきて『ご主人が離婚して私と結婚してくれると言ってるけど本当か』って訊かれた時にはびっくりしたさ。裸になってもまだ背広着てるように見える人だろ、そんな綻《ほころ》びがあったなんて想像もできなかったから」

「それでどうしたの、母さん……」

「さっき言ったみたいに姑さんのことにすり替えて皆に愚痴こぼして——その女に頭さげに行った……」

「どうして……」

「お前がお腹にいたし……いや、最初はむこうに頭さげさせるつもりで乗りこんだんだけど、ドアが開いたら勝負がついちゃったからね」

「——」

「美人だったからね。私、父さんが二枚目なことと自分が不器量なこと、その瞬間に思い出しちゃってね……頭さげた。女の方が本気になってた。でもおとなしそうに見えるけど芯の強い人で、涙一つ見せず、『別れます』って一言……。父さんもああいう真面目な人だから私が頭さげた気もちわかってくれて、すぐに別れてくれたし……」

「そのことで父さんを嫌にならなかったの」

まだ信じられなくて首をふりながら厚美は訊いた。

「——今と違って好きになるのも不自由なら嫌いになるのも不自由な時代だったからね。幸治が生まれた後だったたし……そりゃ赦したふりで長いこと根にもってた。最近になってやっとだよ、認めることができるようになったのは。父さんにはああいう脆《もろ》そうに見えて芯の強い人の方が合うってこと、ああいう支えになってくれるような女のこと、父さんが本当は好きなんだってことも……私は逆だからね」

母としては珍しい弱気な声になった。

「母さんは強そうに見えて芯も強いわよ」

香津は「そうかね」と言って声を出して笑い、「だったら母さんも何とか何十年と父さんを支えてきたのかね」目を隣りのテーブルの子供へと逸《そ》らしてそう呟いた。齢をとると視線までが薄まるのか、ひどく遠くを見る目つきだった。その目のまま、

「父さんのこと棒っきれのようにつまんない男だと思ってたけど、棒っきれだから支えがないと倒れちゃうのだろうね」

冗談とも真面目ともつかぬ声で言った。


赤信号の道路に男が棒のように細くまっすぐに倒れている……幸子は、矢辻の妻が電話を切って戻ってくるまで、行ったこともない福岡の道路をぼんやりと想像していた。混乱すると変にぼんやりする癖がある。今の妻のひと言は、やっと男の死が実感になった幸子の新たな衝撃だった。やはりただの事故ではなかったのだ……

戻ってきた矢辻の妻は、先刻の微笑のままひんやりと座っている。その微笑に全部の言葉を語らせ、黙っている。今度も幸子はその無言に負けた。

「ご主人の死が自殺だったたって……そういう意味ですか」

幸子の言葉に首をふり「そうとは言ってませんけど……」声をぼかした。

「信号を無視してもおかしくないほど酔っぱらっていたって、支社の人が。それでもホテルが

目と鼻の先だからと油断して送らなかったのが間違いだったと、その人自分の責任みたいに……」

残りの言葉をまた微笑だけで語った。

「でもさっきはご主人を死に追いつめたのが私だとおっしゃるみたいに」そう切りだささざるを得なかった。幸子は一回りの年齢差を痛みのように鋭く感じとっていた。つい項垂れぎみに、一段下から見あげるような目つきをしてしまう。

「死自体に責任はなくとも、酔いつぶれてたことには責任があると思って……だってご存知でしょう、六年も関係があったなら。主人がそこまで泥酔するなんて滅多にないこと」

微笑はこの女の厚化粧だ。だが目の含んだ刺《とげ》は隠せなかった。「あの人会社も面白くないし、子供はいないし、何を支えとして生きてるのかわからんなって最近よく言ってましたもの。あなたが支えだったと思うの。それなのにあなたに棄てられたから」そう言い、目の刺で幸子を責めたまま、

「いいえ、あなたには何の関係もないわ。あの人を間接的にでも死に追いつめたのはやっぱり私だわ、私の離婚してくれという言葉であの人もう何もなくなって……」と言い直した。

その言葉が、幸子の胸に不意に一つの変化を起こした。今の言葉を聞かせるためにだけ私を呼んだのだ。この女は三十数年間の妻だったという理由だけで矢辻の死を私から奪いとっていこうとしている。妻として愛されなかったから、せめてその死だけは自分のものにしようとしている。そう胸の中で呟いた時、十二歳の年齢差が消えた。女としては対等のはずだ、そう思

った。幸子は顔をあげ、初めてまっすぐにその女の顔を見つめ、「いいえ、あの人の死に誰かの責任があると言うのなら、それは私だけです」そう答えていた。――女がそう答えるのはわかっていた。妻の私より六年間の自分の方が愛されていたと自惚《うぬぼ》れているのだ。自分の方から別れたというのも愛されているという自信があったからだ、必ず矢辻が戻ってくるという……六年間の女に私たちの三十二年間の何がわかると言うのか。萩江は女が初めて正面からぶつけてきた目をはぐらかし「もう昼どきだけれど、お食事は？」と訊いた。

「昼御飯はどうする？」

混み始めた食堂を見回して母親は言った。

厚美は首をふった。頭の中で父親の顔と竜彦の顔がもつれあっている。父親と竜彦は鼻すじの通っているところが似ている。だが子供の時代などあったのだろうかと思うほど、若い頃から大人の顔として出来あがっていた父親とは反対に、竜彦は将来大人の顔になることがあるのだろうかと心配になるほどの童顔だった。そして事実結婚して五年が過ぎたのに、竜彦の顔にも性格にも大人の時代はやってこなかった。特に母親と一緒の時は小学生の顔になる。母親は自分の皿のステーキを「最近疲れてるみたいだから」と言って、半分息子の皿に移す。息子はうれしそうにその肉の半分を――母親の愛情を嚙みしめる。厚美が風邪で寝こんでも声もかけてこないのに母親が「眩暈《めまい》がする」と言うだけで「救急車呼ぼうか」などと言いだす。そのどこにも嫁の割りこむ隙間はなく黙っていると「厚美さんは無口だねえ」と母親は厭味を言い、

「君母さんに少し冷たいんじゃないか」と息子は非難する。これだけ母親の掌の上にいるのなら浮気の心配だけはないだろうと思っていたが、春ごろからそれも始まった。しかも母親までが息子に初めてのガールフレンドでもできたかのようにはしゃいでいる。今のところまだ証拠は握っていないが間違いない。たとえ証拠をつきつけて「その女と別れてくれ」と頼んでも「お袋と相談してみる」と答えそうな男だと思うと証拠を摑もうという気も起こってこない……

それだけのことが数秒のうちにハイスピードの走馬灯のように頭を駆けめぐり、食欲を感じる余裕もなかったが、

「カレーを食べなよ。医師《せんせい》には制《と》められてるけど、匂いだけでもかがせとくれ」

香津がそう言うので「食券を買ってくる」と答えて厚美は立ちあがろうとした。それを「まだ信じられないのかい、父さんの浮気の話」母親の声が止めた。

腰を浮かせたまま肯いた厚美に、

「だったらもっと信じられないことを言おうか」

香津は顔じゅうの皺を集めて笑った。

「父さん、つい去年またやったんだよ。二度目……だと思うけど」

「去年だったかしら……」朝食が遅かったからと断った幸子をまたも無視するかのように矢辻の妻はひとり言を呟く声になった。「主人が袖口にカレーをつけてたので、わかったの……いいえ、浮気のことはもっと前から気づいたけれど、今度の相手にはちょっと真面目になってる

なって。だってあの人カレー全然駄目なんですもの。三十二年の間に一度も……それなのにあなたの作ったカレーは無理して食べたわけでしょう? どんな顔をして食べてたのか想像したらおかしくって。主人、普通の男の人が好きな食べ物、みんな嫌いだったわ。お蕎麦とかお袋の味みたいな煮物とか……ご存知なかった?」

知らなかった。俺には好き嫌いないからと言って幸子の作るものは何でも食べてくれた……あれは無理をしていたのだろうか。そういえば美味《うま》いと言ってくれたことは一度もない。だが幸子は、

「知ってました」

はっきりとした声でそう答え、さらに「私カレーだけは得意だから、矢辻さん、君の作ったのだけは食べられるって」そう嘘をついた。六年間想像の中で一人の女にぶつけ続けてきた声を、今やっと現実の声にしたのだった。だが幸子がわざと声に覗《のぞ》かせたその挑戦を、目の前の女は、

「だったら今日は材料を用意してあなたに作っていただけばよかったわ。私もカレー駄目なの。昔は好きだったのに……不思議ね、夫婦っていつの間にか食べ物の好みまで似てしまって……」

余裕のある笑顔で海綿のように簡単に吸いとった。——顔とは別の意地悪い笑い声を萩江は体の中だけであげた。萩江の先刻の言葉は全部嘘だった。その嘘で、女の嘘を釣りあげてやった……この程度の女なのだ、それなのに私から夫を奪いとろうとした。自分だけは他の女と違

い、愛されたと信じこんで。確かに六年も続いた浮気は初めてだったが、それはただこの女がしがみついて離そうとしなかったからだ。口では日陰の女でいいなどと言いながら……その胸の声を目に仕込んだ細い針だけに語らせ、萩江は墨色の薄化粧でもするように、笑顔に翳りを与えて首をふりながら「やっぱり、あの人が死んだのは私一人の罪だわ……」そう呟いた。

母親の笑顔には何の翳りもない。おどけたようなその笑顔で「去年の今頃かね、幸治が家においてったポマードみたいなのつけて出かけるようになったから、おかしいと思って一度後を尾《つ》けたら案の定……」と言い、厚美の返事も待たずに立ちあがった。

「カレーはいいよ。食べないんだったら、中庭にでも行こうか」

「いいえ、私が悪かったんです。私があんなに冷たく」幸子が始めたばかりのその声を矢辻の妻は庭へと向けた横顔で断った。――「自分に食欲がないので忘れてたわ。庭の花に水をやるの……ちょっとごめんなさい」萩江は下駄をひっかけて庭におり、隅の水道の蛇口を思いっきり強くひねり、迸《ほとばし》りだした水を如雨露《じょうろ》に受けた……

庭は白い日差しに焼かれていたが、木陰のベンチに座ると、二人を包みこんで波だつ葉の影の薄さに夏が弱まっているのが感じとれた。食堂を出る時に買ったパンをかじるように口の端っこで小さく食べながら、黙りこんでいる母に、

「去年のは浮気って言っても大したことなかったんでしょう？　父さんも、もう六十六なんだし」

厚美はそう声をかけた。食堂での笑顔が強がりだったのか、黙々とパンを食べているその横顔には老いの寂しさが感じとれた。ひとり暮らしを通してきた孤独な女のような……女？　目はパンを食べていることも忘れたように、ぼんやりと遠く庭のどこかを見ている。深い皺に包みこまれ女であることを忘れてしまったようなその顔が、逆に厚美には一人の女の顔として見えた。なぜなのか……自分が結婚してから実家に戻るたびに、母のことをこの人も一人の女としてこの家に嫁いできたのだと考えるようになった。そのせいなのか、それとも、父親もただの男だったという話が今も厚美の胸を波だたせている、その余波なのか……

「ほら」

母親はパンの半分を突きつけてきたが、厚美が首をふるとそれを袋の中に丁寧に戻し、それから、「けっこう大した話だったからね、仕方がないから、また頭をさげた」やっと返答になった。

「相手の女に？　どうしてよ、母さん何も悪くないじゃないの」

厚美の怒りを無視し、「父さんが六十六だからって、今の若い人の方が考えが古いね。六十六なんて今の時代まだ盛りのうちだよ」と笑顔に戻り、

「まあ父さんや母さんのことはいいさ。それより今、心配してたのはお前のことだよ」

と言った。

「さっきまでずっとはぐらかしてたけど、お前がいつものようにただ愚痴を言いに来ただけじ

ゃないことは、病室に入ってきた時からわかってたからね」

厚美は黙って母親の目を見返し、それからバッグを開き折りたたまれた書類をとりだして、母に渡しながら、「一時的な感情で言ってるんじゃないの。それ、もう夏が始まる前に区役所に行って貰ってきてあったから」と言った。

遠く退いた目は、離婚届の三文字を拾ったはずだが、母親は驚いた様子もなくため息をつき、ただ、「やっぱり今の若い人の方が古いねえ、夫に浮気されて姑さんにいじめられて、家とびだしてくるなんて、昔の私と同じじゃないか」とだけ言った。声は娘を責めてはおらず、むしろ優しかった。わかってくれていたのだ、やっぱりこの人は——厚美はそう思った。

・

知っていたのだ、この女は——

五坪ほどの狭い庭を忙しげに動きまわっている矢辻の妻を見守りながら、幸子は胸の中でそう呟いていた。自分が夫に愛されなかったことを、三十二年間の妻とはいえ仕事と浮気に明け暮れた男の名ばかりの妻だったことを——突然夫に死なれ、過去をふり返ってその空しさに気づいたこの女は、だから私を呼んだのだ……幸子にもやっとわかった。ただそのためだけに私は呼ばれたのだ。先刻からずっと、この女が作り笑いの裏から投げつけてくる意地悪な言葉は当てこすりでも幸子への仕返しでもなく、ただの自分への言い訳なのだ。自分が妻として愛されたことを幸子に語ることで、一度も本当の意味で夫ではなかった男を——空しく通り過ぎた三十二年間を必死に奪い返そうとしている。こんな風に庭で忙しそうに働いている姿も、わざと幸子に見せつけているのだろう……そんな姿で必死に自分が矢辻の妻だったことを確かめているのだ……

そう考えると怒りは消え、幸子には憐《あわ》れみに似た同情しか残らなかった。これ以上ここにいても仕方がない、そう思い幸子が立ちあがろうとした時である、それを待っていたかのように矢辻の妻がふり返り、「すみません、そこのサンダルを履《は》いてここへいらして」何かに驚いたような声をあげた。

言われたとおりにするより他なかった。庭に下り、朝顔の棚の端にしゃがんだ矢辻の妻の背に近づいた。

「この薔薇《ばら》……」

その呟きを聞いて覗きこむと、矢辻の妻が見ているのは鉢植えの薔薇の葉の繁りだった。いや葉ではない、一カ所の枝の先についた小さな蕾《つぼみ》がかすかに黄色い花を開かせようとしている。矢辻の妻の目はその花の芯のような一点に注がれていた……

「この薔薇、主人が六月の初めに思いついたように買ってきたものなの。今年の花はもう咲き終わって只同然で売ってたからって……通りすがりの露店で。あの人、変にそういう優しいところあって……それなのにまた」

一輪だけ花が開こうとしている。萎《しお》れかけた朝顔の葉の隣りに……執拗な夏の残響に疲れ果てた庭のすみに、そこだけまだ生命が小さく残っているかのように。幸子の目は思わずその黄色い一点に吸い寄せられていた。——女の目は私からこの花までも奪いとろうとしている、萩江はそう感じた。今の言葉は嘘ではなかった。夫は時々そんな小さな機嫌とりで、浮気の償《つぐな》いをしていた……だがその蕾に今初めて気づいたように見せたのは嘘だった。一昨日から気づいていて女への仕返しの仕上げに利用することにした。仕返し……そう、そのためにも女を呼び寄せたのだ、夫を奪いとろうとした女に六年間言えなかった言葉を聞かせるために。そして今の言葉で……『あの人、変にそういう優しいところあって』という今の言葉でこの小さな仕返しも終わりにするつもりだった。だが萩江の声など耳に届かなかったように女は花に見入っている。次の瞬間、不意に突きあげた怒りが萩江の気もちを変えた。女がその花に手を伸ばした瞬間……その生白い手が六年間夫の体に触れ続けたのだと感じた瞬間……

「困ったねえ」母親が何度もくり返すその呟きに不自然なものを感じとった時である。通りかかった看護婦が声をかけてきた。香津は明るい声でその看護婦と挨拶を交わした後

「困ったねえ、お前の気もちだってわからないわけじゃないし、時代も変わったんだから嫁ぎ先で辛抱し続ける必要もないと言ってやりたいところだけど……」また声を暗くした。

「でもお前、離婚して家に帰ってきても仕方ないんだよ」

「どうして。兄さんが別居してる以上、私が帰った方が便利じゃないの。退院しても母さん今までのようには……」

厚美の声を大きく首をふって払いのけ、

「お前、離婚の決心が本気かどうか、はっきり言っとくれ。それによって母さんもはっきり言

わなくちゃいけないことがあるから」

怒ったような目で厚美を睨《にら》みつけ「本気でもうあの家を出たいって言うんだね」と言った。脅すようなその声に、厚美は不安を感じとりながら、一センチ刻みにゆっくりと首を動かして肯いた。母のこんな怖い顔は初めて見る……そう思った。生まれて初めて……

その顔が吐きだしたため息とともに萎《しぼ》んだ。

「離婚しても帰る家、なくなってるんだよ」

「どうして……どういう意味、それ……」

「母さんがさっき、頭をさげたって言った意味、お前逆さにとってるよ」

そう言い、もう一度ため息をついた。今度は体までが萎んだ。

「頭をさげたって、去年の父さんの浮気のこと?……相手の女に……」

「去年始まって今もまだ続いてる……だから母さん先月見舞いに来てくれたその人に頭さげた。父さんと再婚してくれって」

「………」

「だから全く同じなんだよ。出戻ってきても家には母さんはいなくて義理の〝義〟の字が一字余分にくっついた母さんがいるだけだからね……」

母親はまた庭のどこかを見ている……その視線の遠さに、細さに、淡さに、厚美ははっきりと読みとれた言葉がある。それなのに「母さん、離婚してあの家を出ていくの?」そんな見当違いの質問を口にしていた。違う、そんなことじゃない……

「父さんに幸治や厚美にはまだ内緒にしといてくれって口どめしときながら、私が喋っちゃうのかい」

他人事のように言い、ふりむいて笑いながら「母さん、癌なんだよ」と続け、母親はつと手を伸ばしてきて娘を慰めるように、その膝を叩いた。

花に触れるのをためらって、幸子の指が長いこと宙を彷徨《さまよ》った末に蕾の細い首をそっと摑んだ瞬間である、矢辻の妻の両手が突然襲いかかるように伸びてきた。あっと言う間だった。幸子の手は思いきり薔薇の枝を握っていた。幸子の意志ではない。その手を包みこんでいる両手の——矢辻の妻の意志だった。全身の力を吐きだし、十本の指は幸子の手を締めつけてくる。薔薇の刺が何本か、幸子の掌の薄い肉に食い込んでくる、鋭い痛みが点々と走った。それなのにまだ何が起こったのかわからず、幸子は首をふった。——萩江も首をふった。自分の両手がなぜ突然、女の手を万力のように締めあげているのかわからなかった。恐ろしい力のこもった十本の指が自分の指だということすら……わかったのは蒼白になった女の顔にこれまでの全部の女の顔が見えたことだけだった。三十年間夫とともに自分を裏切った女たちの全部の顔が……

首をふり続ける厚美に「そんな顔をしないでおくれよ、慰めてもらうのは母さんの方だろう」母親は顔をしかめて笑った。

「医者は……先生はいつまでって……」

そんなことしか訊けなかった。

「今年いっぱい。でもうまくいけば来年の夏も生きてるかもしれないってさ」

あっけらかんと言い「本当に損な人生だねえ、私は。普通こういう時は周りが気を遣って私の耳に入れないようにするんだろ？　それを私の方がさあ。反対のことばっかりやってるよ、父さんの浮気相手に頭までさげて」と言ってまた笑った。

厚美は何も言えなかった。声にできないものが額から汗となって噴きだした。母親が腰にさげていたタオルを渡してきた。

真昼の陽に焼かれその顔は光っている。それなのに肌のひんやりとした印象は変わらない。だがそれよりもそのひんやりとした肌が、不意に額の一点に絞りだした汗のほうが幸子には信じられなかった。この人は今生まれて初めての汗を搔いている、ひと雫だけ……遠い意識で一瞬そう考えた。自分の手が流し始めた血よりも、眉を切り頰をゆっくりと伝い落ちていくその透明な雫を幸子は見守っていた。——萩江はかすかに手首へと滲みだしたその血を、女の手ではなく自分の手が流しているのだと思っていた。女の歪んだ顔が意地悪く笑っているようにしか見えなかった……

母親の笑顔から逃れるように目を逸らし「父さんも相手の女も、母さんが癌だと知ってて結婚しようとしてるの」そう訊いた。

「ああ、母さんが癌だとわかってあの二人に頼んだんだからね。仕方がないだろう、父さんは一人じゃ倒れちゃう棒っきれだもの。それにあの二人も肯くより仕方なかったんだよ。私が『私を裏切った以上私の頼みを聞いてくれ』って……頼んだっていうより脅したも同然だからね。あの人は私より、娘のお前を裏切ってるのが辛かったって言ってたけどね……」

母親のその声をぼんやりと聞き「父さんが私を……」ぼんやりとそう訊き返していた。

「違うよ、そう言ったのは相手の女の人だよ」

「その女が私のことを何故知ってるの……」

そう言い終えた瞬間にわかった。顔色を変えた厚美にむけて母親がまたため息をついた。

「だからさっき言っただろう？　あの家出てウチに戻ってきても全く同じことになるって……お前、竜彦さんより姑さんが嫌であの家を出たいような口ぶりだけど、ウチへ戻ったらあの人とまた暮らすことになるんだよ」

「まさか……」

それは声にならず、喉《のど》がただグッと鳴った。

呻《うめ》き声が聞こえた。それが自分の口を突いたのかどうかも幸子にはわからなかった。――萩江にもわからなかった。自分が呻いたのか女が呻いたのか……ただ次の瞬間、萩江は女の手を体ごと突き放し、家の中に駆け戻ると救急箱をもってきて縁側から女を呼んだ。女は庭に蹲《うずくま》り、石のように動かずにいる。萩江は「何をしてるのよ。早く」子供を叱るような声で叫んだ。やっと立ちあがり、ふらつきながら近づいてきた女を裸足で庭におりて抱え縁側に座らせた。掌は血に染まっていたが、傷はさほどでもない。女の目をこめかみに感じとりながら、萩江はその掌の血を拭きとり薬を塗りつけ、「ここまでするつもりはなかったのよ、こんなことまで……」何度も自分に言い聞かせるように同じ言葉をくり返した……


「これでいいんだよ」

厚美が何かを言おうとするたびに、母親は同じ言葉をくり返した。長く短かった自分の生涯の一瞬一瞬にそう言い聞かせるように。

そんな母親に、厚美はただ、

「あの女《ひと》、私から竜彦さんだけじゃなく父さんまで奪《と》ってくんだ……」

とだけ言った。

「違うよ」遠かった目を娘へと香津は絞りこんだ。「父さんを奪ってくかわりに竜彦さんをやっとお前に渡してくれるんじゃないか。後はお前たちだけの問題だ——それから言っとくけど誘ったのは父さんの方だよ。あの人の方はただ一回きりならとついふらっと……仕方がないよ。夫がいながら後家の頑張りで通してきた人だからね。夫がいながらその夫が他の女ばかり見てて……そういうのが一番淋しいからね。お前や私が一度でも充分傷ついたこと、あの人は何人ぶんもやってきたんだから」

そう言うと立ちあがり、

「カレー、やっぱり食べに行こう。医師《せんせい》に制められてるっていうより、母さん、自分が怖かったんだ。一日だって余分に生きたいとは思ってるからね。けど、何だかカレー食べた方が、余計生きられる気がしてきた」

まだぼんやりとしている厚美の手を摑んだ。


幸子はただぼんやりと矢辻の妻の顔を見ていた。痛みはあるが、その痛みが空洞のようになった体を逆に支えてくれている。汗では流しだせなかったこの六年間の澱《おり》が、今の血とともにわずかだが流れだした気がし、この空《うつ》ろさはどこか爽快だった。矢辻の妻がひんやりとした顔のままとり乱しているのがおかしく、さっきまでぶん殴《なぐ》ってやりたくても手が届かず、もどかしい遠さにあったその女の顔が今は不思議に近く思えた。今ならぶん殴ってやれるのに、そう思いながら幸子は胸の中で笑い声をあげた。その時電話が鳴った。——萩江は電話のベルを無視して、包帯を巻き続けた。「あのう、電話が……」女のかけてきた声に首をふった。

「息子からだから、放っておいても大丈夫だわ」萩江は顔をあげずにそう答えた。

「息子って……」

「いるのよ、本当は息子が。さっきは意地悪のつもりで嘘言ったけど、流産した翌年にすぐまた出来て……父親そっくりで今も浮気してるの……嫁が可哀相だから私が間に入って今日は別れ話させてるんだけど、そう簡単には別れられないでしょうね。そういうところもそっくり……」

ふと縁側の傷を見つめ、変わらなかったのは自分も同じだ。萩江はそう思った。三十年前のあの時の包丁で今度はこの女の体を傷つけていた……夫にぶつけなければならないものをぶつけられず……別れきれずに。萩江はやっと目をあげて女の顔を見ると、全身の力を吐きだして萎んでしまったような膚に自然な皺を集めて笑いながら、「ごめんなさい、嘘ついて。でも私、もっとひどい嘘ついてるのよ」と言った。

カレーを食べ始めてすぐにその手を止め、香津はごく自然な顔で「さっきの離婚届、あれ、お姑さんに私からだと言って渡しとくれ。あの人、まだあんな亭主でも別れる最後の決心はつけられずにいるようだからね」そう言い、

「でも……」

と言いかけた厚美にむけて首をふった。

「あの人、いい女だよ。今日の竜彦さんの浮気のことだって本当は……」

そこで言葉を切ると、「いや、たとえお前にとってはいい人じゃなくても」と言い直した。

「私が死ぬまではいい人にしておいておくれよ。父さんのためじゃなく、私のためにね」

癌という言葉がやっと母親の小さくなった体と重なって実感になったが、母親の自然な笑顔につき合って微笑しながら、「母さん、やっぱり強そうに見えて強いのよ」とだけ言った。

包帯が巻き終わると同時に立ちあがり、「私はもうこれで……」とだけ言って、幸子は玄関に向かった。謝罪の必要は二人のどちらにもないし、それは矢辻の妻にもわかっているだろう、そう思った。玄関で靴を履きおえると、矢辻の妻は名刺をさしだしてきた。

矢辻の名刺である。

「さっき言ったもっとひどい嘘……その裏にあの人の住所が書いてあるわ」

裏に江東区の住所とアパートの名がある。それを持った幸子の手を初めての激しい痛みが襲った。思わず矢辻の妻を見あげた。肯いたのか謝ったのか、かすかに首をふり、「本当は、あの人が死んだのたった今」矢辻の妻はそう呟くように言った。

「福岡から東京に戻ってきても、あの人この家には戻らずに……でも時々は電話だけかかってくるの。私ね、去年の夏からあった別の男性との結婚話が先月一応決まって……そうなると矢辻とは離婚しなければならないでしょう？　いいえそれはいいけれど、私その後必ずあなたと矢辻が結婚するだろうと思って、それがどうしても赦せなかったの。いいえ、矢辻の方は自分を棄てた女に連絡するような男じゃないから大丈夫だったけど、あなたの方が……私矢辻からあなたのこと聞いて、矢辻はもう俺のことなんか忘れてるって言ったけど、絶対に過去を引きずってしまう女だって、自分に負けてしまう女だって……自分に似てると感じたからそう思ったのね。それでこんな……今考えると怖いような、馬鹿げた芝居をして。あの位牌は今年の初めに死んだ姑さん……」――萩江は深いため息をついて「こんなことしたの私にまだ別れる決心が本当についてなかったからよ」と続けた。「でも今やっとその決心ついて……いま本当にあの人死んだ」ひとり言のつもりでそう呟いた。それから玄関に突っ立っている女のことを思いだし、「あなたの方から連絡してやって。あの人あんなこと言ってもあなたからの連絡待ってるから」と言ったが、女はしばらくぼんやりとした目で萩江を眺めた後、名刺を返してきた。

「いただいても破るだけでしょうから」

その一言とともに丁寧に頭をさげてガラス戸を開け、後ろ手でそれを閉めた。

その後、上り框に座りこみ、どれだけの時間が流れたのか。その間に何度も電話のベルが鳴ったから、一時間は経った気がする。萩江が我に返ったのは朽ちかけた木の匂いが鼻についたからだった。久しぶりに意識した古い家の匂いが自分の体から滲みだしている気がした。明日にでもまた病院に嫁の母親を訪ね、結婚の話はもう一度考え直したいと言おうと思った。離婚の決心がつくと、再婚の話も矢辻からの逃げ道としてしか考えていなかった気がする……それに病院で死を待っているあの人だって、あの笑顔で嘘を言っている。本当は夫の別の返事を待っている……三十年間嘘をついてきて、これ以上もう嘘をつくのは嫌だ、自分にそう言い聞かせて立ちあがった時、ガラス戸のむこうに足音が響いた。

門を潜《くぐ》ると、五年間のうちに忘れてしまっていた廃屋のような古すぎる家の匂いがふと鼻をかすめた。帰路のあいだあれこれ考えながら何の結論も出せないまま、この離婚届を渡す時、思いきってお姑さんに私も働きに出るからこの家建て直しませんかと言ってみよう、それだけは決心して厚美は玄関のガラス戸を開けた。

他人たち

私が受験勉強のためにあのマンションに部屋を借りた年のこと、憶えてる？　おかしなマンションだったよね、私の部屋が四階のエレベーターの真ん前で、一日中エレベーターの音が聞こえてた。一晩中よ、深夜遅くに誰かが帰ってきたと思うと、冬なんかまだ暗いうちに朝刊の新聞配達でしょう、休む間もなくて、可哀相にエレベーターも息切れしたような音たててた。いいえ、あの頃のこと思いだすと今でもいら立つからそんな風に思えるんじゃなくて、あの頃から本当にすりきれかかって喘《あえ》いでて、時々死にそうな悲鳴あげてた……事実、あの年一度故障してるしね。建ってまだせいぜい五、六年のマンションだったのに。機械が人を疲れさせ、疲れた人がいよいよ機械を酷使して疲れさせ、の悪循環で、そう、あの年くらいからね、機械に頼りすぎた日本が世界から白い眼でみられるようになったの、機械が元気なうちは外国も怖がってたけど、日本じゅうの機械が、まだ若いまま老化したというのかな、へんに元気がなくなったら、そのスキに乗じて白い眼がどっと流れこんできたわけ……そういう時代に来てたのよ、もう。機械がダメになって、人はもっとダメになって。

今？　今でもあのエレベーターの音、夢の中で聞くことあるけど、記憶って事実を萎《しぼ》ませるだけじゃなくて膨《ふく》らませることもあるでしょ、まるでホラー映画よ、鉄のロープが瀕死《ひんし》の恐竜の尻尾《しっぽ》みたいにぎりぎりとねじれながら、黒い血みたいな油絞りだして……今にも切れそうに断末魔の叫び声あげてる、あの年の私と今の私がそんな切れる寸前の鉄のロープで繋《つな》がってるって、眼が覚めたあと落ちこむことある。あの年受験戦争もいよいよ激化してきて、私、自分ひとりがマラソンレースの最後にとり残されてるような気がして焦ってたから。でも……。

あの頃だって私、機械の音よりあのマンションに住んでた人間たちのたてる音のほうにいらいらしながら脅えてた。廊下の足音やドアの開閉の音、壁や天井や床から聞こえてくる正体のつかめない音やかすかに聞きとれる人の話し声。それが壁のむこうや天井の上から聞こえてくるというより、コンクリートの中に埋めこまれた声や音が私には見えない傷口みたいな穴から滲《し》みだしてくる感じで、ほんと、ホラー映画の真っただ中にいたのよ、あの年の私。上の部屋に住んでたのが寝たきりになる寸前の孤独な老人でしょ、天井から何の物音も聞こえてこないんだけれど、その静寂が逆に私には恐ろしい物音や囁《ささや》き声になった、『わたしはもう何日も前から死んでるんだよ、誰も見つけてくれないから、あんたが見つけてくれ……わたしの死体を見つけてくれ……』って。それから下の部屋の孤独な大学生。あのマンション、縦に一列、エレベーターの前の部屋が狭い、賃貸料も格安のワンルームになってたから、あの縦の一列に住んでた連中が私も含めて全員孤独だったのは仕方ないけれど、あの大学生の孤独は普通じゃなかったわね。

よく友達を呼んでたみたい、何人もまとめて。酒飲んで馬鹿騒ぎしてる声が床から響いてきたから。でもある晩、あんまり煩《うるさ》くて勉強が手につかないから散歩に出たの、エレベーターに乗ったらその大学生の男がぼんやり無気力な感じで金属の箱に閉じこめられるみたいに乗ってて、でも一階についても降りなくて……一時間ほどして散歩から戻ってくるとまだそのエレベーターに乗ってた。その時は気味悪く思っただけだけれど、それからしばらくして私の部屋のドアが開いて——針金で錠をこじあけるような音といっしょに突然ドアが開いて、その大学生が入ってきたの。私ギョッとしたけど、むこうのほうがもっと驚いたみたい、「この部屋、空室じゃなかったの」って。私の部屋の隣りが空室だったから間違えたのよ。ええ、その時も下の部屋からは若い連中の騒ぐ声が聞こえてきてたから「友達集まってるんでしょ」って訊いたの。そうしたら、「友達が来た時はいつもこんな風に部屋を出てぶらぶらしてる」って。エレベーターに乗って上がったり下りたり……空室見つけて針金で錠を開けて入ったり……理由を訊いたら、「人に囲まれてると逆に変に寂しくなるから」って。「だったら友達呼ばなければいいのに」って言ったら、「でも一人でいるとやっぱり寂しいから」って答えるのよ。ほんと、理解を超えたおかしなヤツだった……。

それだけじゃないわ、空室じゃない方の隣りには離婚経験のあるインテリア・デザイナーの女がやっぱり一人で住んでた。ブランド物の服トレーナーみたいに気楽にまとって、男を脇見《わきみ》してる暇もないほどのスピードで時代の最先端を突っ走ってる、超ハイミスみたいな女——それがかなりの美形で、冷たく熟《う》れたっていうか、同じように時代の最先端を走ってる男なら時時は手をつかんで一緒に休みたくなってしまうタイプ。そう、結婚より不倫の似合うタイプ……ベッドの上で一人寝てる時なんかでも情事のあとみたいに男の影が残ってるような……。

事実いたの、週に二、三度隣りに通ってくる男が。それもすぐ下の三階から。そう、あの孤独癖が強すぎるのか弱すぎるのかわからない大学生の部屋と同じ階——でも三階のどの部屋だったのかは知らない。ただ何度かエレベーターで一緒になって、その男が降りるのは三階か四階かどちらかに決まってたからそう想像するだけ。四階で降りるのはもちろん私の隣りの部屋が目的よ、だから三階の方はその男の部屋なんだろうって……。

四十代後半かな、正確な年齢は知らないしどんな仕事かもよく知らない。マスコミ関係じゃなかったのかなあ、いかにもそんな髪型と服装してたから……四十過ぎてんのに若者風が似合って、本物の若者じゃなくてあくまで若者風、その風の一字が余分なのが変に魅力になってるような。それにある晩、その男が隣りから出てきた気配がしてね。送りだそうとしてる女に「悪いな、Tのインタヴュー記事を今夜中にまとめないといけないから」って言い訳してる声がドア越しに聞こえてきたから。Tっていうのはその頃あんまりテレビ見てられなかった私でも知ってた、タレント並みの評論家だから、新聞関係か雑誌関係の仕事してたと思う。でもわかるの、本当にそれぐらい。同じマンションに住んでると言っても——いいえ同じマンションだから却《かえ》ってわからないこと多いみたい。壁一つしか隔ててないから皆、プライバシーが侵されないようにドアをしっかりと閉ざして生活を封じこめておくもの。私が知ってたのも隣りと上下の三部屋の住人ぐらい……エレベーターや玄関や廊下でいろんな人見かけたけど、顔と名前と部屋がきちんと合う人なんて他には一人もいなかった。他から見れば私だって何者で何階の何号室に住んでるのかわからなかったろうし。

マンションの部屋がコンクリートの海に群れて浮かんだ孤島だってよくわかったのは、夏に盗難事件があった時よ。日曜だったと思う。隣りのインテリア・デザイナーが一時間ほど出かけてる間に泥棒が入って宝石類を盗んでいったの……それが犯人はどうもマンション内の住人らしいってことになって。と言うのもあのマンション、非常口には住人がもってる鍵《かぎ》でしか開かない錠がいつもおりてて、玄関の出入口にいる守衛さんは、その一時間以内に住人以外で出入りした者はなかったって証言したらしいから。隣りの部屋のドアの錠を、住人の誰かが何かでこじあけて侵入したらしいんだけど……しばらくはエレベーターで誰かと乗り合わせると気まずい思いをしたわ。エレベーターに閉ざされて他人と一緒にいるのはいつだって気まずいものだけど、その頃は特別……その誰かが疑るような目で私を盗み見てくるし、こっちだってその誰かを疑わなくちゃならないわけだし、空気と一緒に体まで四角く石膏《せっこう》で固められたような気がした。誰か……誰か。その集合体なのよ、マンションって。いいえ、事件は結局解決しなかった。指紋も残さずに宝石類だけを盗んでいった手口はプロのようだけど、ドアの錠を針金か何かで強引に開けた手口から見るとどうも素人くさいという、わかっても仕様のないことがわかったぐらいで——。

私？　警察には何も言わなかったよ、下の大学生が時々針金でドアの錠開けて空室に忍びこんでる話は——言っても無駄で、むしろその大学生が事件と無関係だとそれで却ってはっきりするだけだったもの。だって、下の大学生、隣りのインテリア・デザイナーの部屋の鍵もってたはずだから、わざわざ錠を針金でこじ開ける必要なかったもの……言い忘れてたけど、隣りに住んでた冷たく熟れた女は下の大学生の母親だったから。

でも、だからと言って、私があの大学生を疑わなかったわけじゃないの。あの若者なら『寂しかったから母親の部屋に泥棒に入った』なんて言いそうな気もしたし……よくわからなかったっていうのが正直な所ね、あんな無気力な大学生のことこっちが気力出して理解しようとする必要もないし。これも言い忘れてたことだけど……私、その大学生の妹なんだけど、兄が自分の母親の部屋へ宝石類を盗みに入るような馬鹿な男か、それもできないような無気力なだけのもっとバカな男かわからなかったし……無気力ということ以外何もあの若者のことは知らなかったから。

わざと言い忘れておいたのよ。その方が私たち家族の本当の関係がわかると思ったから。でも言い忘れたふりをしただけで騙《だま》したつもりはないわ、私、何も嘘つかなかったもの。そう、隣りの部屋に住んでたインテリア・デザイナーは、だから私の母親でもあるの。本人は「室内装飾家って日本語があるからそう呼んで」と言ってたから、今後はそう呼ぶけど、カタカナの方が似合うような、半分日本人であることを忘れたようなところあったから。あの人、母親や妻や女や、室内装飾家や、いろんな顔もってたけど、そのどれもが半分ずつの顔で、本当の自分を半分しか生きていないような所あって、その半分の欠落を数で誤魔化すみたいにたくさんの顔もって必死に埋めようとしてたような気がする。母親も半分しかできないから、「今年はもう受験勉強の最後の追いこみだし、あなたもそろそろ親に甘えずに済む自分をもつ準備をしないと」って〝受験〟と〝自立〟を口実にして私を隣りの部屋に追いやったわけ。

今から思えば私にもその方が良かったことはわかる。好きでもない母親に甘える娘百パーセント溢《あふ》れるほどに演じてるより、私の方も半分娘やってればよかったのだから。でもあの頃はそうは思えなかった。だって名門中学の入試突破のために学校でも塾でもあの部屋でも机の周囲一メートルあたりを見えない柵《さく》で囲まれてた私、まだ小学六年生だったのだから……十二歳よ。〝自立〟って世間に出てたくさんの他人知って初めて意味もつ言葉なのに、金銭や身の周りの世話という点ではまだ親に両手を引っ張ってもらいながら、〝人生〟というまだ短すぎて意味もない言葉の上には自分の両脚でしっかりと立てなんて、平均台の上で倒立して両手で歩いてるみたいに危なっかしかったわ。だからその危なっかしさもはっきりと意識できないまま、机の上で勉強のスケジュール立てるよりあの計画のスケジュール立てる方に夢中になっていったの。

確かに私、嘘は言わなかったわよ。あの室内装飾家に離婚経験があるのも本当。若い頃二年間ほど医師だったかな、と結婚してたんだけど離婚して、今の男と再婚して、あの大学生や私を産んだの。それで今の男っていうのが、さっき説明したマスコミ関係若者風……その男のことでも私、嘘はついてないわ。その人、確かに私の父親なんだけど、私、正確な年齢も正確な職業も、あの頃知らなかった。いいえ、今だって……あの人が、彼が、マンションのどこの部屋に住んでいたかも知らなかった。私の部屋の上にいた寝たきり寸前の孤独な老人というのが彼の父親だから……つまり私の祖父だから、彼もあのマンションのどこかに住んでたと考える方が自然みたいだけど、彼が三階でよくエレベーターを降りていったのも自分の息子の大学生の所に立ち寄っていただけで本当は別の町の別のマンションに住んでて、時々妻や息子や娘や父親のもとに通ってきてただけなのかもしれない。

いいえ、どこに住んでるかどんな仕事をしてるかはっきり教えてくれたことはあったみたい。でも私、興味なかったからすぐに忘れてしまったし、私の方からあれこれ訊くこともなかったから。それにあの親、二人とも私がそんな風に家族に無関心なのを私の〝自立〟の証拠と誤解して喜んでるところあったからね。

私が最近ビデオで見た昔のアメリカ映画に、脚を骨折したカメラマンが車椅子に乗って暇つぶしに、中庭のむこうに建ったアパートのいろんな部屋の窓を覗《のぞ》き見るってのがあった。いくつかの窓にそれぞれ年齢の違う男女の生活や人生がテレビ画面みたいに映し出されるのだけど、私途中までそのアパートの別々の部屋に散らばって住んでるだけで、あの人たちは本当は血の繋がった家族で主人公のカメラマンがそれを知らないだけだと考えてた……だってあの頃のあのマンションをどっかから双眼鏡ででも覗いてる人がいたら、五つの窓に——私の父親もあのマンションに住んでたとして五つの窓に貼《は》りついた五人の影がまさか血と戸籍の上でしっかりと繋がった家族だなんて想像もできずに、ただの他人同士だと……ちょっと親しくて時々たがいの部屋を行き来する他人たちだと考えたに違いないから。

隣りの母の部屋が一番広くて、月に二、三度は全員で集まることになってたし、私と母も日に何回かは必ずたがいの部屋に出入りしてた。ただ、この人はあくまで母親の半分なんだから友達なんかから聞く普通の母子の接触回数の半分しか接触してはいけないんだって、私の方では隣りに行くのできるだけ減らすようにしてた。前の年までは私だけが隣りの部屋に母と一緒に暮らしてて、その頃には男たちはもう皆、それぞれの部屋に散らばっててやっぱり月に一、二度全員が集まってたんだけど、同じ〝団欒《だんらん》〟のはずなのにその頃と、あの年私もまた都合よく空いたワンルームで独り暮らしを始めるようになってからとでは、その月に一、二度の団欒の意味が全然違うものになってた……それまではまだ家族が〝自立〟という時代の先端をいく単語のために他人を演じているようなところがあったのに——戸籍でも血でも繋がった本当の家族が、おシャレな生活のためにちょっと無理して他人を演じているような感じがまだあったのに、私も外から参加するようになってからは、それが団欒というよりただの集まりに変わったような……他人同士が月に一、二度集まって家族を演じているような、巧《うま》く説明できないそんなおかしな逆転が起こり始めて……。

　でもその逆転を感じとってたの十二歳の私だけだったみたい。以前は〝この人たち〟だったのが、目の前にいる時でも〝あの人たち〟になったのだけど、あの人たちの方では以前と何一つ変わりなく巧くいってると信じてた。もっとも私もよそよそしさ感じるようになったぶん、あの人たちには愛想よく親切に素直に振る舞ったの。人間関係の距離を保つことで真の意味で愛し合えるという理想的な〝家族〟の一員を演じ始めたのね、それを私が〝父さん〟とか〝母さん〟とか呼んでる二人の〝あの人たち〟は、私の成長だと誤解してたみたい。部屋と自分だけの生活を与えたことで私が少し大人になり、ただの親子ではない人間としての繋がりが自分たちとの間に生まれてきたと……。

二人のうちでは私、三日に一度ぐらいどこかから隣りの部屋へ通ってきて、私とも顔を合わせる若者風中年男の方が好きだった。つまりほぼ三日に一度〝父さん〟という名も持つあの人のことでは、いくつか知ってることもある……私がもっと小さかった頃、一緒にテレビ見てたら、奥さんに逃げられて残された子供と無理心中しようとして自分だけ死にきれなかった男のことをニュースでやったの。あの人が、「この男にも同情の余地はある」と言うから、私、「でもホーリツ破ったから悪い人なんでしょ」と訊くと「いや、俺の法律は破ってない」と答えた――『俺の何々』というのが口癖だったの。『俺のルール』『俺の辞書』『俺の美学では――』『俺の哲学には――』……もとはと言えば私たち家族がバラバラにそれぞれの括弧《かっこ》の中で生きることになったのも彼の『俺の人生の教科書』のためだったわ。私が小学校に上がる年にあの人、その教科書を見つけたのね、「俺の人生の教科書ではそうするのが正しい」と言って、ほぼその一言ですべてが決まったの。もっとも〝母さん〟の人生の教科書にもそれが正しいと書かれていたらしくて、大きく肯《うなず》いたからでもあるけど、まだ人生の教科書などもってなかった〝兄さん〟や私、それに人生の教科書を読み終えて古本にしてしまった〝お祖父ちゃん〟はその二人の決定に従う他なかったの。――一時期私、二人がこんな風に〝他人のような家族〟を目指してるのは、私が二人の本当の子供ではないからじゃないかと疑ったことある。私が将来それを知った時悩まないように、〝他人〟という言葉のもつ距離に慣れさせておくためだと。

でもそういう疑い、幼少期のハシカみたいに友達たちもかかったことのある小さな病気だとわかったし、第一、私の顔、二人の顔のどちらにも似てるもの。それはなかったわけだけど、『じゃあ、どうして』って気もちはあったわね。じゃあどうして本当の家族が、無理して他人を演じるのって反発は……。

父さんにとっては、いつも着てるブランドの服だったのよ、イタリアン・カジュアル……流行中のあの軽やかなブランドを〝人生の教科書〟にもカバーのようにまとって歩きたかっただけなのね。そうだとはあの頃も薄々感じとってたけど、私……彼から自然ににじみだす色や匂いはワリと好きだったの。「さすが優等生は好みがシブいわ」って友達からよくからかわれたけど、受験勉強の陰で私があの頃胸ときめかせてた『ショーケン』とか『キョーヘイ』なんかの色や匂いの何割かを彼ももってて……私の中にも自然に芽生えだした〝女〟が最初の本葉を出した頃だったから、一枚の葉が水や光を求めるようにその色や匂いを求めるようになってて……そう、私、薄々、こういうただの若者じゃない若者風は大人の女にも受けるだろうから、この人にはきっと妻以外の別の女がいる、要は妻や子供に自立と自由を与えるのは、自分の自由を守るためだけなんだと、感じとってて……あの計画を立てた時、真っ先に考えたのはその〝別の女〟のことだった……。

それはあの年の七月、期末試験の最中に、私の指に起こったことだった……盗難事件の少し後よ、学校の教室で理科の試験用紙に鉛筆走らせてる時――スラスラ答えが浮かんできて鉛筆は快調に走るし、窓ガラスには夏の光とポプラの緑、教室の中にはクーラーの初秋の風。私、あっ今わたしちょっとシアワセかなって感じてた。そう……確かにそう感じてたはずなのに、後ろの席からカンニングしようとした友達が「何やってんのよ」って囁いてきて……やっと気づいた。ナイフ振りまわすみたいに乱暴な手で鉛筆をメチャメチャに走らせてただけだった。黒い傷のような線が蜘蛛《くも》の糸みたいに複雑にもつれ合って……答案用紙はほとんど真っ黒に塗りつぶされてた……。

「ユイ子《こ》は、自分の部屋もつようになってから笑顔がよくなったね」

三日に一度の〝父さん〟の声を思いだした。ユイ子なんて面倒な名前を私の赦《ゆる》しもなく私の一生に、名札として、永久に剝《は》がれない強力ボンドで貼りつけておきながら、何が自由だ、何が自立だ――受験勉強を押しつけて、名門中学という鉄のレール敷いて鉄の靴無理矢理はかせて、歩かせようとしてるだけじゃないのって……私のまだ小さかった体の中にいつの間にか溜《た》まってたエレベーターのすり切れかけた音が突然、悲鳴をあげて私の指に流れたのね。私、あの二人が自分たちの自由な人生楽しむために子供をエネルギーさえ与えておけば勝手に動く機械に作り換えただけだと思った。エレベーターのギーギーは私の中の機械が油切れで壊れかけてる音だって……〝家族〟と〝他人〟という二つの歯車が摩擦からとうとう火花を噴いて、私の指を爆発させたんだって。

その場では「先生、答え書くのしくじっちゃったから新しい用紙ください」って言って、通知表にまで傷をつけるのは避けたけど……その日のうちだったわ、隣りの室内装飾家の部屋で一人、冷凍になってた晩御飯レンジで解凍して食べながら、あの計画立てたのは。

最近、私、あの七階建てのマンションのこと、ルービックキューブみたいに思いだす。あの試験の日、学校からの帰り道、私、初めて立ちどまって遠くからマンション見て、縦横がほぼ同じ長さの、なんか巨《おお》きなキューブに似てるなあって感じたから……記憶の中で私その巨大なルービックキューブをガチャガチャいじりまわしながら、あの年も同じことをやってただけなんだって考えるの。あのマンションがルービックキューブなら、位置的に見ても四階のエレベーターの前だった私の部屋はその芯《しん》にあたってた……私ね、私を中心にしてあの人たちの部屋を、答案用紙真っ黒に塗りつぶした乱暴な手でガチャガチャいじり始めたのよ。色を揃《そろ》えるまともな遊びじゃなく、逆に色をバラバラにしちゃう、アナーキーっていうの、ちょっと破壊的な危険な遊びを始めたのよ──私、どうせ他人を演じてるのなら、ただ演じてるだけじゃなく本当に家族五人をバラバラに……他人に……してしまえばいいって、そう考えたの。

〝母さん〟が室内装飾家としてどれだけの腕もってたかは知らない。父さんも相当な収入あったはずだけど、五室ぶんの部屋代月々払っていくためには母さんの方もかなり稼いでないと無理だったと思う。事実キャリアウーマンとしてはトップクラスの成功、手に入れてたと思う。雑誌のグラビアによく登場してて、父さんが「これじゃあグラビア装飾家だよ」なんて冗談言ってたくらいだから。でもあの人のことだから仕事の腕も半端に半分だったと思う、それを〝女〟の顔の半分で埋め合わせてただけよ──私は似てると言ってもあの人の顔の数少ない欠形だったから……。

点だけを全部拾い集めて作ったような、美しいとはとても言えない顔だけど、確かにあの人美

ただたとえ全部の室内装飾の仕事で成功し続けてたとしても、あの人、私の部屋の装飾だけは失敗したわね。勉強しやすいようにって——視線が机の外にはみ出してチラつかないように家具は全部、極限のシンプルな線をもった物ばかりで統一したんだけど、ああいう無機質な部屋には、逆に勉強なんていう無機質な行為よりいろんな色彩や形を空想の中で追い求める方が似合ってしまうわけ。つまり、あの人、私が空想の中で人をいじくりまわし、動かし……私が計画を立てるのに夢中になれる部屋をデザインしてしまったわけ。私が一番最初に考えたのがあの二人の離婚だったから、室内装飾家は自らの墓穴を掘ったわけよ。最初のうちは勉強のあいまに頭、休めるためにあれこれ空想してただけだったのが、一週間後にはその休止符のほうが大きく膨らんで意味もってしまってね……そう、あの部屋のデザインは室内装飾家としても、女としても、妻としても、母としても、あの人の生涯で唯一の失敗になりそうな予感があったわ……。

私が、家具より壁の目だつあの部屋で——人間が家具と同じように壁の死角に追いはらわれて手抜きの漫画みたいに究極のシンプルな線だけを残して消えてしまうその部屋でやってたことも、インテリア・デザインに似てた。私、あの人たちを家具のように考えて、頭の中で模様替えを始めたのだから。そうして、真っ先に思い浮かんだのがあの二人の配置換え……離婚なんて、今や時代の最先端に立つ者にはブランドよ、特に母さんの方は女性雑誌でいつも、かつ

ての離婚体験を勲章みたいに見せびらかしてたもの。一度で日本の勲章なら、二度になれば国際女性オリンピックの金メダルよ。

それに夫婦っていうのは、血の繋がりもないし、戸籍でも一番簡単に模様替えできる関係だから……でも目標は簡単に決められても実行の点では一番難しそうだったから、私、夏休みに入ってまず、上の階に住む孤独な老人から動かすことにした。私ね、それまで忘れてた孫という立場をフルに活かして、その孤独を慰め、私の味方につけ、私のどんな甘えも聞き入れさせ、同時に家族の中で私を一番信頼させるようにしたかったの──あっけないほど簡単だったわね。505号室へ行って、こう言うだけでよかったの、「ずぅーっとお祖父ちゃんの所に遊びにきたかったの。一人で暮らすようになってからも塾から戻るともう夜も遅くて母さんが帰って来ちゃってるから。夏休みになってやっと、母さんがいない昼間に遊びに来られるようになったの……でも母さんには絶対に内緒よ。母さんだけじゃなく、父さんにも」って。後は、髪の毛と同じ半分白くなった眉《まゆ》の端っこかすかに吊《つ》りあげて、あの人が「なに、秋平も恭子さんも孫がお祖父ちゃんに会いに来る邪魔をするのか」と言うのを待って、寂しそうに目ふせながら「そういうわけじゃないけどぉー」って語尾できるだけ長く伸ばして言っただけ──ほんと、それだけで良かったのよ、お祖父ちゃんに息子夫婦を、特に嫁の〝恭子さん〟を憎ませ、孫の私だけを信頼させるようにするには。

その日半日相手をして「じゃあお母さんが帰ってくるといけないから」ってそれは残念そうな顔して部屋出る時にはもう自信あった。夏休みが終わるまで待つつもりだったけど、今『お祖父ちゃん、こんな寂しい部屋で暮らしてるより老人ホームにいったら？　友達のおばあちゃんが入ってるホームなんか皆が家族以上に仲良くしてるって。その方が私も会いに行きやすくなる、来年中学に入れば帰宅時間なんかいくらでもごまかせるようになるから、学校の帰りに毎日でも会いに行ってあげるから』そう言えば、この人真面目に考えるだろうなって——。

でも私、お祖父ちゃんが息子夫婦を徹底的に嫌って自分からその部屋出ていくように仕向けたかったから……そう、縁を切るって言うの、そこまでさせたかったから、その前にもっと仲良くして、私のどんな言葉も信じるようにしたかったの。……でも、あの孤独な老人と孤独な大学生のことは本当に楽に、簡単に上手《うま》くいった。

定年後二十年近く、つまり私が生まれるずっと以前から、碁とテレビ見る以外することのなかった老人に、私、塾の送り迎えと夏休みの課題手伝わせる仕事を与えて、できるだけ一緒にいる時間を作って、いろんな話を聞きだして……それでわかったのだけど、あの人、もう充分息子夫婦のこと憎んでたの、「あれたちは私の預金通帳が目当てで優しそうな顔を見せるだけだ……それも私の機嫌を損ねない程度の最低限の優しさを、時々思いだしたように……」って言ってた。その実、裏では年寄りのことを面倒がってて厄介《やっかい》払いしたいのに、世間体や自分をそこまで薄情な人間だとは思いたくないから、個人主義なんていう今の時代の免罪符みたいな言葉もちだしただけで、要は私をすぐ身近の離れ島に捨てたんだ——って私の考えと同じことも言ってた。私ね、あの人のゴミ袋だったのよ。言葉も口に出さずに溜めておくと腐るのね、あの人が二十年間無口さの裏に溜めこんだ悪臭放つ言葉や私が生まれる前に死んだお祖母ちゃんの思い出話、当人にとっては事実以上に薔薇《ばら》色でも私にはゴミ同然の落葉色にしか聞こえない思い出話をエンエンと聞かされるのには閉口したけど、家族の悪口聞くのは楽しかった。

……お祖父ちゃんの預金通帳？　勤めてた会社の退職金と福島の山地売ったお金とで相当な額だったんじゃないかな。会津の旧家の出らしいから他にも財産もってるって聞いた記憶があるけど、興味ないから具体的な金額は忘れちゃった。でも息子夫婦は興味もってたみたいね、お祖父ちゃんが生活費も部屋代も自分で出すというのを「それは子供の責任だから」それと老人にも自立した生き方をという俺たちの方針とは無関係だから。と言って出させないんだって。

エビで鯛《たい》を釣るって言葉、その話で覚えた。お祖父ちゃん、あの二人が出してくれる金はその

小っちゃいエビだって言ってた。

お祖父ちゃんが〝団欒〟の場で……あの、月に一、二度家族であることを確認する面接試験みたいな団欒の場で、口数少なくただ愛想よく笑ってるの見ると、私、算数の先生だったサカザキ思いだした。生徒のすべて許すみたいに黙って微笑《ほほえ》んでただけのサカザキがある日突然切れて、バットふり回して生徒追いかけて退職になった事件あったでしょう？　〝母さん〟もお祖父ちゃんみたいなのが一度怒りだしたら一番怖いと言ってたし。ゴミじゃなく正確にはゴミのマグマね、お祖父ちゃんの砂岩みたいに白く風化しかけた体、死火山じゃなく休火山だったの、マグマはもう充分溜まってたから、後は私の方からもさりげなく可愛らしくあの二人の悪口を、枯れかけながらもまだ時々はモミジ色に怒りを燃えあがらせる耳に吹きこみながら、ただ夏の終わりまで待って、母さんの言う〝一度〟をお祖父ちゃんの体に起こすだけでよかった

の……そのために私、特に『母さんが私の病気の時にとても冷たい』ことをモミジの耳に強調しておいた、「だからお祖父ちゃんが倒れた時のことが心配だわ……」ってさりげなく可愛らしく目を伏せながら……。

孤独な大学生のことはもっと簡単で、お祖父ちゃんの方の計画進める片手間にできた。家族って人が体験する最初の人間社会でしょ、そこで一人で生きてるのか家族と共に生きてるのかわかんない半端な人間関係しか与えられなかったから、一人でいても皆といても寂しいっていう変な若者ができちゃったわけ。寂しさって白蟻《しろあり》みたいに人を枯らすの、あの無気力はそのせいだってわかったから——いいえ、あの年にそこまで筋道たてて考えたわけじゃないの、その頃の私の武器は、子供が大人より勝ってもってる唯一のもの、動物的カンと嗅覚《きゅうかく》だけ、でもその嗅覚で白蟻の匂い嗅《か》ぎつけたから、薬を撒《ま》いてあげることにしたの……家族愛っていう私でもいくらだって嘘で製造できる薬をね、勉強教えてとか母さんに内緒で大人の映画見に連れてってとか……白蟻は予想以上に若者を根深く蝕《むしば》んでて、私を信用させるのに孤独な老人の十倍の十日間かかった。でも一度薬が効きだすと、後は老人より楽だった、喋《しゃべ》るのも面倒そうだった口を瀕死の金魚みたいにせわしなく開いて、白蟻の死骸《しがい》をぼろぼろと……八月の半ばまでには「俺が友達が集まる時外に出るのは寂しいからだけじゃない」って言葉まで聞きだしてた。「じゃあ何のため」「あいつらが葉っぱやりだすからだよ」「葉っぱって？」「マ、リ、ファ、ナ」「よくタレントが逮捕される、アレ？　兄さん逮捕されるの怖いから皆が来ると逃げてるの」「そうじゃないさ葉っぱなんてガキのやるものさ、俺はもっと……」そこで言葉濁したのに引っ掛かったから、テレホンガイドの夏休み児童相談室に電話いれて麻薬のあれこれ教えてもらった。マリファナよりもっと恐い薬があること、その症状や罰せられ方、買った者より売った者のほうが罪が重いことまで――私エレベーターであの若者が意味もなく上がり下がりしたり、空室に忍び込んだりするのは寂しさプラス無気力プラス何よりその薬のせいじゃないかと疑ったんだけど、二、三日後その部屋こっそり探しまわって、それが的中したとわかってから後は、ホント、簡単だった。机の引き出しの奥に真っ白な薬見つけた時、私、これがあの二人の好きな自立って言葉の結晶ね、本当に何てきれいな結晶でしょうって皮肉な感嘆符つきで呟《つぶや》いて、即座に次の行動に移った。救急箱から風邪薬の残りとってきて、半分をすり替え、残った半分を私の手で厳重に保管することにしたの。時機が来るまで……その自立の結晶を大学生の部屋に戻し、私が警察に密告電話を入れる日まで。だって児童相談室のおネエさんが教えてくれたのよ、麻薬の場合事件は大概密告で発覚するって。

私、あの大学生を家族の城から警察の手で連れださせるのは一番後回しにするつもりだったの、だって子供が不祥事起こすと急に母性愛にパチッと目覚める母親いるじゃない、逆に親子の絆《きずな》固くさせたら大変だから、親が母性愛に目覚めてる余裕もない時機を狙うことにしたのよ、つまり親たちが自分たちの離婚事件で騒ぎだす後まで……それに兄さんを〝家族〟の城から少しでも遠くへ追放するために、あの自立の結晶をただ持ってるだけじゃなくて誰かに売ってる現場を作りだして警察に密告したかったんだけど、そんな現場を作りだす方法をもっとゆっくり時間をかけて考えたかったから――むしろ大学生と親しくしたのは、親たちの裏の生活に関する情報が欲しかったからだわ。

不思議なものね、私、家族をバラバラの他人たちに砕こうとして、逆に初めて興味をもってあの人たちのことといろいろ知ろうとしたんだもの。でも砕くとか破壊するとか言っても、私がしたことなんて本当に小っちゃなこと……それまで無関心の死角になってあの人たちのいろいろを知り始めてすぐに私、わかった。あの人たち、もう充分砕け壊れてたのよ、血の繋がりとか結婚とかに何の意味も見出せなくて、あまりに孤独な他人同士だってわかってたから、わかっててそれ認めたら惨めすぎるから、〝自立した家族〟っていう看板立ててその裏に逃げこんでたのね、ちょうど私みたいに美しさに恵まれなかった女が、必死に着飾りたがるように……私のしたことは、ヒビを隠して放っておいてもすぐに自然に壊れただろう花壜《かびん》をちょっと突つくだけのことよ。だから十二歳の私にもできたの……。

大学生は、さすがに自立の洗礼受けただけあって、冷たい距離をおいて親を観察し批判してたわね。もっとも偽《にせ》洗礼の失敗は、その冷たさが、親たちへの異常な執着の裏返しに過ぎないことに出てた……だいたいああいう無気力無関心なヤツって、裏では人間関係に飢えてて恐ろしいほど人に執着してるものなのよ。そういうことも動物的カンで嗅ぎとってたから……親の話になると、いつもは無気力にたるんで間延びしてる顔が不意に凝縮して芸能ニュース見てるオバさんみたいに目がぎらつきだすのにはさすがに驚いたけど、親が誰とつき合い、その日誰に電話をかけたかまで詳しく知っているとわかっても大して驚かなかった。

父親が本当に浮気をしてるのか、母親がそれをどう考えてるのか、その二点にしか興味のなかった私から見ると、こんな無駄なことばかりよく知ってるものだと、驚くというよりそれには呆《あき》れたけど、一応私の欲しい情報ももってたからスパイとしては多少有能だったわね。スパイとしての利用価値がなくなったら――つまり両親の離婚が決まったら、さっさと他人として売り飛ばしてしまうつもりだった……だってお祖父ちゃんなんかは、ワンルームなんて英語で呼ばれてる部屋でポツンと背中猫みたいに丸めて小さくなって、日本語でため息ついてるの見ると、可哀相だし可愛いし、他人としてこのマンション出てった後も本当に今以上に逢いに行ってあげるからねって、まだそんな優しい気もちにさせるのに、顔と同じで間延びしてるだけだけれど何とか長めと言える脚以外、あの大学生の容姿には私の美学に叶《かな》うもの何もないんだもの、何度か警察に密告したりせず、このまま人間やめるまで待ってようかと考え直しかけたほどだから――八月初めの、空が自分の暑さに負けて突然どっと汗を流しだしたように雨を降らせた午後だった、その長めの脚を見せびらかすような短めのショーツ姿で大学生が現れた時……「下のクーラーあんまり効かないんだよ」という言い訳で嫌々来たような顔して、白蟻の死骸、汗より激しく口から吐きだし始めた時、私その話の方向をごく自然に父親の話へと誘導して、「あの人、浮気してるんじゃない」って訊いたの。「お前だって浮気の現場見てるだろ」「現場? 見てないよぉ、そんなの、どこのこと?」その質問に指だけで壁をさして答えるから、私がわからないと首を振ると、「隣りにしょっちゅう来てるだろう。俺と一つしか違わない助手の男が。よく深夜まで一緒に仕事してる木村《きむら》ってのが。お前が晩御飯済ませてこの部屋に戻った後、本当に仕事してると思ってたのか」って……私、大学生が私の〝あの人〟って言葉を母親のことと誤解したのはわかったけど、すぐには大学生の意味ありげな目つきの意味がわからなかった……だって私の中に育ちだした〝女〟はまだ最初の本葉を出したばかりで、中年女が壁一つむこうに子供の耳がある部屋で、息子ほど齢《とし》の離れた若者とベッドに上がれるなんて想像できるほどには成長していなかったのだから。

世間知らずだったという他ないわ、翌日塾で友達に、テレビドラマの話だと嘘ついてそんな年齢の離れた恋愛ってあるかしらって訊いたら、「あら、ウチなんか高校生に夢中になってるよ」って言うから。確かに木村は、あの生っ白《ちろ》い大学生とは違って、エナメルみたいに黒光りする、近代的野性とでも言うのかな、そういう皮膚もった青年だったもの、少女の私……女まだ少しの私でも目で何度かその体に触れたもの、中年女が直接手で触れてても少しも不自然じゃないよね。どのみち、それ、私には都合のいい関係だったし……。

私の計画では、父さんの浮気の現場をプライド高い〝恭子さん〟に目撃させるつもりだったの。あの人たちの主張している〝自由な夫婦〟っていうのがいかに内実をともなわない空論にすぎないかを思い知らせてやれると考えてたから。というのもその計画立てるずっと以前、何かの拍子に私が「お母さんはお父さんが浮気しても平気なの?」って訊いたら、「もちろん平気よ。あの人を私に縛りつければ私まで不自由になってしまうもの」冷たく熟れた微笑でそう答えたけど、私、その声に覗いた無理を聞き逃さなかったから……その頃私、クラスに好きな男の子がいて、私が勉強に精だしたのもその子の目にとまりたかったからだった。思い切って話しかけたらむこうもしばらくはその気になってくれたけど、結局男の子が女の子見る価値基準には頭の良さなんてないのね、すぐに他の可愛いだけの女の子に乗り換えて。親友のエリが同情の声かけてくるのに、私笑って「平気よ、全然……」って答えてたけど、その声と同じだったの、恭子さんの「もちろん平気よ」の声――。

条件さえ揃って巧くあの女に夫の浮気の現場見せつければ、『平気よ』の言葉の裏に隠れてる本当の声を引きずり出してやれると思ってた。その上にあの女自身も浮気してるとわかったわけでしょ。父さんだって、妻が二十歳も年下の――父さんの失いかけた若さをまだ溢れるほどにもった青年と関係をもってると知ったら、平気そうな顔の裏で怒りと嫉妬《しっと》のマグマ溜めこむに違いないから。これは双方から崩せるなって、私、そう思った。人って自分のこと棚にあげて、いいえ、自分に落度があると逆に相手の落度非難するものだし……私がスパイに「父さんはそのこと知ってるの」って訊いてみたら、「いや、あの女だって馬鹿じゃないから巧いこと隠してる」んだって。隠してるっていうのは後ろめたいことしてる意識があるからでしょ、父さんが知ったら怒りだし離婚になるかもしれないと怖れてるからでしょ？　やっぱり日頃口で言ってることとただの演技じゃない、縛られていないって言ってて充分縛られてるわけじゃない……だから私がそれ解いてあげるの、って自分に言い聞かせた。あの女が後ろめたいぶん自分のこと棚にあげて父さんの浮気を責めることも、それで確信できたしね。

ただ私の予想してたのとは少し違って、その段階では父さんの方の〝自分の棚〟はまだしっかりしてなかったのよ。スパイが「親父の方は浮気というよりただの遊びさ。水商売の連中との、せいぜい二晩か三晩の割り切った遊びだ。特定の女はいない」って言うから。私、これは計画を変更した方がいいかなって……その後注意して見てたら確かに〝恭子さん〟と木村の関係は離婚という展開今にも迎えそうなほど濃密だとわかったたし、父さんにこの二人の浮気の現場目撃させた方がいいかなって考え直しかけた。だって、そりゃあ、濃密。「さあ、食事終わったからユイ子は自分の部屋に戻って勉強して。私はまだ木村クンとこれからお仕事だから」ってソファに座ってる青年に流す目なんか赤い絵具煮つめすぎたような色してたし、青年は私に愛想笑い見せながら早く別のもの嚙《か》みたいって言うようにイライラ自分の指嚙んでたもの。それから、私が部屋を出ると同時にしっかりとドアの錠をおろす音——。

でもスパイが、「ただ親父は水商売のちょっと危なっかしい女の方が好きなんだろうな。無菌室の管理者みたいなあの女より、少し汚れてるぐらいの女くさい女の方が」って言った言葉がヒントになったわ。〝特定の女〟がいないのなら、私の手で父さんに与えればいいんだわって。だって私の身近に、偶然そういう女がいたもの……生活能力ゼロの男と結婚して、子供産んで、離婚して、銀座のクラブに勤めながら子供育ててた、そう親友のエリのお母さん。私も何度か会ってるけど、〝少し汚れめの女くさい〟美人……エリが父親に飢えてることや、「ウチのママ、男に異常にモテてるけど誰も結婚って言葉口に出さないって嘆いてる」って言ってたのを思いだして、早速エリを呼んで相談してみたの、「私の父さんとあんたのママが結婚したら、私たち姉妹になるのよ」って。

私とエリ、学校じゃ『あの二人レズよ』って噂《うわさ》されるほど仲良かったから、それまでにも私が母さん嫌ってること話してあったしね、エリは即答だったわ。「私もユイ子のお父さん見た時からそうなりそうな気がしてた」って。巧くいきすぎて怖くなるぐらい巧くいって、作戦はそれから二時間のうちに出来あがって、それがまた一週間後には巧くいってしまったの……八月後半に恭子さんは木村と仕事で北海道に行くことになってたから、その日にエリがママと伊豆へ行くことにしたの。その一泊旅行に私を誘わせ、私がまた父さんを誘った……「夏休みは親にも宿題があるのか」って父さん渋々肯いたけど、東京駅でエリのママ見た瞬間に……変わった。宿題が〝遊び〟にね。二人ともそれが子供たちの仕組んだお見合いだとは知らずに、ホント、お見合いの若いカップルみたいに照れあいながらもうち融けあって……。

海は季節が終わって荒れてたけど、プールサイドの大人二人には新しく別の夏が訪れてたみたい、私たちも時々その新鮮な季節に加わって、ホテルの人が一家族と間違えたくらいからみ合ってはしゃいでた。父さんとエリのママの体、若者風に直線残してるのと豊満すぎて曲線に崩れかけてるのが、朝顔の蔓《つる》と細い棒でね、からみ合うためにあるみたいだった……後は夜になって、私とエリとで声を揃えて「私たち一緒の部屋で寝るぅ」と我儘《わがまま》言いだすだけでよかったのよ、それぞれの親子が二組にわかれて部屋をとってあったからね。「仕方がないなあ」って、父さん、エリの母さんのためにもう一部屋とりにいったけど、その部屋が使われなかったのは……翌朝、父さんが一人で寝たはずの部屋に行ってみるとベッドにちょっと赤い、長ったらしい髪が落ちてたのでわかった。「作戦大成功よ」って私自分たちの部屋に戻って、エリと抱き合ってベッドの上ころげ回った……。

さらに帰りの踊り子号の中で父さん「俺も一緒だったことは母さんには内緒だぞ」って言ったし、次の日北海道から帰ってきた母さんは母さんで、木村と新鮮な季節思いっきり楽しんできたのか上機嫌な顔で、作戦の別の面も成功してることを告げたわ。そう、夏休みが始まって一カ月間で私、それだけの礎石を築きあげたのよ。破壊計画の骨組みを——。

不思議なものでその計画にイキイキと飛び回って勉強時間短くなったのに、頭がリフレッシュされて密度高くなったんでしょうね、塾での試験の点数、今まで以上に上がった。それにそこまで骨組みができれば、あと一つしかすることがなくなったからね。

伊豆から帰って間もなく、その月の団欒の場で、お祖父ちゃんがこんなことを恭子さんに頼んだ。「老人会の知りあいが夜中に脳卒中で倒れて一つ屋根の下の家族が誰一人気づかぬまま死んでな、私も心配になったから私の部屋とこの部屋を繋ぐ非常用のブザーをとりつけてもらえんかな。この部屋とそれからユイ子の部屋にも繋がるように」って——もちろん私がその前日お祖父ちゃんの耳に吹きこんでおいたことよ、「私お祖父ちゃんの体心配で心配でしかたがないから」って。それから老人会の知りあいが死んだと嘘言った方がいいとも……母さん、「そんな、お義父《とう》さんの体が弱ってくればこの部屋で私と一緒に暮らしてもらいますよ。まだお元気そうだと思ってたから」ってグズついたけど、それも口先だけの嘘、一緒に暮らすより当然非常用ブザーの方を選んで、数日後にはそれがとりつけられた。その後で私、お祖父ちゃんにこう言った。「せっかくつけても、母さん私が三十九度の熱だした時だって仕事から戻らなかった人だもの、無駄かもしれない」って——そうして、「一度本当に倒れるようなことが起こる前にテストした方がいいかもしれない、お母さんが本当に駆けつけるか。いいえ駆けつけるとは思うけどわざと遅れそうな気がする、だって私、お母さんもしかしたらお祖父ちゃんが死」と、そこで言葉を切って後は沈黙に大きな言葉を語らせたわけ。

そのテストは夏休みの終わる二、三日前に決行した。恭子さんが木村と重要な仕事で徹夜しなければならないって言いだした夜の一時ごろに。その時刻に手筈《てはず》どおり私の部屋のブザーが鳴って、私はパジャマ姿のまま飛んでったけど、恭子さんが駆けつけたのは二十分後だった……徹夜で仕事してることになってたから髪を直し服を着て、木村とベッドにいた痕跡すべて隠すのにそれくらいの時間は必要だったのね。恭子さんが来たら、お祖父ちゃん、「あんたって人は」一言皺《しわ》だらけの口破裂させるように言い放って、そのあと本当に苦しそうに呻《うめ》きだしたから、私、お祖父ちゃん侮れない演技力もってるわって感心してたけど、嫁への怒りが膨れあがって実際に脳の神経が切れる寸前までいっちゃったの。私の望んでたあの〝一度〟の噴火が起こったのに私ったら、すぐにはそれに気づかずに……。

医者が呼ばれて、何とかコト無きを得て二、三日で起きあがれるようになって、恭子さんは必死に弁解に努めたけど、お祖父ちゃんの口は私以外には開かなくなった。私が、この時のために用意しておいた言葉を口にすると「本当にユイ子の言うとおり、老人ホームの方が幸福かもしれんな」ってしんみり、実感のこもった声でね——私その段階で恭子さんがあの晩すぐに駆けつけられなかった本当の理由を教えれば、九月になり私ともあまり会えなくなって孤独な老人に戻ろうとしてたお祖父ちゃんがいっそう決意を強くすることわかってたけど、まだ木村と母さんの関係、父さんには知られたくなかったからね、他にも言いたい言葉あるのに言えないことを表情で匂わせるだけにした。

新学期になると、お祖父ちゃん、老人ホームのパンフレット集めるようになり、夏休み明けの試験の最終日に学校の前でこっそり待ち合わせて、二人でそのうちの一つを見に行ったわ。パンフレットよりずっと素敵でホームと言うより豪華マンション。住みついてる人も品がよくて、設備も完全だし、何よりスタッフが――一番意地悪そうなのでさえ恭子さんより優しそうに見えた。もちろんその場で決めたのじゃなく、翌年の四月私が中学に入るまで決定も待つことにしたんだけど……「疲れたから少し休んでいこう」って広い庭のすみにあった石のベンチに、細い腰を重そうにおろしたお祖父ちゃんを少し離れた所から見てると……夕靄《ゆうもや》が青葉の繁りと重なって濃くなった中、まだ鋭く残っていた夏の最後の光がただでさえ淡いその体をいっそう淡くして、消し去るようにしか浮かびあがらせられないでいるのを見てると、私のしたことは、この人の一生の果てに本当の孤独を与えただけの残酷なことだったのかもしれないって……もちろん十二歳だったからそんな文学風に考えたわけじゃないけど、何か悪いことをしたような後悔に襲われて……でもすぐにこう考え直した。この人はこれでもう家族を演じる必要がなくなったのだ、あのコンクリート製の家族から解放されてやっと他人になれたのだ、少なくとも無理矢理家族の一員を演じるより今の寂しさの方がまだマシな幸せなのだと。そうして今こんな風に私からも他人になった一人の老人なら、お祖父ちゃんじゃなくてただのお爺ちゃんになったこの人なら……今までと違って本当に愛せるかもしれないと。そう、子供だったからそんな風に考えた……子供だけのもつ残酷さと優しさとで。

〝一度〟が起こってしまったおジイちゃんはいくら恭子さんが機嫌をとってもむっつり顔で黙りとおし、そのうちに恭子さんも頭に来て冷たい横顔で無視するようになって……それから秋が終わるまでの三カ月近くは何もすることがなかったわ。ひと夏私の中で燃えあがった計画も夏と一緒に消えてしまったかのようだったけど、秋が透明な空と静かな風の裏で少しずつ深まっていくように、一見何もなさそうな時のながれの裏で徐々に一つの関係は深まっていったわ。私は時々学校の教室のかた隅や廊下や誰もいない階段の途中でそれを確かめた。エリの口から――そしてそれだけがその三カ月間で私が計画のためにやった唯一のことだったわね。父さんは私に隠してたけど、エリのお母さんはエリに大体のことを喋ってたようだから。「だめよ、ユイ子ちゃんにはまだ何も話しては」って、そう口どめされてたみたいだけど、もちろんエリは何かあれば必ず報告してたし、エリには、「でもママ、ユイ子はお父さんが離婚してママと再婚してくれないかなあっていつも言ってるのよ」そう言わせるようにしてた。その言葉はエリのママから父さんにも伝わってるらしくて、私が味方だと思ったのね、父さん直接には何も言わなかったけど、私と顔合わせると変に柔らかい声で機嫌とるようになった。それに父さんが隣りの部屋に来る回数減ったし、ほんの時々二人が一緒にいるの見かけても父さんの目が以前以上に母さんを見なくなってるのがわかった。エリからの情報より、私そんな変化に父さんとエリのママの関係が進行してること、はっきり読みとってたわね――おジイちゃんは嫁との関係が険悪になったのに息子が何も口出ししようとせず無関心でいるのを冷酷な性格のためだと考えて、息子までも憎みはじめたけど、父さんの目はただエリのママに……たぶん熱く熟れた体にだけだと思うけど、占領されてたのよ。……こうして、秋が青空を薄め、木々の葉を色づかせ、最後の深まりを見せるころには、私の望みどおりにあのマンションの中では人間関係の溝が深まり、外との人間関係の絆が深まっていったわ。母さんの方はもっと父さんを見なくなってたし、仕事だと言って木村と一緒に旅行に出る回数が増えたし……。

十二月に入り、秋がとうとう最後の一日を迎え試験前日の一夜づけみたいに慌ただしく落葉を校庭に降らせてた日だった。放課後のうす暗い教室で私、エリから、「ママがあんたのお父さんから結婚の約束をもらったって」と聞かされた……いいえ、その前にもう一つ、私その三カ月の間にもう一つ、やったことがある。大学生にあの自立の結晶をどうやって人に売らせるか、いろいろ考えて、無気力な彼にふさわしい無気力な現場を作りだすことにしたの。彼を誰か人に会わせ、その時彼の着ている服のどこかにあの薬を隠しておいて、警察に、『麻薬の取引がおこなわれる、当人は身に覚えがないと言い張るだろうけどもちろん覚えがあるのだ』と密告電話を入れればいいって。あの大学生、警察で責められれば無気力に罪を認めそうだったから。そうして私、大学生が喫茶店かどこかで会う相手として、漠然とエリのママを考えてた。兄が紹介してもらいたがってると言えば、義理の息子になる可能性のある若者だもの、エリのママ嬉々《きき》として会いにいくわよ。私ね、父さんとエリのママとの再婚なんてどうでもよかった。私はあの二人を離婚させたかっただけで、エリのママの男好きするっていう体はそのための小さな武器にすぎなかったのだから。――それにまだ真剣に考えてたわけじゃないの、大学生の追放はクリスマス以後ゆっくり考えればよかったから。

そう、クリスマスイヴ。その夜を私、最終目標に決めた。って言うのもその日母さんが木村と万座《まんざ》にスキーにいくことになってたから。いいえ、当人は、「今年のイヴは母さん仙台でお仕事なの。ユイ子も最後の追い込みだから今年は諦めてね」と嘘言ってたけど私知ってたのよ。

――エリからママが結婚の約束もらったって聞いたその晩だったかな、私が期末試験の勉強をしてるところへ、ふらりと父さんが現れて……ふらりというのは酔った父さんの揺れた体の印象、声までふらりと揺らして、「俺が今の母さんと別れて他の人と結婚するって言ったらどうする」って訊いて「父さんと私は親子じゃなく仲のいい友達なんでしょ？　いつもそう言ってるのに何故そんなこと訊くの。父さんの自由だわ」私の答えに慌てて、「いや、友達だからちょっと意見を聞きたかっただけだよ」って言い直して、私が、「大賛成。でもできたらエリの母さんみたいな女の人がいいなあ」と言うと、「そうか」って何度も、声だけじゃなく頬まで赤くしてくり返して、またふらりと出てって……そのまた翌日かな、私が隣りでひとり晩御飯食べてると万座のホテルから電話が入って、「二十四日の予約を確認させていただきたいんですが」って……そう、それで知っちゃったのよ。〝二名様〟ですって。「大丈夫です」と答えて受話器をおいて、五秒間で決心してエリにすぐ電話を入れた。万座のホテルの名を言ってイヴの晩に四人でそこに泊まれるようにって。伊豆の時とそっくり同じに、私が誘われて、また父さんを誘って。もちろん母さんには内緒にして。父さん、私がエリのママとのこと薄々勘づいてると、これまた薄々勘づいたのね、大きく肯いて、「もしかしたら父さんたちから君たちに面白いクリスマスプレゼントがあるよ」って言った――それが母さんとの離婚とエリのママとの再婚のことなら、それは私が贈ってあげるプレゼントだとも知らずに。

一年中でスキー場が一番混む日なのに、偶然、問題のホテルのオーナーがエリのママの店の常連で簡単に予約とれて……あとは入試勉強に追い込みの拍車かけながら、計画をその雪の一夜へと追いつめればよかった。そうして冬休みに入り、イヴの前の晩私の部屋にエリを泊まらせたの。翌日の万座の雪をもう冷たく熟れた体が夢見てたのね、私が「エリのママ今夜帰りがものすごく遅くなるんだって、可哀相だから泊めてもいい？」って言うと母さん浮き浮きした声で「じゃあエリちゃんのママの代わりに素敵な料理作ってあげる」って……エリは少し頭悪いけど顔も性格も派手で女優になること夢見てて「わたしいつだって涙流せるのよ、ほら見て見て」って馬鹿なこと得意にしてたけど、その馬鹿なことがその晩に役だったわ。

夜中に涙流させて、「あんたはただ泣いてるだけでいいから」って私、母さんを呼んできて……こう言ったの、「エリのママ、今夜うちの父さんと一緒なんだって。今夜だけじゃなくもうずっと前からよく――結婚も決めてるって。エリもそれ望んでたんだけど、今夜私のお母さん見てあんまりいい人だからこわくなったって」もちろんこんなにスラスラとじゃなく、乱れた心臓の音伝えるみたいに声乱して、あとで、「ユイ子も女優やれるわ」と褒《ほ》めてもらえるほど上手に……紙のように乾いた顔で、「何も心配せずに早く寝なさい」とだけ言って部屋出てった母さんを廊下で呼びとめて、私、こうも言った。「前にエリのママが母さんの盗まれた大きな緑の石の指輪とそっくりなのしてたことある。大事な人からもらったのって。まさか父さんが……ってちょっとだけ思ったけど、恐くてなにも言えなかった」って。それだけ言っただけ。あとは母さんの頭の中で勝手に声が続くはずだったわ。まさか父さんがあの盗難事件を？女に与えるために？……

「変な想像してないで早く寝なさい」自分に言い聞かせるように……ひとり言のように言った。声は静かだったけど、深夜の廊下の冷めた灯の下で顔は一瞬醜く歪《ゆが》んだ。青く、醜く。前にあの人は女の顔も半分しか持ってないって言ったけど、その一瞬の顔は全部が女だった……。

翌朝には普通の顔に戻って、迎えにきた木村の車に乗りこんだわ、あの人。雪のホテルで体を熱く燃やしながら、頭では冷たく子供たちから聞かされた言葉を考えてみるつもりだったんでしょうね……昼すぎに今度は父さんが自分の運転する車で迎えにきたから、私、「お祖父ちゃんがちょっと話したいことがあるって」と伝えた。おジイちゃんの部屋に上がって、数分で戻ってきた父さんは暗い顔を突然明るく変えて、「二人を迎えにいって、出発だ」と言った。暗い顔のわけは、おジイちゃんから、「ユイ子には可哀相だが、お前があの女と離婚しない限り遺産は一円たりともやらん」理由も告げられずに突然そう言われたからよ。なぜ知ってるかって、その数日前にあの非常ブザーの実験の晩恭子さんが遅れた理由を打ち明けて、父さんに離婚するよう言ってほしいと遠回しに仄《ほの》めかしたからだわ。「母さんを失うのは悲しいけど、それよりも父さんが可哀相で」って。孫の操り人形になってたおジイちゃんはその通りにしてくれたわけ。遺産の一言は、その晩雪のホテルで父さんの心理の動きに大きく作用するはずだったわ……そうとも知らず明るい声に変わったのは、『どのみちこれで離婚の決心がついた』と思い直したからね、きっと……私がしようとしていたことは、だからどんな決心にもつきまとう最後のためらいをとり除いてあげることだけだった。それに私、ラストシーンがドラマチックな映画好きだから。黒い夜空から神の恵みの手が地上へとふり撒く雪……白い蜜《みつ》のしたたりにも似たその雪。クリスマスツリーを飾る色とりどりの星屑《ほしくず》。パーティのざわめき。歌声。聖夜。その聖なる夜を瀆《けが》すベッドの上の大人たちの遊び。妻の不倫の現場を目撃して一人の男に突然襲いかかる忘れたはずの感情——嫉妬。怒り。そして夜のすべてが終わったあとの、祭りの残骸の中での色褪《いろあ》せた別れ。……何もかもが予想どおりに進行していったわ。車窓の夕暮れが夜にすり替わるころから私はエリの派手な声に疲れて眠ったふりをしながら今夜起こることを映画のシーンのように追ってみた。実際に眠りに落ちてたかもしれない、夏からの疲れがどっと出てやっと静かに眠れる、そう思いながら……エリのママの笑い声で目を開くと、車窓の夜に騒がしく白い屑が舞っていた。

途中の長い渋滞のために何時間も遅れてホテルに着いたこと以外、そう、何もかもが、前に一度見た映画のように予想どおり進んでいった。ただその遅延のために、すべてが慌ただしくなって、早回しでビデオを見てるようになってしまったけど……。

食事は母さんの嫌いな中華料理をせがんだ。あの二人と顔を合わせるのを心配したんだけど広いホテルだったし、食事が終わるともう九時をまわってて、私とエリはすぐ部屋に閉じこめられたから。大人二人はそのあとバーに出かけたけど、ドアが閉まると同時に私フロントに電話して母さんの名前言って部屋番号聞きだして、すぐにその部屋に電話を入れた。923――その番号を私、人生で出会った一番奇妙な数字のように少しひずんだ形で今も記憶に残してるわ……長いコールの後、母さんの声が聞こえた。かすれた、乾いた、それなのに湿った声が。すぐにまた電話を切り、ふり返るとエリが黄色い毛布にくるまっていて……私二階上のその部屋の毛布も同じ色だと一瞬そう思って、力いっぱいその毛布を剝ぎとった。ぐるぐる回転してベッドから落ちそうになったエリがおびえた目で私を見た。それから突然小さな心臓の音と一緒に時間の流れがもっと早くなった。五分後にはもう父さんたちが戻ってきた気がする。しばらく四人で遊んでたはずなのに、父さんが一分後にはエリのママと立ちあがり「明日朝早くからスキーを教えてやるから今夜はもう寝よう」そんな意味のないことを言った気がする。私はその父さんの腕を摑《つか》み、廊下に引っ張りだした。「さっき父さんたちがいない間にホテルの中探検して信じられない二人を見かけたわ。来て」そう言った。エレベーターに乗り九階でその部屋を探し、ドアの前に立つまでがほんの数秒だった気がする。「クリスマスプレゼントよ、これ、私の。見る勇気ある?」小声でそう言い、私は父さんの顔を見あげて笑った。ずる賢く、醜く、残酷な少女の顔で――ドアのむこうに誰がいるかを知れば同時にそれがただの偶然でないことを、誰かの罠《わな》であることを、その罠を仕掛けられたのが私しかいないことを父さんが知ってしまうはずだから、もういい子を装っても無駄だったの。最終目標の現場の前に立ち、初めて私は私の本当の顔をその男にみせたのよ。そうして数秒後には、その男と一人の女の本当の顔を見ようとしていた。両親でありながらただ両親を演じ続けていただけの二人の本当の顔を……返事も待たずに手を伸ばし、チャイムを鳴らしたわ。ピンホールって言うの？　あの穴から覗かれて見つからないように、父さんを廊下の壁に貼りつかせ、私もそうした。ドアが開くのを待つ間、私は父さんの体の影と恐ろしい静寂に包みこまれ、今私は東京から遠く、とおく離れた山奥の雪に白く閉ざされたホテルにいて、普通の十二歳の子供とは違うクリスマスイヴを祝っているのだと考えていた。ドアが十センチほど開き、次の瞬間には激しい音でそれは閉じられてた。でもその一瞬に父さんも私と同じものを見たはずだったわ。下着姿の上に毛皮のコートをだらしなく羽織った女の驚いた顔を。それなのに父さんはなんでもないといった顔をしてた。「何だ、こんなつまらない贈り物か」実際にそう言ったのか、そう言いたそうな顔をしただけだったのか。私の腕を引っ張り、長い廊下を引き返し……でも待っていたエレベーターのドアがやっと開いたのに突然私の手を離し、その部屋へ駆け戻った。私はその後を追ったわ。父さんは――その男はチャイムを続けざまに鳴らし、ドアを叩いた。やがてドアが開き、女は廊下に出ると後ろ手にドアを閉めた。背中でドアの内側の全部の秘密を隠すように。緑の……初夏の青葉のように澄んだ、鮮やかすぎる緑の服を着ていた。その華やかさと濡れていつもの豊かさを失い、薄く糊のように顔に貼りついた髪が似あわなかった。ただ急いで口紅だけはつけたのね、化粧っ気のない、私が知っているその女とは別人のような顔から浮きあがった赤い唇を蠢《うごめ》かせ「上のバーで待ってて。すぐ行くから」と言った。そう言おうとしただけだったわ。父さんが――その男が喉《のど》を絞りあげるように何かを叫んで、女の顔を殴《なぐ》りつけたから。

女は傾けた顔をすぐにもとに戻して、男の顔を見つめた。「たがいの自由を尊重する約束だったわ」そう言った。男は「嘘をついてもいいとは言わなかった」と……もういつもの顔に戻って……「嘘はあなただって言ってたわ。何も言わずに隠してるのが一番卑怯《ひきよう》な嘘だわ」女はそうも言った。「嘘をいうだけの時間も俺と君の間にはなかったんだ」男がそうも言った。そして早回しのテープが突然静止画になったように長い間無言で見つめあっていた。酔ってとんがり帽を落としそうにかぶった若者が廊下を通りぬけ、ぶしつけな目でふり返ったけど二人はそれに気づかずまだ無言の視線をぶつけ合っていた。その目でたがいが他人であることを確認し、認めあったのよ。女はかすかに微笑していた。その顔も私の予想どおりだったわ。女が衝撃から立ち直り、プライドを守るためにそんな顔をすることも、その顔とともにすべてを終わりにすることも――そして全部がその顔と共に終わった。そのはずだった。……それなのに、男が目を逸《そ》らすのを見て冷やかに背をむけ部屋の中に戻ろうとして、女はふと私を見たの。少し離れ廊下の隅に小さくつっ立っていた私を……しばらく、不思議そうに見ていた。誰なのか、巧く思いだせないように……いいえ誰なのか思いだしたあとも長いこと静かな顔で私を見ていた。その目に涙が浮かんだ。それは淡い雫《しずく》となって頰《ほお》をつたい落ちて……でもそのひと雫だけだった。すぐに女は部屋の中に消えドアは閉じられてた。

それなのに私は終わったはずのドラマがその涙とともに別の、もう一つの、どんでん返しに似た意外な結末を迎えた気がした。私の計画は成功したのに、計画が〝離婚〟という言葉ではなくその涙に突然行きついたような気がしていた。何もわからなかったわ。私がなんとか動物の嗅覚でかぎとったのは、それがいつもの半分の母親の顔ではなく全部母親の顔だったことと……服の色に染まってその涙が緑色の宝石のように光っていたことと、そうして……それから……七月の初めにその女の化粧台の箱から宝石を、イアリングや指輪を盗んだ私が、その光る石の一つに似た今の緑色の涙だけは今日まで盗めずにいたことだけだった……。

これも騙そうとしたわけじゃなくて、最後には言うつもりだったの。私があの盗難事件の犯人だったことも――私、本当にあのニセ家族のこと嫌いで、その象徴を母さんの偽装みたいな美しさの顔と装飾品に見る気がして、盗んで生ゴミの袋に入れて捨てたの。兄さんの真似をして針金で錠を壊したふりで。でもそれだけでは体の中のゴミもマグマも白蟻も吐きだせなかったから、あの計画に踏みきったんだ……って今は、そう思う。

あの翌日、私と父さんはエリやママと晴れわたった白銀の世界で何事もなかったように思いっきり楽しんで、夜には東京に帰り、父さんはエリたちを送っていったので私一人だけがマンションに戻って……隣りの部屋のチャイムを鳴らしても返事はなかったけれど、錠はおりてなくてノブをまわすとドアが開いて……あの人、灯を消した部屋の暗い窓辺で煙草を喫《す》ってた。私、前の晩のこと謝るつもりだったのに、口に出すと声は別のことを、あの盗難事件のことを謝ってた。「あれ盗んだの、私だったの」って。そうしてワッと泣きだしてた。あの人、窓のむこうの夜を見つめた影の横顔で「いいのよ、もう」って本当にどうでもいいという声で言った。前の晩、ホテルの電話で聞いたのと同じかすれた声だった。でも私、その時初めて、この人昔からいつもこういう声だったのかもしれない、それを私が無視していただけなのかもしれないって、そう思った。あの人、「本当にいいのよ、昨日のことで全部を失うことになっても私にはまだ私が残るわ」って続けて……それから、「お腹減ってない？」いつものように優しくそう尋ね、私が首をふると「それなら自分の部屋に帰って。ここは私の部屋だから」いつものように冷たくそう言った……。

私の計画が、あの二人の離婚を目標にしていたのなら、それは成功したわ。年が明けてすぐに二人は離婚したのだから。――でも何一つ変わらなかった。木村とあの人が結婚したのかどうか私がよく知らないまま、以前より頻繁に隣りの部屋で木村を見かけるようになり、父さんがエリのママと結婚しなかったのは確かだけど、その後も関係だけは続いてるようだったし、隣りにも時々来てたし。おジイちゃんは老人ホームをやめて私の上の部屋に住み続けたし……もうそんなことどうでもよくなって私が警察に売り損ねた無気力な大学生は、二年後無気力なサラリーマンになった……。

月に一、二度の団欒はなくなったけど、どのみちあの団欒は私たち……私にもあの人たちにも何の意味もなかったから、それで何かが変わるようなこともなかった。八年後、私がまだ大学在学中に同じ大学のあなたと……小学校から大学までずっと同じだったあなたと結婚してあのマンションを出るまでね。

いいえ、やっぱり何も変わってない気もする。さっき私が言った、小学校の頃私が夢中だった同級生というのはもちろん、あなたのことだけど、あの頃もあの人たちから逃げたくてあなたに溺《おぼ》れようとしただけかもしれないし、あなたと結婚したのもあの人たちから、あのマンションから逃げだしたかっただけなのかもしれない、あの年と今を繋いでるあのエレベーターの鉄のロープの今にも擦《す》りきれそうな音、それなのに決して切れてくれない音……こんな風に子供もできて私自身が家族をもつようになって……やっとあの人たちと他人になって、それなのに逆に私、今あの人たちと変に家族なんだなあって気がすることあるもの。おかしな話ね、こんな風に窓からあのマンション見てると、あの頃もあの人たち、私も含めて〝あの人たち〟の全員が、家族って言葉から逃れようとして、その背中で家族って言葉摑もうとして、……ただ家族が必死に家族を演じていただけだという気がしたりする。こんな風に、窓のすぐ隣りにこっちのマンション圧《お》し潰すみたいに建ってるあのマンション見てると……。

夢の余白

電話が鳴ったのは、孫を寝かしつけながらいつとはなしに自分もうたた寝をしてしまった最中だった。

薄い眠りのなかで蟬《せみ》が騒がしく鳴いていた。その鳴き声が気がつくと遠い電話のベルにすり替わっていて、光枝《みつえ》はまだ眠りに粘りつこうとする瞼《まぶた》を押しあけた。

さっきまで窓に溢《あふ》れていた春の陽は白いままうっすらと翳《かげ》って、赤ん坊のぬいぐるみのような小さな寝顔を包んでいる。玄関から聞こえてくる電話のベルは、目をさましていても聞き落としそうなほどに小さい。半年前、この初孫ができてからはベルの音量を調節できる電話機に替えていつも最小にしてある。子守歌でも耳にしているように、赤ん坊は心地よさそうな寝息を返していた。

起きあがりながら、壁の時計を見た。

四時半をまわっている……

嫁の敦子《あつこ》が出かけてからもう二時間は過ぎている。嫁が玄関を出る時の怒りに震える声がよみがえってきた。『今夜は向こうに泊まってくるかもしれませんから』そう言っただけだったが、斜めに伏せた目と叩きつけるようなドアの音が『息子だけじゃなく孫までを自分一人のものにしたいなら、好きなようになさればいいわ』口にはできない姑《しゅうとめ》への反発の声を語っていた。

三年前の秋に結婚し、二年間は何とか波風をたてずにやってきたのだが、それだけに裏で我慢していたものが、子供の育て方をめぐって表面化した。光枝がちょっとでも可愛がりすぎると、敦子は横から赤ん坊を奪いとり、『過保護にされて将来困るのは母親の私なんですから』そんな言い方をした。今朝も聞き飽きたその言葉を口にしたので、いつもは何とか聞き流しているのだが、今朝の言い方には険があり、思わず、

『私は達夫《たつお》を可愛がりすぎるほど甘やかして育てたけれど、別に母親の私を困らせるような子には育ちませんでしたよ』

そう言い返していた。言った後にすぐ後悔して謝ろうとしたのだが、嫁が『それは、お義母《かあ》さんは離婚して一人で育てていたから二人ぶん可愛がらなければいけなかったでしょうけど、この子にはちゃんと父親がいるんですから』と答えた時、光枝の顔は嫁の顔以上に強張《こわば》ってしまっていた。

『私が離婚した時には達夫はもう中学生になってたんですよ。それまではちゃんと父親も一緒だったんです』

それだけを答えて背を向けていた。あとは広いとは言えない家でたがいの無言を聞きつづけ、陽がわずかに傾きかけたころ、敦子は突然『実家の母が用があると言っていたから、出かけま

す』変に改まった声でそう言ったのだった……

用というのは口実で、実家に戻ると同時に母親に泣きついたのだろう、その母親からの電話にちがいない……

うたた寝をしながらもいら立ちが残っていて、それが季節はずれの蟬の鳴き声となって淡い夢の中で騒いだのだという気がする……一時間近くの浅い眠りで気だるく重くなった体を玄関へと運び、光枝は受話器をとった。

「はい……もしもし……」

声をかけても受話器は沈黙している。

「川瀬《かわせ》ですけれど……もしもし……」

それでもまだ続いていた沈黙は、光枝がさらに声をかけようとした時、やっと小さく破れた。

「あのう……私、ちょっとわけがあって名乗れないんですけど」

女の声だった。

「実は私……」

そう言いながらも、まだ躊躇《ためら》いがあるのか声を澱《よど》ませている。この時、奥の部屋で赤ん坊の泣き声が湧きあがった。

「すみません、ちょっと待っててください」

光枝はそう言い、奥へと駆けもどると火のついたように泣いている赤ん坊を抱きあげた。馴《な》染《じ》んだ祖母の腕に安心したのか赤ん坊はすぐに泣きやんだ。あやしながら玄関に戻り、光枝は何とか片腕だけで赤ん坊の体を支えながら、もう一方の手で受話器をとった。

「すみません、子供が泣きだしたものですから……それでご用件は?」

それには答えず「広介くんですか、その声」受話器の声はそう言った。腕の中の赤ん坊は何か意味のわからない言葉を呟《つぶや》きながら、興味ぶかそうに手で受話器をいじってくる。

「駄目でしょう、今電話中だから。おとなしくしてらっしゃい」

そう窘《たしな》めた声を拾ったらしい、

「構いません、その声を聞かせて下さい。その方が決心が鈍《にぶ》らないでしょうから……私、奥さんには悪いと思ったことありませんが、広介くんが生まれたと聞いた時から、達夫さんとのことは後ろめたくなっていたんです」

女の声はそう言った。自分のことを達夫の母親ではなく〝奥さん〟だと誤解している——それはわかったが、数秒の戸惑いの後、

「それで……あなた、達夫と何か、関係のある方なんですか」

と強張った声で訊いていた。このまま息子の嫁のふりをした方がいい、そう思った。

「それもう終わりです。私の方では……だから最初で最後のつもりで電話させてもらったんです。今夜九時にいつものホテルで逢うことになってるんですけれど、私は行くつもりはありませんから……」

「悪戯《いたずら》なんですか……この電話」

悪戯ではない、達夫があの真面目そうな顔の裏で浮気をしていたのだと直感しながらも光枝

はそう訊かずにはおられなかった。直感はまだ実感にはなっていない。息子が嫁を裏切っていたことが信じられないまま、見知らぬ女の透明すぎる声に反発が湧いて、光枝は冷たい声になっていた。

「いいえ、そう思われるなら九時に奥さんが出かけて下さい」

声は新宿《しんじゅく》の有名なホテルの名とその地下のバーの名前を教えてきた。

「悪戯じゃないのなら、嫌がらせですか」

「嫌がらせなんて、そんなつもりは……」

「でも、そうとしか思えないじゃありませんか。突然、電話をかけてきて……達夫と何があったかは知りませんが、別れるつもりなら達夫と話し合えばいいことだわ」

「半年前から、何度も別れてほしいと言ったんです。それを聞き届けてもらえないから、こういう方法をとるしかなくて……」

〝奥さん〟の声が興奮に震えたぶん、その女の声は冷静になっていた。窮屈な腕の中で子供がまたむずかりだした。その声の隅に隠れるような小声で、

「奥さんから、私の別れの言葉をご主人にお伝えになって下さい」

そう言うと電話は切られた。一方的にかかってきて一方的に切れた電話はまだ意識の周辺を空転している。ただ怒りだけが、勝手に先行して体を磁気のようにびりびり震わせていた。

赤ん坊が光枝の体に起こったものを、当人より敏感に感じとって泣き声を荒らげた。

その顔をいつも以上に息子に似ていると思い、さらにまたあの男にも似ていると思った。

十三年前まで夫だった男……田島修三《たじましゆうぞう》。

今までは無理に信じまいとしてきたが、赤ん坊の眉《まゆ》が細く、端のあたりで突然のようにぴくんと折れ曲がって鋭い鉤《かぎ》の形を描いているところは、達夫以上に達夫の父親に似ている……

その眉を歪《ゆが》めて、赤ん坊は泣き続けている。だが、その声も今の電話の見知らぬ女の声も遠く、怒りに波立ちながらも変に石のように静かに固まっている体には蟬の鳴き声だけが騒いでいた。あれは夢ではなかった、さっきのうたた寝の中で見た淡い夢が、体の隅にまだ消えずに残っていたあの蟬の鳴き声を掘り起こしただけだった……どんな夢だったのかは憶えていない、何かの夢を見ていたはずだが、その夢までも溶かすほどの眩《まぶ》しい光が溢れていて、ただその光と蟬の声だけがうるさかった。あの夏……十三年前のあの夏……離婚を決める直前のあの夏……

電話が再び鳴ったのは、十五分もして赤ん坊にミルクを飲ませている最中だった。

まだ混乱を残しながらもいくらかとり戻した冷静さで、嫁が最近不機嫌だったのは自分のせいではなく、達夫の浮気に感づいていたからではないのかと考えていた時である。

今日、実家に戻ったのもそのことが一番の大きな原因だったのではないか。姑に夫の浮気の相談をするわけにはいかなかった。姑が十三年前に夫の浮気に苦しみ、それがもとで離婚したという話は達夫から聞いて知っているはずなのだから。姑がその話に触れられるのを嫌がることも……

敦子さんはむしろ、私に気を遣って無言を通していただけなのかもしれない。

そんなことを考えながら、受話器をとった。

「何だ、母さんか……」

達夫の声である。

「今夜、遅くなるから。ちょっと同僚の送別会で……来週だと思っていたのに間違えて。敦子にもそう言っておいてくれよ」

返事も待たずにそれだけを言い、電話を切った。早口の、あっという間に終わった電話だったが、その間に達夫は二度咳《せき》をしている。

嘘を言う時の達夫の癖だった。顔だけでなく、その癖までも夫だった男に似てしまった。受話器に手を残したまま、ぼんやりと光枝はそう考えた。十三年前のあの頃、達夫の父親も嘘ばかりつきながら、よく咳をしていた……

五時少し前に敦子は実家で、姑からの電話を受けた。

「ごめんなさい、敦子さん」

姑の声はいきなり謝罪になった。

「何か、怒っていることがあってそちらに戻ったのなら、戻ってきてくれない。私に責任があることなら謝るから」

そうも言われた。姑の息子への執着に腹が立っていたことは事実である。離婚した女には息子は夫の代わりでもあったのだ。二年間、それでも我慢し続けてきたものが子供ができると同時にはっきりと形をとって言動に出るようになった。自分も母親になったことで、女としての先輩後輩の垣根がなくなり、姑を対等の立場で見るようになっていた。それなのに母親としても先輩であることを事あるごとにほのめかし、息子に伸ばしつづけてきた手を孫にまでも伸ばすようになってきている……それに腹を立てていたのは事実である。だが姑のことはこのひと月間のいら立ちの一因にすぎなかった。一番大きな理由はやはり、ひと月前、夫の下着に見つけた一つの色である……肌色のそれが何の色かはすぐにわからないまま、洗濯機に投げこもうとして思わずその手をとめた。ファウンデーションの色だった。かすかな色だが、前の晩に夫が抱いた一人の女の肌がひとかけら切りとられてそこにしがみついているように見えた。しかも前夜も残業だと言って遅く帰ってきた達夫は妻の自分にも手を伸ばしてきたのだ。その下着のまま……

〝残業〟はその後も続いた。実家の弟に頼んで一度会社に電話を入れさせたが、達夫はもうとうに会社を出ているという返事だった。女がいることは間違いなかったが、それを達夫にも姑にも話せないまま今日まできてしまった。そうして口にできないだけに重く溜まっていた怒りを今朝、気がつくと姑にぶつけていた……

「私、別に怒っているなんて……ただ、実家に用があったから」

姑の豹変した優しい声にとまどいながら、敦子はそう答えた。

「だったら、いいけれど。いいえ、広介がやっぱりお母さんがいないと淋しいらしくてむずかるし……私、ちょっと夜に用ができて出かけたいから。いいえ、妹が体の具合が悪いというから、少しだけでも顔を見にいこうと思って」

「達夫さんが今日は残業ではないから早く帰るはずですけど」

「それがさっき電話で、今夜は友達の送別会で遅くなるからって……」

いつもなら敦子よりも若々しい声ではっきりと喋《しゃべ》る姑が珍しく歯切れの悪い煮え切らない言い方をする、それにかすかな不審を覚えながらも、敦子は「わかりました」と答えて電話を切ると、十分後には母親に適当な言い訳をして実家を出た。

姑のことよりも、やはり達夫が今夜も遅くなるということの方が気になっていた。送別会などというのは嘘に決まっている。

駅まで出て、改札口の時計で五時半という時刻を確かめると、敦子はふと夫の会社へ電話を入れる気になった。逃げている必要はない、悪いことをしているのは夫の方だ。

敦子はそれでも数秒足を迷わせたが、やがてその足を公衆電話の方に向けた。

「川瀬さん……電話……」

帰り支度をして廊下に出ようとしたところを、その声で呼び止められた。まだ残っていた隣りの席の女子社員が、受話器をさしだしている。

「誰から……」

「さあ、女の人……若そう……」

ハイミスの女子社員は興味もなさそうに自分の仕事に戻った。

「もしもし……」

声をかけたが、無言のまま電話はすぐに切れてしまった。ほんの二、三秒の無言に、だが達夫は却《かえ》って生々しく女の影を感じとった。

母親かもしれない、そうも思った。五十三になるが、母親は女子高生のような幼い声をしていて電話だとそれが余計に強調される。あの女のことは敦子にはばれていないだろうが、母親には感づかれている心配がある……浮気をしている後ろめたさも妻に対してより、自分をすべて知り尽くしている母親の方に感じていた。さっきの電話での送別会という言葉に嘘を感じとって母親が電話で確かめてきたのかもしれない……

だが、その胸の声を達夫はすぐに打ち消した。やはりあの女だろう……昨夜の電話ではもうこんな関係を続けていても仕方がないと言っていた、それを何とか説得して今夜もう一度だけ逢うことを決めたのだ……昨夜の電話だけではない。初めて〝別れたい〟という言葉を口にしたのは子供ができた直後だった。それなのに『最後にもう一度だけ』という言葉を良心への隠れ蓑にして結局、その後半年も関係を延長させてきたのだ……

今夜また逢えば、〝最後〟がまた次の晩に延ばされることは彼女自身が誰よりわかっている。だから逢わない方がいいと思って電話をかけてきたに違いない。それなのに結局何も言えず、電話を切ったのだろう……

眼鏡ごしに女子社員が怪訝《けげん》な目をむけているのに気づいて、達夫は受話器をおくと、

「お先に……」

もう一度そう声をかけ直して職場を出た。

会社を出て、腕時計を見ると達夫は少し足を速めた。

女と逢うのは九時だが、同じ新宿のホテルのレストランで六時にもうひとつ約束を作ってある。

地下鉄に乗り、人の肩に閉ざされながら達夫は何度も何故なのだろうと自分に問いかけた。去年の夏、最初はただの浮気のつもりで始めた。女の方でも好意をちらつかせながら近づいてきたのだから、達夫だけに責任があるわけではなかった。子供ができたら別れるつもりだったし、現にその時点で女は自分の方からも『別れたい』と口にしたのだ。妻が妊娠中の、よくある体だけの浮気だということはたがいに認めていたはずだ。いや、今だって妻子を棄てるつもりはないから、ただの浮気だし、それは女も承知している。だからこそ『別れたい』と口癖のように言っているのだ。それなのに何故、『そうだな』それだけの一言が口にできず、

『いや、もう一度だけ逢おうよ』

そう言ってしまうのか。

敦子に特別の不満があるわけではないし、生まれてきた子供には愛情も感じている。それなのに何故……

いくら胸に問いかけても答えは見つからない。強《し》いて答えを求めると一人の男の後ろ姿が浮かんでくる……十三年前の父親のあの時の顔と後ろ姿しか答えらしいものはなかった。

達夫が中学二年の九月だった。学校から帰って玄関のドアを開けると、父親がそこに立って

いた。父親も今帰ってきたところなのだろうと考えた記憶がある。だから、父親が靴をはいたのを妙に感じた。それでも会社から帰ってきて、何か用を思いだし、着替えもせずに出かけていくのだろうというくらいにしか考えなかった。父親は普段と同じ顔をしていて、達夫に束の間目をとめ笑いかけ、何かを言おうとしたが、本当に笑ったのかどうかもわからない曖昧な表情のまま何も言わずに出ていった。いや、ドアを閉めようとしてふと思い出したように、玄関の中に戻ると壁のスイッチに手を伸ばし、門灯をつけた。そうして出ていった……

達夫が靴を脱いでいると、母親が奥から駆けだしてきて、

「お父さんを呼びもどして」

叫ぶように言った。血の気のない白い顔をしていた。脱ぎかけた靴のままドアを開け、呼ぼうとすると、今度は怒ったような声で、

「いいから、もう……」

母親がそう止めたのだった。半端にドアと口を開いたまま、数秒、門を出ていく父親の後ろ姿を見送った。自分の手でつけた門灯が灰色の薄いコートの肩を一度浮かびあがらせたが、すぐにその背は路上の夕靄《ゆうもや》の中に消えた。夏がまだ完全には終わっていない九月の初旬だったはずだが、思い出すと門灯は秋色に翳って、父親の背と同じように遠いところへと消えていこうとする……父親と母親の関係が巧《うま》くいかなくなっていることはわかっていたが、詳しい事情も知らなかったし、父親が母と自分を棄てたことも、その背がどこに向かって歩き去ったのかもまだ知らなかった。

翌日から少しずつ父の荷物が家の中から消えていき、一年以上、『ちょっとした事情で父さんと母さんは離婚した』という言葉しか聞かされなかった。理由を聞いたのは高校に進学してからである。

達夫のことを子供のころから可愛がってくれていた叔母の紹介で母親に再婚話がもちあがり、その叔母とともに相手の男性も交えて外で食事をした晩だった。

『父さんには私より好きになった女の人がいて、どうしても別れられないと言うから、お母さんの方が別れたのよ。今もその人と一緒に暮らしているけれど、会いたければ会社に電話をしなさい』

家に帰り、母親からそう言われた。再婚話の相手は母親よりひとつ年上の離婚体験者だったが、ゴルフはプロ並という健康的に日焼けした、どこか若者らしさを残した男でどう見ても父親より男として質が上だった。

『いい人だよ。結婚したら』

達夫がそんな大人びた言い方をしたのに、ホッとしたのだろう、母親は初めて離婚の理由を口にしたのだった。それまでも叔母のちょっとした言葉で父親に女がいたことは想像がついていたから別に驚かなかったし、むしろ『私の方はもうお父さんのことは忘れたからいいけれど、達夫にとっては一生お父さんであることは変わらないのだから』そんなことを言いながらも母親の笑顔にまだ少し無理な硬さが残っていることの方が気になった。

母親は夫だった男の裏切りを許していないし、今もまだこだわっている――

そう考えたのだが、それが当たっていたのか、相手の方では相当に乗り気だったというのに結局再婚話は流れ、そんな母親への遠慮もあって父親には電話を入れなかった。

父親に再会したのは、大学四年生の就職戦線が始まった春である。達夫が希望していた貿易会社なら父親の友人が今は重役になっているはずだから、一度父親に会ってみたらと母親が自分から言いだしたのだ。思いきって電話を入れ、ぎこちない会話を交わし、その晩銀座のレストランで会った。七年か八年ぶりだったが、少し髪が薄くなり、少し肥り、貫禄がつくと同時に老《ふ》けもしたなという印象以外は格別の感慨も懐かしさもなかった。

その尽力で今の会社に入社でき、その後は年に二、三度会っているのだが、サラリーマンの先輩としてしか見たことはなかったし、それを不自然に思うこともなかった。友人たちの話を聞いても、父親と息子はたとえ一緒に暮らしていてもそんな他人に近い関係しかないようだった。父と母が逆転して、母親に会えないのならもっといろいろな気もちがあっただろうと思いながら、父親のことは無視しつづけてきた。

それなのに去年の秋、子供ができて自分も父親になり、あの女との関係を引きずるようになってから不思議に父親のことを考えるようになった。あの時の門灯の影に消えていった背中が、不意に何か大切な落とし物でもしたかのようにしきりに頭に浮かんでくる……一人の女と何故こんな馬鹿げた関係を続けているのだろうと考えると、その答えとして十三年前、何気なく目におさめただけのあの後ろ姿が浮かんでくる……

大きくため息をつくと、前の女の影が舞いあがった。女が露骨に嫌な顔をしたので、達夫は我に返った。電車はちょうど新宿駅のホームに滑りこもうとしていた。

五分後、ホテルのロビーのエスカレーターで中二階に駆けあがった。腕時計で遅刻が三分で済んだことを確かめ、数秒、立ちどまって息を整えてからレストランに入った。

ウェーターが近づいてきたが、声がかかる前に、達夫は奥の席で一人の男が手をあげるのを見た。達夫はゆっくりとその方へと歩いた。男は達夫に笑いかけ、何かを言おうとして、本当に笑ったかどうかもわからない曖昧な表情のまま、結局何も言わず、目だけで座るように合図した。大学四年の春に何年かぶりで会った時もそうだったし、その後も会うたびにそうだった。会うごとに老けていくが、それだけは変わらなかった。十三年前、家を出ていった夕暮れ時と同じで、突然そこにいる息子が誰なのか巧く思い出せず、とまどっているかのように見えた。今はもう父親ではなくなったから当然だが、あの当時でさえこの人は目の前にいる息子が巧く思い出せなかったのだろう……

だから女のために妻子を棄てられた。無視しながらも、それをどこかで恨んでいたような気もするが、今は少し別の気もちだった。

達夫が座ると「飲むか」と聞き、返事も待たずに、

「ビールでいいな」

と言い、ウェーターを呼んだ。

「子供は？」

料理の注文を終えると、まずそう訊いてきた。結婚式には出なかったが、敦子は一度紹介し

ているし、子供ができてからは二人でその子を見せにもいっている。それ以来、四カ月ぶりだった。

「元気だよ」

「そうか……」

とだけ答え、それから三十分近くはたがいの会社の話になった。今朝は達夫の方から電話をして『ちょっと話があるから』と言ったからわかっているはずだが、何も訊いてこない。むしろ大して意味もない会社の内幕話をあれこれいつもより多弁に喋るのが、達夫の話が自分に不都合であることを悟って、避けているかのようにさえ見えた。

「とはいえ俺ももう定年も間近だし……そろそろ定年以後の仕事を見つけないとな。一人でいても仕事のあるうちはいいんだが」

父親は運ばれてきた肉料理のためにナイフをとりながらひとり言のようにそう呟いた。

その言葉だけではない、いつもより口数が多いが、そのどの言葉もひとり言に似ていた。

「一人でいても——って？」

達夫の質問を無視し、父親は切った肉片を口に運んだ。

「再婚した女性は？——夏江《なつえ》さんとかいう」

それにも答えず、父親は牛が草を食《は》むように口をゆっくりと動かしている。肉片とともに声にはできない言葉を嚙《か》み砕いているかのようだった。

「別れたの？」

長い間をおいてから父親は小さく頷《うなず》いた。

「いつ?」

「再婚して一年ちょっとしか続かなかったからな……お前が就職のことで訪ねてきてくれた時には、とうに別れていた」

「しかし、あの時は……」

あの時は問題の女との再婚は巧くいっているようなことを口にしたはずだった。あの時だけではない、その後も今年まで逢うたびに遠回しではあるが、夫婦仲は順調だという言い方をしてきたはずだった。

「嘘をついただけだ……」

「何故、そんな嘘を」

「その方がお前をこれ以上傷つけずに済むような気がした……」

「どうして」

また肉を嚙みながら「何故だったのかな、ただそう思ったんだ……」ひとり言のように言った。

まだ若い自分が食欲がなくて魚料理を頼んだのに、肥りながらもどこか窶《やつ》れ、隠れた病気でもあるように膚《はだ》もくすんで、いつも以上に老けて見える父親が重そうな肉のかけらを口に運んでいる。その食欲の若さが、頼もしいというよりもこの時の達夫の目にはひどくさびしいものとして映った。いい機会だ、そう思った。

「母さんが、あの頃、花火をやってたこと知ってる？」

そう訊いた。

父親は伏せていた目をちらりとあげ、すぐにまた伏せた。

「あの頃って？」

「父さんが家を出ていくひと月くらい前。母さん、押入れの中を片づけていて、たぶん俺が子供の頃遊んだものだと思うけど、花火が残ってるのを見つけて……庭に下りて火をつけたんだ。夏休みで俺が家にいる時だったな。もうしけってるから無理だよって俺は止めたんだけど、それでも線香花火はヂヂヂ……って接触の悪い電線みたいな音をたててた」

縁側に立ち、庭にうずくまっている母親の背中を見ていたのだから、その音しかわからなかった。真夏の、太陽が上りつめた時刻で建売住宅の箱庭のような庭は、白いコールタールをぶちまけたように光が粘りついていた。そんな中でしけった線香花火の放つ火花がどれだけ母親にも見てとれたのだろうか――

母親は楽しそうな笑い声をあげていたが、ヂヂヂというその接触不良に似た音が母親の背中から響いてくる気がして、思い出すとその時は見なかったはずの母親の、怒りに歪んだ顔が見えてくる。

その時だけではなかった。母親はそれで味でもしめたかのように、わざわざ線香花火を買ってきては、よく庭でそれをやっていた。真っ昼間に……ひと夏の間……父親が出ていくまで。

「昼間の夢って何か変に白いだろう、露出オーバーの写真みたいに。何故あんなことしてたのかわからないし、今では夢か現実かもはっきりとしない記憶だけれど……」

そう言ってから、

「今日は聞きたかったんだ、父さんが母さんと別れた経緯《いきさつ》を」

やっと用意していた言葉を口にし、それに自然に続けて「俺、今、あの頃のあんたみたいに迷っているんだよ」と言った。


「達夫さん、今、お父さんと同じことをしてるんです」

姑が作っておいてくれた夕御飯に箸をつけようとして気がつくと、敦子はそう言っていた。宙に浮いた箸をテーブルにおいて、敦子は逃げるように隣りのリヴィングに行った。

小さなリヴィングの真ん中で、子供は玩具を散らかしながら言葉にはならない声をあげて遊んでいる。意味もなくあたりを片づけると、敦子は震える手で子供を抱きあげた。

一言口にしてしまっただけで、それまで我慢していたものが、タガがはずれたように全身に溢れだした。

「お父さんと同じことって、浮気？」

敷居際に突っ立って姑はそう訊いてきた。

敦子は何も答えず、ソファに座って子供をあやし続けたが、その頑《かたく》なな無言が返答になった。

「やっぱり、そうだったの……」

姑はため息になった。

敦子は顔をあげた。

「知ってたんですか、お義母さん……」

姑は絨毯《じゅうたん》の隅に転がっているガラガラを拾いあげると、正面に座り、それから小さく頷いた。

「さっき電話があったのよ。相手の女から——私はそれで初めて知ったんだけど」

「何て言ったんですか、その女」

姑は言葉を探すように数秒黙っていたが、

「別れる決心をしたからって。もう逢うつもりはないからって……そんなようなこと。だから
ただの悪戯電話かとも思ったのだけれど」

「それだけですか、言ったのは」

「ええ……」

姑が謝罪の電話をかけてきたり、御飯の用意をしておいたり、変に機嫌をとろうとしている
のがおかしいとは感じていた。

「だったら、別れるつもりなんかないわ。あてつけに掛けてきたのよ……本当に別れるつもり
があればわざわざ電話なんか掛けてくるはずないもの」

我慢しようと思いながら、怒りは勝手に喉《のど》をつきあげる。母親の睨《にら》みつけるような目を吸い
ながら、赤ん坊は無心に笑っている。

「その子を向こうへ連れていった方がいいわ。聞いても理解できないだろうけど……何だかそ
の体に一生残るみたいで嫌だわ」

「もう、あるんです、この子の体の中にも……達夫さんが中学のころに聞いたお義母さんの声が、そのままこの子の体の中にも流れこんでるはずだわ」

「――」

「お義母さんだって、今の私と同じように嫌な声を出したんでしょう」

言いがかりのようなその言葉に、姑は唇を噛んで黙っている。敦子は立ちあがり、隣室のベビーサークルに赤ん坊を入れ、しばらくあやしてからリヴィングに戻った。境のドアを少しだけ開けたままにして、

「すみません、つまらないこと言って」

いくらか冷静さをとり戻した声で謝った。

「いいのよ。でも、私は……私たちはあの頃、達夫の耳にだけは入れないように気をつけてたの。だから達夫は私の嫌な声は聞いてないはずだわ……それにお父さんは何も答えない人だったから私もそのうちに何も言わなくなってしまったし、最後の時も話し合いらしい話もせずにあの人黙って出ていったから」

姑は無理な微笑をうっすらと顔に浮かべて言うと、

「いつからなの、その女と達夫は」

と訊いた。

「知りません、私が気づいたのはひと月くらい前だけれど」

「気づいていて達夫に何も問いたださずに来たの、今日まで」

「——」

「どうして言ってくれなかったの」

「私が腹をたてると黙りこむことはお義母さんがよくご存知でしょう。敦子さんは内向的だから却ってやりづらいって、達夫さんにそうおっしゃったんでしょう、いつか」

姑は目を伏せてその言葉を逃げてから、

「違うのよ。何故私に言ってくれなかったかってこと……私だって多少の相談には乗れたと思うけど」

優しい声をかけてきた。その優しさが敦子の神経を逆撫でした。

「だってお義母さんに相談しても答えはわかってるじゃないですか。お義母さんは十何年か前に答えを出してしまってるんですもの。お義父《とう》さんが同じことをした時に……」

駄目だと自分に言い聞かせながらも、今度も怒りは皮肉な言葉となってひとりでに口から流れ出していた。

さすがに姑は顔色を変えた。姑は五十を越した今も人から美人だと言われるほど整った顔だちをしている。だが、眉も鼻すじも唇も、何もかもが薄く細く、無表情になると冷たい顔になる。怒ったのだとはわかったが、その顔に向けて、敦子はさらに、

「お義母さん、十何年前と同じように……昔自分がしたように、私にも夫の浮気は絶対に許してはいけない、子供を引きとって離婚しなさいって、そう答えられるんですか」

もっと意地悪な声をぶつけていた。

「十三年前のあの時の俺と……今度のお前のこととは違うよ」

達夫が今の女との関係を語り終えると、長い間、黙って空になった皿をフォークでつついていた父親は、ウェーターがその皿を運び去ったのを機に、思い出したようにぽつっとそう答えた。

「どこが……」

「あのときお前は、もう中学生になってたし、普通よりしっかりした子供だったし……親の生き方を認められるほど成長してくれていたが、広介君はまだ……」

「同じだよ。俺はしっかりもしていなかったし、認めてもいなかった……あんたたちが勝手にそう考えていただけじゃないか」

そう言ってから自分でも驚くほど意地悪な声になっていることに気づいた。父親であって父親でない、この一人の半端な男のことなど無視していたはずなのに、こんな冷たい声が自分の中に潜んでいたのだろうか。中学二年のあの時から、ずっと……

「そうだな、親の勝手だったんだろうな」

向かい合って座っている、自分から年齢と贅肉《ぜいにく》を引き算しただけのような達夫の顔を、焦点からはずした少し遠い視線で見守ってそう言った。この男にはやはり俺が誰なのかわからないのだ、同じ血をひき、同じことをやっている俺のことがよくわからないのだ——胸の中でもっと意地悪な声でそう呟き、それなのに何故この人に相談なんかをする気になったのか、後悔の声を続けた時である、その男の目尻の皺《しわ》が、不意にかすかな笑みに崩れた。

「いや、そう言ってくれてホッとしたよ、少し……何故だろうな。巧く言えないが、お前が両親の離婚なんか関係ないという顔をしているのが、何かさびしい気がしていたから」

と言い、

「もっともこんな言い方の方が勝手に聞こえるかもしれないが」

今度は小さく笑い声をあげた。

「ただ、やっぱり違う。俺のこととお前のこととは……」

「だから、父さんのことが……あんたのことが、どんなだったのか、それを聞きたいと言ってるんじゃないか」

「それを今さら聞いてどうするんだ。俺があの時選んだ生き方を参考にして、女と別れるか妻子を棄てるかを決めるとでも言うのか」

冗談のような軽い声で言った。達夫は今の女との関係の大筋しか語っていない。妻子を棄てるつもりがないことは話さなかった。離婚するつもりもないのに、何故一人の女にのめりこんでいるのか。自分でも説明のつかない、体の奥底に隠れて自分を操っているものの正体が、同じことをしたこの一人の男に会えばわずかでも見てとれる気がしていた。

「それに、広介君が……子供が成長していて同じことをお前に訊いたとして、お前は答えるのか、正直に全部を」

「——」

「そうだろう、お前ももう浮気ができるほど大人なんだから俺とは関係なく、自分の生き方として決めることなんじゃないか」

もっともな言葉だったが、それがこの男の口から出るのは許せない気がした。諦《あきら》めてはいる。自分は何かの言葉を期待してこの男に会いにきたのだが、この男が絶対にその言葉をくれないことはわかっていた。どんな言葉を期待しているのか、自分でもわからないが、この男が決してそれを口にしないことだけはわかっている。それが出来る男なら十三年前、家を出ていくあの時に口にしていただろう。

それなのに何故会いにきたのか。

達夫の胸は怒りと後悔でささくれだっていて、それは顔にも出たのだが、父親はそんなことなど眼中にないかのように、

「下のバーへ行こうか」

運ばれてきたコーヒーを一口だけ飲んでそう言った。

「俺と母さんがどんな風に別れたか、今さらお前に話しても仕方ないが……別れたあとのことなら少しは参考になるかもしれないから話してもいい」

立ちあがると腕時計を見て「さっき九時だって言ったな。下で女と会うのは……まだ充分時間はある」そうも言った。

光枝が掛け時計で七時十四分という時刻を確かめた時、泣きだした子供をあやしに行った嫁

がその子を抱えて戻ってきた。窓を開け、流れこんできた春の綿のように柔らかな風の中で、子供を揺さぶりながら頑なな背をむけ、夜の庭を見下ろしている。怒りがその肩をひどく角ばって見せた。

あの頃の自分の背中もこんなだったろう、と光枝は思う。赤ん坊のむずかった声に、光枝はまた十三年前の蟬の声が重なって聞こえてくる気がする……あの頃はまだ、隣りに古い邸のような家があって庭は樹で鬱蒼とし、葉の繁りと蟬時雨《しぐれ》が塀のこちら側まで荒波のように押し寄せてきていた。体の芯が石のように固まって、泣きたいのに涙は出なかった。わけもわからず、花火を買ってきては昼間から火をつけていたが、今から思うとあの真夏の光に消えかかっていた花火や蟬時雨は自分の体の中に無理やり押し込めた涙や泣き声だったのかもしれない。

「さっきはあなたたちと私たちの場合は違うと言ったけど……」

光枝の声に嫁はふりむいた。怒りに裏打ちされた石のような無表情は、そのままあの頃の自分の顔だと光枝は思った。

「同じなのかもしれないわね。私たちの方が少し年齢がいってただけのことで……聞きたくないだろうけど聞いてくれる？　あの頃、私がどんな気もちだったか」

嫁がふり向き、かすかだが頷いた。

「私が知った時にはその女との関係はもう二年も経ってたのよ。私ね、許せないと思った。私とあの人は、あの人の方が夢中になって、少し強引に押されて結婚したから……その弱みがあったのか、あの人は私によくしてくれたし、私の方も、だからと言って我儘《わがまま》にふるまうわけではなくそれなりに一生懸命家庭を守ってきたわ。だから裏切られたって気もちが強くて、許せないと思ったけれど……でも、それでもまだ『相手の女とは別れる』と言ったし、腹を立てながらも、もう二度と同じことはくり返さないと約束してくれれば許す気もちはあったの。達夫のこともあったし」

「だったら、何故……」

むずかる赤ん坊を絨毯の上に放し、敦子はソファの隅に腰をおろした。

「私、三人で話し合いたいって言ったのよ。『別れる』って約束しても、あの人がずるずるとそれを言いだせずに先に延ばすことはわかってたから、女の前ではっきりそう言わせるつもりで……わかるでしょう、顔だけじゃなくそういうところまで達夫、似たから。達夫は小学校のころ作文でいつも句読点を忘れてたけど、そういうとこ性格にもあるから」

嫁は「ええ……」と小声で答えた。

「それで女の部屋で会ったのだけれど、おとなしく別れることに同意した女が……最後に一言ぐらい言わせてほしいと思ったんでしょうね、『愛がなくても夫婦って一緒に暮らしたがるんですね。奥さん、今だってご主人のこと愛してなどいないんでしょう』って、愛っていう言葉だけが意味があるみたいに……何がわかるんだろうって思った。たった二年間の女に十七年間の私たちの何がわかるのかって……それで思わずその女に殴《なぐ》りかかろうとしてた……」

「――」

「そうしたらあの人、咄嗟《とっさ》に女を庇《かば》おうとしたのよ。こう、体ごと抱きかかえて……」

これまで記憶から拭い去ろうとしてきたあの一瞬の場面を、こんな風に口に出して思い出してみると十三年経った今も胸には波だつものがある。あの時、剃刀《かみそり》のような薄い刃が撫でるとも切るともつかず、体のどこかを掠《かす》めたような気がした。手をふりあげたまま、不意にぼんやりとして女の肩に食いこんだ夫の手だけを見ていた。こんな細長い枯れ草の根みたいな指をしていたのだろうかとただそんなことだけを考えていた。そのまま何も言わずに部屋を出た。束の間の薄い刃の感触が、やっと痛みになったのは、それから何時間もして夜遅くに帰ってきた夫の靴音が玄関に響いた時だった。

床を這いずりまわっていた孫が、光枝の手のガラガラを見つけて寄ってきた。その孫を宥《なだ》める声で自身を宥め、光枝は「私を止めようとしたのならよかったのよ、私の方へ手を伸ばしてたら……それなのにあの女を庇ったから」落ちつきをとり戻した声で言った。

「終わりだって思ったの。あの時のことは黒い糊で貼りつけたみたいに、頭から剝《は》がれなくなったから」

「今も……ですか」

短くためらってから光枝は頷いた。

「その後、相手の女と結婚してもすぐに別れたというから結果的には勝ったのは私かもしれないけれど、それからもずっとあの一瞬の惨めさだけが残って……」

嫁の怪訝そうな顔に気づいて「あなたや達夫にはまだ、その女と一緒に暮らしているように言ってるらしいけど――」違うのよと首をふった。

「お義父さんとは会ってないんですか。もう、ずっと」

「ええ、離婚後は二回ほど事務的なことで会ったけど、それっきり一度も電話で話したことも……女と結婚したことも別れたことも人づてに聞いただけ」

子供は光枝の手から奪いとった玩具をふり回してひとりで笑っている。それをしばらく無言で見守っていた嫁は、

「どんな女だったんですか、相手の女は」

と訊いてきた。

「それで、どんな女なんだ、相手の女は」

地下のバーのカウンターに並んで座り、二杯目の水割りに口をつけながら、父親はそう訊いてきた。

「行きつけの飲み屋でバイトをしてる女優志願の女だよ……さっき言わなかったかな?」

「それは聞いたが顔とか性格とか……」

「敦子よりは美人だよ。敦子と違って思ってることは……いや、思ってないことまで口に出す。派手で勝気さを露骨に出すんだけど、敦子とは逆に変に芯の脆《もろ》いところがあって」

その言葉を聞いているのかいないのか、父親は少し疲れたような横顔で、水割りを嘗《な》めるように飲んでいる。『そっちの相手の女は?』この一人の男に妻子を棄てさせた女の何も知らずにきたことを思い出し、そう訊こうとしたのだが、それより前に、

「――俺の方は違ってたな」

今度もひとりごとのようにそう言った。

「美人と言うなら、母さんの方がずっと美人だった……性格も反対だったし。母さんは折り目がきちんとしていないと気が済まないところがあって、ズボンにアイロンかける時だってピシッと定規で引っ張ったような折り目にするから、新調のズボンはいてるみたいに脚がいつも緊張してたけれど、あの女のアイロンは折り目っていうより皺だったから。俺の脚はまっすぐ歩くように出来てないから母さんのアイロンかけたズボンはいてると他人のズボンを無理にはいてる気もしてた……あの女は部屋だって散らかし放題だったし。母さんがあの女の部屋にいった時、部屋を見回して嫌な顔したのを憶えてるよ。そういう母さんより、自分に似たその女の方がずっと楽だったんだな」

「だったら何故別れたんだよ」

横顔は沈黙し、やがて、

「結婚してみたら、そういう母さんがいたから別の女がよく見えていただけだとわかったんだ。母さんがいなくなったら、その女の意味も消えて、ただのだらしないだけの女になって……だから別れた。あの女の責任ではなかったからな、悪いことをしたと思ってる」

そう呟いた。

「俺や母さんには――」

悪いとは思っていないのか。そう言おうとしたのだが、思わず荒らげた声にバーテンがふり向いたので、後の声を飲みこんだ。週日の夜のせいか、バーは他に二組しか客がなく、間接照明の淡い灯を壁の大理石はただ静かに受けいれている。飲みこんだ怒声は達夫の腹の中でふつふつと沸騰した。

この男はこういう風に半端に生きてきたんだ。家庭を棄てて一人の女を選びながら、その女さえ選びきれなかった。選ぶというより迷いながらそちらに傾いただけなんだ……

『母さんが別れた理由がわかる気がするよ』意地悪くそんなことを言おうとして開きかけた口を、だが、この時達夫はふっと閉じた。自分が怒っているのはこの男のことではないことに、やっと気づいたのだった。

腹を立てているのはこの男にそっくりな自分に対してだった。家庭も棄てられないまま一人の女とも別れられずにいる自分は、その女にのめりこんでいるというより、ただ弥次郎兵衛のように揺れながらふっとそちらへと傾いているだけだ……

達夫はそれでも、グラスに酒を残したまま飲むのにも飽きたかのように煙草を吸いだした男の横顔を黙って睨みつけていた。無視していたのではなく、あの夕刻から今日までの十三年間ただ忘れていただけの怒りをやっと思い出した気がした。達夫は自分の中にまだ残っているあの夕刻の十四歳の目でその横顔を睨み続けた。だが、胸につきあげてくる怒りをその横顔にぶつけることはできなかった。その横顔を通して見えてくる十三年前の父親の最後の顔や背はそのまま今の自分なのである。

「一つだけ、ずっと訊きたかったことがあるんだ」

達夫は自分でも思いがけない優しい声になってそう言った。

「あの時……十三年前に家を出ていった時、俺の顔を見て何か言おうとしただろう、言おうとしてやめただろう……あの時、何を言おうとしたんだ……」

その声にしばらく薄い煙草の煙だけで答えていた男はその煙と同じ薄い声で、

「そうだったかな……悪いがもう忘れた」

と答えただけだった。

「だったら、それはいいよ……それはもういいけど、さっきの話……女と別れた後に母さんや俺のところへ戻ってもいいという気もちはなかったのか」

「――」

「それぐらいは憶えてるだろう」

達夫がそばにいることなど忘れたように長いこと黙りこくっていた男の横顔は、ため息をつき、小さく舌打ちをすると「答えても仕方がないだろう」と言った。

「だから黙っていただけだ――たとえ俺に戻りたいという気もちがあったとしても母さんが許さなかっただろうから。いや、絶対に許さなかった……それがわかっていたからそういうことは考えないようにしてきたんだ」

そうして吐き出した煙に視線をぼかしながらその横顔は躓《つまず》いたように笑うと「母さん、あのとき受けた傷にもアイロンをかけすぎただろうからな」そうも言った。

「お義母さんは今でも許せずにいるんですか、お義父さんを」

敦子は窓辺にしゃがんで夜の庭を意味もなく見守っている姑の背にもう一度、そう尋ねていた。自分はまだひと月だが、この人は十三年間も一つの傷を引きずってきたのだ、そう思いながら初めて姑ではなく同じ一人の女としてその背を見ている自分に気づいた。

十三年後の自分がそこにうずくまっている気もする……

「そう……だから困ってるのよ。私はどうこう言っても達夫が可愛いし、広介のことだって自分の生命と引換えにしてもいいと思っているし、今度のことはあなたに何とか我慢してもらって一回きりの浮気として許してやってほしいと頼みたいのだけれど――私にだけはそれを頼む権利がないんですものね」

天井の灯が春の夜気を柔かく包みこんだ中で、その背は人型をした化石となって昔の傷を今も生々しく抱えこんでいる。淡々とした声を聞きながら、この少し老けた頑ななさびしい背が十三年後の自分だと改めて胸にそう言い聞かせた。母親の腕の中に戻った子供は、母親の手を玩具のかわりのようにその小さな手でいじって遊んでいる。その子供の顔を見ながら、この時また敦子にはそれが二十数年前のまだ生まれて間もないころの夫だという気もした。

「今だって許せずにいるというのに……まだ、若いあなたにそんなこと……」

背はそう呟き「でも、敦子さん」と呼びかけながらゆっくりとふり返った。

「私があの人を許すって言ったら……十三年前のあの人のこともあの女のことも許すって言ったら、私は頼んでもいいわね」

一言一言を噛み砕き、姑は自分に言い聞かせるように言った。

そう言い、ふたたび椅子の端に腰をおろした姑の顔に敦子は思わず目を釘づけにした。

今の言葉に驚いたというより、姑の目に滲《にじ》んでいる涙に驚いたのだった。姑の顔はいつもと同じ細く鋭くはっきりとした線を保ち、表情の冷たさは変わらないが、その一カ所だけが小さく破れていた。この人も泣くのだ……敦子はぼんやりとそんなことを思った。


黙って煙草を吸い続ける横顔の目がふと涙を滲ませたように見えた。ただ煙がしみただけだったのだろうが、涙を浮かべても不思議のないような淋しい横顔である。細く、脆く、色褪せたその横顔は、バーの照明の淡い灯に何かを大きく削りとられた残りの影にすぎなかった。それが年齢のせいなのか、十三年背負い続けてきたもののせいなのか、達夫にはわからなかった。ただその無言の横顔が、今までこの男が口にしたどの言葉よりも息子の自分に語っている言葉だという気がした。息子──

その横顔を見ながら、この時十三年ぶりに達夫は肩を並べて座った男が自分の父親だったことを思い出していた。あの夕刻から父親ではなくただの一人の男に変わってしまった田島修三という男が──

「敦子さんは何も気づいていないと言ったが、少し甘いんじゃないか。気づいているよ、きっと……あの時の母さんみたいに」

横顔は──田島修三はぽつんと言った。

あの玄関先での父親の顔の裏に、母親の顔が見えてきた。あの時、奥から駆けだしてきて「お父さんを呼びもどして」そう叫ぶように言った母親の顔が。その顔がまた、今の達夫には敦子の顔である。

「八時二十分か」

修三が腕時計を見てそう言った。

壁の時計から視線を嫁の顔へと戻しながら、光枝は頭をさげた。

「私があの人を許すから……許せないあの人を許すから、敦子さん、どうか達夫のことを許してやって。許せることじゃないけど許してやって。あの子はあなたがまだ何も気づいていないと思ってるだろうけど、あなたが今度のことでその子を連れて家を出たら、一生後悔するわ……だから……」

目にまた涙が浮かんだ。体の芯に抱えていた重い石が、この時かすかだが溶けて流れだしたのだった。その涙に、光枝自身が敦子よりとまどっていた。

「何故、そんなことがわかるんですか」

穏やかさをとり戻していた敦子が、腹立ちを思いだしたように唇を歪めて言った。

「わかるわ……だって、あの人も……達夫のお父さんもこの家を出ていった時から、いいえ出ていく前からずっと後悔をし続けてきたんだから」

涙を全身で飲みこみ、光枝は静かな声で言った。

「でも、お義母さんはお義父さんに会ってないんでしょう、もうずっと」

「それでもわかるのよ。私にはわかってたから、あの人がこの家を出ていく時、もう後悔していたことは……それなのに私が許そうとしなかっただけだから」

「違うわ」

きっぱりとしたその声に、光枝はもう一度さげようとした頭をとめた。

「お義母さん、もう許してたのよ。お義父さんのこと……自分でそれを信じようとしなかっただけなんでしょう。お義母さんが何故あんないい再婚の話を断ったのかっていつか達夫さん、不思議そうに言ってたけど……さっきお義父さんが相手の女と結婚してすぐに別れたって聞いて、私、わかったんです。お義母さん、もう許してたんだって……だから自分の再婚も諦めたんだって。許していて、それに自分でも気づこうとしなかっただけだわ」

嫁は睨みつけるほど強く光枝の顔を凝視していたが、光枝が首をふろうとするとそれをとめるように、

「いいじゃないですか、許してたってことでもう……」

そう言い、光枝の目を避けるように視線を折って子供の顔を見ながら「いいんですか、時間。叔母さんのところに出かけるっておっしゃってたでしょう」早口でつけ加えた。

眠りかけた子供にむけた微笑には無理があり、目にはまだ怒りが大きく残っている。だが今の言葉は私にというより自分に向けて言ったのだ……思いがけない嫁の強い声に虚をつかれたように茫然としながらも、光枝はそう胸の中で呟いていた。それから、この人は今から私が出

かけようとしているのが妹のところではないことも知っているのかもしれないと、そしてまた今の嫁の言葉は本当なのかもしれないと。あの時、再婚の話を断ったのは、どこかで、女と別れた夫が戻ってくるかもしれないという気もちがあったからではないのかと。

確かなことは何も言えなかった。嫁の突然の言葉が、ふっと十三年前のあの夏を押し流して夢のような遠いところへと運び去ったような気がし、ぼんやりとした声で、あの日去っていく夫に掛けられなかった声を今夜のうちに息子に掛け、その背をふり返らせなければならない、そう胸に言い聞かせた。

「そうね、もう行かないと……」

とだけ答えて光枝は時計を見た。秒針の動きが不意に慌ただしくなった。

もう一度腕時計を見ると、

「今夜、お前はこのまま帰れよ」

修三はそう言った。

「その代わりに俺が残って女に会っていく」

「俺の代わりに別れ話をしていくというのか。……俺はそんな卑怯《ひきよう》な真似……」

「いや、そうじゃない。お前に別れるつもりがあるなら別の日に会って話をしろ。今夜は帰れよ。俺はただ、一人の女に最後の時に言えなかった言葉をお前の相手の女に代わりに言ってみたい気がしてるだけだ……」

「一人の女って……母さんのことか」

「十三年前の俺の浮気相手だよ。母さんにも何も言わずに別れたが、あの女の時もそうだった。何故か、それがずっと気になっていたから……もうすぐ来るその女に代わりに言いたいんだ」

「何て言うつもりなんだよ」

「それは、まあ、いいじゃないか……」

遊びだった……ただの浮気だった。浮気のまま結婚したから、責任は俺にある。あの時『あんたはまだ奥さんのことが忘れられないのよ』そう言って部屋をとび出していった女の背に言おうとして言えなかった言葉を何故か、一度も会ったことのない一人の女に言いたかった。あの時はっきりとそう言ってやった方があの女のためには却ってよかっただろうに、それを逃げた……

あの女だけではなく光枝やこの息子にも言わずにきた言葉がある。それを全部話してみたかった。『息子と別れてやってくれ』と言うつもりはなかった。ただ十三年の一人の男の後悔をありのままに全部その女に話してみたかった。息子から「浮気をしている」という言葉を聞いた時から、何故か十三年間の縒《よ》れた皺を細い折り目に直してみたい気がしている……

「もしかしたら来ないかもしれないから、三十分待って来なければ帰れよ。それ以上は遅刻したことないヤツだから」

長いこと黙っていた達夫はやがて、そう言うと「石上ユキ子と言うんだ。むこうの方で目を止めてくるよ。こんなに似てれば」と言って立ちあがった。

息子とは言えない息子はまだそれでも迷いを残してそこに突っ立っていた。修三はふり向き、ちらりとその顔を見た。改めてずいぶんと大きくなったと感じたが、自分を見返した目だけは十三年前と同じだった。あの夕刻の玄関先で突っ立っていた学生帽の下の目。あの時と同じように何かを言わなければと思い開きかけた口を、だがすぐに曖昧に閉じて目をその顔から逸《そ》らした。あの頃だってもう自分の背丈に迫ろうとしていた一人の若者は既に息子とは言えない息子だったのだ。

「こちらのぶん片づけてもよろしいですか」

達夫が立ち去ると、バーテンがそう声をかけてきた。

「三十分もしたらまたもう一人来るかもしれないから」

そう答えるともう一杯水割りを頼み、新しい煙草に火をつけ、薄い灯に漂った煙の中で、一人の女を待った。

騒がしいラヴソング

「恋の歌なんだろ、もうちょっと静かに歌えよ」

柳仔《ラウチャイ》がステージにむけて歌手よりももっと騒がしい声でそう言ったのが、小説で言ったら第一行にでもなるのかな。こんな馬鹿馬鹿しい話が小説になるかどうかわかんないけど、こうして全部が終わってみると俺だって、「恋の話なんだろ？　もうちょっと静かにやれなかったのか」って叫びたい気分だもの……俺と柳仔がそのライヴハウスで一分後俺たちの前に登場する娘に一目惚れしたのはいいけれど、その娘は他の男を愛してて、その男がまた別のヤツに恋しちゃって……と、まあその程度のことなら珍しい話でもないけど、みんなが本音を隠して嘘ばっかり喋《しゃべ》りまくってたから、本当の恋物語の上にもう一重、いや、二重にも三重にも嘘のラヴストーリーが進行して……そのうちにこんがらがって、みんな自分の気もちさえわからなくなって、そのぶんいっそう大声で嘘を叫ばなくちゃいけなくなって……というお粗末だったよ。

そりゃあ、恋したらそう素直になれなくて、あれこれ本心とは正反対の言葉ばっかりわめきたてるというのは、いつの時代もどこの世界でも同じだよ。つまり東京でも香港でも、こと『男と女』に関するかぎり、似たようなことしてるってこと……たまたま俺が勤め先の旅行会社から香港に飛ばされて三年目に出逢った話だから、主人公が三人とも香港人だったけれど、今、この東京で起こったたって別に不思議じゃない話さ……なんて、俺もまだ三十になったばかりなのに、きいた風な言い方をしちゃって。おまけに俺、恋らしい恋なんてこの歳まで一度もしてないし……傷つかない程度の片思いなら何度かしたことあるけれど、本当にその程度のウブだから、『恋』をどうのこうの言う資格はないよ。その話でも俺はあくまで脇役……恋心というのも一応抱いてたけど、その一かけらも口に出さないまま体の中で萎んじゃったよ。俺が香港でやってたガイドの仕事と同じで、バスの外に流れるドラマを窓のこっちから、時々解説をくわえながら観光してただけ……え？　それも嘘じゃないかって……まだ何の話もしてないうちから、決めつけるなよ。ともかく話させてくれ。一分後の話をするのに、こんなに時間がかかっちゃったじゃないか。

柳仔は、自分のカン高い声がライヴハウスを埋めつくした若者たちの熱狂に、いとも簡単に飲みこまれてしまうと、ムッとした顔でステージにそっぽをむき……その偶然の視線で、壁際のテーブル席に恋人らしい男とむかいあって座り楽しそうに笑っている一人の娘を見つけ、俺も何となくつきあうようにそっちの方を見てると……一分後、うるさい歌がいよいよクライマックスにのぼりつめ俺まで耳をふさぎたくなった瞬間、彼女が不意に立ちあがって、まっすぐ俺たちの方に歩いてきた。そうして気安く笑いかけながら「退屈してるみたいね、出ようか」と言ったんだ。

俺と柳仔は顔を見合わせ、たがいの目をさぐった。俺は柳仔の——柳仔の方は俺の『知り合

い』かと考えたんだ。もちろんノーだったから、二人同時に首をふってキョトンとその娘を見守ると、

「私のこと知らないの？　先週から恋人だったのに」

冗談のような微笑でそう言って、両手で俺たちの腕を引っ張ってそのまま、凄腕の女刑事がこそ泥を二人連行するみたいに出口の方へ大股で歩きだした。ミニスカートから柔らかいコンパスみたいに流れだした脚と、その脚を縮小したみたいな高いヒールとで床を蹴ってね。——けど外に出ると同時に、「ありがとう、もういいわ」って二人の腕をふり払うみたいに棄て、地上への階段を逃げるように駆け上がりだし……でも、すぐにその足が止まった。

黒いエナメルのヒールがゆっくりと階段を一段下りて、

「それとも今夜つきあう？」

と訊いてきた。

「当たり前だ。先週から恋人だろ？」

柳仔が、怒るとキーンと高くなる声で、さっきのブーイングそっくりに言ったけど、目は半分笑っていて、先週どころか去年あたりからもう恋人同士だったみたいに娘となれ合ってた。娘の方もその視線に自分の目の微笑を結びつけながら、「そうね」と答えて……何だか俺一人がわけのわかんないまま、そこに突っ立ってた感じ。俺も広東語はまずまずになってたから、それまで娘が口にした短い言葉くらいは全部聞きとれたんだけど、日本人の俺には絶対伝わらないニュアンスを同じ香港人だと体で感じとれるのか、柳仔は、出逢ったばかりの娘がこんな

唐突な行動に出た理由ももう飲みこんでるように見えた。

「さっき一緒だった男と、別れ話してたのよ。私の方は別れたいのにむこうはしつこく首をふるから、私、面倒になって、『先週から別の恋人ができて、ほら、そこで歌聞きながら待ってるから』って嘘をついたの」

笑い話のように楽しそうに娘がそう説明したのにも、柳仔は「わかってる、わかってる」軽くふった手で説明なんか要らないよと告げていた。

娘のその言葉は理解できたんだが、娘が思いだしたみたいに俺の頭へと視線を泳がせて、「あんた、日本人でしょ?」と訊き、そのあと早口で続けた言葉は聞きとれなかった。俺の困った顔を見て、柳仔はすかさず、その娘の言葉をもう一度ゆっくりとくり返してくれた。柳仔は俺より一つ年下だけれど、俺が通っていた広東語学校の先生で、友達になってしょっちゅう遊び歩くようになってからも、俺が言葉で困るとすぐに先生の顔を思いだしてくれるんだ。

「こう言ったんだよ——店の中に残してきた男は日本からきたビジネスマンで、二人とも下手な英語で喋ってたから、私の別れの言葉が巧く伝わったかどうか心配だ、『あなたにもう飽きた。さようなら』って言ってきてくれ——ってね」

日本語がカタコトしか駄目な柳仔は『さようなら』だけを日本語で言い、俺が頷くのを待って、「すぐそこの……いつものパブに先に行ってる」と言い、彼女の肩に手を伸ばした。

俺は頼まれたとおり店内に戻った。騒々しい歌は終わっていて、ステージにはスチールギターだけが残っていた。最近香港ではやっている中近東風の哀調いっぱいのメロディが響きわたる中で、所在なげに煙草《たばこ》を喫っていたその男は、近づいてきた俺をちらりと見ると、眼鏡をずりあげるかわりに気弱そうに目を伏せた。着ている紺のスーツや背格好、何もかもが日本のビジネスマンの標準サイズだった。

「彼女が君にもう飽きたからさようならと伝えてくれと言うから——日本人だから通訳を頼まれたんだ」

俺の言葉に、目をビールの残ったグラスへと伏せたまま、「事情を説明してくれないか」と男は言ってきた。たぶん俺と同年齢の男だったろう……声は俺より落ちついてたんだ。

「事情は彼女から聞いたろう」

「いや……彼女は立ちあがる直前まで僕と結婚して東京へいきたいと言ってた。機嫌良く笑って……なのに一瞬後に先週からできた恋人がそこで待ってるからって言いだして」

「一瞬の気もちまでは通訳できないよ」

俺はそう言い、すぐにテーブルを離れようとして、思い直し、こう訊いていた。

「彼女とは何回寝た?」

男はやっと目をあげ、しばらく薄笑いの目で俺を見たあと「それはユンリンに聞けよ」と言った。

「ユンリンって?」

「彼女の名前だ。知らないのか?」

俺は黙っていた。嘘に気づいたのか、男は薄笑いに蔑みを混ぜたよ。

「こっちにも質問がある。どっちなんだ……彼女の新しい恋人は？　君とあの香港青年の」

そう訊いてきた。俺はまだ黙っていた。その日本人の薄笑いは、『まさか、お前の方じゃないだろ？　あっちの香港人の方はなかなかいい男だからな』という意味だったから。それが少し頭にきたのかな、

「インフェイっていうんだ」

気がつくとそう言っていた。「彼女の本当の名前。最初から棄てるつもりの男には本当の名前を教えないんだ」

けど、俺が意地で嘘をついたことは簡単に見破られちゃったみたい、男は標準サイズの唇の端から息みたいに薄っぺらな笑い声を棄てた。

「ともかく気をつけた方がいい。あの女は娼婦より汚ないから。ただの何人目かの男にされる……さっきのできごとはひと月前、最終の二階建てバスの中でも起こったことなんだ」

だったら俺に事情なんか訊くなよ――。だが胸にわいたその言葉は口にせず、俺は黙って店を出た。静かだった曲がいつの間にかまた騒がしくなっていて、ドアの外にまで響いていた。そのせいか誰もいない階段が、ただのさびしいコンクリートに見えたな。吉祥寺《きちじょうじ》や新宿《しんじゅく》裏にでもありそうなライヴハウスの薄暗い階段で、東京にいるような錯覚さえ与えてくる場所だったのに、なぜかその階段の下に突っ立ち、俺は自分が見知らぬ遠い外国の町にいるような気がしていた。三年間で初めてね。俺はそれまで、香港という町を横浜の中華街ぐらいにしか考えてなかったんだ。東京からすぐ行ける、ちょっとアメリカナイズされた中国人の町――というぐ

らいにしか。柳仔という、東京でもなかなか手に入らないような朋友もいたしな。……ああ、言い忘れてたが、柳仔の正確な名前は『張清柳《チヨン・チンラウ》』で、『仔』は親しい相手を呼ぶ時につける字なんだ。日本で言ったら『柳チャン』とか『柳クン』ってとこ。広東語の学校に通いだして半月後には、もうあいつのことをそう呼ぶようになってた。三年が過ぎようとして、俺はその階段の下でふっと『柳仔』がまた『張清柳』に戻って、俺を香港とは無関係な一人の日本人としてそこに置き去りにしていったような気がしたんだ。いや、それとも突然登場した一人の女が――だろうか。俺は彼女が俺のすぐそばに近づいてくる前に、すでに一分間の視線で今まで一度も経験しなかったようなものすごい一目惚れをしてしまったんだが、そう……彼女は俺に近づいてきたわけじゃなく、俺の『すぐそば』の男に近づいてきたのだし、小さな顔に似合った黒い真珠のような目は、俺の視線には一度も応《こた》えず、その男の視線に応えるのに夢中だったのだから。あの日本人ビジネスマンのことは口実で、俺のことをただ厄介払いしたくて店の中へ戻らせたのかもしれない――いじけて、そんなことまで考えながら、やっと階段を上がったんだが、二分後にはそれも考えすぎらしいとわかったよ。

俺が無表情で武装するみたいにそのパブのドアを押し開けると、一番奥のテーブルを囲んでいた二人は同時に大げさなほど高く手をあげて、顔いっぱいに微笑を広げて俺を呼んだんだ。

小柄だったけど、顔が果実みたいに小さくてすらりと高く見えた。薄い口紅をつけて、眉をちょっと描いてたかな……ほとんどスッピンで、日本人みたいに小作りでさびしい目鼻立ちだったけど、微笑むと、顔が別人みたいに華やかになるんだ。香港の夕暮れどきにいっせいにネオンが灯るみたいにね。微笑が自分の一番の化粧だってことをよく知ってるみたいだった、最初に俺たちの方に近づいてきた時と同じ、小さな顔からはみだすようなその微笑で、つまらない話にも声をあげて楽しそうに笑った。テーブルの上にそっとおいた時の手は静かだけれど、肩まで流れ落ちた髪をかきあげたり、意味もなく爪を嚙んだり、ちょっとでも動くと細い、静かすぎる指や透明な爪がマニキュアより豪華に色づいていた。三人でテーブルを囲んでずいぶん経ってから、俺が思いだしたように名前を訊くと、指を俺の手の甲に走らせて『葉蓉玲《イ・ユンリン》』と書いた。

もともとは台湾の生まれだって聞いた。十三の年に両親を亡くして、その後、貿易会社に勤めている兄に育てられたが、三年前に兄さんが転勤になったので、それにくっついて香港にやってきたって。——と言っても、死んだ父親がもともとは広東省の出だから、子供の頃から広東語も喋っていたし、この町も半分は故郷みたいなものだ、ともね。香港に来てからずっと、美容師を目ざしてセントラルの大きなヘアサロンで、日本で言う見習いみたいなことをしてるらしくて、「あんたたち二人とも、髪の毛、もうちょっと変えた方がいい顔になるよ」指を鋏にして、柳仔の額に垂れ落ちた髪を切る真似をしてみせ、次に俺の七三分けの髪を、カールするみたいに指にくるくるっと巻きつけて、本当に楽しそうに笑った。

その最初の晩からすでに彼女はもう嘘に嘘を重ねていて、楽しそうな笑い声なんか、今から思うと一番卑怯な嘘だったのかもしれないけど、経歴や仕事のことなんかは本当だった。

「私、飽きっぽいのかな。十八で最初の男友達を作ってから今日まで四年間に何人の男とつきあったんだろう？」

自分から正直にそんなことも言いだしたしね。『汚ない娼婦』と言うのは、棄てられた男の腹いせだったんだろうと思ったな。今の東京にならいっぱいいる、自由でちょっとわがままな娘って感じで、俺はむしろそんな率直な言い方にちょっと感動したんだ。ただ柳仔の方は気にした様子で、顔から微笑を消すと、「何人？」って訊いた。

彼女は何も答えず、俺が手にしていたマッチ箱をとると、一本ずつ火をつけては灰皿に投げ捨てていった。『一人、二人……』と数えるみたいにね。

「十三人！」

柳仔がおどけた顔で驚いてみせたが、彼女はそれを無視して箱に残った最後の一本を眺め、しばらくためらうような表情を見せていたけど、やがて思い切ったようにその一本にも火をつけて棄てた。その火も他と同じように燃えあがる余裕もなく、すぐに小さく萎んで、消えた。

「今のが、さっきの日本人？」

俺がそう訊いた。酒を飲みながら喋りだしてすでに一時間が過ぎたのに、彼女はあの日本人ビジネスマンが彼女の伝えさせた言葉にどんな反応を見せたか、聞こうともしなかったのだ。彼女は……ユンリンは首をふり、何となくシラけていた俺の顔と、おどけた表情が顔に凍りついてしまったような柳仔の顔とを交互に眺めながら「二人とも馬鹿な顔しないで。マッチより意味のないただの友達ばかりで、恋人は一人もいなかったんだから」そう言って肩をそびやか

して笑い、

「飲もうよ。心配しないで。お金はいっぱいもってるから私のおごりよ」

俺たちの空っぽのグラスを、マラカスみたいに揺すりながら高くかかげて、店員を呼んだ。

事実、薄っぺらな布製の財布とは不釣り合いな大金をもっていて、その晩俺たちにいろんなものを奢ってくれた。佐敦《ジョーダン》のそのパブを閉店時刻になって追い出されると、近くの、香港でも最高級のホテルのバーに行って、一番高いウィスキーを俺たちに飲ませたし、そのあとタクシーで旺角《モンコク》に行き、まだやっている夜店で二人に帽子を買ってくれた。野球帽に似た廂のついた、色違いのお揃いのヤツ。俺たちが照れて遠慮したのに、無理やりそれを押しつけてきて、「顔も体も正反対なのに、同じ帽子をかぶると双子になるね」と言って、餌を見つけた猫みたいに眸《ひとみ》を輝かせた。

実際、その晩を思いだすと、豪華で可憐で気ままな野良猫に、大の男二人がひきずりまわされて、香港中を駆けまわったという感じだな。大の男といっても、柳仔の方はちょうどユンリンと釣り合って低めの背格好だし、俺の方はこんな風に意味もなく背だけが伸びてしまったモヤシだけど……ホント、小さな牝猫の気ままに引っ張りまわされて、夜明け近くまで駆けまわったよ。よく飲み、よく食べ、よく喋り、よく笑った。不夜城の香港にも深夜二時をまわれば、暗い夜が訪れる。旺角の露店で腹いっぱい食べた頃には、もうほとんど街の灯は消えていたけれど、彼女の目はいよいよ輝きを増して、コンビニに入って缶ビールを何本も買いこむと、街角に座りこんで路上で、パーティを始めたんだ。その頃には俺ももう二人の邪魔者だというイジけた気もちは完全になくなっていて、三人でカップルみたいないい感じになってた。彼女は俺が二人の速すぎる広東語のやりとりについていけなくなると、スピードを落として単語の意味を説明したり、俺が仲間はずれにならないようケッコウ気遣いを見せたし、柳仔も、俺が二人に遠慮して一人だけ先に帰ろうとすると、「あんなスゴイ娘を俺一人に任せるのか」って、本気としか思えない怒り方をしたんだ。そうして、その路上にも仲よく三人で座りこんで、また意味のないことを喋りながら、笑い転げていた時だった。「私、母さんから教わった日本の歌を知ってるわよ」と言って、『里の秋』だったかな、日本の童謡を意外にハスキーな声で口ずさみながら、膝を抱えこんでいた両手を不意に俺たちの首すじへと伸ばしてきたんだ。

指はまた突然色づいて、俺と柳仔の肩から腕へとゆっくりと滑り落ちた。愛撫でもするみたいに……右手と左手でそれぞれ俺たちの体をさぐり、どっちの体の方がいいか比べるみたいに。成熟しすぎたような声を伴奏に、小粒な目は、初めての危ない光をきらめかせていた。俺は……たぶん柳仔も……熱くなった体で凍りつくような、変な緊張の仕方をした。けど、その後また彼女は突然歌声を切り、「これなら合格ね、ちょっとつきあって」と言って立ちあがったんだ。通りがかったタクシーを停め、俺たちを押し込み、運転手に、『サーティン』と命令するみたいな声で言った。沙田《サーティン》は郊外の競馬場で有名なところだよ。

もちろん競馬場じゃなくて……どこに行ったと思う?

俺だって、タクシーが深夜の町を突っ切り、二、三十分もして沙田の競馬場が車窓をかすめた時にも、まだどこに行くかわからなかったんだ。何度訊いても彼女は無視し、最近勤め先の美容院にやってきた人気歌手の話に夢中だった。やがて並木道に沿って古い煉瓦塀が流れだし、彼女がそこで「停めて」と言った時もわからなかった——塀の一隅に、煉瓦が崩れて人ひとりが何とか通り抜けられる穴があいてたんだが、その穴を先にくぐりぬけた彼女が俺たちに、「早く」と手招きした時も。

中は、三階建ての建物の裏手になった庭らしかった。そんなわけのわからない場所に理由もわからないまま俺が忍びこんだのは、酔って冒険心がわきはじめたというより、その頃はもう完全に野良猫のペースにはまってたからだ。それでも彼女が年齢不相応にもってる大金を思いだすと、そこが富豪の邸宅で、盗みでも手伝わされるんじゃないかと心配したんだが、静まりかえった闇の中で俺の心臓の音でも聞いたみたいに彼女は、「心配ないわ、ここはただの病院。私は深夜の見舞いにきただけよ」と言ったんだ。

二階にずらりと並んだ窓の、一つにだけ、薄く明かりが灯っていた。

「やっぱり、もう起きてる」

そう呟《つぶや》いてその真下に立ち、さっきとは違って荒っぽく俺たちの肩をつかむと、「二人とも力はなさそうだけど肩だけは案外、頑丈だから」そうも言った。俺たちに肩車をさせるつもりだったわけさ。まず柳仔の肩に片足をかけ、ちょうど階段の一段ほど差がある俺の肩にもう一方の足をかけ、ホント、野良猫みたいに両手を前足にして煉瓦の壁を這いあがり、何とか窓枠の上に顔を伸ばすと、手で窓ガラスを叩いた。

すぐに窓は開き、男が顔を覗《のぞ》かせて、「どうしたんだ」心配そうな声をかけてきた。

「三時ごろに目が覚めてしまうって言ってたから、面会に来たのよ——お土産」

彼女は片手にもっていた缶ビールの残りが入った袋を渡し、そのついでに俺がかぶっていた帽子を器用に体をかがめてつかみとり、パジャマ姿の男の頭にかぶせて笑い声をあげた。

「誰だ……この二人は？」

窓から身を乗り出し、彼女の足もとに並んだ俺たちの顔を見おろして、男は叱りつけるようにそう訊いた。「先週知り合った新しい友達」と彼女は答えた。

男は小声で『歓迎你哋嚟《ファンインネイディライ》』——つまり『二人ともよく来てくれた』と言い、その後すぐに『と言えるような訪問じゃないな』と声に苦笑を混ぜた。男の方では窓の灯を浴びた俺たちの顔が見えたはずだが、俺たちには逆光になった男の顔はよくわからず、何とかわかったのは逆五角形のように顎が張っていることだけだった。男は、こんな深夜の突拍子もない訪問をたしなめようとしたが、その前に突然夜を破って犬の吠え声が聞こえ、誰かが体のバランスを崩して、三人一緒に悲鳴をあげて草の上に倒れこんだ。「大丈夫か」男が声をかけてきたが、それに答える余裕はなかった。方々の窓に灯がともり、犬の鳴き声はさらに高まり……ユンリンは脱ぎ捨てたヒールを拾って、それを窓の男の影にむけて振り、裸足のまま一目散に逃げだし、俺たちもその後を追った。次の日、目をさましてからその時のことを思いだすと、何か楽しい悪夢でも見たとしか思えなかったんだが……その明るい陰画みたいな悪夢のクライマックスは、実はそれから二十分後に起こったんだ。

体が長いぶん、塀の穴を抜けるのに時間のかかった俺は、病院の外に待たせてあったタクシーに一番最後に乗りこんで、まだ荒い息のまま「今の男は誰……」とユンリンに訊いた。

「その話今はしたくないの。それよりもう夜明けも近いから、この車でサムスイポまで送って私も帰る」

ユンリンはヒールを履くために足もとへと屈みこみ、髪に横顔を隠してそう言った。柳仔の部屋も俺の部屋もともに町中だから、郊外に住むという彼女は俺たちを送っていくとなるとかなりの遠回りをすることになる。「それは悪いよ」と俺が言うと、ユンリンは横顔を隠した髪をゆらしながら「いいのよ、まだ財布にはお金がいっぱい……」と答え——二十分後深水埗《サムスイポ》の地下鉄の入口近くに車は停まり、まず俺が降りたんだ。

当然、一緒に降りるものと思っていた柳仔は、車の中から、ただ黙って俺を見つめた。唇をちょっと捩ったが、笑うのにしくじったらしく、そのまま無表情に俺を見つづけた。その代りにユンリンが彼の肩に顔を乗せて微笑み、人形のように動かない彼の手をとり、俺にむけて振らせた。ユンリンの手が操り人形の手に『再見《チヨイキン》』の言葉を伝えさせたかのようだった。ドアが閉まり、走りだした車の後ろの窓から、ユンリンは今度は自分の手で『再見』を告げた。

——別に、俺は大して傷つかなかったよ。今度こそ本当に二人が、日本人の俺を香港の夜明けの街角に見捨てて行ってしまったのにね。その一瞬自分が負うことになる大きすぎる傷を予感して、あのライヴハウスの階段の下で痛みの前払いでもしておいたような気分だったな。無性に眠くて、俺は走りだした車の後ろの窓に貼りついたユンリンの微笑に自分から背をむけて歩きだし、街灯が歩道に無意味なほど長く伸ばした影を踏みながら、ただ……この高すぎる背は、今度もまた自分の抱いた夢をはみだしてしまった、なんて考えていた。

翌日、仕事がオフで昼すぎまで寝ているところへ、柳仔は電話をかけてきた。

「今、どこ?」

「学校で働いてるよ。あれから一睡もせずに……声が疲れてるだろ」

「ああ、ちょっとね」

気まずい沈黙が続き「昨日は悪かった……いや、今朝かな」かすれた声が唐突に言った。

「別に。最初から彼女の部屋に行くつもりだったのなら、わざわざ俺を送らなくてもよかったのに」

「ユンリンがそうしたいって言ったんだ。君があのパブへ来る前に、『俺たちのどっちが先週からの恋人なんだ?』って訊いたら、俺の方だってはっきりと答えたから。俺はじゃあ、君をすっぽかしてこのままどっかへ行こうと言ったんだけど、君に悪いから、夜明けまでは三人でいようって……彼女がね」

「だから……俺に悪いことなんか、何もないよ」

「そうだね」と素直に答えた柳仔に俺はただ、

「あの病院の男は誰だったの?」

とだけ訊いた。

「彼女の兄さんだってさ。先月、三十六歳になった誕生日の晩に倒れて……『三十六年が兄さんの人生になった』って言った」

「命が一年、もたないって意味か？」

「ああ。病名を教えてもらったけど、難しい名前だったから忘れた」

「そうか……他に用は？」

「悪いが、明後日一緒に行くことになってたコンサートの切符、彼女と行きたいから君のぶん譲ってくれないか」

「いいよ。俺はどのみち急な仕事が入って行けなくなったから……夕方、とりに来いよ」

「いや、今夜は彼女とまた兄さんの見舞いにいくことになってるから。今度は正式に玄関からね……」

「じゃあ、昼御飯を食べに出るついでに、学校へ寄って事務室に預けておく。しばらく忙しいから学校を休む届けも出したいし」

「そうか……悪いな」

「悪くないと言ってるだろ」

たがいに「じゃあ、また」と言って電話を切ったが、しばらく再見の日がないことはわかっていた。疲れた声は無表情で、別れ際の顔を思いださせ、そんな他人のような柳仔とつきあう必要はないと思っていたんだ。俺の知ってる柳仔は、学校の中でも外でも、子供のように感情をそのまま顔や声に出す男で……童顔で笑ったり、少年の拗ねた顔で怒ったり、喜怒哀楽の忙しい男で、あんなスターのブロマイドみたいな、やたら二枚目なところばっかしが目立つ無表情な男じゃないんだ。そう……裏切りというと大げさだけど、二人が俺を裏切ったみたいなあの瞬間、俺は、顔から感情が消えるとこの香港の若者はこんなちゃんとした二枚目なんだと、初めて知ったみたいに驚いて、たぶんユンリンは俺とは正反対の柳仔の顔に目を奪われたんだろうと思い……それからまた、あの日本人ビジネスマンより二枚目のぶん、ユンリンが柳仔を棄てるまでには時間がかかるかもしれないな、と感じてもいたんだ。

それが俺があまり傷つかずに済んだ理由だったよ。俺はユンリンがあのパブで最後に火をつけて棄てたマッチ棒の一本は、一時間前に恋人として選んだばかりの柳仔のことなんじゃないか、と想像してたんだ。ユンリンのことをあのビジネスマンが言ったような『汚ない娼婦』だなどとは思っていなかったけど、自由すぎる野良猫に柳仔がもてあそばれて棄てられることはわかってたんだ。ユンリンは俺の知ってるかぎり、柳仔が初めてマジメに惚れた相手だってことも、たった一晩で俺にはわかってた。柳仔は実際、日本の小学校なんかにもよくいる思春期にちょっと足を踏み入れた悪ガキで、異性をからかったりするのは得意だけど、結局は男友達とわいわい騒いでる方がずっと楽しいっていう少年だったんだ。二十九にもなってね。ああ、それまでも女とはいろいろつきあってたけど、どっか深入りを避けてるところがあって……そんなヤツと、ヒールとり換えるみたいに男をとり換えてる女との勝負は目に見えてたんだ。二十歳の女が三十近い男より体も心もずっと成熟してるというのは、最近の日本も香港も同じだから。——もちろん、二人の関係を妬いてそんなことを言うわけじゃないよ。電話を切ってから改めて前夜のことを思いだして、そう感じたんだ。本当だよ。その証拠に、それから間もなく予想よりずっと早く……俺のカンどおりになったんだから。

俺の部屋に寄るのは明らかに避けていたが、それからも三、四度柳仔は電話をかけてきて、『ユンリンとはとても巧くいってて、毎晩逢ってて、電撃的だけど結婚のことも考えてるんだ』そのたびにそんなことを言った。

相変わらず疲れたような無表情な声を聞いてると、それも言葉だけの空元気で、逆に早くもユンリンに飽きられて焦りが出ているんじゃないかと思えた。そのカンも当たったよ。一週間後にはユンリンが電話をかけてきて、「柳仔のことで困ってるからちょっと話を聞いてほしい」と言ってきたんだ。どうやら、柳仔は学校の仕事もサボって、彼女につきまとっているらしくて、短い電話のうちに彼女は何度もため息をついたけれど、それは柳仔が自分の気もちを乱暴なほどストレートにぶつけてくるんで、今日まで息をつく暇もなかったとでも言っているように聞こえた。——ああ、最初の晩と同じライヴハウスを指定してきたから、翌日の晩行ってみたんだが……話は聞かされなくて、その代わりに意外なものを見させられた。

前と同じテーブルで、ユンリンは前より華やかな服を着て前より楽しそうな笑い声をあげてた。前の男とは違う、香港の青年とね。いや、意外でも何でもなかったんだ。彼女は俺を見つけると、すぐに飛んできて、「ごめんね、私、別の約束があったこと一時間前に思いだして……部屋に電話をしたんだけど、もう出た後だったみたい。重要な相手なの。また改めて電話するから、今夜は何か飲んでステージを楽しんでって。私のおごり」って言った時からわかってた。それが俺に聞かせたかった話だってね——正確には、俺の口から柳仔に聞かせたかった話なんだって。

あのビジネスマンよりもずっと早く、たった一週間で飽きちゃったんだよ。それっきりユンリンが俺の方なんかふり返ろうともせず、新しい相手と夢中で喋っていたので、俺はすぐに店を出た。野良猫のやり方にはもう慣れてしまってたから、別に腹も立てなかったし、馬鹿馬鹿しいから柳仔にも自分の方から連絡をしなかったんだが、二、三日後に柳仔から電話がかかってきて、「どうして言わなかったんだよ、俺に何も」突然そう怒鳴るんだ……案の定、ユンリンは俺の口から新しい男の話がもう伝わってると考えて、それを前提に柳仔に突然、

「ごめん。でもあなたの日本人の友達が見た男は、ただの私の仕事仲間なのよ」

そう言いだして柳仔を仰天させたんだ。『仕事仲間』という言葉なんか柳仔が絶対に信用しないことを承知の上でね。俺が何も喋ってなかったと知って、ユンリンもちょっとは驚いたろうけど——まあ、結果としてはユンリンの、自分の心変わりを柳仔に遠回しにほのめかすという小細工は成功したんだ。

「どうしてなんだよ。俺への仕返しなのか……それとも、俺が傷つくとでも心配したのか。君が見た男は本当にただの彼女の仕事仲間なんだよ。彼女がそう言うからそうなんだ。それを変に勘繰って俺に隠したりするから、ややこしくなるんだ」

そう怒り続けて、あげくは「どうして黙ってるんだ。俺とはもう喋りたくないと言うのか」とまで八つ当たりして……その声こそあの鋭い爪をもった野良猫の思いどおりだったわけだ。

俺が、

「いや、今日、客の一人に香港人がいて、俺の広東語は下手だって言うから……嘘を言ってるように聞こえるって言うから、黙ってるだけだ。君に何を言っても嘘だと聞こえそうだし」

そう答えると、「何を言ってるんだ。俺が教えた広東語だからそんなに巧いんじゃないか」

むしろ、嘘を言ってても本当のように聞こえるよ、君の広東語は」と怒鳴ってガチャンと電話を切ったな。その日の午後、香港に長年住んでながらまだ香港の町をよく知らないからという変な現地人が、団体客と一緒にバスに乗りこんできたのは事実だ。俺が気を遣っていろいろと広東語で話しかけてやったのに、日本人に敵意でもあるのか、降り際に意地悪い声でそう叱りつけてきたんだ。「君の広東語で説明されると、香港の町まで嘘に見えてくる」と——。そのことにショックを受けてたのは本当だけど、俺が柳仔に何も答えなかったのは、受話器に向けてただニヤニヤしてたからだよ。

俺は何日かぶりに本当に怒った柳仔の声を聞きながら、もう俺の知ってる柳仔が戻ろうとしてるのに何かホッとしてたし……翌々日だったかな、深夜にドアが乱暴に叩かれて、俺がベッドの上に起きあがる前に勝手に錠をあけて押し入ってきた柳仔が、

「君に会いにきたんじゃないからな。あいつがこの部屋に一時に待ってれば電話を入れるって言うから来ただけだ」

と酔いつぶれる寸前の最後の爆発みたいな声で怒鳴り、「灯をつけるな。この部屋のことは俺の部屋よりも詳しいから闇の中でもわかる」とさらに怒鳴った時にも、何か……小さくだけど安堵のため息をついた。

電話はすぐにかかってきた。手さぐりで受話器をとった柳仔は、相手に二言三言怒鳴りつけて電話を切り、そのまま突っ立って煙草を吸っていた。そうして突然……本当に突然、ベッドの中にもぐりこんできて、襲いかかるみたいに両腕で俺の体を抱き、唇を俺の唇に押しつけてきたんだ。いや、俺が反射的に顔をよけたから、唇は俺のほっぺたに落ちただけだけれど、そのまま……四秒間……俺たちはじっとしてた。闇の中で突然高まった枕もとの置き時計の秒針の音を、俺は聞いてた。そうして五秒目に、もし柳仔の手の煙草の火が俺の肩に落ちなかったら……俺が「あちっ」と日本語で叫ばなかったら、もっと長くそうしてたかもしれない。俺にはもちろん変な趣味はないよ。ただその時の柳仔の体は全然『男』っていう感じはなくて……よそで馬鹿な喧嘩をして、傷を負って戻ってきた子供か犬みたいな感じだけがしたから。

俺の叫び声に体を放して跳び起きた柳仔は、俺に背をむける格好でベッドの端に座り直してから、スタンドの灯をつけた。俺は肩の火傷なんかすぐに忘れて、そのいつもより不格好にずんぐりと見える背中を見てた。

「何か喋れよ。余分な心配は要らない。俺の耳には、君の広東語は教師の俺のより本物らしく聞こえる」

まだ怒りの残った声で、背中が言った。

俺は「どうして鍵ももっていないのにドアを開けたんだ」と、そんなつまらないことを訊いた。

「あの錠はノブのすぐ下を叩くと簡単にはずれるんだ。俺は君よりこの部屋のことは詳しいのさ」

と言って、やっとふりむき、俺の顔をじっと見つめた。その目にまだ少し涙が残ってた。酔っぱらってこの部屋に来る前に、路地かどこかで泣いてきたらしかった。そりゃ、大陸の若者だから日本人みたいにコセコセしてはいないだろうが、それにしても単純なヤツだよ、女に棄てられたら泣くか怒るかしかないっていうのは。

「さっきの電話で彼女に何を言われたんだ」

「――最初の晩と同じ言葉さ。先週からできた恋人がいると言った」

「俺が見た『仕事仲間』か?」

「いや……」また背をむけ、肩を揺さぶって笑いながら「どうしてこの部屋で俺に電話をとらせたと思う。その先週からの恋人がこの部屋にいるからだよ」と言ったんだ。そして俺に背中をむけたままなのに、「何を驚いてるんだ。君はこの部屋のことだけじゃなく、自分に何が起こってるのかも知らないんだよ」とも――。

「しかし……」

柳仔の広東語が、不意に、外国人が喋ってる下手な嘘の言葉にしか聞こえなくなって、俺はたったそれだけしか口にできなかった。

「本当だ。最初の晩のことでは嘘をついた……彼女は君の方を選んだんだ。俺じゃないよ。はっきりとそう答えた……」

「しかし……」

「それならどうして俺を自分の部屋に連れていったのかと訊きたいんだろ。簡単さ。金だよ。俺は本当に彼女に惚れたし、君には絶対に渡したくなかったから……金を払ったんだ。あの日が俺の給料日だと話さなかったか」

じゃあ、あの彼女がもってた金が？——胸の中でそう呟きながらも、「それこそ嘘だろ。彼女が金で体を君に売ったと言うのか」と口ではそう訊いた。

「そんな汚ないことじゃない。君がパブに現れる前に彼女は兄さんの病気のことを話して、治療代に困っているから、それを払ってくれるなら俺のものになると言ったんだ。あの晩、病院に連れていったのはそれが嘘じゃないことを俺に見せたかったからだろう……だが、それも終わりさ。一昨日、全額を返してくれたんだ。あの晩俺たちに奢ったぶんまでな。それは、つまり……俺を棄ててもいいってことだったんだ。だから君にあの『仕事仲間』を見せた。一つは俺との関係が終わりに近づいたことを君の口から俺に伝えさせるために——もう一つは君の気をそそるために。俺が三年間で知った君の性格を、恋に落ちた女の目は一瞬で見抜いたんだ。最初の晩、俺に気がある素振りを見せたのは俺から受けとった金のためだけじゃなく、君の気を惹くためだったのさ」

ゆっくりと丁寧に……俺に初めて広東語を教えた時みたいに、柳仔はそう語りついだ。後になって思えば……なんと見事な、天才的な嘘つきだったろう。信じられないはずのその言葉を俺は信じ始めていたのだから。おまけに寂しそうに笑って、「君は自分の方が俺よりもてるはずがないと思ってるかもしれないが、それは彼女の兄さんの顔をちゃんと見ればわかるよ。彼女にとっては父親より大切な兄さんに、君は似てるんだ」と、やはり後になって一つだけ真実だったとわかる言葉まで巧いこと織りこんで、自分の嘘に迫真性をもたせようとしたんだから。

後になってと言ったけど、それはわずか十分後のことだ。この時、ドアのすぐ外の階段に誰かの足音が響いたんだが、そうすると自分のジーンズの後ろポケットに二つ折りで突っ込んであったあの夜の帽子を俺の頭にかぶせて立ちあがり、「早かったんだな。言い忘れてたけど、さっきの電話で彼女、今からそっちに行くと君に伝えてほしいって」と言った。足音が止まり、ドアにノックの音が聞こえた。俺が起きあがろうとするのを両腕で制して、小声で、

「そのままでいい。ドアは俺が開けて出ていく。彼女が入ってきたらすぐにまたその姿勢が必要になるから」

と言い、それでも俺が起きあがろうとすると、「この部屋と同じで、君のことは君以上に知ってるから俺の言うとおりにしろ。君は彼女に惚れてるし、この何日間か自分が想ってる以上に傷ついてたんだ」俺の頭を枕に押さえつけてそう言ったんだ。

そうだな……それもその晩、柳仔が口にした本当の言葉だったかもしれない。あの夜明けのことでは俺は大して傷つかなかったと言ったが、それも俺が自分についていた嘘だったんだろう。俺は本当は逢った瞬間からものすごくユンリンを好きだったし、ユンリンが柳仔を選んだから死にたいほど傷ついていたのかもしれない。事実、柳仔がドアを開け……二人がたがいにどんな顔を見せあったのかはわからなかったけれど、二言三言乾いた小声で言葉を交わし、柳仔が出ていき、入れかわりに彼女が入ってきた瞬間から、俺の体は熱く燃えさかった。彼女は

俺の頭に乗った青い帽子を見てちょっと笑い、部屋を見回し、薄汚れた狭い、殺風景な部屋のどこに自分が一晩を明かすだけの場所があるのかわからないといった戸惑い気味の顔で突っ立っていたが、やがて俺のベッドに浅く腰をおろした。街の不良のような、派手さだけが取り柄の下卑《げび》た服を着て、真っ赤な口紅を塗っていたが、それが却《かえ》って顔の幼さを目立たせた。彼女は長い間微笑を浮かべて、俺を見ていた。いや……俺の顔じゃない、俺の頰だ。たぶんまだあいつの唇の四秒間の痕跡がちょっと残っている頰を見てるんだ。そう気づいた時、彼女の唇が近づいてきて、頰へと落ちた。俺の体は勝手に動いた。俺は彼女の小さな顔をスタンドの灯の中へと両手で掬《すく》いとり、ただ黙ってその顔を見つめた。「なぜ笑っているの?」彼女は自分の方こそ微笑んでいることも忘れたようにそう訊き、俺は首をふり、自分の唇を彼女の唇にそっと押しあてた。もし本当に笑っていたのなら、それはその時俺がどうしようもない優しさに襲われていたからだろう……俺は指で彼女の服の上半身のボタンを一つずつはずしながら、そのたびに覗く新しい胸の肌に自分の唇の痕を残していった。その肌が自分の領地になった証拠を残すように。俺の唇が吸いとった口紅の色で、白い肌には赤い唇の模様が四つできた。そうして俺が五つ目の最後のボタンをはずそうとした時、それまで人形のようにされるままになっていた彼女は、手を伸ばしてスタンドの灯を切り、闇の中で突然俺に襲いかかってきた。闇が彼女を別の大胆な生き物に変えたし、俺もそうだった。二人はやっと見つけた獲物の皮を剝ぐように手さぐりでたがいの着ているものを脱がせ……さらに爪や歯で相手の体をむさぼりあい……馬鹿馬鹿しい、やめよう。

今のは嘘だよ。俺が翌日、柳仔についた嘘だ。本当なのは、彼女が「なぜ笑っているの？」と訊いたところまでだ。俺は柳仔と彼女の二人ぶんの唇の感触が粘りついた頰を手で拭いながら、その質問に、

「君が嘘をついてるからだ」

と答えた。彼女の派手な化粧のどこかにぎごちない嘘を感じとっていたんだ。

「説明してくれ。なぜこの部屋に来た」

「あなたが好きだからよ。柳仔から聞いたでしょ」

「ああ……でもそれなら、あいつもまだ嘘を言ってることになる。本当のことを言ってくれないか」

「柳仔はあなたに話さなかったの？」

「何を？」

ユンリンは俺の目を真似るように不思議そうな目になった。それから白けた表情になって、唇を嚙みながら何かを考えている様子だったが、やがて、「あなたには柳仔の時と違って最初から本当のことを教えておいても大丈夫ね」と呟き、ため息を短い休止符にしてこんなとんでもないことを言いだしたんだ。

「私が男たちに声をかけるのは……私の恋人というより兄さんの恋人を捜すためなの。あなたたちに声をかけたのも……」

そう言い「兄さんの三十六年の人生で最初で最後になる恋人をね。兄さんには今まで一度も

そういう人がいなかったから」と続けた。

　俺はその言葉を理解するのに二分間かかった。その間に俺はユンリンの体を突き放し、ベッドの隅にうずくまって、ただシーツのしみだけを睨みつけていた。そして二分後やっと顔をあげ、行き場がなくなったようにベッドのそばの半端な位置に立っている彼女を見あげてこう言ったんだ。「つまり、君は自分の体を餌にして兄さんの恋人を釣りあげようとしていたのか」と――。


　そう、つまり、ユンリンはあの十二本のマッチの火で大切な兄さんの残り少なくなった生命に小さな灯をともそうとしたんだな。

　兄の葉輝民《イ・フェイマン》が死の宣告を受けてから一カ月間、男たちの集まりそうな場所を漁って、兄の人生の最後の小さな明かりを見つけようとしたわけだ。そういう男たちだけの専門店にも行ってみたし、何人かは自分の友達として兄にも紹介した。ああ、「兄さんは何も知らない。私が勝手にしてることなの」と言ったよ。兄の輝民には、できるだけ自然にその『恋人』を与えたいと思ってたんだな。だが、どの男も駄目で、自分が餌さえ与えれば何とか話に乗ってきそうな男は二、三人いたから、兄に紹介してみたけれど、兄の方が気にいらなかったって。「兄さんは気にいった人にはガミガミ言って、気にいらない人には優しくするから」そう言った。

――十三人目が柳仔で、あいつの子供っぽい性格や自分を他のどの男よりも熱く見つめてくる目は、大いに期待できそうだったから、翌日、早速兄に紹介した。兄はユンリンの期待どおり不機嫌な顔を見せたし、柳仔もそういう兄を面白がっているようにさえ見えたから、思い切ってその直後に話をもちかけたが……やっぱり駄目だったんだ。彼は怒りを爆発させ、「そんな役は俺の役じゃない」と叫んだそうだ。だからユンリンの方から棄てた。それでも柳仔はユンリンという餌には未練があったのか、しばらくはつきまとっていたのだが、最終的にはこんな言葉で自分の気もちに決着をつけたんだって。――「俺の友達の日本人なら大丈夫さ。あいつは女たちだけじゃなく、俺のことだって時々、友達以上の目で見るから」とね。

「柳仔とは寝たのか」と俺は彼女に訊いた。

「いいえ――本当よ、他の男たちにもまだあなたの言う『餌』を与えてはいないわ。私は、自分の体さえ与えればどんな男でもこの話に頷くと考えるほど、傲慢じゃないわ」

「だが、俺なら頷くと思ったんだろ。それで、今夜ここへ来たんだろ」

彼女は反論するように口を尖らせたが、そんな自分に首をふり「そうね」と素直に頷いた。

「柳仔が『あいつは女とも大丈夫だし、たぶん君はあいつが俺以上に好きになった初めての女さ』って言ったわ」

「――つまり、俺は君の条件を最高に満たす男だっていうわけか」

「……そうね」もう一度頷いた。

「しかし、兄さんは俺を気にいらないさ」

「いいえ、もう気にいってるわ」

「あんな風に病院で一瞬、顔を見ただけでか?」

彼女は大きく首をふりながら「あなたのことをガミガミ怒ってたわ……『香港で最悪の観光ガイドだ。あれじゃ死ぬ前に一度香港の町をゆっくり見たかったのに、死に切れない』って」――そう言いながら、俺に財布からとりだした写真を見せた。俺は……やっと……最初の晩あの病院で見た逆光の顔が、俺の広東語を下手だと怒鳴ったおかしな香港人観光客と同じ逆五角形だったことを思いだし、迂闊だった自分に笑いだした。

そう、笑うか柳仔のように怒りだすか、どっちかしかない馬鹿げた話だったよ。それなのに……俺はそのどっちもせず……無表情のまま、ユンリンの体を押し、その背をドアの外に追い払う手にだけ怒りをこめ、「明日、君について病院に行くよ」優しい声でそう言っていたんだ。

――翌日仕事を終えてから、まず広東語学校に電話をして、授業中だった柳仔を「急用だ」と言って呼びだし、「彼女と寝たよ」と嘘をついた。そして黙りこんだ彼にさっきみたいに微いり細をうがって、嘘のベッドシーンを語り、その途中でやっぱり馬鹿馬鹿しくなって電話を叩き切っていた。俺は前夜、柳仔が俺とユンリンを寝させればどうにかなると考えてついたデタラメな嘘よりも、俺の体に伸ばした手や頬に押し当てた唇の嘘に腹を立てていた。だってそうだろ？　あの手や唇は、俺がユンリンの条件に合うかどうかを試しただけなんだから。けど、それ以上にその嘘の手を誤解して、友情……いや、同情から、たとえ四秒間でもじっとしてた俺が馬鹿馬鹿しくなったんだ。

一時間後、ユンリンと落ち合って地下鉄で沙田の病院に行き、個室のベッドの上の葉輝民と三度目の、今度は正式な対面をしたよ。

「悪いが君は何も喋らないでくれ。君の広東語には我慢できない」

と怒鳴り、俺が無言で伸ばした手を痩せたひとでみたいな手で、払いのけるみたいにちょっと握り返しただけの対面だったがね。ユンリンの一挙一動にもあれこれ文句をつけたが、彼女はそんな兄を面白がるように巧く切り返しながら、自然に世話をしていた。兄さんは二時間のあいだ、俺にそっぽをむき続けたが——それでも翌日から俺は一週間、仕事の合間を見つけて一人で病院に彼を見舞いにいき、最初の日のユンリンを真似ながら、二、三時間彼の世話らしいことをした。翌日一人で病室のドアを開けた時には「哎呀《アイヤー》ッ！　死神より嫌な男が来たよ」と両手を大げさにふってそっぽを向いたが、三十分後には無言の俺にまた腹を立てて「君は口がないのか！　何か喋れよ。君の世話の仕方は完璧だから、下手な広東語でも喋ってくれなければ私は腹を立てられないじゃないか、ああ、教えてやる、教えてやる。台湾人の私が広東人よりもきれいな広東語をな」って怒鳴って、俺に喋る許しもくれたし。

口うるさい、頑固な老人みたいだった。実際にもうその若さで人生の最晩年にいたわけだからそれも仕方がなかったろうけどね。医師や看護婦は当人を前にして「もし死期が近くなければ殺してやるところだ」って大声で怒鳴り返してたし、俺もよく似た言葉を平気で口にするようになって……世話というより喧嘩漫才でもやってる感じだったが……不思議なことに、いつの間にか俺はその病院に行くのが、少なくともガイドの仕事よりは面白くなってきた。いや、死期が迫ってきたのは本当で……枕もとに飾った三年前の写真の半分ほどに痩せこけて、やたら顎の角ばりだけが目立つ顔になってたから。香港に来て初めて写したという写真で、ヴィクトリアピークを背に、まだどっか田舎っぽい十七歳のユンリンと肩を組んで笑ってた。今は表情も、その写真の笑顔の優しさとは別人だったけれど……それでも俺はガミガミ声のどっかに、その笑顔と同じ優しさみたいなものをうっすらと感じとってたんだろうな。

そんな体になってたから、もちろん俺にも体なんか要求しなかった。起きあがったり、歩いたり、そのたびに俺の手助けを要求し、一度は完璧だと言ったくせに「ユンリンを呼んでくれ！　君の手はあの医師のメスより俺には凶器だ」って毒づいてたけど、どっか俺の手を楽しんでるところは見え見えだったしな。そう、ユンリンのことを俺の前では半分だけ褒めていた。毒づきの声ではあったけど、不意に写真と同じ笑顔になって、台湾での子供時代の彼女の話をひとり言のように喋りだしたりした。魚釣りにいった時、川に落ちた妹が死にそうになりながらも水の中でつかんだ魚をしっかりと放そうとしなかった話や、「子供のころからいつも俺には小言ばかり言ってた。俺のことを弟みたいに……俺の口の悪さはその教育の成果さ」といったことをね。憎々しげな声ではあったけれど、俺にはその兄さんの頑固な声を通して語られる葉蓉玲は、俺の知ってる嘘つきで男の心を傷つけるのは平気なユンリンより……なぜか……ずっと綺麗なイメージだったたな。本当、その一週間でユンリンの見舞いと重なった日が一度だけあったけれど、兄には自然な笑顔をむけながら、俺にはぎごちない作り笑いしか見せようとしないユンリンより、ずっと綺麗な……。

けど、そのためじゃないよ。俺が病人の世話を楽しみにするようにさえなったのは。今から思うと、香港のネオンそっくりのぎんぎんに派手な声で怒鳴られてただけの時間が、柳仔やユンリンとの騒がしい嘘で塗り固まった時間より静かだった。日本の初秋に似た季節で、窓から、古い朽ちかけた壁に似合った懐かしい光が流れこんでた……それを伴奏のメロディにした静かな歌でも聞いてるみたいなね。もちろん死んでいく男への同情なんかこれっぽちもなかったから、そのためでも絶対にないんだけど……一度だけ、俺はこの男とユンリンぬきで出逢っていたら、柳仔との三年間よりももっといい三日間を過ごせたかもしれないと考えたりもした。

もっとも一週間後には限界が来たよ。何の限界かって……俺だって巧く説明できない何日かぶんのモヤモヤのさ。一週間後、ガイドの仕事の最中、俺は不意に腹が立って、『突然の腹痛』を理由にバスを降りて、地下鉄で沙田の病院にむかった。その途中でまたもっと腹が立ってきて反対方向の地下鉄に乗り換えてセントラルに出ると、ユンリンの勤め先を捜し出し、バアさん客の髪を洗っている彼女の腕をつかんで、有無も言わせずに路地裏まで引っ張っていった。後で『強盗みたいな怖い顔で店にとびこんできて、誘拐犯みたいな恐ろしい力で私の腕を引っ張って、あの路地の壁に私の体をぶつけた』とユンリンはそう言ったけれど、その時はユンリンだって一言も口をきく余裕などなかったさ。

「約束を守れよ。俺はあの兄さんの屈辱に毎日耐えてるんだぞ……他の言葉は全部嘘でもいいが、俺に抱かせる約束だけは守れ」

そう怒鳴りながら強姦魔のように荒っぽく、まずユンリンの唇を俺の唇で奪おうとした。彼女は言葉の代わりに、目に涙をにじませた。けど、俺が突然また正気づいて、彼女の顔に平手打ちを浴びせただけでその場から逃げだしたのは、その涙のせいじゃない。彼女は涙が結晶しないよう我慢して俺を睨み返しただけだし、俺はその時、三年前はおとなしい日本人と言われた俺が、いつの間にかそんな風に感情をむきだすようになったことに気づいて……自分が柳仔になってしまったような気がして、ゾッとしたんだ。——しかも、地下鉄に跳び乗り、沙田の病院にいくと、もっとゾッとすることが待ってた。

その日、俺が病院に入っていって三十秒後、病人は俺の手を初めて自分の方から握って愛撫のように撫でたんだ。「なぜ、こんな時間に来るんだ！　いつも来ない方がいい時間ばかりに来るヤツだ。ああ、だが、来たなら早く俺を起こさんか」痩せた亀がひっくり返ったみたいに手足をぱたぱたさせて叫ぶから、俺が背後から肩をつかんで起きあがらせると、突然その手を握って、指の一本一本を皺《しわ》だらけの指で撫でながら、「綺麗な指だね。柩の中には花よりもこの指を体から切り落として入れてもらいたいね」と猫なで声を出して……俺がゾッとしたのは、その手や声じゃなく、そんな男の手をこのまま嘘に身を任せて自分の方から握り返そうかと考えた自分に対してだよ。なぜか、ひどくその手が透明で綺麗に見えたから……。

俺の目に勝手に涙がこぼれ、それは二人の重なった手に落ちた。

「君はどうして、ここへ毎日来るのかね」

初めての優しい声が、そう尋ねてきた。

「ユンリンから聞いているでしょ」

「ああ、君が俺のことをとても好きで世話をしたがってる、と聞いた。だが、君自身の口から聞きたいんだよ」

俺が黙っていると、彼は俺の手をトントンと叩き、「いやいや、何も言わなくてもいい。君の広東語はまだまだ下手で嘘としか聞こえないから」と言ったんだ。

「あなたの広東語だって嘘つきだ」

俺がはっきりと言うと、「わかってたよ、君が私の嘘につきあってることは」俺にむけられたままの背中はそう答えた。

「なぜユンリンに自分が女を愛せないと言ったんです。彼女は信じこんでますよ」

「……仕方がなかったのさ。妹を女として愛するよりはその嘘の方がずっとマシだ」

「ユンリンもあなたのことを?」

返答は沈黙だけだった。だが、その沈黙こそ、この騒がしい恋物語の一番静かな、真実の言葉だったわけだ。

「君と今、握りあってるこの手は目的を同じにした同志の手だね。それは私にもわかってたさ――君と私の芝居の目的が一緒だったから、この一週間、二人が巧くやってこれたことはね。ユンリンが二十年の生涯で、本当に愛した二人目の男が君だったらと願っていたよ。あんな柳仔のような男じゃなくて……私は日本人が大嫌いだが、一人だけ例外を作ってしまった」

彼はやっと俺の手を離し、「今の涙を、二人の芝居が本当になって、この別れ際に私の最後の恋人が流してくれた涙だと思うことにするよ。事実、私がこんな性格のために失ったたくさんの友人や恋人との関係のすべてを、君はたった一週間でとり戻させてくれた……さあ、もう帰ってくれ。明日からは来なくてもいい。ただし、ユンリンにはまだしばらく君がここに通っていると思わせておこう。あの素直じゃない妹が、私と君が結ばれたことに安心して、自分の恋人への素直な気もちをとり戻すまでね……つまり、あの素直じゃない二人が私や君の存在を忘れて、結ばれるまでね」そう言い、後ろ向きのままかすかに振った手で俺を追い払い……俺もただ静かな沈黙だけを返して、その部屋を出た。

ドアを閉めると同時に、「なんだ、そのうるさい音は。そんな騒がしい男はもう明日から絶対に部屋には入れないぞ！」と……早くももう懐かしくなった怒鳴り声が響き、俺は笑いだし……いや、笑ったはずなのに涙がボタボタとこぼれだして、慌ててトイレに駆けこみ……三十分後、病院のロビーから、ユンリンの美容院に電話を入れた。

「さっき聞き忘れたことがあった。あれから柳仔には逢ったのか」

殴ったことへの謝罪の言葉を飛ばしてそう言うと、「いいえ、一度電話したけど『お前は娼婦よりタチの悪い女だ』と一言怒鳴って電話を叩き切ったわ」小声だったけれど、むこうも案外ケロリとした声で答えた。

「それは俺が君と寝たと嘘を言ったからだ。君から本当のことを言っておいてくれ」

俺はその後に『さっき路地裏で口にした言葉は嘘で、兄さんとは最高に巧くいってる』と言おうとしたが、それは今夜にも兄から妹に伝わる言葉だと考えたから、ただ「再見」とだけ言って電話を切った。

三日後、俺がバスに乗っていつもの退屈な団体客に、窓を流れる香港湾の海の色の美しさを退屈な声で説明していると、携帯電話が鳴った。ユンリンが社に電話を入れてその携帯電話の番号を聞きだしてかけてきたんだが、それも後になってわかったことで、俺が出ると同時にワッと泣きだし、「私、柳仔に電話して最初の晩についた嘘を謝ったのに……それから私があなたと寝ていないと言ったのに、彼は信用せずに……」とくどくどと同じ言葉をくり返すんだ。俺はただ「兄さんから俺と巧くいってることは聞いたか」と訊いただけで、ユンリンが「ええ、でもそのことも話したら、彼はもっと不機嫌に黙りこんだわ」と答えるとまた泣きだしたから、俺は電話を切ってしまった。――そして、その仕事がはねてから、久しぶりに学校に顔を出した。

柳仔は教室の隅に俺の顔を見つけると、一瞬ギョッとしたが、ホント、単純なヤツだよ。電話でユンリンの言葉を聞いただけで、本当は嬉しくて仕方がなかったんだろ、いつもより元気いっぱいに授業を始め……俺が途中で手をあげ、「先生《シーマ》、僕の口うるさい恋人が僕の『我愛你《ンゴ・オイ・ネイ》』の発音が下手で、嘘を言ってるようにしか聞こえないと怒るのですが、その正しい発音を教えてください」と生徒の顔で言ってやったんだ。『我愛你』はアイラヴユーのことだよ。ドッと教室がわいた。日本人やアメリカ人やイギリス人が、万国共通の笑い声でね。でも一番大声で笑ったのは先生で、「はい、わかりました。私の口をよく真似なさい」子供が学校ごっこでもやってるような声でそう言って……「我愛你」「我愛你」と二人はこだまみたいに、何度もその声を交わしあい……調子づいた柳仔、いや先生は「我愛你は、世界中の他の言語と同じように、広東語でも一番大切な言葉だから、皆さんも練習しましょう」と言って、教室中が

「我愛你」の騒がしい大合唱になって……ああ、そうさ。結局、嘘に嘘を重ねたら、裏がもう一度裏返ると表になるように、あのライヴハウスから始まった最初の晩は真実になっちゃって……その後の話はただの騒がしいだけの歌と同じに無意味だよ。結局、最初に視線を交わしあって恋に落ちた柳仔とユンリンが日本人の俺を巻きこんで騒いだあと、あの夜明けの街角にひとり置き去りにしただけのことだったのさ。それから三カ月後、俺は転勤命令を受けてこの東京に帰ってきたんだけど……なんだかあの夜明けの外国の街角から、急に懐かしくなった日本へと疲れた足を引きずって戻ってきた気がしてる……もっと疲れただけの、つまんない回り道をしてさあ……。

火_か

恋_{れん}

「儂剛剛離開我走勒《ノンカンカンリケンウオツラ》（あなた、今、私から去った）」

夫の腕の中でただじっとしていた秀文《シウウエン》が、ふっとそう呟《つぶや》いた。静かに目を閉じ、いつの間にか眠ったように見えたから、それは他愛ない寝言のようにも聞こえた。

なぜその前に秀文を抱き寄せたのかは、もう憶えていない。何しろ二十年前の遠すぎる一夜だ。

真冬の晩で、たぶん縫い物でもしていた秀文の背が寒そうに見えたのか。

「何と言った？」

聞き違いかと思ってそう訊き返すと、

「あなた、今、私を棄てて去っていったわ」

秀文は今度ははっきりとそう言った。まだ眼を閉じたままだ……。睫毛が黒い絹糸のように瞼《まぶた》と頬を縫いあわせ、その端に夜露を結ぶように小さなしずくが浮かんだ。

真偉《チエンウエイ》は他の男より濃い髭を剃るために日に一度は必ず剃刀を手にしていたが、剃刀の刃先を伝った水のしずくが、尖端に引っかかり、落ちるのをためらって静止する瞬間がある。

秀文の目じりに小さく結ばれた涙にも似たその露がそうだった。

目を閉じたまま、本当に秀文は泣いていたのかもしれない。

だが、次に憶えている秀文の目は、ひどく乾いている。

「夢でも見ているのか」

と真偉が尋ねると、秀文は瞬時に目を開いたが、その眸《ひとみ》は、いつもの漆黒の艶を埃のような乾いた曇りの裏に隠していた。

目は夫の顔を見ながら、同時に見落としてもいて、眠りより深い無関心の中にあった。こんな妻の目を見るのは結婚して初めてだ——。そう考えた記憶もある。

実際、真偉は自分が抱き寄せた瞬間に、昼間の仕事で疲れ果てていた妻が、眠りへと……さらにつかの間の夢へと落ちたのではないかと考えたようだ。夢の中で夫が遠い旅にでも出掛ける後ろ姿でも見たのではないかと——。

「いいんだよ、眠っていれば。そのあいだ私も眠ろう」

そんなことを言って秀文の無言の目を、死人の目でも閉じるように、そっと自分の手で閉じてやり、自分も妻を抱いたまま目を閉じた。妻の髪はひどく静かで、濡れた枯れ草の匂いがした。雨に打たれてふっと自分の若さを忘れ、別の季節へと枯れてしまったような、青草の匂い。

沈黙した躰《からだ》もそうだった。

秀文の肌は、衣の上からは想像もできないほど豊かに張りつめていて、床の中で抱くたびに真偉を驚かせたものだが、その時にかぎって突然のようにさびしく、真偉は何の手応えもない妻の躰に焦りを覚えて、二度、腕に力を籠めなおした。——そう、確かに二度。

そんな細かなことまで憶えているのに、その後、二人が抱きあったまま本当に眠ったかどうかの記憶は、二十年の歳月に完全に風化してしまっている。

ほんの数秒のことだったろう。秀文の目だけが写真のような鮮やかさで記憶に貼りつき、前後の脈絡は切り落とされている。

たぶん、いつもと寸分変わりない夜で、特別なことなど何もなかったせいだろう。いつものように勤務先の新聞社から深夜近くに戻り、まず部屋の真ん中のストーブにしゃがみこんで手をかざし、少し離れて縫い物でもしていた妻の背が寒そうに見えたので、抱き寄せたのだろう。だが、思いだそうとすると逆に記憶は逃げ去って、真冬のことだったかどうかもわからなくなる。年が改まり、正月を過ぎて間もなくだった気がするのだが、本当はそれから一、二カ月も過ぎ、上海の早い春が訪れようとしていたころかもしれない。柳の芽吹く匂いがかすかに、その一瞬の写真にも似た思い出にはしみついているのだ。

どちらにしろ、秀文と結婚して八年が過ぎようというのに、周囲のからかいの的になるほど仲がよく、新婚当時の幸福がまだ鮮度高く残っていた頃の一夜だ。

将来どんな運命に巻きこまれようと、自分が秀文と離れる日はないはずだと思っていた。だからすぐに忘れてしまい、秀文も翌日にはもういつもの、よく笑い、愚痴ひとつこぼさぬしっかり者の妻に戻っていたはずだ。

それなのに秀文は、いつもどおりの夫の顔に、当の夫自身が想像もできなかったあの残酷な別れをさぐりとり——二十年前のあの日、あの夜、あの時、『あなた、私を棄てた』と呟いたのだった。
呉《ウ》真偉が妻を棄てたのは、それからまだ数カ月後のことだというのに、あたかもそれが過ぎ去った遠い日の、確実に起こってしまった出来事であるかのように。

飛行機の窓が雲の中へと沈んでいく。

ついさっきまでの青空の底に泥の層があり、その灰色の泥の中に、着陸体勢に入った飛行機が呑みこまれたかのようだ。

禁煙サインがついた。

呉真偉は吸っていた煙草《たばこ》をもみ消したが、シートベルトは締めなかった。

機体ははげしく揺れている。スチュワーデスがシートベルトの確認のために客席の間をせわしなく歩きまわった。真偉は、台北の中正空港を出てからずっとひざ掛けがわりにしていた麻の上着を胸もとまで引きあげ、スチュワーデスに微笑を送った。

ベルトを締めれば、死刑台に縛りつけられるのと似た恐怖に襲われそうだった。ただでさえ機体とともに震動する体が、電気でも流されたかのようだ。

隣りに座ったヤスダは、そんな真偉の不安など無視して、まだ眠っている。一見温厚そうに見えながら、このはげしい震動の中で眠り続けられるだけの図太さを隠しもったヤスダが、真偉の目にはある種の日本人の典型に見えた。

真偉は日本人を憎んでいた。

父親は真偉がまだ母親の腹の中にいる時に、わけのわからない容疑で日本軍に連れ去られ、殺されている。父親には三人の弟がおり、母親は真偉が生まれて間もなくにそのうちの一人と再婚した。真偉は本当なら『叔父さん』と呼ぶべき男を『父さん』と呼ぶ運命を与えられて育った。この男のことを母親はいつも『死んだ父さん以上に人がいい』と言っていたし、真実真偉のことを自分の子供と変わりなく可愛がってくれた。戦争が終わり、日本軍が撤退した後も貧しい時代が続いていたが、この養父はこけた頰に笑みの皺《しわ》を広げながら、食べざかりの真偉のために自分の食べ物を分け与えた。

真偉が十二歳の年に母親が胸をわずらって死ぬと、むしろ妻の忘れ形見として、母親のおもかげをもった真偉のことを、それまで以上に息子として大切にしてくれるようになった。

実際の父子以上の絆で結ばれていたから、真偉は写真でしか知らない本当の父親を一度だって恋しいと思ったことはないが、それでも古ぼけた写真の中の好人物そうな笑顔には、上海が当時流した悲劇の血が茶褐色に錆《さ》びつきながらも、それだけいっそう生々しく残っている気がした。

真偉は成長して、上海の小さな新聞社に入り、同僚から従妹を紹介されて結婚した。

それが秀文だった。口数の少ない、おとなしい嫁は養父の眼鏡にも叶っていたが、真偉の結婚を自分の人生の最終目標にしていた養父は、その結婚でもう人生の意味がなくなってしまったとでも言うように、間もなく心臓の発作で倒れ、病院にかつぎこまれて三日目の夜明けに死んだ。

「お前があんな優しい嫁をもらった以上、もう私はいつ死んだって構わない」

というのが口癖だった養父だから、その死には五十五歳というまだ若すぎる年齢以外の不幸はなかった。だが、連絡を受けて秀文と二人病院に駆けつけ、大部屋の片すみで裸電球に小さく照らしだされた養父の死に顔を見た時、真偉の目には、その死が自分の本当の父親の死と変わりなく悲劇的で残酷なものとして映った。しばらくは涙も出ず、年老いた医師の痩せた肩の背後にただ呆然と突っ立っていた。

葬儀を済ませて数日後、真偉は酒を飲みながら、秀文に「あの老医師の頬に深い傷痕があったろう。あれは日本軍に拷問をうけた際の傷だそうだ」と教え、喉《のど》を突きあげようとした嗚咽を押さえながら、養父がその老医師の傷に殺された気がすると言った。

秀文は意味がよくわからなかったのか、何も答えなかったが、古い箪笥の上に並んで飾られた夫の養父とその兄の写真へとちらりと視線を流し、ため息をついた。真偉自身が自分の呟いた言葉の意味がよくわからなかった。養父の死に顔を見て、真偉は初めてその顔が、自分の本当の父親と似た鼻すじをもっていることに気づいた。写真でしか知らない男の顔と目の前の死に顔とが重なり、突然の死への衝撃から、二人の男の生命を奪ったものまでが一つに重なって見えただけだったのかもしれない。

この時秀文は、

「お舅さんは幸せに死んでいったのよ。あなたは悲しがる必要はないわ。病院にかつぎこまれた次の日、お舅さんは短く意識をとり戻したでしょう？　あの時に私、お腹の中にあなたの孫がいると言ったら、本当に嬉しそうな顔を見せたから」

夫へと微笑みかけながら、不意にそんなことを言った。微笑していることを忘れたようなさびしい微笑だったから、

「そうか、お前らしい優しい嘘でお父さんを見送ってくれたのか」

と答えた。それから真偉は自分でも思いがけず、突然、酒へと伸ばそうとした手を止めた。自分を見つめる妻の目に、さびしい翳では包みきれないきらめきがあった。

「嘘ではなかったのか」

「ええ」

「本当に？」

悲しみの底に縛りつけられていた体が、重い鎖を断ち切って、突如、水面に浮上したような心地だった。

妻の妊娠は、養父を失った悲しみを埋め合わせるに充分だったし、養父の生命が妻の体の中に蘇ったような悦びさえおぼえた。真偉は妻を抱きしめ、先刻までの暗い涙ではなく、眩い、温かい涙を流した。

だが、その幸福も長くは続かなかった。一月後、秀文は買い物に出掛けようとしてアパートの石段から転落した。急を聞き病院に駆けつけると、養父の死を看とった老医師が、「秀文は無事なのだが……」とだけ伝えてきた。秀文はベッドの上に脱け殻に似た体を横たえ、気丈に

も歯をくいしばって夫に笑いかけようとした。

真偉も「心配はない。先生がお前の若い体ならすぐにまたできると保証してくれた。今度は階段から落ちたくらいでは流れないような丈夫な子供ができるとね」と慰めの声をかけたが、半分は打ちひしがれた自分にむけてかけた声だったろう。真偉はこの時も、老医師の頬の傷にまだ生々しい影を落としている日本軍の軍刀の残酷な刃が、自分の子供までも殺したような気がしてならなかった。本当の父親を奪い去ったものが、自分から養父を奪い、今度は子供までも奪いとっていったのだと――。

もっともたて続けに起こった二つの不幸は、逆に二人の夫婦としての絆を強め、その後子供ができないまま、慰めあい、労《いたわ》りあい、ある意味では子供のいる夫婦には望めないほど静かで、穏やかで、幸福な結婚生活を二人は、上海という大都市の片すみで送ったのだった。

結婚して八年後、革命の紅い荒波の果てに天安門事件の血の波や政変の暗黒の波が北京から押し寄せ、その騒乱の最中、真偉の職場に一本の電話がかかってくるまで――。


「もう香港か」

やっと目を開けたヤスダが欠伸をしながら、日本語でそう言った。

雲が切れ、同時に滑走路が迫ってきた。思いがけないほど近く、香港の高層ビルが流れている……今通りぬけた雨雲の厚い層が、香港への最後の境界線だったかのように。

「ずいぶん変わったでしょう。二十年ぶりだと言うなら……」

北京語でそう尋ねてきたヤスダに、

「ああ」

とだけ答えた。二十年前、一旦上海から香港に入り、香港から台湾へと逃げた。

香港には上海新報の支局があり、顔なじみだったその支局員が偽造旅券を用意してくれたのだ。旅券ができるまで、真偉は一月間香港にいたのだが、それは滞在と呼べるものではなかった。銅鑼湾《コーズウエイベイ》の、倉庫よりもひどいアパートの狭苦しい一室に閉じこもり、ただひたすら旅券が手に入る日を待ちつづけただけの一月間だった。

季節はほぼ今と同じで、香港はすでに雨季に入っていた。時折の激しい雨音と熱地獄のような暑気だけが、真偉の知っている香港だった。焼けつくような石の壁に汗まみれの半裸体で閉じこめられていた日々は、英国製の生ぬるいビールで渇きを癒すことがなければ、逮捕された囚人のそれと変わりなかった。

一カ月後、やっと旅券ができあがり、真偉は支局員が用意してくれたスーツに着替えて、彼の運転する車で空港にむかった。この時車窓に流れたネオンが唯一の華麗な香港だったが、それを眺めるだけの余裕はなかった。

旅券は素人《しろうと》目にも偽物とわかるほどの安易な代物《しろもの》であり、これならいっそ漁船で密航でもした方が安全のように思われたのだ。

車のフロントガラスを絶え間なく叩き続ける夜の雨は、処刑の時刻へと崩れ落ちていく秒針の音を想像させた。

二十年が経った今思っても、あんな旅券でよく香港を脱出できたものだと、あの一月間の目まぐるしすぎた運命の不思議を感じずにはいられなかった。突然の一本の電話で、真偉に上海と妻とを棄てさせた運命は、香港での一月の灼熱地獄の後、今度も突然に彼の味方をしはじめたのだった。処刑台への旅しか保証しないような紛い物の旅券は、逆に台北での幸運な第二の人生に真偉を押し出してくれた。

破れかかった旅券で何とか台湾の土を踏み、その日のうちに支局員から紹介されていた大物政治家と接触し、真偉がかつて上海新報に書いた台湾擁護の記事を絶賛してくれたその政治家から、台湾での新生活を保証してもらったのだった。

一カ月後には新聞社の一隅に小さな椅子を得て、すべてをその椅子から始めた。そうして二十年をかけ、今の要職ともいえる地位へと上りつめることができたのは、彼の努力と才能の成果ではあったのだが、二十年前の上海で彼を死の危険にさらした一因の新聞記事が、台湾では逆に彼の人生を守る楯となってもくれたのである。

台湾の政局も絶えず嵐の連続であり、亡命者である彼は、台湾でも何度か命の危険と隣りあわせるような目にも遇っている。だが、あのまま上海に残っていたら、たとえ死は免れたとしても、歴史の荒波に呑みこまれ、木っ端みじんに砕かれた漂流船の破片にも似た人生を送ることになっていただろう。現に台湾へ来て半年後、上海新報の彼の同僚の何人かが投獄されたという話を、彼の逃亡を手伝ってくれた香港支局員から知らされた。その支局員も二年後には上海に戻り、同じ運命を辿ったという噂《うわさ》を聞いている。

それを思えば、台湾で遭遇する危機はどれもせいぜいが身の丈ほどの高波であり、真偉は上海時代に培った記者根性と持ち前の才覚でそれに挑み、むしろそのたびに評判と力を手に入れていった。

苦労と幸運とを均《なら》してふり返れば、順風に守られた二十年間だったと言える。

だが、彼を大きく育ててあげていった順風とはまったく逆に、実は台湾の土を踏んだ二十年前の最初の日から、絶え間なく、彼を大陸へと、上海へと引き戻そうとする風が吹いていた。

他ならぬ妻の秀文の存在である。

自分の命と関わるのっぴきならぬ理由があったにしろ、真偉はあの日、一言の言葉も残さぬまま妻を棄て、上海を棄て、国を棄てた。

いや、台湾も中国も一つの国だと、真偉はそう考えている。だが、今の政治状況では大陸と島のあいだに海峡以上の深い溝が横たわっている……。事実、この二十年、台湾に溶けこみながらも真偉は、周囲の自分と同じ中国人とのあいだに罅《ひび》にも似たかすかな亀裂が走っていることを肌身で感じとってきた。

妻を棄てた後悔は、そんなかすかな亀裂からすきま風のように忍びこんできて、順風に押されて前進しつづけた真偉の二十年間を絶えず逆撫でしてきたのだ……。

「それで、いったい今日は……この最後の香港でどうするつもりなのですか」

ヤスダがそう尋ねてきた。

飛行機は滑走路を走りおえて、すでに停止している。窓から空港の建物を眺めながら、真偉は黙っていた。

「香港に着いたら話してくれる約束でしたよ」

「まだ香港じゃない。入国審査を通過してからだ」

真偉はそう言うと、他の乗客とともに立ちあがり、降りる準備を始めたヤスダを無視して、窓から雨雲に色を奪われた香港の空港を同じ灰色の目で見つめつづけた。

もう五年以上のつきあいになるヤスダには、すでに大方の事情は話してある。

ヤスダは安田公司という名前だ。五年前の冬、台北のホテルのバーで初めて出逢った際、名刺を渡された真偉は、それを会社の名刺だと思い、自分より五、六歳年下に見える小柄な日本人を、小さな貿易会社の経営者といったところだろうと想像した。公司というのは中国語で『会社』の意味である。

「これが僕の名前ですよ。日本では珍しい名前ではありません」

ヤスダは流暢な北京語でそう言い、また人懐っこい笑顔を見せた。

真偉は仕事がたてこんでくると、タクシーで三十分はかかる自宅には帰らずに、社の近くのそのホテルに泊まることにしている。その日も深夜にホテルにチェックインし、まだ開いていたバーで寝酒がわりに一杯引っかけていると、そばの席でやはり一人飲んでいた男がふっと立ちあがり、「ご一緒してもいいですか」と声をかけてきたのだ。

真偉がバーに入っていった瞬間から、ちらちらと盗み見るような視線を送ってきた日本人で

ある。真偉は亡命者の顔をとり戻して警戒したが、日本人は名前を名乗ったあと、ある香港映画の脇役俳優の名前を出し、

「僕はあなたのファンです。何本も映画を見ています」

と言ったのだった。真偉は映画をめったに見ないが、その俳優の名前は知っていた。以前にも人から似ていると言われたことがある。

真偉が苦笑して首をふっても、その日本人はまだ信じられないと言うように、しげしげと顔を見ながら「しかし似ている。声の感じまでがそっくりだ」とくり返した。

そんなことからつきあいが始まった。つきあいと言っても、去年まではホテルのバーで偶然出逢うと会話を交わす程度のものだった。

ヤスダは昔大学で北京語を専攻していたという。その語学力を買われて日本でも有数の貿易会社に就職し、真偉と出逢う二年ほど前に、台北支社に転属してきた。顧客の接待や本社からの視察に来る重役連を泊めるために、そのホテルをよく使っていた。

笑みを糊づけでもしたようにいつも顔に貼りつけていて、最初のうちは典型的な日本商人ではないかと嫌悪感さえ抱く瞬間があったが、そのうちに人懐っこい笑顔が特別な計算もないこの男の素顔だとわかってきた。念のためにこっそりと調べてみたが、本人の語った経歴に嘘はなかった。

真偉の養父は、上海生まれの上海育ちであったが北京語が巧みで、幼少の頃から真偉は養父を師にして北京語を学んでいる。ヤスダの純粋な北京語は、時に養父の声を思いださせ、当た

り障りのない一、二時間の会話が気休めになることもあった。

とは言え、幼いともいえるヤスダの純朴な笑顔にも、自分の憎む『日本人』の残酷な顔を感じとる瞬間がある。真偉は警戒心を解ききることができず、交際も通り一遍のものにとどめておいたのだが――去年の六月、真偉が受け取った一通の手紙を機に、二人の関係は急速に密度を増すことになった。

ちょうど一年前、社に『呉真偉様』という宛名で、その手紙は届いた。

封筒の裏には東京の住所と『山田一郎』という日本人らしい名前があったが、心当たりはなかった。中から出てきた薄い航空便用の便箋には、日本語が書かれている。

真偉は初めてヤスダの会社に電話を入れ、ホテルで落ち合うと、その手紙を読んでくれるように頼んだ。

『突然の手紙をお許しください。私はあなたとは無関係な日本人ですが、先月香港に旅し、その際一日だけ香港と国境を隔てて隣接する深圳《シンセン》という町に出掛けました。その折、駅で一人の中国人女性から声をかけられ、同封したものを日本に戻ってから台湾宛に送ってもらえないかと頼まれました。私の拙い中国語でははっきりとわからなかったのですが、どうやら彼女自身が直接あなたに送っても、検閲などで巧く届かない心配があるというような話だったと思います。引き受けたものの、もしかしたら危険な事情があるかもしれないと心配になりましたので、一応彼女との約束を守って送らせてもらいますが、封筒の裏に書いた名前と住所は架空のものです。その点御了承くださいますように。――念のために書き加えておきますが、その女性は五十前後、地味な貧しい身なりでしたが、髪が半分ほど白くなった品のいい初老の婦人といった印象でした』

そんな文面を訳して聞かせた後、ヤスダは、

「どうして僕を呼びだしたんです。あなたの職場には日本語を使える人が何人もいると言ってませんでしたか」

笑みを含んだ目に好奇心を覗《のぞ》かせて、そう訊いてきた。

「職場の者に読ませるのは少し危険かもしれないと思ったんだ。こんなものが入っていたから」

そう言い、「ハンカチを四分の一に切りとったものだ」とつけ加えながら、ヤスダに山吹色の小さな正方形の布きれを渡した。ふちに翡翠色の糸で小鳥が刺繍され、深圳の住所が墨字で染物のように書かれている。

名前はなかった。だが、鳥の刺繍と墨の筆跡とがはっきりと名前を語っていた。

不思議そうな顔をしているヤスダに、真偉はさらに、

「手紙に書かれている初老の女性というのは間違いなく私の妻だ。秀文という名の……二十年近く前、私が上海に棄ててきた……このハンカチは昔、妻が汗っかきの私のために縫ってくれたものだ」

そう言い、これまで隠していた過去をその日本人に語って聞かせたのだった。

「何かある人だとは思っていたけれど」

ヤスダは珍しく真面目な顔になり、

「こちらに来てても日本人にはこの国の上っ面しか見えなかったようだ。台湾にしろ中国にしろ歴史が『今』だということが……日本と違って歴史が息をしているということが、見えなかった」

そうも言い、

「呉さんの方から、これまで奥さんに連絡しようと考えたことはなかったんですか」

と訊いてきた。

「もちろん、台湾に逃げてきてすぐに人に頼んで連絡をつけようとした。だが、妻はもう、どこかに連れ去られていた……おそらく反逆者の妻として逮捕されたのだろうが。その後も人を介して探しつづけたのだが、とうとう行方はわからなかった……今日まで」

笑おうとして歪めた真偉の目から、涙がにじみだそうとした。それを何とか我慢し、

「最近はもう死んでしまったのかもしれないと諦めていたんだが……生きていてくれた」

とだけ言った。

この時すでに真偉には、ヤスダに妻との連絡係を頼みたいという思いがあって、だからこそこれまで隠しつづけてきた過去を告白したのだが、さらに三日間考え、四日目の晩改めてヤスダをホテルのいつも泊まる部屋へと呼んだ。

「君は月に一度は香港支社に行くと言っていたね。今度はいつ行く？　その際に深圳まで足を延ばしてもらえないだろうか。この住所に妻を訪ねて、私の手紙を届けてもらいたいんだ」

と頼んだ。

「私自身は残念ながら、香港までは行けても国境線を越えて中国に入ることは許されない。郵便も検閲の心配がある以上、本当のことを書けないし……秀文は私と連絡をとりたがっている。そうに違いない。君に頼むのが一番いい」

そんな真偉の言葉に、短い沈黙を返した後、

「呉さん、あなたが頼まなくとも僕の方からそうしたらどうかと勧めようと思っていたところです。香港への出張は半分は休暇のようなものだし、来週にはまた行くから、二、三日中に渡す手紙を用意しておいてください」

と言ってくれた。

そして約束どおり一週間後には、自分から社の方へと、「昨日会ってきました」と電話をかけてきて、ふたたびホテルの一室で落ち合った真偉に、秀文と一時間近く会った話をした。

秀文は見知らぬ日本人が手紙に書いていたとおりの白髪まじりの品のいい婦人で、夫とともに駅近くの一郭で、最近深圳にも増えてきた香港風をとりいれた小さな食堂を経営している――。

ヤスダはそう報告した。

「夫というと……すでに秀文は再婚しているのか」

「ええ。その男にも逢いましたが、愛想のいい人の好さそうな男でした」

「子供は？」

「できなかったようです、その男との間にも……再婚したのはもう十五年前だというから、そ

の頃ならまだ子供の作れる年齢だったんでしょうが」

「十五年?」

「ええ。呉さん、あなたの方がこの台湾で再婚する前に、彼女は他の男と再婚していたんですよ」

「――」

「彼女の方でも、あなたが逃亡に失敗して死んだのだと諦めていたようです」

秀文は上海語と広東に来てから覚えた広東語を少し話すだけだったので、大半が筆談になったという。しかも客のたてこんでいた昼時で、店を切りまわしながらの筆談だったから、どういう事情で今の夫と結婚し、深圳に移り住むようになったかは何も訊けなかったという。

「秀文は私を恨んでいなかったろうか。私が突然姿を消してからはずいぶんと苦労したにちがいないが」

「いいえ……別にそんな素振りは」

秀文は、真偉がヤスダに託した手紙に目を通すと、「あの人、ずいぶんと苦労したのね」と、むしろ真偉に同情するようなことを言ったという。

ヤスダはその手紙をバッグからとりだし、真偉に返してきた。

真偉は秀文が自分の手紙を読んだら、必ず返してもらってくれとヤスダに頼んでおいたのだ。自分の直筆の手紙を秀文の手もとに残すことに不安があった。昔の妻からの突然すぎた連絡に、懐かしさを覚えながらも、そこに何か自分を陥れる罠があるかもしれないと真偉は疑っていた。

ヤスダは、笑ってその疑いを否定した。

「深圳には台湾資本の企業も進出しています。奥さんは――以前の奥さんは、そんな企業の一人の社員から、最近、偶然にも自分の昔の夫と同姓同名の男が台湾の新聞社でかなりの地位を得ていると聞いて、もしかしたらと半信半疑のままあなたと連絡をとろうとしたんです。あんな回りくどい方法をとったのは、検閲を恐れるというよりも、彼女が耳にした呉真偉が本当に自分の夫だった男かどうか確信がもてなかったからのようです」

それに、たとえ昔は突然消え去った夫に恨みを抱いていたとしても、今はもう他の男と別の人生をそれなりに幸福に歩いていて、『できればもう一度だけ逢いたい。ただそれも難しいだろうから、今度また来る機会があったら今の真偉の写真をもってきてくれないか』秀文は筆談でそう書くと、真偉に見せたいほど懐かしそうな目になった――。

ヤスダはそう言うと、ふと真偉が手もとにおいた手紙へと目を落とし、

「呉さん。その手紙にはあなたが奥さんを棄てて上海を逃げだした日のことが書いてありますか。この前、そのあたりの事情は詳しく聞かなかったから……ただ、突然電話がかかってきて、それが命にも関わる電話だったから、とだけしか」

と言った。

真偉は黙って、十何枚もの便箋から四枚をとりだしてヤスダの方にさしだした。

『あの日まで私は幸せだったし、その幸せはいつまでも続くと信じていた』

真偉自身が書いた中国語が、そう始まっている。

『人生では明日という日を、いや、一秒先の未来さえ信じてはいけないことを知るほどの年齢だったというのに。とりわけあの頃の国には明日が今日とはまったく違う形をとっても不思議ではない巨大な軟体動物のような時が流れていたし、私は新聞記者という時の先端に立つ仕事をしていた。その先端が、明日という日を暗い谷底に呑みこむ危険な崖になっていることも承知していた。あの日の一週間前、別の社では脱文革批判の言葉を数語載せたというだけで数人が逮捕されていたし、私の社でも問題が起こってはいたのだ。だが、職場からあの部屋に戻ると、君が結婚当時と寸分たがわぬ愛情で私を包みこんでくれ、八年間続いたその幸福はあまりに確固としたものであり、私は国が引き起こしたどんな嵐もその鉄壁のように揺るぎない幸福を砕くことなどできはしまいと信じていた。漠然とだが、確かにそう信じていた。あの日、一本の電話が社へとかかってくる瞬間まで――。

電話は半年前に知り合いになった上海大学の学生からで、突然「自分もあなたも今夜には逮捕される。『あのこと』を誰かが密告した」と告げた。一月前その学生が、「これを新聞に掲載してもらえないか」と渡してきた論文のことだ。中国の将来を真面目に考えた論文であり、思い入れの強すぎる表現だけを削り落とせば掲載しても構わないのではないかと私は主張したが、他の誰の賛同も得られず結局、それはボツになった。私は声高に執拗に主張したものの、最後には諦めて、学生に簡単な謝罪をしてその論文を返した。学生もちょっと残念そうな顔をしただけで、その場でそれを破り棄てた。だから、そういった事実があったことを誰かが密告しなければ、何一つ問題は起こらなかったはずだ。

「誰なのかはわからない。だがそんなことはどうでもいい」と学生は言った。「今のこの国では密告されただけで逮捕されても不思議はないのだから。それに呉さんはもう他の記事のことでも目をつけられていた」そうも言い、自分は今からこの国を逃げだすが、あなたも逃げた方がいい、十五分後に駅で待っている、慌ただしくそう言うと、私の返事も待たずに電話は切られた。

わかってほしい。その時の私には十五分の時間しか残っていなかったのだ。それだけの時間で妻を棄て、上海を棄て、国を棄てるだけの決断をすることなどできるはずはなかった。私は電話を切ったあと何事もなかったように仕事を続け、五分後不意に立ちあがって、「妻の父親が死んだから」と嘘をついて二カ月分の給料を前借りし、社の階段をゆっくりと下り……下りきったところで、自分でも思いがけない突然さで駅にむけて走りだしていた。私はまだ逃亡など夢のような話だとしか考えていなかったし、前借りした金を学生に渡してやるために駅にむかっているのだと考えていた。少なくとも、走りながら何度も自分にそう言い聞かせた。

学生は上海駅の大時計の下で、小さな鞄《かばん》を抱えて私を待っていた。すでに国境の町までの切符を二人ぶん買っていた。私はさしだされた切符にむけて首をふり、自分のもっていた金を学生に握らせようとした。学生はそれを押し返し、「自分は充分な金をもっている」と言った。今でも鮮明に思いだせるが、私は二分遅れて駅に着き、列車が発車するまでにはあと四分しかなかった。そのうちの一分で学生は、私が想像している以上に事態は切迫しているし、今この機会を逃せば待っているのは、死か、死にも似た長い牢獄生活だ、それに比べれば仲間がすでにルートを確保してくれているこの逃亡の方がはるかに安全だ、と早口に語った。あの論文と同じ、熱っぽい説得力をその言葉はもっていた。私は電話を目で探して、その後の二分を無駄に過ごした。電話が見つかり、君に電話をかけ君の声を聞けば、私は「今からそちらに帰る」と言っただろう。そして実際に駅に背をむけて家路についただろう。たとえその夜のうちに逮捕されたとしても、夜までの何時間かを君と過ごす方を選んだだろう。私はこの二十年、君を棄てた罪を贖うすべもなく苦しみ続けたが、今ならそんな残酷な二十年よりも、君と最後に過ごす幸福な数時間の方を選んだだろう。だが、電話は見つからなかったし……あの時だって迷っていた。最後の一分まで迷っていた。そうして、最終的に私に残酷な余生の方を選ばせたのは、私の頭上にあった大時計の針だった。君は、あの頃、上海駅の大時計が狂っていて、いつもとんでもない時刻を刻んでいたことを憶えているね……。私はその時まで、養父の形見となった英国製の懐中時計に従って行動していたが、なぜか最後の一分を、正しい時など刻んだことのない大時計に託してしまった。私は大時計をぼんやり見あげたのだ。その針が、突然狂ってしまった私の人生にぴったりの方向を教えてくれている気がした……。学生はもう私に背をむけてホームへと走りだしていた。私もその背を追いかけて走りだしながら、どんどん君から遠ざかっていく私の人生にはもう、あの大時計の針が指し示していた狂った方向しかないのだと思った——。これは言い訳ではない。わかってほしい。私はその場に『たったの一分』というどうしようもない短い時間とともに置き去りにされたのだ。わずか一分で、生と死のどちらかを選択するなどどんな人間にも無理だし、時間そのものの流れに決定させる他なかった。

砂時計の最後の砂が蟻地獄のように自らの砂を獲物として呑みこむのを、君は知っているだろうか。私に決断させたのは、そんな慌ただしい、どんどん穴の中へとこぼれ落ちていく時間だった。とは言え、狂った大時計の針が説得したのは、私の体だけだった。長い……気が遠くなるように長い石のホームを走りながら、胸の中で何度も「ともかく列車に乗ってから考えればいい」と呟いた。私の体はその最後の一分から弾きだされ、動きだした列車に跳び乗っていた。わかってほしい。列車が一度動きだせば一つの方向に進み続ける他ないこと、たとえそれが狂った間違いだらけの方向であろうと、乗客には進んでいく列車を停められないこと……その意味でそれは運命そのものが用意した乗物であることに気づく余裕など、あの時の私にはなかったのだ――』

　読みおえたヤスダが無言の目をあげた。

　手紙の続きをヤスダに読ませる必要はなかった。その先のことは、すでにヤスダに話してある。たどり着いた国境の駅で列車を降りると、学生の仲間が待ち受けていて、貨物トラックの荷台に野菜とともに袋に詰められて積みこまれ、最も緊張を強いられた国境の検問所も、あっけないほど楽に通過できた。当時国内に吹き荒れていた嵐は、他国との接線上で最も厳しい様相を呈していた。特に香港への国境線は厳しい警戒の目で見張られていたのだが、どんな嵐にも台風の目に似た短い小休止があって、真偉の人生を突然に狂わせた事件はあまりに急速に運命の歯車を回転させすぎて、自ら一ときの小休止を必要としたのだった。

　だが簡単に入りこめたからと言って、香港が決して安全だというわけではなかった。不法入国で逮捕されれば、逃げだしてきた国へと送還される――。

それは逃げだす前以上の危険を確約していたのだ。真偉を道連れにした学生は香港の地下にもぐると言ったが、真偉は知り合いの支局員に連絡を入れた。その男は、真偉が望んでいたとおり香港にとどまることより、もう一つの危険を冒してでも台湾に逃げるように勧めてきた。そうして一月の灼熱地獄の後、真偉はもう一つの国境線を突破した。そしてその国境線のむこうには意外にも、狂ったはずの真偉の人生の歯車と巧く噛みあう一つの国の歯車があったのだ……。

「何を書こうと言い訳に聞こえるだろうね」

真偉が便箋を折りたたんでポケットにしまいながらそう言うと、ヤスダは首をふった。

「日本人の私にはわかりません。でも奥さんは当時の嵐を体で体験しているのです。おそらくあなたがいなくなった後、苦労したでしょうが、それだけにあなたが逃げだそうとした気もちもわかったと思います。……それにもう十九年も前の話ですよ。中国も変わったし、奥さんだって変わったんです」

ヤスダはもう一度首をふった。

「奥さんは、昔の友達のように単純に、あなたのことを懐かしんで逢いたがってるだけです。呉さんだって逢いたいでしょう」

「それは逢いたいさ。だが無理だ。私が深圳に行くわけにはいかないし、秀文がこちらに来るわけにもいかない」

「あなたが中華人民共和国に入るわけにはいかない。今でも逮捕される危険がある以上——。秀文が台湾に来るのも無理でしょう。でも、香港を……ええと、中国語ではどう言うんでしたか。そう、『媒介《メイチエ》』……香港を媒介にすればいいんです。来年七月の返還までまだイギリスの植民地だから、香港ならあなたは自由に行ける。秀文だって大丈夫です。深圳は、中国が香港という豪華な宝石を自分の指にはめるために用意したプラチナ台みたいな町ですからね。一日だけならわりと簡単に香港に入れるんです。事実、秀文はもう二、三度香港には買い物に行っているんと言ってましたよ。——どうです、ほんの数時間かもしれないが、香港での再会というのは」

ヤスダは微笑しながらも真面目な顔だった。

これまで秀文との間に引いていた国境線を一日だけなら消せるのだ——。

真偉も真剣に考えたし、すぐにまたヤスダを深圳に送って、秀文の返事をもらいたいと思った。ヤスダも「秀文だって是非そうしたいと答えるだろう」と保証してくれた。

だが、結局それが実現するまでに一年がかかり、十九年ぶりの再会は二十年ぶりの再会になってしまった。

「あれからもう一年ですか」

入国カウンターに集まった避難民の群れのような観光客を、うんざりした顔で見回しながら、ヤスダは言った。

大半は日本人観光客である。今夜零時に香港は中国に還っていく。その歴史的瞬間を貪り食うために観光ハイエナの日本人が押し寄せているのだ。

真偉は腕時計を見た。最後の一日も半分が過ぎようとしている。

「それにしてもなぜ、こんな最後の日になってしまったんでしょうね」

ヤスダが笑顔の眉間《みけん》に皺を立てて言った。

あの一月後、再び深圳に行ってくれたヤスダは、秀文の現在の写真をもって戻ると、「秀文の方でも再会の日を楽しみにしている」と言った。

記念写真のように真っ正面を見て緊張で硬くなっている秀文は、昔より一回り肥り、想像以上に老《ふ》けて見えた。昔と変わりない眸の漆黒の艶がなければ、台北の女や美人で評判の妻を見慣れた目には生活の匂いだけの中年女だった。しかしそれだけに哀れさも覚えて、逢いたい衝動は募った。それなりに幸福に暮らしている姿を見て、安堵したいという気もちもあった。

だがその翌月、三度目の深圳から帰ってきたヤスダは、秀文が『二度だけ逢うというのも、それでもう二度と逢えなくなるのだと思えば辛い気がする。それならこのまま逢わない方が……』と再会を渋りはじめたと言った。

前回、ヤスダの口から真偉がすでに再婚したことは伝えてある。秀文は真偉が幸福な家庭をもっていることを喜び、真偉が家族と写っている写真が欲しいと言った。それで三度目のその時、真偉が妻や十歳になる一人娘と笑っている写真を届けたのだが、

『それがいけなかったのかもしれない』

とヤスダは言った。

秀文は妻の顔を見て『美しい人……』とため息をもらし、微笑で細めた目が、写真の真偉の顔をひどく遠くに見ているかのようだった。

控えめなところは昔と変わっていないのか、真偉の家族の存在は秀文にとって昔の夫と今の自分を隔てる新たな境界線となったのだ。

再婚のことは真偉の一番の後ろめたさである。ヤスダは『秀文の方だって結婚したのだし』と慰めるが、秀文の再婚と自分の再婚は意味が違っていた。どんな形にしろ、裏切ったのは自分の方だ。棄てられた女は幸福になる権利があっても、棄てた男は幸福になってはいけないという戒めが、真面目な真偉の胸には絶えず貼りついていた。

結婚したい女はいたが、そのために真偉は結婚に踏み切れなかった。

だが、歳月が流れると戒めの錠も少しずつゆるみ、もう二度と逢うことのない妻との想像力だけに支えられた絆も淡くなっていった。台湾に来て八年目に、真偉はその女との結婚に踏み切り、二年後には子供もできた。

そんなにも長い歳月結婚をためらい続けたことと、家族の団欒の際、今でも自分がふとその幸福を恥じ、笑おうとして笑いきれない瞬間があることだけが、真偉が棄てた妻にできる言い訳だった。

じかに逢って謝りたいというのが真偉の希望だったが、同時に真偉には秀文が逢うのを渋りだした気もちもわかるのである。

二十年ぶりの連絡で高揚した気もちにも一段落がつくと、真偉の方にも逢ってどうなるものでもないという思いが生じはじめた。

真偉の側でも、秀文の夫の存在が、もう一つの境界線になっていた。それなりに秀文が築きあげた夫との生活に、たとえ一日でも自分が割りこむことは許されない気もした。

それでも真偉は次の機会にもヤスダに『逢いたい』という言葉を伝えさせた。その後もつい先月まで五、六回ヤスダに伝書鳩の役目をさせて同じ言葉を伝えさせたし、秀文も必ず『私の方も――』と答え続けたのだが、具体的な話には繋がらなかった。

ところが六月に入り、香港返還の日にむけて時がカウントダウンを始めると、真偉はこのまま逢わなかったら、返還の記念すべき日が自分の人生の第二の大きな後悔の日になるのではないかと焦るようになった。もう一度だけでも逢って謝罪しておかなければ、あの日の選択は永遠の過ちとして余生の重荷になるとも思った。

真偉の側では、もう一つ、今年に入ってから気もちが昔の妻へと傾斜していく理由が生じていたのだが、要するに閉店間際になって、買い忘れていた宝石が不意に惜しくなり、素晴らしいものに見えてきたのである。あの日の上海駅の大時計の針が、昼間職場で仕事をしている最中にも浮かんできて、ナイフのように胸をえぐった。今までなぜ、あんな狂った時計に従って生きてきたのか。

タイムリミットを前にしての焦りは、秀文の方も同じだったようである。六月半ば、ヤスダに最後のつもりで自分の気もちを伝えさせると、秀文は短くためらった後「六月の最後の日ならいい」と答えた——。

ただしヤスダが同席するという条件だった。偶然にもヤスダは観光ハイエナの一人として、返還の前日から三日間、九龍《カオルン》半島のほぼ先端にある尖沙咀《チムシャーツィ》のホテルを予約してあるという。

二十年ぶりの妻とは、その部屋で逢うことに決めた。

真偉は秀文が他人を同席させたがったのは、たがいの家族を意識してのことだろうと考えた。ヤスダはわからないと言ったが、秀文が返還前日を選んだ気もちが真偉にはわかる気がした。真偉が香港に安全に入れる最後の日だ……。

もう二度と逢えないというぎりぎりの境界線を引かなければ、昔の夫と逢うのが怖かったのだろう。真偉はそう考えた。真偉の心中にも、一度逢ってしまったら、本当にそれを最後にできるかという不安があり、それが今日まで再会を遅らせた一番の理由だった。

だが、ともかく再会の日取りは決まったのだ。その段階で真偉はただちに一つの準備を始めた。

再会の時、どうしても昔の妻に渡したいものがあった——。

入国審査の行列の後には、タクシー待ちの長い行列があった。

やっとホテルに着いた時はもう二時半近くなっていた。それでも秀文が訪ねてくる約束の時刻までにまだ三十分ある——。

「香港の人が一番無関心そうだね。騒いでいるのは日本人だけかもしれない」

タクシーの窓から眺めた香港人たちの普段と変わりない足どりを思いだしたのか、ヤスダがそう言った。どのみち真新しい高層ビルを連ねた香港が真偉には初めてと変わりない町であり、街並みまでがよそよそしく、無関心に見えた。雨雲が空を覆っていたが、雨季らしい光の粒のような雨が降っていて、それが歴史的瞬間を迎える町の唯一の盛装だった。

「それで……秀文と逢ってどうするつもりなんですか」

ソファに座りヤスダはそう訊くと、すぐに「いや、その前に別の訊きたいことが……奥さんはどう言うだろう」と質問を変えた。

真偉は窓辺に立って、牢獄の一部にも似た閉ざされたように狭い裏庭を見おろしていた。この狭いツインの部屋も通常の料金の倍はしているという。真偉も秀文もこの部屋で数時間語りあうだけで、今夜中にそれぞれの国に帰ることになっている。再会には何の意味もない二台のベッドが、窓ガラスに空しい幻のように浮かんでいた。真偉はいらだった指で上着のボタンをいじっていた。入国カウンターでもタクシー乗り場でも絶えずそうしていた。

真偉はそれに気づき、上着を脱ぎながら、

「わからない。今になって、秀文が本当に来てくれるかどうかも自信がなくなったよ」

「いや、僕が今訊いたのは台北の奥さんのことです。今の質問はミスでした。台北の奥さんはどう言ったかと訊こうとしたんです」

「――――」

「まだ話してないんですか、今日のことは」

「妻には秀文のことは何も話していない。話す必要がないんだ。……彼女は今年に入ってから、娘の友達の父親と浮気をしている」

今度はヤスダが黙る番だった。

「いや、私が気づいたのが今年に入ってからで、去年君を引き合わせた時にはもう……」

秀文が望んだ家族全員の写真を撮る口実が見つからなかったので、初めてヤスダを自宅に招待し、写真好きの日本人がカメラをむけただけのように思わせる小細工をしている。

「あの時は……優しい奥さんに見えたけど……」

真偉は首をふり、もっていたスーツケースを開け、書類の封筒の中からパスポートをとりだしながら、「もうその話はやめよう。それにこれと妻の浮気とは何の関係もないんだ」と言って、その旅券をヤスダにさしだした。

中華民国発行の旅券だが、自分のものではない。自分の旅券は上着の内ポケットに入っている。――ヤスダはその旅券を開くと、すぐに顔色を変えて真偉へと目を上げた。

旅券の写真を見たのだ。それは去年の七月、ヤスダが深圳から運んできた秀文の顔写真である。

「私のような仕事では黒社会とも多少の繋がりがあってね。本物と寸分変わらないだろう。今夜の台北行きの航空券も二人ぶん買ってある」

ヤスダは、厳しい顔になって首をふった。

「無理です。秀文がそんなことを望んでいると思っているんですか。絶対に起こりえないことなんです、そんなことは」

ヤスダの怒りにも似た声を、真偉は淡い微笑で受けとめ、「もちろんわかってる、それは……」と言った。

「ただ二十年前のあの時、私は上海駅から秀文に電話をかけようとして、できなかった。あの時言わなければならなかった言葉が最近になってやっとわかった……『一緒に逃げよう』そう言うべきだったんだ。それなのに私はあの時……」

真偉はもう一度笑おうとして失敗した。

「だから、それを今言っておきたい。ただの私の謝罪だ……秀文の気もちも無視した勝手な謝罪だ。そのためだけに用意した。秀文が断ることはわかっていた」

そう言うと、ヤスダの返事も待たずに歩きだし、浴室に入った。

鏡の中には、笑い損ねたままの惨めな男の顔が映っていた。

秀文だけではない、老けたのは自分も同じだ。同僚に貫禄がついたと言われるが、それもただの贅肉《ぜいにく》のせいだということを鏡は暴いていた。

顔を洗い、備品としておかれた『せいろ』の形をした洒落たトレイから整髪料をとり、白髪の目立つ髪につけ……その時、不意にさっきのヤスダの怒りが普通ではなかったと感じとった。

真偉は浴室を出た。

ヤスダは窓辺に背をむけて立っていた。

「さっき、絶対に秀文にはそんなことが起こりえないと……何故ああもはっきりと……」

数秒の無言の後、ヤスダはふり返り、「三時になったら白状するつもりでしたが、もういいでしょう」腕時計を見ながらそう言った。

「嘘をついてました。秀文は来ません」

ヤスダはいつもの、駆け引きに長けた商売人の笑みを顔に貼りつけていた。

「でもこれは秀文に頼まれた嘘です。秀文はあなたをこの町に来させたがっていました。だから自分も行くと嘘をついてくれと――。秀文からの最後の伝言があります。ここから地下鉄で三つ先の旺角《モンコク》に通称バードストリートという鳥の市場のような街路があります。知りませんか？　香港の人は大の鳥好きですからね。そこであなたの気にいった鳥を一羽買って、それを香港の空に放してやってほしいと、そう伝えるよう頼まれたんです。そのためだけにあなたを香港に来させました――」

笑顔のまま、ヤスダは目をそむけた。たぶん自分が冷たく見つめすぎたためだろう、と真偉は思った。真偉は日本人を憎んでいて、本心ではヤスダのことも例外ではなかった。

「なぜ、そんなことを……」

「わかりません」

ヤスダは首をふり、横顔でこう言った。

「でも、秀文は自分が今、昔の夫に望んでいることは、もうそのことだけだと言いました」

香港の古い匂いを残したその街には、雨のせいで早い暮色が始まっていた。それは、返還の瞬間へとむけて、香港が生き急いでいるようにも見えた。露天商が裸電球をぶらさげ、ネオンの色も下卑《げび》ていた。外国人にはその方が新鮮なのか、日本人や英米人たちが楽しそうに群れている。

台北の真偉の社の裏手にもこれに似た戦後の混乱をそのまま残したような街があるが、真偉は職場の窓ガラス越しにしか、その街の無数のネオンを見たことがなかった。自分の足で歩いていながら香港の街にも、ガラス越しに眺めているような隔たりがあった。

雨よりも熱い汗をしたたらせる暑さだけが、二十年も前の香港と繋がっていた。

あれからすぐにホテルを出て、三時少し過ぎには旺角で地下鉄を降りたが、すでに四時近くになっている。街は零時にむけて秒読みを開始していたが、特別なものは何もなく、人渦に巻きこまれながら、ただ真偉一人が焦っていた。

ヤスダから伝言を聞いた瞬間から、なぜか秀文がその鳥の街で自分を待っているような気がしてならなかったのだ。伝言を守りさえすれば、必ず秀文に逢える気がした。それなのに零時まで歩き続けたとしても、鳥の市場は見つかりそうになかった。

諦めかけた時、屋台のような衣料品店の店先に鳥籠がぶらさがっているのを見つけて、尋ねてみた。巧く北京語は通じなかったが、それでも何とか鳥の街は最近よそに移ったとわかった。そんなに遠くはないと言われた気もしたが、よくわからないまま、真偉は身ぶりでその鳥を籠ごと売ってくれないかと頼んだ。背が緑色の、あのハンカチの刺繡の鳥と似たメジロで、囀り声が彼の聞き損ねた秀文の本音のように思えたのだ。

大金を見せると、交渉は簡単に成立した。

鳥籠をさげて地下鉄に戻り、尖沙咀の駅で地下鉄を降りると、ホテルとは逆方向に足をむけた。石畳を敷きつめたような公園が、湾沿いに広がっている。

雨はやんで薄明かりが空に戻っていた。さっきは生き急いで見えた香港が、今は最後の夜を迎えるのをためらっている。明日は中国の一部になる海が昼の青色と夜の灰色とに混ざりあっていた。

真偉は鳥籠から鳥をとりだし手を開いた。

鳥は、しばらく迷うように真偉の掌にとどまっていたが、真偉が放り投げる気配を察知すると、一瞬早く自分から飛んだ。そして瞬く間に海上の一点となり、消えた。対岸に連なった巨大なビルの群れに灯がともりはじめていた。真偉はホテルへゆっくりと歩いて帰った。

空っぽの鳥籠をヤスダに渡し、汗と雨で濡れた体を拭うために浴室に入った。この時になってやっと、秀文が一羽の鳥に託した声が、かすかだが聞こえた気がした。二十年間忘れずにいたことで、真偉は昔の妻を縛り続けていたのだろう。真偉が忘れなければ、秀文も昔の夫を忘れきることができないのだろう。あの鳥の囀りは『自分を忘れてほしい』という秀文の声だったのだろう。これまで、秀文が突然消えた夫を探し続けていると考えていた。だが二十年前、あの上海の駅の列車に乗った瞬間から秀文を探し続けたのは自分の方だったのだ。永遠に二人の間に横たわる国境線のむこうに――。

真偉はそんなことを考えながら、この時、せいろ形のトレイに何か違和感を抱いたが、それがはっきりとしたのは浴室を出て、二時間前ソファの上に脱ぎ捨てた麻の上着が棚のハンガーに吊るされているのを見てからだった。糸の切れかかっていたボタンがちゃんと縫いつけられている。ヤスダがそんなことをする男だとはとても思えなかった。真偉は一旦浴室に戻った。トレイの中身を探ったが、二時間前にはあった縫い針と糸の小さなセットがなくなっていた。それから彼は浴室を出て、ヤスダが見ていたテレビのスイッチを切った。

「君は嘘をついたのか。秀文は来たのか」

静かな声が怒りを結晶させていた。

ヤスダは笑おうとして、顔を歪めた。笑おうとして失敗するのは二十年前台湾に渡ってからの真偉の癖になっていたが、この日本人が笑みを顔に貼り損ねたのは初めてだった。

「今話すつもりだった。秀文はあなたと入れ違いにここへ来た……考え直してあなたに逢いにきたんだ。僕がいけなかった。三時より前にあの伝言のことを喋《しゃべ》ってしまったから」

「嘘だ。君と秀文はまさか……」

真偉はベッドへと視線を流した。寝乱れてはいない。だが……。

二時間前、あんな無意味な買い物に出させられたのもそのためだと思えた。ヤスダは鳥の街がすでに移転していることを知っていて、わざと迷わせたのだ。時間をかせぐために……。しかもその嘘には秀文も加担しているとしか思えなかった。無意味なだけに謎めき、それはいかにも真偉の知っている秀文らしい最後の伝言だった。

だが、ヤスダは一旦きょとんとし、すぐに嘘とは思えない笑い声を吐きだした。

「馬鹿馬鹿しい。それにたとえ僕と秀文に何かあったとしても、どうして密会にそんな面倒な手を使うのですか。あなたを香港に連れてきたのは僕なんですよ」

真偉は体を崩すようにベッドのふちに腰をおろし、両手で頭を抱えた。自分の今の言葉が妄言だとはわかっていた。彼は死ぬほど疲れ、混乱していたのだ。

「それに、秀文にはもうすぐ逢えます。秀文はあのパスポートと航空券を受けとって、『七時に空港で待っている』と言って出ていったんです」

「嘘だ」

「僕も信じられなかった。僕があなたの『一緒に台湾に行こう』という言葉を伝えた時、秀文はすぐに頷いた。秀文自身がそんな自分を信じられないようだった……でも間違いなく秀文は空港であなたを待っているんです」

「信じないんですね。だったら僕にも言わせてください」

ヤスダの声の何かが変わった。初めての声だった。何かとんでもないことをこの日本人が言いだしそうで、真偉は顔をあげられなかった。ただ自分の濡れた靴ばかり見ていた。ヤスダは言った。

「呉さんは自分が嘘をついてきたので、僕の言葉も信じられなくなったんでしょう。何故正直に言ってくれなかったんですか。二十年前、あなたと一緒に上海から逃げた大学生が女性だったことを——彼女が今のあなたの奥さんだということを」

空港にむかうタクシーから眺める香港は、二十年前車窓から眺めた香港に似ていた。なぜならあの時も、空港で起ころうとしていることが信じられず、街の断片しか見ていなかったのだ。結局無意味な街をさまよった以外部屋の壁に閉ざされていて、今度も香港は通り過ぎるためだけの町で終わった。

「さっきあなたに嘘つきだと言ったことをお詫びします。あなたは秀文への手紙でもできるだけ嘘をつかないように気を遣っていたというのに」

そう、嘘は書かなかった。二十年前あの電話をかけてきたのが、女だとは書かなかっただけだ。『学生』と書いた。他のことでもできるだけ嘘は省いた。あの電話がかかってくるまで、彼女が自分を愛し始めたことに気づかなかったし、何より自分が彼女をそれ以上に愛してしまったことに気づかなかった。好意は感じていたが、それが妻を棄てるほどの命がけの恋だとは自分でも知らず、妻との幸福な生活が続いていると信じていたのだ、あの生死の選択を迫った電話がかかってくるまで――。いや、上海駅にむかって走りだした時だって、列車に乗りこんだ時だって、自分に危険が迫っているためだと思っていた。だからすべては秀文への手紙に書いたとおりだった。偽造旅券を待つあいだ香港の壁だけの部屋に『一人だけで』潜んでいたとも書かなかった。だが、嘘を書かなかったことで真偉は逆に秀文に、ヤスダに、誰より自分自身に恐ろしい嘘をつき続けたのだった。コンクリートの壁までが汗をかいたように濡れたあの狭い部屋で、錆びた鉄パイプのベッドの上で、彼女の躰を――まだ娘と呼んだ方がいいような彼女の若い躰を初めて抱いた時、真偉は自分がただそのためにだけ、生命を賭して国境を越えたのを知った。逮捕の危険や生命の危険があったのは事実だった。だが、彼に襲いかかってきた嵐は、あの当時の国が引き起こしたものではなく、そんな火のように燃えさかる体が起こした嵐だった。毎日のようにあの牢獄にも似た部屋で、たがいの躰を貪りあいながら、真偉は自分の恋が夏以上の灼熱で荒れ狂っているのを感じとった。彼が絶えず恐れていたのは、自分の死以上にそんな一人の女を失うことだった。真偉の体は、彼女が電話で『逮捕される、一緒に逃げた方がいい』と言った時、妻よりも、自分の命よりも、ためらいなく若いその女を選んだ。ただ勝手に恋を選択した体に、気もちが追いつかず、真偉は上海駅で自分が妻のことでまだためらっていると思い続けたのだった。

無事に台湾に逃げた後も彼は自分自身にできるだけ嘘をつかないようにしていた。彼は実際に別の女に走ったことへの後ろめたさから、台北で新生活を始めながら、結婚に踏み切ることだけは避け続けた。だが、結婚など所詮ただの形にすぎなかった。台北に着いた日から二人は一緒に暮らしたし、熱い嵐のさなかで躰を一つの火に溶けこませ抱き合っていたのだから……。事実結婚など形にすぎないことを、八年目にやっと結婚に踏み切った時、すでに真偉は知っていた。二人はもう以前のように激しくたがいを求めなくなっていたし、脆くなったその関係を繋ぎとめておくためには結婚しかないことを──。ただそれでも火は芯まで燃えつきてはいなかった。子供が生まれるとそれなりに家庭という穏やかな幸せの中に二人は逃げこむことができた。淡い青ざめたような火だったが、それなりの幸せは続いたのだった。今年に入り、まず妻の側でその弱い火も消え果てていたと知るまで——。

嘘はつきたくなかった。だから、ホテルでヤスダの思いがけない切実な声に責められた時、真偉は素直にこれまでの嘘を認め、ただ、

「いつ、どうやってそれを知ったのか」

と訊いた。

「秀文から聞いたのです。あなたたちの逃走後秀文にも逮捕の手は伸びましたが、何とかそれを免れて……誰も知らずにいたあなたの逃亡先と同行者をつきとめたのです。秀文はうすうすあなたに他の女ができたのを感じとっていて、結局あなたがその女と台湾へ逃げた後結婚したことも知っていました。その女の顔も知っていました。——去年、奥さんと一緒に写った写真で、秀文はあなたたちが幸せな結婚生活を送っていることを確認したかったんです」

それだけを一気に言うと、だが、そのまま不意に口を閉ざしてしまった。

「何のために?」

と訊いても「それは秀文に逢って直接訊いてください。秀文は間違いなく空港であなたを待っています」と答え、それ以上の質問を避けるようにテレビをつけ、その画面を見つづけた。

空港にむかう時間が迫るまで——。

テレビは、数時間後に迫った返還を祝して、お祭り騒ぎを流し続けた。

だが、タクシーの車窓を流れる現実の町は、そんな騒ぎとは無縁で、むしろ町の灯はひっそりとしていた。雨と夕闇に濡れた舗道に黄色い無数の花片が叩きつけられていて、真偉の目に

それはチャイナドレスの残骸のように映った。

空港の灯が近づいてきた。

香港は最後の夜への秒読みを開始した。真偉の腕時計の針が七時一分前を告げた。上海駅の大時計の針が二十年の歳月を断ち切り、真偉の脳裏にまざまざと浮かびあがった。そしてあの時と同じように、自分の人生が狂った時の流れに押し流されていく気がしてならなかった。

二人はタクシーを降り、航空会社のカウンターへと無言で歩いていった。ロビーには返還祝いの休暇を利用して海外へと旅立とうとする香港人たちや、数日前に国境を越えてきた人民解放軍の兵士たちがいた。無表情までをいかめしい制服の一部にして、彼らはこの歴史的な夜の警戒にあたっていた。

真偉の乗る飛行機のカウンターの前には十数人の列があった。その数歩手前で、二人は立ち止まった。ヤスダが手で真偉を制してきたのだ。

ヤスダの目は列の先頭から四人目にいる地味な服装の女に止まっていた。後ろ姿だったが、躰の線の崩れで中年だとわかった。確かに昔の記憶より一回り肥っていた。だが、それは、この二十年、真偉がよく思いだした縫い物をしていた背と少しも変わっていなかった。

自分の番が来て、その背はしきりに係の女と喋っている。喧嘩でもしているように見えた。真偉は鳴り響く秒針の音の中で、旅券の偽造が発覚したのではないかと心配した。だが、やがて女は搭乗券と旅券を受けとると、卑屈に何度も頭をさげ、列を離れた。そして、背後をふり返った。

その目は、数歩離れたそこに昔の夫が立っていたことにとうに気づいていたかのように、ふり返った瞬間、まっすぐに真偉の顔を見つめてきた。一瞬写真そっくりの緊張した無表情になり、だが、すぐに目は微笑をにじませた。

老け、肥り、何もかもが思い出の中の妻とは別人だった。それなのに何もかもが二十年前と少しも変わりない妻だった。

微笑にはあの『あなた、私を棄てた』と呟いた時に似た乾いた、暗い影があった。自分と同じように老け、肥った真偉を蔑み、憐れんでいるかのようだった。その目のまま、数秒、あるいはもっと長い時間、秀文は昔の夫を見ていた。再会の時、秀文がそんな顔をするとは想像もしていなかった。だが、どんな顔をしても真偉はそう感じただろう。どんな顔をしていたにしろ、ともかく秀文は生きていてくれて、そこに、彼が数歩進み出るだけで抱くことができるところに、立っていた。胸にこみあげてくるものがあった。

だが、真偉の体は動かなかった。この再会の時にも体だけが、二人の間に二十年という歳月が国境線よりも強靭に横たわっていることを知っていたのだ。

秀文はやがて他人を見ているだけのような無表情になり、無言でゲートの方へと歩きだした。咄嗟にその背を追おうとしたのを、ヤスダの手が止めた。

秀文の背はすぐにゲートの中へ消えた。

「これを渡しておかなければなりません」

ヤスダは二冊の旅券をポケットからとりだした。共に中華民国発行の旅券を——。

真偉はその一冊を受け取って開いた。自分の旅券である。真偉は反射的に上着の内ポケットに手を入れた。そこにも旅券はある。

内ポケットからとりだした旅券の表紙は本物に見えた。中を開いても自分の名前がある。だがそれは真偉の旅券ではなかった。写真はちょっとだけ真偉と似てはいても、すぐに他人とわかる老けた男の顔だったし、何より偽造品だと簡単にわかる安っぽい作りだった。

ヤスダはその偽物の方を真偉の手から奪い、自分のポケットに突っこんだ。

「あなたに鳥を買いにいかせた間にすり換えたんです。今、秀文が僕にむけて頷いたら、そのままあなたにその偽造旅券の方を使わせるつもりでした。そうすればあなたはこの国から出られなかったでしょう。もうすぐ中華人民共和国になるこの町から——。あなたがこの偽造旅券で逮捕されたらすぐに、あなたが昔この国から逃亡した事実を密告する電話がかかるはずでした。その後この国があなたをどうするかはわからなかったが、それでも充分に秀文は復讐を果たせたでしょう。昔、あなたが他の女とともに自分を裏切ったことへの——。でもホテルでその結婚生活が壊れかけたと僕から聞いて考えを変えたんです。いいえ最後まで迷い、結局……あなたが無事に台湾へ戻る方を選んだんです」

秒針が止まった気がした。真偉は不思議に落ちついて、「この写真の男は?」と訊いた。

「秀文と一緒に食堂をやっている夫です。あなたに少しだけ似ているでしょう」

ヤスダは真偉の顔を探るように見て、自分は真偉に近づく以前からその食堂に出入りしていて、親しくなった秀文から真偉の生活を探るように頼まれたのだと言った。

「僕と秀文に何の関係もないと言ったのは本当です。僕もできるだけ嘘は最小限にとどめるつもりだったから。ただ秀文に同情し……あなたのことも決して嫌いではなかった。秀文も同じです。あなたのことを憎んでいただけではない。ただ時々消しきれない火が不意に激しく燃えあがって、あなたは昔の罪を国に戻って償うべきだと……。香港返還がいけなかったんです。それさえなければ、用心深いあなたに海峡を越えさせるのは不可能だと諦めたでしょうから。でも香港の本土返還と、偽造旅券と、僕の協力とがあれば、あなたをこの国に引き戻せたんです」

「君はそんな昔から深圳に……」

「僕は一度も深圳に行っていません」

ヤスダはもう一冊の旅券を真偉に渡した。

「それはもう不要だから棄ててください……そんな驚いた顔はやめてください。あなたが作らせた秀文の旅券ですよ。偶然ですね、あなたと秀文はともに相手のために偽造旅券を用意したんです。秀文はあなたを陥れるために、あなたは秀文を救うために——。でもこの旅券に託したあなたの謝罪の声はちゃんと秀文の耳に届いて、計画は中断されたんです」

だが、秀文はさっき旅券をもっていた。今ごろはその旅券で出国審査を通過しただろう。長い間、真偉は日本人の顔を見ていた。やっとわかってきた。深圳が秀文の計画にどう利用されたか——秀文が今どこに住んでいるか。

「あなたが逃走して一年後、秀文はあなたと女を追ったんです。あなたの何倍もの危険を冒して……何倍もの苦労をして、自分のパスポートを持てる今の自由を手に入れました。秀文の店はあなたの新聞社の裏手の一軒です」

ガラス窓越しの猥雑に群がった灯が浮かんだ。あの一つに本当にそんな意味があったのだろうか……。真偉はただぼんやりとそこに突っ立ち「何故」と訊いた。命がけで台湾まで夫を追いかけてきたのなら、何故すぐに逢おうとしなかったのか……。

「僕にもわからない。いざとなってあなたに逢うのが怖くなったのか、それともあなたを深く愛していたから、命がけで海を渡った後あなたの幸せを考えるべきだと思い直したのか。実際香港返還の日が迫らなければ秀文はこの計画を実行しなかったでしょう。ただ……」

「――」

「ただ、それがあなたへの一番の復讐だったのだと思うことがあります。すぐ近くにいてあなたに逢おうとしなかったのが……」

真偉はただ首をふった。台湾便の離陸の時刻が迫り、また秒針の音が彼の体を切り刻みだした。秀文も自分もその飛行機に乗るだろう。だが、遠い席に離れ、二人が出逢う時はもう二度と来ない……。

「あなたと秀文を二十年間隔てていたのは、国境線ではなかったんです」

ヤスダが、疲れたような笑みを見せて立ち去るのを、真偉はぼんやり見送っていた。体が動き、後を追いかけた時は、すでにヤスダの乗ったタクシーは濃くなった闇に消えていた。

香港の空はかすかな明るみを残したまま、青く、黒く、最後の夜へと流れこもうとしていた。

無人駅

西の空には雨雲がしみだしている。

いつもなら町を柔らかく包みこんで守ってくれている越後《えちご》の山並みが、そのせいで町を狭苦しく閉じこめかけたように見える。

上越《じょうえつ》線下りホームの端に立って西方の空模様を見守っていた駅員高木《たかぎ》安雄《やすお》は、体をねじって反対方向の空をふり仰いでみた。東の空はまだ雨雲の気配を寄せつけずに明るみを残し山並みものんびりしているが、ひときわの雄姿を誇る八海山《はっかいさん》だけが空の反対の端に広がりだした雨雲をいち早く察知し、身構えているように見える。

空の機嫌が山の機嫌になり、その機嫌次第で盆地の町は一喜一憂しているようなところがある。来年に定年も迫って、高木は夕刻になると何となくホームに立ち、空の機嫌をうかがい明日の天候を占うようになった。

高木は目を上りホームの柵のすぐむこうに広がるロータリーに移した。その先が駅前商店街で、地方都市らしい寸足らずの街路は、彼方の山の不機嫌さをいち早く感じとったように人影を一掃し、おし黙っている。

新潟県　南魚沼郡《みなみうおぬま》六日町《むいかまち》。

午後五時五十一分。

越後湯沢《えちごゆざわ》駅発の下り電車は、定刻どおりにホームへとすべりこんできた。

「夜はまた雨だな」

顔なじみになった車掌が後方の窓から顔を出したので、高木安雄は挨拶《あいさつ》がわりにそう声をかけた。

「天気予報じゃ何とか一日もつと言っていたのに……大丈夫だろうかね、今年の祭りは」

車掌は半月後の祭りを心配した。

例年になく梅雨の入りが遅れ、その遅れぶんをとり戻そうというように連日、騒がしい雨音が山間の町に響きわたっている。江戸時代から続いている六日町の祭りは最終日の花火が売り物なのに、このぶんでは祭りまでに梅雨明けは望めそうになかった。

停車時間は短い。

湯沢から運んできた通勤者や高校生をあっという間に六つのドアから吐き出すと、この駅からの乗客を積みこみ、もう電車は線路の彼方へと走り去っている。

改札口への階段が降車客の流れを吸いあげると、ホームは最終電車が去ったあとのように人気《ひとけ》がなくなった。

いや、一人だけいる……。

駅員室に戻ろうとあくびをしながら階段のところまできた高木は、電車の進行方向になるホームの端のベンチに女の姿を見つけた。

ひざの上にスーツケースを立て、頬杖をついている。

さっきまではいなかったから、今の電車から降りたのだ。それなのにもうかなり前からそこに座っていたような印象が体にある。

スーツケースから見て旅行客のようだ。高木が視線を止めたのは、だが、この梅雨時に観光客が珍しかったからではない。

女は電車が去った方向をぼんやりと眺めていた。少し離れていたので女の目つきまではわからなかったが、ぼんやりというのは、トレンチコートのような季節外れのコートを着こんだ体や茶色に染めた髪に疲労感がにじんでいたからだ。その女自体が今の電車が積み残していった荷物のようだった。

めったにないことだが、高木は女に近づき声をかけた。

「どうかしたかね」

女は高木が近づいた気配に気づかなかったようだ、ふり向き、ギョッとしたように目を見開いた。装いからもっと若い女を想像していたが、顔にも厚化粧ではごまかせない年齢の崩れがある。四十代半ばと踏んで、

「何か困ったことでもあるんですか」

と言葉づかいを丁寧にした。

制服で駅員とわかって、女はちょっとホッとしたようである。

「この線路、どこまで行くの」

と訊いてきた。電車の行先を訊かれたのかと思い、上越線なら長岡《ながおか》、ほくほく線で北陸本線に乗り入れれば金沢《かなざわ》までと答えると、

「金沢か……」

と呟《つぶや》き、手にしていた切符をさしだし、

「この切符でどこまで行ける?」

そうも訊いてきた。

越後湯沢で買った九百五十円の乗車券である。

「確か小千谷……までですね」

『おぢや』と言う地名が聞き慣れなかったのか、女は眉間《みけん》に皺《しわ》を寄せたが、「何か面白いものある、その町」と重ねて訊いてきた。

「チヂミで有名な町ですよ」

「チヂミ? ああ、着物の縮《ちぢみ》……これ?」

頬杖をついていた右手に小さく握りしめた黒白のかなり色褪《あ》せたハンカチは縮である。

「そう言えば、これ、昔この町に来た時に買ったものじゃなかったかしらね。今は東京でもこういうもの買えるから、わかんないけど……確かそう。着物は高すぎて手が出せないからって……」

女はひとり言のように呟くと、しばらく近視のように細くした目で下り方向の線路を追って

いたが、やがて、

「やっぱりここで下りる」

と言うと、重そうに腰を浮かせた。

――高木安雄が女と交わした会話は、これが全部である。三時間半後、その夜の九時半頃に私がかけた電話で、高木はこう言っている。

「ええ、当てのない旅に出てきてふらりとこの町で途中下車したのかと、最初はそう思ったんですが、どうも違うようですね。この町に来るつもりで新幹線を使って東京から来たのに、越後湯沢の駅に着いたら気が変わったというか迷いだしたというか、そんな感じでした。そうですか、やっぱり東京からだったんですか。まあ、そんな風には見えましたよ。夜の仕事だとはわかったんです。コートの胸もとが開いていて、下に袖なしの薄っぺらな服を着ているのが見えたんですが……それが服と言えるような代物《しろもの》じゃなくて、下着同然だったからね。素人《しろうと》さんじゃないとは見当がついたんです。ただ、そんな身なりでも、どっか垢《あか》抜けた感じがしたから。いいえ、男の話は別に出ませんでした。一人旅のようだったし、そんな……男とこの町で落ち合う約束をしていたなんて様子は全然……。そこまではわかりません。さっきも言ったように会話を交わしたといってもほんの二言三言でしたから。ただ……この町には昔一度来たようなことを言っていて、その時にはたぶん男と一緒でしたよ。『チヂミの着物は高すぎて手が出せない』と言ったんですが、それが高価すぎて男に買ってもらうわけにはいかなかったという意味に聞こえましたから。……でも一体何があったんですか。警察の人がわざわざ自宅まで電話をかけてくるなんて」

次の目撃者はその時刻、駅前ロータリーで客待ちをしていたタクシー運転手である。大島成樹。三十五歳。

大島は、女が陸橋のような駅コンコースの階段を下りて姿を見せた瞬間から、男と温泉旅館に来た水商売の女だと見当がついたという。だから、女の後ろから男が現れないので『おや』と思ったものの、すぐに『たぶん男がもう少し遅い列車で後から追いかけてくるか、すでに旅館の方で待っているかのどちらかだろう』と考え直した。そして相手の男として財布の中にまで贅肉《ぜいにく》を溜めこんだような中年肥りの男を想像した。

大島は新潟市の会社でリストラにあい、郷里になるこの六日町のタクシー会社に再就職してまだ一年ちょっとだが、客に対するカンは鋭くて、この時も遠目に女を見た瞬間、この女はタクシーに乗ってくれると感じたという。

ただし女は階段の下からまっすぐタクシー乗り場まで歩いてきたわけではない。タクシーの方に歩きだしてすぐ掲示板の前で立ち止まり、花火祭りの大きなポスターを一分近く見つめていた。大島のいた位置からでははっきりとわからなかったが、ポスターの隅の方を食いいるような熱心な目で見守っていた……そう見えた。

花火大会は祭りの最終日になるが、その日にちでも気にしているのではないか、そうも思った。案の定、女はタクシーに乗りこみ、

「双葉《ふたば》っていう旅館につけて」

と言うと、車を出す前に、

「祭りは来月？」

と訊いてきた。

「ええ」

「そう……前に祭りを見に来てるんだけど、何だか秋口だったような記憶がある。あれ、夏だったのね……記憶なんていい加減なもんだわ」

ひとり言のように呟き、フッとため息でも投げ捨てるような笑い方をした。

「前っていつのことです？」

「十六年前。雨で花火が翌日に延びて、結局一晩雨音につき合わされただけで、東京へ戻ってさあ。縁がないのよ、華やかなものには。『今夜だけじゃないよ、いつも花火の代わりに雨ばっかり見てる人生だ』って、連れと笑い合ったのを憶えてる。貧乏神と雨女の二人連れじゃあねえって……今夜もそんなとこかな、雨、降りそうだもんね」

窓から空を見あげて言った。

やっぱり男と逢うらしい。そう感じたが、ただの客にそこまで訊けないし、わざわざ訊くだけの興味も覚えなかった。格別な美人でもなく、大島も駅員と同じように遠目ではもっと若い女かと思ったが、乗りこんできた際に間近で見ると化粧ではごまかせない肌の衰えがあった。

「駅や町の印象も記憶と全然ちがうわね、別の町に間違えて来ちゃったみたい」

と言う女に、

「それは記憶違いじゃないですよ。この七、八年のうちにずいぶんと新しくなったからね、この町も」

大島はそう答えた。

「へえ、じゃあ発展したんだ」

「発展と言えるかどうか……上っ面は新しくなっても、中は俺みたいな都会で切り捨てられたのが戻ってきたりするからね」

「ふーん」

女はちょっと大島に興味をもったらしく、ルームミラーにちらりと視線を投げてきたが、すぐにククッと笑った。

「何だかこの町が吹き溜まりみたいな言い方だね。悪いわよ、いい町じゃないの……私は好きだけど。もっとも私のような女が風に飛ばされたみたいにして何となく来ちゃったんだから、少しは当たってるかな」

声は酒や煙草《たばこ》で荒れたようにしゃがれていて言葉も乱暴で馴《な》れ馴れしいが、水商売の世界で叩き上げてきたような女の男を扱い慣れた嫌味はなく、どこか人のよさが覗《のぞ》いた。

東京から来たというが、声に素朴な訛《なま》りがある。大島は好感をもち、同時に興味もおぼえたが、すでに車は町のほぼ中央を流れる魚野川《うおのがわ》を渡っている。『双葉』という旅館は、この川沿いに並んだ数軒の宿の一軒で、会話が短く途切れたうちにもうその玄関が近づいて来た。

双葉は六日町温泉でも創業の古さでは一、二を争う老舗《しにせ》だが、温泉ブームが始まった頃に中途半端に近代性を取り入れて改築したために却《かえ》ってありきたりの旅館になってしまい、この二、三年は景気も悪く、倒産の噂《うわさ》も立っている。

それでも御影石《みかげいし》の門に看板代わりの大きな門灯がかかり、すでにともった灯が双葉という文字と桔梗《ききょう》の紋を浮かび上がらせていた。

フロントガラスにその文字が迫ってきたことに気づいたらしく、

「あ、ここで停めて。門の外で……」

と言った。

料金は六百四十円だが、女は千円を出し「おつりはいいから」と言った。

だが、すぐに降りようとしない。ショルダーバッグに財布を戻しかけたまま、じっとしている。

「どうかしたんですか」

大島がたずねると、その声で決心がついたように、「降りるのやめるわ。このままた駅に戻ってよ。料金は改めてきちんと出すから」と言った。

大島が了解して車を出そうとすると、

「あ、ちょっと待って。何か書くもの貸して」

と言い、大島からボールペンと営業日報の用紙を借りると、スーツケースを机代わりにして用紙の裏に走り書きをした。そしてそれを細くたたみ、昔の投げ文のように結んで大島に渡し、

「悪いけど中に行って、イシダという客が来ていないか、訊いてくれない？　いると言ったら旅館の人にこれを渡してくれるように頼んで。来ていなければもって戻ってきて」と言うと、大島に千円をさしだしてきた。

「いや」

と千円札だけをこばみ、大島は車を降りて門の中に入った。
二、三分後には手紙をもったまま車に戻ってきて、
「お客さん、さっき『イシダ』って言ったの？　西田《にしだ》って客なら予約が入っていて、さっき『到着がもっと遅れる』って電話が入ったって。イシダって客はいないと言うから」

と言った。

女はちょっと困ったようにしていたが、「私は西田って言ったのよ。運転手さんの聞き間違い。あ、でももういいから、駅の方へ戻って」と言い、大島から手紙を受けとった。

確かに『イシダ』と聞いた気がしたので大島は納得がいかなかったが、それでも黙って、女に言われた通り、車をUターンさせた。

すぐにまた坂戸橋《さかどばし》にさしかかり、渡り終えようとしたところで女がまた「停めて」と言った。女の言い方が突然だったので、大島は急ブレーキをかけた。

「ちょっと降りてみる。せっかく来たんだから川くらい観光させて」

車を降り坂戸橋の真ん中あたりまで戻った女は、手すりに体を寄りかからせてしばらく川の流れを見守っていた。

しばらくと言っても、ほんの一分足らずである。いつもなら葦《あし》が夕風にそよぎ、水鳥が遊び、夕映えにほんのりと赤く染まって民話の中に出てきそうな懐かしい風景を造りだす川も、数日続いた雨に水嵩《みずかさ》と流れの勢いが増し、おまけに夕暮れと呼ぶには濁りすぎた雨雲が空をもう覆い尽くすように広がっていて、観光の風情《ふぜい》ではない。

それでも女は車に戻ると、「いい川ね。郷里《くに》の川に似てるわ」と言った。

本当にそう思ったというよりも、待たせた運転手への気がねのようだった。

「郷里って、どこですか」

「北上《きたかみ》」

「北上って東北の北上川?」

「そう。あ、そうか、私がこの町好きなのは、郷里に似てるからよ。今気づいた……もう二十年以上帰ってないから、この町と同じようにずいぶんと変わってるだろうけど」

車が動きだすと、女はダッシュボードに立ててある写真つきの名札に目を止めたらしい。

「運転手さん、大島って名前?」

と訊いてきた。

「ええ……何か?」

「ううん、名前よりこの写真、全然似てないわね、別人みたい……今の川も昔見た時はもっと細かったような気がするし、さっきも言ったみたいに記憶って嘘つきだなあと思うけど、写真も嘘つきだね。さっきの駅の写真なんかもあれじゃあ別人……」

不意にそこで声を切ると、「このあたりで簡単に何か食べられる店ない？　列車の中で何も食べなかったからお腹減ってるのよ」と言いだした。

「駅まで行かなくていいから」

とつけ加えたが、もう次の角を曲がれば駅である。ただ、角の手前に大島が行きつけのスナックがある。

大島はその前で車を停め、「カレーやスパゲッティくらいしか出来ないけど味は悪くない」と教えた。

二階建ての木造の上階が『ランタン』というスナックになっている。店のドアにつながる古い木の階段を女はちょっと不安げに見あげていた。あまり気にいってないようだった。

大島は気をきかせて、「ここは後三十分くらいで閉店だから、ゆっくりしたかったらあそこの居酒屋の方が……」と道路の反対側に白い麻暖簾《あさのれん》の出た店を背後の窓ごしに教えた。

「ひとまずここで軽く済ませるから……どうもありがとう」

また千円札を出して、「おつりはとっといて」と言い、車から降りると階段を上っていった。

格別大きくもないスーツケースだが、何が入っているのか、後姿の肩は一方に大きく傾《かし》いで、ひどく重そうだった。背中ににじみ出ている疲労感が、なぜか、今夜『双葉』に来る男のせいだという気がした。

ただ、いくら狭い町とはいえ、もう遇《あ》うこともないだろう。他の客と同じように、その女客のこともすぐに忘れ、一分後には駅に着いた。

六時三十二分。

金曜の晩でもあり、ちょうど着いた下り列車がいつもよりたくさんの乗客を吐きだしたが、みんなタクシー乗り場を素通りしてバスの方に向かう。

雨雲が屋根のように町の上にせり出している。いっそ雨が降りだしてくれれば、タクシーを利用する客もいるのだろうが、雲は変に乾いていてしずくを上手く絞りだせずにいる。車を下りて同僚と不景気を嘆いていると、異様に蒸し暑く、汗が皮膚に粘りついた。

女客のことは忘れたつもりでも、気もちのすみに引っかかっていたのだろう。駅が吐き出す人の流れの中に女と釣り合いそうな中年男をさがしている……。あの女と落ち合うためにこの町にやってくる男はどういうヤツだろうという好奇心が、かすかだが胸のすみにある。

昔この温泉町に一緒に来た男を女は『貧乏神』と呼んだ。今夜女が逢おうとしていた男も、昔と同じ男なのだろうか。おそらくそうだろう……そんな気がする。

確か十六年ぶりと言ったが、この町を訪ねるのも男と逢うのも十六年ぶりという意味だろうか。なぜかそんな風に聞こえた。十六年……そう、俺が引っかかったのはその言い方だ。『何年前のことか』と訊かれたら、普通『十何年も前』とか『十年以上前』とかおおよその数字を答えるだろう。十六年という細かい答え方に何か一年の違いさえ大きな意味がありそうな男との関係が見えた。女が重そうにさげていたスーツケースに詰まっていたのが、男との十六年間の歳月ではないのか。

大した根拠もないままただ漠然とそう感じとっただけだが、このカンが案外にしっかりと的を射ていたことが二分後にはわかる。

大島は車を同僚に見ていてもらい、煙草を吸いながら掲示板に近寄った。

女はそこに貼られたポスターの何を、ああも熱心に見ていたのか。

確か、ポスターの右端の方だった……花火の写真を刷った大きなポスターに近づき、その瞬間、大島は眉をひそめた。

六日町の祭りを花火の華麗さで紹介したポスターには、特別に人の目をひきつける力はない。違うのだ。そのポスターの隣りに貼られた顔写真だ、女が食いいるように見ていたのは。

女は『駅の写真』と言った。あの時は俺の顔写真の話をしていた時だから、あれは『駅に貼られている顔写真』という意味だったのだろう。女はこの顔写真のことも嘘つきと言った……それは、この顔写真が実物と別人のように違うという意味だったのではないだろうか。

普通サイズより一回り小さなポスターには、顔が四つあった。

それぞれ重大事件で全国に指名手配されている犯人たちの顔である。その中に一人だけ、笑った男の顔がある。口もとにかすかな微笑を浮かべているだけの顔だが、健康そうに歯が覗き、童顔でもあって、他の三人の陰画のような暗い顔とは別世界の明るさがあり、犯罪などと無縁な男としか思えない。

大島がその男の顔写真に視線を釘づけにしたのは、だが、そんな顔の特徴のためではなく、ただ顔の下に記されている名前のためだった。

石田広史。

やはり『イシダ』というのは俺の聞き違いではなかったのではないか。あの女は『イシダ』と言ったのだ。男が旅館の予約か何かの際に『西田』という偽名を使ったとは知らずに――。

いや、大島がその男の顔写真から目を離せなかったのは、名前のせいだけではない。東京都西池袋《にしいけぶくろ》のバー『ダイアン』のオーナー夫妻を殺傷し、金四十二万を奪いとった容疑がかかっているが、大島の目を奪ったのは、その顔写真の男が事件を起こした年月日である。ポスターに記された年は大島が成人した年だから十五年前だ。その年の六月二十六日。しかも今日が六月二十五日だから、今日でこの事件から丸十五年が経過する……。

雨雲が煮詰まったように黒くなり、最初のしずくが襟首《えりくび》に落ちてきたが、大島はほとんど気にしなかった。

女はこの事件を俺の成人式のように一つの重要な記念日として、記憶に焼きつけていた……この町に男と来たのがその前年だったのだ。だから十六年前……。

女はまた、連れの男のことを貧乏神と呼んだ。だからこの写真は嘘つきなのだ。この写真で見るかぎり、石田広史は細面《ほそおもて》ではあっても、こけた頬に暗い影を溜めこんだような貧相さはなくむしろ爽やかな印象すらある。

だが実像は、たかだか四十二万の金のために人一人を殺害するような残忍な男であり、そんな犯罪に似合った影を顔にしみつかせた男なのではないか。

大島は腕時計を見た。

午後六時四十分。

考えすぎなのかもしれない。あの女がこの指名手配写真を見ていたかどうかも確かではないし、イシダという名も偶然の一致かも知れない。あの女とこの事件には何の関係もないかもしれない。

ただ一つだけはっきりしていることがある。

この石田広史の写真は今日の午後十二時になれば意味がなくなり、石田が今日本のどこに潜んでいようと、明日になればもう警察や他人の目を怖れなくてもよくなるのだ。今、日本中で一番この時間の緩《ゆる》やかな流れをもどかしく感じ、いら立っているのが石田という男だろう。大島は当時この事件をテレビのニュースか新聞で知っていたはずだ。だが十五年間とその間に無数に起こったもっと大きな事件に埋没してしまい、今では初めて知る事件としか言い様がなくなっている。その事件が一人の女と共に突然この小さな町と大島の小さな人生に飛びこんできたのである。考えすぎではない……イシダという名前も偶然の一致などであるはずがない。あの女の言動は絶対に普通ではない。俺は見ていたんだ、あの女が俺に届けさせようとしたメモのような手紙を橋の上から魚野川に投げ捨てるのを……。だが、どうしたらいいのだろう。これだけの話で警察が動いてくれるだろうか。動いた結果女と事件が何の関係もないとわかったら……人の良さそうな女だったし、おかしな迷惑をかけたくない。だが、あの女がこの町で落ち合おうとしていたのが本当にこの指名手配中の殺人犯だとしたら……。この犯人も今ごろどこかで胸の動悸《どうき》を時計の秒針のリズムに合わせ、明日になるのを今か今かと待っているだろう。大島も反対の意味でドキドキしている。こんな重要な決断を迫られるのは生まれて初めてだった。去年のリストラも彼の人生の大きな転機とはなったが、彼には選択の余地はなく、辛《つら》くはあっても迷う必要は何もなかった。だが、今は迷っている。警察に行ったらいいのか……行かないでもいいのか。この迷いにはそう簡単に答えが出せそうにないのに、腕時計の秒針はどんどん時間を消し去っていく。この山峡《やまかい》の町にも雨と共に最後の夜が下りてきた。写真の男が待ち続けてきた十五年の最後の夜が……。

今すぐにも決断しなければならない。明日になったら遅すぎるのだ。一人の殺人犯が自由を得る代わりに大島は死ぬまで後悔し、迷い続けることになる。あの晩、女に逢いにこの町に来ようとしていた西田と名乗る男は本当に凶悪犯ではなかったのか……。

その明日まであと五時間二十分……いや、あと五時間十九分。

十五年前昭和五十×年の六月二十六日、池袋駅西口の歓楽街にあるバー『ダイアン』で起こった殺人事件の第一発見者が、店に半年前からバーテンとして雇われていた石田広史である。石田はその日午前三時過ぎに最後の客を送りだすと、後片づけをして三十分後には店を出た。この時店内にはオーナー夫婦がいてその日の売上の計算をしていたのだが、売上の数字を巡ってオーナーと店のママをしている妻との間にちょっとした諍《いさか》いが起こり、そのこともあっていつもより簡単に後片づけを済ませ少し慌《あわ》てて店を出た。慌てたのがいけなかったのだろう。歩いて二十分近い巣鴨《すがも》のアパートに戻ってから、財布を店に忘れてきたことに気づき、また徒歩で店に戻った。

夏至《げし》を過ぎて間もない一日で、石田が店に戻ったという四時半頃には、もう夜は白く明け始めていた。店のドアには錠がおりていなかったので、まだオーナー夫婦が居残っていると思った。ドアを開けると同時にそれは確かめられた。二人は間違いなく店内にいた。ただし一時間前とはあまりに変わり果てた姿で——。オーナーの向井信二は包丁を胸に突き立てられて床に倒れ、そばのテーブル席のソファーにはママの杉江がうつぶせに倒れていた。二人は血まみれで、さらにテーブルやカウンター、壁にまで血が飛び散っていた。

奥の電話に近づくためには二人の死体をまたいでいかなければならない。その勇気が出ず、石田は駅前の派出所まで走り、五分後には巡査を一人連れてきた。

巡査の通報で署から捜査員らが駆けつけるまでの間に、石田は巡査にこんな風に惨劇を発見するまでの経緯を語った。後で思えば、石田は事件の第一発見者になることで警察の視線を自分からはずそうとしたようである。

第一発見者になることにはメリットがあった。石田は事前に着替えを用意して返り血を浴びた衣類を犯行現場で着替えたようだが、手や靴についた血、それから凶器の包丁についた指紋をどう処理すればいいかわからず、「オーナーがまだ生きているように思えたので思わず包丁を体から抜こうとした」とごまかすことにしたのだ。巡査にそう言い、小賢《こざか》しいことに『オーナーはママが最近店の客の一人と親しくしていたことに腹を立てていたから、口論の末に包丁を握ってしまい、ママを殺した後、自殺したのでは……』と自分の推理を語り、今夜だけでなくオーナー夫婦の仲が険悪になっていたことは、店でホステスとして働いている六人の女性全員が証言するだろうとつけ加えた。

頭の切れる男だったが、時々信じられないような間抜けた事をして皆に少し馬鹿にされていた——。

後にホステスの一人が石田のことをそう言ったが、石田の犯行にも愚かとしか言いようのないミスがあった。池袋署員が駆けつけるまでの間に石田の言葉をメモにとっていた巡査は、その時になってオーナーの向井がかすかながらまだ息をしていることに気づいたのだった。虫の息ではあったが、直ちに救急車が呼ばれて病院に運ばれた向井は奇跡的に一命を取りとめた。そして、三日後危険な状態を脱し意識が完全に戻ると、「犯人は石田だ」と語った。

石田は月末も近いこの日、客たちの売掛金などが集まりオーナーの手提げ金庫にかなり多額の現金が入っていることに目をつけ、その金を狙って犯行を企《くわだ》てたようである。まずオーナーがトイレに入ったすきにママの杉江を殺害し、トイレから出たオーナーが驚いて目を剝《む》くすきを狙って包丁ごと体をぶつけてきた。オーナーの向井信二は店の表面に出ることなく、裏で事務をとったり経営面を担当していたが、釣りが趣味で釣り上げた魚を自分でさばいて客に出すこともあった。そのために店においてあった刃渡り三十センチの刺身包丁が凶器になった。

この被害者自身の証言を待つまでもなく、警察では事件直後から犯人を石田だと断定していた。石田は向井が救急車に乗せられるどさくさに紛れて逃げだしている。凶器の包丁の柄《え》からは石田の指紋が発見されたし、ホステスたちの証言で石田が競馬で大金をすり、金銭的に窮迫していたことがわかった。金融業者から暴力団まがいの威嚇《いかく》の電話が店にかかってきていたという。

凶行の時刻は三時半ごろだった。その後石田はアパートに帰っているが、それは奪いとった金庫の中身を自室に隠すためだったようだ。新聞配達の少年が午前四時ごろに石田がアパートの中に入っていくのを見ている。警察のその後の調べで、石田の部屋の入り口から被害者の血痕が発見された。靴の裏につけて現場から運んできてしまったものらしい。

石田は向井が救急車で運ばれた直後、自分の計画の頓挫《とんざ》をさとり、現場をこっそり離れてアパートに戻り、四十二万の金を持ち身の回りの品を持って逃げた。ボストンバッグを提げ、慌《あわただ》しくアパートの裏口から飛び出していくところを住人の一人が見ている。

被害者の死亡を確認しないで第一発見者を装い派出所へと走った犯人の愚かさは警察でも失笑を買った。非合法すれすれの風俗店が建ち並ぶ犯罪多発地域で起こった格別珍しくもない事件だし、当初警察ではこの犯人は簡単に逮捕できるだろうと軽く考えていた。

だが警察の楽観を裏切り、石田広史はアパート裏手の路地に姿を消して以来、とうとう十五年間警察の追及の手から逃げおおせたのだった。

いや、公訴の時効が成立するという法律的な意味での十五年間はまだ終わっていない……まだ後数時間が残っている。正確には後四時間と二十七分――。

タクシー運転手大島成樹と電話で喋《しゃべ》りながら、私は署の壁にかかった掛時計で、その時刻を確かめた。

午後七時三十三分。

結局大島は三十分以上迷った末、中学時代の同級生で六日町署に勤める山根《やまね》という友人に連絡した。山根は残業で忙しくもあったので、その電話の内容を簡単に私に伝え、後は私に任せることにした。山根が一課の刑事の中でも私を選んだのは、私が以前忘年会か何かの席でその事件のことを熱っぽく語っていたのを思いだしたからだという。

署の玄関にも指名手配ポスターが貼られていたが、六日町署でその事件に一番関心をもっていたのは確かに私だろう。私は事件が起こった当時、東京の上野署にいて、池袋で起こったその事件とは直接何も関係なかったとはいえ、いろいろな話が耳に入ってきて、個人的に興味をもってもいた……。私は三十二で犯人と同じ年齢だったし、競馬ではなく競輪に狂っていて公務員の常識では考えられないような多額の借金を抱え、妻からも離婚を迫られていた。

当時私も、犯人の失錯を——自分が殺した人物の死亡をちゃんと確認しなかった犯人の愚かさを笑った一人だったが、笑いきることは出来なかった。私はその愚かな犯人と自分がどこか似ているような気がしてならなかったのだ。

結局二年後妻子と別れ、郷里の長岡に近いこの町の警察署に移ってからは賭け事とも縁を切り、地味ながら誇りをもってこの仕事にも励むようになった。借金は死んだ父親が残して行ってくれた家を売って返済し、間もなくこの町の女と再婚した。

小さな借家でそれなりに幸せな暮らしをしている今は、当時を懐かしく思いだすこともある。東京や事件、それから勝ち目のないレースをしている競輪車の輪っかのように意味もなく焦《あせ》り空転していた自分のことを……。

もっとも山根が取り次いだ電話で大島成樹の話を聞きながら、東京やその事件を懐かしんでいる余裕など私にはなかった。

「女がランタンに入っていって一時間近く経つわけだね」

その点を確認し、大島に礼を言い、また何かあれば連絡してほしいと頼んでこちらの携帯電話の番号を教えて電話を切り、今度は腕時計を見た。

午後七時三十九分。

私はまず『ランタン』の電話番号を調べ、即座に電話をかけてみた。『ランタン』は私がよく顔を出すスナックで経営者の滝口夫婦とは顔なじみになっている。

「その女の客なら、もう二十分くらい前に出てったけど……そっちに行ったんじゃないんですか？」

電話に出たマスターが私の質問に答えてそう言った。

「そっちって？」

「警察署ですよ。支払いの時に警察署がどこにあるかと訊かれたので教えたから。今、署からなんでしょう、この電話……あ、ちょっと待って。女房が何か……」

短く電話がとぎれ、

「ここを出た後、おもちゃ屋さんに行ったみたいですよ」

「おもちゃ屋？」

「ええ。おもちゃ屋と言うか、子供向けの雑貨屋と言うか……あるでしょう、ウチの店の並びに」

問題の女性客が出ていって五分もしてから、滝口の妻が忘れ物があることに気づいて追いかけたという。駅の方まで行ったのに見つからず諦めて帰ってきたら、すぐ近くの雑貨屋から何かを買って出てくるのを見かけた。女は忘れ物を受けとり礼を言うと、道路をへだてた斜向いにある居酒屋が何時までやっているかと訊いて来た。「十時半ごろまではやっている」と答えると、「じゃあ、まだゆっくりできるわね」と言う。雨が本降りになってきていたので、滝口の妻が自分のさしていた傘で居酒屋の入り口まで送ってやったらしい。

「いや、すみません。女房が戻ってきて忘れ物は渡したと言っただけなんで……今もまだ『田舎屋』にいると思いますよ。あの客がどうかしたんですか」

私はその質問をあいまいな返事でごまかし、

「それで忘れ物って何だったの？」

と訊いた。

「腕時計ですよ。テーブルの隅っこに……」

私は「ふーん」とだけ答え、雑貨屋の電話番号を教えてもらい、電話を切ろうとしてから、ふと気になって、

「どうしてその女は腕時計を腕からはずしたんだろう」

と訊いてみた。返ってきたのは意外な言葉だった。

「腕じゃなく足からですよ。右足だったかの足首にはめてたんです。男物のようなゴールドの

腕時計だったけど」

カウンターのそばのテーブル席についた女は注文したカレーライスに半分しか口をつけず「美味しいけど。食欲がないから」と言い、両足を組み、ぼんやり考え事でもしているように見えた。顔は厚化粧のせいで却って老《ふ》けて見えたが、コートの裾から大胆に流れだした太ももから足首にかけての線はまだ充分な張りを持っていた。だが店のマスターが目を止めたのは、足の美しさではなかった。

「彼女、僕の眼に気づいてはずしたんですよ。腕時計を足首から……『痩せたから手首だとずり落ちちゃう』とか言ってました。僕には自然に足を組んでいるだけに見えたんですが、女房は女だから『あれはあんたや男の客の目を意識した足の組み方だった』と冷たい言い方をしてますね。『自分の足の商品価値を知ってる』とか『唇も物欲しげで、なんか体中に吸盤みたいに男を吸い寄せる唇を持ってる感じだ』とか、そんな酷《ひど》いことまで……」

『ランタン』の主人夫婦がこの日女と接触した第三の証人なら、次の証人は『ランタン』から三軒駅寄りにある雑貨屋でその時刻店番をしていた脇田フサ（72）である。

「その女の人なら確かにまだついさっき……買ったのは四百円の花火のセットです、線香花火やねずみ花火がとりどりに入った……。『お子さんへのお土産ですか』と訊いたら、『子供は面倒だから作らなかった。けどそのぶん私がいつまでも子供のままで、花火やおもちゃ見ると買いたくなるから。困ったもんだわ』って笑ってましたけどね。いいえ、着てるものも言葉づかいも品がなかったけど、感じ悪い女じゃなかったですよ、愛嬌があって。『何年かしたらまた来るから、おばあちゃんもそれまで元気にしててよ』と言ってくれてね」

第五の証人となる『田舎屋』の主人鬼頭泉太郎は、女の顔が麻の暖簾を分けて覗いた時から、いわくありげだと感じたという。

ただし、この主人も女に不快な印象を抱いてはいない。カウンターの一番奥の席に疲れた体を崩すように座り、「あんまりお金もってないから、安いお酒でいいけど」と断って冷酒と土地の名物である車麩《くるまふ》の煮物を頼むと、「美味しいわね」と顔をくしゃくしゃにして笑った。厚化粧を忘れさせるような飾りっけのない笑顔で、主人は好感をもった。

四年前に六十二歳で長年の連れ合いを亡くし、その後は大学を出たばかりの息子に手伝わせて何とか店を切り盛りしている。十坪ほどの狭い店でもいつもなら二人では賄《まかな》いきれないほど客が来るのだが、今夜は降り出した雨が客足を遠のけ、女のほかは二組しかいない。閑散とした店内に、激しくなった雨音とテレビの野球中継の音声が空しく響いていた。

「旅行みたいだけど……今夜泊まる宿は？」

女がスーツケースを持っているのを不思議に思ってそう尋ねると、

「川向こうの『双葉』。連れと旅館で落ち合うことにして別々に東京を出てきたんだけど、まだ連れが宿に着いてないから、時間つぶしてんのよ」

「どうして……旅館で待っていれば？　料理だって出るし」

「本当に来るかどうかわかんないのよ。もし来なくて私一人だけになるのなら、旅館には行かないでこのまま最終で帰ろうと思ってるから」

女はそう言うと、時刻表を借りて調べだし、すぐに「いやだ、もう老眼みたい、私」と笑い、主人の息子の夏雄が代わりに六日町駅と越後湯沢駅での最終列車の時刻を調べた。

「新幹線の最終が十時二十分か……」

そう呟き、バッグから男物らしい金製の腕時計をとりだして時刻を確認すると、

「電話借りるよ」

と言って、メモ帳をとりだし電話番号を調べる様子だったが、やがて舌打ちをして、

「双葉の番号、わからない？」

と訊いた。それも夏雄が調べ、女は椅子から腰を浮かせた。電話はカウンターの一番奥の端においてある。女の手が受話器へと伸びた時、その手に答えるように電話が鳴った。

店の時計を見た主人は、その目で息子の顔を盗み見て、それから電話をとった。妻の死後息子には内緒でつきあっている国道沿いの小料理屋の女将《おかみ》が今夜電話をかけてくると言っていたのだ。

受話器に向けて、何度も「ええ」「ええ」という返事だけをくり返し、一分近くで電話を切ると、もう一度時計を見た。

八時三分。

女は手を受話器へと伸ばしながら立ち上がった。双葉へとかけたらしい。

「西田さん、まだ着いてない？……そう……何か連絡は入ってないの」

相手は『ええ』と答えたのだろう、落胆した声で「そう……」と呟いた時、入り口のガラス戸が開き常連客が入ってきた。

主人が「いらっしゃい」と声をかけ、女もちらりとふり向いたが、大して関心もなさそうに顔をそむけ、また電話での会話に戻った。

「ひどい降りになってきたよ」

客はカウンターの真ん中の椅子に座り、夏雄が渡してきたお絞りで濡れた髪や白いシャツを着た体をぬぐった。

「何にします？」

主人が緊張したような少し硬い声でそう訊いてきた。客は『もっと自然にしてくれ』と目配せで知らせながら、「酒はいい、車だから。何か適当に食い物」と言った。

この客が、つまり私である。堀内行浩、四十七歳。私は雑貨屋に電話をかけた後、二件の電話をかけ、車でその店に来たのだ。正確に言えば、私は一刻一秒を争っていたので、車を運転しながら二件の電話をかけ、『田舎屋』の主人への電話は店の駐車場に着いてからかけた。『ええ』とだけ返事するように言い、「今店にいる女のことでちょっと調べたいことがあるから、私が入っていっても警察の人間だということは黙っていてほしい」と頼んだ。そして午後八時五分。私はその時刻を腕時計で確かめると、暖簾をかきわけながらガラス戸を開け、問題の女の前に登場し、その夜の六番目の……最も重要な証人となった。

いや、店の中に入っていったのは私のほうだが、女のほうが私の前に登場したと言った方がいいのかもしれない。

電話をかけている女をさりげなく観察しながら、その女に見憶えがあるような気がしてならなかったのだ。

顔よりも、電話に向けて喋っていた声や立っているだけでも疲れると言うように物憂げに壁に寄りかかった肩、それから、

「悪いけど西田さんが到着したら『田舎屋』に電話をくれって伝えてくれる？　そう、川から駅の方へ来たところにある居酒屋さん……そこにいて飲んでるからって。名前？　女から電話があったと言えばわかるから」

と言って電話を切り、椅子に座りながら私と目が合うと、いかにも男馴れした感じに反射的に顔に浮かべた愛想笑い。

その何かが私の記憶に引っ掛かってくる。ただ、私が作り笑いで答えながら、女の顔にしっかりと視線を絞りこみ、

「あれっ、もしかして前に逢ったことが……」

と言ったのは、私のハッタリだった。

「ええと東京の池袋の……そう、確か『ダイアン』だったかな、そんな名前の店にいた……俺、五、六回通ったんだよ。ええと……悪いな、名前は忘れたみたいだ。どのみち源氏名って言うの？　本当の名前じゃなかったろうけど」

慌てていたから、私は思い切ってそんな芝居をした。尋問の際のようにじわじわと相手を追いつめていくだけの余裕はなかった。

だが、女は顔から微笑を消し、素っ気なく、

「人違いよ」

と答えただけで横をむいてしまった。

最初から『池袋』とか『ダイアン』とかの名前を出したのがいけなかったのかもしれない。『昔東京で……』というくらいのぼかした言い方をしておけば、向こうからディテールをくれたかもしれない……。

だがゆっくり後悔している余裕もなかった。

「でも下りの人だろ」

そう畳みこんだ。

「下りの人？」

「東京から来る人をそう呼ぶんだ。恰好《かっこう》見ればわかるよ」

「じゃあ上りの人はどんな恰好してんの。ひどい言い方ね」と言い、「私も昔は上りの人だったのよ、北上の出だから」と笑った。

「東京のどこ」

「今は千葉。昔は東京の店にいたこともあるけど、池袋とは全く逆方向……厚化粧すれば顔なんてみんな似たようなもんだから、人違いよ」

いつの間にか打ち解け、それから一時間近く私は女と語りあった。だが、女に関しては既に大島から聞いていたこと以外、ほとんど何もわからなかった。

この店でも双葉で男と落ち合うという話は出たが、直接女が言ったのではなく、私のいら立ちに気づいた店の主人が、「この人を口説いても無駄だよ。いい人と今夜、もうすぐ双葉で逢うらしいからね」と助け舟をだしてくれたのだ。

逆に女のほうが私のことを知りたがり、私は名前と年齢以外すべて嘘を答えた。小学校時代の同級生の一人が長岡の食品工場で事務をとっている。その男の経歴や今の暮らしぶりをそのまま自分のこととして話し、合間にさりげなく女に質問をむけたが、女は私以上のさりげなさで質問をはぐらかしてしまう。たとえば、私が名前を訊くと、

「ゆかり」

と答える。

「それは店で使っている名だろう。ここはそういう店じゃないから、本当の名前を教えてくれてもいいだろう」

「……いやよ。私の本当の顔も本当の名前も知っているのは一人だけでいいから」

「それが双葉で逢うことになっている男？」

「違うわ。今夜のは全然別の男……朝までのつまんない関係よ……関係とも呼べないようなね」

「なんだ、今待ってるのが『いい人』というわけじゃないのか」

「そう、全然。だから待ってるわけでもないのよ。来なけりゃ来ないでいいから。そんなこと

より、さっき奥さんと娘さんがいるって言ったのに、どうして外なんかで食事……」
といった具合で、結局私の方が答えさせられる。「妻なら親父さんの体調が悪いので娘と一緒に実家に帰ってる」私は質問に答えるのに精一杯で、自分の方からどうさりげなく質問を向けるかを考える時間がなかった。

結局およそ一時間後、新しい客が「雨がやんだ」と言って入ってきたのを機に、女は立ち上がった。電話の方を見て、

「やっぱり掛かってこなかったわね」

と呟くように言い、勘定を支払った。

「駅？　それとも旅館？　何なら送っていこうか、車で」

「わかんないから、どこに行くか……行き当たりばったり、外に出て決めるから」

そう断り、女はガラス戸を閉めた。建てつけの悪い戸が空しく軋《きし》んだ。耳障りな音が、この一時間が無為に流れた証拠のように思えた。私は少し焦っていた。女の素性が何一つわからなかったことにもいら立っていたし、私は女と喋りながら、やはりこの女には前にも逢っているという気がいっそう強くしてきたのだが、思いだそうとすればするほど、記憶はぬかるみに沈みこみ私をいら立たせた。

しいてこの一時間に収穫をさがせば、女が故意に素性を隠そうとしていたとわかったことくらいだろう。私を質問攻めにしたのは、自分が質問されるのが嫌だからに違いない。やはり犯罪につながるような何か得体の知れないものを女は厚化粧や男好きのする仕草や声に秘めてい

る——。

私は焦りながらも、だが、すぐには女を追いかけなかった。この一時間にはもう一つ収穫があり、なぜ女に記憶があるのかわからないまま、女との間に何か連帯感のようなものが生じた気がしていたのだ。私が追いかけなければ、女の方からもう一度すぐにも私に逢いたがってくれる……なぜかそう確信している自分がいた。

女が質問攻めにしてきたのは、一つには男としての私に興味を覚えたからだ。そんな自信さえあった。たぶん、それは自惚《うぬぼ》れだろう。『ランタン』のマスターの妻が言うように、男をそんな風に自惚れさせる手管《てくだ》を持ったしたたかな女なのかもしれない……ただ、それでも私の自惚れには一つの証拠があったのだ。

「何をしでかしたんです、今の女」

小声でそう尋ねてきた主人に私は「今はまだちょっと」と答え、時刻を確かめた。

女が出て行って、三分が経過していた。

午後九時四分前。

私はその時刻をもう一度腕時計で確かめた。自分の腕時計ではなく、女がすぐそばの品書きの陰に忘れていった金製の腕時計で——。私には、女が前のスナックを出る時と同じように、その男物の時計をわざと忘れていったのだという気がしてならなかった。私に後を追いかける口実を与えるためか、自分が店に戻る口実にするために——。

一時間前、署から田舎屋に向かう車の中で、私は双葉と池袋署に電話をかけている。

池袋署では、情報の提供もほとんどないまま事件自体を放棄してしまった様子だったが、六日町に現れたという一人の女にはそれなりに興味をもち、私が『逃亡中の犯人石田広史の周辺にそういう女がいなかったか』と尋ねると、『今署にいるメンバーではわからないが、当時事件を担当した栗木庄三という刑事なら何かわかると思うので、至急連絡してそちらに電話を掛けさせる』と言ってくれた。ただし栗木は今現在東京を離れていて、簡単にはつかまらないかもしれないと言う。

九時十二分。

居酒屋の駐車場から車を出そうとした時、その栗木刑事から電話が携帯にかかってきた。正確に言えば栗木庄三は去年定年退職しているから元刑事であり、電話は広島からだった。

私は早速問題の女のことを話し、そういう女が捜査線上に登場しなかったかと訊いた。

「うなじの下の方に三ツ星のようなほくろがありませんか」

栗木はいかにも初老を迎えたという枯れた声でそう訊き返してきた。

私が「店でもコートを着ていたので襟に隠れてそこまでは……」と答えると、

「そうですか……」

とだけ答えて沈黙し、それから「一人います。ミズノハルコという名前で……」と言って漢字では『水野治子』と書くと説明した。

当時『ダイアン』に勤めていたホステスの一人で、犯人とは事件の起こる一年前から交際があったという。事件直後と一年後と二度にわたって石田はこの女に電話で連絡している。特に二度目の電話は録音もされており、石田が「金が尽きた。十万でいいから都合をつけて送ってほしい」と言い、現金封筒の送り先として室蘭《むろらん》の郵便局を指定してきた。栗木ら捜査員がわざわざ北海道まで飛んだのだが、治子が警察に協力しているのを察知したのか、石田は郵便局に現れず、以後治子への連絡も途絶えた。水野治子は障害者の弟に仕送りを続けている真面目な女であり、自分が金に困っていたこともあり、石田の共犯者と疑われるのが嫌で警察には積極的に協力していたらしい。

石田はその後、北九州《きたきゅうしゅう》市の製鉄所で働いていたという情報を始め、下関《しものせき》、名古屋《なごや》、小郡《おごおり》、徳山《とくやま》で見かけたという情報が入っているが、どれもタレコミ的な提供者の名前もはっきりしないような情報ばかりで捜査にはつながらなかった。一番新しい情報が『広島の繁華街裏にある食堂で見かけた』というもので、まだ一週間前だという。

「それでそのう、今広島に？」

「いや、まあいいかげんな情報だから……本気で探しに来たわけではないんです。すでに退職してるし。昔から安芸《あき》の宮島《みやじま》に参詣《さんけい》したいと思っていたので旅行のついでに……時効の日だから、退職したとはいえ一応署の方にも断って」

その食堂に行ってみたが、ガセネタらしく経営者や店員に心当たりはなかったという。

「ただ、名古屋を除くと北九州から徳山まで、情報はほぼ三年おきに入ってきていて、最後がこの広島だから。広島は石田の郷里ですからね」

「つまり……」

「ええ。時効の日に向けて石田が少しずつ郷里に近づいていったと考えられないこともないから」

郷里という言葉で思いだし、私は水野治子の郷里が北上ではないかと訊いた。

「東北は東北だが三陸ですよ。確か気仙沼《けせんぬま》……あ、それからその女は今は千葉だと言ったそうですが、去年退職の直前に一度会いにいった時は大宮《おおみや》の店でした」

しかし、だからと言って問題の女が水野治子でないとは言い切れない。同じ東北であり、現在が同じ東京近郊なら、却って女が水野治子だという可能性は大きくなりそうだ。

「双葉という旅館ではその西田という男の事をどんな風に？」

「三日前の夜に予約の電話が入ったそうです。声に訛りがあったというけれど、それが広島の訛りかどうかはちょっと……この後また電話をかけて訊いてみますが」

西田と名乗った男は二名で予約し、連れの方が先に着くかもしれないと言い、また二人とも到着が夜遅くなるかもしれない、その場合食事はいいが、きちんと食事ぶんも払うと言ったという。そして、今日また夕刻に電話をかけてきて、『到着が大分遅れる』と言った……。

「それを石田本人がかけたのだとしたら、現れないだろうね、たぶん、六日町には。これは今想像したことだけれど、その女は警察の目をごまかすための……」

「スケープゴートみたいな……」

「ええ。かえってこの広島にいる可能性が高くなった気がしますよ。誰かが密告したのに気づいて警察の目を広島からそらすために女をそちらの町に送りこんだという可能性が……警察はあの程度の情報では動かないので退職した私が自費で調べにきたわけですが、逃亡犯としては気が気ではなくて、焦燥から打つ必要のない手を打ったのかもしれないと」

「つまり、私もタクシーの運転手も二人に踊らされているだけだと？……しかし、警察の目を逸《そ》らすためと言ってもかえって危険になるでしょう」

「いや、十五年逃げ延びてきて自由が目の前にある……あと数センチのところで阻《はば》むものが出てきたとなれば、犯人の焦りは並じゃない。逆に自分の足を引っ張るような馬鹿な真似をするもんですよ……だいたい、その女の行動はわざと人目につくようにしているとしか思えないが……」

指名手配の写真を人目の多い場所で長いこと凝視していたり、男物の腕時計を足首にはめたり、遠回しだが男の影を町の連中にアピールしている……。

「今、女はどこにいます」

「六日町駅のホームです。端のベンチに」

電話で喋りながら私は、車を駅まで走らせていた。女が駅に向かった公算が強いと考えたからだが……これは当たった。ただし、列車に乗るためではない。決してない。女は私が車で追いかけてくることを見抜いて、ロータリーから見えるホームの端にいるのだ……。

「列車に乗って町を離れるつもりなのか」

「そうとは限りません。この駅は夜の八時以降、無人になるのでホームの出入りは自由なんですよ」

九時二十五分。

上り下りとも後三十分近く列車は来ない。

「その三十分間に女に近づけますか。女が水野治子かどうか確かめる方法が一つあります。去年大宮で会った時、彼女から携帯電話の番号を聞いておいたから……そうですね、九時四十五分ちょうどに掛けてみます。その時、女のそばにいて下さい」

女は携帯をもっていないはずだ、田舎屋で店の電話を使っている――。そう言おうとして、私は『待てよ』と思った。携帯よりも店の電話を使った方が電話の内容を店の連中に自然に聞かせられる……男を待っていることを女がこの時も店の主人たちにアピールしたかったのだとすれば……。

私は承諾して電話を切り、ロータリーの隅に駐《と》めた車から降り、階段をあがった。駅員室にはまだ人がおり、私はその駅員から、高木安雄という駅員が夕方おかしな女がホームにいたと言っていたことを聞かされ、高木の家に電話をかけたのだった。

高木の話を聞くと、女がわざとこの町で自分を印象づけようとしていたのは間違いないと思えてきた。それと共に女が何か大きなリスクのともなうことをこの町でしようとしていたことも――だからこの町で下車するのにためらいを見せたことも。

だが結局は女の真意がよくわからないまま、私は人のいない改札口を通った。九時四十一分。手にもっていた金製の腕時計が五分遅れていることにこの時になって気づくと、改札口の時計に合わせて直し、それからホームへの階段を下りた。

ベンチに座っていた女はふり向き、私の顔に視線をとめてきた。二人の間にはかなりの距離があったが、それでも女が微笑しているのがわかった。口紅の色や雨音と混ざりあい、微笑は赤く唇ににじんでいた。

また雨が降り始めていた。私はゆっくりと女の方に歩いていった。女は足を組んでいたが、片方の足は靴を脱ぎ捨てていた。踵《かかと》の高いサンダルのような靴が、素足のすぐ下に転がっていた。私から目を離さずに、女は指で器用にその靴を吊りあげ、振り子のようにふった。

「この時計、忘れていっただろう」

私はそう言って腕時計をさしだした。

「ありがとう。今気づいたところ」

靴を履き、意味もなく足首のあたりを指でさすりながら女はそう言い、その後腕時計を受けとってバッグの中に入れた。

「オメガと言っても只《ただ》同然の偽物だから、忘れたままでもよかったのだけど……でも、追いかけてきたのはそのためだけ？」

女はそう言って、アイシャドウが染み付いた瞼《まぶた》をめくり上げるようにして突っ立ったままの私を見あげた。その目がやはり微笑を含んでいる。追いかけてきた男の意図など簡単に見抜ける――無言の目の微笑はそう言っていた。それは女の自惚れだ。女が誤解しているのであって、俺は刑事としてこの女のことを知りたがっているだけだ。この女がこの町で逃亡犯と落ち合うのなら、俺にはそいつを逮捕する義務がある。そいつだけでなくその逃亡に手を貸しているこの女のことも……。そのためだけに、俺は女を追いかけてきたのだ。そのためだけに……。だが、本当にそうだろうか。東京にいた頃もそうだった。私は忙しい仕事の合間を縫って競輪場に行き、夜は女たちのいる店に足を運んだ。当時の私はそういう方面を担当していたから、いつも店のドアを開けながら半分は仕事だと言い訳していた……競輪車の輪っかに夢を追うように女たちにも夢を追った。万車券を当てるような確率で、私はテーブルに次々とやってくる色とりどりの女たちの中に一人は私のことを本当に愛してくれる女を引き当てられるかもしれない……そんな夢におぼれた。そして自転車が私の夢とは違う勝手な方向へどんどん逸れていったように、女たちも私の夢を置き去りにして足早にどこへともなく去っていき、気がつくと私は借金の泥沼に首までつかっていた……首までというのは懲戒免職すれすれまでという意味だ。だからこそ私は当時起こった強盗事件の犯人石田広史のことをさげすみながらもどこか同情していたのだ。酒に溺れてもいた私が吐血して倒れていなければ、私はあの後ひと月足らずで、石田と同じ運命をたどっていたような気がする……。

だが、雨音と夜とに塗りこめられたホームで、女の微笑の目を見つめ返しながら、一瞬私の脳裏を掠《かす》めたのは、石田の顔ではなく、あの頃の女たちの顔だった。競輪場の空にはずれ車券が舞い散りしくように、女たちの顔が脳裏に散った。私は以前その女に逢ったことがあるような気がしてならなかったのだ。あの女たちの一人なのだろうか……だが、池袋に行った記憶はない。それとも十五年も過ぎ、忘れているだけなのだろうか。

そう十五年だ。後二時間十七分で十五年が過ぎ去る……いや、後二時間十六分。

「東京……じゃなかった、千葉に帰るのか」

私は女の隣に腰をおろしそう訊いた。

「さあ……わからない。どこに行くのか、切符も買ってないし、どっちの方向が上りなのかも知らないから」

「それは俺も知らんよ。この駅には二つの線が乗り入れてるから」

その時刻、上越線とほくほく線どちらのホームも人気はなかった。ただ雨だけが降っていた。私は女の横顔を見つめながら、この女にも二つの顔があるのだと思った。私の体にも二本の線路が乗り入れている。警察官として小さな家庭の平和を守っている人生と女や賭け事に溺れた危険な、だが夜の閃光にも似たまばゆい快楽に満ちた人生。私はあの自堕落な日々を十五年前の東京に完全に捨ててきたわけではなかった。私はただ我慢していただけだ。そして十五年が過ぎ、あの犯罪に似た日々にも時効が来た時、私の人生はまた罪を求めはじめていた。女の体が私の肩数センチのところに迫っていた。私はその女を無性《むしょう》に抱きたかった。田舎屋のガラス戸を開けた時から、私はただその女を抱きたかった……。

「車で来たの？　だったら一箇所だけ行きたいところがあるけど連れてってくれない？」

女がそう言った時、女の体からかすかな金属音が響いてきた。正確には女が肩にさげたバッグの中から——。私は我に返って、ホームの時計を見た。長針が九時四十五分へと動いた。ベルの音は途切れ、女はさりげなくバッグを開けて携帯電話をとりだすと、電源を切ってまたバッグに戻した。

電話が誰からかかってきたかには何の関心も見せず、女はすぐに会話に戻った。

「ダムに連れてってよ。駄目?」

「いや、いいけど、こんな夜に?」

「夜だから行きたいのよ」

私はもちろんオーケーし、女と駅の外に出た。シャツのポケットに突っこんだ携帯が振動を胸に伝えている。栗木元刑事がかけてきたのだ……駐めた車へと向かおうとした時、タクシーに寄りかかり煙草をふかしている若い長身の運転手と目が合った。運転手は女の顔を見て挨拶のつもりなのかちょっと頭をさげ、その目で次に私の顔を盗みとるように見たのだった。私は反射的に顔をそむけた。この男が大島だ……そう思い、大島の方でも私の顔は知らないはずだが刑事だと気づいて挨拶でもしてきたらまずいと思ったのだ。女を車の助手席に乗せ、「トイレに行ってくるから少し待っててくれ」と言い、私はまた駅へと走った。

長身の運転手はやはり大島だった。私がトイレに駆けこむと同時に電話が携帯に入り、

「今例の女が男と駅から出てきて車でどこかに行くみたいです。顔をそむけたし暗いのではっきりわからないけど石田じゃないかと」

と教えてくれたのだ。私は苦笑し、それは自分だと告げた。大島は当惑した声で謝罪し、

「ダムに行くんですか」

と訊いてきた。今度は私が当惑した。

「なぜ知ってる?」

「いえ……あのう、さっきは言えなかったんですが、女の人が双葉に届けてくれと言った手紙をこっそり開けて……」

中の文を読んだと言う。

『何時だとは約束できないけど、今夜ダムに行くから、そこで落ち合おう』

といった意味のことが書いてあったという。女がダムと言った時から私はそこで男が待っている可能性を考えていたから、さほど驚かなかった。手紙にはハル子とカタカナを使って署名がされていたという。

女が水野治子であることは間違いない。

礼を言って電話を切り、少し迷ってから私は栗木元刑事に電話をかけた。

「五分前に水野治子の携帯にかけてみたが、どうだった？　音はしなかったか？」

私は最後にもう一度だけ迷った。だが、それもほんの一瞬だった。

「いいえ、聞こえなかったし、携帯は見かけていません」

「そうか……だが、音を消してあるだけかもしれない。後でバッグの中でもこっそり調べてみてくれませんか。ただ、さっき三ツ星のほくろの話をしかけて忘れていたんですが、水野治子なら、うなじから体の前面……乳房のあたりまで点々と火傷《やけど》の痕《あと》があるはずなんです。天の川みたいな」

広島からの声はそう言った。その間に電車が到着し、降車客の足音が駅に響きわたった。男が二人入ってきたので、私は背をむけ、壁の隅へと体をずらした。元刑事はこう続けた。

「石田との関係は普通の体の関係ではなかったようですね。彼女の仲間のホステスから聞いて……なぜかずっと忘れずにいるんですが、水野治子は店の裏で着替えをする時に、その痕を『男が自分を裸にして線香花火をして遊んだ』と言っていたと言うから……それも得意そうな声で」

上り坂になった道路の勾配《こうばい》が険しくなるにつれ、雨は小止みになってきた。街並みを外れて激しい雨の中を走りだし、すでに三十分が経過している。

午後十時三十二分。

車の時計が夜光の針で告げているその時刻を確かめてから、私は助手席に座った女にもう一度だけ、最後のつもりで「なぜダムなんかに？」と訊いてみた。

「だから、もうすぐわかるって」

女はこの三十分間くり返した言葉をもう一度くり返し、サイドの窓を開け、闇の底をちょっと覗きこむように首を曲げた。昼間なら下方にダムの人造湖が広がって見えるはずだ。

「前に男と来たことがあるのか。今夜双葉で待ち合わせている男と……」

私はさらにそう訊いた。

「そんなんじゃないのよ。思い出と言ってもねえ……」

半端な、謎めいた言葉を呟き、

「あの頃はまだ工事中だったたから」

と続けた。

確かにダムが完成してからまだ十年が経っていない。十六年前には本格的な工事が始まっていたかどうかも私にはわからなかった。

ただ、女の今の言葉で私が一つ気になったことがある。今の言葉が『ダムの工事中にも一度ここへ来たことがある』という意味に聞こえたのだ。

『工事中にも来たことがあるのか、ここへ』

だが、私がその質問を口に出そうとした時、

「ここで停めて」

と女は言った。人造湖にかかったコンクリートの橋の中ほどまで車は進んでいた。車が停まると女は後部座席においた荷物の中から花火の袋をつかみ、バッグの中からマッチをとり、車を降りた。女は橋の手すりに近づいた。女が何のためにそうしたのか、私にはもうわかっていた。そして私の想像通り、女はマッチで花火に火をつけた……橋には灯がともっているとはいえ、闇のほうが勝っている。女がごそごそ何かをしているとわかっただけで、手もとがはっきりと見えたわけではないが、線香花火らしいかすかな火花が散ったので、そうとわかった。

女は次々に線香花火に火をつけては、湖へと投げ捨てた。女が何をしているかはわかったが、何故そんなことをしているのかはわからなかった。花火遊びのような子供じみたことをするために何故こんな山の上まで来たのか……。ただ私はそれよりも、女が助手席に置いていったバッグの中身の方が気になった。

女が水野治子であることは間違いない。それなら石田が女の携帯電話に連絡を入れたかもしれない。この山あいの町をさすらっている女の目的が何にあるにしろ、石田がこの日本のどこにいるにしろ、女の携帯電話を調べれば十五年間も無意味な尾を引きずった事件にピリオドが打てるかもしれない。石田が携帯電話ではない電話から連絡してきているのなら、今からでも逮捕は可能だ……午後十時五十分。後一時間十分。

フロントガラスには雨が光の粒となって無数に砕け散っていた。それは雨雲に消された星空がそこに束の間小さく出現したかのようだった。私はそのガラスごしに女の姿を監視しながら、手をバッグの中にすべりこませた。山間の夜に果てしなく静寂《せいじゃく》が広がっていた。私の動悸以外、虫の鳴き声一つ聞こえなかった。暗い中での手探りでは上手く携帯電話が探り当てられないまま、私はバッグを床に落としてしまった。慌てて室内灯をつけ、私は落ちたものを拾いあげた。運のいいことにバッグからこぼれ落ちたのは、金製の腕時計だった。それをすぐにバッグの中に戻そうとして、私は手を止めた。

午後十時四十五分。いや、四十六分――。

車の時計よりも五分遅れている。

だが、私は駅の改札口を通る際、その遅れを直したはずだ。車の時計は駅の時計と同じように正確だ。だとすると、考えられる理由は一つしかない。私が駅のトイレで電話をかけている間に助手席で待っていた女がまたこの時計を五分遅らせたのだ……だが、何故？

女が花火の残りを思いきり闇の遠くへと放り投げ、ふり向く気配がしたので、私は急いで腕時計をバッグに戻した。

「どうして花火なんか」

私の質問には答えず、助手席に戻った女は、

「街に戻って、双葉に行くから」

と言った。車をUターンさせ、街に向けて走りだすとすぐに、「居酒屋では他の人の耳があったから、『人違いだ』なんて嘘言ったけど、私、昔池袋の『ダイアン』で働いてたわよ、ハル子という本名のままで」と言い、運転席をふり向き、

「しばらくね」

と言った。闇の中で目の光が微笑を伝えてきた。後一時間七分……。

もちろん、女が私を憶えているはずがなかった。私は『ダイアン』の客だったという嘘で、女にカマをかけただけなのだから。

「俺のこと、憶えていたのか」

「ええ」

「嘘だろ」

「どうして私がそんな嘘を？　あんたの方こそちゃんと憶えてくれなかったじゃないの。私が人違いだと言ったら簡単に信じるんだから。私はよく憶えてる、堀内さんのこと……あの頃私が男のことでお金に困っていると、よく助けてくれた」

嘘とは思えないしっかりした声で言い、その後に「今夜も助けてほしいけど、双葉に泊まれ

ない?」と言った。

したたかな女だ。憶えてもいない私のことを忘れられない男のように言い、そんな甘言を餌にして一晩だけ男を釣りあげようとしている……だが、少しばかり嘘をつきすぎたようだ。当時石田と同じようにお金に困っていた私が他人に金銭的な援助などできるはずがなかった。

いや、本当にそうだろうか。私はふと自信をなくした。あちこちの店で借金を作り、上野で遊ぶのが危なくなって、新宿や池袋にも出かけたような気がする……そんな記憶がかすかだが残っている……。本当に『ダイアン』に行ったことがあるのかもしれない。そして自身が金に困りながら女にせがまれるまま無理やり金を作り、さらに借金の泥沼に落ちていったのだとしたら……。あの頃警察官という身分と多少の金とに物言わせて寝た女は数えられないほどいて、何人もの女たちの顔や名前は完全に忘れてしまっている……。

「泊まるのはいいが、旅館代くらいしか持ち合わせがない」

「いいのよ、金じゃないから。一人で旅館に泊まるのが嫌なだけだから」

「しかし、男がもう来ていたらどうする」

「来ないわ、絶対に」

声があまりに確信に満ちていたので私は助手席をふり向いた。対向車のライトが女の横顔をなめて通り過ぎた。一瞬の横顔には、微笑と呼ぶには暗すぎ、冷たすぎ、さびしすぎる一つの表情が貼りついていた。そしてその一瞬、私は突然一人の女を思いだしたのだった。

私が知っていたのはホステスたちだけではない。警察の仕事を通してもっとたくさんの女たちと出会っている。

あの女もそんな一人で、ある日蒸発した夫の捜索願を署へ届け出にきたのだ。普通の喋り方をする普通の主婦だった。ただひどく疲れている様子で、動作がにぶく、体に実感がなく、何かのぬけがらに似ていた……私が感じとったのはそんな漠然とした印象だけだった。だがそのちょっとしたカンが半年後に的中していたとわかる。半年後夫の白骨死体が家の床下から掘り起こされ、女は逮捕された。

水野治子はあの女に似ているのだ。具体的な顔や体つきは違う。この女の方が愛想もいいし、人の良さそうなところもある。だが、ぬけがらのような印象がこの女にもある。ちょっとした目つきや仕草、足の組み方、壁や椅子への寄りかかり方……。

今、女は自分の携帯で双葉に電話をかけ、

「西田の連れの者ですが、遅くなったけれど今から二人で行きますから……ええ、零時前には入りますから」

と言っている声の調子など改めて思いだしてみるとあの女にそっくりだ。だからこの女に見憶えがある気がしたのだ。私はやっと一人の女を思いだした。そしてそのことが、私に一つの想像をさせる引き金となった……午後十一時二十一分。またいつの間にか降りだした雨が零時にむけて激しさを増し、洪水のようにフロントガラスに襲いかかってくる。聞こえるはずのない秒針の音が耳を切り刻んでくる。混乱した頭で、私は石田はまだ生きているのだろうかと考えた。この女が『ダムが工事中だった』と言った『あの頃』というのは、石田が死んだ頃と言う意味だったのではないか……石田が死んだ頃……石田が殺された頃……石田を殺した頃。あの花火は人造湖の下に眠る男の供養の意味があったのではないか。

そんな人知れぬ供養の他にもう一つ石田を殺した犯人がしなければならないことがあった。石田が生きているように見せなければならない……しかも警察が絶対石田に近づけないような方法で……時効の日まで。犯人には障害者の弟がいる。その弟に『石田を見た』と西日本各地の警察へ連絡させ、西田という名を名乗らせて双葉に電話をかけさせたのだとしたら……。

十一時三十一分。後二十九分。だが、石田が死んでいるのなら、今日という日は何の意味もないのだ。石田が死んだのは十五年前の今日よりもっと後のことだから。だが、犯人は今日という日に特別な意味があるようにしたかった。石田が生きていると思わせるために……。そのために町の何人かを証人にし、目撃者にした……車が街並みに入ってきた。わざと道路を大きく迂回したので、車は駅の近くを通った。雨のむこうに駅が見えた。駅にはまだ灯がともっていた。零時近くにまだ長岡からの最終電車が来る……その零時まで後二十分。

魚野川を渡る手前の角で私は一分間車を止めた。その角を右に曲がれば署の前に出る。後十五分あるのだ。石田が死んでいるというのはあくまで想像であり、生きているならまだ間に合うかもしれない。この女を署に連行し、石田の居所を吐かせるのだ……たとえ逮捕できなくても、私は警察官としての任務を全《まっと》うできる。だが、その代わりにこの手で女を抱けなくなる。そしてこの女の体をつかみとれば、この手で一つの事件を握りつぶすことになるのかもしれない。もしかしたら私の人生まで……。

「どうしたの」

「いや、何でもない」

車は橋を渡り、後は私が運転しているというよりも、零時への時間の流れのコンベヤーに乗せられ、ひとりでに旅館の玄関まで運ばれていた。車を降りる間際に女はシートに片足を上げ、足首にはめていた金製の腕時計をはずして足から抜き、「あげる。偽物でもはめてれば旅館の人が金持ちに見てくれるかもしれないよ」と言った。

私は顔をしかめた。

「いつからこの時計を足にはめてた」

「あなたが駅でトイレに行った時から」

どうして——目だけでそう尋ねてきた女に私はただ首を振った。その時計は車の時計と同じ時刻を示している。十一時五十三分。だったらバッグの中に入っている五分遅れた時計は何なのだろう。

玄関から出てきた番頭風の男に荷物を渡し、女が車を降りてから、私は庭の隅の駐車場に車を置き、一分かけて考えてみた。同じ偽物の金時計は二つあったのだ。共に五分遅れた時計が——。一つは石田の物だったのではないだろうか。昔石田が腕にはめていて指紋が残った腕時計を、明日出発前に女はわざと旅館に忘れていくのではないか。

一番の重要な証人は私ではない。この、旅館の主人や従業員たちだ。万が一にも警察がやってきた時、みんなはこう証言しただろう。

『ええ、零時近くになって来たんです。男の方は顔を隠すようにしてすぐに部屋に入りました。出て行く時も……。はい、忘れていったその金時計は確かに男の人がしているのを部屋で見ました。そうですか、その金時計から指名手配犯の指紋が……じゃあ、あの男の人がその凶悪犯だったんですね。でもこの旅館に泊まった晩に時効が成立したなら、それがわかってもどうにもできないわけですけど』

そうして石田が生きているということが警察の頭に植えつけられ、警察はもうこの事件に何の手も出せなくなる。

私は証人ではなく、指名手配の逃亡犯役としてこの女に選ばれたのだった。その役に似合う男を捜すために、女はまた意味もなく町をうろついたのだろう。本当なら、この女の計画は失敗するところだった。女の計画では、おそらく明日にでも何者かが六日町警察署に電話をかけて、『昨日指名手配犯の石田広史をこの町で見かけた』と言うことになっていたのだろう。そして駅員から旅館の従業員までの証人が直接的に、あるいは間接的に、石田が生きていることを証言しただろう。だが、女の演技に過剰反応したタクシー運転手が警察に連絡し、女は自分の前に現れた男が警察官だとは知らずにその男を石田広史役に選んでしまったのだから。

ただし男のことで大きな苦労をした水野治子の目は私が警察官であることは見抜けなくても、私が女にだらしない男であることは見抜いたようだ。私は警察官の立場を捨て、気づきかけた一つの犯罪をもみ消そうとしている……。

車を降り、玄関まで走る間に胸ポケットの携帯が振動し始めた。栗木元刑事からの電話に違いない。今なら間に合う。この電話に出さえすればまだ間に合う。

私は携帯の電源を切り、玄関に入った。顔を隠すようにそむけ、すでに宿泊カードを記入し終えた女と共に、従業員に案内され二階の部屋に入った。深夜の旅館は雨音に閉ざされ、宿泊客など誰もいないように静まり返っていた。狭い部屋にはすでに布団が二組敷かれていた。布団の下卑《げび》た色しか意味がない、殺風景な部屋だった。

従業員が出ていくとすぐに女は、「今何時？」と訊いてきた。

「十一時五十七分だ」

「じゃあ、もう零時を回ったわね。その時計、五分遅らせてあるから」

女はかすかにホッとしたような息を吐き、奥の冷蔵庫からビールをとりだしてきて、隅に押しやられたテーブルの上にコップを置いた。女はこの金時計の遅れを私が元に戻したことに気づかずにいるのだった。だからまだ三分ある……。

私は立ったままコップに注がれたビールを一気に飲み干し、「本当にこの宿で落ち合う男なんかいたのか」と訊いた。

「いるじゃないの、ここに、その男が」

コートのまま布団の上に座りこんだ女は私を見あげた。女の指先が私の胸に狙いをつけている。雨音が高まり、秒針の音が不意に耳もとで高まった。それから花火がちりちりと爆《は》ぜる音……発車のベル。十一時五十八分発の最終電車が出て、駅の灯は今はもう消えているだろう。後二分……いや後一分。私は部屋の灯を消し、体を闇の底へと崩し、女の体へと手を伸ばしながら、なぜか灯の消えた駅に一人座っている気がした。誰もいないホームの闇。

小さな異邦人

わが柳沢家では、毎日、夕方の五時を過ぎて母さんがパート勤務から帰ってきた瞬間、子供たちの声が声を追いかけて深い山奥のこだまのように響きわたる。

その日も、

「おかえりー！」

まず、玄関の外にしゃがみこみ錆《さ》びたレーシングカーで遊んでいた龍生《たつお》がエンジンのようなうなり声をあげ……それは敷居のすぐ内側のせまい土間でママゴト遊びをしている奈美と弥生との、

「オカエリ」「おかえりいー」

二重唱に受けつがれ……十六分休符のあと、

「お帰り」

六畳のすみで膝をかかえこんでテレビゲームをやっている晴男の暗い声。……続いて、

「お帰りなさい」

六畳の真ん中にある古風なちゃぶ台で宿題をしている三郎の変声期が終わった落ち着いた声

……にかぶさって、押入れの前で取っ組み合いをしている体の大きな小学生の雅也と体の小さな高校生の秋彦兄ちゃんとが、

「おかえりい」「お帰りい」

体と声とでものすごい不協和音を響かせ……なんて冗談を言ってる場合じゃなかった。

一分後にはあの誘拐犯から電話がかかってきて、わが大家族はとんでもない事件に巻きこまれることになるのだから。

でもその電話までの経過を私も一分間で簡単に説明するね。小二と高二の不協和音のあと、いつもならとなりの四畳半で電子ピアノを弾いている中三の私が、

「おかえりなさあい」

とイ短調のスケール……ラシドレミファソラを美しく二人の声につなげて終止符になるのだけれど……一ヵ月ほど前、梅雨の始まったころからダイエットのしすぎなのか、めまいを起こすようになって、七月に入ってからは学校の帰りに病院に寄ってて……正確に言うと、その七月四日はダイエットの反動が襲ってきた最初の日だったから、病院を出た後こっそりマックに寄ってて、その時刻にはまだ家に帰ってなかった。学校からの帰り路かなり遠回りをして、後で話す高橋《たかはし》センセイというお医者さんのいる南池袋《みなみいけぶくろ》の病院まで行っていたからおなかが空《す》いてたわけ。

だから、その日の『おかえりなさい』のコーラスは秋彦兄ちゃんで打ち止め。

お母さんがいつものように一人一人の頭をポンポン叩きながら六畳の真ん中に進み、

「みんな、お腹減ってるよね。急いでご飯作るから、これでも食べて待ってて。今日は大漁だったから、ほら」

とスーパーから運んできたビニール袋の中身をちゃぶ台に空ける。

賞味期限の切れた袋菓子が五つ、六つ……いつか学校の授業で見た記録映画の中に、アメリカ兵が投げるガムやチョコレートに日本のボロを着た子供たちが殺到するシーンがあったけれど、本当はあれと同じようにお菓子に群がりたいのに、みんな変に恰好《かっこう》つけて、

「そうやってお菓子で腹をだまして、晩御飯の量を節約するんだもの、母ちゃん、せこい」

なんて、嫌々をよそおって面倒そうにちゃぶ台に近づいてくる。毎度のことなので、母さんも苦笑いするだけで、

「何言ってんの、タツオ。母さんがだますのは池袋の店にやってくる男たちだけ。それも化粧で年齢ごまかしてるだけだからね。さ、今夜も出勤だから、早いとこ、ご飯の支度《したく》しないとね。最近は化粧にかかる時間が長くなってきてるし」

と両手を拍手のように二度打った時、それに応えるように電話が鳴った。

そう、もの凄い音でね……と言っても、ウチの電話はいつも凄い音だけど。ウチは貧乏だから携帯もってるの母さんだけでしょ、携帯に占領された他の家みたいに電話が遠慮してくれないから。

私はまだその場にいなかったけど、まあ、こんなだったろうなと想像がつく。

「うるさいなあ」

と言いながら電話をとったのは兄ちゃん。子供八人がスシ詰め状態で暮らしてると、狭い六畳にもそれぞれの縄張りができる……押入れから電話機ののったカラーボックスあたりの一畳ほどが秋彦兄ちゃんの縄張りだから。

「はい……はい、え?」

と言ったきり黙りこみ、やがて、母さんに受話器をさしだして、

「母さん、出てよ」

と言った。

「誰?」

重そうな腰を浮かせて受話器をとりながらそう訊くと、

「わからないよ。いたずらか、最近はやりの詐欺《さぎ》じゃないの、三千万がどうのこうのって言ってるから」

せんべいのかけらを口に投げこみながら大して興味もなさそうに答える。

「もしもし」

あくびをしながら電話に出た母さんは、「何ですか、それ?」とか「意味がわからないわ、誰を誘拐したって言いたいんですか」とか、傍で聞いてる者にもさっぱり意味がわからない受け答えをしていたが、やがて、

「いやだ、切れてる、もう」

と受話器を耳からはずし、ちゃぶ台を囲んだ子供たちの顔をぐるりと見回して、

「今、誰か誘拐されてる子いる、ここの中に」と訊いた。

『いたら手をあげて』

とでも言うように自分の手をあげてみせ、さすがにバカバカしくなったのか、すぐに手をおろした。

「いるわけないわよね、みんないるもの」

と呟《つぶや》いたのと同時に、秋彦と雅也が、今度もまた、

「あ、イッチョがいない」

と見事にハモった。

「でも、あの子は今日も学校の帰りに病院よ。今日は点滴もあるようなこと言ってたから」

母さんはそう答えかけて急に首をふり、

「それにしても遅すぎない？　高橋センセイに電話してみるから携帯……ちょっとお母さんがそこに置いた携帯、誰がどこへやったのよお」

と珍しくヒステリー気味の声を発したところへ、ドアが開き、イッチョが、

「た、だ、い、ま」

とイ短調のラシドドの音程で帰ってきたわけ。一代と書いて『カズヨ』と読むのが私の名前なんだけど、みんな当然みたいに『イチヨ』『いちよ』って呼んで、それが私の性格そのままに弾《はじ》けて『イッチョ』……安っぽいでしょ、屈辱以外の何物でもなかったけど、私の普通より高いプライドは、他の人たちに『イ短調を短縮したのよ』と嘘をついて守った。

その頃、私はイ短調に凝っていて、喋《しゃべ》る言葉もその調のメロディに乗せていたの。というのも、三ヵ月後に部活の発表会で、私、ショパンのマズルカの一曲を弾くことになっていて、それがイ短調の曲だったのよ……すごおく好きな曲で『小さな異邦人』って名前がついてた。憂うつって言うの？　短調のもの悲しい曲だけれど、どっか面倒そうで投げやりな感じのする……裏通りに迷いこんで嫌々漂っている落ち葉みたいな曲。題名もメロディも私にぴったり、と言うか、私そのものと思ってる。

私を生んだお母さんは私がもの心つくかつかないころに死んでるのよ。その後まもなく今のお母さんが男の子を連れて家に入って来たの。それから次々に六人子供ができて……最後の弥生がやっと歩けるようになったころ、お父さん、仕事でニューヨークへ行って事故にあって死んじゃった。お父さんは丸の内にビルがある大手繊維会社に勤めていたから、その頃までは大《おお》森《もり》のもっと広いマンションに住んでもう少しマシな生活してたんだけど、マンションのローンが残っていたし、お母さん、子供八人を引き連れて今のこの下町の借家に引っ越してきて、その日から近くのスーパーでパートの仕事しながら、夜は池袋のクラブで働いて、女手一つで私たち八人を育てるようになったわけ。

その辺の苦労話は、先月やったテレビの特番見て知ってるでしょ。あれ見た全国の人たちから『狭い家にぎゅう詰めになっているのが、この家族の団結力になっていて、うらやましかった』なんて手紙をもらったけど、本当にそうかなあ……。ぎゅう詰めだと、寝ている時に自分の足か他の子の足かさえわからなくなることがあって、放っておくと他人に自分の体を全部乗っ取られちゃいそうな気がして、自分だけのものを守るのが精いっぱいだから、団結なんて考える余裕もなくて……逆にみんなと一緒にいる時に私、裏通りに迷いこんだ落ち葉の気分になっちゃう。

特に私は思春期だったし、八人の中でただ一人お母さんと血がつながっていなかったから、余計そう感じているのかもしれないけど、私だけじゃなく、一人だけお父さんが違う秋彦兄ちゃんだって、同じ血が流れてる他の六人だって、それぞれが大家族の中で『小さな異人さん』なんだと思う……いつも隅っこで自分の殻に閉じこもるみたいにテレビゲームやってる晴男が、いい例じゃない。

だいたい龍生と奈美は共に小学五年生で誕生日は五月五日のこどもの日、つまり双子なのに、二卵性って言うの？　性別も顔も性格も違い、いつもたがいの近くにはいるけれど遊ぶ時も玄関の内と外だし、ご飯食べる時も隣同士なのに、その間に目には見えない敷居か柵があって……別々の空間の中にそれぞれ一人閉じこもってる感じなの。

……そう、ある意味、あの誘拐事件はバラバラだった私たち大家族がひとつにまとまるチャンスにはなったわね。

もっとも最初の電話がかかってきた段階では、もちろんいたずらとしか思えなかった。

「ユーカイってなあに？」

もうすぐ四歳になる弥生が手をあげて訊いたけれど、誰も答えてやらず、

「ゆうかいってどういう漢字だっけ」と三郎。

「この前も誰かが学校の帰りにユーカイされそうになったって」と龍生。

「このビスケット、きのうより味がいいね」と雅也。

「……」と晴男。

「だれかユーカイされたらまたテレビに出られるよね」と奈美。

「テレビなんかで紹介されたから、面白がってこういういたずらするヤツがいるんだよ」と秋彦兄ちゃん。

他の子供のバラバラの発言は無視し、母さんは兄ちゃんの言葉にだけうなずき、

「秋彦には何て言ったの、今の電話の男」

と訊いた。

「子供を誘拐したようなことを言って、三千万の金がどうのこうのって」

「子供の名前は言わなかった?」

「どうだったかなあ……よく憶えてないよ」

母さんは舌打ちして、

「お前は、そんなだからいくら勉強したって結果出せないんだよ。母さんはテープより正確に記憶に残したからね」

と得意そうに言って、今の電話を再現してみせた。

ええと、最初に、

『子供の命は俺が預かってる』

と、名前じゃなくただ『子供』とだけ言って……その後はこう。

『ただし警察が俺を捕まえようとするとか、よほどのことがない限り、子供にはいっさい手を出さないから心配しなくていい。と言ってもやっぱり心配だろうから、できるだけ早く三千万用意してくれ。それを受け取ったら早急に子供を返す。警察に連絡するな……とことわる必要はないな。絶対に連絡しないだろうから。ただ万が一にも連絡した場合、子供がどうなるかはわかってるね』

あ、でもこれは母さんが再現したもんじゃないの。その前の週にやったサスペンス劇場のセリフだから、これ。

母さんがしゃべってるのを聞きながら、何かに似てるなあと思ったら、テレビで見た誘拐ミステリーの最初の方のシーンだったのよ。母さんがその犯人役のファンでビデオにとっておいてと頼まれてたから、急いでビデオのそのシーンをとりだしたら、まだビデオを見てなかった母さんもびっくりして、「そっくり、どころかそのままみたいだけど……声の感じまで似てる。きっとこのドラマみたいにハンカチで送話口包んで、声の特徴消してたのよ」って……。

まあ誘拐ドラマとしてはベタなセリフだから偶然というのもありうるけど、三千万という金額も、最後に、

『明日また今日と同じ時刻に電話する。それまでに三千万がそろっていたら、その時受け渡し方法や場所を知らせる』

と言ったのも同じらしいから……。

ドラマと違っていたのは、二つだけ。わが家では、いなくなった子供なんかいなかったこと、ドラマでは、『ケイタ君の命は俺が預かってる』と子供の名前をちゃんと言うのに、ウチにかかってきた電話では名前を避けるみたいに『子供』としか言わなかったこと……。

「絶対に子供としか言わなかったわね……でもどうして名前を言わなかったんだろう、子供とだけなんて変よね」

と母さん。私が「だって……」と答えた。

「もし子供の名前を言って、その子が家にいたらいたずらだってすぐにばれちゃうじゃない？犯人は一人くらいまだ帰ってきていない子供がいるだろうと予想してデンワをかけてきたのだろうけど、どの子供がいないかはわからないから名前を言うわけにいかなかったのよ。私たちが一瞬でもその嘘を信じて驚いたりおびえたりするのが、犯人には楽しいんだから」

私の言葉に『なるほど』と母さんはうなずいたが、その時、三郎が、

「いたずらじゃなくて『まちがい』なんじゃないかなあ」

と口をはさんできた。

「ウチは大家族だけど、世の中、今は核家族の方が多いんだよ。子供が一人だけの家なら、誘拐犯が子供の命と言うだけで誰の命か親にはわかって震えあがると思う……まちがって大家族の家にかかっちゃっておかしなことになったんじゃないかなあ」

母さんはそれにも大きくうなずきかけたけど、すぐに首をふって「もう一つドラマとは違うことがあった。今の男は、『八人も子供がいるからって、一人くらい死んでもいいなんて考え

てるわけじゃないだろう』って、はっきりと言った。だからサブロー、残念だけどまちがいってことはないわね」とため息をつき……でも、すぐにまた首をふり直し、

「いいえ、やっぱりただのいたずらってことにするわ。今夜一晩、みんなのためにどれだけ稼げるか、それ以外のことを心配してる余裕はわが家にはないんだから。本当に何の危害も加えないと約束してくれるなら、二、三人、誘拐してもらいたいくらいなのよ、母さんは」

そう言い、かん高い笑い声をあげた。

私にはただのいたずらだとは割り切れないものが残ったけれど、それは母さんも同じだったみたい。耳の奥にくすぶっている犯人の声を笑い声で吹き飛ばしたかったのよ、きっと……それが予感だったのなら、その予感は見事的中したわ。

翌日、誘拐犯は約束どおりまた電話をかけてきて、またもいたずらとしか思えない脅迫をしていったのだから……ネタのない脅迫とでも言えばいいのかな、誘拐なんかしていない子供を人質にとったという、脅迫にはならない脅迫をね。

ああ、でもその前に話しておかなければならないことが二つある……。

二人の先生の話、まだちゃんとしてなかったでしょ。

病院の高橋センセイと中学校で音楽を教えてる広木先生。回り道になるけど、事件につながっていく話だから、ちょっと我慢して。

さっきの続きだけど、母さんは笑い声のまま台所に行って、私に手伝わせて八人分のミート

ソースとコロッケを作ると、急いでお店に出るために化粧を始めた。鏡台の置き場所なんかないから、みんながスパゲッティをズルズルすすっているすぐ横で手鏡を覗《のぞ》きこんでいたのだけれど、ふと口紅を塗っていた手をとめ、でもすぐにまた動かしながら、

「それより一代、体どう？　電話のせいで忘れてたけど、高橋センセイ、何て言ってるの」

心配そうに尋ねてきた。

めまいの話は、もうしたよね。学校からの帰りに病院で診てもらってたことも……高橋医師というのは、その病院の前の院長の息子で、母さんが勤めてる池袋のお店の常連客。お店で客とホステスとして知り合ったのが最初で、家から病院まではちょっと距離があるけど歩いて行けないほどではないし、母さん、自分や子供に何かあると先生を頼りにするようになったみたい。

「ただの疲労だって。でもこの際どっか悪いところがないか徹底的に調べてくれるって」

「そう……よかった。あの病院、最新型のすごい機械がいっぱいあるでしょ、先生、自慢だから、店に来るたび私も検査を勧められて困ってるの。でもただの疲労でも安心してちゃダメよね……私が一代にお母さん代わりを押しつけてるからだもの。ごめんね、本当に」

「ううん、高校受験のために勉強がきつくなってるし、夏休みが終わったらすぐ発表会だから部活での練習もきびしくなってるし、そのストレスよ」

「あら、でもそれは部活で広木先生に会う機会が増えるってことじゃない？　一代には何より嬉しいことじゃないの」

「でも私は前座で一人ピアノを弾くの。先生は部員全員でやるメインの管弦楽の練習に必死で、今は私の練習もちょっとしか見てくれないし。でも、それはいい……それよりお母さんが変な心配すると、私、何より疲れるからもうやめよ。ただの疲労なんだから、寝れば治るよ」

私は微笑していたけれど、もちろんその言葉は嘘で、CTスキャンの結果、脳に腫瘍《しゅよう》らしいものが見つかったから精密検査が必要だって、本当はそう言われてた。

『悪性の可能性もあるからね、その場合、リスクの高い手術を受けて一気に治すか、手術は避けてあまり効果は期待できない地味な治療法を細く、できるだけ長く続けるか、まだ中学生の君にひとりで決めさせるわけにはいかないから、まず保護者に相談したいんだが』

高橋医師にそう言われて、私、お母さんがそれを知ったらショックで倒れちゃうだろうから、しばらくは『ただの疲労だから心配ない』とごまかして欲しいって頼んで、相談するなら学校の広木先生に連絡してくださいって……。

高橋医師も、お母さんの性格はよく知ってるから『そうだね』とわかってくれて、しばらく広木先生に保護者代わりになってもらうことにしたんだけど……思春期の私には、自分の人生や生命を好きな先生の手にゆだねるというのがとてもロマンチックな、ドラマチックなことに思えて、自分の体を心配するよりもただそのことが嬉しかった。

もともと広木先生は私の音楽の才能を見ぬいて、私の将来を決定してくれた人よ。一年と三ヵ月前、中学二年になって初めての音楽の授業で先生が教壇にあがった瞬間……一目惚れだったのよ、私の。黒光りする瞳や細い鼻すじ、すべてが音楽そのもの、すばらしい歌だった。先生は大学生の時右手にひどい火傷《やけど》を負ってピアニストになる夢を諦めたんだけど……白い手袋を右手にはめたままピアノを弾くのを見ていると胸が痛くなるほど感動しちゃって、私……だから夏休みに小さな曲を作る宿題が出た時、何とか先生の目に止まるようにと……最初に話したわが大家族の『おかえりなさい』の合唱らしきものを必死に一つの曲にまとめて提出したんだけど、これが大成功。先生は私には絶対に作曲の才能があると言って、自分が顧問をしている部活に入れてピアノを教えてくれた。

本当にピアノの才能はあったみたい、上達が早いので将来は音楽大学を目ざすようにと言って、家でも練習できるようにヘッドホンつき電子ピアノの中古品を買ってくれたり、自分の家に呼んで、指揮者だったお父さんが愛用していたというグランドピアノを弾かせてくれたりした……生徒を自宅に呼ぶのは、学校で禁じられていたから、その時一度きりだったけど、高校に入れば自由だから卒業後もレッスンは家で、あの先生の目にそっくりの黒い艶をもったピアノでやってやるからと約束してくれてた。

先生の方でも私を愛してくれてるなんて思ってない。貧しい私に同情して施《ほどこ》しのようなつもりで親切にしてくれてるだけだとはわかってたけど……私はまだ十四だったから、同情でも何でも先生が私に気もちを動かしてくれてるとわかるだけで幸せだったのよ。

私の病気のこともそう。めまいだけで痛みはなかったし、穏和な高橋センセイが優しく話してくれたから、病気が危険なものだという実感がないまま、これで広木先生がもっと同情して私に気もちを傾けてくれるって、変に夢見ごこちになっちゃって……。

ごめんなさい。

寄り道が長くなりすぎたね。

でも大事なのは、そのおかしな誘拐事件が起こった時、私の方でも恋愛事件の真っ只中にいたということがわかってもらえればいいの……実感がないと言っても、病気のことで私は十四歳の貧しい女の子の人生が突然ドラマチックなものになったような気はしていたし、誘拐事件だっていっそもっとすごいものになってくれた方がいいかも……なんて考えてたことがわかってもらえれば、ね。

誘拐の話に戻るけど、翌日の午後、音楽の授業のあと、私は自分の体の話といっしょに前の晩の奇妙な電話の話を先生に打ち明けたわ。先生は、

「病院のセンセイからは、今朝学校に電話をもらっている。今日と明日の精密検査で確かな結果が出たら、一度僕が病院を訪ねて会うことになっている……今のところはまだ疑いの段階だから、変に心配しない方がいい。教頭先生が似た病気で手術を受けているから訊いてみたが、どうも高橋センセイの言うほど危険な手術ではないらしいし」

と言い、私が素直にうなずくのを待って、

「それよりも自称誘拐犯からの電話の方が気になるな……本当に誰もいなくなっていない？君の家は八人も子供がいるから、見落としていないか」

まじめな顔でそう訊いてきた。私も笑わなかった……冗談じゃなく、そのことではこれまで何度も失敗をくり返してきたから。みんな揃ってると思ってご飯を食べてしまったところへ誰

かが帰ってきたり、いつかテレビで見たアメリカ映画と同じように誰か一人を家に忘れたまま
みんなで外出しちゃったり……二、三年前に奈美だったかが、かくれんぼで洗濯機の中に隠れ
てそのまま眠ってしまったことに気づかず、翌朝お母さんが電源入れて回し始めて、あやうく
殺してしまうところだったたってこともあったし。
「さすがにないわ、こんな時に見落としは」
と言いながら、頭の中で秋彦兄ちゃんから順に三郎、龍生、奈美……と顔を思い浮かべてい
って、ふっと途切れた。晴男の顔がはっきりと浮かんでこない……もともと存在感がなくてピ
ントのはずれた写真みたいにぼんやりとしか顔をとらえていないのだ。考えてみると、もう何
日も晴男の顔をちゃんと見ていない。いや……何週間も、何ヵ月も……もしかしたら何年も。
見ようとしたことはあっただろうけど、隅っこでゲームをやってる時以外もうつむいている
晴男の顔はきちんと見ることができないのだ。そう、もしかしたら見落としとは逆のことがあ
の家で起こっているのではないのか……いつも見落としているから、逆に本当はいなくなって
いるのに『見落としているだけ』と思って、見ているような気になっているのかもしれない
……。
目鼻の消えかかった晴男の影の薄さだけが、濡れた薄物みたいに奇妙に生々しく頭に貼りつ
いてくる……。
「どうしたの」
と先生に訊かれ、私はあわてて「いいえ何でも……」と首をふり、顔とは言えないその顔を

頭から追い払った。

結局昨日の電話で約束したとおり、また今日電話をかけてくるかどうか、様子を見てみることにして、先生は本当にかかってきた時のために、

「電話の内容を録音しておくといい。この学校にも嫌がらせの電話がよくかかってくるから、いい物がある」

と言って、事務室から電話機にとりつける小さなレコーダーを借りてきてくれた。

先生はグランドピアノに寄りかかって、時々落ちる沈黙を埋めるように鍵盤《けんばん》に指を流して短い旋律を奏《かな》でていた……私はこのまま誰もいない音楽室でずっと先生と話していたいと思ったけれど、もちろん事件のことも心配だったから、一年B組に走り、弟の三郎に録音機をわたして、家に帰ったらすぐにこれを電話にとりつけるよう頼んだ。

三郎は八人のうちで一番頭もよく回るし、しっかりしてるから、その日の夕方、約束どおりまた自称誘拐犯がかけてきた電話を、きっちり録音しておいてくれた。

私が学校の帰りに病院によってまたCT検査を受けて家に戻ると、前の日と同じようにお母さんと子供たちがちゃぶ台を二重に囲んで、録音したばかりのテープを聞き返していたところだった。

「あ、一代。早くここへ来て聞いてみて。昨日の男がまたわけのわからないこと言ってるの」

母親の隣に鞄《かばん》を抱えたまま座ると、

「じゃあまた最初からいきますよ」

場を仕切っているらしい三郎が、ちゃぶ台の真ん中に置いた録音機のボタンを押した。

『もしもし』

という母の声に、男の声が咬《か》みついてきた。いいえ。男の声と言っていいのか……昨日と違う金属的なカン高い声は、まちがいなく器械で作り変えたものだ。こちらが録音機を用意すると見越して、敵も器械を使ってきたわけ。

『え？』

と母が訊き返す。

『変な声なので聞きとりにくいわ』

『三千万用意できたか、と訊いたんだよ』

『三千万……』

『どうしたんだ。忘れたのか、昨日頼んだだろう……それで？　用意できたのか』

『……まだです』

『その「まだ」はどういう意味だ。「全額はまだ」という意味なのか、それとも「一円もまだ」なのか』

『……………』

『「一円もまだ」の方らしいな。困ったもんだ。昨日、言わなかったかな。三千万用意しないと、人質がどうなるか』

『無理です、三千万なんて。ウチがどういう家か知らないんですか』

『テレビで見たよ。大家族でビンボーだってことは百も承知だ』

『それがわかってるなら、どうしてウチなんかに電話をかけてきたんですか。いたずらにしてもタチが悪いわ』

『だからテレビで見たと言ってるだろう。おたくが貧乏でも父親は金持ちだったって、テレビでちゃんとそう言っていた』

『父親はもう死んだわ』

『知ってるよ。だが、父親のそのまた父親、この子のお祖父《じい》ちゃんはまだ健在だと、やっぱりテレビで言っていた……もともとそのお祖父ちゃんが財産家なんだろ？　それなのにアンタはそのお祖父ちゃんに頼らず女手一つで頑張ってるとテレビで絶賛してたよな。確かに美談だが、子供が誘拐されて三千万用意しなけりゃ命が危ないというのに、頭をさげに行かなかったら、今度は鬼のような母親として非難中傷の的だぜ』

突然母さんが『ウウーッ』とうなった。喉《のど》につまっていた叫び声を絞りあげ、口から吐き出したのだ。

『もうやめて。いたずらだってわかってるのよ』

『いたずら？　おいおい、そんなことを言ってると、本気で怒りだすぞ。金が作れないからと言って開き直ったのか』

『怒りだすのはこっちですよ。だいたい「この子」って誰なんです。本当に子供を誘拐して今、人質にとってるなら、その子はウチじゃなくて他の家の子供ですよ。そっちへ電話をしてくださいっ』

『どうしてそう言いきれるんだ？』

『当然でしょ、あなたは誘拐、誘拐って言うけど、昨日からウチの子は八人、一人残らず家にいるんです。誰も誘拐なんかされてません』

『だからどうしてそう言いきれるんだと言ってるだろうが』

『どうしてって……』

『誘拐されてるのに本人やアンタが気づいてないだけなんだ。はっきりと言っておくが、三千万というのはあくまでその子の身代金だからな』

テープを聞いていて私はわけがわからなくなっていたけど、電話に出てるお母さんも同じみたい、『ウッ』とうめき声をあげて黙りこんでしまった。

『まあ、昨日今日で用意できるとは俺も思っていなかった。明日まで待つよ。午後五時までに三千万作って連絡を待ってくれ。どこへ持ってきてもらうかはその時に教える……いいか、あんたの口一つで簡単に作れるお金なんだよ。大切な子供の命のためなんだから急ぐんだな』

電話が叩ききられる音……。

三郎がスイッチを切る……と同時に、その隣にちょこんと座っていた弥生が、

「あたし、ゆうかいされたあ、ころされるう」

小さな顔を空気の抜けたボールみたいに皺《しわ》くちゃにして泣き出した。泣き声とともに嚙《か》んでいたチョコレートを口から吐きだし、見るも無残な顔になったのを、お姉ちゃんの奈美がティ

ッシュをとって拭きながら、「さっきママゴトで誘拐ごっこをやってたのよ。バカだね、もうママゴトは終わっただろ」とたしなめている。

その後ろから龍生が、

「誘拐されてるのはオレじゃないかな」

マジな顔を覗かせ、立ちあがると、ジャージのズボンのすそを膝の上までたくしあげた。

「どうしたの、その傷。転んだの」

母さんが目をむいた。膝いっぱい紫色の痣《あざ》が広がっている。

「学校の廊下で後ろから誰かに押し倒された」

「誰に？」

昨日店に遅刻したので、今日は母さん、みんなと喋りながら化粧を始めていたけど、手にしていた頬紅のブラシをほうり出し、救急箱として使っている菓子箱をもってくると白い塗り薬を龍生の膝に広げて、

「骨、折れてない？　痛くない？　大丈夫？　誰がこんな酷《ひど》いこと……」

「わかんないよ。起きあがってすぐにふり返ったけど教室かどこかのドアに隠れちゃって、廊下には誰もいなかったから。でも、たぶんそれがユウカイ犯……」

「どういうこと」

「今日の朝学校に行ってからずっと誰かにカンシされてる気がしてた……」

「あ、それ。わたしも」

と奈美。二人は顔を見合わせ、うなずき合った。この何年間かで初めて双子らしい息の合ったところを見せ……つきあうように小学二年生の雅也が丸い、中年女性のふくらはぎみたいな腕をあげ、

「ボクも学校でねらわれてる気がしてたよ」とかすれ声で言った。

「ね、ゆうかい犯は小学校の中にいる人じゃない？　怪しそうな先生、いっぱいいるもん」

と奈美。龍生が大きくうなずいた。

「ぼくたち、小学校にカンキンされてるんだよ。学校って、かってに外へ出たらしかられるし、『へいの中』と同じ……ぼくたち、何も気づかずに学校へ誘拐されに行ってたんじゃない？　昨日も今日も」

「だから誘拐犯は電話で名前言えなかったのかな、誰を誘拐したか」

三郎が小学生たちの会話に口をはさんだ。

「どうして？」と母さん。

「ウチにはあの小学校の生徒が四人もいるよね、そのうちの誰が誘拐されても母さんは金を出すわけだから、犯人は誰を誘拐したことにしてもいいわけじゃない。だから犯人にも誰を誘拐してるのかわかってないんだよ、きっと……わかる？」

と言われても、母さんはわかったようなわからないような半端な顔になっただけ。子供たちはケッコウこの推理が気にいったらしく、

「先生って『学校の外に一歩出たら、さらわれないように気をつけろ』と言うけれど学校の中

が一番ユーカイ事件起こしやすいよね。子供はいくらだっているし、家が金持ちかどうか簡単にわかるし、ずっとカンシしてても疑われないし」

と龍生ははしゃぐような声を出し、秋彦兄ちゃんまで、「この前テレビで教育評論家が『最近の学校は子供を人質にとっている』と言っていたから、どの学校でも先生は誘拐犯で生徒をみんな監禁してるんだよ」珍しくガクのあることを言い、得意そうな顔をしている。

「カンキンじゃなくナンキンだよ、軟禁」

三郎が国語辞典を水戸黄門のいんろうみたいにみんなに見せた。「放課後には自由に外に出られるもん。みんなだってこうやって無事家に帰ってきてるし」

「それを言うなら」

と兄ちゃん。

「今このウチの中に軟禁されてるって方が『あり』じゃないのか。俺たち全員、今、この家の中で誘拐されてないか」

突然の言葉に面食らいながら、みんな顔を見合わせた。確かにぎゅうぎゅう詰めで、牢屋で囚人たちが逃げる計画を立ててるみたいだった。三郎が手を叩いた。

「それ『あり』だよ、兄ちゃん、絶対。犯人は『子供』と言ったけど、あれ複数形だったんだよ」

「子供たち全員ってこと?」と奈美。

「そう、日本語は複数形があいまいだもん。『全員』だから犯人は名前言えなかったんだよ」

ほぼ全員が三郎のその言葉にうなずいた。短い間に被害者としての連帯感が生まれたらしい。

私がちょっとだけ興味をもって、

「じゃあ、その犯人って誰？　誰がどんな目的でみんなを誘拐してるの」

と訊くと、三郎を筆頭にみんな次々と手を突き出し、母さんを指さした。

「そんな……」

母さんは本気にしたのか、真っ青になった。

「じゃあ電話をかけてきたのは誰？　私が犯人なら電話をかけてくる共犯者がいるでしょ」

まだ一人だけ母さんを指さしていた三郎は、その指先を私へと動かした。

「私？」と私。

三郎は得意そうにうなずいた。

「だって犯人から電話がかかってくる時、イッチョ、いないもん。電話が終わって少し経つと帰ってくるし……このテープの声だと女も『あり』だし」

私はまたちょっと面白がって、

「お母さんが私に手伝わせてみんなを誘拐してるわけね。でもいったい何のために二人でみんなを誘拐してるの」

「このテープの中で言ってるじゃない？　ぼくたちを誘拐したことにすれば、金持ちのおじいちゃんがお金出してくれるから。母さんもイッチョも僕たちを大きくするためにお金ほしいんでしょ」

母さんはマジに「でも……」と反論しかけたけど、私はそれを制して、

「それなら自作自演の方が『あり』だよ。私以外の子供たち七人の自作自演……みんなで自分たちの誰かが誘拐されたふりをしてる」

にっこり笑った。

「目的は？」と兄ちゃんが真顔で訊いた。「やっぱりお祖父ちゃんのお金？」

「そう、みんな親孝行だしお姉ちゃん思いだし……本当に三千万あれば、どれだけ楽になるか」

「でも」と龍生。「犯人から電話がかかってくる時、ぼくたち全員ここにいたよ。二回とも」

「そこが大家族ね。一人くらい電話をかけに外に出ても、母さん見落としたわね。特に母さん、とんでもない電話に気もちを全部奪われていたんだし」

私はため息をついて、そのため息で子供たちの推理ごっこを終わりにした。……いいえ、子供たちはその後も推理合戦をしてはしゃいでいたけど、私のちょっとだけの興味はもう消え失せていた。

私が、ケッコウ正解をかすめてそうなみんなの推理にちょっとしか興味をもてなかったのは、別のことにもっと大きな興味をもってたからだけど……わかったかな、犯人が二回目の電話をかけてきた時の話を今までしてきたんだけど、その話の中で私が一人だけある子供の名前を出さなかったのを……それから、私が『みんな』と言う時、一人だけ除外していたことを。

そう、晴男。

晴男はこの時も、他の子供たちのようにちゃぶ台に集まらず、犯人の声を録音したテープに

も興味を示さず、みんなから少し離れてゲームをやってた。私はその顔を盗み見るのに、全神経を集中させてたのよ。

ゲームの画面からなかなか顔をあげないので、余計気になって……どうしてもその子が自分の顔をみんなから隠そうとしているとしか思えなかった。この子は本当に私の知ってる晴男だろうか……と言っても私の記憶に晴男の顔はうっすらとしか残っていないから比べようがなかったけど、それでも確かめずにはおられなかった……。

久しぶりに見ると、体つきは別人だった。うっすらと記憶にあるのは、飢えた難民の子みたいにやせ細った体だけど、今は肩幅も広くなり、半ズボンから出した脚も肉がついて小学三年生なら人並みと言える体になっている……でも顔は……。うつむき加減の上に前髪が長く垂れているのでよく見えないのだが、まったくの別人のような気がしてならなかった……本当の晴男は昨日までに誘拐され、犯人はしばらく家族に気づかれないよう晴男に似た子供を送りこんできたのではないか……根拠もなく、そんな風に考え始めた自分をどうすることもできなかった。

母さんが身支度を整え、「誘拐のことは何も心配しなくていいわ。いたずらよ。タチの悪いいたずら」みんなにと言うより自分に何度もそう言い聞かせるようにして出ていった後、みんなに晩御飯を食べさせるために私が立ちあがろうとした瞬間、やっとその子が顔を上げる気配がした……突然だったので、盗み見るのではなく、私はまともに視線をその顔にぶつけた。長く垂れた髪のすきまから、二つの目が覗き暗く光っていた。上目づかいに私を見るその目は私の知らない目だった……カギ型の鼻すじも奇妙に薄っぺらな唇も、うっすらと記憶に残る晴男の顔とは一点のつながりもなかった。

知らない顔が笑った。

二つの目がゆがんだのがほほ笑んだせいだと気づいた時には、その顔はまたうつむき、私だけでなく誰の目からも隠れてしまっていた。

その晩、私は寝つかれなかった。

三畳の私と母さんの縄張りに敷いた布団の上に横たわっていたけど、目を開けたまま闇を見ていた。ただでさえ蒸し暑い夜だったが、目を閉じるとまたあの見知らぬ笑みが浮かんでくるのが怖かったのだ……『晴男』はもう六畳の方でやっぱり隅っこに小さく膝を抱えて眠っていたが、私はその寝顔をたしかめる勇気をもてないまま、ふりだした雨の音を聞いていた。梅雨はもう明けたはずなのに、去っていく前線がわが家のトタン屋根の上に雨雲を一かけら落としていったのね……暗い雨音は体にまで粘りついてきて、私の体にとけこんだイ短調のメロディとぶつかり、耳ざわりな音をたて続けた。

母さんは午前二時すぎに帰ってくると、服を着たまま私の隣の布団に倒れこみ……しばらくすると雨音にまじってかすかな泣き声が聞こえてきた。最初は店で酒を飲みすぎて息が苦しそうなだけかと思ったが、まちがいなかった。

「どうしたの」

と声をかけると、一瞬ハッとなって体を起こし、次の瞬間思いっきりその体を私にぶつけてきた。両腕で私を締めあげるように抱いて、「お前がいちばんいい子だよ……お前を生んだ人がいい人だったんだろうね、私はお前が一番かわいかったし、今も一番大切に思ってる」泣きながら同じ言葉を何度もくり返した。

母さんがそんなことを言うのは初めてだった。

店で何かあったのだと考えると、真っ先に病院の高橋医師の顔が浮かんだ。

「高橋センセイから何か聞いたの」

汗と化粧と酒の匂いの中で私はそう訊いた。医師が私の体に危ない兆候があることを母さんに話してしまったのだ、母さんはそれで私の体のことを心配してこんなことを言うのだ……そう考えたのだが、母さんは、

「高橋センセイだって？」

突然泣き声を止め、冷たくそう訊きかえしてきただけだった。「あんなのは医師のくず……ううん、人間のくずだ。だからあんな男の言うことはいっさい信用しちゃダメだよ。何を言われてもうなずいちゃダメ……拒絶してやらないと。あいつだってさんざみんなの頼みを蹴ってきたんだからね」

憎々しげに言い捨てた。もしかしたら今夜店にやってきたセンセイに母さんは借金を頼み、冷たく断られたのではないだろうか。借金？　母さんはあの誘拐犯に洗脳されて、わけがわからないまま身代金の三千万円を作ろうとしているのではないか。私はそう考え、

「お母さん、三千万のこと、私からお祖父ちゃんに頼んでみようか。私、うっすらとだけどお祖父ちゃんに可愛がってもらったこと憶えてる……母さんが父さんの財産目当てでなかったことはもうわかってるだろうし、私が頼めば絶対にダメだとは言わないと思う」

と言ってみたが、「フン」と鼻で笑い、母さんが、「ダメ」と言った。

「どうして？　あの犯人が言ってたみたいに電話してみたら意外に……」

「ダメダメ。誰にも……テレビ番組のスタッフにも言わなかったけど、あんたたちのお祖父ちゃん、今年の一月にもう死んじゃって、財産は父さんの兄弟がもう全部相続しちゃった」

長いため息をつき、私が驚いて声を出せずにいるうちにため息は泣き声に変わり、

「それにあの電話はただのいたずらなんだから、三千万のお金なんて要《い》らないの。そんな大金よりクーラーを買うお金がほしいわ。この暑さじゃ今年も下の子二人のあせもに苦労するだろうし」

湿った声はいつの間にか寝息に変わった。母さんは本当にいたずらだなんて信じてはいなかったと思う。いたずらだと思いたかっただけだ……寝息は時々寝言に変わったが、母さんは夜明け近くまでずっと『いたずらなんだから』『ただのいたずらだから』寝言でもそう自分に言い聞かせ続けた……。

そう、そして本当ならこれは、その母さんの言葉どおり、ただのいたずらとして何も起こらないまま、終わってしまう事件だった……何一つ真相を知らないまま、私もふくめて柳沢家の

子供たちはみんな夏休みの始まるころには『ただのいたずら』として忘れてしまい、何事もなかったように大家族の超ヤッカイな超ウットウしい、でもどっかケッコウ楽しかったりするいつもの生活にもどり、何ヵ月後かに誰かが『結局あの一方通行の誘拐犯は何だったわけ』と思いだし『ホント、バカみたいだったよね、あれ』とみんなで笑い飛ばしていただろう。本当に私は何も気づかないまま、その事件を通り過ぎてしまっただろう……もし、翌日またかかってきた自称誘拐犯の電話に、母さんが、

「はい、三千万ちゃんと用意しました」

と嘘を答えたりしなかったなら。

順を追って話すね。

翌朝、母さんは寝不足の真っ赤に腫《は》れた目でみんなに朝ごはんを食べさせながら、数時間前の自分とは別人のように、

「一代、今日も高橋センセイのところに行かないとダメだよ。あのセンセイの言うとおりにしていれば絶対に大丈夫だから」

と言った。

酔って何を喋ったかなどいっさい記憶にない様子で、私は苦笑いで「はい、はい」と子供でもなだめるように答えるしかなくて、何を言えばいいのかわからなくなり、「ね、母さん。今日また誘拐犯が電話かけてきたら、三千万用意できたって嘘をついてみたら？　相手がどんな反応を見せるか、知りたいから」そう言っていた。

ちょっとした思いつきだったが、意外にも子供たちみんなの賛同を得て、母さんも「そうね」とうなずくより他なかったみたい。

「わけのわからない男の言いなりになってないで、こっちも応戦に出ないとね」

と言い……十時間後、また問題の電話がかかってきて、「どう？　金は用意できたか」と訊かれると、私が教えたとおり、

「ええ、三千万全部」

と嘘を答えたのだ。男はちょっと面食らったように沈黙して「本当だろうね」と確認しただけで、私が期待したような特別な反応も見せず、その晩の受け渡し方法を事務的に語り、最後に、

「必ずこの通りにやってくれよ」

と言って電話を切った……あ、でも、その後のことより、まずそれまでの十時間の話をしないとね。

前の晩ほとんど寝なかったせいか、家を出る時またためまいがして……母さんにも勧められて、私、そのまま病院に行き、学校には遅刻することにした。

前の晩、母さんとセンセイが喧嘩でもしたのかと考えたのは間違いだったみたい。高橋センセイは上機嫌な顔で、「ちょうどよかった。早いとこ連絡したかったんだが、脳に見られた異常はただのＣＴの傷で、本当に何でもなかったんだよ。安心したろう、これでもうお母さんをだまさなくてもよくなったし」と言ってくれたのだから。

その朝のめまいも睡眠不足のせいだと言われ……強がり言っててもやっぱりどっかで自分の体のこと心配してたのね、ホッとすると急に元気がもどってきて、そのまま学校に行き、昼休みを待って、早速、広木先生にその報告をした。

「なんだ、そんなことか」

先生も呆気《あっけ》にとられた顔で、信じられないというように首をふり、「本当にそれだけ?」と何度も念を押してきた。

「実はその代わりに意外なところに小さなポリープが見つかったけど、タチの悪いものじゃないからもう少し大きくなるまで待って手術すればいいって」

「意外なところって?」

「……直腸」

思春期の娘が大声で言える場所ではないから、私は小声で答え、そのぶん元気な声で、

「手術と言っても内視鏡で、あっという間に処置するだけらしいけど」

と言った。先生はため息をついた。

「ともかくよかったよ。それで、あっちの方は? それもなんともなければいいが」

私がテープを渡し、昨日の母さんと誘拐犯のやりとりを聞かせると、

「いたずらにしては手がこみすぎている。だが、誰も誘拐されていない以上いたずらとしか言いようがないし」

もっと長いため息をつくと、腕時計を見て「もう少し様子を見てみる他ないな。君はもう教

室に戻った方がいい」と言った。そして私が一足先に音楽室を出ようとするのを呼びとめ、

「一つ確かめておきたいことがある。君がこんな風に相談してくれるのは、僕のことを好きでいてくれるからだろうね」

と訊いてきた。ドアに手をかけたまま、私はゆっくりとふり返り、

「もちろんです」

と答えた。「ゴールデンウィークに先生の家に行った時、私、自分の口ではっきり『好きです』と言ったわ」

私は先生を見つめ、先生は私を見つめた。先に先生の方が目をそらした。

「いや……ただあの後、君が変によそよそしくなったような気がしてたから」

「私の方こそ先生が……」

生徒と個人的につきあうことは禁止されているので、あれ以来、逆に私を避けているように見えたから、こんな風に相談事を見つけて近づいているのに……と言おうとしたが、その前に先生は「それならいい。ともかく、誘拐犯は今日また電話してくると言ってるから、何かおかしなことを言ったら、すぐに携帯の方へ電話をくれるね。君のことは本当に心配してるんだ」

そう言ってくれたのだ。

私が一番聞きたかった言葉で、こんな言葉が聞けるなら、あの自称誘拐犯がもっとがんばってくれたらいいとまで考えながら、嬉々として家に戻り……この日は帰りに病院に寄らなかったから、母さんと犯人の電話もライブで聞けた。

犯人は『身代金の用意ができた』と聞くと、「それを紙袋に詰めて、表面は新聞紙で覆って……そうだな、今夜八時に池袋駅東口のロッカーに入れてくれ。そのキーを……近くにJRの自動券売機が並んでいるから、一番右端の床に落としておいてくれ。あくまでさりげなく、誰にも気づかれないように」

と言い、母さんがちゃんと憶えたか確認して、何も言わず電話を切った。その電話も録音がしてあったから、それを再生して子供たちはまた騒々しく推理ごっこを始めた。

母さんはいっさいそれに構わず、

「やっぱりただのいたずらだね。カラオケ感覚で誘拐犯の芝居をして楽しんでるだけ」

憎々しげに言い、慌《あわ》てて化粧と着替えを済ませ家を飛び出していった。「二日も遅刻が続いているから、今日遅れたらもうクビだよ」と言ってはいたけど、逃げだすような慌て方がちょっと不自然だった……でも、それより気になったのは、子供たちが一人欠けていたことだ。

晴男がいない……。

家に帰った時、すでにいなかったけれど、三郎が「ゲームの電池、切れたみたいだったから、買いにいったんじゃない?」と言ったのだ……でも電話の後、私が広木先生に電話をかけて犯人の言葉を伝えてから一時間経ち、六時になっても帰ってこなかった。

「晴男、どうしたのかしら」

と私が言うと、誰かが「ハルオがゆうかいされた」と騒ぎだし、

「さらわれたの、ハルオだったんだよ」

「わあいハルオだったんだ、ヒガイシャ」

「カワイソー、あたしが犯人つかまえる」

とはしゃぎだした。

私は三郎をこっそり、私の縄張りに呼び、

「ね、あの電話の犯人の声、ハルオじゃない？」

と小声で訊いた。

「え、どうしてえ」

三郎の丸い目がさらに丸くなった。

「昨日、自作自演と言ったけど子供全員で……というのは無理よ。でも一人なら……晴男一人ならあるかも、と思って」

「でもハルオがなぜ……何のために？」

「だからゲームよ。いつも怖いテレビゲームやってるよね、それに飽きて本物のゲームを始めたんじゃないかと思って……」

三郎は即座に首をふって、

「姉ちゃん、おかしいのは体じゃなくて頭じゃない？　ハルオが必死にやってるの、怖いヤツじゃなくて、パンダぐらふだよ」

「何、その『パンダぐらふ』って」

「『たまごっち』のもっと複雑なヤツ。体の弱いパンダを大きく元気に育てるんだって」

今度は私の方が目を丸くした時、
「ただいま」
と晴男の声が聞こえた。口数は少ないが、普通にみんなとしゃべっている。六畳を覗くと、推理ごっこの輪に入って笑顔まで見せている。私は晴男の全部ではなく、こういう普通の子と変わりない声や顔を見落としていただけだと思うと、恥ずかしかったが……二時間後には晴男のことで、もっと恥ずかしい思いをすることになる。

晴男は私と目が合うと前の晩とは逆に笑顔を消し、暗く黙りこんでしまい……この時もまだ私は自分のカンが決して的外れではないと考えていた。

だが、二時間後、晩御飯の用意をして全員に食べさせ、「ちょっと出かけるから」と言って家を出て、池袋駅の東口に行き、午後八時……正確には午後八時八分、この不可解な誘拐事件に突然のクライマックスがおとずれ、『赤面』という語がまちがいで、あまりの恥ずかしさは顔から血の気をひかせ、白くするものだと知ることになる。

本当にこの事件のラストは突然やってきた。池袋駅の東口、自動券売機の近くで犯人を見張っていた私のもとに、突然、晴男の顔をして……。

私が池袋駅に着いたのは午後八時五分前だったが、ロッカーを探しているうちに八時が過ぎてしまい……慌てて自動券売機を見にいった時はもう五分過ぎになっていた。駅構内はいつも通りものすごいラッシュで、テレビで見たピロリ菌の映像みたいに人が暗く力強く、わびしくコッケイにうごめいていて、物陰に隠れなくても、その場所を見張ることができた……犯人の指定した右端の床にはごみが落ちていて、キーがあるかどうかはわからなかった。もちろん私は、そこにキーがあることなど期待していなかった。被害者のいない誘拐事件なのだ、誰も身代金をロッカーに入れないし、キーをそこに落とす者もいない。

それがわかっていながら、私は何かに憑《つ》かれたみたいにそこに来たのだ……あの奇妙な誘拐犯が、とんでもない奇跡を起こしかねない気がして。

そして奇跡は……私の予想とはちょっと違う意味だったけど、たて続けに三度起こった。

三分もして私が人の渦に疲れ果て、もう帰ろうと思った時、誰かが背後から私のスカートを引っ張り……思わずふり返ると、そこに最初の奇跡があった。

晴男の顔だ。

「やっぱりアンタだったの、誘拐犯は！」

ゲームをやっている時の無表情のまま首は横にふられた。

「じゃあ誘拐されてたの」

また首がふられ、「ユーカイされてたのはボクじゃない、別の子供」やっと声を出した。

「誰？　別の子供って誰」

晴男は、私を見上げるのに疲れたのか、うなだれ、指だけを動かした。その人さし指が次の奇跡だ。指先は私の体を突き……私をさしていた。

「私？　私が誘拐されてた？」

バカバカしいと言うほかなかった。「ほら、あれ見て」と言われふり返ると、犯人の指定位置に見憶えのある、ありすぎる顔があった。それが第三の奇跡だ。水色のシャツを着た男は床から何かを拾いあげ、何食わぬ顔で歩きだした。何を拾ったかはもうわかっていた。

「広木先生……先生が私を誘拐してた？」

私の呟きに、晴男が首をふりかけたが、私はそれを無視し、先生の後を追った。すぐに水色の背は、人波にのまれたが、先生が行く場所はわかっていた。

先生が拾ったキーでロッカーの一つを開き、中からデパートのロゴが入った紙袋をとりだすのを、私たちはそのすぐ後ろで見ていた。いや、まだ奇跡は続いていた……被害者不在の事件なのに、手品のように身代金の袋が出てきて、しかも広木先生がそれをしっかりと両腕に抱えこんだのだ。先生は何食わぬ顔で歩きだそうとして、すぐに私とぶつかり、ハッと驚いた。午後に見たクールな顔とは別人のように醜《みにく》く歪《ゆが》み……でも、それ以上に私の顔は歪み汗をしたたらせていた。驚いた拍子に先生の落とした紙袋から新聞紙の包みがとびだし……その破れ目から『福沢諭吉』のまじめくさった顔が覗いていた。

「先生が誘拐してたの？……私を」

と言いながら、私は母さんの顔を思いだしていた。母さんは私が誘拐されたことを知っていて、ついさっきまでかかって無理やり身代金を作り、このロッカーへ入れておいたのだ……。

だが、

「ちがうよ」

と声が返された。先生じゃなく晴男の声だ。先生も激しく首を横にふっていた……何度も。

「先生は被害者。誘拐犯はもう一人のセンセイ……高橋って名前だっけ。昨日もみんなの推理ごっこで言ってたよね、イッチョはいい加減な病名を言われ、検査を受け、あの病院にナンキンされてたんだよ。そのことで、センセイは先生を……ええと、高橋が広木先生を、『三千万払えば、病院で殺したりはしないよ』とおどして。だいたい病院ですることって病人をこわがらせることばかりだよね」

その後すぐに入った駅前の喫茶店で、ケーキを口いっぱいほお張りながら、晴男は喋り続けた。私が驚いたのはセンセイや先生のことより、晴男が家でみんなの話を聞き、真相に気づき……私と先生が恋仲だということにまで気づき、私の行動を予想し、今日の夕方、中学校へ行って先生に会おうとして会えず、家から私の後をつけて池袋駅に来たことだ。

高橋医師から広木先生に電話がかかってきたのは最初の一回きりで、誰を誘拐したかを告げると、身代金を用意しなければ、医師として人質にどんな危害も加えられるとおどしたらしい……もちろん、それは喫茶店で先生自身の口から聞いたことだが、先生は、この三日間、検査と称して私がどんな痛い目にあわされてるのかと、医師の手中にあるメスや注射器や劇薬壜《びん》のイメージに苦しめられていたらしい。しかも、医師は二回目からは巧みに私を誘導し、直接、私に犯人の言葉を伝えさせるという普通ではない連絡方法をとることにした……私の口から犯人の言葉を聞くということに妙な生々しさがあって先生は辛《つら》かったようだ。私がもしかして共犯なのでは……とも疑ったが、今日の午後の一言でそれも払拭《ふっしょく》できた。ただそれでも、やはり迷いが残り、一旦金をロッカーに入れたが、五分後には『全部を君に話そう』と考え直した。そうして、金をとりに戻ったところへ私たちが現れたのだという。

「まさかと思うけど母さんもグル？」

「いや、お母さんは何も知らない」

それでもうっすらと感じるところがあって、昨日の晩の高橋の悪口になったのだろうか。

「でも私にはやっぱりわからない。私は病院にばかりいたわけじゃなく、家にも帰ったし、先生にも二人で会ってる。なのに、どうして私に何も教えてくれなかったの。私に教えて警察へ行けば済むことじゃない」

「君じゃないよ、高橋が誘拐していたのは」

「えっ？　じゃあ誰、人質にとられてたのは」

先生は額を叩いて考えていたが、やがて、

「その子の方から近々名乗り出てくるはずだから、僕の口からは言わないでおく」

と言った。私には意味がわからなかったが、晴男はわかるのか、その言葉にしきりにうなずき、先生は『君はかしこい子だね』と目の光で伝え、私は真っ白になった。――こうしてその日は終わり、二日後の朝、不意に私はお米の炊きあがる匂いに吐き気をもよおし、流し台のすみで、飲んだジュースを少し戻した。

母さんは眉間《みけん》に細いしわを寄せ、「一代、あんた、まさか……」と言い……私は下手なホームドラマの退屈なシーンに迷いこんだ気がした。先生の「誘拐されていた子供が近々自分から名乗り出てくる」という言葉を思いだし、池袋駅で晴男が指さしたのが私というより私のお腹だったことを思いだした。

高橋医師はめまいの検査で私の体に命の萌芽《ほうが》があると気づくと、私には内緒で酔った母親から私が誰と交際しているか聞きだし、広木先生に脅迫電話をかけたのだ……『生徒を妊娠させたことを誰にも知られたくないなら、腸のポリープだとでも言って本人も知らないうちに処理してやるから三千万払え。知られて教職を失う覚悟があるなら、自由にすればいい』と言い、まだ生まれていない子を人質にした誘拐事件……中継点として何も知らない母胎の私に先生を脅迫させるという普通ではない誘拐事件に仕立てあげた。しかも父親が身代金を払えば、芽生えかけた生命の芽はポリープ同然に摘まれてしまい、母親の方は妊娠したことも知らないまま普通の生活に戻るだけというきわめて特殊な誘拐事件になるはずだった。

広木先生がさんざ迷ったあげく、どんな決断をしたかは、もう話したわね。先生はドタン場で教職より私のお腹の中の小さな命を選んでくれたの。

今、未曾有《みぞう》の危機に直面した病院が多いことを知ってる？　高橋センセイは新しい機械を入れたり病院を改造したりしてその危機を乗り越えようとしたのだけれど借金が膨《ふく》らんで、相当に追い詰められていたみたい……といったことは後になって知ったことで、その朝は高橋センセイのことも、広木先生のこともどうでもよかった。晴男が遊んでいた『パンダ何とか』は妊婦用の、遊びながら妊娠のイロハが学べるゲームで、そのおかげで晴男が私より早く私の妊娠と事件の真相に気づいたこともわかったけれど、それもどうでもよかった。

朝の澄んだ光のように、この貧しい大家族の家にもきれいな生命が訪れるのだと思い、いいえ、大家族の家だからこそ小さな異邦人は安心して訪ねてきてくれたんだとも思った……私の体が全身で奏でるショパンのイ短調は、この子の子守唄だったのだとその唄を口ずさみながら、まだ子供とは呼べない小さな生命のうちから人質にとられて、でも頑張って生き延びてくれた……良かったね、よかったねとお腹に向けてくり返してた。

ごめんね、一番大事なこと、最後まで隠してて……というか、遠まわしにしか言えなくて。先生の家に遊びに行った夜、ピアノの音に酔った二人に何があったかなんてはっきり口に出すのは、十四歳の私には直腸のポリープという言葉以上に恥ずかしかったから。

エッセイ

トリュフォーへのオマージュ

「未知との遭遇」のラスト。トリュフォーの演じる学者が宇宙人に微笑みかける場面がある。宇宙人の微笑の方が評判になったが、それは見せずに、トリュフォーの微笑だけで想像させた方が良かった気がした。私見に過ぎないのだが、スピルバーグの映画に出てくる宇宙人や子供はどうも嘘くさいのである。その嘘でエンドマークまで騙しきるスピルバーグもやはり才能ある監督の一人なのだろうが、宇宙人や子供が嘘であるぶん、この時のトリュフォーの微笑には本物の子供の、少年の、純心さが感じられた。子供っぽさを残したその目に「大人は判ってくれない」の一場面が重なった。主人公の少年が鑑別所のような場所に送られていく、その護送車窓からの夜の街を眺める（たぶん映画通の間では有名な）場面である。カメラが少年の目になり、夜の街並が光と影に揺れるようにして、美しく流れ去っていく。高校時代、初めてトリュフォーを識り、一目惚れした場面だが、あの流れる夜景が想像させた少年の目、汚れがなさすぎて悲しいほどの目は、やはりトリュフォー自身の目だったのである。

トリュフォーの映画で、カメラはよく主人公の目になった。「突然炎のごとく」で、自転車に乗ったジャンヌ・モローの髪になぶられる襟首《えりくび》を後方の自転車から男の視線が追う時、不貞の一夜を明かすことになるモーテルへと雨の坂道を車がのぼりつめていく時、フロントガラス越しのカメラの目と主人公の目とが重なる「柔らかい肌」。その題名のせいか、トリュフォーの作品に、僕は物語の展開より何より、女の美しい肌を（巧く言えないが）届ききらないわずかな透き間を残して嘗《な》め、まさぐっているような、そんな美しさをいつも感じていたのだが、とりわけ画面が主人公の目と重なった時、美しさは、繊細さと凄味とを持った。

トリュフォーの主人公たちは「柔らかい肌」の中年教授も、「突然炎のとごく」の妻と友人に情死され、一人生き遺ってしまうジュールも「緑色の部屋」や「暗くなるまでこの恋を」の男たちも、実は皆、少年であり子供だった。

トリュフォー自身である。

女を見つめる目にも〝少年〟があったと思う。

トリュフォーは、女を、女優を、最も綺麗に撮った監督の一人だった。髪、肌、とくに襟首。前述の二作に加えて、「アメリカの夜」「終電車」「隣の女」、女優たちは皆、他の監督に撮される時より、繊細な、それだけに巨きな美しさを見せた。それも写真的な美しさではない。きめ細やかな肌の裏から、官能とか色気とか成熟とか、大人の女だけのもつ何かが匂いたっていた。それも、また、大人の男の目が捉える女の成熟ではない。真っ正面ではなく斜め後ろから、それも上目づかいで視線を指にしながら、こっそり衣裳を剝ぎ、さらにもう一枚その下の肌を剝いでいると言った、少年の目でしか捉えられない女の成熟である。少なくとも僕にはいつもそう見えていた。「終電車」という作品は僕にはあまり面白くなかったが、カトリーヌ・ドヌーブの襟首を今書いた角度から捉える一カットがあり、ただそのためだけに、好きな映画になっている。

「大人は判ってくれない」「突然炎のごとく」「柔らかい肌」高校の頃くり返し見た初期の三作に比べて、その後のトリュフォー作品には二、三を除いて、繊細な美しさが欠け、少年の目も感情も鈍ってきたのではないかと、淋しい思いがしていたが、「未知との遭遇」の微笑を思い出すと、今度の唐突な死の、その間際までトリュフォーはその目を持ち続けていたのだろう。少年の目と感性を鈍らせていったのは、こちらの方だったのだろう。

青春という言葉は好きではないが、あの頃多少はあった、トリュフォーの目に太刀打ちできるだけの感性の燦き《きらめ》をそう呼ぶなら、「突然炎のごとく」や「柔らかい肌」は、間違いなく僕の〝青春映画〟だった。

原作・衣笠貞之助

　去年の夏ごろ、不幸な結婚生活を送っていた女が、夫の弟、つまり義弟の純情に押し流されて九州へ駆け落ちするという短篇を書いた。珍しく快調に筆が進んで、結末へと流れこみ、九州のはずれの町で一日二人を遊ばせた後、予定どおり義弟の方を唐突に自殺させようとして、だがそこで突然手がとまってしまった。

　人妻が若い義弟に心乱れて、という設定は使い古されたものだと、それは承知の上で書いたからいいのだが、唐突な自殺という破局が昔見たある映画に似すぎていると気づいたのだった。活字にしてしまってからだったら仕方がないと諦めただろうが、書きあげる前だったから、似た結末にするのに後ろめたさが起こってきて、結局迷った末に結末だけを変え、いつも通りの不調な作品になってしまった。いや、その映画を凌ぐだけの自信があれば、あえて予定通りに書きあげたかも知れないが、あの映画の男女の心情の細やかな美しさを僕などの貧しい筆がどうやって凌げばいいのか。

映画は成瀬巳喜男監督作品「乱れる」である。北の温泉宿へと駆け落ちしていく後段の雰囲気作りが特に好きで、高校の頃三度は見た映画だった。

以前、インタヴューで「どんな作家の影響を受けているか」と訊かれるたびに、泉鏡花の名を出していた。明治、大正期の女をよく書いていた頃だが、本当は鏡花その人より、僕が子供の頃、鏡花物を山本富士子で何本も撮っている衣笠貞之助監督の方の名を出すべきだったろう。映画は子供を早熟にさせる。「衣笠」という漢字がまだ読めない年齢で、近所の二流館に通いつめ、この監督が薄汚ない映画小屋のスクリーンに映し出す和風映像美と和風ラヴストーリーに夢中になった。「白鷺」「歌行燈」それからこれは鏡花の何が原作になっていたのかわからないが「乱れ髪」、鏡花物ではないけれど「明治一代女」を原作にした「情炎」。とりわけ僕はこの「情炎」の雪の浜町河岸でお富士さん演じる芸者が船越英二の箱屋に出刃で刺されそうになって逆に刺し殺してしまう場面が好きで、「チャンバラなんかじゃなくあれをやろうよ」と言ってはよく友達に嫌がられたものである。もっとも姉の一人はすぐに乗ってくれて、丁寧に、棒きれで包丁を作ってくれお富士さんの代役を演じてくれた。台詞《せりふ》や動きの全部を憶えこむほど映画館に通いつめたのだが、どうもこのあたりが自分の小説の原点ではないかと思うことがある。あれから三十年近くが過ぎて、明治物を書きながら何となく後ろめたさを拭いきれずにいるのだが、それは真面目に小説にとり組んでいるというより、まだペンではなくあの頃の棒きれの出刃をもって原稿用紙の上で遊んでいる気がするからである。

郭《くるわ》や芸者置屋の雰囲気、着物の帯の美しさ、洋燈や軒燈の色、少なくともそういったものを僕に教えこんでくれたのは、資料や鏡花の文章より、まず衣笠監督である。自作を読み返すことはないからわからないのだが、恐らく自分で気づいている以上に、僕の書く明治には衣笠監督のあの頃の色が（もちろん類似品独特の安っぽい色に変わって）流れこんでいるはずである。

後年「情炎」の浜町河岸の場をテレビで再見する機会があったが、雪の降りしきる舞台的虚構美と刃傷沙汰の生々しい映像的写実美とが混然一体となって、やはり相当な名場面だった。晩年の老練の腕である。小津、成瀬ブームに続いて衣笠ブームなどが来てくれたら嬉しいのだけれど――

活字の世界でやっているせいか、映画の場面やストーリーを無意識のうちになぞっていても、書き進めてしばらく気づかずにいることがよくある。

編集者から催促の電話がかかってくる。

「スミマセン。さっきまで割と快調だったのに、この話『挽歌』に似てるなと気づいたら急に書けなくなっちゃって……」

「原田康子さんのですか」

「いいえ、小説は読んでないから映画の方。久我美子さんがやった――」

似ていても自分なりに書けばいいのだと開き直るのに二、三日が掛り、編集者を困らせたことが四、五回はある。

貧しい女を人形のように作り変えて女優に仕立てあげる話を書いている途中で、「なんだ、『マイ・フェア・レディ』じゃないか」と気づいたことがあるし、昭和初期の木場を舞台にやくざの話を書いていて、資料も調べていないのに知らない時代の知らない世界の雰囲気が結構つかみやすいので不思議に思ってよく考えてみたら、「しまった、これ『日本侠客伝』だ」であったりしたこともある。「芸術は模倣から始まる」と最初から開き直って大好きな日活アクション映画のムードを意図的にいただいたこともある。漱石の「こころ」を自分なりにやってみたいと思って男二人の確執劇を書いているうちに殺人劇を起こしたら、「太陽がいっぱい」に変わってしまったし、やはり川端康成の「山の音」の老父と出戻り娘の話を自分なりにやってみようと思って人情味を加味したら、「晩春」になってしまった。女が男二人の間で揺れ動くとなると、どうしても、「突然炎のごとく」のジャンヌ・モローや「夕なぎ」のロミー・シュナイダーの顔が頭の隅にちらついてしまう。

「もどり川」という題名で映画化された「戻り川心中」を、

「あれは、『市民ケーン』の逆だね」

と高名な映画評論家の方が指摘して下さったことがある。怪物オーソン・ウェルズのことなど一度も意識したことはなかったから自分でもギョッとしたのだが、よく考えてみると、死んだ男の過去を暴いていくその経過と結論とが、拙作の方は「市民ケーン」を裏返しにした形をとっている。こういう無意識のうちの影響まで含めると、僕の書くものは全部何らかの映画の影響を受けていることになってしまうだろう。他の作家の方々にも何かの映画と似ている小説は多いのだが、少なくとも僕の場合、活字より映像の影響の方が大きい、その理由は、しかし簡単で、活字で食べていながら活字嫌いの僕は、読んだ本の数より圧倒的に見た映画の数の方が多いからである。

そう言えば以前、時々、「その年齢でよく芸者さんが書けますね」と言われたことがある。褒め言葉だと自惚《うぬぼ》れて「ええ、まあ」と聞き流していたのだが、ある時、ふと気づいた。僕は芸者を一度も書いたことがない！　それなのに愚かにも自分でも書いたつもりでいたのは、これも衣笠作品の影響で、明治物の女を書く時、それが堅気の奥さんでも、お富士さんの芸者姿をぼんやりとダブらせてしまっているのである。

「ラストシーンは永遠に」

「永遠の1/2」は不思議な希薄さの残る映画だった。薄っぺらでも〝なんだ、何もない映画じゃないか〟でもなくて、その希薄さはどういったらいいのか、希薄なまま濃厚なのである。ぼやけたまま確かな輪郭をもっている。

考えてみると、それも当然で、希薄さはこの映画のテーマなのだった。つまり自分を一人の1/2という単位でしか感じとれない主人公、その若者に限らず現代人の多くが感じとっているに違いない〝自分〟の薄まり具合を、今の若手の中で一番確かな腕をもつ根岸吉太郎監督が、ストーリー展開よりむしろ映像で語りきった映画だ。曖昧なもののないくっきりと鮮明な映像が、テーマを確かな輪郭で浮かびあがらせ、主人公が感じている希薄さをそのまま観る者に伝えてくる仕掛けになっている。

希薄感というより透明感なのだろうか。「限り無く透明に近いブルー」という題名の小説があるが、それに似たかすかな青みのある透明感が映画を観て一か月が過ぎ、ますます薄まりながら同時にますます濃密に僕の中に広がっていく。

　賛否がはっきりと分かれそうな映画である。この透明感を僕などは「これぞ映画、これぞ根岸吉太郎」と思っているのであるが、「なんだ、何もない」と感じる人もいるだろうし、いくらでも面白く仕立てあげられる話を監督がわざと面白くない方向へとはぐらかしている、それを「わざと」と考えるか考えないかでこの映画は評価のわかれ道に立たされそうだ。いや、それを監督の計算と考えたとしてもその計算が成功したとみるか失敗したとみるかはもう一つのわかれ道である。僕などはドラマを犠牲にしたことでこの映画の透明感はいっそう際立ったと思うのであるが、ドラマの不燃焼をただ退屈だと思う人も出てきそうである。

　面白いかどうかの基準だけに立てば、僕も前作の「ウホッホ探検隊」の方が面白かった。わかりやすさやまとまり。映画の完成度としては「ウホッホ」のニュー・ホームドラマぶりの方が上なのだろうが、好きという点では「永遠の1/2」の方がその何倍か好き、いや今までの根岸作品の中でも一番好きな映画になった。それは、僕が根岸映画の一番の魅力だと思っている透明感が、この映画では限界といえるまでに煮つめられているからである。

　白井佳夫さんが、「ひとひらの雪」を評して、ガラス越しに見ている映画だとおっしゃったことがある。その受け売りめくけれど、僕が根岸映画に感じとるのはそのガラスの透明感なのだろう。この監督の目と展開されるドラマの間には、たしかに透明なガラスの隔たりがある。それは初期の作品からすでに感じとれるものだったが、「ひとひら」以降、そのガラスはより透明に、より厚くなってきた。

「ひとひらの雪」の中年男の戯れぶりは、水族館の魚を連想させたし、「ウホッホ探検隊」の一家は、水槽の中を泳いでいる熱帯魚に似ていた。「永遠の1/2」ではもうその熱帯魚もいなくなって、ガラス越しの限りなく透明にちかい水の中に、藻だけがゆらゆらしている。

特にラストシーン。去っていこうとする主人公を追いかけていこうかやめようか、女は迷っている、ひと月が過ぎて思い出すとこのシーンの二人の姿が、はっきりと夏の終わりかけた水槽の中の頼りなげな藻として僕の目に見えてくる。

さて、追いかけていくのかやめるのか、わからないまま終わるそのラストシーンを見ながら、こういう、幕切れで結論を出さない映画が子供の頃から好きだったことを久しぶりに思いだした。

子供の頃見た映画の中で、おそらく大したことのない映画だったのだろう、どんな話だったのか記憶は完全に風化しているのに、ラストシーンだけを鮮明に憶えている映画が三本ある。今から書くことはすべてうろ憶えだから間違いがあるかもしれないし、他の映画ととり違えている可能性もあるのだが、まず、確か大映映画の「火花」。故衣笠貞之助監督の作品歴の中に同じ題名を見つけたことがあるが、それだったのだろうか。サーカスの一座の話だった気もするが、憶えているのはラスト、闇市のような混乱した雑踏の中へと消えていった女を男が追いかけていく。鶴田浩二と山本富士子だったろうか。ヒロインに薄幸そうな設定があったのだろう、うまく男が追いついて幸福になってくれたらいいのにとハラハラしているうちに、音楽が高まり、「終」の字が出てしまった。

「悲しき口笛」と書いても、憶えているラストが、本当に美空ひばり主演映画のそれだったのか、やはり自信がないが、横浜港あたりの埠頭の上で人質を連れて逃げようとする悪漢たちが立ち往生する場面であった。その人質を救おうと陸からは乞食の群れが押し寄せ、海からは警備艇に乗って刑事たちが迫ってくる。犯人たちを皆が遠まきにして、ああこれでやっと善人たちが幸福になれる場面が見られるとホッとしかけた所で幕がおりてしまった。

もう一本は、前にも書いたことのある「亡命記」。確か「君の名は」コンビの映画だったが、これも復員してくる夫を妻が子供を連れて駅へ迎えにいく、ラスト近くのシーン以外の全部を忘れている。この映画も、男の乗った列車がホームにすべりこんでくる所で終わってしまって、夫婦が再会して涙を流し合うはずの場面を見せてはくれなかった。

この三本のラストだけが、子供心に印象深かったのは、余韻という言葉などまだ知らないまま、次の場面をあれこれ想像しては、映画の余韻を楽しんだからだろう。その余韻は結局、三十年が経ってまだ胸に響き残っている。

映画は見せることが武器のようで、本当の面白さは見せない場面の方にある。最近の映画が全部を見せすぎて余韻を忘れていることはすでに山根貞男さんが本誌で指摘なさっているから、またも受け売りめくのだが、実際、俳優さんが体をさらけ、スプラッター物が内臓までも見せ、それと同じようにドラマが結論までを見せすぎ、ラストシーンから次の場面を想像する楽しみが奪われてしまった。

名ラストシーンが少なくなったのもこのあたりに原因がありそうだ。今書いた三本のラストだってさらに次の場面まで見せられていたら、三十年後まで記憶に残ったかどうか。

「永遠の1/2」は久しぶりに次の場面を想像する楽しみを残してくれた映画だった。

「追いかけていけば、結構人の好きそうな男だし幸福になれるんじゃないかなあ、いや案外男の方から連絡してきたりして」

透明感とともにしばらくこの余韻は残りそうだ。

「MUGO・ん 色やねん」

僕はまわりの人たちを簡単に二種類に分けて見ている。

お喋《しゃべ》りな人とそうでない人。

長年「静かな生活」を目指してきた僕にとってはこのことはかなり重要な問題だ。

と言っても僕の方があまり喋らないこともあって僕のまわりは圧倒的にお喋りが多い。

だから正確に言えば、お喋りな印象を与えてくる人とそうでない印象の人とに分けているのだ。印象というのは本当に不思議で、同じ量を喋っても静かな印象を壊さない人がいるし、あまり喋らなくても何だか騒がしい印象の人とがいる。

その人の雰囲気、声の質、喋る速度、いろいろ理由は考えられるけれど、長年の研究の結果、お喋りかそうでないかの別れ道は、不必要なことを喋るか喋らないかにかかっていることがわかってきた。その場の会話に必要なことなら何度しつこくくり返されても我慢できるが、不必要なことをしつこく何度も喋られると僕は疲れ果ててしまう。

テレビを見ている時の疲れ方と、それが似ている。僕にはそう思える。テレビと映画を較べると、僕は映画の方が何倍か好きだ。テレビはお喋りな人であり、映画はそうでない人である。

この原稿が出る頃にはもう去年なのだが、一年をふり返ったらビデオで見た映画の本数が映画館で見た本数をはるかに上回ってしまった。ビデオで見た方がマシという映画も多いけれど、やはりいい映画には映画館で出逢いたい。年の瀬にそう反省して映画館巡りをしたのだが、歩き始めて早速にいい映画とぶつかった。

「えっ、死にあえぎだしてるはずの日本映画がまだこんなに新鮮で自然な息づかいをしてるの」そう驚かされた映画である。

「異人たちとの夏」――

正直に言って、原作・脚本・監督に一流どころが揃いすぎたこの映画にあまり期待していなかった。優しさとやわらかさ、個性が似通っているようで御三方ともその優しさの裏に頑固な自己主張をもっている。見る前から不協和音が聞こえそうだったが、僕の読みなどはずれるためにあるようなもので、この組み合わせでしか生まれ得ない、魅力溢れる映画が誕生していた。中年になってから縁日に行ってみたら、そこには懐しさだけでなく失ったものへの切なさもあって……

浅草に残っている古き良き時代が、夕映えのくすんだ赤みで今の時代に照り映えて……

ただの幽霊譚である。

「バック・トゥ・ザ・フューチャー」のタイムトラベルで若い頃の両親と出逢う話を幽霊話におき換えただけのような、ただそれだけの話が三人のハーモニーにかかると、情感漂う逸品に変わってしまうのだ。役者もすみずみまで良く、ことに片岡鶴太郎の、年若い鮨屋職人の父親がピッタリのはまり役で絶妙。主人公の風間杜夫も好演で、両親の幽霊に出逢うと子供の顔に戻ってしまう、その顔に原作・脚本・監督の三人の顔を三重撮ししてみせる。

去年一番の収穫、文句なしの傑作、と手放しになってもいいのだけれど……けれど……一つだけ文句がある。

この映画の一番優れたところは主人公が死んだはずの両親のアパートに通う件《くだり》で、脚本と映像が見せる寡黙さである。観客には両親が幽霊らしいとわかるのだが、しばらくは映画がその点の説明をしようとしない。台詞《せりふ》はあるのだが、アイスクリームがどうのビールがどうのと日常会話ばかりを喋っていて、肝心の、幽霊かどうかについては無視され何も語られない。

この寡黙さが台詞以上に絶妙であって、無理のある不自然な話を自然な流れの中にとけこませてしまう。巧い人は巧いんだなあと感心してしまったのだが、不満はせっかくのその寡黙さを裏ぎって、他の場面で台詞がところどころ喋りすぎてしまう点だ。

特に、やっぱり幽霊だとわかった両親とスキ焼き屋で別れる場面。主人公が切々と涙まじりに自分の心情を語る長台詞。

原作を読んでいないから確かなことは言えないがいかにも山田太一らしい（そして市川森一

らしい）長台詞が、テレビでは聞かせどころになり得るとしても、映画ではシラけて逆効果になってしまう。映像と俳優の表情とで既に充分語られているものがさらに台詞で切々と語られるとシラける以上に恥ずかしくなって、僕はこの場面何度も目を伏せた。

それからラストシーン。幽霊騒動が一件落着し、主人公が自分の離婚した妻を奪っていくことになった男と語り合う場面。この場面も長すぎ、台詞が喋りすぎ、余情まで映画の中で見せられ聞かされてしまうとこちらはやはりシラける他なくなる。テレビの連続ものなら長いドラマの帳尻合わせで活きるかもしれない長いラストシーンが、一時間半の映画の流れの末にはうるさすぎてしまう。

テレビはお喋りな人であり、そうでなければドラマも成立しえないのかもしれないが、映画がお喋りな人であっては絶対にいけない。テレビが悪いと言っているのではなく、テレビドラマはテレビで見せてもらいたいとそう思うのである。

いや、これは文句というよりケチであろう。この映画の全体の仕あがりから見ればとるに足りないことであり、依然この映画が最近の日本映画でも群をぬいた秀作であることに変わりはない。……ただ……この映画の直前にビデオで見たシェール主演の「容疑者」が、沈黙の映画での効果を利用しつくしサスペンス物としても恋愛物としても成功した映画（特に幕切れの台詞の省略の巧さ）だったために、それからまた直後に見た「悲しい色やねん」が、相当の台詞量でありながら寡黙な印象を与えてくる映画らしい映画だったために、変にこだわってしまったようだ。

「悲しい色やねん」は題名以外に大阪が匂わない、話自体ではなく話の展開の仕方が今一つ面白くない、不満は数々あるがその不満までが森田芳光の看板をかかげると一本の映画として見事に成立してしまう。それはこの人が映像の喋らない魅力、落語でいえば無言の間の魅力を知りつくしているからだ、と改めてそう感じた。「バカヤロー！」の脚本でも主人公たちが最後にバッカヤローと叫ぶまでの沈黙がドラマになっている。この映画でも江波杏子がただ座っているだけの可笑しさ、度々挿入される夜景の流れの無言の美しさ、ボスが射殺されるシーンの風鈴の音だけの迫力、ラストの主人公の無言の心情——

他人のことは言えない、僕も下手に喋りすぎて行数が尽きてしまったが、結局「異人たち」より作品としては落ちるこの映画の方が映画の本当の魅力を僕に改めて教えてくれたのだった。

地上より永遠に

夜中に電話が鳴った。まずは甥っ子からで、「知ってる?」

次が友人からでやっぱり「知ってる?」一時間ぐらいして寝ようと思ったところへまた電話が鳴って「知ってますか?」——

松田優作サンが亡くなった日のことである。

その少し前に「ブラック・レイン」の松田優作がいいと聞いたばかりだったからその突然の死自体にも多少の驚きはあったけれど、僕がもっと驚いたのは優作サンのファンでもない人たちが、ファンでない僕のもとにわざわざその死を報告してきたことだ。松田優作という人は、研ぎすまされた剃刀の刃みたいな容姿をしていて顔を合わせただけでこちらがかすり傷を負いそうな、そんな魅力があったけれど、その剃刀を感性として自分の内にも秘めていたかどうかとなると、うーん、かなり疑問で、そのぶんスター性は上だったかもしれないけれど、役者としてのランクづけでは僕はいつも原田芳雄や内田裕也の下においていた。僕にとってただそれだけの男優さんの死が、睡眠妨害までされてなぜ報告されなければならないのか。ちょっと腹を立て、その後で少し心配になってきた。

翌日テレビの芸能ニュース番組が大騒ぎをしていると聞いてさらに心配になった。最近はどんな大事件も死もテレビの手で祭りにすり替えられる。石原裕次郎の死も美空ひばりの死も、お上の〝あの人〟の死も日本をあげての大祭になってしまった。その大騒ぎでスターさんがいよいよ神格化されるというのならそれでいいのだが、何だか僕には騒ぐだけ騒いで、祭りのあとのゴミのように無意味なものとして忘れ去られてしまいそうな気がするのだ。

優作サンのファンではないけれど、何本かの映画でその魅力を燦《きらめ》かせたスターさんではある。死とともにさらに大きなスターになってほしいとは思っている。

昔のスターはその死とともに完璧なスターとなった。神秘性がスターを作りあげるものであって、死はそのための最高のヴェールだった。言うまでもなく、ジェームス・ディーンもマリリン・モンローも死とファンの涙とをヴェールとして最高に巧みにまとったスターだ。

だから僕はスターの死をあまり悲しんだりすることはないのだけれど、それでも時々あのスターが今も生きていたらどう変わっていただろうかと考えることはある。ジェームス・ディーンやマリリン・モンローに関してはあまりいい絵は浮かんでこないのだが、たとえば市川雷蔵あたりのことを想像すると、死んだ当時、既にスターとしても役者としても揺ぎない完成度に達していた人でありながら、今も生きていれば当時よりさらに年輪の厚みと深みを加えた芝居が見られたのではないかと、今さらにその死を悼んでしまう。

僕の子供の頃から雷蔵は勝新太郎とともに大映の二枚看板だった。大映末期には田宮二郎がもう一人加わるけれど、大映の顔というと僕はこの二人になる。

勝新はご存知の通りの、自在に変化する軟体動物型の役者である。無軌道であり鋳型がなく、そこが天才的な役者にも見える。それに較べると雷蔵は二枚目だったぶん、鋳型のきっちりとしすぎた不器用そうな役者に見えた。勝新の〝動〟と較べるといかにも〝静〟であった。

子供の頃は勝新の〝動〟の方が面白かった。あれは僕が幾つぐらいの年齢の時の映画だったか正確には憶えていないのだが、「次郎長富士」という映画があって、勝新は森の石松を楽しげに演じていた。雷蔵は吉良の仁吉役を役どおりの真面目くさった顔で演じていただけだった。役者としては勝新の方が上だな、何年かそう思いこんでいて、眠狂四郎や若親分より座頭市や朝吉の方をどちらかといえばひいき目で見ていたのだが、歳月を経て多少体が大きくなれば映画や俳優を見る目も肥えてくる。大学時代池袋の名画座で「炎上」を見直した時である。子供の頃見た時はチャンバラ映画のスターがどうしてこういう映画に出るのだろうとぐらいにしか考えなかったのだが、三島由紀夫や市川崑の世界もよく知った上で見ると主人公の暗い若者が見事にハマリ役なのである。主人公の心理の暗い美学を適切に表現しながら、同時に歌舞伎の立て役としての花を他のチャンバラ映画以上に感じさせた。「破戒」にしろ「陸軍中野学校」にしろ、それから「ある殺し屋」にしろ、むこう正面を唸らせる大芝居ではなく自分を枠の中に閉ざした、ある意味では控えめすぎるほどの芝居なのだが、そういう枠があって初めて色気というものが滲みだすことがよくわかった。

色気が〝静〟からしか生まれないこと、〝静〟が〝動〟よりもはるかに危険であり過激であることを、僕は市川雷蔵という役者の芝居から教わったと思う。

この役者が眠狂四郎を当たり役にしていたのは当然なのだ。

勝新も依然悪くない。NHKの大河ドラマでは秀吉を昔以上の奔放さで余裕たっぷりに演じていた。しかし全盛期から二十年経って今年もまた、「座頭市」というのは少し淋しい。雷蔵の方は役の枠の中に自分を閉じこめることで、かえってどんな役も自分の役にすることができた人だ。

今年の秋は利休戦争が話題になった。二本とも別々の意味で僕には面白かったのであるが、今利休の静とその裏にある動を演じられる役者がいない。三國連太郎は名優だし、三船敏郎も今僕はその武骨さや不器用さが改めてこの俳優の芝居の巧さなのだなと再評価している人なのだが、どちらも千利休役にはどうも、と首を傾《かし》げてしまった。二本の映画を見ながら、僕は雷蔵が生きていてこの役をやっていたらと、しきりに考えてしまった。

今、一部で雷蔵ブームが起こっている。いや、テレビの深夜番組で眠狂四郎や若親分のシリーズが頻繁にやられているところを見ると全国的に、と言っていいのかもしれない。

キネ旬の僕の担当だった橋本さんは「ファンクラブを結成したい」とおっしゃるほどの雷蔵ファンなのだが、そんな会ができれば僕も隅っ子の会員の一人にさせてもらいましょうか。

最近大スターがいなくなったので映画ファンの目が死んでしまったスターや過去のスターに向くようになった。ジェームス・ディーンやモンロー、ヘプバーン。もう一人芝居らしい芝居をしないことでかえって本物の役者だなと思わせた佐田啓二の再評価も起こってほしいと思うのだが、松田優作サンも惜しまれる今度の若すぎる死で逆に生前以上の大輪の花を咲かせてもらいたいと切に願っている。

今回で三年の予定だったのに一年伸びてしまった連載は終わりです。死ぬわけではないけれど誰方か一人でも惜しんで下さる人はいるのだろうか?‥?‥?‥——有難うございました。

連城三紀彦の模索と達成

松浦正人

連城三紀彦の創作活動を全二巻で俯瞰する傑作集の二巻目をお届けします。

第一巻『六花の印』（創元推理文庫）には、直木賞を受賞した前後あたりまでに書かれた連城三紀彦クラシックともいうべき名作群を収めました。第二巻では、そこに秘められていた可能性を作家が手さぐりしながら掘りすすんでいく、その後の進展に光をあてます。トリッキーな謎解きミステリあり、新鮮な切り口の家族小説あり、変化に富んだ成果については順次ふれていくとして、最初におことわりしておきたい事柄がひとつあります。

本巻には、一九九三年に新潮社でまとめられた『落日の門』を一冊まるごと収録しました。一冊の初刊本から採る作品数はなるべく少なく、という編纂方針に反することになりますが、「落日の門」をふりだしに「火の密通」まで、つごう五つのエピソードが個別に語られているとはいえ、全体としてはひとつの長編となりうるような加筆訂正をへて単行本化されていること、九〇年代の連城を代表する仕事のひとつであるにもかかわらず、文庫にはいる機会が過去になかったことを考えあわせて、この判断にいたりました。どうか、ご諒解のうえ、当連作につきましては目次順に楽しまれますように。

それでは、本文へ進むとしましょう。ただし申し訳ありませんが、**以下は収録作を読了されたかたのみを対象に書かせていただきます。未読のかたはご遠慮ください。**

巻頭の「ゴースト・トレイン」は、一九九四年の双葉社刊『紫の傷』（現時点で最後に出た版は双葉文庫。以後も同様に記す）から採りました。奇妙な幽霊列車の謎がきわめて印象的ですが、いびつな真相が暴露された瞬間、驚愕しながらも納得できずにいたかたも少なくないでしょう。ですが、それにつづく回想部分こそが一編のかなめです。孤独な少年が淋しいひとり遊びを始める。あるはずのない二歳の一夜の記憶を、推理し、証拠を見つけ、当夜の天候まで調べたうえで、想像力をはたらかせて……ついに二十年後、大人になったいまと二歳のいまを等号で結んでしまうのです。その結果が冒頭の異様な記憶なのであり、それがあまりにも鮮明な現実感で充塡されていたことを思い出せば、二十年にわたるいとなみの悲しさが心にせまってくるでしょう。奇抜な真相に説得力をもたらす、ある人生を考え出し、なおかつ、よく書きえたところに連城の天分をみたいと思います。

執筆のきっかけが興味深い。《小説推理》八七年二月号のために、おない年の作家・赤川次郎《あかがわじろう》と競作する企画がもちあがります。相手の作品を肴《さかな》に一編を書くという趣旨だったようですが、同号に併載された赤川との対談で、連城は赤川のもつキャラクターで書きたいと思うのが三人ぐらいあると発言していまして、その一人が〈幽霊〉シリーズの永井夕子だったのでしょう。驚きなのは、人物を借用するだけではすまさなかった点です。赤川のデビュー短編でもある七六年発表の同シリーズ第一作「幽霊列車」（文春文庫『幽霊列車』所収）の世界を借りて、一番列車に乗りこんだ八人の乗客が消え失せるという怪事件が起こっていた（同作の筋立て）裏で、実はもうひとつの幽霊列車事件が進行しており、そちらの謎を解いたのも永井夕子だったというのが、できあがった作品の結構です。赤川の提出した「ラブレター」（角川文庫『素直な狂気』所収）が、連城の「恋文」（『六花の印』所収）の内容をふまえず、シンプルに恋文を主題にした短編だったことを思えば、その異常な凝《こ》りっぷりは歴然としています。

このエネルギーはどこからきたのか。特別な証拠は見当たりませんが、連城が愛好した歌舞伎に目をむけてみましょう。矢内賢二《やないけんじ》の『ちゃぶ台返しの歌舞伎入門』（新潮選書）によれば、江戸時代の歌舞伎作者は、基本的設定の定番として確立している『義経記』なり『平家物語』なりの、舞台と主な登場人物ひとそろいから成る「世界」と、それを改変したり新しく付け加えたりした部分である「趣向」とをかけあわせて、新作の構想を練ったのだそうです。その創作方法がいちだんと進んだ例としてあげられていたのが鶴屋《つるや》南北《なんぼく》の『東海道四谷怪談』で、〝いままさに同じ時間と空間においていつもの『忠臣蔵』が着々と進行していて、「一方その頃こちらでは」と画面を切り替えた先で起こっている血なまぐさい事件が『四谷怪談』というわけです〟とまとめられると、それはまさに「ゴースト・トレイン」だと膝をうちたくなります。むろん、歌舞伎に今回はならおうと連城が明確に意識したと言うことはできません。あまた観てきた舞台の記憶がそうした物語の組み立て方を作家・連城三紀彦に体得させ、その抽斗《ひきだし》が無意識にでも役にたつことがあるのだと、そんなふうに考えておくのが穏当でしょう。

つぎの「化鳥」は、八八年の角川書店刊『夢ごころ』（角川文庫）の一編。同書は、《月刊カドカワ》で八七年三月号から一年間、〈新・雨月物語〉の題のもとに発表された十二の読み切り短編をまとめた本であり、本作は八七年十二月号に掲載された第十話です。手紙による独白体で、大正元年生まれの女が薄幸の人生をとつとつと語りだします。しばらくは、まだ貧しかった時代の日本を底辺からリアルに回顧する趣《おもむき》なのですが、ある地点を境に、怨嗟《えんさ》があふれ出したように語り手の妄執《もうしゅう》があらわになり、それまでに綴《つづ》られた死と災禍の意味を塗り変えていきます。関東大震災や東京大空襲さえ例外ではなく、ただひとつの標的をめざす呪詛が、無数の庶民をなぎ倒していくような災禍の恐ろしさ（これは連城にとって一貫したモチーフであったらしく、少なくともふたつの長編にとりいれられています）は戦慄的といっていいでしょう。どんなに冷たくされてもその人の死を望んだことなど一度もない、と女が語るほどに、それが真実ではないことを知らしめてしまう、ねじれの恐ろしさもあり、連城による現代的な恐怖小説へのアプローチは見事な成果を収めています。

　途方もない呪詛をになう一羽の鳥について、ふれておきましょう。題名にある〝化鳥〟という語は、上田《うえだ》秋成《あきなり》『雨月物語』の「白峯（白峰）」に見えます。理不尽な扱いをうけて怨霊となった崇徳院《すとくいん》が、世の中に呪詛のことばを吐きつつ、鳶《とび》に似たものを呼びよせる。岩波文庫新版の校注によれば、この〝化鳥〟は天狗のことらしく、院に冷静に意見を奏上したりもしますから、連城の描いたそれとはずいぶん違います。両者のあいだには、泉鏡花《いずみきょうか》が明治三十年に発表した「化鳥」（岩波文庫『化鳥・三尺角』所収）をおくべきなのかもしれません。同作で、男の子を救ったのがなんであったのか判然としないのですが、大きな鳥のイメージがあたえられているようです。また、いまは頼もしく穏やかにしている男の子の母親が、零落《れいらく》して底辺に生きることになったかつて、塗炭《とたん》の苦しみをなめた屈辱と口惜《くや》しさを、ことばとしてあふれさせたおりの口跡が再現されるくだりは、「白峯」から連城版「化鳥」への橋渡しとなりうる気がします。連城が鏡花のこれを読んでいたかどうかはさておき、化鳥の系譜は、呪詛と人の関係の移り変わりを照らす、興味の尽きない事例となっています。

つづく「水色の鳥」（《小説新潮》八九年二月号）は八九年の新潮社刊『たそがれ色の微笑』（新潮文庫）から。まず指摘しておきますと、本作は「恋文」の綴りかえです。「恋文」には、当初、出ていく年上の妻を待つ純情な夫という設定であったのに、山田太一の連続テレビドラマ『早春スケッチブック』（八三年放映）と似ていることに執筆中に気づき、男女を入れ替えて書きなおされたという逸話があるそうです（朝日新聞二〇一三年一月十五日付のインタビュー記事）。その意味で、本作は書かれるべくして書かれたもう一編の「恋文」といえますが、主人公は夫でなく、同作では脇役だった息子がうけもち、したがって必然的に、夫婦（男女）というより家族の、そして子供の物語となりました。となれば、もはや小手先の技巧の問題ではありません。女にもどった母と、男にもどったが父親の体面を維持しようとする父とのあいだを、中学二年生の息子がやじろべえのように行き来し、とまどい、ためこんだ感情を爆発させたりしながら、新たな家族のありかを模索する姿が生きいきとたどられていくのです。

子供の描かれ方という点でも、本作は恰好の目印となるでしょう。初期の連城作品に登場する子供たちは遠い存在でした。一九七九年に書かれた「桔梗の宿」（『六花の印』所収）の十六歳の娼妓も、八四年「少女」（八四年光文社刊『少女』所収、光文社文庫。同文庫で去年出た『少女ミステリー倶楽部』に採られました）の中学を卒業したての少女も、その胸中が主人公にはどうしてもつかめず、壁のむこうにたたずむ存在です。「少女」のころは連城の過渡期でもあって、一年をさかのぼる八三年「恋文」には、主人公にとって身近にいる息子が書きこまれましたが、まだ脇役でした。ところが八五年「俺ンちの兎クン」（『六花の印』所収）になると、おなじ息子でも、主人公である父親とはりあう好敵手、もう一人の主役といいうる中学二年生が登場します。当然ながら、身近にいてもわかりあえるとは限りません。性別や社会的立場の違いも無視できない。とはいえ、連城の視線が遠くから近くに移ってきたのは確かです（『六花の印』解説でひいた八五年刊『日曜日と九つの短篇』のあとがきも、ご参照ください）。そうしたなか、「水色の鳥」では、とうとう子供が主人公になりました。子供の目の高さから眺める家族や世の中の姿がとても新鮮です。『たそがれ色の微笑』には、高校三年生の学園物「落葉遊び」（《小説新潮》八七年一月号）も収められていて、連城作品において子供が近しい存在に変わってきたことが窺えます。

「輪島心中」（《小説現代》八九年五月号）は、八九年に講談社から出た『萩の雨』（講談社文庫）に収録されました。能登への列車内で旅づれとなった元ストリッパーの女を描き出していく筆づかいが、なんといっても魅力的です。荒んだ生活をにじませながらも、ざっくばらんな物言いと、たくましく世間をわたってきたらしい存在感の確かさで、憎めないその女を、潮の匂い、闇の深さなどがつたわってくる日本海に面した町におき、事情のわからない心中の道行きへと焦点を絞っていく。旅館の電話や、ベルトがわりの麻紐と縫いつけられた鈴といった小道具のつかい方も効果的で、無理心中の紐が切れた滑稽《こっけい》な切実さと、鈴の音の響きは永く胸に残るでしょう。もちろん、ままならない人生を背負うように、それでもしっかりと土を踏んで歩き去っていった、ひとりの女の後ろ姿とともに。

冒頭でも書いたとおり、『落日の門』は五つのピースで構成される連作長編です。初出誌はすべて《小説新潮》で、「落日の門」が九〇年四月号に、「残菊」が九二年一月号に、「夕かげろう」が同年五月号に、「家路」が同年八月号に、「火の密通」が同年十二月号に掲載されました。いずれも連作である旨はいっさい謳われず、イラストを三嶋典東《みしまてんとう》が描いていることが共通しているだけです。雑誌で「落日の門」の末尾にのみ添えられた〝＊この小説はフィクションです――作者〟という一行は、単行本では巻末（奥付の前頁）に、〝本書はフィクションです――著者〟と変わってはいりました。

さて、『落日の門』は、一九三六年（昭和十一年）二月二十六日の未明に幕をあけた、いわゆる二・二六事件に材をとった小説です。けれども、陸軍の皇道派の青年将校がくわだてたクーデターが、高橋是清《たかはしこれきよ》蔵相をはじめ多数の死傷者を出し、戒厳令が布かれるなど緊迫の四日間をへて終結した経過にふれられることは、ほとんどありません。それどころか、登場する閣僚や将校についても、名前やプロフィールをそのまま借りることはしていないといっていい。フィクションです、と連城がことわる所以でしょう。しかしながら、決起にいたった将校たちの社会や政治への焦燥感については歴史の現実に即して書きこまれ、そのうえで、事件にかかわったひとびとを一人また一人ととりあげては心情と運命を具体的なエピソードによって肉づけし、ほんとうにいたかもしれない存在感を付与しえたことにより、どうかすると実際の二・二六事件とその後の影響を読んでいるような手ごたえ、現実感を生むにいたっているのです。

各編の特徴と美点をみていきましょう。

一話目の「落日の門」は、決起の直前になって親友の安田に裏切り者と指弾され、計画からはずされた将校・村橋の話。切迫した空気に支配された本編は、クーデター自体を現在進行形で描く唯一のピースです。襲撃計画の内容やことを起こす理由、維新という旗印を掲げることなど、二・二六事件を連想させる要素が書きこまれ（ただし、決定的な要素である日付には言及がありません）、時代の分岐点をなすかもしれない事件の予感が隅々にまでいきわたっています。そんななか、きわめて個人的な事情から心ならずも計画の成否をわけかねない立場におかれた村橋の葛藤が、独特の緊張感をはらんで活写され、劇的な展開にいたるのです。

つづく「残菊」では筆致が一変します。売春防止法の完全施行をひかえた五八年（昭和三十三年）に起こっていた奇妙な出来事を、語り手の作家がインタビューや作中作をまじえて、ノンフィクション風に綴っていく。時も場所も人物も、前作とは無関係に見えた探索ですが、昭和十一年二月二十六日という日付が発覚するや、いっきにその事件と結びつく。目をみはらされると同時に、ここではじめて、この歴史的な日付と前作のクーデター計画がひもづけられ、『落日の門』が二・二六事件を念頭に書かれていることが明示されたのだといえます。物語はさらに、末尾の〔残菊異聞〕という一節で、そこまでの記述を短編として発表したところ、老人が訪ねてきて短編の結論を覆した顚末を提示します。そのとき読者は、第一話において、幾人かの胸のうちが伏せられていたことに気づくでしょう。ある語り手が、すべての真実を把握できるわけではない、と肝に銘じることが『落日の門』では大切だということです。

つぎの「夕かげろう」、前話でその存在を想像するにとどめられた松田一継＝安田一義の弟が、主人公として登場するのが心憎い。しかも時は、叛乱罪で将校らが処刑される直前の数日間です。残された者たちは、避けられない運命をまえに、なにを想い、すごすのか。これから人生に出ていく弟の重希はまっすぐな人となりで、それにふさわしく筆致も清新な硬さをおびています。一話目にすでに登場していた安田の妻・保子の胸中をめぐって重希は心を揺らすのですが、その推測がとうてい及びもつかない激しい情動と真意があきらかとなる終盤のなりゆきには、重希ならずともうちのめされるに違いありません。ですが、夜叉の恐ろしさにすべてを収斂《しゅうれん》させないのが、『落日の門』の連城です。翌年の二月二十六日におこなわれた納骨のための墓参、そこにこめられた一掬《いっきく》の情に温かさがにじむのを見落としてはいけないでしょう。

四話目「家路」は、変化に富むこの連作でも異色の一編です。六十三歳の主人公が、危篤の兄のもとへ急ぐ八八年の現在、自分の生涯を回想するものの、その記憶がいかにもあやうい。暴露されるのは時間を逆流（もしくは因果律を逆転）させる詭計《きけい》で、処理しきれなかったと反省したのか、数年後に連載を始めた長編において、類似の謎に連城は再挑戦していました。クーデターとのつながりは、主人公のすごした廃院の塀のむこうに、村橋や安田のいる連隊の兵営があった点だけなのですが、当夜に目撃した黙々と行進していく兵士の群れはひどく印象的ですし、廃院と連隊の兵営が背中合わせの位置にあるという点がつぎの話で効いてきます。

しめくくりの「火の密通」は、第三話のそのときに獄舎ではなにが起こっていたか、という話。主人公に起用されたのが、第一話と第三話で、せいぜい端役の扱いだった藤森少尉であることに意表をつかれます。ですが、死んだはずの母が面会に現れた謎に直面しながら、来しかたを振り返り、処刑をまえにして心を静めていく彼のありさまは、最終話にふさわしい気がします。最初の山場は、藤森をめぐる人物の相関図がつぎつぎとあきらかになっていく段です。

前話のひとびとと藤森との関連が明かされ、第三話で最初に言及された〝Nの姉〟に正しい照明があてられ……周到な布石がひとつのドラマをたちあげていく鮮やかさは最終話ならではでしょう。第二の山場はラストです。「夕かげろう」の幕切れとなった墓参の場面につづくひとときのなかで、幻のように美しいある邂逅が描かれます。現世の泥にまだまみれていない二人の出逢いは、さまざまな運命の転変を見つめてきたこの連作長編の終わりに射しこんだ一瞬の光です。しかし、のちに二人のたどった人生を思うなら、これは悲しい輝きとみるべきなのか。確かめるためにも、連作のもうひとつのエンディングであった「残菊」を、さかのぼって読み返したくなるのではないでしょうか?

単行本化時の加筆訂正について、いくつか書きとめておきましょう。めだつのは「残菊」末尾の〈残菊異聞〉が初出誌にはなかった点です。どんでん返しがそっくりなく、安田の弟にも言及されずじまいでした。物証となる位牌は、遊郭の女将の手もとに残されるかたちで(ただし位牌は早瀬名義)本文がまとめられています。つぎに「夕かげろう」ですが、初出誌の段階では、藤森の場面がいっさいなく、〝Nの姉〟のエピソードも見当たらない。結末の、梅吉が「やはり勝ったのは奥様でしたね」と呟くところからの三頁強もなし。また、納骨の墓参は梅吉と会った翌日に設定され、単行本の「火の密通」のラストへはつながりません。「家路」では、スエのかつての子供は生後すぐ死んだ一人きりで、藤森たりうる子供はいない恰好になっていました。「火の密通」で大きいのは、結末の墓参のくだりでしょう。昭和十七年二月二十六日のことになっているのですが、描写が加筆後にくらべて簡素ですし、「残菊」に言及するあたりの文章も存在しません。余韻に欠けるのは確かです。

総括するなら、単行本にするにあたって、連城は各編がつながるように手をいれたばかりか、あらたなエピソードや場面を書きくわえて小説の表情を豊かにしました。そのおかげで、完成した『落日の門』は、非常に独特ではありますが連作長編として楽しまれるべき有機的な全体を獲得したのです。真価がつたわることを願ってやみません。

九四年の文藝春秋刊『前夜祭』（文春文庫）に収録された「それぞれの女が……」（《オール讀物》九二年九月号）は、前衛小説のように始まります。女が二人で対話していること以外に共通点のないふたつのエピソードの流れを、似たことばを境目でうけわたす修辞の遊びだけでつないでいく。カットバックを活かして絶大な効果をあげた名作が初期の連城にありましたが、異なる旋律が独立して進行する対位法を基本とする本作は、まったく別の道をいっているとしか思えません。どうやら実験的なこころみをしているらしい。そういえば、題名もその解釈を肯定するようではありませんか。ところが最終盤で、ふたつの流れがおなじ平面の、婚家と実家の話へとパズルのようにぴたぴたと組みあわされていくのですから驚倒させられます。

魔術的な技巧を解析するなら、核心は萩江のつく嘘にあります。その嘘のせいで、彼女の夫の姿も、息子の存在も、読者の目には映らなくなり、余波で、息子の嫁である厚美も影だになくなるという次第です。幸子との闘争を思い出せば、萩江が嘘をつくことにはきちんと必然性があると納得できるでしょう。位牌の名前をめぐる仕掛けもきまっていました。驚くべき技巧の冴えですが、一編の小説としてすこぶる見事な仕上がりだと思います。エピソードが最終的に合流した結尾の一節がオープン・エンディングになっていて、彼女たちのその先の未来に視線をむけずにはいられません。書き出しとは空気が違っています。尖った感情のやりとりから新たな人生へ。動きだした時間を実感させて鮮やかです。

同月に発表された「他人たち」（《小説すばる》九二年九月号）にも、冴えた技巧が織りこまれています。九七年の集英社刊『美女』（集英社文庫）にはいったこの作は、切れ味鋭いパンチが連打される冒頭がとても愉快です。マンションという空間のなかでばらばらになってしまったある家族の現状と、それを冗談のように話しだした当時小学六年生の少女の人物像を浮き彫りにするための手立てでしょう。その後もヒッチコック映画『裏窓』のアパートを撮った有名なショットを援用するなど非常に洒落《しゃれ》た話術ですが、本筋は、少女によるある犯行（いわば）の一部始終を語る、ちょっと異色のクライム・ストーリー。無理にも平気な顔をして遊びつづけるほかない現代の（設定からして八〇年前後でしょうか）恐るべき子供たちの肖像は喜劇調でとらえられ、どこか滑稽で悲しい。皮肉なラストまで、ひと筋縄ではいかない一編です。なお、同月の雑誌といっても、《小説すばる》の刊行のほうが五日ほど早かったはずですが、「それぞれの女が……」と技巧のあり方を比較して、この順にしました。ご賢察ください。

ふたたび『前夜祭』からの「夢の余白」（《オール讀物》九三年四月号）は、「それぞれの女が……」の前衛的な匂いを消し、あのカットバック形式をじっくりと展開したような一編。若い二人の現在の浮気と危機の話であったはずなのに、傷つき辛酸をなめた壮年の元夫婦が、十三年の時をへたいま、後悔や赦しの気持ちが自分のなかにある、あるいは生まれたことに気づいて……いつのまにか主役が入れ替わってしまうのです。齢をかさねた男女が運命のように再会するだろう寸前で幕はおります。そのとき二人がどんな言葉を交わすかはもう語らない。語る必要がない。最後の一文にしびれました。

つぎの二編は、九九年に文藝春秋で出た『火恋』に収録されました。これまで文庫化されていない同書は、香港を舞台にした五つの短編を収めた一冊です。

まず「騒がしいラヴソング」（《オール讀物》九五年十月号）。めまぐるしく変転する恋のドラマが中国返還まえの香港の活気にマッチして、心と裏腹なことをまくしたてる一同に不思議なリアリティが宿っています。活況を呈していた香港映画に近しいのではと詳しいかたに訊いてみたいところですが、騒々しいドラマの中心には、しかし、ふたつの静かなことばが埋めこまれているのではないか。ひとつは発端となった男による無言の返答。死期がせまりつつ悪態をつきつづけた男の沈黙が、いちばんの〝真実の言葉〟だったという逆説に胸をつかれます。ふたつめについては読み方がわかれそうです。語り手の〝俺〟は、誰に恋心をいだいていたのか。最初の夜の別れぎわ、車からひとり降りることになった場面。自室に深夜やってきた柳仔とのベッドでの応酬。〝俺〟の性的指向にかんする柳仔の発言を聞かされても否定しないこと……などなど耳をすますと、全編をとおして語りづめだったこの日本人は、真情を一度もことばにしないまま香港を去ったのかもしれないと思えてくるのですが、いかがでしょう？

「火恋」が発表された《オール讀物》九七年八月号は、七月一日に香港が中国に返還された直後の発売とあって、特別企画〝香港1997〟と銘打ち、村松友視《むらまつともみ》の紀行エッセイ「香港返還異聞」が併載されていました。返還前日に香港にもどる中国人語り手の行動に、二十年まえの記憶が交錯するスリリングな物語は、世界じゅうの視線を釘づけにした、あの緊張感を甦らせるでしょう。文化大革命の終結が宣言された年に台湾へと逃亡した経緯をふくむ上海の回想もいう戦慄の話です。書き手が書き手だけに、理屈は後づけしたといわれても納得してしまうほど、見事な語りと説得力に富んでいますが、それだけに、逃亡について記した手紙の文面に、逃避行の記憶が塗りかさねられていく終盤は衝撃的です。冒頭の謎めいた台詞はそうなると、夫の心が自分から離れたことを無意識に感じとった瞬間、妻からこぼれ落ちたものだったのでしょうか？　注記しておきますと、言及される天安門事件は七六年の四月五日、故周恩来《しゅうおんらい》の追悼のため天安門広場に集まった民衆が暴力的に排除された事件のこと。八九年に歴史はくり返されました。

二〇一四年の文藝春秋刊『小さな異邦人』（文春文庫）は、連城の没後に出版された本です。〇〇年代の仕事が一望できる貴重な同書からも二編を選びました。

「無人駅」（《オール讀物》〇一年八月号）は、ドキュメンタリー風に書きだされながら、女の不可解な行動の事情をつきとめようとするなかで、現在の生活に安住しきれない語り手自身の心情へも目がむけられていく筆さばきが見どころです。競輪に狂って人生を誤った元刑事という身の上からして、これは悪徳警官物の一変奏であり、暗い色調をおびた心情の行方と、内心が明かされない女への追及がからみあっていく展開から目が離せません。ふたたび注記しますと、執筆当時まだ、殺人罪の公訴時効は十五年でした。限定された時間や情況に創作意欲をかきたてられる傾向が連城にはあります。時効に着目したのもむべなるかな、でしょう。

本傑作集をしめくくる「小さな異邦人」（《オール讀物》〇九年六月号）は、連城の生涯最後の短編。そればかりでなく、連城がたびたび挑戦してきた誘拐ミステリのなかで、これが最高の傑作だと編者は考えています。誰もいなくなっていないにもかかわらず身代金を要求される謎のとっぴさはもちろんのこと、八人きょうだいの大家族に生きる中学三年生の娘がそれを語るという着想が抜群です。冒頭の「お帰りなさい」の五線譜見立ての楽しさといったらありませんが、謎をうけて子供たちが、逆説と洞察にみちた仮説をつぎからつぎへと俎上にのせて、にぎやかに、かつ的確に検討していく前代未聞の推理ごっこがまたすばらしい。しかも、語りに巧みな緩急があり、晴男の存在に奇妙な不気味さをにじませたり、語り手の憂いがショパンのマズルカに託してひと刷けされたりと、けっして愉快なだけではない要素が点綴され、それらも織りこんで驚くべき真相へと突入していくのです。

そのほか、子供自身の語りによる子供たちのミステリを、それも謎解きのミステリを書きえたこと、医療への不安という初期以来の伏流に秀逸な回答を提出したこと……数えあげていくと、ミステリの神様はいるのかもしれないと思いたくなります。これ以上ない白鳥の歌を残して、一代のミステリ作家・連城三紀彦はこの世を去ったのでした。

最後に、本巻に収めたエッセイのデータを。初出誌はすべて《キネマ旬報》です。

一九八五年の名古屋タイムズ社『恋文のおんなたち』（文春文庫）所収の「トリュフォーへのオマージュ」は、同誌八五年四月上旬号の追悼企画に寄せた一編。〝トリュフォーへのオマージュ〟というコーナーに執筆され、初出時の題は「少年の目、少年の微笑」でした。

残る四編は、八六年三月上旬号から四十七回にわたって各上旬号に連載したエッセイ〈試写室のメロディー〉から。順に、第十三回（八七年三月上旬号）、第二十一回（同年十一月上旬号）、第三十六回（八九年二月上旬号）、第四十七回（九〇年一月上旬号）。連城の創作のあり方につながっていそうな回を選びました。同誌の読者賞を受賞したにもかかわらず単行本にまとめられていないのが残念です。

（二〇一八・一一・一一）

編集後記

本傑作集では編集に際して、各編で著者の存命中に刊行された最終の版を原則底本としたうえで、他の版も参照して校訂を施した。
　底本は左記の通りとなる。

ゴースト・トレイン＝『紫の傷』（双葉文庫）二〇〇二年九月刊
化鳥＝『夢ごころ』（角川文庫）一九九一年十二月刊
水色の鳥＝『たそがれ色の微笑』（新潮文庫）一九九二年四月刊
輪島心中＝『萩の雨』（講談社文庫）一九九二年十二月刊
落日の門＝『落日の門』（新潮社）一九九三年四月刊
残菊＝同
夕かげろう＝同
家路＝同
火の密通＝同
それぞれの女が……＝『前夜祭』（文春文庫）一九九七年十一月刊
他人たち＝『美女』（集英社文庫）二〇〇〇年七月刊
夢の余白＝『前夜祭』（文春文庫）一九九七年十一月刊
騒がしいラヴソング＝『火恋』（文藝春秋）一九九九年七月刊
火恋＝同
無人駅＝『小さな異邦人』（文春文庫）二〇一六年八月刊
小さな異邦人＝同
トリュフォーへのオマージュ＝『恋文のおんなたち』（文春文庫）一九八八年六月刊
原作・衣笠貞之助＝《キネマ旬報》一九八七年三月上旬号「試写室のメロディー」第十三回
「ラストシーンは永遠に」＝《キネマ旬報》一九八七年十一月上旬号「試写室のメロディー」第二十一回
「MUGO・ん 色やねん」＝《キネマ旬報》一九八九年二月上旬号「試写室のメロディー」第三十六回
地上より永遠に＝《キネマ旬報》一九九〇年一月上旬号「試写室のメロディー」第四十七回（最終回）

検印
廃止

著者紹介 1948年愛知県生まれ。早稲田大学卒。78年「変調二人羽織」で第3回幻影城新人賞を受賞、79年に初の著書『暗色コメディ』を刊行する。81年「戻り川心中」が第34回日本推理作家協会賞を、84年『恋文』が第91回直木賞を受賞。2013年没。

落日の門
連城三紀彦傑作集2

2018年12月14日　初版

著　者　連《れん》城《じよう》三《み》紀《き》彦《ひこ》

編　者　松《まつ》浦《うら》正《まさ》人《と》

発行所　(株)東京創元社
代表者　長谷川晋一

162-0814/東京都新宿区新小川町1-5
電　話　03・3268・8231-営業部
　　　　03・3268・8204-編集部
URL　http://www.tsogen.co.jp
DTP　キャップス
旭印刷・本間製本

ISBN978-4-488-49812-2　C0193